本书为中国博士后科学基金面上资助项目（编号2017M621048），天津市问津书院问津学术奖励基金资助出版项目

库文津问

梓里寻珠第一种

主编 王振良

传承与突破

近代天津小说发展综论

天津出版传媒集团

天津古籍出版社

李云 著

图书在版编目（CIP）数据

传承与突破：近代天津小说发展综论 / 李云著. --
天津：天津社会科学院出版社，2018.12
（梓里寻珠 / 王振良主编）
ISBN 978-7-5563-0525-4

Ⅰ.①传… Ⅱ.①李… Ⅲ.①小说研究—天津—近代
Ⅳ.①I207.41

中国版本图书馆 CIP 数据核字(2018)第 287467 号

出版发行：天津社会科学院出版社
出 版 人：张博
地　　址：天津市南开区迎水道 7 号
邮　　编：300191
电话/传真：(022)23360165(总编室)
　　　　　　　(022)23075303(发行科)
网　　址：www.tass-tj.org.cn
印　　刷：天津市天办行通数码印刷有限公司

开　　本：880×1230 毫米　1/32
印　　张：16.5
字　　数：364 千字
版　　次：2018 年 12 月第 1 版　2018 年 12 月第 1 次印刷
定　　价：78.00 元

序　言

宋常立

　　李云博士刚入学时，给我的突出印象就是对学习充满了兴奋与期待，甚至有些急不可待。2013年5月下旬，她刚刚得到博士录取的消息，就打来电话，与我商量定什么课题，读什么书。我一直有个感觉，在近代文学研究中，近代天津文学的研究比较薄弱，尤其是近代天津小说，一直未见有系统的研究著作，我想让李云做一下这个课题的调研：是近代天津小说确实没有更多的资料可供系统研究？还是相关的资料未被发现？李云还是那样急不可待，立即把工作之外的时间都利用起来，沉潜于各大图书馆之中，在不长的时间内就发掘出大量未被人知的近代天津小说资料，并构建出近代天津小说研究的系统提纲，表现出少有的勤勉敏思的"好学"精神。

　　其"好学"之"勤勉"，如在9月之前还未正式入学报到的两三个月中，不算她随时打来的电话，与我商讨的电子邮件就有二十多封，有时一天就有二三封。这些邮件记录了李云求学的甘苦。她读博的时候，学校有许多教学任务，家里有孩子老人需要照料，调研都是利用业余时间,带点吃的就去天津各大图书馆翻阅资料。随着资料的不断发现,不到一个月就确定了选题范围,她在 2013 年 6 月 28 日的来信中说:"昨天您建议说题目可以定为《天津近代小说研究》,我完全同意,因为我目前找到的资料,大多都是在 1840—1911 年之间的。1840 年以前的资料较少,可以作为一个开端叙述,重点放在 1840—1911 年之间。"在题目确定的同时,她边继续发掘资料边做研究。其中也经历着种种艰辛,如期间的 7 月 7 日来信说:"因为报纸胶片不全,只得到了这些材料,不过找到这些材料我也挺高兴的,总算有新的发现,另外,看胶片是一件比较难受的事,连续看上半小时后就会头晕眼花,恶心想吐。"8 月 13 日她来信说:"这些天家里的宝宝、奶奶还有我都嗓子疼,咳嗽起来了,也要待在家里几天照顾她们。我觉得这个暑假在天图的收获还是非常大的。"其后,她又遍访国家图书馆等处。

其"好学"之"敏思",如在搜集整理资料的过程中总是能随时做比对思考,不断有所发现。当看了刘永文的《晚清小说目录》之后,7 月 23 日来信称,她求证出翻译小说《海国妙喻》的作者张赤山的一些资料并由此增强了课题的信心:"我在此书中看到直报报馆出版的一本翻译小说《海国妙喻》作者为张赤山,然后我读《津门杂记》作者是张焘,字赤山,于是我发现张焘竟然同时还是一位翻译家,而且在《津门杂记》的序言中也称张懂洋文,在《海国妙喻》的序言中张的署名为'赤山畸士于紫竹林之致知讲堂','紫竹林'地名在《津门杂记》中屡次出现,确为天津当时的地名。有这一发现之后我异常高兴,所以迫不及待向您汇报一下。其他的都在进展中。我觉得只要一点一点摸索、搜寻,材料会越来越多,越来越丰富。天津在现代小说方面是非常丰富和重要的,已被充分地认识到,并有学者研究。在近代,小说也是有的,只是没有被充分地挖掘出来。"信心与愉悦溢于言表。

这样,利用博士入学前及之后的几个月时间就编写出了作为附录资料的《近代天津小说目录》,后又编写了《近代津门作家小传》,共五六万字,为论文的写作打下了坚实的基础。李云的博士论文加附录资料约三十万字,工作、家务之余两年多完成,于第三年按时毕业,这足以说明她的"敏而好学"。

李云的《近代天津小说发展综论》作为近代天津地域小说史的第一部,其主要特点是,全书体系的构建并非是依照一般小说史的写法,按时间顺序对作家作品做系列介绍,而是紧扣天津地域特征,以近代天津城市与文学的发生、发展为指导线索,将近代天津小说的发生、发展置于近代天津城市化进程的历史背景中加以考察论述。

这里要说明的是,此书稿的研究下限是1911年,史学界所说的"近代",较多的看法是截止于1919年,如来新夏主编的《天津近代史》其下限即为1919年。作为近代天津小说的研究,学术界对1911年后民国时期天津小说的著录与研究已较多,而1911年之前天津小说的资料及系统研究基本上是空白,因为"求新"而舍弃了"求全",所以就"断"在了1911年。

近代天津小说的发生,是伴随着天津城市的形成、发展,在有了天津诗文等文学作品之后,大约在1840年前后产生的。

天津作为元、明、清三代的京师门户,自元代已成为向大都(今北京)转运的中心,元代海河一带就有今天"直沽""三岔口"的地名,如元代王懋德《直沽》诗形容海河漕运繁忙景象是"一夕潮来集万船",元代张翥《代祀天妃庙次直沽作》诗云"晓日三岔口,连樯集

万艘"。元泰定三年(1326),在海河西岸(今天津东门外)的海运终
点修建了"天后宫",即今天津"娘娘宫",供漕运人员祭祀海神。明
初,镇守北方的燕王朱棣为争夺帝位率军由直沽渡河南下,登帝位
后,将直沽改名天津,即"天子渡津"之意。明永乐二年(1404)开始
筑城设卫,自此有了"天津卫"即天津城的出现。天津靠海临河,漕
运发达,又有渔盐之利,至清初,天津逐渐成为北方重要的经济中
心。清代乾隆《天津县志》载李棠《重修天津卫儒学碑记》云:"国家
定鼎燕山,南面而听天下,天津一卫城耳,……扼川途之冲要,漳、
卫众流所淼汇,九州万国贡赋之艘,仕宦出入、商旅往来之帆楫,莫
不栖泊于其境;海滨卤斥,盐利走于燕、晋、赵、魏、三河、齐、鲁之
郡,履丝曳缟之商,群萃而托处,自故明以来,蕃衍甲于沧瀛之间。"
随着经济的繁荣,文化与文学也随之发展起来:"卫之有学也,以为
庶富之后不可以无教,且五方所辐辏,望天京者,观光于是始焉,文
治无容以或阙也。"正是在这一背景下,康熙年间天津大盐商张霖
在天津三岔河口附近之金钟河畔建成大型文化园林"遂闲堂"。徐
世昌《大清畿辅先哲传·文学传·张霖》称张霖"更筑遂闲堂、一亩
园、问津园、思源庄、篆水楼,园亭甲一郡,法书名画充溢栋宇。广延
大江南北名宿,如姜宸英、赵执信、朱彝尊、梅文鼎、方舟、方苞、吴
雯、徐兰辈皆主其家,供张丰备,馆舍精妍,文酒之宴无虚日,时人
拟之月泉吟社、玉山草堂。"又称:"霖天才不羁,尤嗜学,为诗、古
文、词,卓然成一家言。"由此,"天津诗学,实自霖倡之。"也就是说,
自张霖于遂闲堂广交天下文人、结集诗社、吟诗作赋始,天津有了
真正意义上的天津文学。张霖之弟张霔则于三岔河口旁,筑"帆斋"
(今金钢公园至天津美术学院一带),读书其中,与诗友唱和往来。
乾隆时期,又有天津富商查日乾之子查为仁在南运河南岸建著名

园林水西庄,乾隆皇帝东巡泰岱,途经天津,下榻水西庄,因时值园内紫芥盛开而赐名"芥园"。不仅天津名人学士会聚于此,而且闻名全国的吴廷华、汪沆、刘文煊、万光泰、厉鹗、杭世骏、朱岷等人都曾在水西庄流连吟诵,为天津文学增光添色。其后,以天津人梅成栋为盟主的诗社"梅花社",陆续参加者有四十多人,从道光七年至十五年,历时九年,其活动亦多在城西的芥园。也正是在此时,梅花诗社中的一些成员如高继珩、沈兆沄等,开始了小说的创作,天津近代小说由此开其端。诗词创作,哪怕是匆匆过客,也可以意兴所致,吟咏唱和一番。有别于即兴而发的诗词创作,描摹生活的小说创作则需作者长期沉潜于一地生活之中,如高继珩十四岁即寄居天津宝坻,多年来足迹遍布津门,熟知天津风俗掌故,所以才有了涉及津门城里及宝坻、武清、静海、宁河等各县地的志人志怪小说集《蝶阶外史》。伴随着近代天津城市的形成与发展,天津文学先有诗词后有小说,这也是近代天津城市化进程中的生活逻辑使然。

近代天津小说文体的发展与变革,也与天津城市化的进程密切相关。

晚清时期,中国古代小说已开始走向衰落、终结,就在此时,大约于1840年前后,近代天津小说诞生了。承接古体小说的余绪,晚清近代天津小说陆续有了杂收志人志怪风俗掌故的文言小说集如吴炽昌《续客窗闲话》、高继珩《蝶阶外史》、沈兆沄《篷窗附录》等,志怪小说集如郝福森《东园实纪》、李庆辰《醉茶志怪》等,杂记体小说如《津门杂记》《天津事迹纪实闻见录》等,另有话本小说如储仁逊话本小说十五种等。这些小说,在天津城市化进程未发生重大变革之前,它们依循古体,记人记事,其中不少小说记下了津门的民风民情、地理风俗,体现了津门特色。1860年,英、法、俄强迫清政府签订了《北京条约》，天津被辟为通商口岸。天津被迫开埠以后，各国列强争先恐后地抢占地盘，强划租界，营建洋行、银号、商店、办公楼，开办仓储、航运、进出口贸易，建立医院、学校等，使天津沦为近代殖民政治、经济、文化的聚合地。在文化传媒方面，先是有外地如上海的《申报》《新闻报》《时务报》等涌入天津，1886 年天津第一种中文报刊《时报》创刊，随之津门各种报刊接连出现，加之各种新的传播手段如邮政传递、网点销售以及广告促销等，使各体报刊小说能即时迅捷地为读者接受，成为时尚读物。新兴的报刊小说也不断推出各种新体小说以迎合读者阅读的时尚心理。1897 年严复与夏曾佑在天津《国闻报》上发表的《本馆附印说部缘起》，以其新的小说观念为近代天津小说创作推波助澜。一时，新闻小说、翻译小说、探险小说、游记小说、拼音字母小说等新体小说应运而生。可以说，一部近代天津小说发展史也是近代天津城市进化史的一部分。

李云为准备博士论文在国家图书馆及天津市图书馆等处新发现搜集的近代天津小说有一百五十余种，在此基础上，她在《明清小说研究》《河北师范大学学报》等刊物上发表了多篇相关论文，提出了自己的见解，其中《明清小说研究》2016 年第 3 期发表的《晚清小说目录天津部分补遗》，完善了晚清小说研究资料。当然，作为一部草创之作，如何在这些资料的基础上，再深入挖掘，做出更深入的理论分析，则是今后应努力的方向。愿李云在此领域继续耕耘，有更多成果问世。

2017 年 1 月 19 日于津门寓所

目 录

绪　论

一、选题价值和创新点

近代是中国小说发展史中极具独特性的枢纽阶段，中国传统文化与外来文化交织，碰撞出绚丽的火花，在此炫目光彩的笼罩下，中国小说像一个在懵懂中飞速前进的少年，横冲直撞地跨进了现代的大门，成为 20 世纪"步伐最稳健、成就最大的艺术形式。"①越来越多的学者认识到近代"并不只是中国现代文学的前奏，其实是现代之前最为活跃的一个阶段"②。由此，学界对近代小说开始了较为深入的探讨和广泛的关注。在当前的近代小说研究中有着针对上海、广州、北京等地域的研究，却很少看到关于天津小说的研究。学界对近代天津小说缺乏客观的认识与了解，以至于有学者认

① 陈平原：《中国小说叙事模式的转变》，北京：北京大学出版社，2010 年，第 1 页。
② （美）王德威著；宋伟志译：《被压抑的现代性——晚清小说新论》，北京：北京大学出版社，2005 年，第 23 页。

为虽然天津曾经是近代仅次于上海的商业大都市，但津门文化不同于海派文化的繁荣，尤其在小说创作方面，与天津在近代历史上的地位相比略显尴尬。近代天津作为北方的一个与上海遥相呼应的商业城市，在小说方面难道真的那么贫瘠吗？

笔者经过两年多的时间在国家图书馆、天津市图书馆及南开大学等高校图书馆发现并搜集了大量 1840 年至 1911 年间的近代天津小说，计一百五十多种（包括单行本短篇小说集、长篇小说，报刊刊载长篇、中篇与短篇小说），其中只有《三侠五义》《醉茶志怪》《嚚嚚琐言》《储仁逊话本十四种》《老残游记》《海国妙喻》等几种被讨论过，其余大部分小说还未被学界所知。经过对材料的精心梳理，笔者发现虽然近代天津在小说方面起步较晚，1852 年才有本土作家萌芽状态的小说作品，1870 年才有本土作家严格意义上的小说作品，但是发展却非常快，近代小说随着报刊业的发展在上海兴起后，天津小说也随之兴起，基本上与全国小说的前进步伐相一致，有的方面像张焘的翻译作品等还走在了时代的前列。所以，近代天津小说不仅不贫瘠，还非常的富饶，不仅不寂寥，还非常的精彩，既有传统的笔记志怪小说、话本小说，又有新兴的报刊小说、翻译小说、拼音字母小说等，从不同层面和角度反映了近代小说所经历的小说界革命、白话文运动，担负着从旧到新的转型使命。

本书的创新之处首先在于对近代天津小说一手资料的挖掘和发现，这些资料大部分都是以往学界没有关注到的，笔者根据在各图书馆所见原件、影印本和缩微胶卷，对天津近代小说资料加以系统的整理作为研究基础（见附录一《近代天津小说目录》）。在此基础上，力求客观详实地勾勒出近代天津小说从 1840 年到

1911年71年中经历的萌芽、发展、繁荣和转型的变化轨迹,对每个阶段具有代表性的作家作品和文学现象进行重点研究,厘清近代天津小说从无到有,从少到多,从寂寥到繁荣,从传统到现代的发展过程,以填补学界在近代天津小说研究方面的空白,并力图打破学界以南方城市为近代小说研究重心的局面。其次,本书以纵向与横向相结合的方法来考察近代天津小说的发展变化,在考察近代天津小说的发展规律时努力突破表面现象的描述,融入对近代小说界革命、白话文运动、科学思潮等问题的思考,力求通过天津这扇窗口发现近代小说在转型过程中产生的一系列有趣的现象和隐藏的秘密。

近代天津小说不仅为本土小说的繁荣做了大量的铺垫和积累,产生了天津民国时期小说的繁荣,还带动了京、冀等北方周边地区的小说发展,并与上海、广州、香港等城市遥相呼应,促进了近代小说的发展和繁荣。所以,近代天津小说是近代小说研究中不可缺少的一页,更是天津历史文化中不可缺少的篇章,只有认识了近代天津小说,才能完整地了解天津文化和文学的发展过程。

二、研究现状综述

目前国内外对近代小说的研究非常多,但是具体到近代天津的小说,则较少有人关注,至于专门和系统的研究则没有。有的著作中涉及到少量近代天津小说作品,如张振国的《晚清民国志怪传奇小说集研究》,谈到了天津沈兆沄的《篷窗附录》、李庆辰的《醉茶志怪》《獭祭编》与储仁逊的《嚣嚣琐言》。在天津地域文学研究中,前辈学者作了大量工作并取得了可喜成绩,其中涉及到近代天津小说的有《天津文学史·古代、近代卷》谈到李庆辰的《醉茶志怪》以及严复、夏曾佑发表在《国闻报》的《本馆附印说部缘起》;章用秀的《天津地域与津沽文学》谈到了清代天津王又朴的传记文学;张宜雷的《图说 20 世纪天津文学》谈到严复与文学变革思潮,夏曾佑与诗界革命和小说界革命;鲍国华的《二十世纪天津文学期刊史论》论述了天津二十世纪的报刊文学,近代部分讨论了《大公报》的白话附刊;张赣生的《民国通俗小说论稿》、张元卿的《民国北派通俗小说论丛》论述了天津民国时期通俗小说的繁荣,对民国之前的近代天津小说略提。学界对天津小说和文学关注的重点是 1911 年以后的民国时期,对天津 1840 年至 1911 年的小说研究还非常薄弱。当前对近代天津小说进行系统研究的博士论文还没有,只有少量对单篇小说进行研究的硕士论文。

对近代天津小说关注薄弱还体现在目录学方面,当前,近代或者晚清的小说目录学著作中关于天津的内容都很少。刘永文《晚清小说目录》中涉及到天津的期刊小说目录只有《人镜画报》上的 1 篇小说,日报小说目录只有《中外实报》《津报》上的 12 篇小说,单行本小说目录只有 22 种小说(其中 14 种是储仁逊抄本小说),报刊所登广告只有《津报》上的两则广告,登载小说的报刊只有 5 种,仅仅这 8 种报刊,35 种小说, 是无法反映晚清天津小说的全貌的。《晚清小说目录》作者因为时间、精力和地域的限制无法顾及每个区域的小说目录, 对天津晚清小说的一手资料掌握的比较少,像《大公报》这样较为著名的天津报刊也没有收录在内。陈大康2002 年出版的《中国近代小说编年》中关于天津的小说条目仅有 14 条。令人可喜的是陈大康在 2014 年人民文学出版社出版的六卷本《中国小说编年史》中补入了许多与天津相关的小说内容,为学界提供了新的研究资料。但是,依然遗漏了大量的天津小说资料,由此,笔者进行了约五万字的补充。从逐步完善的目录可以看到,近代天津小说虽然不像上海小说那样繁荣,但也绝不像学界所认为的那般寂寥,近代天津小说是一片尚未开拓的荒地,有着很大的研究空间,笔者只是对其进行了初步的梳理。

三、研究对象、研究方法和基本内容

本书的研究对象为近代天津产生的小说,包括天津本土作家创作的小说、客居天津的外籍作家、流寓到外地的津籍作家创作的小说以及天津本地报刊上刊载的小说等等。对小说的范围,主要是以现代小说观念去确定古代符合小说观念的小说作品,但为了真实客观地描绘和展现近代天津小说的发展过程,将同时采用古代的小说观念,对清代属于小说但现在不属于小说的作品亦给予关注,唯有此才能尊重历史真相,反映出天津小说的本来面目和发展规律。天津范围以现在天津辖区为主,包括天津市内六区,以及西青、津南、北辰、东丽、汉沽、宝坻、静海、宁河、武清等郊县,有的地区在清代属于天津,现属于河北省或其他省份,一并给予关注。关于近代时间的划分在史学界有多种分法,在文学界也颇有争议,本文以 1840 年至 1911 年的天津小说作为研究对象,在时间上和内容上都较为合理,因为 1840 年以前天津几乎没有严格意义上的小说,1911 年以后的小说有较多学者进行了关注,这 71 年较为完整地反映了天津小说从无到有,从少到多,从传统到现代的发展过程。

本书的研究方法主要为归纳、分析、比较等逻辑方法,以及文本细读法、文献研究法等。在对近代天津小说资料进行梳理与编年的基础上,对各阶段的优秀作家、作品进行重点讨论。对近代天

津小说发展中表现出的规律、特色、贡献等给予总结归纳与综合
评价。

全文由绪论、正文与结论组成。绪论在对近代天津小说研究综
述的基础上明确了近代天津小说的选题价值,确定了近代天津小
说的研究对象和范围,介绍了论文的基本内容与创新之处。

第一章主要讨论近代天津的社会文化背景与小说的萌芽、发
展,对近代天津小说发生、发展的社会文化背景进行概述,以获得
初步的认识。

第二章主要讨论近代天津小说萌芽期的主要作家作品。近代
最初的三十年是天津小说的萌芽期,此一阶段的小说都为传统笔
记小说,在艺术方面有一定的模仿痕迹,在内容方面多围绕着天津
的人和事来写,体现了浓郁的津门地域色彩。

第三章主要讨论近代天津小说发展期的主要作家作品。传统
小说绽放出惊人的魅力和光彩,津籍说唱艺人石玉昆由说书改编
而来的《三侠五义》,有着鲜明的幽默艺术风格,成为家喻户晓的侠
义公案小说。志怪小说也在近代天津产生了杰作,李庆辰的《醉荼
志怪》是一部有着创新性的志怪作品,怪诞讽刺是其独树一帜的艺
术特色。

第四章主要讨论近代天津小说的繁荣与转型。新传播媒介的
出现,新传播渠道的拓展,新思想人物的汇集,为近代天津小说的
繁荣创造了条件,1895 年左右近代天津小说市场开始逐渐成熟,
1900 年以后本土小说大力兴起,津门报刊小说十分活跃和繁荣,津
门日渐壮大的文人队伍使本土作家群建立。近代天津小说的新旧
转型主要表现在新小说观念的形成、新小说类型的出现、新小说文
体的产生以及新的小说传播方式等方面。

第五章主要讨论近代天津呈现新气象的报刊小说。《大公报》
是津门最早开设小说专栏的报刊之一，刊载了讽刺小说、侦探小
说、爱情小说、动物寓言小说等；《天津日日新闻》连载的《老残游
记》为近代小说贡献了一部经典之作；《两日画报》《醒俗画报》《醒
华日报》中的图画和小说展现了近代天津的城市形象；《人镜画报》
上刊载的探险小说《海天奇遇》在叙述节奏上松紧相驰，扣人心弦；
《天津白话报》上刊载的白话小说明显受到小说界革命的影响，爱
国救亡、移风易俗是其表现的主旨，还有反映天津社会时弊、记录
天津庚子苦难的小说，是地道的天津本土小说。

第六章主要讨论近代天津引领时代潮流的翻译小说。张焘的
翻译寓言集《海国妙喻》以"笑语俗言启迪愚蒙"为主旨，《海外拾
遗》以"新人耳目，扩人胸怀"为目的，走在了近代翻译文学的前列。
天津静海翻译家陈家麟与林纾、陈大镫等人合译作品七十多部，成
为最早翻译莎士比亚、托尔斯泰、契诃夫的翻译家之一。津门培育
的翻译家伍光建，最早运用白话进行翻译，取得了卓越的成绩。

第七章主要讨论转型大潮中近代天津的各类新小说，具有新
形式的官话拼音字母小说《对兵说话》、运用第三人称限制视角的
游记小说《行脚山东记》、传递新思想的警俗小说《暗云天》以及表
现新时代爱情观的哀情小说《断肠影》等。

第八章主要讨论转型压力下近代天津传统小说的反应与表
现。话本小说在继承与发挥诙谐幽默的优良传统之外，更多地在题
材、结构、写作手法、人物形象等方面表现出求新与求变。在铺天盖
地的新小说来袭中，近代天津志怪小说走向末路，逐渐失去了生
存空间。笔记小说逐渐与新闻文体合流，最终也丢失了原来的小说
身份。

　　结语是全文的总结，明确了近代天津小说是天津历史文化的宝贵遗产，是津味儿小说的起点与源头，促进了近代京、津、冀小说乃至北方小说的共同发展与繁荣，为近代小说的发展、繁荣与转型作出了极大的贡献。

第一章 近代天津小说萌芽、
发展的社会文化背景

第一节 天津城市的形成、发展与天津文学的发生

近代天津文学的产生与天津城市的形成和繁荣密不可分,谈近代天津小说必须要了解天津城市的发展过程。天津地区开发很早,在新石器时代已有先民进行耕牧渔猎活动,但由于长期远离当时的政治中心,城市聚落出现较迟。相对于中国一些历史悠久的古老城市而言,天津是一个较为年轻的城市,明朝永乐二年(1404)才筑城设卫,称为"天津卫"。"卫"是明代的一种军事组织,大体以5600人为一卫,兼有屯田的性质,除了卫城和屯田外,并无辖境,"天津卫"隶属于后军都督府。天津历来是一个军事要地,在元、明、清时代军事地位尤其突出,清代诗人崔旭曾在《天津镇》中说:"旌竿猎猎四旗红,第一畿南此镇雄。北近京师二百里,太平保障付元戎。""北马南船辐辏时,咽喉水陆近京师。钞关高揭天津字,百尺竿头望大旗。"①卫所形成的军营文化使天津人普遍具有一种好勇尚义的精神,这种精神在近代天津小说中多有反映。

天津作为一个靠海的城市,历来有很多人依靠渔盐业生活。乾

①潘超,丘良任,孙忠铨等主编:《中华竹枝词全编》,北京:北京出版社,2007年,第341页。

隆时的吴锡麒在《津门杂咏》中说:"芦雨生寒雁下汀,津门秋色好
扬舲。一阵风腥肩贬出,鱼虾争赶晒盐场。"杨映昶也在《津门竹枝
词》中说:"生计惟凭旧钓车,鲁鱼网罢网羊鱼……海邦七十二沽
传,贱卖鱼虾不论钱。"爱新觉罗·永瑆也在《杨柳青柳枝词》中说:
"家家绿柳在门前,门外乌篷小小船。黄鱼雪白随潮上,切作银丝不
值钱。"描写了天津人民以渔盐业为主的生活场面。由于渔、盐、海
运交通等的支撑,天津经济逐步发展,清朝雍正三年(1725),天津
由卫改为天津州,隶属河间府。雍正九年(1731),从州升为天津府,
附廓置天津县。天津府辖沧州、天津、青县、静海、南皮、盐山、庆云 1
州 6 县。①随着天津经济文化的发展和府县建制的完善,天津的文
学也逐渐发展。康熙年间出现了遂闲堂、问津园,雍正、乾隆年间出
现了水西庄等著名的文人汇聚之地,产生了诗词唱和的文人群体。
虽然还没有小说作品出现,但津门作家王又朴《诗礼堂古文》中的
几篇人物传记《体安和尚传》《杨烈女传》《李大拙先生传》值得我们
关注。王又朴(1680—1760),号介山,字从先,雍正进士,师事方苞,
属桐城派,津门杰出文人。从他的作品中可以看到当时天津传记文
的成熟,《体安和尚》记述了津门嗜酒善画的僧人体安,"性嗜酒而
善作墨梅,每醉后辄解衣磅礴泼墨,淋漓粉壁间,睨视之,辄投笔大
笑,自以为神。"体安和尚虽然嗜酒,不拘小节,但又是一位持身自
重的高僧:"中丞尝伺其醉,命二妓拥之,辄酣寝,鼻息如雷鸣,终不
及乱,中丞以是极重之。"②以简洁传神的笔墨勾勒出体安和尚的风

---

①天津市地方志编修委员会编著:《天津通志·人事志》,天津:天津社会科学院出版社,
 2001 年,第 18 页。
②王又朴:《诗礼堂古文·诗礼堂杂咏》,《清代诗文集汇编》编纂委员会编:《清代诗文集汇
 编 248》,上海:上海古籍出版社,2010 年,第 342 页。

貌,真是一位奇僧、高僧。《杨烈女传》歌颂了一位宁死不屈的刚烈女子,烈女死的当晚托梦给其父,"父以公家役至邑,日暮雪甚,羁宿廨舍,女来见梦,血淋漓肩项,问,曰:'萧谅杀我。'时漏下四鼓矣,父踉跄归则女已断头死矣。"[①]魂魄托梦给这则人物传记增添了浓厚的神秘色彩,笔法近似于小说。《李大拙先生传》记述了津门明末清初时自号"逸民"的怪人,"性迂甚,以礼法自绳,不肯踰尺寸,世皆目为怪,不顾也。尝过市遇雨,不觉踉跄趋已,自咎曰:'误矣。'仍返始趋处,徐徐行如故步,其他迂态皆类此。"[②]其迂腐怪异真是世间少有,在雨中快步走了之后又回去慢步走一遍,让人解颐。这些人物传记虽然不是小说,但却显示了一些小说的特性,简洁的记叙、动人的情节、传神的描写等为近代天津小说的发生作了充分的准备。

至鸦片战争前夕,天津全县人口达到四十多万,其中有近二十万人集中在城内和城外的商业区。天津的城市和经济地位越来越突出,城内的衙署不断增多,地方豪富之家日增一日,行商坐贾,不可胜数。乾嘉时的诗人张船山在《过津沽》中称赞天津:"十里鱼盐新泽国,二分烟月小扬州。"1840 年爆发的鸦片战争,被视为中国近代史的开端。1840 年以后,中国许多古老的城市相对衰落下去,但作为北方沿海城市的天津,却因其特殊的地理位置、占有优势的运输条件以惊人的速度成长起来。鸦片战争之前的天津只是直隶管辖下的一个小小县城,战争的炮火把天津推向了历史的舞台,西方国

---

① 王又朴:《诗礼堂古文·诗礼堂杂咏》,《清代诗文集汇编》编纂委员会编:《清代诗文集汇编 248》,上海:上海古籍出版社,2010 年,第 343 页。
② 王又朴:《诗礼堂古文·诗礼堂杂咏》,《清代诗文集汇编》编纂委员会编:《清代诗文集汇编 248》,上海:上海古籍出版社,2010 年,第 341 页。

家瞄准了天津得天独厚的地理位置——既靠近渤海,又接近首都。
"1840年(清道光二十年)8月,英舰驶到大沽口外,英代表义律与
直隶总督琦善在大沽海滩谈判。""1858年(清咸丰八年)4月,英、
法、俄、美四国军舰驶至大沽口外。5月,英、法联军攻占大沽炮台,
26日英、法军舰由海河上驶至天津东门外。""1859年(清咸丰九
年)6月,英、法军舰欲强行闯入大沽口,被清军击溃。1860年(清咸
丰十年)8月,英法联军再占大沽炮台,然后占领天津。10月24日,
中英、中法《天津条约》在北京交换,同日签订中英、中法《续增条
约》,天津依约克日被辟为通商口岸。12月,英、法、美租界先后开
辟。1861年(清咸丰十一年)1月20日,清廷设三口通商大臣,常驻
天津。天津海关成立……"①从一系列的历史事件中可以看到天津
在西方列强的威胁与逼迫之下,踉踉跄跄地走上了近代的发展之
路。1870年(同治九年)10月28日,清政府裁撤三口通商衙门,所
有洋务海防事宜统归直隶总督管理,同时,设立天津海关道,李鸿
章为直隶总督和首任北洋大臣。"天津进入世界近代化的潮流虽然
是被迫的,但它作为一座城市,自身蕴藏的活力却由此被点燃,在
短短的数十年间迅速发展起来,由一座小县城变成了我国北方最
大的工商业城市和重要的文化中心。"②

这一时期的天津,虽然已经渡过了"遂闲堂""水西庄"的风流
闲雅时代,但是文坛并不寂寞,嘉庆、道光年间,天津文人群迅速发
展壮大起来,出现了一批优秀的诗人,梅成栋还组织成立了梅花诗
社。梅成栋(1776—1844),字树君,为当时诗坛盟主,曾在查氏水西

---

①罗澍伟主编:《近代天津城市史》,北京:中国社会科学出版社,1993年,第117~118页。
②王之望,闫立飞主编:《天津文学史·古代、近代卷》,天津:天津人民出版社,2011年,第
133页。

庄故址创立"研庐诗社",后易名为"梅花诗社",成员最多时达至四十多人,既有津门本地文人,也有客居津门的文人,"一时诗人如崔旭、边浴礼、高继珩、沈兆沄、沈涛辈皆萃于一城,月夕风晨,阄题斗韵,极一时之盛。"① "水西风流之后……梅花诗社的出现又掀起了天津文学创作的一个高潮,承续了清初以来的津门雅集之风尚。"② 虽然梅花诗社是以诗词创作为主的社团,但是在这个文人群体中悄然开始了创作小说的风气,梅花诗社的几位成员,高断珩和沈兆沄,都有小说作品问世,他们是近代天津小说最早的创作者与先行者。由此,作为文学一支的小说,逐渐在近代天津萌芽、发展,展现出自身的魅力。

第二节　近代天津小说的萌芽、发展概况

中国古代传统旧体小说最早发展起来的是文言志怪、志人小说,东晋时干宝志怪小说《搜神记》、南朝末刘义庆的志人小说《世说新语》是这方面的代表作。唐人"始有意为小说",出现了成熟形态的文言传奇体小说。白话小说肇始于唐代变文中的《庐山远公话》等,经宋代说话艺术的发展,元代有了形制完备的白话小说的刊本。明人对宋元"小说"家话本的整理加工如明代洪楩《清平山堂话本》、冯梦龙的"三言"、乃至凌濛初的拟作,使白话短篇小说艺术不断发展成熟。由宋元"讲史"话本如《三国志平话》《五代史平话》等发展而来的白话长篇章回小说,创造了明清白话长篇小说艺术

---

① 徐世昌:《大清畿辅先哲传》(下册),北京:北京古籍出版社,1993 年,第 812 页。
② 王之望,闫立飞主编:《天津文学史·古代、近代卷》,天津:天津人民出版社,2011 年,第 130 页。

的辉煌。完成于康熙年间的文言短篇小说《聊斋志异》及乾隆年间的白话长篇小说《红楼梦》，创造了中国传统小说的高潮。也就在此时，清朝统治下的天津府县建制正式完成，天津文学开始兴盛，在中国传统小说发展成熟的基础上天津的小说开始萌芽发展。康熙时期，蓟县(清时属顺天府，1973年划归天津，今蓟州区)曾出现过一部弹词作品——萧晶玉的《十粒金丹》。萧晶玉出生在蓟县城南郭家庄，确切生卒年月及家世都无从可考，成年后嫁给宝坻县庠生项达善为妻。①《十粒金丹》又被称为《宋史奇书》，是一部由弹词改编而成的小说，此书虽然产生很早，但在近代天津小说的发展中未起到明显的推动作用，主要是因为康熙时期天津州县尚未建立，天津文学还处于起步阶段，且萧晶玉所处的蓟县离天津本县较远，与津门文人之间缺少交往，《十粒金丹》在社会上广泛传播并产生较大影响是发生在近代的事情②。所以《十粒金丹》出现以后，天津的文学还是按照自身的发展规律前进，以传统的诗、文、词为创作主流。

确切地说，天津直到1840年后才产生小说的萌芽之作。近代天津小说萌芽的时代相对于一些文化发达的古老城市而言或许很晚，但对于天津城市自身的发展而言却十分合理。近代天津小说虽然起步晚，但发展十分迅速，在经历了大约三十年的萌芽期之后，进入了蓬勃的发展期，产生了一些具有代表性的优秀之作，这些作品都属于中国传统的旧体小说。随着天津报刊业的兴盛，天津小说在清末的十多年里获得了突飞猛进的发展，产生了许多截然不同

---

①刘春：《萧晶玉与十粒金丹》，中国人民政治协商会议天津市蓟县委员会文史工作委员会编：《蓟县文史资料第二辑》，1990年，第209页。

②光绪戊子漱兰居士在《十粒金丹·序》中说："《宋史奇书》一书，向无刊本。"佚名，《十粒金丹》，开封：中州古籍出版社，1986年。

于传统旧体小说的新小说。本文所说的传统旧体小说大致包括中国古代传统笔记、传奇及话本等小说,以此区别于清末时新兴的报刊小说、翻译小说、拼音字母小说等新小说。

法国批评家丹纳在《艺术哲学》中曾说:"艺术家家族包括在一个更广大的总体——社会之中,它周围有趣味一致的同时代人和群众。'风俗习惯''时代精神'对这个总体发生着影响。"①近代天津小说的产生从大的方面看离不开社会的发展、商业的繁荣、文化的进步等外界环境和因素的刺激,从近的方面看离不开天津文学的风俗习惯与时代精神,以及文人之间的交流与创作风气。从现在搜集到的资料来看,近代初期的三十年(1840—1870)是天津小说的萌芽期,外来的小说家影响到本地作家对小说的兴趣,由此,天津开始产生了自己的小说。在此阶段,天津产生的小说作品数量很少,有吴炽昌的《续客窗闲话》、高继珩的《蝶阶外史》、沈兆沄的《篷窗附录》、郝福森的《东园实纪》四部,都为传统的文言志怪小说。高继珩、沈兆沄和郝福森都是津门成长起来的文人,在他们的作品中体现了较为浓烈的津门地域色彩——以天津地方的人和事为写作的主要对象。高继珩、沈兆沄等津门作家创作小说明显受到当时全国小说创作风气的影响。许多文人在仕宦之余往往会从事文言小说的写作,如客居津门的作家吴炽昌,1850年在宝坻官舍完成了《续客窗闲话》,并请高继珩为其进行订正。后来高继珩创作了自己的小说集《蝶阶外史》,由此可以看到,近代天津小说的产生经历了一段较为漫长的从无到有的过程,在此过程中,文人之间的交流与全国小说风气的影响至关重要。

---

① 傅延修,夏汉宁:《文学批评方法论基础》,南昌:江西人民出版社,1986年,第195页。

1870 年以后,天津经历了被迫开埠,经济、教育、出版和文学事业都得到一定的刺激和发展,越来越多的文人热衷于写作,传统旧体小说呈现出良好的发展态势,不仅数量增多,质量也明显得到提高。在杂记小说方面,有《津门杂记》《天津事迹纪实闻见录》《宋艳》《敬乡笔述》等作品。这些见闻、杂记、琐语作品以现在的小说观念来看不能称之为"小说",但是在清代确实是属于"小说"的范畴,它们为天津优秀小说的产生奠定了基础。这一时期津门产生了杰出的志怪小说集——李庆辰的《醉茶志怪》。《醉茶志怪》1892 年刊刻之后一版再版,受到读者们的喜爱,是一本广为人知的津门小说,由此有人把它视为清代天津小说的最高成就者。人们总是以《聊斋志异》或者《阅微草堂笔记》的标准去评价《醉茶志怪》的艺术成就,这种不恰当的方法把《醉茶志怪》划入了二流作品当中。事实上此集既不同于《聊斋》的艺术,也不同于《阅微》的风格,而是别出心裁地运用了怪诞与讽刺的艺术技巧,形成了滑稽、幽默、搞笑的怪诞风格,十分具有相声的捧哏逗哏艺术特色,表现了天津作家特有的幽默。近代天津在长篇章回小说方面产生了石玉昆《三侠五义》这样的优秀作品,成为晚清公案侠义小说的代表作,其中的人物形象展昭、欧阳春、五鼠、艾虎、包兴、雨墨等至今仍被广大民众喜闻乐见。

1886 年,天津的第一种近代中文报纸《时报》创刊,近代天津小说在新媒体的影响下开始改变传统的传播方式。《国闻报》1897 年刊印的《本馆附印说部缘起》标志着天津新小说观念的出现,此理论推动了天津小说由传统旧体小说向新小说转型,大量的翻译小说、报刊小说等涌现了出来,经过对传统的突破与转型,近代天津小说开始进入了繁荣期。

第二章 近代天津小说的萌芽

随着外来作家的影响和本土作家的尝试,道光、咸丰时期天津出现了第一股小说创作的风气,开近代天津小说创作之先河。在天津本土小说家出现之前,对天津小说的产生起到过重要作用的一位作家不能不提,即客居津门的浙江籍作家吴炽昌。

第一节 客居津门作家吴炽昌及其《续客窗闲话》

一、吴炽昌的小说理论及其引领的小说风气

吴炽昌(约 1781—1856 年之前),字芗厈,浙江盐官(今海宁市)人,其作品《客窗闲话》被认为是"道光后期成书并刊刻行世的成就最高的文言小说集"。[①]吴炽昌虽然是浙江人,但一直生活在河北一带,谢性甫在《续客窗闲话·序》中言:"吴公,浙水名流,燕山游幕。"[②]据《客窗闲话·自序》可知,《客窗闲话》是作者道光十四年(1834)在保定时完成的。道光三十年(1850),吴炽昌又创作了《续

[①]张振国:《奇诡诙谐,雅俗共赏——吴炽昌〈客窗闲话卮论〉》,浙江工商大学学报,2010年第 3 期,第 33~37 页。

[②]吴炽昌:《客窗闲话·续客窗闲话》,北京:文化艺术版社,1988 年,第 499 页。

客窗闲话》,时在"泉州官舍之西斋",泉州是宝坻县的旧称,清代属于直隶,现属天津。吴炽昌在宝坻完成《续客窗闲话》不只是一个事件,而是表现了当时文人在业余创作笔记小说的现象。作为一位交游广阔的文人,吴炽昌周围已形成一个关注小说、爱好小说、评论小说的群体。吴炽昌的创作影响并带动了天津文人阅读、评论并创作小说,对天津本地小说的产生起到了很大的促进作用。

因爱好小说,吴炽昌在保定时身边就有一个热衷于小说阅读与创作的文人圈。他在《客窗闲话·自序》中言:"吴子赋闲之日,好集谈客,设厄酒盘蔬,听谈古今逸事。遇有可惊可喜,足以自省而思齐者,一一举笔录之,久之裒然成集。"①他们经常相集而谈古今逸事,然后再选择可惊可喜、发人深省者举笔记录,加工编辑为小说,然后汇聚成小说集。吴炽昌有着明确的创作观念,他在《客窗闲话·自序》中以主客问答的形式来说明小说的价值与艺术魅力之所在:一、与诗文相比,小说属于稗官野史之流,没有正当的社会地位,不被正统认可,但却受到大众的欢迎。诗文虽然是文人费尽心血创作的精华,"今来聪明智慧之人,加以研炼揣摹之学,发为诗文,昌明博大,自信足以传世,又有明师益友为之参订,哲舅贤嗣为之检校,始克付诸剞劂,出而问世,其用心亦良苦矣。"②但在社会中却不能广为流传,尤其是在大众阶层更不被接受,很快就沦为"为妇女夹箴粙,为庸夫覆酱瓿"的下场。二、小说虽然是小道,但是却能够"动诸人之耳",受大家欢迎,原因是故事新奇语言浅近,无论是聪明的人还是愚笨的人,受过良好教育的人和粗通文墨的人都可以欣赏。

①吴炽昌:《客窗闲话·续客窗闲话》,北京:文化艺术版社,1988年,第499页。
②吴炽昌:《客窗闲话·续客窗闲话》,北京:文化艺术出版社,1988年,第500页。

三、小说创作虽然是他一人主笔完成,但在创作过程中却有着多人的参与,"以数十百人之心思才力供仆挥洒"。四、小说的风格与主旨可以是多样的,有温厚和平者,有诙谐谲诡者,有忿世嫉俗者等等。由此,小说比诗文更具有可观的价值。

《客窗闲话》成书后,在作家周围的文人群中产生了较大的影响,有长白山人为之作序,乌耀云、范今雨、方幼樗、高芸数、徐子成五人为之评论,还有幼樗方廷瑚(当时方氏年已七旬,宦畿南)、荦生封左垣(字炎生,清孝廉,曾任易州棠荫书院山长)、子述苏缵、春谷陈寅贤、小黇户恩照等众人为之题词。他们的评议并不是泛泛的恭维与夸奖,而是探讨了中国文言小说中的许多热点话题,涉及到小说的源流、风格、雅俗、功能等问题。如乌耀云云:"笔法遒劲,其突兀纵横离奇豪放处,目不暇给,令人百读不厌矣。聊斋复生,未肯多让。"[1]点出《客窗闲话》的写作手法与风格。范今雨云:"唤醒世人不少,洵卓卓可传之书,非寻常评话可比也。"[2]称《客窗闲话》有醒世的价值,非通俗的供人娱乐的评话可比。方幼樗云:"纪事详明,而出笔俊雅,纯是书生本色,笔墨不落做闲书人腔调,是以读之口颊回津,不能释手。"[3]强调了文言小说文雅的特点,强于说书人的腔调。徐子成云:"《聊斋》、《阅微》而后得此,可为鼎峙。"[4]把《客窗闲话》与《聊斋》《阅微》相提并论。吴炽昌在保定官舍时形成的阅读、创作、评论小说的文人群,对于小说创作风气的形成有着积极的影响与意义。

---

[1]吴炽昌:《客窗闲话·续客窗闲话》,北京:文化艺术出版社,1988 年,第 500 页。
[2][3]吴炽昌:《客窗闲话·续客窗闲话》,北京:文化艺术出版社,1988 年,第 501 页。
[4]吴炽昌:《客窗闲话·续客窗闲话》,北京:文化艺术出版社,1988 年,第 500 页。

吴炽昌离开保定到宝坻以后,身边依然有一个对小说感兴趣的文人群体。1850年刊印的《续客窗闲话》中有谢理作的序言,王金台笠卿、虹江陆元烺、经圃达纶、同怀弟靖符卍生等人的题词。吴炽昌在天津宝坻的创作活动带动了当地文人阅读与创作小说的风气,从小说的序言中可见一斑。吴炽昌在《续客窗闲话·自序》中用了孟尝好客、叶公好龙、太白好饮一连串形象的比喻来说明自己喜好小说引来了众位文人墨客,不断把奇闻轶事讲给他听,他从众人提供的故事中获得了源源不断的创作素材,完成了《续客窗闲话》:"自少而壮,前三十年,所有闻见,已付雕镌。自壮而老,又三十年,投仆所好,搜罗蕃宣;续成八卷,就正群贤。"①吴炽昌在此书的创作过程中主动地"就正群贤",与朋友们交流与讨论,使其小说显示出新鲜的艺术特色。有人认为吴炽昌的《续客窗闲话》比其先前的《客窗闲话》还要情节曲折、惟妙惟肖、精彩传神、语言优美,让人觉得新鲜有趣。而《续客窗闲话》之所以能够取得这样大的进步,吴炽昌认为并非是自己的功劳,因为他已届古稀之年,听力不是很好了,即使客所谈的再尽态极妍,他有时候也难以听清,下笔之后往往词多疵累,"词多疵累,志欲求全;谁其订正,高君寄泉;一经笔削,较胜于先"②,于是请高寄泉对《续客窗闲话》进行审订,吴炽昌认为高寄泉对《续客窗闲话》的成书功不可没,且认为书稿经过高氏的订正后大胜于前,对高氏有积极的鼓励与肯定,可见新老两代作家在小说创作中的交流。吴炽昌以客居身份为天津小说的产生作出了极大的贡献,在创作交流中影响到津门年轻一代的作家。后来高继珩1854年完成《蝶阶外史》,明显受到了前辈吴炽昌的影响,尤其

①②吴炽昌:《客窗闲话·续客窗闲话》,北京:文化艺术出版社,1988年,第504页。

是在武侠小说方面。

二、《客窗闲话》、《续客窗闲话》中的武侠故事

《客窗闲话》的内容涉及到爱情、案狱、武侠、狐鬼、因果报应等内容,其中的武侠故事最值得注意,塑造了各种武艺高强的侠客形象。如《某驾长》写船上的驾长助人于危难当中,行侠仗义,不为名利,他身怀绝技,力大无比,能够把寺庙中的梁柱拔起,再轻轻地挪回去。《白安人》写侍卫之女白氏容貌婉丽娇弱,但武艺非凡,在船上遇到盗寇时沉着应战,贼人们被她的棋子击中要害后纷纷堕江而死。《孙壮姑》写年未二十而貌甚英伟的孙壮姑身怀高超武艺,智勇双全,打败盗贼保护了主人。《周姬》写河间周女因家贫为人妾,利用智慧和武功战胜了妒悍的正妻。《客窗闲话》中对人物形象描写比较细致,且对武林的作风有所描述,如《白安人》中"安人呼婢十余人来前,皆已易短装,黑衣黑裤,望之如墨。""安人遂自起,易乌缎袄裤,以青绫蒙首,挂铁丸囊。俊视之,目立眉扬,英武之概,另具风流,非复平时娇弱矣。"①在后面兴起的白话武侠小说,如《三侠五义》中夜行人也有类似的装扮。

吴炽昌后来作于宝坻的《续客窗闲话》对武侠内容继续有所发展,写作手法也更加娴熟。如《难女》中运用了对比的手法,先写洋行男镖师武功甚是厉害,再写洋行壮汉们运送糖包十分费力,"每包约重百七八十斤,皆壮而多力者,肩之疾趋。"其貌不扬的逃难女子受到洋行伙计羞辱后展示出惊人的绝技:"接(糖包)而投掷,不甚费力,群夫大哗,佥以糖包共压之。女无惧色,左抵右抛,如弄丸

---

① 吴炽昌:《客窗闲话·续客窗闲话》,北京:文化艺术出版社,1988年,第94页。

然,纷纷飞出市头,反将群夫击退。"①她的以四两拨千斤之技令人叹服,原来是一个隐于世间的侠女。洋行伙计们求助于镖师,让他对付难女,镖师却被难女轻易地打败,进一步突出了难女的武艺高强。《难女》篇最后一段还讲述了一个短小的故事,也是运用了对比的手法来突出女子的高强武艺。有一位卖艺的献县女子,霸道的武举要强留她过夜,女子和他打赌,在炕上能搬动她就嫁给他,"女子乃闭门,去衣俯伏炕上,武举腾身上,以两手翻其躯",但女子身坚如铁,武举不能把她翻转过来,"随作开弓势,尽平生之力,劈分两股,力尽而股不稍移。"②也不能用强力分开她的双腿;女子身硬如石,用拳打她,反倒自己手疼;武举不能赢,想以柔情动之,女子也不为心动,最后武举力脱而死。小说用一系列的动作描写,层层递进地刻画了身怀绝技的卖艺女子。《续客窗闲话》中亦有写镖师的,如《金标客》写了一位有侠义心肠、武艺高强的老镖师,贼人用利斧砍其头,斧反激回,伤贼首而跌。还有写文士习武的,如《文孝廉》中的文士能以两手倒挽五六套大车使其逆行。

武侠小说的产生与鸦片战争后内忧外患的社会局势密切相关,对武侠的描写在满足读者求新求异的阅读心理之外,还能给读者一种精神上的寄托,满足其对现实生活中侠士的渴望与幻想,希望侠士们能够挽救日益衰颓的社会,拯救和帮助弱势群体。清代兴起的文言短篇小说中,《聊斋志异》《阅微草堂笔记》等以花妖狐魅的传奇和志怪为主要内容,缺乏此类精彩的武侠故事。《聊斋志异》中只有《侠女》等少量几篇可称为侠,其他如《商三官》等身未有绝

---

①吴炽昌:《客窗闲话·续客窗闲话》,北京:文化艺术出版社,1988年,第254页。
②吴炽昌:《客窗闲话·续客窗闲话》,北京:文化艺术出版社,1988年,第255页。

技,不能算为武侠。《客窗闲话》《续客窗闲话》中的武侠故事堪为清代文言小说中的一大亮点,显示出与众不同的魅力,新颖的题材让读者有耳目一新之感。读者看惯了仙狐鬼神,知道为虚无缥缈,人间的一些故事,除了因果报应之外,也都无甚奇异。身怀绝技的侠士们虽然是人,却有着超人的能力,能够让读者为之振奋,所以,这是一股新兴起来的题材,如一股清新之风刮过,并对津门小说产生了影响。

第二节　寄居津门作家高继珩及其《蝶阶外史》

高继珩(1797—1865),一名浚璜,又作璇潢,字寄泉,河北迁安人。寄泉虽然不是天津籍,但是他十四而孤,依宝坻外家王氏以居,随舅父王宧崖先生学习,弱冠以宝坻籍领乡荐,嘉庆二十三年(1818)中举人。授栾城教谕,移大名。寄泉性喜谈兵,读书刻苦自励,喜为诗古文辞,在津生活数十年,与津门文人们有着密切的交往,曾参加梅成栋组织的"梅花诗社",与华长卿、边浴礼并称为"畿南三子",①对天津文化事业的发展做出了贡献。《蝶阶外史》正编四卷完成于咸丰四年(1854),作者小引云:"尝于茶余酒半,朋友聚谈,遇可传可敬可喜可愕之事,归辄篝灯笔之,积日既多,遂而成帙,命曰《蝶阶外史》。"②可知小说是在朋友聚谈的基础上产生的。续编无刊刻时间,然据其末条《梦痕》云:"今余行年六十余""予已周甲,为教官十余年,今始得一盐官"等语,可知作续书时作者已到

①徐世昌:《大清畿辅先哲传》下册,北京:北京古籍出版社,1993年,第820页。
②高继珩:《蝶阶外史》,晓园客编:《清人稗录》,上海:上海文艺出版社,1991年,第2页。

晚年。

一、《蝶阶外史》中关于天津的故事

《蝶阶外史》正编四卷,共 129 则,创作素材主要是身边见闻,作者对生活过多年的天津非常熟悉,并有着深厚的感情,其中有近30 则是关于天津、宝坻、宁河、武清、盘山等地的故事,约占全书的四分之一。其他都是关于文安、保定、通州、大兴、河间、大名、定州、青县等地的故事,也有一小部分是关于浙江、四川、北京等地的。《蝶阶外史》中有的故事对天津后世小说产生了影响,如《乡祠壁字》一则,在后来张焘的《津门杂记》中亦有"胡御玑题字"的故事。

《蝶阶外史》中关于天津地方的故事涉及多种题材内容,大致可分为以下几种:一是世情故事,主要是劝人行善,不要贪不义之财、做不义之事,否则就会遭到报应。如《某翁》中写天津某翁父子捡到不义之财未及时报官,被盗所害。《船户妻》写天津海河有盗杀客,分金给船户收买其口,否则就杀之,船户收金归家后,船户妻却深明大义劝船户报官,案破后免去灾难。《张立》写静海张立怀金还家,却把金藏起来以试探妻子的态度,后来去取时金却被人偷走,他羞惭而自缢,明府断案时有红蜘蛛出现,抓到姓朱的盗金者。再如《王绣绒》讲作者中表弟王绣绒误入阴司的所见所闻,以善有善报恶有恶报来劝诫世人。这些故事十分具有世情小说的意味,反映了当时天津社会的世情百态。如《木工弟》,木工有一弟美如冠玉,一天木工外出,木工妻回娘家,妻妹来看姐姐,两相不遇。遇天大雨,木工弟劝女留宿在家,自己去邻舍借宿,邻舍有一贼人听此回家向妻诉说,贼妻劝他趁火打劫,贼不往,贼妻自往。邻舍还有一无赖子夜就女求合,女听到动静藏匿于床下。贼妻到床上搜捡财物,无赖子至,以贼妻为女,贼妻以无赖子为木工弟,两人遂成欢洽。木工回来闻淫荡声,疑妻与人私通,怒杀二人,天明去岳家领罪,却见妻自门内出,妻云所杀者必弟与妹。验之也不是,报官,查明乃是贼妇与无赖子,木工无罪释放,木工弟与妹成婚。故事虽然是善有善报、恶有恶报,最终大团圆的模式,但是波澜起伏,意外频生,对人物的外貌、对话、动作乃至心理都有恰当的描绘,反映了当时天津农村社会的民情风俗。

二是写奇人奇事的。如《骆六》中写宝坻义仆骆六奋勇护主,在没有兵器的情况下拆桌足与贼斗,受到皇上的嘉奖。《王晴溪打盘》写宝坻王晴溪善于打盘之术,卜人休咎。《袁六先生》写袁六先生是宝坻的一位孤僻成性的人。《刘四先生》写宝坻刘某擅诛邪术,能除蛇妖鼠怪。

三是写名捕、大盗的武侠故事。高继珩在武侠题材方面受到了吴炽昌很大的影响,其《蝶阶外史》卷二集中以武侠故事为题材内容,刻画了许多形象鲜明的名捕、侠士、侠女、高僧和大盗的形象,他们都具有高超的武艺。如《万人敌》中写天津卫总观察的师傅有万人敌之术,"忽持刀跃起上马,横刀大呼,呼声如雷""但见树株左右倒,中开路一条""下马置刀,神色不变",刀法出神入化;《三和尚》写宝坻宏福寺的三位僧人,早年为盗,后改邪归正,都身怀绝技,身手矫捷,"公子转身,和尚已从楼脊跃而过""俄顷之间已数十度飞",轻功十分了得;《纪亮》写宝坻巨盗纪亮狡猾的盗技,这些武侠故事是小说中写得最精彩和最具吸引力的。

二、《蝶阶外史》中精彩的武侠故事

高继珩"性喜谈兵",武侠故事是《蝶阶外史》的最大亮点,是其不同于《聊斋志异》《阅微草堂笔记》等小说集之处。在唐传奇中就有侠客的故事,如《聂隐娘》等,但是后面的文言小说集如《聊斋志异》等中多有花妖狐魅内容,缺少剑侠内容。《蝶阶外史》中武侠内容得到大力的表现,高继珩擅于描写高超的武艺,如《少林寺僧》中写少林寺僧武艺高强,且能够因材施教传授人们绝技,有一个瞽者来学艺,少林寺僧持青铜钱五百撒掷山上下,让他寻找,过一年,竟摸索寻到五百枚钱,目顿明;有一个瘫者来学艺,少林僧先让他练习扔大石子,再练习投小石子,渐渐练成百发百中之术,成为一名船上的镖师。其中最为精彩的一篇当属《高二爸》,高二爸是宝坻县(今宝坻区)的一个捕役,身怀绝技,七十多岁了,屡次告老还乡,县令不许。盗贼们因为害怕他,不敢来犯宝坻县,相临的武清县(今武清区)有盗杀人拒捕,武清县令没有办法,只好请宝坻县派高二爸帮忙捕捉大盗,高二爸以七十多岁老捕头的身份独闯盗窟,小说写得惊险动人,紧张刺激:

> 至某处盗窟,其渠迎之入,令其下剧盗二三十人,一一谒,曰:"尔等皆非二爸敌也。"问来意,曰:"二爸亦太多事。我等相戒不犯公境数十年,今又理越境事耶?"二爸曰:"我来不获已。"因历述武清令礼聘状,邑令敦迫状。且曰:"我年已七十,既敢来此,数根朽骨,尚自惜耶?不得案中人,有决一死斗耳。"渠曰:"远来大不易,且共饮。"罗列酒肴,延之上坐。酒三巡,献肉一盂。一盗曰:"我欲敬二爸肉一方,敢食否?"应曰:"敢。"盗持刃之锐者,刺肉置高口,高张其口承之。盗并力戳,刃业已为齿所格,力既竭,不能进毫末。拔之,亦不能出,相持逾炊许。渠曰:"休矣!敢不令案中人随公去。"高张其口,盗持刀坐数武外。洗盏更酌,三更向尽,饮噉毕,卒获二贼归案。邑侯员家贴

榜其门:"勤公励俗"。年八十余,卒。回话之尊称曰爸。高,回
人,至今人呼高二爸云。①

这是一篇非常精彩刺激的短篇武侠小说,塑造了高二爸的名
捕形象,他虽然老了,但是英雄不减当年本色,对于他的绝技作者
并没有说太多,而是让他以"口格白刃"的招式展示了出来,在此之
下是他高不可测的深厚内功和绝伦武艺。二爸虽是官府捕头,却有
侠客的豪爽性情,还深谙人情世故,智勇双全,在与大盗们的周旋
中,有进有退、有礼有义、有勇有谋,只身入盗窟,不动一兵一卒而
大获全胜,令人佩服得五体投地。小说中对反面人物大盗头领的描
写也精彩传神,他圆滑事故,又狡猾多谋,同时还颇识时务、见机行
事,眼看不能胜过高二爸,就痛快地让二爸把案犯带走,虽然为盗,
也颇讲信义。高二爸是《蝶阶外史》中最生动鲜明的形象之一,堪称
天津宝坻名捕,其盖世绝伦的武艺堪与影视剧中的"四大名捕"相
比,这一切都得益于作者精彩的写作手法。

《蝶阶外史》中还塑造了有侠客之风的大盗,如《窦尔敦》,窦尔
敦虽为盗,但当他与客共遇恶僧时,就想办法除掉了恶僧,救了客,
并且不接受客表示感谢的钱财,表现出侠义之风。《蝶阶外史》还塑
造了多位剑术奇妙的女侠客,如《剑术》中有一位宋四娘,她舞剑时
"初舞一片白毫光,如银球旋转,渺不见人",再舞"四禺如白练一
条,倏左倏右,不可端倪。"舞毕,四娘"立面前,亭亭如不胜衣,仍不
改如兰之息也。"《蝶阶外史》中还写到武林中的排名与纷争,如《拳
勇》中说大江南北以拳勇鸣者八人,其一为僧,其二为吕四娘,白奉

---

① 高继珩:《蝶阶外史·丛书集成三编文学类·琐谈、书牍》,中国台湾省:新文丰出版公
司,1988 年,第 387 页。

官为七,甘凤池为八。因为僧"淫剽无行,荼毒善良",七人相谋一起除掉恶僧,为武林除去一害。

《蝶阶外史》中的武侠故事、武艺描写丰富发展了晚清文言短篇小说的题材和内容,强化了武侠的传奇色彩,促进了晚清文言小说的通俗化和大众化,由文人情趣转向市民情趣,满足了广大民众的阅读和娱乐需求,甚至影响了北方武侠小说的兴起与发展,为长篇武侠小说提供了故事素材、人物原型、武功技巧以及写作方法等。后来兴起的《儿女英雄传》《三侠五义》等武侠小说中多有侍卫、侠士、盗侠、盗贼、高僧、侠女等人物,在吴炽昌、高继珩的小说中都能看到类似的形象。民国时期,津门是北方武侠小说一大阵地,吴炽昌、高继珩等作家无疑是此风的开拓者与奠基者。

三、《蝶阶外史》的成就与传播情况

与天津同时代的小说《篷窗附录》等相比,《蝶阶外史》更加具有小说的艺术性。一是叙事讲究条理章法,避免平铺直叙,有意起波澜,故事性强。如前面所列举的《木工弟》等。二是加强了对话描写,通过人物自身对话来显示情节和推进情节发展,而不是由作者用自己的话代为叙述,有的对话也颇能传达人物的情绪和性格,如《窦尔敦》等。三是对场面、人物动作等进行细节性的描写和渲染,如《剑术》等。四是加强了人物形象的描写,注意表现人物的特定情绪和内在性格,使人物形象具有了一定程度的可感性和生动性,如《高二爸》等。

《蝶阶外史》在晚清时被书商发现并重印,受到读者们的喜爱,成为一部颇受欢迎的小说集。1911 年 9 月 19 日《民立报》刊载《蝶阶外史》广告:"笔记四卷,为乾嘉时某名宿所撰。趣味深长,文章雅驯。原评云简而能达,清而能腴,不事矜才使气,而叙事如绘,状物如生,自能成一家言者。观其用笔,能以征实处翻空,又能于翻空处征实,故不落窠臼,而文情奇隽,盖久为艺林称赏。顾日久板佚,流传绝少。兹在长沙陶宫保第假得家藏原本,亟行付印,以公同好。每部二册一函,洁白纸精印,定价四角。发行所:上海棋盘街广益书局及各大书坊,外埠各书坊均有分售。"①其中所说的"乾嘉时名宿所撰"有误,高继珩主要生活在道光、咸丰时期。从这则广告中可知,《蝶阶外史》在晚清时借助报刊这种新媒体的传播得以有了更多的读者,以其"叙事如绘,状物如生""文情奇隽"的艺术特色受到人们的好评和认可。

高继珩作为半个天津人,搭起了天津作家与外籍作家之间的一座桥梁,为近代天津小说的产生作出很大的贡献,《蝶阶外史》之后天津本土作家创作的小说陆续出现。

第三节　天津本土作家沈兆沄及其《篷窗附录》

沈兆沄(1783—1877),字云巢,天津人,性聪颖爽朗,昏夜目能辨物。嘉庆己末(1799),年十七应童子试第一,补县学生,嘉庆二十二年(1817)成进士,历任河南按察使、山西按察使等职。历官四十载,案无留牍,事必躬亲,开诚布公,淡然无欲。尝谓为长官者,稍有所好,迎合者即有所乘。后引疾乞归,邑人延讲辅仁书院,以实学教诸生,曾参加梅成栋组织的"梅花诗社",平居以诗书自

---

① 陈大康:《民立报与小说有关编年（1911 年）》,《明清小说研究》,2010 年第 1 期,第 189~201 页。

娱。其所著《篷窗录》,大学士翁同龢侍讲南斋时,上其书,奉旨留览。光绪三年(1877)卒,年九十四,谥文和。①云巢为华长卿(字枚宗,号梅庄)之舅氏,《梅庄诗钞》中有《织帘书屋同云巢舅氏夜话》等诗。

《篷窗附录》成书于咸丰二年(1852),时沈兆沄在河南按察使任上,他在《篷窗附录叙》中言,"余舟中书籍无多,经史而外子集,辄捡凤好者携之,随意摘抄,或书作者姓氏,或不书作者姓氏,杂论词章、书画,兼载药方、梦卜,暨大人先生诸遗事,无一语涉及戏谑闺阃,而以格言因果终焉。"②因一年之中强半在舟上,遂以篷窗为名,书的来源主要为抄录。《篷窗附录》的内容如作者所言,杂论词章、书画、兼载药方、梦卜、大人先生轶事,还有一些因果报应故事,可称为杂纂小说。有学者认为《篷窗附录》"小说意味淡薄",③不能算作小说,只有像李庆辰的《醉茶志怪》、储仁逊的《嚣嚣琐言》那样的志怪传奇作品才能算小说。这种看法有失偏颇,《篷窗附录》中很多内容虽然在当今看不能算作小说,但在当时却属于小说,其中有些篇目为梦境遇仙、乩仙现身、投胎转世、凡人遇仙等内容,极具小说的故事性与曲折性。所以,在近代天津小说发展过程中,《篷窗附录》是一部不能被忽视的萌芽之作。

一、《篷窗附录》中的虚幻故事

《篷窗附录》中抄录的故事有的出处是可考的,如讲述高阳李

①徐世昌:《大清畿辅先哲传》上册,北京:北京古籍出版社,1993 年,第 480 页。
②沈兆沄:《篷窗附录·丛书集成续编十六(总类)》,中国台湾省:新文丰出版公司,1988年,第 69 页。
③张振国:《晚清民国志怪传奇小说集研究》,南京:凤凰出版社,2011 年,第 204 页。

文勤公,前生系老儒,屡试不售,偶过邻李氏所居,见到李氏宅第"巍焕壮丽,私心羡之","忽被推坠怀中,昏愦逾时,及醒身小仅尺许",投胎于李家,生而能言,长又颖慧的故事,来自于清人董含撰的《三冈识略》。再如宝坻王子铨遇乩仙,出自于查为仁《莲坡诗话》,这些故事虽然有着真名实姓和实际的地点,但内容却十分虚幻,如:

> 宝坻王子铨瑛,任惠州太守时,与僧灵源辈,饮于官署。署后遍山木棉,因以"朝霞一片木棉花"为题。诗未竟,座客有索西瓜者,忽见一人担瓜数十在旁。详视其貌,虬髯碧瞳,迥异凡相。王心异之,遂尽买其瓜而去。历三十年,王官浙江温处道,解组寓姑苏,患痢颇剧,召仙请方。有降乩诗云:"朝霞一片木棉花,太守筵前曾卖瓜。屈指于今三十载,劝君依旧服胡麻。"盖王少年患痢,曾服胡麻丸而愈,因再服之,果瘥。担瓜之人已成乩仙,异矣。①

《篷窗附录》中以因果报应来劝戒世人的故事多具小说的虚幻色彩。如长洲韩侍郎,其祖甚贫,但喜放生,"每早起持帚,扫两岸螺蛳尽放水中,有时忍饥,扫逾数里,如此者四十年不倦。"后来,侍郎赴乡试,梦金甲神告曰:"汝祖放生功大,从此累代贵显,当今汝入翰林,官一品"。②韩侍郎果然中了状元。再如状元蔡公早年无子,妻花三十金买来一妾,妾哭诉说是因为夫负债而被卖,蔡公把妾送还其夫家,帮助他们还了欠债,还赠

---

①沈兆沄:《篷窗附录·丛书集成续编十六(总类)》,中国台湾省:新文丰出版公司,1988年,第89页。
②沈兆沄:《篷窗附录·丛书集成续编十六(总类)》,中国台湾省:新文丰出版公司,1988年,第117页。

送了他们三十金,后即得到善报,得子亦及第。再如陆孝廉屡次做善事,先是在兵乱中捡了一个男童,辗转把他送回家,陆父梦见朱衣神说因子善增寿三十九年。后陆孝廉又救了一个跳水寻死的婢女,还至主人家,再又捡得一包银,交往失主,主司阅陆的考卷时,看到卷上忽现"金书三还"大字,旋即高中。虽然这些善事是有名有姓有板有眼的,但是其中现身的金甲神、朱衣神、金书大字等显然是属子虚乌有的,由此可见《篷窗附录》虚幻的小说特征。

二、《篷窗附录》中的曲折之作

《篷窗附录》中的小说,有的颇为精彩曲折。如下面一则:

恪敏方公观承未达时,客游过永定河。时方修筑河堤,有夫头李姓,貌异常人,公与语,甚款洽。因入其团焦中,几案光洁,心疑为山林隐逸之士。询以曾读书否,曰幼时读过,今久忘之矣。问其年,曰亦不复能记,但记生在元时。公曰:"然则仙乎?"曰:"安得仙,吾将学仙而功行未满,尚未成也。"问以有何神通可示我。其人脱帽露顶,顶上发异香,氤氲满室,非檀非麝,常人鼻观所未有也。

后公在汉阳旅次,苦雨穷愁,默念:"此时安得李君其人者倾谈,一消积闷。"忽报李至,相见甚欢。询以何事至此,曰:"知心相念,故来一晤耳。"怀中出银少许,市酒肉,与公共饮。啖毕,欲别去。公欲从之游,曰:"子非吾道中人也,方大有为于世,遭遇不远矣。"未几,公授中书舍人,在枢廷行走。

一日,李忽来,自言:"我等贫贱人,积功行甚难,今在京行医，以冀少济于人。"其医不药不针，但按摩，病者自愈。一时喧动，有步军统领某知而召之。李曰："此公心术不端，他日将凶终，吾不欲见之。"竟不往。某怒，使缇卒伺之。李诣方公曰："此人恶心动矣，虽无奈我何，然辇毂之下，本非野人所当至也。今将别子出京，后会不可期。"留一扇曰："此可辟火。"又药一丸曰："他日有疾危笃，服之当效。"遂去，不复见。后公为陕西按察使时，官廨被火，惟寝室独存，殆因扇在室中也。扇无他，白纸面上有三黑画耳，灾后亦亡之。公后办西路军务，感疾几殆，因取前药丸，用水研服之，顷刻霍然。药甚香，与其顶上所发香同。噫！世岂少异人，无缘者不能遇耳！此事公之子勤襄公维甸亲向余缕述之。①

通过初见时的貌异常人、思念时的应感而至、在京时的神奇医术、别后的一扇一丸救护方公这几件事，塑造了李氏隐逸仙人的形象。也通过李氏在京城的遭遇，批评了世间人心的险恶，李氏有意在京治病救人，却被权贵的恶势力驱逐，隐遁避世，让人觉得非常遗憾。全篇运用首尾呼应的手法，强调李氏头顶散发出来的非檀非麝的奇异香气，更加衬托出他的仙异。小说虽短，但波澜起伏，情节曲折，是颇具匠心的一篇作品。

《篷窗附录》是迄今所知的第一部天津作家编纂的小说集，虽然以现在的眼光来看其中纯属于小说的作品数量较少，在艺术成就方面也不突出，但它的出现标志着津门小说的从无到有，为津门小说的发展奠定了基础。

---

① 沈兆沄：《篷窗附录·丛书集成续编十六（总类）》，中国台湾省：新文丰出版公司，1988年，第112~113页。

第四节 新发现的津门志怪小说《东园实纪》

《东园实纪》出自津门作家郝福森的《津门闻见录》,但长久以来都没有被人们视为小说作品。到目前为止,近代小说研究界对《东园实纪》还没有关注过。但凡应涵盖天津作家的小说研究著作、小说目录、地域文学史等都未提及。其原因一是《东园实纪》未被刊刻,只有稿本,限制了作品的传播与流通;二是向来被划为史部,故未被小说界发现。对这部小说作品的忽略是近代小说和天津地域文学研究中的一大缺憾。

《东园实纪》虽题为"实纪",但实属志怪小说,作者郝福森以小说笔法对天津本地传闻的狐仙鼠精、鬼魂神灵、扶乩梦验、诉讼断案、因果报应等怪异故事进行了艺术的加工。《东园实纪》中的小说虽然篇幅短小,但情节曲折,塑造了较为鲜明的人物形象,营造出虚幻神秘的氛围。相对于沈兆沄《篷窗附录》的内容庞杂,《东园实纪》是体例纯正的笔记体志怪小说。有学者认为"光绪间李庆辰《醉茶志怪》等志怪传奇作家作品的出现,在天津的文学史上具有某种填补空白的意义。"①现在看来此种观点有失偏颇。郝福森的《东园实纪》约完成于 1870 年,比李庆辰 1892 年刊印的《醉茶志怪》早二十多年, 是迄今发现的最早的天津本土作家创作的体例纯正且以反映天津地方传闻故事为主要内容的志怪小说集。

一、郝福森生平简介

作者遍搜天津方志,未发现关于作者郝福森的传记资料,故其

---

①张振国:《晚清民国志怪传奇小说集研究》,南京:凤凰出版社,2011 年,第 204 页。

生卒年与生平经历不详。但据《津门闻见录》中的相关记载可知,郝福森是一位地道的天津人,其先人世职事于御舟坞,其父平如公在御舟坞当差,善识水性,曾见义勇为,从河中救人。郝福森兄弟自幼在御舟坞玩耍,听父辈们讲述御舟坞的各种灵异故事。其母为教书先生之女,性情温善。其三兄为郝缙荣,其五兄因病早卒。缙荣字采三,岁贡出身,曾任宝坻县训导,著有《一门沉潾集赋草》,与天津文人多有交往,《津门闻见录》卷一第 17 则说:"家三兄旧与金静波、华筠庄共立诗社,社长系华梅庄,筠庄之胞兄也。"①华梅庄即天津近代著名诗人华长卿(1805—1881),字枚宗,号梅庄,工诗,与边浴礼、高继珩并称"畿南三才子",道光十一年(1831)举人,曾选开原训导。郝缙荣曾参加华长卿组织的诗社,可见郝福森兄弟在津门颇有文名。假如郝缙荣与其诗友华梅庄的生卒年大略相当,那么可推测郝福森大约生活在 1800 年至 1880 年之间,主要活动于道光、咸丰、同治年间。《东园实纪》两卷,每一段记事一则,每则未著篇名,共计三万四千多字,所记事最早为嘉庆十三年(1808),最晚为同治九年(1870),由此推测此书不是写于一时一地,而是陆续完成的,最终完成于1870 年或其后稍晚的时间。《东园实纪》未被刊刻一是因为当时天津刊刻十分困难,费用昂贵,一般人难以承担;二是发生战乱,使人无心顾及。如卷一第一则所记蒋玉虹难以刊印《天津县志》的事情:"'天津县志好修工,雄甫先生蒋玉虹。书既编成难借取,无人刊刻费青铜。'后闻殷商张某以两千吊钱购之,并许注明蒋某著,邀缪昆源等为之纂修,惜咸丰戊午逆夷犯顺,未得竟其功焉尔。"②具有史料价

---

①②郝福森:《东园实纪》,《天津图书馆孤本秘籍丛书二史部·津门闻见录》,天津:天津图书馆辑,第 5 页。

值的《天津县志》都难以出版成书,更不要提《东园实纪》这样的小说作品了。未能刊刻限制了此作品的流通,可见近代天津小说的发展离不开印刷技术的支持。

二、《东园实纪》的志怪题材

《东园实纪》是受清代《聊斋志异》和《阅微草堂笔记》的影响而产生的文言小说,在文体方面更近似《阅微草堂笔记》,为篇幅短小的笔记体志怪小说,其志怪题材主要有如下几类:

一是精怪故事,涉及狐、鼠、鼋、蛇等,其中写得最多的是关于狐仙的故事。如卷一45则写一小狐变成婢女到人间躲劫,劫过后向人叩谢,飘然而逝;卷一52则写家五兄的一位朋友住在废宅里,看到几位狐女,老者浣衣,少者嬉戏,因为"人无意于狐,狐亦无意于人",人与狐和谐相处,两无所扰;卷二61则写书生张啸岩在静院读书,有一位狐仙与他娓娓清谈,狐仙不仅知识渊博,还"兼通时艺",张生"凡有制作,皆就正于狐",以狐为良师益友。另一写得较多的是关于老鼠精的故事,因为天津风俗以鼠为五大家之一①,所以关于鼠精的怪异故事流传颇多。其中有神秘的老鼠精像世间的老人一样,如卷二48则中"穿蓝大袄,戴白毡帽,足系长靴,貌极黄瘦",觅之却没有踪影,"但见尘土满壁,鼠粪盈床而已。"还有卷二第47则中性情温顺的老鼠奶奶,在人间繁衍子孙。此外,还有关于黄鼠狼、鼋、蛇等的精怪故事,充满神秘色彩。

---

① "津人合之称五大家,即胡(狐)、黄(黄鼠狼)、白(刺猬)、柳(柳树)、灰(鼠)是也。比户供奉惟虔。"张焘:《津门杂记》,天津:天津古籍出版社,1986年,第86页。

二是鬼怪故事。《东园实纪》中的鬼怪故事很多,且具有可读性。如卷二43则,写上园的王自立在天津卫做生意,性嗜酒,不醉不归,晚上路过丛葬处,都会有小鬼来扶他走路,他把这件奇事告诉乡亲们,大家不信,一夜他喝醉之后小鬼又来扶,他就"用手暗挽鬼发,到庄前,急呼:'予捉鬼来矣。'鬼急挣而去,手中尚余红发数根",这是一个"天津版"的捉鬼故事,生动有趣。《东园实纪》中的鬼怪故事大都写得富有生活气息,体现了人类社会中的某些特点和生活习俗。如卷二第44则写家慈之母舅醉归,有鬼追之,"每逼近撒一把钱,鬼俯拾之","如是者数次,囊已空矣",幸好远处传来鸡鸣声才得以解脱,鬼竟然像人一样贪爱钱财。又如卷二第29则,写友人马跻堂有祖传古瓶被丫环打碎,他失手打死丫环,在考场上丫环的鬼魂来报复,他许诺隆重改葬,丫环才肯离去,体现了现实中对殡葬十分重视的传统观念。再如卷二第49则,作者朋友的一个姻亲死而复活,自言行至半途到八里庄时见许多亲人来迎,笑他戴了一顶绿帽,让他赶紧回家换一顶帽子,家人给他换了一顶蓝帽后,他立刻就"瞑目归阴"了,将生活中人们对"绿帽子"的理解融入情节。

三是梦验、神仙等怪异故事。《东园实纪》中多有梦验故事,如卷二第14则,河东李智溪曾梦见两隶持票觅其父,票上载四十千文,他觉得很奇怪,就把这个梦告诉了母亲。结果他过河东浮桥时船翻溺亡,"计其葬埋之数恰四十千"。还有一些关于天津本地的神话传说故事,如卷二第17则,讲一个天姥送子的故事,此夜正是作者的侄孙降生。又如卷二第18则,金某夫妇只有一女,虔礼北斗,女儿竟变成了男子。作者对此进行了详细的描述:"女腹下作痒,夜半扪之,阳在下也,大惊不止",又在结尾说"予不敢信以为真,然其事实出于吾邑焉。"①尽管言之凿凿,欲使人信以为真,但终属怪异之谈,纯属小说家者言。

三、《东园实纪》的小说笔法

《东园实纪》是近代天津小说萌芽阶段的作品,作者运用小说笔法使作品在一定程度上取得了情节曲折、人物鲜明的艺术效果。

1.以多视角叙述使情节曲折变化

凡纪实性的史传文学,都是以第三人称全知视角叙事,以求叙事的客观真实,但《东园实纪》常采用多视角的叙述方法,以求情节的变化曲折。如卷二第26则,故事先用第三人称视角叙述天津小辛庄有一车夫魏二,作者五兄每天租赁他的车。有一天车夫魏二突然失约没来,过后五兄问他原因,作者于此处就开始转换视角,让车夫以第一人称讲述自己的经历:

> 魏二云:"在卫耽搁久,及到府上,天色已暝,意君必不到墅,因驱车自返。行至梁家园窪内,天交一鼓,澹云笼月。见一少年妇人,红裤,鱼白褂,红绣鞋,怀抱小娃,极白。旁有一十余岁小女儿,代为扑蝗。欲雇车上灰堆,讲妥车价,少妇即令小女儿自回,倏忽间已在车内。自云年二十一岁,系灰堆人,嫁与城里某为妻,夫卖假首饰,并问我多少岁,数言伊夫与我同庚。车行无几,少妇双弯其手,摩挲我前胸。予以为不节之妇也,弗理之。及到灰堆,少妇又言家住白塘口。予亦未怀好意,因驱车又

①郝福森:《东园实纪》,《天津图书馆孤本秘籍丛书二史部·津门闻见录》,天津:天津图书馆辑,第29页。

走,用手反摸之,虚而无人,返视大骇,趋而回家,行到白塘口,央求道旁饭铺人曰,快救命。此处人素识我声音,皆以我为戏言,问明其故,共送回家。至今摩挲之处有数行青痕。"①

车夫讲完关于"我"的故事之后,作者又回到第三人称叙述,说明"此家五兄亲听其言,并亲睹其伤,未几魏二病没。"整个故事处处讲的是天津的真实地名,处处是"我"的亲身经历,亦真亦幻。其中的车夫本是不通文墨之人,他的讲述本应是口语化、通俗化的,但行文语言却简洁生动,错落有致,显然是作者加工润色的结果。

再如卷二第40则,讲述了作者家里供役的老仆人少年艳遇的故事:

> 予家曾祖中堂窨草地,家五兄董理其事。本村一老人供役,自云:"年少无知,在此地有所奇遇,几乎丧命。"究其故,对以:"三十年前,芟草此地。草头挂一红绣鞋,小才寸许,颇为之心动,拾而置诸怀前,见一清秀少女,用手笑招,遂随其踪而往。同事操作者见我手执治草具,直望前奔,愈奔愈速,并弃所执而不知,似前有所引,急欲就之者。同人大骇,呼之不应,共为逐之,忽失我所在。前见一穴,窄难容身,乃予之鞋底半露于外,力为拽之,半晌乃出,人事不省矣。移时甫甦,又自云身随女子,业进大门,方将就亵,被尔等破我好事,懊悔不已。共指其穴而告之曰:'此尔美人所也'。恍然自悟,因拜谢同人,怀中之绣鞋亦消归亡有矣。"②

---

① 郝福森:《东园实纪》,《天津图书馆孤本秘籍丛书二史部·津门闻见录》,天津:天津图书馆辑,第31页。

② 郝福森:《东园实纪》,《天津图书馆孤本秘籍丛书二史部·津门闻见录》,天津:天津图书馆辑,第33~34页。

以当事人的视角来叙述故事,使读者追随着当事人的足迹,看着"我"一步步地被引诱到地穴里,真让人暗捏一把汗,直至"我"被同人拽出苏醒过来,读者才渐松一口气,但是绣鞋倏忽消失又增添了几分神秘,可谓悬念叠生,令人紧张中又有几分惊恐,作者小说笔法的运用颇为娴熟。

2. 设置悬念营造虚幻色彩

《东园实纪》的作者郝福森还擅于设置悬念,营造虚幻神秘的效果。如卷一78则讲述了一个谜团般的故事,温家的教书先生刘东溪相貌不俗,"身体傀伟,面目方正,谈笑不苟",让人一见就生敬仰之情,自言是山东某府某县某村人氏,但是多年没回过家。后来发生了一件奇怪的事,温家囷中的麦粒生芽数寸,人们以为是潮湿,刘东溪却说府上要得鼎甲,果然被他言中,温氏中了状元,证实了刘东溪未卜先知的特异功能,让人觉得神奇。此外,刘东溪先生还特别淡泊钱财,处馆多年所得酬金一概不留,都赏赐给仆人。在他杳如黄鹤隐去之时也没有带什么钱财衣物。故事中的人物似真似幻,如神龙见首不见尾,给读者留下一个未解之谜:"仙耶鬼耶,人而隐者耶,皆未可知"。①作者以扑朔迷离的小说手法营造了一种神秘的艺术氛围。

《东园实纪》中类似的例子还很多,如卷二第41则写香河盐店旧有房屋百余间,举人阎腾珩与作者三兄竟夜长谈:"闻有鬼声唧唧,两人随音而觅之,就东而声在西,就西而声在东,究不知其何处。"让人觉得非常的神秘,有身临其境之感。

---

① 郝福森:《东园实纪》,《天津图书馆孤本秘籍丛书二史部·津门闻见录》,天津:天津图书馆辑,第23页。

3. 以细腻笔法描绘人物形象

与"实纪"类叙事作品相区别,小说的重要特征之一是无论篇幅长短都需注重人物性格的刻画。《东园实纪》多为篇幅短小的故事,在简洁的描述中很注意对人物形象的塑造。作者运用外貌、语言、心理及环境等细节描写使人物形象栩栩如生。如卷二44则讲述老鼠奶奶的故事:

> 远年,有一外县少年来佣工,绝无妻小之累。主人令其在洼砍柴,同事者八九人。及除夕,他人皆归,独守窝铺。主人与之面、肉、酒、菜,令其过年。迢迢大野,四顾萧然,未免有所妄想。傍晚自理肉、面,特为水角计。闻户外莲瓣声响,急起出视,乃一素衣女子,敛衽而入,自云:"遭家不造,身为未亡人,独处凄凉,往就母家,暂于此小憩焉。"佣工云:"夜深地僻,何可独行,如不见嫌,可在此共为守岁?"女子微笑,似乎首肯,因上铺代理水角。佣工心动,顾酒瓶而戏谓之曰:"能饮是乎?请与子偕饮。"女俛首匿笑。于是就灶中爇之,饮余,共啖水角。挑之,亦不甚拒,遂解衣共寝。枕畔喁喁言:"此非常策,予家有余粟十数石,可趁明夜无人,策双寨驼而购之,盖草房数间,以笃百年之好。"明日复畅饮,醉而形现,乃一修尾老鼠也。佣工恐其仙去,用镰刀割其尾。惊起,仍作一女形,泣而告之曰,"业为尔妇,何必乃尔。"后生二子,子复生子,故谓之老鼠奶奶。[1]

通过细致描绘写活了一位老鼠奶奶,她没有神奇的功能与魔力,也不恐怖可怕,如同现实生活中的良家妇女一样温顺大方、妩

---

[1]郝福森:《东园实纪》,《天津图书馆孤本秘籍丛书二史部·津门闻见录》,天津:天津图书馆辑,第35—36页。

媚动人、勤于持家,和人间一位贫困男子结为夫妻,不辞劳苦、不嫌贫寒,繁衍生活。这位老鼠奶奶很像《聊斋志异》中的鼠精阿纤。只不过郝福森是以笔记体写故事,篇幅更为短小。综而观之,《东园实纪》中的狐妖精怪都不像《聊斋》中的异类那般风情万种,而是更贴近现实;《东园实纪》中的爱情故事也不似《聊斋》中的那样缠绵动人,而是更为生活化,平淡朴素。

四、《东园实纪》的津门地域色彩

作为一部天津本土作家创作的小说集,《东园实纪》紧紧围绕着天津地方上的人和事来写,体现出浓郁的津门地域色彩。如前面所讲到的灰堆、小辛庄、宜庆阜等地都在天津本地,还有海光寺、三岔口、刘园等地,这些地名至今仍在沿用,天津人读起来倍感亲切。除了前面所谈到的狐鬼精怪的故事,《东园实纪》还有记述天津士人的故事、批评当地贪官污吏的故事、揭露天津科场内外的故事,并天津地方坑蒙拐骗、讼狱断案、因果报应等各种故事,还有鼓励尊师重教、歌颂见义勇为、贞妇烈女乃至贞夫为妻殉情的故事等等,可以说涉及小说题材的方方面面,作者通过这些故事刻画了天津名士的群像,歌颂了天津人尚义的性格特征,表现了天津人民爱憎分明,勇于同邪恶势力做斗争的优良传统。

1. 刻画了天津名士的群像

《东园实纪》反映了天津文士正直高尚、淡泊名利的精神风貌,他们生活清苦却志存高远,为天津的文化事业做出了很大的贡献。如卷一第一则蒋玉虹虽然生活清贫,却克服重重困难编写《天津县志》,他"不趋势利,不尚浮华,惟信而好古,闻某地现出一碑,某家旧存一策,或怀钱数百,或袖饼数枚,即奔数百里不惮烦也,如是者多年,积卷盈几"。可见其安贫乐道的精神。

《东园实纪》还描写了津门恃才放旷、风流不羁的名士们。如卷一第 4 则写天津书法家六桥先生为人疏懒、不矜小节:

> 当考童时,县取第三。家住锦衣卫桥,由家而来覆试,及到,署门已封矣。自敲门而呼之曰:"第三到!"县主怜其才,又念门已封锁,不可擅开,特令差役提其门槛,伊竟蛇行而入。又逢岁考,恰值中秋,带酒一大瓶,写作俱完,倾瓶自吸,已入醉乡,复自行阅文,颇觉得意,遂执笔而圈点之,妥,拍案叫绝曰:"若在考场准取一等第一!"旁观觉之曰:"此何地也?"始豁然自悟。缴卷后,宗师出牌晓谕:"文笔固佳,何须自行圈点!"发学戒饬之……①

通过几件事写出六桥先生的恃才放旷,童考迟到竟自报家门为"第三",自负之情油然可见。岁考时写完后自圈自点,自诩为第一,以风趣幽默之笔写活了这位自信且自负的天津名士。奈何他命运多蹇,因"帘官拟中解元,主考欲置散榜第五,因此争",遂置而不中,从此潦倒不试,以诗酒自娱,终其一生。

天津文士们互相欣赏、尊重,以才取人,而不是以外貌和出身取人。如卷一 37 则写天津文士孙荫堂,一天风雪严寒,举人华梅庄、进士徐芝卿邀他小饮,华、徐二人都是狐貉之衣,孙荫堂敝袍破履,衣衫褴褛,但却"挨肩并走,神色自如,及到酒馆,高坐首筵,不多谦让""大喝大嚼中夜醉归"。流露出孙荫堂真名士自风流的洒脱自信,也表现了华、徐二人对孙荫堂人品才学的敬重。

---

① 郝福森:《东园实纪》,《天津图书馆孤本秘籍丛书二史部·津门闻见录》,天津:天津图书馆辑,第 5~6 页。

津门不仅文士品格高尚,武士也英勇风流,如卷二第 1 则记李公随大帅征战金川,"饭甫热,辄闻贼至,公倾饭覆釜于马后",有一种破釜沉舟的气概,马因为烫而急驰狂奔,李公"直抵贼阵","贼见一红面大汉挺戟而来,皆披靡而退。公下马转调炮口,望贼队轰去,贼毙若干,并搴两旗而退。"李公机智英勇、奋不顾身的形象跃然纸上。

2. 表现了津门人士"尚义"的性格

《津门闻见录》的卷首,用极细小的字迹记录了天津武举候肇安力行善事的事迹。道光元年七月大疫,候公施药施棺,道光三年又大水,米贵如珠,万民饿苦,候公约董事数十人设立粥厂,候公为此和兄弟分了家,把自己的全部家财都用于粥厂,感动了众人。作者言:"天津是好义之地,闻候公破家之念,有入小米者,入柴木者,入银钱者",粥厂救活了五万余人。"尚义"是天津人共同的性格特征,作者对这一点有着清晰的认识和体会,并在《东园实纪》中予以重点的描写,对津门义士、义商、义仆、义役等给予了大力的赞颂。

赞颂义士者如卷一 39 则,作者先君善识水,有一次去河北路过大关浮桥,见一人失脚落水,脱衣跃水救之,被救之人以银百两表示感谢,先君拒收,且言"我非以命换钱者流,不必多为费心","追问姓氏居址,亦不告焉",不图回报。

歌颂义商者,如卷一 40 则,有一位落魄的商人除夕之夜带着仆人去要账,仅得银四十两,还不足欠账的十分之一,扫兴而归,路过北城根见矮屋中灯火昏沉,小儿啼声甚苦,对仆人说定有原因,仆人劝他"爷今自顾不暇,尚管人事乎"。商人"破窗自视,见夫妇二人双绳已结,将并就缢,以足踢门而进",原来夫妇二人因为欠了百余吊钱还不上被逼无奈而寻死。商人慨然自任曰:"我止有此四十两,即不还人,尚不至于死,你得此即可重生"。于是把银子送给这对夫妻,后来这对夫妻生意红火,商人遭遇不幸被抄了家,夫妻俩把商人"奉养于家,亲如父子"。不仅商人有义气,被救之人也知恩必报。

赞颂义仆者,如卷一56则,周理夫先生殉节台湾,仆人陈德也与他同死,周先生被敌兵抓住时陈德不离左右。周先生劝陈德逃走,陈德却"泣涕随之",不肯逃命,"及贼以刃刺先生,德抱持以护之,众刃齐下,德被伤而蹶,公遂遇害。德见先生已死,奋夺贼刃,向将台击贼,贼众斫之,德亦支解"。这位义仆在性命攸关之际把自己的生死置之度外,奋不顾身保护主人,为国捐躯。作者在结尾赞叹曰:"如此义仆,天下有几人哉!"周理夫先生是被政府表彰被历史记载的人物,而他的仆人却是不被记载的,作者歌颂这个不被历史注意的小人物明确体现了尚义的思想。

赞颂义役者,如卷一51则,大宪杜授田之坐师韩鹤庄祖上曾为监房役,狱吏一般都冷酷无情,其祖上却非常宽善,在县犯人极多,其祖"望而悯之,日以豆粉之余腐数盘,以救监犯之死",给监犯食物让他们得以活命。更让人称赞的是到了腊月要过年的时候,他就和监犯约定,放他们回家,等过了年再回来,"至期无一食言者",所有的监犯都遵守这一约定,过完年按时返回监房。可见天津真是一个尚义之地,不仅士人、商人们尚义,连役吏、仆人、乃至监狱中的犯人都讲究信义,令人敬佩。

3. 表现了津门人民爱憎分明、诙谐幽默的性格

《东园实纪》反映了天津人民爱憎分明的精神,贤者、善者受到人们的歌颂,天津循吏很多,如卷一49则记津门李珏任太仓州时明断僧尼案,此故事也被津门作家李庆辰写入其《醉茶志怪》

中,只是《东园实纪》简洁,《醉茶志怪》更为委屈详细。再如卷一54则,津门文士孟小帆的九世祖曾任山西平乡县推官,斯邑多棚匪,官府计划剿灭之,孟氏恐有玉石俱焚之患,以全家之命担保,棚匪听说之后远僻他乡,不再来犯,孟氏入平乡名宦祠。再如卷一第41则,天津知县王玖坡智断秘鸡案,替百姓伸冤,惩罚了霸占穷人鸡的米铺,被传为美谈。再如卷一48则,盐山县会元王穀庵为人忠正不阿,奉旨岁察仓廒发现仓米不敷,积弊已久,场官为之走动,穀庵坚持秉公执法结果被设计陷害而死,作者对王氏充满了同情。

与此相反的是仗势欺人者、鱼肉乡里者、为富不仁者、见利忘义者、见色起淫心者遭到人们的痛恨、讽刺与批判。作者讽刺这些人的手法有时是诙谐幽默的。比如卷一73则讽刺假仁假义的沽名钓誉者,青县刘某富而不仁,勾结官长,煊耀一时,官长为他请孝廉方正,造成匾额不日即挂,结果乡亲们用苇框糊纸依样装成一个孝廉方正的匾额,还做了顺口溜来讽刺他:"说他孝他真孝,逼他母亲上过吊。""说他廉他真廉,放帐具系八分钱。""说他方他真方,祖宗堂里窝过娼。""说他正他真正,为人调词他驾讼。"对其虚假的孝廉方正进行了辛辣的嘲讽。作者对贪鄙不义者也进行了诙谐的讽刺。如卷一67则,天津大绅士梁某本是寒士出身,官至山东江苏两任巡抚。居官过俭,除贿赂上私外一文不肯轻费。有本族的人来拜谒,只给盘费,十分小气。罢官后积蓄足有二三百万,招募义勇犹从中取利。有人想戏弄他,就和他商量各出数千银为招募之资,他"几乎吓死,手中烟壶坠焉"。讽刺了这位天津的吝啬鬼,简直可比《儒林外史》中的严监生。

五、《东园实纪》的创作思想

从《东园实纪》中可以看到作者郝福森有着比较明确的创作思想,他希望能够以因果报应的故事来劝世人行善,并借故事来宣扬家庭和社会伦理,希望借此让社会清明,人民生活太平。

1. 以因果报应劝世人行善

《东园实纪》反映了天津当时的社会情况,从这些故事当中可以看到当时各阶层人们的生活状况。天津本是一个盐业发达的城市,有很多家财万贯的大盐商,但随着盐业的衰败产生了一大批的没落家族和败家子弟。作者对淫恶之人最为深恶痛绝,如卷二 78 则中说:"报应不爽,淫者尤甚",某家"由盐务而家成巨富,以桑中之约为乐,坏良家妇女多多。每逢奏盐时,坨下必需女工,彼见有中意者,秘托其友,倩人作牵头。"因淫人妻女,他的女儿、儿妇等都淫声藉藉,"迫至家道凌夷,直引皂隶于中闺,其淫乱之报未有如此显然者",最终沦为人们的笑柄。作者劝那些富有的人不能为非作歹,狎优取乐,更不能淫人妻女,否则就会倒霉败家,咎由自取。如卷一 76 则,某人性佻达,和朋友们打赌要在皇会时偷一只坤鞋,后果然偷到,正在饮酒高乐时却得到家信说,他家的姑娘因为在会上被偷了鞋,羞愧自杀而死,佻达轻浮的性情得到了恶报。作者认为淫为万恶之首,他在卷一 51 则说:"见色而起淫心,先哲久戒",并讽刺有淫心的人遇到了一个女吊死鬼,结果被吓死。

作者提倡仁慈、勤俭持家,劝诫富有的官僚、商人们,不能恣意地炫耀挥霍,更不能有恶行。如卷一 32 则,天津盐山县李进士父贱而行恶,子成进士后要到河南为官,他的父亲在家中演戏,招亲友共贺,"酒如绳而肉如陵",过于奢靡,父以为子既做官也要一同前去,于是尽族偕行,舟过黄河行至中流时飓风忽起,全家陷匿,没有一个生还,遭到了恶报。作者劝那些有权势的人要秉公执法,劝那些小有权势的人如刀笔吏、差役等不要横行乡里、徇私舞弊,否则也会遭到报应。如卷一 60 则记赵德山为皂役,以强横智略骗人钱财,结果遭到了雷击。卷一 62 则记刀笔吏葛汀桥因呈词而至张庆因死,张为鬼后来索命,葛汀桥半年后亦辞世。作者发出"杀人不见血者,莫甚于刀笔吏"的感慨,希望刀笔吏能够正直,否则不会有好下场。

作者所处的咸丰、同治、光绪朝正是一个外侵内乱的时代,许多人死于非命,作者对那些不幸的人充满同情。如卷一 56 则,作者避匪难时见到一棵树,赵某被夷匪吊死在此树上。作者认为他很可怜,但知情者却说赵某曾经捡过一个外地卖布人的银子和账本,没有交还,致使卖布人自缢于树上,后赵某被吊死在同一棵树上,正是遭到了报应。作者劝人们要与人为善、不贪不义之财、不见利忘义,这样做能够积德以免于战乱中意外的死亡和伤害。

2. 以创作宣扬家庭伦理

因为外侵和内乱,当时的天津出现很多社会问题,经济萧条,人心浮动,伦理失常,许多家族由大变小,由盛变衰,作者认为这是家庭不和睦的结果,由此他非常重视家庭伦理,认为和睦是家庭兴旺发达的基础。作者在许多故事中都劝人们重视兄弟骨肉之情,如果分家而居很快就会零散衰败。如卷一第 43 则言"听谗言以薄骨肉,人宜知戒矣。"婆媳之间也要和顺,刁蛮的媳妇戾气太重会至子孙无福,家运衰败。如卷一第 61 则讲陈室宋孺人,其媳入门骄慢,不以姑为姑,自奉过丰,置姑不问,孙媳亦不德,宋孺人

殁后,家道凌夷,最后只有一孙乞食街上。与家庭伦理相关的,则
是作者对妇道的重视。当时天津妇女受封建思想的束缚和毒害很
深,有少女未嫁夫即死,女则殉夫的;还有夫死多年,妻子因人怀
疑有改嫁之心而不能苟活的,不仅自己寻死,还勒死两个女儿,掐
死笼里的鸡,是长期生活在压抑下而产生的一种扭曲心理和变态
行为,具有强烈的悲剧性。在天津也发生过类似于《孔雀东南飞》
的忠贞不渝的爱情故事,如卷一47则,津门举人于亦亭的五弟,
妻子去世,志不再娶,兄长们却暗地里给他挑选了继室,无奈之下
他留下遗言离家出走,下落不明。作者在结尾说"此虽近愚,可留
此一节为天下之烈妇者。"可见他以小说来宣扬社会伦理的创作
目的。这些故事反映出作者受时代限制的思想,亦反映出当时天
津社会的现状。

六、《东园实纪》对《聊斋志异》《阅微草堂笔记》的学习

《东园实纪》题材丰富,富有想象性,虚幻色彩极强,笔法简洁,
描写细致,有一定的艺术成就,刻画了津门名士的群像,表现了津
门人士尚义的性格,批判了社会中的黑暗现象,是近代天津小说萌
芽阶段较为优秀的一部作品。近代天津小说是在全国小说的影响
下而发生、发展的,作者郝福森十分注重对传统小说的学习,尤其
是对蒲松龄《聊斋志异》和纪昀《阅微草堂笔记》的学习。

1. 对《聊斋志异》的学习与发展

郝福森对《聊斋志异》非常熟悉,创作中往往对其中的篇目有
意识的学习和模仿。如卷二第70则言"观《聊斋》而至《念秧》,未尝
不叹诬骗之巧也。家五兄亲见一事,仿佛似之。"写下了身边以假金
钏为诱饵的连环骗局故事。卷二第72则提到"《聊斋》奕鬼之说",

讲述了自己的舅舅有着棋癖的故事。

《东园实纪》属仿聊斋之作，但并不是亦步亦趋地模仿，而是在学习继承的基础上有所发展。如《东园实纪》中诱狐钻入罈中的故事是对《聊斋志异》中《狐入瓶》的学习。《聊斋志异》中原文为：

> 万村石氏之妇，祟于狐，患之，而不能遣。扉后有瓶，每闻妇翁来，狐辄遁匿其中。妇窥之熟，暗计而不言。一日，窜入。妇急以絮塞其口，置釜中，燂汤而沸之。瓶热，狐呼曰："热甚！勿恶作剧。"妇不语。号益急，久之无声。拔塞而验之，毛一堆，血数点而已。①

讲了一位机智的妇人，因为祟于狐患，想到诱狐入瓶并杀之的好办法。《东园实纪》卷二46则对《狐入瓶》的故事有进一步的发展，人物和情节都有所丰富：

> 盐山三虎庄或云一狐产三子，皆虎而冠者也，故名之。一日，狐指儿谓其夫曰："与尔为夫妇多年，亲戚绝未往来，盍请其外祖饮。"夫备酌邀之，果有一老人至，须发皆白，情致殷然，从此频邀频至。老人醉后隐告其婿曰："你妇与你异类也，终必辞去，非断其尾也不可。"后乘其妇形现，用利刃断之，藏其尾于他所。一日，又延翁至，女私子曰："你外祖善钻罈，何不请为此戏。"翁笑而入，女急封其口，置之釜内，以热汤烹之。启视，止存余血数点而已。女搜出断尾，醮血续之，飘然自去。②

明显是受了《聊斋志异》的影响，但情节更曲折，人际关系更为复杂。

---

①蒲松龄：《聊斋志异》，北京：中华书局，2009年，第23页。
②郝福森：《东园实纪》，《天津图书馆孤本秘籍丛书二史部·津门闻见录》，天津：天津图书馆辑，第35页。

2. 对《阅微草堂笔记》的学习

郝福森对《阅微草堂笔记》很熟悉,如卷二第 3 则:"现城之说,纪文达公曾载之,吾邑两有所见,一系卫南窐……或曰所现者黑牛城也……河东躡河淀之城往往出现。"①创作中受《阅微草堂笔记》的影响和启发更多,表现在体例、笔法、思想内容等方面。体例方面,《阅微草堂笔记》只分卷,每一则故事没有题目,篇幅短小,为体例纯正的笔记体小说,《东园实纪》亦同样。

笔法上,《阅微草堂笔记》以简洁的语言叙述奇闻异事,《东园实纪》也都是作者听闻的故事,有时候这些故事是随笔式的,没有太多的波澜起伏。如《阅微草堂笔记·滦阳消夏录(三)》:"余家假山上有小楼,狐居之五十馀年矣。人不上,狐亦不下,但时见窗扉无风自启闭耳。楼之北曰绿意轩,老树阴森,是夏日纳凉处。戊辰七月,忽夜中闻琴声棋声。奴子奔告姚安公。公知狐所为,了不介意,但顾奴子曰:'固胜于汝辈饮博。'次日,告昀曰:'海客无心,则白鸥可狎。相安已久,惟宜以不闻不见处之。'至今亦绝无他异。"②写姚安公对狐淡然的态度。《东园实纪》中卷二 52 则写人与狐和谐相处,表现出与《阅微》极为相似的平淡笔法和情趣:

> 从来人为狐祟,大抵由于自取也。家五兄闻一相好者言,曾寓居于城里某废宅中,别院深闭,颇觉清幽,偶寓目焉。入则见一老媪浣衣,又进一层,见两年少女,一方二八,一方十二三,少者拈烟筒以戏长者,长者止之,相与嬉笑,目无旁人,是

---

①郝福森:《东园实纪》,《天津图书馆孤本秘籍丛书二史部·津门闻见录》,天津:天津图书馆辑,第 27 页。
②纪昀:《阅微草堂笔记》,上海:上海古籍出版社,2010 年,第 31 页。

人无意于狐,狐亦无意于人,两无所扰焉。①

人类与狐类同宅而居,和谐相处,互不相扰,心境淡泊洒脱。

思想内容方面,《阅微草堂笔记》重视因果报应,劝人为善,不杀生,不作恶,《东园实纪》同样也是重视因果报应,劝人多做好事,勿做坏事,否则就会遭报应。如《阅微草堂笔记·滦阳消夏录(四)》:"余家奴子王发,善鸣铳,所击无不中,日恒杀鸟数十。唯一子,名济宁州,其往济宁州时所生也。年已十一二,忽遍体生疮如火烙痕,每一疮内有一铁子,竟不知何由而入。百药不瘥,竟以绝嗣。杀业至重,信夫!"②《津门闻见录》中有一则因鸣铳而得报应的故事与之相似:

> 上帝以好生为德,下至禽兽,不可轻伤。予邻右张姓行二,善鸣铳,所见狐兔鲜有脱其技者。一日梦至土台前,见一老人,特为邀之,曰:"我家密迩,何弗少坐。"张乃随之入,但见楼阁重重,如世家式样,往来小儿辈见之纷窜,多有折足伤目者。老人切为嘱之曰:"吾家子孙多遇你而夭折,以尔无知不相责也,嗣后断不可为。"及醒,乃是一梦。从此矢不鸣铳,后得手足不良之疾。予表兄亦善鸣铳,见张二染疾,自是不鸣铳焉。③

同样是劝说鸣铳人不要随意杀生,否则自食恶果,但此情节比《阅微》中的故事更加曲折,人物语言与行动描写细致,惟妙惟肖。

《阅微草堂笔记》中对好淫和为非作歹之人做了极大的讽刺,

---

①郝福森:《东园实纪》,《天津图书馆孤本秘籍丛书二史部·津门闻见录》,天津:天津图书馆辑,第36页。

②纪昀:《阅微草堂笔记》,上海:上海古籍出版社,2010年,第57页。

③郝福森:《东园实纪》,《天津图书馆孤本秘籍丛书二史部·津门闻见录》,天津:天津图书馆辑,第19页。

如《滦阳消夏录(三)》中写荔姐夜行归家,遇到无赖子尾随,情急之下:"乃隐身古冢白杨下,纳簪珥怀中,解绦系颈,披发吐舌,瞪目直视以待。其人将近,反招之坐。及逼视,知为缢鬼,惊仆不起。"①把无赖子吓了半死。《东园实纪》对此种手法有所学习与继承,如卷二51则:"吾乡有水地方,吴姓者夜深巡察,见一少妇独行,疑为淫奔者流,尾随之。女自行如故,逼近之,女面墙而立,因戏而牵其袖。女乃回顾,乃一舌吐数寸许,头系长绳之缢鬼也。惊而奔,望见豆房,头撞风门而进,人与门俱倒,半晌乃苏,悉述一切,未消半月,病几死。"②在思想内容、故事情节上都可看到对前者的学习和模仿。

中国古代文言小说发展至清代的《聊斋志异》达到了一个高峰,其后模拟之作数量众多,到《阅微草堂笔记》时又达到另一个高峰,模拟之作绵延至晚清仍不绝,《东园实纪》在众多模拟之作中艺术成就不算很高。因1850年以前天津在小说方面颇为沉寂,至1870年在外来作家的影响之下和全国小说风气的带动之下,才逐渐培养并产生了本土作家作品,此一阶段天津小说处于萌芽阶段,作者多处于模仿与学习阶段,缺乏鲜明的个性和创新性。《东园实纪》在天津小说发展史中有着里程碑式的意义,它是天津本土作家创作的第一部体例纯正的小说作品,代表着1840年至1870年天津小说萌芽期所能达到的水平。

近代天津小说的成熟有一个循序渐进的过程,需要一段时间

---

① 纪昀:《阅微草堂笔记》,上海:上海古籍出版社,2010年,第32页。
② 郝福森:《东园实纪》,《天津图书馆孤本秘籍丛书二史部·津门闻见录》,天津:天津图书馆辑,第36页。

的积累,才能产生出更为优秀的作家作品。近代天津小说的萌芽期作品数量少,质量处于起步阶段,并受到刊刻条件的影响不能广泛地传播,但天津作家们努力克服重重困难,大胆地尝试创作小说,给这座城市留下了一笔宝贵的文化财富。

第三章　近代天津小说的发展

　　小说在近代天津走过艰难的萌芽时期,1870 年以后随着天津城市经济的发展、文人群体的壮大、文化事业的完善和刊刻业的进步,逐渐进入迅速发展的阶段,产生了较多数量的志怪小说、传奇小说以及话本小说等等,较前面的萌芽阶段,形式更加丰富多样,质量亦有明显的提高,达到了较高的艺术水平。其中最引人瞩目的当属津籍艺人石玉昆的《三侠五义》,它继英雄传奇小说《水浒传》之后,开创了侠义公案小说的新类型,引起晚清的一股侠义公案小说热。另有津门作家李庆辰的《醉茶志怪》,是津门几代作家向《聊斋》《阅微》等经典作品不断学习产生的硕果,李庆辰给传统的志怪小说带来新奇怪诞的艺术风格。

第一节　津籍艺人石玉昆及其《三侠五义》

一、石玉昆其人及《三侠五义》的成就

　　据《非厂笔记》记载,石玉昆,字振之,天津人,因为他久在北京卖唱,所以有人误认为他是北京人。咸丰、同治时石玉昆尝以唱单

弦轰动一时。①宋克夫在《石玉昆〈侠义传序〉考论》中考证石玉昆
"大约生于 1800 年,在道光十七年前后已经以说《包公案》极具盛
名。道光二十八年,石玉昆大约四十八岁,完全有可能作《侠义传
序》。"②由前辈学者们的资料可见石玉昆确系天津人,成年后主要
生活在北京,盛志梅在《清代子弟书的传播特色及其俗化过程》中
言:"石玉昆的演出成就和风格很大程度上影响了天津子弟书的品
格,形成卫子弟。③石玉昆的成就一方面在说唱文学,另一方面在由
说唱文学改编而成的话本小说。

　　《三侠五义》(一名《忠烈侠义传》)由北京聚珍堂 1879 年刊印。
"《三侠五义》为石玉昆所首创,学界意见比较一致,没有疑问。"④
《三侠五义》成书过程较为复杂,其前身为《龙图耳录》,《龙图耳录》
是根据石玉昆的说唱本《龙图公案》改编而成的。《三侠五义》成书
后,即在当时社会产生了很大影响,吸引了广大的读者。俞樾将其
改编为《七侠五义》,他在《重编七侠五义传序》中曾言:"及阅至终
篇,见其事迹新奇,笔意醋恣,描写既细入毫芒,点染又曲中筋节。
正如柳麻子说《武松打店》,初到店内无人,蓦地一吼,店中空缸空
甏皆瓮瓮有声。闲中着色,精神百倍。如此笔墨,方许作平话小说,

①李家瑞:《从石玉昆的〈龙图公案〉说到〈三侠五义〉》,王秋桂编:《李家瑞先生通俗文学
　论文集》,台北:台湾学生书局印行,1982 年,第 17 页。这一说法是广为学界认可的,如
　赵景深在《三侠五义·前言》中言:"《非厂笔记》说,石玉昆字振之,天津人。因为他久在
　北京卖唱,致被误为北京人。"见石玉昆:《三侠五义》,上海:上海古籍出版社,1980 年,
　第 3 页。
②宋克夫:《石玉昆〈侠义传序〉》,《文献》,1997 年第 1 期,第 51~58 页。
③盛志梅:《清代子弟书的传播特色及其俗化过程》,《满族研究》2012 年 4 期,第
　79—83 页。
④苗怀明:《乡关何处觅英魂—清代民间艺人石玉昆生平著述考论》,《南京大学学报》(哲
　学人文科学社会科学),2003 年第 6 期,第 124~130 页。

如此平话小说,方算得天地间另是一种笔墨。"①对其精彩的艺术手法给予了极力肯定。

二、《三侠五义》对《水浒传》的继承和发展

《三侠五义》之于《水浒传》有明显的继承与发展的关系。石庵曾说:

> 《七侠五义》一书,其笔墨纯从《水浒传》脱化而出,稍精心于小说者一见即知也。但其妙者,虽脱化于《水浒》,而绝不落《水浒》之窠臼,且能借势翻新,故寻一与《水浒》相同之事,以弄其巧妙,而书亦另具一种体裁格调,实开近日一切侠义小说之门。其描写之法,亦独擅长技,就中诸人,如北南侠、五义、三雄,皆能各具神态,最妙者则为艾虎、蒋平、白玉堂三人。深按其描写之法,艾虎之忽而粗豪,忽而精警,似从《水浒传》中武松、石秀二人熔化而出;白玉堂之纵意径行,恃能傲物,似从《水浒传》中卢俊义、鲁智深二人熔化而出;蒋平之处处精细,举动神速,似从《水浒传》中之吴用、时迁、阮小七诸人熔化而出。艾虎自首一段文字,为书中最出色之作,实则脱胎《水浒》中吴用弄卢俊义之故智耳。再如蒋平之遇水寇,白玉堂之逢北侠,则与《水浒》中宋江遇李逵、李逵逢张顺,同一趣致。惟作者善于变通,不稍为《水浒》所围;且有时故意相犯,忽别翻花样,令阅者拍案叫绝。吾不能不服作者思想之绝人也。②

指出《三侠五义》在人物性格、故事构成、写作手法等方面对

---

① 朱一玄编:《明清小说资料选编》上册,天津:南开大学出版社,2006年,第364页。
② 朱一玄编:《明清小说资料选编》上册,天津:南开大学出版社,2006年,第364~365页。

《水浒传》的学习和发展。虽然《三侠五义》有多种向《水浒传》学习之处，但《三侠五义》与《水浒传》还是非常不同的，而且多有超越之处。首先，二者表现的立场不同。《水浒传》是英雄的立场，重点表现的是英雄好汉，《三侠五义》是平民的立场，将表现的重心下移到平民百姓身上。鲁迅在《中国小说史略》中说："时势屡更，人情日异于昔，久亦稍厌，渐生别流，虽故发源于前数书，而精神或至正反……一缘民心已不通于《水浒》，其代表为《三侠五义》。"①在中国小说的主人公从英雄人物向平民过渡的发展过程中，《三侠五义》顺应了民心，受到了读者们的欢迎。其次，二者表现的精神不一样，《水浒传》中表现的重点是英雄好汉对黑暗邪恶势力的反抗，《三侠五义》表现的重点则是英雄侠士对国家和百姓的帮扶和救助。然后，二者对待生命的态度不同。《水浒传》歌颂轰轰烈烈的英雄，对普通人的生命视如草芥。《三侠五义》中则重视和爱护每一个生命。

《三侠五义》在某些艺术成就上不及《水浒传》，如鲁迅言："构设事端，颇伤稚弱。"②但是，《三侠五义》亦有其成功之处。胡适曾说《三侠五义》："有因袭的部分，有创造的部分。大概写包拯部分是因袭的居多，写各位侠客义士的部分差不多全是创造的。"③《三侠五义》独特的艺术成就主要表现在四个方面：一是其所体现的平民立场，二是其创造的幽默艺术，三是其运用的细致入微的笔法，四是其对人物形象的成功塑造。

---

①鲁迅：《中国小说史略》，北京：中华书局，2010年，第172页。
②鲁迅：《中国小说史略》，北京：中华书局，2010年，第175页。
③胡适：《胡适文集6·古典文学研究下》，北京：人民文学出版社，1998年，第217页。

三、《三侠五义》体现的平民立场

《三侠五义》中贯穿着一种对下层小民仁爱的态度和立场，对每一个普通的生命都充满尊敬与关爱之情，鲁迅曾指出其"为市井细民写心"的特点，①我们从一个普通的孩子邓九如的命运可见一斑。在《水浒传》中，李逵为了让朱仝上梁山，一斧子就劈死了天真可爱的小衙内，谁把无辜的小衙内当成一个值得怜悯与同情的生命呢？只有朱仝伤心气愤，别的人都没有发出一声叹息。在《三侠五义》中同样有一个可爱的小孩子邓九如，但他与小衙内凄惨的命运却截然相反。

邓九如丧父，和母亲一起生活，他的两个舅舅都是恶人，一个假冒了包拯的侄儿为非作歹，被包公铡死。另一个抢劫了包三公子，要为他的兄长报仇。邓九如的母亲私自放了包三公子，自缢身亡。邓九如被他的舅舅踢"死"，赵虎听了这件事之后"登时怒气填胸，站将起来，就把武平安尽力踢了几脚，踢得他满地打滚。"②赵虎是一个鲁莽之人，听到一个孩子被踢死就以牙还牙地处罚这个恶人。试想如果在这里作者真的让邓九如死了，或者不再去管他的下场，对作品会有影响吗？当然不会。因为他只是一个附属的小人物而已，不会对小说的情节造成任何影响。但是，作者却对邓九如一直关注着，人们还在努力查找邓九如的下落。第五十三回《蒋义士二上翠云峰　展南侠初到陷空岛》中"县官道：'敝境出此恶事，幸将各犯拿获。惟邓九如虽说已死，尚有蹊跷……此事还须细查。'"

①鲁迅：《中国小说史略》，北京：中华书局，2010 年，第 179 页。
②石玉昆：《三侠五义》，北京：中华书局，2013 年，第 254 页。
③石玉昆：《三侠五义》，北京：中华书局，2013 年，第 258 页。

③包三公子被救之后,对邓九如念念不忘,"提到邓九如深加爱惜",
"又叫包兴暗暗访查邓九如的下落。"①哪怕只有一线希望也不放
弃。不仅是包三公子,还有别人也在关注着这个孩子的命运。第五
十八回《锦毛鼠龙楼封护卫　邓九如饭店遇恩星》中,彻地鼠韩彰
遇到了一个山西商人虐待一个小孩,花五两银子把小孩买了过来,
这个小孩就是邓九如,原来他当时只是被踢得晕了过去,并没有
死,被山西商人捡回去。韩彰因为有要事在身,先把邓九如寄养在
张老伯那里,至此,作者算对邓九如有了一个比较完整的交待,如
果邓九如一直跟张老伯过日子,也是一个不错的结局。但是作者继
续关注这个孩子,到第五十九回《倪生偿银包兴进县　金令赠马九
如来京》中,包兴找到了邓九如,说明三公子要认邓九如为义子,邀
请张老儿与邓九如一起上京。"张老儿听了,满心欢喜。"②至此,邓
九如得到了一个非常好的下场,他的故事可以圆满结束了吧。但
是,作者并不就此止住。在第六十八回中,韩彰在包府中重新见到
了张老儿和邓九如,这时邓九如已是一位知书达礼的宦家公子模
样,韩彰差点认不出他来了。至此,邓九如的故事终于可以圆满结
束了吧,但是,作者还没有停止,一直用忙里偷闲的笔墨来关注这
个小孩子的命运,让他穿插出现在八回书中,直到第七十一回中
"包世荣别了叔父,带了邓九如,荣耀还乡。"邓九如历经挫折之后,
得到一个圆满的归宿,作者才终于结束了邓九如这个普通小孩子
在《三侠五义》中的故事。这不能不说是作者的细心、爱心与珍视众
生之心的体现,作者笔下的英雄们也同样有此爱心与精神。

---

①石玉昆:《三侠五义》,北京:中华书局,2013 年,第 261 页。
②石玉昆:《三侠五义》,北京:中华书局,2013 年,第 295 页。

《三侠五义》中的英雄十分具有人情味,他们爱惜每一个善良、无辜的普通人,不让他们轻易地丧命和受伤。如第一百十六回中《计出万全极其容易　算失一着甚是为难》中,水寨头领钟雄被众人设计捉住,大功告成之时,智化却又返回了水寨,原来是因为钟雄的妻子儿女不知真情,恐怕她们遭到不测,让钟雄"难乎为情"。①所以,智化返回水寨去救钟雄的妻儿。在第一百十七回《智公子负伤追儿女　武伯南逃难遇豺狼》中,智化受了伤,但"不辞劳苦,出了后寨门,竟奔后山而来。""把脚疼付于度外,急急向西而去。"终于成功救下钟雄的妻子和女儿,但儿子不知下落。第一百二十回《安定军山同归大道　功成湖北别有收缘》中,钟雄对智化的行为深表感激,说:"只是为小女,又叫贤弟受了多少奔波,多少惊险,劣兄不胜感谢之至。""智化见钟雄说出此话,心内更觉难受,惟有盼望钟麟而已。"②钟雄是一位草莽英雄,但是他也有为人父母的温情,不能置自己的妻子儿女于不顾。智化是一位侠士,他时刻为别人考虑,对钟雄的家人百般的救护,有情有义。与《水浒传》中那些动辄不分男女老幼只顾砍人的好汉们相比,《三侠五义》中的英雄们都是正义和善良的,给人以希望和帮助。

无论是三侠还是五义,还是鲁莽的张龙赵虎等人,他们都是非分明,从来没有乱杀过一个人。如在第九十五回《暗昧人偏遭暗昧害　豪侠客每动豪侠心》中,李平山是一个见利忘义的小人,原本与蒋平一起坐船,遇到金太守之后却翻脸不认人,"扬着脸儿,鼓着腮儿,摇着膀儿,扭着腰儿,见了蒋平也不理",连讲好的船钱也不

①石玉昆:《三侠五义》,北京:中华书局,2013年,第567页。
②石玉昆:《三侠五义》,北京:中华书局,2013年,第584页。

出。李平山与金太守的宠姜巧娘通奸,被金太守发现,将巧娘推入水中淹死,平山只得再回到蒋平船上。船家是两个贼人,作者对蒋平在救与不救李平山之前有一段心理描写:"按理应当救他。奈因他这样行为,无故的置巧娘于死地;我要救了他,叫巧娘也含冤于地下。莫若叫翁家弟兄把他杀了与巧娘报仇,我再杀了翁家弟兄与他报仇,岂不两全其美么?"①蒋平不救李平山是再三考虑过的,因为李平山太坏,死有余辜。但即使是对这个无耻的小人,蒋平看到他死时还是充满同情的,"见平山扎手舞脚于竹床之上,蒋平暗暗的叹息了一番。"②为这个小人的死而感叹,足见其侠义心肠,如果平山不是那么卑劣,蒋平肯定会救他。

《三侠五义》的平民立场还表现在注重对下层小民的同情和理解上,这是其能够深得民心的原因之所在。如在第六十一回《大夫居饮酒逢土棍 卞家疃偷银惊恶徒》中,彻地鼠韩彰在大夫居喝酒,煮了一只鸡,有一个恶霸来抢,鸡掉落在地上,恶霸被打跑了,韩彰也离开了,故事应该到此就结束了,但是作者却继续描写那位大夫居的掌柜,"豆老儿将鸡捡起来,用清水将泥土洗了去,从新放在锅里煮了一个开,用水盘捞出,端在桌上,自己暖了一角酒,自言自语:'一饮一啄,各有分定。好好一只肥嫩小鸡儿,那二位不吃,却便宜老汉开斋。这是从哪里说起。'"③十分符合现实生活中老百姓的勤俭,舍不得扔掉一只煮好的鸡,虽然被那些大爷们掉在地上,但是洗干净了照样可以美美地吃一顿,作者对豆老儿充满同情。"才待要吃,只见韩爷从外面又进来。豆老儿一见,连忙说道:'客

---

①②石玉昆:《三侠五义》,北京:中华书局,2013 年,第 466 页。
③石玉昆:《三侠五义》,北京:中华书局,2013 年,第 302 页。

官,鸡已熟了,酒已热了,好好放在这里。小老儿却没敢动,请客官自
用吧。'韩爷笑道:'俺不吃了。'"①豆老儿勤俭节约,却不是占小便宜
的人,看到客人回来,又连忙把鸡让给客人,唯恐客人会责怪他,突
出了其质朴的本性。在《水浒传》中英雄们都是大块吃肉,大碗喝酒,
大刀阔斧的杀人,决不会关注英雄争斗后掉在地上的一只熟鸡的下
落,这却是《三侠五义》中重点要写的地方,也是其打动人心的地方。
《三侠五义》总会注意到那些默默无闻收拾残局的小人物,如白玉堂
化名金相公三次大吃大喝之后,雨墨每次对那些残羹剩菜的态度与
处理方式都不同,以此来突出雨墨这个小书童的精明可爱。

　　《三侠五义》的平民立场使其非常地贴近人心,《水浒传》的英
雄好汉们干的是绿林起义的事情,劫富济贫;《三侠五义》中的侠
士们做的却是为官府除暴为百姓申冤的事情,伸张正义。有学者
认为《三侠五义》中的侠士为政府服务显出了一种"奴性",笔者认
为是欠妥的。如果为政府服务就是"奴性"的话,那么儒家思想支
配下的人都是在努力地为政府服务,渴望被用,难道也是"奴性"
的表现吗? 当然不是,而是体现了为国为民积极奋斗的精神。这种
精神是应该被肯定和赞扬的,而不应该被僵硬地评为"奴性"。如
果说《水浒传》中的"反抗"是英雄的暴力之美,那么《三侠五义》中
的"救助"则是侠士的仁善之美,它们代表不同的艺术成就与不同
的美学风格。

四、《三侠五义》创造的幽默艺术

　　《三侠五义》至今仍被人民大众喜闻乐见,除小说之外,还有评

---

① 石玉昆:《三侠五义》,北京:中华书局,2013 年,第 302 页。

书、影视剧改编,之所以具有如此强大的艺术魅力,离不开它独特的幽默艺术。鲁迅曾说:"写草野豪杰,辄奕奕有神,间或衬以世态,杂以诙谐,亦每令莽夫分外生色。"①胡适也曾说:"写蒋平与智化都富有滑稽的风趣;机诈而以诙谐出之,故读者只觉得他们聪明可喜,而不觉得阴险可怕。"②都指出其滑稽、诙谐的特点,诚然,幽默滑稽、诙谐逗笑是这部小说强大的生命力之所在。但是,目前较少有人把《三侠五义》作为一部幽默作品来讨论,从而忽略了这部小说最具光彩的特质,不能不说是一件憾事。

《中国幽默文学史话》中说:"凡是使用讽刺、嘲谑、诙谐、滑稽等笔法创作、能引发读者发自内心的笑声并使之受到某种教育启迪或得到身心愉悦的文学作品,都是幽默文学作品。"③《三侠五义》正是一部运用了讽刺、嘲谑、诙谐、滑稽笔法的幽默小说。纵观中国古代小说,虽然早在战国和秦汉之际就有以幽默滑稽、说笑逗乐为业的倡优,但是称得上幽默和滑稽的小说却屈指可数,《三侠五义》这样的长篇小说具有幽默的艺术特色是难能可贵的。

1.《三侠五义》的幽默类型

《三侠五义》的作者把幽默作为一种写作手法,根据所写对象的不同,使用了讽刺性幽默、嘲谑性幽默、诙谐性幽默、滑稽性幽默,所有这些幽默都引发了读者不同意义的笑:鄙夷的笑、讥讽的笑、善意的笑、赞赏的笑;不同程度的笑:捧腹大笑、哈哈大笑、会心一笑等等。充分体现了"幽默是一种笑文化""无论以何种方式出之,归根结底,有一点要求是共同的,那就是:必须能引人发笑"

①鲁迅:《中国小说史略》,北京:中华书局,2010年,第175页。
②胡适:《胡适文集6古典文学研究下》,北京:人民文学出版社,1998年,第10页。
③卢斯飞、杨东甫:《中国幽默文学史话》,南宁:广西教育出版社,1994年,第3页。

的原则。①

《三侠五义》的作者石玉昆如何把握幽默的手法与效果呢？即因人而异。对于那些恶贯满盈的奸臣、坏人，作者运用讽刺性幽默，想方设法捉弄他们，让他们丑态百出。如第四十三回《翡翠瓶污羊脂玉秽 太师口臭美妾身亡》中，奸臣庞太师过寿，和十二位幕僚吃新鲜河豚，忽有一位麴先生连椅栽倒在地，有位米先生嚷："哇呀！了弗得，了弗得！河豚有毒，河豚有毒。这是受了毒了，大家俱要栽倒的，俱要丧命呀！"众人问他破解之法，他说"若要速快，便是粪汤更妙。"庞贼听了，立刻叫仆从拿粪汤来，仆人们拿着翡翠碧玉瓶灌了满满的粪汤，"庞吉若要不喝，又恐毒发丧命；若要喝时，其臭难闻，实难下咽。正在犹豫，只见众先生各自动手，也有用酒杯的；也有用小菜碟的；儒雅些的却用羹匙；就有卤莽的，扳倒瓶，嘴对嘴，紧赶一气，用了个不少。庞吉看了，不因不由，端起玉碗，一连也就饮了好几口。"②作者大大地讽刺、捉弄了这位奸臣庞太师，让他和众幕僚用精美的玉瓶、瓷器喝恶臭的粪汤，取得大快人心的艺术效果。待到那位晕倒的麴先生被粪汤灌醒，说出他晕倒的真正原因是"有一块河豚被人抢吃去了，自己未能到口，心内一烦恼，犯了旧病，因此栽倒在地"时，众人遂同时作呕"洋溢泛滥，吐不及的逆流而上，从鼻孔中也就开了闸了。登时之间，先月楼中异味扑鼻⋯⋯满地汪洋。"作者讽刺这位奸臣和他的幕僚真是够损够狠，毫不留情，在讽刺之上又加了一重嘲弄，也只有如此才能让读者们哄堂大笑，拍手称快。

对那些有缺点的人物，作者则运用嘲谑性的幽默，让他们出些

①卢斯飞、杨东甫：《中国幽默文学史》，南宁：广西教育出版社，1994 年，第 2 页。
②石玉昆：《三侠五义》，北京：中华书局，2013 年，第 213 页。

洋相,逗人一乐而已。如第六回《罢官职逢义士高僧 应龙图审冤魂怨鬼》中,包公奉旨进宫审冤魂,号称"杨大胆"的太监杨忠很瞧不起小县令包公,一路称包公为老黑,又叫老包,充满了不恭和鄙夷,冤魂到来的时候,杨忠被吓得仆倒在地,宫人寇珠的魂魄附了他的体,向包公诉说了冤情,杨忠醒来见包公已审完案子自己却一概不知,遂一味的对包公巴结奉承起来,连着叫"包……先生,包……包老爷,我的亲亲的包……包大哥",央求包公告诉他真相:"圣上命我同你进宫,归齐我不知道,睡着了,这是差使眼儿呢? 怎的了! 可见你老人家就不疼人了。过后就真没有用我们的地方了?瞧你老爷们这个劲儿,立刻给我个眼里插棒槌,也要我们搁的住吓! 好包先生,你告诉我,我明日送你个小巴狗儿,这么短的小嘴儿。"①令人忍俊不禁,在幽默中嘲谑了这种前倨后恭的小人,看你下次还敢不敢这样对待包拯。再如第九十九回《见牡丹金辉深后悔 提艾虎焦赤践前言》中,金辉虽然是一位正直的官员,但听信了宠妾的谗言,逼走了女儿,他落难后被智化等人救起。卧虎庄的田妇村姑谁不要瞧瞧大老爷的威严,而她们看到的却是"一位戴纱帽的,翅儿缺少一个;穿着红袍,襟子搭拉半边;玉带系腰,因揪折闹的里出外进;皂靴裹足,不合脚弄的底绽帮垂;一部苍髯,揉得上头扎煞下头卷;满面尘垢,抹的左边漆黑右边黄。初见时只当做走会的杠箱官,细瞧来方知是新印的金太守。众妇女见了这狼狈的形状,一个个握着嘴儿嘻笑。"②以幽默手法来嘲笑这位是非不分的大老爷。

对于一些反面的小人物,作者也以幽默的方式表现对他们的

---

① 石玉昆:《三侠五义》,北京:中华书局,2013 年,第 39 页。
② 石玉昆:《三侠五义》,北京:中华书局,2013 年,第 482 页。

惩罚,以此博大家一笑。如第五十六回《救妹夫巧离通天窟 获三宝惊走白玉堂》中,展昭被白玉堂关押在陷空岛的通天窟里,丁兆兰去营救,抓住了狱卒费七,丁兆兰让费七脱了衣服抱住一棵树,堵上他的嘴,把他捆绑在树上。丁二爷说:"小子,你在此等到天亮,横竖有人前来救你。"费七哼了一声,心里道:"好德行!亏了这个天不甚凉,要是冷天,饶冻死了,别人远远的瞧着,拿着我还当做旱魃呢。"①费七在庆幸活命之时还幽了我们一默。展昭被丁兆兰救出后,要处置仗势欺人的狱卒白福:"见旁边有一块石头,端起来,道:'我与你盖上些儿,看夜静了着了凉。'白福嗳呀道:'展老爷,这个被儿太沉!小人不冷,不劳展老爷疼爱我。'展爷道:'动一动我瞧瞧,如若嫌轻,我再给你盖上一个。'白福忙接言道:'展老爷,小人就只盖一个被的命;若是再盖上一块,小人就折受死了。'"②这些对话轻松搞笑,好像在说相声逗乐子,而不是在性命攸关的生死关头。丁、展二人不想与白玉堂决裂为仇,而是想化敌为友,虽然恨这两个小卒,但并不伤害他们,只用幽默搞笑的方式处罚他们,分寸把握得恰到好处。

对于一些正面人物,作者则运用诙谐与滑稽性幽默,以此来突出他们的鲁莽与可爱之处。如第十回《买猪首书生遭横祸 扮化子勇士获贼人》中,草莽出身的英雄赵虎为了替包公分忧解难,想扮成叫化子去探案,他的跟班花了十六两五钱银子,为他置办了一套化子行头,叫他去僻静的地方打扮起来,作者对此做了十分幽默的描述:

①石玉昆:《三侠五义》,北京:中华书局,2013 年,第 274 页。
②石玉昆:《三侠五义》,北京:中华书局,2013 年,第 276 页。

四爷闻听,满心欢喜,跟着从人出了公馆,来至静处。打开包袱,叫四爷脱了衣衫。包袱里面却是锅烟子,把四爷脸上一抹,身上手上俱各花花答答的抹了;然后拿出一顶半零不落的开花儿的帽子,与四爷戴上;又拿上一件滴零搭拉的破衣,与四爷穿上;又叫四爷脱了裤子鞋袜,又拿条少腰没腿的破裤叉儿,与四爷穿上;腿上给四爷贴了两贴膏药,唾了几口吐沫,抹了些花红柳绿的,算是流的脓血;又有没脚跟的榨板鞋,叫四爷他拉上;余外有个黄瓷瓦罐,一根打狗棒,叫四爷拿定,登时把四爷打扮了个花铺盖相似。这一身行头别说十六两五钱银子,连三十六个钱谁也不要。他只因四爷大秤分金,扒堆使银子,那里管他多少;况且又为的是官差私访,银子上更不打算盘了。①

作者大费笔墨与口舌,无微不至地把四爷赵虎的叫化子装扮描绘一番,句句都充满了滑稽与笑料,制造了欢场,突出了四爷赵虎的憨愣可爱。在说话艺术中幽默是最能吸引听众的手法之一,《三侠五义》是说唱文学改编成的小说,所讲的故事结构并不复杂,但却非常幽默,正符合听众的娱乐需求,转换为读本后依然能够给读者制造阅读的快乐。

2. 幽默的技巧和方法

饵荣本在《笑与喜剧美学》中认为,滑稽和幽默"主要体现着客体对象的某种外在不协调喜剧性,主要包括人的动作、行动、表情、姿态、言语特点、衣着习惯等外在喜剧因素。"②《三侠五义》的作者

---

①石玉昆:《三侠五义》,北京:中华书局,2013 年,第 59 页。
②饵荣本:《笑与喜剧美学》,北京:中国戏剧出版社,1988 年,第 81 页。

石玉昆深谙幽默的技巧,大胆运用身份互换、身份伪装、情境设定等方法使人物的动作、行动、表情、姿态、言语等都具有幽默性。利用身份互换达到幽默效果的,如第二十五回《白氏还魂阳差阴错 屈申附体醉死梦生》,举人范仲禹的妻子白氏因为被强盗逼迫,上吊而亡,山西商人屈申因为身上带着银子,被贼人陷害而死,二者死了之后又都还魂,但阴差阳错白氏的魂魄到了屈申的身体中,屈申的魂魄到了白氏的身体中。魂魄交换了,屈申以男儿身做着女儿的娇模娇样:"两只大脚儿,仿佛是小小金莲一般,扭扭捏捏,一步挪不了四指儿的行走,招的众人大笑。"①白氏以女儿身做着男子的粗豪之事:"一个美貌妇人,按着老道厮打。"说着山西话,"乐子被人谋害,图了我的四百两银子。不知怎的,乐子就跑到这棺材里头来了。谁知老道他来打开棺材盖,不知他安着甚么心,我不打他怎的呢?"②他们的性别与动作、表情、姿态、言语都存在着极大的反差与不协调性,这种阴差阳错带来的滑稽感让人爆笑不止。九十年代风靡一时的无厘头搞笑电影《大话西游》中利用移魂大法,让青霞变成了猪八戒,紫霞变成了牛魔王的妹妹,而牛魔王妹妹的魂魄到了一条小黑狗的身上,取得了滑稽搞笑的效果,和《三侠五义》中的阴差阳错真有共同之处。《三侠五义》虽然是晚清的小说,但其利用移魂来制造幽默滑稽的手法却十分具有现代性。

石玉昆是一位幽默大师,让人物进行身份伪装也是其经常使用的幽默技巧,他们伪装的身份与原来的真实身份差距非常大,如

---

①石玉昆:《三侠五义》,北京:中华书局,2013 年,第 129 页。
②石玉昆:《三侠五义》,北京:中华书局,2013 年,第 130 页。

侍卫赵虎改装为叫化子去私访，黑妖狐智化改装为挖河工人去盗宝库、装成渔户进入钟雄的水寨、白玉堂装成无赖在颜查散那里骗吃骗喝等等。在身份"错乱"的场景下，每个参与的人物所说的话，所做的事，都富有了幽默色彩，从而达到笑点。如第八十回《假作工御河挖泥土　认方向高树捉猴狲》中，智化改装成一名挖河工人，帮太监把淘气的小猴子从树上捉了下来，太监掏出两个一两重的小元宝儿给他，智化问："这是吗行行儿？"王头道："这是银锞儿。"智爷道："要他干吗耶？"王头儿道："这个换得出钱来。"智化得了钱，欢天喜地去告诉他"爹"（按：假扮的）说："爹呀，咱有了银子咧，治他二亩地，盖他几间房，买他两只牛咧。"王头儿忙拦住道："够了，够了。算了吧！你这二两来的银子，干不了这些事，怎么好呢？没见过世面。治二亩地，几间房子，还要买牛咧买驴的，统共拢儿够买个草驴旦子的。尽搅么！明日我还是一早来找你。"智爷道："是了。俺在这里恭候。"王头儿道："是不是，刚吃了两天饱饭，有了二两银子的家当儿，立刻就撇起京腔来了。你又恭候咧！"[①]智化本是一位武艺高强的富家公子，伪装成一个没有见过世面的挖河工，连银锞都不认识，把二两银子当成巨额财富，幻想着治地盖房，透着憨厚与傻气。在身份的伪装下，智化与王头儿的对话都有了喜剧和幽默色彩。

　　利用有趣的方言逗乐是石玉昆制造幽默的一种常用方法，《三侠五义》中使用了北京话、山西话制造幽默，还大量的使用了天津话制造幽默。如第一百十一回《定日盗簪逢场作戏　先期祝寿改扮乔妆》中，智化与丁兆兰伪装成渔户到了水寨，有门卫问话，智化挺

①石玉昆：《三侠五义》，北京：中华书局，2013年，第393页。

身来至船头,道:

> 住搭(拉)罢,你放麻(吗)箭? 难(俺)们陈起望的,难当家
> 的弟兄斗(都)来了,特特给你家大王送鱼来了。官儿还不打送
> 礼的呢,你又放箭做嘛呢?①

水寨看守不放他们进去,智化又操一口天津话说道:"怎么,难
(俺)们是麻(吗)行子,进不去呢?"水寨的人给他们银子时,智化将
包颠了一颠,给银子的人说:

> "你颠他作甚么?"智爷道:"这是麻(吗)秤吓? 难(俺)掂
> 着,好吗有一两,你可别打难(俺)们的脖子拐呀。"那人笑道:
> "岂有此理! 你也太知道的多了。你看你们伙计,怎么不言语
> 呢?"智爷道:"你还知不道他呢,他叫俏皮李四。他要闹起俏皮
> 来,只怕你是二姑娘顽老雕,你更架不住。"②

运用俏皮的天津话写活了智化假扮的渔户,在逗笑读者的同
时塑造了这位足智多谋的黑妖狐智化公子。

作者还擅于利用情境的设定来制造幽默的场面,如包兴劝包
拯去李府捉妖,张别古为乌盆鸣冤,蒋平盗簪等等,都是作者设计
的幽默情境,在此情境之下人们所说的话都具有了幽默的效果。如
第一百一十五回《随意戏耍智服柳青 有心提防交结姜铠》中蒋平
按事先的约定去柳青家盗柳青的簪子:

> 柳青(对家人)道:"你们俱各回避了,不准无故的出入。"
> 又听妇人声音说道:"婆子丫环,你们惊醒些! 今晚把贼关在家
> 里,知道他净偷簪子,还偷首饰呢!"早有个快嘴丫环接言道:

---

①石玉昆:《三侠五义》,北京:中华书局,2013年,第542页。
②石玉昆:《三侠五义》,北京:中华书局,2013年,第545页。

"奶奶请放心罢,奴婢将裤腿带子都收拾过了,外头任吗儿也没有了。"①

娘子和丫环们的对话无疑是非常好笑的,堂堂的蒋平护卫是来完成盗簪任务以收服柳青帮助对付钟雄的,岂是来偷她家东西的。但是从妇人的立场出发,这些多余的担心也是符合实际情况的。蒋平以公开的"贼"的身份住进了柳府,使整个情境都幽默有趣了起来。

3. 幽默的意义和作用

作者利用幽默的手法塑造了栩栩如生的人物形象,哪怕是小人物也幽默可爱。如第三十三回《真名士初交白玉堂 美英雄三试颜查散》中,白玉堂乔装成贫穷、邋遢、贪吃、无赖的金相公,雨墨精明地提防他,劝说颜相公别上当,金相公第一次吃喝完了,雨墨又心疼银子,还气愤骗子,"见剩了许多东西全然不动,明日走路又拿不得,瞅着又是心疼。他那里吃得下去,止喝了两盅闷酒就算了。"第二次他面对剩下的酒席时,就想开了"叫小二服侍,吃了那个,又吃这个。"第三次宴请金相公后,面对满桌饭菜,雨墨想"吃也是如此,不吃也是如此,且自乐一会儿是一会儿。"便叫了几个店小二来一起享受那桌丰盛的饭菜,店小二们一壁服侍着雨墨,一壁跟着吃喝,倒觉得畅快。先是心疼气愤吃不下,再是不吃白不吃,再是产生了破罐子破摔的豁达念头,既然管不了相公,那就爱怎地就怎地吧,一系列的心理变化写活了一个活泼可爱的小书童雨墨。

《三侠五义》中的故事和案件一般都比较简单,但是作者却利用幽默的艺术增加了故事的波澜,加强了故事的复杂性。如第五回

①石玉昆:《三侠五义》,北京:中华书局,2013 年,第 559 页。

《墨斗剖明皮熊犯案　乌盆诉苦别古鸣冤》中所写的审乌盆案,张三捧着乌盆去告状本是很简单的故事,但却一波三折。张三第一次喊冤,说乌盆可以开口为证,包公连叫几声"乌盆",乌盆不应,包公以为是张三年老昏愦,把他撵了出去。出来后乌盆说因为刚才被门神阻拦在外了。张三请包公给门神写了手谕,第二次鸣冤告状,包公叫乌盆,乌盆还是不应,包公以为张三愚弄公堂,打了他十大板。出来后乌盆说因为他赤身露体,难见星主。于是张三向包公要了件衣服,给乌盆盖上,第三次鸣冤告状,包公呼唤"乌盆","不想衣内答应说:'有呀,星主。'众人无不诧异。"一个简单的告状故事,被作者演绎得如此复杂与搞笑,不得不佩服作者的高超技术。再如第五十二回《感恩情许婚方老丈　投书信多亏宁婆娘》,包拯的侄儿三公子在路上遇到了强盗,落难逃到方家,方老丈被冤入狱,三公子写了一封信给县令,请宁婆娘去送信,这本来是一件简单的事情,只要信送到,县令就会立刻去迎接三公子,但是作者故意让送信的过程一波三折,让宁婆娘这个小人物摆足了谱儿,出尽了大风头,"叫开中门""须太爷亲接"才送到信。宁婆子这个极富幽默色彩的小人物,让平淡的故事变得盎然有趣,丰富多彩。

　　作者还擅于在幽默的欢闹中推进故事的发展,如第四回《除妖魅包文正联姻　受皇恩定远县赴任》中,包公主仆二人身无分文,到了山穷水尽的地步,难以再继续前进,包兴看到隐逸村李大人家请人治邪捉妖的告示,于是心生一计,让包公去捉妖,无论成功与否都能骗顿饭吃,但是包兴知道包公肯定不去,他就一手制造了迫使包公去捉妖的幽默场面。在这个场面中,包兴是作者重点塑造和利用的幽默人物。包兴对李保说"相公必然说是不会降妖,越说不会,越要恳求。"又对乡亲们说:"倘我家相公不肯应允,欲要走时,求列位拦阻拦阻。"①一步一步地都布置好了,就等包公上钩。结果包公越说自己不会捉妖,李保就越是磕头恳求,包兴又在旁边撺掇点火,弄得包公无可奈何地走上了捉妖之路。因为妖是包公幼年时救的仙狐来报恩,包公不仅驱走了妖,还受到李大人的赏识,成了李家的准姑爷,故事情节的转变非常之快,与捉妖之前的山穷水尽相比可谓是"柳暗花明",故事也就在欢笑中继续发展了。

《三侠五义》中的幽默总是制造一些出其不意的诙谐与滑稽效果,以此调动读者的兴趣,增加阅读的乐趣。如第三回《金龙寺英雄初救难　隐逸村狐狸三报恩》中,包公和包兴赴京赶考途中误入了金龙寺,险被恶僧害了性命,幸有展昭搭救脱离了虎口,却无法顾及行李,仓皇逃命。奔到一个村头,进了一个卖豆腐的孟老汉家里,在一系列紧张刺激的逃命之后,作者让包公松了一口气,也让读者松了一口气,在这一紧一弛的间歇中,作者趁机制造了一段幽默,包公向老汉讨杯热水吃,老汉"拿出一个三条腿的桌子放在炕上,又用土坯将那条腿儿支好。"又拿出一只半截的蜡来,包兴说"小村中竟有胳膊粗的大蜡。""细看时,影影绰绰,原来是绿的,上面尚有'冥路'二字",真是让人吓了一跳,莫不是刚出虎穴又入了鬼村?幸好这只是作者开的一个小玩笑而已,作者马上解释说"是吊祭用过,孟老得来,舍不得点,预备待客的。"这里对孟老三条腿桌子和冥路蜡烛的描写制造了幽默的气氛,让读者在紧张之后获得了轻松,让人解颐。

幽默是《三侠五义》的主导风格,作者把幽默作为一种写作手法,创造了讽刺性幽默、嘲谑性幽默、诙谐性幽默、滑稽性幽默,所

---

①石玉昆:《三侠五义》,北京:中华书局,2013年,第22页。

有这些幽默都引发了读者不同意义的笑。作者运用了身份互换、身份伪装和情境设定等技巧,制造了幽默的人物、幽默的对话和幽默的场面,通过幽默刻画了人物的形象,推进了故事的发展,增强了小说的笑点,使小说具有了独特的艺术魅力和永久的生命力,至今仍被大家喜闻乐见。

五、《三侠五义》运用的细致笔法

《三侠五义》的作者在创作过程中运用了非常细致的写作笔法,问竹主人在《忠烈侠义传序》中曾言:"其中烈父烈女,义仆义鬟,以及吏役、平民、僧俗人等,好侠尚义者,不可枚举,故取名曰'忠、烈、侠、义'四字,集成一百二十回。虽系涵义之词,理浅文粗,然叙事叙人,皆能刻画尽致;接缝斗榫,亦俱巧妙无痕。能以日用寻常之言,发挥惊天动地之事。"①指出《三侠五义》叙事叙人刻画尽致,巧妙无痕的写作笔法。入迷道人在《忠烈侠义传序》中言:"虽系演义无深文,喜其笔墨淋漓,叙事尚免冗泛。"②俞樾在《重编七侠五义传序》中亦说:"描写既细入豪芒,点染又曲中筋节……闲中着色,精神百倍。"③黄人说:"摹写人情冷暖,世途险恶,亦曲尽其妙,不独为侠义添颊毫也。"④都对《三侠五义》细致入微的写作手法给予了大力的肯定。

作者不光把笔墨放在主要人物身上,对每一个次要人物的心理与动作都有细致的描写。如包兴是包拯身边的一个小书童,只是

①朱一玄编:《明清小说资料选编》上册,天津:南开大学出版社,2006 年,第 359 页。
②朱一玄编:《明清小说资料选编》上册,天津:南开大学出版社,2006 年,第 361 页。
③朱一玄编:《明清小说资料选编》上册,天津:南开大学出版社,2006 年,第 364 页。
④朱一玄编:《明清小说资料选编》上册,天津:南开大学出版社,2006 年,第 362 页。

一个次要的人物,但是,作者时时刻刻都对他进行丝毫毕现的描写。第四回《除妖魅包文正联姻　受皇恩定远县赴任》中,包拯去捉妖,李老爷提亲时包拯不敢答应,这时对包兴的描写是"包兴在傍着急,恨不得赞成相公应允此事,只是不敢插口。"与李小姐联姻之后,主仆二人由山穷水尽转为了柳暗花明,包拯离开隐逸村继续上京赶考,作者不忘对包兴进行一笔点染式的描述:"包兴此时欢天喜地,精神百倍,跟了出来。"正如俞樾所言的"闲中着色,精神百倍。"①闲中着色是其笔法,不放过细节,精神百倍是其效果,让小书童包兴这一人物凸现了出来,真实可感,精明可爱。随着身份与地位的变化,作者笔下的包兴也逐渐成熟与成长了起来。在第十六回《学士怀忠假言认母　夫人尽孝祈露医睛》中,落难的李娘娘向包公诉说了被陷害的过程,包公请娘娘把代表身份的证据拿出,"娘娘从里衣内,掏出一个油渍渍的包儿。包兴上前,不敢用手接,撩起衣襟,向前兜住,说道:'松手罢'。"包公验完娘娘的金丸之后,"急忙包好,叫包兴递过,自己离了座位。包兴会意,双手捧过包儿,来至娘娘面前,双膝跪倒,将包儿顶在头上,递将过去,然后一拉竹杖,领至上座。"②用一系列的动作有条不紊地写出包兴聪明机变、擅于察言观色、谨慎谦恭的性格,正符合他亲信仆从的身份。再如第十七回《开封府总管参包相　南清宫太后认狄妃》中,包兴受命去南清宫送寿礼,南清宫门口都是等候着送礼的官员们,王府的差人们都爱理不理,唯有包兴到了之后,受到王三爷的热情接待,而且还面见了王爷,王爷赏了五十两银子:

①朱一玄编:《明清小说资料选编》上册,天津:南开大学出版社,2006年,第364页。
②石玉昆:《三侠五义》,北京:中华书局,2013年,第83页。

　　王三爷将帖子银两交与包兴。包兴道了乏，直至官门，请
王三爷留步。王三爷务必瞅着包兴上马。包兴无奈，道："恕
罪"。下了台阶，马已拉过。包兴认镫上马，口道："磕头了，磕头
了。"加鞭前行，心内思想："我们八色水礼才花了二十两银子，
王爷倒赏了五十两，真是待下恩宽。"①

　　在送寿礼、见王爷完毕之后，包兴已经完成了任务，但是作者
还生动细致、不厌其烦地描绘出包兴与王三爷的告辞过程，并通过
一系列的动作与语言描写来表现包兴已经不再是一个小小书童
了，而是成长为一个深谙世故、懂得场面上的客套与礼仪的包府大
总管。最后一笔的心理描写，则用画龙点睛之笔写出了包兴虽然成
熟了、升官了，但在本质上还是原来那个机灵幽默、善于精打细算
的包兴。

　　运用细致的手法描写一个人或一件事或许不难，难能可贵的
是作者对于书中的一切人物都做到这样细入毫芒的描写。比如李
妃案真相大白之后，作者细致的交代了每个人的结局，对于曾经救
助过李妃的小民范宗华，特意写明"将破窑改为庙宇，钦赐白银千
两，香火地十顷，就叫范宗华为庙官，春秋两祭，永垂不朽。"再如第
九十八回《沙龙遭困母女重逢　智化运筹弟兄奋勇》中落难的金牡
丹小姐与其母相认，但是在众人的欢喜中，曾经救过金小姐并认其
为义女的渔妇张妈妈却大哭了起来，作者对她的哭有一段细致入
微的心理描写："他想：'没有儿女的怎生这样的苦法，索性没有也
倒罢了。好容易认着一个，如今又被本家认去，这以后可怎么好？'
越想越哭，越哭越痛，咧着瓢大的嘴，扯着喇叭似的嗓子，好一场大

①石玉昆：《三侠五义》，北京：中华书局，2013 年，第 91 页。

哭。"①把这个无儿无女的善良朴实的渔妇的心思淋漓尽致地展现了出来。到第九十九回中《见牡丹金辉深后悔　提艾虎焦赤践前言》中,金牡丹与其父相认,一家人皆大欢喜,此时张妈妈又是"瞅的眼儿热了,眼眶里不由的流下泪来,用绢帕左搽右搽"。②直到牡丹禀明父亲,叫他老夫妻收拾收拾,明日随行,"张妈妈听了,这才破涕为笑。"作者总是在复杂的场面中照顾到每一个次要的小人物,让每一个善良卑微的小人物都有一个温暖美好的归宿。

六、《三侠五义》塑造的经典人物形象

许多学者认为《三侠五义》写人叙事文笔技巧等方面的成就不及《水浒传》,但是在幽默滑稽、搞笑逗乐、对小人物的描写、贴近百姓生活方面,《三侠五义》却胜过《水浒传》。《三侠五义》的作者刻画了栩栩如生的喜剧性人物,如智化、包兴、雨墨、赵虎、蒋平等等,都是作者和读者十分喜爱的幽默人物,由他们做一些幽默的事,说一些幽默的对话,使小说生动有趣。这些幽默人物又各有不同的特点,如包兴在幽默中透出圆滑聪明,雨墨在幽默中透出幼稚孩气,智化在幽默中透出足智多谋,蒋平在幽默中透出干练老成,赵虎则在幽默中透出粗豪憨愣。《三侠五义》中的人物具有人情味,亲切可爱。《水浒传》中缺少这样的喜剧人物和幽默色彩,只有一个李逵偶尔制造幽默。赵虎与李逵同样出身草莽,在性格上有"愣"与粗鲁的共同点,但是李逵更多的是使性子,拿着板斧砍人,不分男女老幼,连小孩子都不放过,实在是个"天煞星",让人害怕,不如"愣爷"赵虎亲切

---

① 石玉昆:《三侠五义》,北京:中华书局,2013 年,第 479 页。
② 石玉昆:《三侠五义》,北京:中华书局,2013 年,第 485 页。

善良。相比于《水浒传》中杀人不眨眼的好汉们而言,《三侠五义》中的侠士们更让人觉得平易近人。所以胡适说:"读者只觉得他们聪明可喜,而不觉得阴险可怕。"①

《三侠五义》中塑造了许多经典人物形象,南侠展昭、北侠欧阳春、双侠丁氏兄弟、黑妖狐智化、盘槐鼠卢方、彻地鼠韩彰、穿山鼠徐庆、翻江鼠蒋平、锦毛鼠白玉堂、小侠艾虎、楞爷赵虎等十多位侠义人物,也有包兴、雨墨、公孙策等形象鲜明的书童、书生形象,至今仍被人民大众喜闻乐见。金圣叹评《水浒传》"叙一百八人,人有其性情,人有其气质,人有其形状,人有其声口",又评史进和鲁达"定是两个人,定不是一个人"指明水浒作者着眼于人物的个性、独特性。《三侠五义》的作者在塑造人物形象的时候,也十分注意人物的个性与独特性,即使是性格相近的人,也能够做到同中有别。如楞爷赵虎是个大老粗,但粗中有细,愣得可爱,令人敬佩;钻山鼠徐庆也是一个大老粗,但却缺乏计谋,只是意气用事,往往成事不足,败事有余;双侠丁兆兰与丁兆蕙,二人是双胞胎,面貌相似,性情相近,但哥哥为人宽厚、仁慈,弟弟为人机智、刻薄,对白玉堂也是穷诘细究;翻江鼠蒋平与黑妖狐智化同样是智谋人物,但蒋平擅于水里功夫,智化擅于陆地功夫,各有所长;南侠与北侠并称,但南侠展昭英俊潇洒,北侠欧阳春含蓄内敛,不仅让聪明机智的丁兆蕙佩服得五体投地,连心高气傲的白玉堂也自叹不如。时至今日,《三侠五义》已成为家喻户晓的文学作品,展昭、白玉堂、蒋平等英雄们也成为大众喜爱的经典形象。虽然现在也有影视剧改编,但仍然无法代替小说的精彩,《三侠五义》依然

---

①胡适:《胡适文集6古典文学研究下》,北京:人民文学出版社,1998年,第10页。

是大众喜爱的经典之作。

石庵于《忏悔室随笔》中说《三侠五义》"实开近日一切侠义小说之门",并非夸张之词,退思主人在《忠烈侠义传序》中言:"虽非熔经铸史,且喜除旧翻新,勿论事之荒唐,最爱语无污秽,使读者能兴感发之善,不入温柔之乡。闻笔悦闻情,雨窗月夜之余,较读才子佳人杂书,满纸情香粉艳,差足胜耳!"①指出小说在题材内容方面的创新,改变了当时社会中被才子佳人类小说笼罩的局面。黄人曾说:"南人本好言情小说,前十年间,忽自北省传入《三侠五义》一书,社会嗜好为之一变。由是而有《彭公案》《施公案》《永庆升平》诸书。"②指出《三侠五义》不仅改变了读者们的阅读嗜好,还带动了晚清一大批侠义公案小说的出现。虽然石玉昆只是一名说唱艺人,但其作品对中国近代小说做出了重要的贡献,更为近代天津小说谱写了精彩的一页。近代天津小说受到《三侠五义》的影响十分明显,出现了储仁逊加工整理的十五种话本小说。在清末民初天津还产生了一批由报社整理刊印的说书艺人的武侠小说《三侠剑》《雍正剑侠图》等,还有杰出的武侠小说家郑证因、宫白羽等,使民国时的天津成为北方武侠小说的重镇。

第二节　津门各种笔记小说的涌现

随着津门文化的发展、印刷技术的进步以及作家写作水平的提高,1871 年至 1896 年天津出现了《天津事迹纪实闻见录》《津门

---

① 朱一玄编:《明清小说资料选编》上册,天津:南开大学出版社,2006 年,第 360 页。
② 朱一玄编:《明清小说资料选编》上册,天津:南开大学出版社,2006 年,第 361 页。

杂记》《敬乡笔述》《宋艳》等笔记小说。这些作品大都与天津本地的传闻相关,但又各有特色,有的侧重于志人,有的侧重于记事,体现了当时天津笔记小说的特征,从中可以看到当时津门文人的小说观念。陈平原在《中国小说叙事模式的转变》中说:"晚清的小说概念也极端模糊。在中国古代,不同朝代小说的概念不同,但在某个具体历史时期,文言小说、白话小说都有社会公认的确定内涵。"①笔记以现在的标准来看难以称之为小说,但是在清代它们确实属于小说的范畴②。

一、《天津事迹纪实闻见录》中的津门故事

《天津事迹纪实闻见录》不分卷,不著撰人。以现在的眼光来看这是一本介于"风物志与导游册之间的书籍",张焘的《津门杂记》,羊城旧客的《津门纪略》等都属于这一类。书中近似于小说的是《名宦》《人物事迹》《节烈》部分,以简练的语言,粗陈梗概,表现人物形象与精神风貌。如:"侯能,明时天津人。家饶于资,性慈仁。有偷儿入其室,以盗无算,为仆人所获,能命释之,且予以千钱。后偷儿愧悔,卒为好人。"③侯能仁慈宽厚的性格改变了偷儿的命运。再如:"萧国泰,本城营卒,……旷野中见一坠驴人,询之已中风不语,而被袱中有数百金装,国泰不视也。扶至村庙,躬为护视,走告诸官。旋访其父,归之。"④萧氏不为金钱所动,把坠驴人送回了家。再如郑学川:"对妓秉烛,坐以待旦。不第无丝毫淫污之事,亦并无丝毫秽

---

①陈平原:《中国小说叙事模式的转变》,北京:北京大学出版社,2010年,第142页。
②纪昀在《四库全书总目提要》中把小说分为三类:叙述杂事、记录异闻、缀集琐语。
③佚名:《天津事迹纪实闻见录》,天津:天津古籍出版社,1986年,第31页。
④佚名:《天津事迹纪实闻见录》,天津:天津古籍出版社,1986年,第34页。

褒之语。"①其行堪称津门的柳下惠。有的事迹对人物语言、行动等进行了较为细致的描写。如曾文彬"操行不苟,事亲至孝。四十而鳏,不再娶。偶客游,数月归,继母为置一妾,文彬泣谢母曰:'儿已有子,何复需此少艾为立?'召其父母,遣之,并不责聘钱"②,表现了曾氏的操守和品格。有的故事极具神秘和虚幻色彩,如缪文璧:"早孤,事母至孝,跬步不忘母命。母殁,家贫不能葬。会火延及薪,去枢只数尺,文璧急跃入火中,抱燃薪出,肌肤尽焦灼。枢得全,文璧遂仆绝。逾宿,忽觉有摩其胸者,豁然苏,创旬日皆复。"③缪氏因为至孝受到了神的佑护,很快恢复了烧伤,是常见的"善有善报"的故事模式。

《天津事迹纪实闻见录》表现了天津"尚武"的特征,"风俗"条目中言:"天津旧为军卫之区,原崇俭朴,俗尚健武。礼教渐兴,事竞繁华,科第接武。"④指出天津人在军卫文化基础上形成"尚武"的风俗。"武孝廉大闹京都庆乐园"用小说笔法表现了天津武举的鲁莽与健勇,乾隆时天津武举进京会试,赴园听戏,该园藐视其人,出语轻薄,武举不忿争执,双方打了起来,一武举"只身将坊官举起,摔于台下。"其余六人将园内桌凳一切,片刻拆毁,七人被捆送到刑部。是夜"太后梦有七虎在刑部被捆,告知皇帝查办。皇帝喜其英勇过人,降旨释放。"⑤后来这几位武孝廉都位至提镇,为国立功。再如《周将军一门忠孝》:"周将军名遇吉,侨居津邑,前明崇祯时宁武关总兵也。闯逆至宁武关时,正将军母寿之辰。母曰:'逆

①佚名:《天津事迹纪实闻见录》,天津:天津古籍出版社,1986年,第44页。
②③佚名:《天津事迹纪实闻见录》,天津:天津古籍出版社,1986年,第36页。
④佚名:《天津事迹纪实闻见录》,天津:天津古籍出版社,1986年,第26页。
⑤佚名:《天津事迹纪实闻见录》,天津:天津古籍出版社,1986年,第41页。

叛在即,尔不拒敌,殊属非是。'即令将军出门迎敌,其母架火自
焚,以绝其望。将军见火起,向宅痛哭数拜,随即拒敌死战,闯逆大
败。后因饷竭兵溃,只身斩杀无数。靖难时,尸身不倒,可谓忠孝参
天者矣。"①以较强的故事性表现了周将军和其母大义凛然、为国
捐躯的英勇精神。

《津门事迹纪实闻见录》中有一些很像小说的条目描写曲
折详尽。如《徐某》中先叙述徐某的生活背景,他因贫困活不下
去出门觅死,然后又写他时来运转,拾到钱帖,他已被贫困逼得
走投无路,但却丝毫没有贪鄙之心,不为钱财所动,突出他的拾
金不昧。徐某捡到钱后到钱铺内,一直坚定地等候失主。失主流
汗奔来,向掌柜叩头,痛哭求救,钱贴关系到他的生死和军饷的
发放,徐某把钱如数交回,失主回官府交差。小说又补叙徐某当
天是怎么过年的,钱铺给了他五吊钱解了他的燃眉之急。徐某
回到家中时听到天上有声,言天生贵子,完成了善有善报的故
事模式。再如《韩孝女》,孝女在听到父亡的噩耗时,日夜哭号欲
往,她的丈夫阻止她,孝女说人都有父,我怎么能忍心父亲不安
葬故乡呢。以行动和语言表现其性格刚烈勇敢,至纯至孝。她访
父的过程十分曲折,先到了清江,却无人知道,最后访得父亲殁
于海州。海州路途遥远,孝女却"了无难色,即日起行",到海州
后,经一村舍,她的驴忽然自止,绕舍门不去,在灵异的感召下她
找到了父亲的旧所。因为精诚所至,父亲的骨轻如叶,"裹以层
衾,背负之",此是故事的高潮。孝女得父骨即归安葬,并不追诉
钱财之事,表现其对钱财的轻视,对亲情的重视。孝女的形象让

---

①佚名:《天津事迹纪实闻见录》,天津:天津古籍出版社,1986 年,第 42 页。

我们联想到津门真乃尚勇好义之地,连女子都是如此精诚,有气魄,有胆量!

二、《津门杂记》中的租界文化

《津门杂记》作者张焘(约 1854—?),字赤山,籍属钱塘(今浙江杭州),生于北京,幼年随父侨寓天津,他在《津门杂记·自序》中言定居天津"迄今将卅载矣",可见作者作此书时约在 30 岁左右。津门如孩老人在《津门杂记·叙》中称赞张焘"工书善绘,知岐黄、识洋字,诵读之余,每每留心时事,凡耳目见闻,身所经历,事有可记,悉登诸简,积久成帙",①张焘多才多艺,精通洋文,留心搜集耳目见闻,写成《津门杂记》。他在《自序》中言:"余以课余之暇,仿《都门纪略》《沪游杂记》留心采访,辑成一书,聊备考证。其风俗人物有抄于志书者,有采诸新报者。仅就现在见闻所及,随笔录之,事维纪实,语不求工。"②可见此书是在"诵读之余""课余之暇"完成的,张焘当时有可能是以教书为业,课余以撰书为乐趣。张焘是当时一位卓越的津门作家,所辑之书除《津门杂记》外,还有《海外拾遗》《海国妙喻》,为近代天津小说的发展作出了极大的贡献。

《津门杂记》还有天津著名文人梅宝璐(1816—1891)作的《弁言》:"沧桑之变,兴替之殊,目睹身经,不惮繁琐;旁搜远绍,援古证今,雅俗并登,编辑成帙。将一方之风俗人情、事迹原委,爽列卷中……其用意之苦,不止功寓劝惩,更补前修邑乘之所不足,迨欲以

①张焘:《津门杂记》,天津:天津古籍出版社,1986 年,第 2 页。
②张焘:《津门杂记》,天津:天津古籍出版社,1986 年,第 1 页。

此卷挽回地运人心也。"①肯定了《津门杂记》的价值，既可以让人观风俗，又可以劝惩教化，还可以补史乘之不足，从而达到挽回世运人心的作用。梅宝璐是津门杰出诗人梅成栋的次子，曾与津门诗人杨光仪、孟继坤等结成"消寒诗社"②，诗社中的文人虽然以传统的诗、文为主，但是也崇尚小说创作，从梅宝璐、杨光仪等给李庆辰、徐士銮等几位小说家热情作序可见一斑。

《津门杂记》是比较著名的一种笔记，这得益于它独特的传播方式，由天津时报馆刊印后，1886 年曾长期在当时影响和销量较大的天津《时报》上刊登"新书《津门杂记》广告"："凡天津风俗地理、事物人情、雅俗巨细，无不备载，每部洋半元。天津文美斋、紫竹林新园盆塘寄卖，上海三马路格致书室，又申报馆代售。"③不仅在天津销售，还在上海等地代售，促进了书的流通，扩大了传播范围，从而产生了较大的影响。

丁緜孙、王黎雅在《津门杂记·点校说明》中说："书中对狐仙鬼魅的描写，反映了作者浓厚的封建迷信思想；作者在介绍天津'混混儿'时，过分鼓吹他们的'讲义气、不怕死'的所谓'沽上英雄气'"，以史料的观念来看待此书，对这些虚幻性极强的内容予以了批评，但如果以小说的观念来看待这些内容，恰恰体现了小说的虚构特性。《津门杂记》一方面展现了津门的传统文化，体现了津门人士"好勇尚义"的风气，另一方面体现了天津本土文化随着租界的发展而建立起来的租界文化。

张焘居住在天津租界内的紫竹林斋寓，对租界的生活和文化

①张焘：《津门杂记》，天津：天津古籍出版社，1986 年，第 3 页。
②孙玉蓉：《天津文学的历史足迹》，北京：大众文艺出版社，2007 年，第 16 页。
③《时报》（天津）1886 年 10 月 5 日（光绪十二年九月十七日）

非常熟悉,对许多新鲜的外来事物都在作品中有所反映,如《冰床、凌鞋》:"人坐其上,一人支篙撑之,驰骤甚速。每到天寒水冻,冰排盛行,往来密如棱织,四通八达,攸往咸宜。撑排者,例备皮袄一袭,无客则自衣御寒,有客奉客铺垫。随地雇坐,其价甚廉……贫民食力于风天雪地中如此。"①作者在写冰床的乐趣时,还以同情之心关注了贫民的生活。"又有所谓跑凌鞋者……寓津洋人亦乐为之,借以舒畅气血甚妙。"再如《赛马场》用精彩的笔墨描绘了租界的赛马活动:

> 每年春秋佳日,寓津西人必循常例各赛跑马一次。每次三日,午起酉止,或三四骑,或六七骑,并辔齐驱,风驰电掣,中立标准,以马至先后分胜负。第三日增以跳栏、跳沟等技,捷足先蹚者,得彩甚巨,西人咸拍掌落帽,欢呼相贺。是日也,人声哗然,蹄声隆然,各国之旗飘飘然,各种之乐呜呜然,跑马棚边不啻如火如荼矣,倾城士女,联袂而往观者,或驾香车,或乘宝马,或暖轿停留,或小车独驾,衣香鬓影,尽态极妍,白夹青衫,左顾右盼,听奏从军之乐,畅观出猎之图,较之钱塘看潮,万人空巷,殆有过之而无不及焉。②

以小说笔法生动细致地描绘了租界精彩纷呈的赛马盛况,可见天津租界文化繁盛的一斑。书中还记载了租界的"外国节期""礼拜"等各种西方习俗,以及租界内的独特事物"洒水车"和生活场面"衣兜烟卷"等。

《津门杂记》还有在天津本地传闻的基础上加工而成小说。如

---

① 张焘:《津门杂记》,天津:天津古籍出版社,1986年,第93页。
② 张焘:《津门杂记》,天津:天津古籍出版社,1986年,第135页。

《古迹》：

> 城内乡祠，相传有异人侨居，一日辞去，曰"后楼墨污，幸见谅。"出门不知所往。僧旋视之，东西粉壁，平书"进德修业"四大字。下遗墨盆，又竹竿系敝帚，墨汁淋漓，余无他物。壁高寻丈，不知其何以书也？笔法秀劲，结构谨严，如率更体。东署"乾隆十一年四月五日"，西署"晋安胡御玑书"。圆洁光润，另具一格。至今已历百余年，墨色如新，埉墁无恙，亦一古迹也。①

胡御玑题书在《蝶阶外史》中也有记载，张焘进一步把它加工成一则典型的笔记体小说，对胡御玑的神奇题书进行了多方面描写，令人觉得神秘莫测。《津门杂记》还精彩传神地描写了津门的传奇人物，《艺术》一则中记叙张明山捏泥人的绝技："只须与人对面坐谈，抟土于手，不动声色，瞬息而成。面孔径寸，不仅形神毕肖，且栩栩如生，须眉欲动。观者莫不叹绝。"②泥人张在清代已是驰名远近，成为津门一绝，作为艺术品被西洋人珍藏。

与前面介绍过的《东园实纪》《天津事迹纪实闻见录》等作品一样，《津门杂记》同样也体现了津门人士尚义好勇的性格，《岁时风俗》条言："（天津）富者多好倡为善义行，其贫者就死不悔，勇于赴难而不屈，习使然也。"《津门杂记》中收录的吴惠元的《天津剿寇纪略》对津门人士的好义尚勇性格多有表现。咸丰三年，粤逆北窜，天津又赶上了大水，天灾人祸并行，津门人士团结抗敌，其中对谢公的描写最为精彩："时探报寇已窜至静海县属之谭官屯……将出

---

① 张焘：《津门杂记》，天津：天津古籍出版社，1986 年，第 14 页。
② 张焘：《津门杂记》，天津：天津古籍出版社，1986 年，第 65 页。

探,众曰:'谁带队者?'邑侯谢公子澄奋然曰:'我何如?'众踊跃曰:'听命'。公即去长袍,持枪上马。"通过简练的对话描写表现了谢公的英勇不凡,以及众人对他的信任。《天津剿寇纪略》虽名为"纪略",但却具有小说的神怪色彩,如"二十八日巳刻,突有老人报信云'寇已在城西黄家坟造饭矣!'言讫不知所往。"神秘莫测的报信老人增加了作品的虚幻性。对于战斗场面的描写也颇具戏剧性:"'贼'首名小秃子者,矫健绝伦,'贼'中呼为开山王。手握黄旗,左右指挥,奋迅剽疾,锋锐甚。我军以火枪击之,击上则鼠伏,击下则翻空,枪甫住,则随烟而进。有大沽老卒诧曰:'是"贼"狡猾,非巧取不可。'乃以两枪上下交击之,立毙。"①表现了紧张和激烈的战斗场面。在此篇之后有一篇《附编》,也是针对剿寇事件来写的,表现的重点则与吴篇大不相同,着重突出了邑绅张锦文的尚义精神:"是夜哄传逆匪已到,人心大震。锦文夤夜入以县署,谒邑侯谢公子澄曰:'"寇"近矣,计将安出?'公曰:'妙手空空奈何?'锦文曰:'已备办矣。'遂以票钱四千串交公为募勇费。"张锦文在危难时,慷慨捐资,轻财重义。张锦文还敢于为狱犯作保,激励狱犯们杀贼赎罪,"内有回民刘继德者,甫出狱,振臂一呼,回民之奔聚者千余人。"后张锦文获钦颁"尚义可风"四字匾额,正可见天津富者好义行、贫者就死不悔的性格特征。

三、从《宋艳》看津门文人重"劝戒"的小说观念

徐士銮(1833—1915),字苑卿,一字沅青。出生于天津世代书香之家,祖父徐炘为乾隆癸卯(1783)副榜贡士,世称朗斋先生。徐

---

①张焘:《津门杂记》,天津:天津古籍出版社,1986 年,第 24 页。

士銮自小"克绳祖武,学古有获",少就读于同邑杨光仪,咸丰八年(1858)中乡举,十一年(1861)入资为内阁中书,旋升典籍、侍读等职,同治十二年(1873)四月至光绪七年(1881)二月任浙江台州知府。四十九岁引疾归里,在家居的三十多年时间里,潜心辑书著述,"尤以乡邦掌故为重,凡有关于文献者,虽片词只字罔不手录辑存"。《宋艳》一书就是在此期间辑成,始刊于光绪辛卯(1891)冬十月,约刊成于1893年至1894年之际。①

《宋艳》是一部关于宋代倡妓婢妾的汇辑,取材于宋人的笔记小说、诗话及《宋史》等材料,因所辑多为宋事,又与婢妾倡妓有关,故而取名《宋艳》。徐士銮在序中言:

> 于书中可惊可喜之事随手录之,或同一事而纪述互异,亦并录之;其与彼事有辨论有佐证,与夫引用故实之可考核者,亦附录之。②

可惊可喜之事是其辑录的原则之一,书中模仿刘义庆《世说新语》的体例,属志人小说,分为十二卷,三十六门:卷一端方、德义、耿直、警悟、惭悔、遏绝;卷二瑕颣、间隙、懊恼、窘辱;卷三苦累、患害、忿激、矜诩;卷四逸豫、纰缪、诡谲;卷五狭邪、佻薄、狂妄;卷六卑污、狎昵;卷七嬉戏、讥诮、爱慕;卷八感戚、惑溺、侈纵;卷九僭窃、残暴、覆亡;卷十果报、奇异;卷十一驳辨、傅会;卷十二丛杂。

《宋艳》是一部以劝惩为辑录目的的小说集。此书在出版以后也颇受欢迎,《直报》还多次刊登了相关的广告。如光绪朝二十一年

---

①徐士銮:《前言》,《宋艳》,杭州:浙江古籍出版社,1987年,第1页。
②徐士銮:《宋艳》,杭州:浙江古籍出版社,1987年,第5页。

正月初一日（1895 年 1 月 26 日）天津《直报》载"文美斋"告白：

《永庆升平》《续永庆升平》《万年青初二三集》《人间乐》《富贵录》《续施公案》《彭公案》《第三才子》《第一奇女》《醉茶志怪》《花月姻缘》《珠村谈怪》《续今古奇观》《挑灯新录》《巧合奇冤》《醒心编》《窃宝录》《开辟演义》、姚元之先生《竹叶亭杂记》、徐沅青太史《宋艳》……

《宋艳》与侠义公案小说、传奇志怪小说、才子佳人小说等一样，是天津书商重点推荐的作品之一。20 世纪 20 年代，上海进步书局印行该书时，在提要中做过这样的评价："匪直引人入胜，盖亦名实相符耳。篇中丽以历朝掌故，或先正格言，义存劝惩，煞费婆心，迥非《丽情集》《妇人集》等所能抗行也。谈赵宋一代艳史者，当推此书为骊渊矣。"①强调了《宋艳》引人入胜的故事性以及劝惩人心的创作主旨。

孙殿起在《贩书偶记》中把《宋艳》归入小说家类的"琐语之属"。津门诗人杨光仪在光绪辛卯年（1891）秋八月为《宋艳》作的序中言："吾人编辑一书，必义存劝戒，方可问世。"十分重视小说劝惩社会的功用，"使阅之者时则懍若神明，时则视同犬彘；因以作其刚方之气，激其羞恶之良。人非下愚，皆知自好……。"希望通过小说激励人们的方刚之气、羞耻之心，让人们振作自好，从此角度出发，他认为《宋艳》较之"《妇人集》《丽情集》《小名录》等书，未可同日语矣。"杨氏对《宋艳》的意义与价值给予了肯定，但是希望徐士銮能够做出更有益于国家、社会的宏济时艰、挽回劫运的作品来，"沅青精力未衰，而世局又正多隐忧，若能充其精力于往籍所载，一

①徐士銮：《宋艳》，杭州：浙江古籍出版社，1987 年，第 2 页。

切长驾远驭之雄图，与夫应变沈机之伟略，其有可取以宏济时
艰、挽回劫运者,更汇而编辑之,质之当世,以待其人,是则余之厚
望也夫！"①

《宋艳》还有作者宗弟徐郦作的序,云："妾伎可传之事,愚夫愚
妇闻之,或泣或歌,尤讲学家所不欲言而不愿言者,惧其亵也,惧其
不足传也。"妾伎之事被讲学家不屑一顾,幸而有小说家来搜集整
理,"大者勒之史乘、垂之方策,懿铄今古,一无所遗;小者虑其散
佚,多借私家纪载而传之。若夫取裁一代,编次一书,义关劝惩而说
不腐,事属情欲而旨不纤,则美恶相形,亦自有可以兴、可以观者
……今积岁手录成编,尚不忘人心风俗之系;且详人所略,不使一
代掌故湮而弗传,诚有心世道者。"②认为徐氏辑此书有十分重要的
文献价值,既有补充史乘的作用,又有劝惩人心的功用,使美恶相
形,并能发挥小说可以兴、可以观的作用。另有史梦兰在《题辞》中
言："摘艳纷披碎锦丛,几多白白与红红。一言括尽诗《三百》,不出
'无邪'两字中。"②很明显,这几位津门文人的小说观都受儒家文艺
观念的影响,重视小说影响世道人心的社会功能,停留在劝惩的阶
段,对小说的艺术性与娱乐性不太重视,从近代小说理论来看偏于
保守,天津小说要有大的发展必须得有理论方面的突破与飞跃。

第三节　津门志怪小说的杰出之作——《醉茶志怪》

天津文言小说的创作相对于全国而言起步较晚,经过高继珩、

---

①徐士銮:《宋艳》,杭州:浙江古籍出版社,1987年,附录第1页。
②徐士銮:《宋艳》,杭州:浙江古籍出版社,1987年,附录第2页。
②徐士銮:《宋艳》,杭州:浙江古籍出版社,1987年,附录第3页。

郝福森、张焘、徐士銮等几辈作家的努力和尝试,有了一定的基础,形成了浓厚的创作氛围,主流文人群体对小说也逐渐地重视起来。当时的津门著名文人杨光仪、梅宝璐等虽然不著小说,但是也积极为朋友们的小说作序,参与到小说创作的环节中来,他们的态度直接或间接地促进了天津小说的发展。

一、李庆辰及《醉茶志怪》的成书过程

李庆辰(约 1838—约 1897)[1],字筱筠,别号醉茶子,天津人,先茔在天津城北北仓刘园村(今天津市北辰区北仓镇刘园村)。李氏先世曾数代为官宦,有过一段颇长的兴盛时期,七世祖李珏,字德骊,曾为太仓州牧;伯祖寿彭,曾为宜昌太守。到李庆辰父亲一辈,趋向衰落,将故居分割出赁,作为家庭的经济来源。李庆辰曾以诸生的身份多次参加乡试,都没能考中举人,以坐馆为生。《醉茶志怪》刊刻于 1892 年,是作者精心构造而成的一部杰作,经历了长达十三年的孕育时间,现有李庆辰未刊手稿《獭祭编》十一册,从 1884 至 1897 年,分别以创作年甲、乙、丙、丁、戊、己、庚、辛、壬、癸等命名,《獭祭编》中很多小说经过修改后收入到《醉茶志怪》中,可见作者创作之用心与经营之惨淡。

《醉茶志怪》由当时津门诗坛领袖人物杨光仪作序,杨光仪对小说有着自己的认识,他说:"窃谓著述家之有说部,诚以蕴蓄于中者,既富且久,而长此寂寞,无以自达,不得已寄情儿女,托兴鬼狐。子虚乌有,感触万端,其志亦可悲矣!"[2]认为小说为托兴言志之作。

---

① 张振国:《晚清民国志怪传奇小说集研究》,南京:凤凰出版社,2011 年,第 207 页。
② 杨光仪:《醉茶志怪·序》,李庆辰:《醉茶志怪》,济南:齐鲁书社,2004 年,第 1 页。

杨光仪与李庆辰交情颇深,对李庆辰坎坷落魄的人生遭遇深表同情,对其创作的初衷也较为了解:"醉茶子,诗人也。落拓一衿,寒窗坐老。平居抚时感事,既见之于篇什","读者不仅以怪视之,庶可得作者之大旨焉。其志怪也,殆犹是'不语怪'之义也夫。"①指明其创作动力是抚时感事,并不只是谈怪,而是"不语怪","不语怪"来源于《论语·述而》中的:"子不语怪、力、乱、神"。孔子之所以不语怪力乱神,乃是因为他竭尽全力追求现实生活中的理想。杨氏在此以"不语怪之义"来指明李庆辰的创作宗旨不在于讲怪力乱神的故事,而在于抚时感事,"篇终数语,尤如当头棒喝,发人猛省",认为李庆辰在每篇小说末尾的评语最发人警醒,能够达到劝惩的目的。

二、《醉茶志怪》是模仿之作还是创新之作

《醉茶志怪》出版后颇受读者欢迎,在社会上产生的影响较大,其中既有传奇法写成的篇幅较长的狐鬼故事,又有笔记法写成的篇幅很短的志怪故事,有人认为它兼有《聊斋志异》与《阅微草堂笔记》二书的体例,如杨光仪在序中说:"观其自序,首引蒲留仙志异、文达公五种,是盖合二书之体例而为之者。"有人认为它是模仿《聊斋》之作,如章用秀在《天津地域与津沽文学》中称其为"天津的聊斋",张振国在《晚清民国志怪传奇小说集研究》中也认为"无论是从创作过程还是创作手法来看,《醉茶志怪》都与《聊斋》有更多的共同点。"②关于《醉茶志怪》的艺术成就,有人认为它只是模仿之作,在艺术上不能跟《聊斋》和《阅微草堂笔记》比肩,有人认为它有

①杨光仪:《醉茶志怪·序》,李庆辰:《醉茶志怪》,济南:齐鲁书社,2004 年,第 1 页。
②张振国:《晚清民国志怪传奇小说集研究》,江苏:凤凰出版社 2011 年,第 211 页。

创新的成分，"部分篇章更是完全摆脱对《聊斋》亦步亦趋，呈现出文言小说特有的故事情节与特质。作品中的人物也完全现实化，摆脱了'奇境幻遇'式的痴想，呈现出丰满复杂的人物性格。"①事实上，《醉茶志怪》既有对《聊斋志异》和《阅微草堂》所开创的传统的继承，又有与时俱进的创新精神。

《醉茶志怪》并不是一部模仿之作，而是一部成功的创新之作，完全可以和《聊斋志异》《阅微草堂笔记》等经典之作相媲美，之所以能够取得这样的成就是因为其独特的艺术魅力。《醉茶志怪》的成就在于体现了当时产生的一种"审丑"和"反崇高"倾向，虽以志怪为题材，但却撕掉了人类幻想出的美好面纱，直视现实，突出现实的丑恶和人性的复杂，体现了文艺思潮的现实主义倾向，与晚清兴起的讽刺小说、谴责小说等是同一种文艺思潮的反映，可以说《聊斋志异》中的花妖狐魅故事在审美，《醉茶志怪》却在审丑，后者更多的写人生的际遇与懊悔之情，写悲惨的结局，让人生出无奈的叹息，发出一种凄凉的末世余音。《醉茶志怪》有自己独特的艺术追求——创新，以及独特的艺术成就——怪诞。所以，《醉茶志怪》绝不是一部模仿之作，而是一部创新之作。

从《醉茶志怪·自叙》中可以看到李庆辰有意创新、超越前人的写作思想。他说："一编志异，留仙叟才迥过人；五种传奇，文达公言能警世。由今溯古，绝后空前。此外之才人，纵能灿彼心花，终属拾其牙慧。盖创之匪易，捷足者既已先登；而继之殊难，后来者莫能居上。言念及此，兴致索然。然而人各有怀，甘苦不同其际遇；士非得志，穷愁每见于词章。惟文字厌弃夫平庸，故搜讨乐言夫鬼怪。"②李

---

①秦冉冉：《李庆辰及其醉茶志怪研究》，山东师范大学硕士学位论文，2010年，第68页。
②李庆辰：《醉茶志怪》，济南：齐鲁书社，2004年，第2页。

庆辰认识到蒲氏《聊斋》的过人才华和文达公《阅微草堂笔记》的警世深意,为文言小说中的两大高峰,此外之作都难以超越,容易流入拾人牙慧、不足为观的境地。他清楚地知道创新不易,考虑到此,让他失去创作的勇气,也让他觉得自己面临创作的困难。但是,他也认识到"人各有怀",每个人都有自己的情怀与才智,甘苦不同,所以,他另辟蹊径,努力找到自己最擅长的创作手法——将怪诞与讽刺相结合。他还说"仆半生抑郁,累日长愁,借中书君为扫愁帚,故随时随地,闻则记之,聊以自娱。"强调了小说的娱乐性,这与蒲氏的泄愤、纪氏的教化是大为不同的创作观念,在清代的小说理论中具有一定的先进性。

《醉茶志怪》最大的成就是其怪诞与讽刺艺术,作者运用了各种怪诞的手法在诙谐幽默中达到讽刺的目的。可惜人们对《醉茶志怪》还没有真正地了解,总是以《聊斋》《阅微》的标准去评判它,只见其外表,未见其精华。

三、《醉茶志怪》的怪诞艺术

雨果认为:"怪诞一方面创造了畸形与恐怖,另一方面却是喜剧化与滑稽的。怪诞的基调就是恐怖与喜剧或滑稽所引起的不协调。"①喜剧和滑稽的作用在于缓和恐怖的感觉,使读者更易接受,这是《醉茶志怪》受欢迎的真正原因之所在,也是其最大的成功之处。

1.《醉茶志怪》中的两种怪诞形式

恐怖与滑稽是怪诞作品同时必备的两种要素,但"每个怪诞作

---

①刘燕萍:《怪诞与讽刺——明清通俗小说诠释》,上海:学林出版社,2003 年,第 2~3 页。

品中滑稽与恐怖的比例也不相同,滑稽成分重的可归入欢闹式怪诞一类;恐怖成分浓厚的则可归入恐怖式怪诞一类。"①在《醉茶志怪》中怪诞的作品很多,据其怪诞元素的多寡,大致可分为恐怖式怪诞和欢闹式怪诞两类。

恐怖式怪诞总是建立在丑陋、邪恶、狰狞可怕的事物之上。如卷一《狐伏妖》,刘生于村外散步时,遇到一个美丽的女子"青衫素裙,其貌袅娜,发绾高髻,顶飐绒球,红艳灼灼","肤白如玉,肌腻如脂",刘生与她一见钟情,发生了关系,未几,刘生就生病在家静养,女子也隐形跟着他到家。刘生的病一直不见好,家人请了狐仙为刘生除妖治病,狐仙做法前说家人不能看,家人说为什么不能看呢?狐仙说就是怕吓着你们,若看也无妨,于是家人就留下来看,以满足强烈的好奇心,这时作者有意转换为家人的视角:"旋见室中风起,从承尘上出一黑蟒,身粗如梁,顶赤色如丹砂,遍身鳞甲,黑亮如漆,蜿蜒蟠屋内几满。"②让人觉得恐怖惊悚又惊险刺激,原来女子是黑蟒变的,除了头上那一抹红以外,女子的娇艳与黑蟒的丑恶形象极其不协调,反差巨大,让人觉得丑陋邪恶、狰狞可怕。

《醉茶》中最具特色的为欢闹式怪诞,有着滑稽可笑的效果。如卷二《狐仙》,王氏家中多狐仙,有位客人对狐有不敬之词,晚上,客人刚就枕,就听"堂中作响,寝门自辟",有健男四人猝入,来势汹汹的要惩罚他,让人觉得可怖,但是他们惩罚客人的方式却非常滑稽可笑,"相与登床,各执客一体。曳至庭中,向空力掷,高过屋脊,飘然若驾云雾,将及地,四人以臂承之,得不坠。如是三四作,虽未跌

---

① 刘燕萍:《怪诞与讽刺——明清通俗小说诠释》,上海:学林出版社2003年,第14页。
② 李庆辰:《醉茶志怪》,济南:齐鲁书社,2004年,第48页。

损,然心胆惊落矣。"①这个场面十分滑稽,像戏弄小儿一般,逗得我们哈哈大笑,这四个狐仙真是太顽皮和恶作剧了。幸而来了一位白须老叟给他们叫停,四个狐仙才鼓掌而散,客则呕吐昏晕,不省人事,故事就在一片鼓掌欢闹和晕头转向中结束了,极具欢乐和滑稽气氛,是欢闹式怪诞的典型一例。

2.《醉茶志怪》中常用的怪诞技巧

李庆辰是一位手法高超的怪诞大师,擅于利用日常生活中的趣事来制造欢乐式怪诞。如《泥髑髅》,有一村人雨天在古墓旁躲雨,见土中有一髑髅,"戏以湿泥抟其面,捏作五官。复以所买之枣与蒜纳诸其口,置墙窟中。雨晴遂去。"后来村里出了件怪事,每夜都能看到红如灯球之物绕村而飞,这个怪物一边飞还一边呼:"枣甚好吃,蒜太辣!"髑髅本是恐怖之物,却因它生活化的语言让人忍俊不禁,遂形成欢乐式怪诞。这种欢乐的气氛能让读者缓解恐怖所带来的不安,产生阅读的乐趣,可见作者手段之高明。

作者常常在怪诞中融入世间的人情事故,以此创造欢乐和滑稽元素。如《邹某》,邹某大病初瘥,晚行隘巷忽然摔倒了,有人来扶,起来正要道谢,定睛一看却是个鬼,短短几句就描绘出恐怖的氛围,透露出不详。幸而这个鬼是邹某的亡舅,恐怖气氛有所缓和,但亡舅是来找邹某去阴曹地府做差役的,邹某辞以母老子幼不能去,再三哭泣着向亡舅求情,亡舅终于同意了,让他回家等着,如果过了三月十五不来相招,就是已经觅得别人了。临别时亡舅又特别交待:"烦寄语吾家,靴不堪著,为我易之。"读到这里,读者会解颐一笑,原来鬼也在意靴子的质量,也会在办公差的时候捎带做一些

---

① 李庆辰:《醉茶志怪》,济南:齐鲁书社,2004 年,第 107 页。

私事,结尾成了相声中的"抖包袱",令原先设置的恐怖氛围变淡了许多,从而只留下笑声。

李庆辰在怪诞手法的运用上可谓是炉火纯青,而且他文笔俱佳,在短短篇幅中波澜起伏,创作出魔幻色彩。如《蝶蛛》,静海草米店村古坟中的蝴蝶成了精,"遇踏青女儿,则飞穿裙底,翔舞髻端,扑之终不可获。"蝴蝶对女子们的追逐是恼人又顽皮的。蝴蝶还能幻化出惊人的美丽:"邑朱氏有别业在此村,皓壁朱门,廊舍华丽。蝶入其厅,展翼则墙为之满。翅上花草云霞,五色炫烂,虽工于画者不能描。"按说这种魔幻般的绚丽多彩是一种瑞兆,但是蝴蝶却"好隔窗以喙吸人口鼻,血流不止乃死。"笔锋一转,就突显了蝴蝶作为精怪的恐怖性,在瞬间以恐怖的方式隔空杀人,寥寥数语就营造了怪诞的氛围,可见作者笔力的深厚,技巧的娴熟。

李庆辰常用的怪诞技巧还有反常,包括肉体的反常和精神的反常。肉体的反常者如变形,通过变大或变小来制造怪诞。变大者,如《巨头鬼》,邑萧某提灯夜行,遇一鬼,"高三四尺许,头大如瓮,面色深青,目炯双灯,齿森长戟,以两手捧颊,行步蹇缓。见人至,退避墙隅。萧固胆壮,以灯柄击其头。鬼目蹙眉攒,似甚痛。"黑夜遇鬼是一件可怖的事情,但是这个鬼奇怪的形状却让人觉得好笑,比例严重失调,矮小的身体和硕大的头形成鲜明的对比,虽然他面色深青,目炯如灯,森齿长戟很吓人,但是以两手捧着大头,缓缓走路的样子又十分可笑,而且,这个鬼是个胆小鬼,见了人就退到墙根下。胆大的萧某欺负这个胆小鬼,用灯柄打鬼的头,鬼因疼痛挤眉弄眼,古怪滑稽的样子引人发笑。

作者在创作中有意识地以突然变大又变小来制造怪诞的色彩,如《曹商》,太谷曹商在津贸易,半夜走路,看到有小车长尺许,马大如鼠,人裁如指,戴小缨帽如钱,一切都小得那么滑稽,但走得还特别快,曹商说:"戋戋之物,行何速也?待我追及,踏碎之!"他把脚伸出去, 忽听砰然一响,那些小人小马一下子变大了,"高与城齐,人如魑魅,马类犀象,执鞭怒视,其状狞恶。"与刚才的渺小形成了鲜明的对比。曹商闻车中人语曰:"此西贾也,宁舍命而断不舍财。勿伤其生,搜取腰中钱钞可也。"曹商惊踣大号,但他们只是吓唬他而已,转瞬就消失了,曹商在变小又变大的怪诞中狼狈而逃。小说结尾说"曹其遇仙耶? 何变相之速也? "①实在是作者笔底的魔力让其变相如此之迅速。

除了肉体的种种反常之外,作者还利用人类精神的反常来制造怪诞。如《三疯》中三疯常说疯话:"前者饥饿将死,幸三姑怜我,招至其家,食尽珍羞,眠卧锦帐,真平生之奇遇也! "人们都很奇怪他的话,就偷偷去三疯住的古寺看,结果看到一个大蝎虎与三疯睡在一起,尾还摇摇掀动,真是可怖至极。作者还让正常的人变得不正常来制造怪诞,如《颠僧》中颠僧蓝缕如丐,痴狂类颠,他为人治病"殊不针灸药饵,撮土为丸与之。或施水,或拍病者肩顶身股",或者"揭舆帘向美人洒土唾津,或摩面拭颐,笑云:'愈矣,愈矣。'"被奉为活佛,人们对颠僧的敬仰达到趋之若狂的程度,甚至有妇女粉汗淋漓,"杂众中争曳僧足,云'佛足也,摩之可以已灾。'脱其履,争擘足垢怀之,已而共碎其履,各持一片归。"最后这位颠僧却因与诸匪徒争钱相殴被关进了监狱,结束了他癫狂怪诞的活佛生涯,成为一个惹人讥讽的笑话。

李庆辰还善于通过变身来制造怪诞,或物变为人,或人变为

---

① 李庆辰:《醉茶志怪》,济南:齐鲁书社,2004 年,第 176 页。

物,或半物半人、半人半兽。作者更多的是把物变为人以取得怪诞的效果,物既有动物、植物、也有事物。动物变为人者如《茔中怪》,在一片坟地旁,夜深人静时,"有小人高三尺许,身披铠甲,自冢中出,牵白马大如犬,至道边呼曰:'顶盔摜甲,将军上马。'语毕,策马加鞭,飞奔而去。甲声渐渐,风声飕飕,转瞬不见,俄而复返。"茔地本身就是一个恐怖的地方,静夜之时的精怪更令人可怖,不知是何方神圣。守墓者暗伏矰缴,解开了谜底,哈啊,威风凛凛的顶盔戴甲白马将军原来是大黄鼠骑着小白兔,盔则是髑髅,甲则是麻索联络人的指甲,先前还那么令人害怕,现在却让人忍不住哈哈大笑。这则怪诞的故事极具童话色彩,精怪们的怪诞行为如同小儿的游戏。

《醉茶志怪》中还有把植物变为人的怪诞故事,如《树妖》中树成了精,在路上狂奔乱舞,与车夫旋转纠缠起来。李庆辰在《树怪》中题诗云:"恐予志怪少新奇,树露精灵树有知。"可见,他把植物变为人作为志怪的新奇材料。这种植物变为人在《聊斋志异》中也是有的,如《香玉》《葛巾》等篇,但《聊斋志异》中的变幻美丽动人,《醉茶》中的变幻却怪诞可笑,体现了截然不同的艺术特色。除了动物、植物变为人者,还有一般的寻常物件也变为人者,如《陈氏怪》中,每夜闻复室中有声隆隆然如转碌碡。"窥之,有老叟长须彩服,高仅二尺,身圆几如小瓮,绕地旋转,其声随之。闻人语即遁去。"非常可怖奇怪,细穷其处,似在柜后,移柜视之,原来是纸糊的不倒翁变成了人形在深夜做怪。

作者有时又把人变为动物,以取得怪诞的效果,如《林承嗣》中林生遇到狐仙,求狐仙赐给他富贵,但狐仙说他今生与富贵无缘,并给他一个隐身的法宝和阅世的眼镜,带他去富贵人家一看真相,

"见有数十人,狐裘貂袖,容貌富丽,相与团坐斗叶子戏。已而具馔,珍羞杂陈,举爵饮饫,气焰骄豪。旁立数俊仆,奔走奉馔。翁使林戴眼镜视之,见坐者食者,率皆狼豺犬兔牛羊辈,殊无一类人者。又偕翁深入一院,见屋内数小豵坐椅上,捧书咿唔,一乞丐坐摊皋比,手持界方,指挥督责。生自怪小豵焉能读书,摘镜审视,则数纨绔儿与一塾师而已。"以不义之财致富的人们实际上都是一群兽类,读书的纨绔子弟就像猪一样,而塾师则像乞丐,在怪诞中揭露出世间丑恶的一面。

作者常用的另一种怪诞技巧是以陌生的世界来制造怪诞。如《山神》中,屠秀才被庄某邀请到家里为师,"山路拗折甚远,至一村,皆架木为居,状甚奇古。时已将曙,乃共入室,四壁槎桠如巢。"村庄是奇怪的,房屋内也很奇怪,不像人类所居,二童子出拜,长者十四五,少者十二,"貌皆猿目鸢肩,率如鹦猊。"半人半兽的造型加重了恐怖,二童子与邻子一同读书,但总是欺负邻子,一天打斗之后,二子竟然"擘邻子胸探食肺脏。"虽具人形,却露出了狼子的兽性,屠秀才吓得大惊而逃,出门却不认路,在一个陌生的世界只能奋身野窜,"忽有二狼从荆棘中跃出,倒衔屠衣,曳行数武,惊骇欲绝。"危急关头幸有山神出来相救,击毙二狼,山神说"此豺虎之乡,何可朝夕也?"把胆战心惊的屠秀才送出山去,"出则重峦迭岭,不复有道路。"那个奇怪而陌生的世界在他面前消失了,他重新回到了人间。再如《白塔寺》收生妪至一第,门仅如窦,是与外界截然不同的一个陌生世界,进去之后别有洞天,"入则楼阁连亘,服物奢侈。"女子产下的四子也半人半兽,怪诞可爱,"体俱肥苗,惟尻际有小尾不时摇动,啼声啾啾",不知是何仙怪。妪出来之后,"回顾并无屋宇,乃麻秸垛也。"回到正常的世界,那个怪诞的世界就不复存在了。

作者创造陌生世界的手段非常高明,有时换个角度看正常的人间世界,也会成为陌生的世界。如《冥狱》中,陈某担任着阴曹掾属的职务,每沉睡数日去阴曹办公,有人问他阴间是什么样子的,他说每次到了就和十余人一起办案,没顾得上看。那个人劝他穷探胜境,陈某就起了好奇心,一日,求鬼卒引窥冥狱,鬼卒就带着他游历阴间,他看到一个巨井:"俯视别有洞天,其中动植飞潜,无物不有,珍禽异兽,纷往沓来,景殊奇绝。"①井里展现的世界简直像个万花筒一样,五彩斑斓,他看得太久,头晕目眩跌进了井里,如堕万仞深渊,他吓得大叫起来,幸好还没有摔死,只是觉得肌体冰冷,怎么回事呢?他"开目四顾,则已婴儿卧褓襁中矣。始悟托生人世"。原来他从井里看到的五彩世界不是什么仙境、圣境,而是他最熟悉不过的人境,怎么办呢?他焦急无策,幸而鬼卒又想办法把他招了回去,让童子去投生。这真是一趟怪诞的奇妙之旅,而作者创作的精彩的陌生世界,却不是别的,而是人间,只是换了一个角度看,但这一换和一看,就生出了许多怪诞的故事。

3. 怪诞滑稽的喜剧色彩,具有捧哏、逗哏之乐

怪诞、滑稽、幽默、富有喜剧色彩,是《醉茶志怪》最大的艺术特色和成就。这种艺术特色与津门人士的性格是比较符合的,天津人能说、爱说,语言表达能力非常强,善于挖掘语言潜能,而且天津人说话表情活泼,话语幽默,语音动听,内容丰富。②李庆辰的故事用非常通俗的文言写成,读他的书更像是在听故事或者

---

① 李庆辰:《醉茶志怪》,济南:齐鲁书社,2004 年,第 158 页。
② 刘菲:《从天津方言解读"津味儿"民俗文化》,南开大学硕士论文,2010 年。

听相声,这是《醉茶志怪》成功的秘密,在短小的篇幅内充满了捧哏、逗哏的乐趣。如《申某》,申某晚上与朋友们一起斗叶子,散局之后回寝室,隔窗窥见屋内"有一无首妇人,置首案上,双手理发。"吓得他急返故处,见三友仍在灯前赌戏,就把刚才看到的怪异情景说了,并邀他们一起去看,那三个人却笑着说:"君何少见多怪,我等尽能之。""于是以手承颊,各摘其头,置几上。"吓得申某魂飞魄散,原来一晚上都在与一群鬼斗叶子却还不知道,真是恐怖又可笑。

《焦某》也是一则具有逗哏儿效果的怪诞讽刺之作。安徽焦某,从军驻扎于津。从城西营中醉归,往海光寺机器局。当时已经三更,路经城西甫野,见道旁一烟馆,灯火荧然,进去一看,矮几短榻,亦颇雅洁。他向主人买芙蓉膏少许。主人年三十许,穿着短衣青被心,足着双靴,色亮殆如乌纸。他来不及细看,就卧在榻上对灯烧烟。灯光青黯,烟筒塞如无隙,真是怪事,于是他就拿出自己的烟盒置盘中,挑烟烧试,灯火亦然。他口中喃喃怒骂,这时一无首人推门进来,呼曰:"买烟"。主人挑烟与之。焦某醉眼模糊,不知其为鬼,乃喝曰:"何故着衣盖顶,作此恶态,骇煞人也!"某人不答而去。主人却说你以为他丑,那么你看看我长得怎么样呢?"对灯瞤视,口眼砰砰作响,舌出于口,目出于眶,累累然如铃下垂,血淋漓满面。"原来这是个鬼店,焦某大骇,奔至南关外,厥然而倒。故事中的场面设置气氛森然,对话却幽默十足,制造了笑料,且把最精彩之处放到最后,取得"抖包袱"的效果。

《醉茶志怪》中的怪诞艺术不仅体现在短篇中,篇幅长的作品也可见怪诞之风格,如《云素秋》中云素秋是个男扮女装的优伶,为了谋得王某的钱财,他不惜出卖自己的肉体,把王某的钱财榨干后，就把王某赶了出去。由此，他得了一种疮疾，"后庭花不堪重问"，门寂冷落，"尻际肿溃，下连尾闾"，让人觉得滑稽，从而达到了一种怪诞讽刺的效果。再如《爱哥》中爱哥本是个女子，却伪装成男子，娶了妻，娶了妾，生了子，怪诞至极，但夫是女的，妻是女的，妾却是男的，在这样真真假假的结合中产生了许多滑稽故事，爱哥为此送了命，给故事增添了恐怖色彩，形成怪诞的风格。再如《如意》中如意还魂时，棺材是"爆然作响"，动静之大令人觉得恐怖又可笑，从而产生怪诞。再如《柳儿》中也是狐仙创造了一个陌生的世界，使季生重遇柳儿，由此成就了姻缘。这些篇幅长的作品，数量较少，仅十余篇，在滑稽可笑方面不及众多的短篇更加精彩有趣。

四、《醉茶志怪》的讽刺意义

"怪诞讽刺之作，揉合怪诞和讽刺的艺术。利用滑稽与恐怖，结合反常的变形、夸张、惊愕以及陌生的世界等怪诞元素，来表达讽刺，用以反映社会上的种种弊端，或者是人性中的种种丑恶。"①《醉茶志怪》利用怪诞方法讽刺了世间种种的丑恶现象。

以怪诞来讽刺人类贪婪的色欲。如《杜生》中两个狐精把髑髅戴在头上，转眼就变成了俩美女去诱惑杜生，"一可二十余，一可十七八，服饰容光，并皆佳妙"，离开时，一出帘外就立刻又化为了怪。美女在屋内与杜生欢好调笑，能看见鬼怪的仆人视以左目，看到"髑髅横陈榻上，狐以口含生下体，不觉毛发俱悚。"这个场面恐怖又滑稽，肉体之欢马上就带来杀身之祸，杜生不听仆人的劝告，很快就病死了。醉茶子曰："色之陷人，溺其情者死而不悔，所难堪者，

---

① 刘燕萍：《怪诞与讽刺——明清通俗小说诠释》，上海：学林出版社，2003年，第59页。

冷眼旁观之人耳。苟能打破尘关,则搓酥傅粉之流,安在非头戴髑
髅之怪哉!"讽刺色欲之陷人,劝诫世人打破尘关,不要沉迷于色。
色欲害人,世人却乐此不疲,作者以怪诞之法讽刺了官场中好游狭
邪之人,如《冷香堂》,某官酒后往妓院,欣然独入"冷香堂"去寻找
美娇娘,室内的氛围却是恐怖的,灯火荧然,前导之人短躯,面目难
辨,迎客女子面貌黄瘦类久病之人,她请某官稍坐,即唤姐妹来,旋
听到女子的鞋响,预示着美人的到来。一女搴帘入,却"身高及床,
头大如斗,双目炯炯,光焰四射。"是一个怪模怪样的鬼,让人忍不
住要笑,一个还不够,俄又来一女,这个却是"身高如竿,头小如盏,
向床并立。"一个矮小大头鬼,一个高挑小头鬼,两个怪物并立在一
起,形成鲜明的对比,恐怖又滑稽,把某官吓得晕了过去,天亮后仆
人发现他卧在丛冢中,在怪诞中对官场中狎妓之人进行了绝妙的
讽刺。

有一些书生也好游狭邪,作者亦利用怪诞给予了辛辣的讽刺。
如《某生》,某生在晚上路过一个仅容其身的小屋,见一妇人背灯
坐,略通数语就解衣登榻拥妇共卧,渐入温柔乡中。在偎傍之际,某
生"顿觉北风烈烈,冰雪砭骨",惊起一看,卧在一块败棺板上,并无
屋宇。"大雪漫漫,殆将半尺。旁一骷髅横陈,亦为雪没。"真是恐怖
到了极点。他"骇极,起觅衣履,渺不可得。数步外见其敝装在雪泥
中,浸润半湿,被之,狼狈而返"。归家后就大病送了命。结尾醉茶子
曰:"然不作北里之游,纵使遇鬼,亦何至赤身僵卧,终以此杀身哉?
是足为游荡者戒。"以怪诞来讽刺和劝诫好游狭邪的书生们。

文人墨客好多情,喜欢舞文弄墨做一些轻佻之诗,作者利用怪
诞对他们进行了温婉的讽刺。如《泥女》,古寺里有一个侍婢站像,
"衣裳鲜洁,容光鉴人。狂生姚某见而情动,戏题一诗于站像衣襟

云：'巫峡巫山几万重，不知神女在何峰。阳台料得难相遇，从此思萦五夜钟。'"归斋后见到女子叩扉而入，他就开始了求欢调情，"女含笑坐生膝，回顾流盼，芳香袭衣"。正在他神荡情摇之时，俄觉双股沉重，痛不可忍。坐在腿上的美女顿时变为了石赑屃，真是可怖又可笑，作者在结尾说"轻薄之行出于士子，岂习气然与？而以淫词亵渎神，宜其获显报也！舞笔弄墨者戒之。"以此怪诞之法来讽刺和劝诫舞文弄墨的轻薄士子们。

鸦片在晚清是一种流毒，不仅使人丧失了健康，还使人丧失了人格，变成烟鬼，作者利用怪诞艺术对那些烟鬼进行了辛辣的讽刺。如《马生》，徐某夜卧吸大烟，来了一个烟鬼马生，马生本是一个儒生，因吸鸦片而死，成了鬼之后还是恶习不改，在阴曹屡次因为吸大烟而误了科举考试，把功名都抛到脑后。徐某说文人墨客浅尝辄止，若因大烟丧产败家断不可取。马生却寡廉鲜耻地说，嗜酒是名士，嗜烟也是名士。徐某恼怒之下要把他赶出去，马生害怕，向徐求饶，"叩求长者仁慈，许寄床下。此后吸烟所不敢望，乞取贵斗中余黏可耳。"为了吸大烟完全丢弃了自己的人格。徐某与烟鬼格斗之时，"一牛头厉鬼持钢叉入，大呼曰：'尔在此耶！吾奉王旨，搜罗考试不到者，牵赴市曹行刑。王曾有例，患病、有事故者均免，独吸烟、赌博、宿娼三等人，例所不赦。'"马生却以烟来诱惑厉鬼："牛兄，请息怒，此间烟味颇佳，曷不吸食？"即取盘中铜盒奉献牛鬼。鬼接盒，颜稍解，揭视盒中，见已无余沥，转而大怒，在二鬼的争执中，烟灰落于地，马生伏身舐烟灰，被牛鬼骂以畜生。马生被刺死后，牛鬼却说，没事儿，没事儿，这不是真死，就是咽喉科所说的斗底风，嗅一下烟灰就立刻活了，在恐怖中融入生活中的笑话，惹人发笑。马生活过来之后，又设法逃走，牛鬼说"君东邻有煮烟者，定往依之,予别矣。"持叉去捉他。大烟不仅让人误了前程,还丧失了自尊,摇尾乞怜,毫无人格,甚至让人变得比畜生还不如。作者以怪诞的手法劝诫世人,千万要拒绝大烟的毒害。

各个衙门中的刀笔吏虽不是官,但却因职位的特殊,掌握着生杀大权,有时能置人于死地,作者利用怪诞艺术对这类人进行了讽刺。如《控鬼》,介休诸生某善刀笔,乡里稍拂其意,辄健讼不休,所以人们畏他如虎。一夜自邻村归,"见垄畔卧一大鬼,身长盈亩,曲肱作枕,鼾鼾酣睡。烛之,青面赤须,貌极狞恶",大鬼的样子很吓人,生怒叱鬼:"作怪惊人,毫无忌惮,定有讼尔!"抽笔作词,焚于城隍神前。把大鬼告到了城隍神那里,人告鬼结果会怎么样呢?他的讼词十分老练,有理有据:"人鬼殊途,阴阳有界,鬼者自宜退藏于密。今庞然凶煞,丑恶异常,当道横陈,见者必惧。倘有单传之子,奉公之流,被其惊毙,则绝人嗣续,殃及善良,贻患甚巨。"大鬼被他告倒了,次日复经其处,大鬼长跪哀求他说:"予夜察神也。偶贪杯酒,狼狈醉眠,冒犯文旌,自知罪该万死。昨被君控,城隍将达天庭,罚必不免。望先生恩施,格外作词开释,感德无穷矣!"生笑许之,乃作词焚之,后不复见。可见刀笔吏的讼词多么厉害,不仅阳间的人害怕,阴间的鬼神也害怕。

作者还以怪诞的手法讽刺了社会上盗窃、贪暴、不学无术、自以为是、执迷不悟的人们。讽刺贪财盗窃者,如《涞水盗》中某盗去盗墓,为了脱下尸体的衣服,却被尸体打了一拳,晕了过去,被人们发现报了官,受了重惩;讽刺绅士贪暴者,如《化犬》中丁某贪暴霸道,无所不为,死而化犬;《孙某》中孙某好持斋诵佛,但是却剥生猫而炙食之,残忍异常,将死时一群老鼠攒集在他脸上,咬他的耳朵鼻子,既可怖又可笑;讽刺不学无术者,如《祈雨》中张太守幕客善驱遣术,可以求雨,也可以送雨,张公子见了之后苦求其术,幕客不传给他,他就趁其外出时偷了符箓,试之果验,但是雨却下个不停,他害怕得要逃跑时,天上突然下起了毒蛇和大蛙,疯狂地咬他,最后他因惊成疾,数月而亡,不仅闹了笑话,出了洋相,还葬送了自己的身家性命;讽刺痴迷不悟者,如《东光女》中女子因为嫉恨情郎娶了别人,就把男子的生殖器割下来,"藏诸荷囊,常佩于身,暇时取出玩视,持其柄而摇之,则两旁耳环自击"。男性生殖器在女子的手中像个小小的拨浪鼓,恐怖而又滑稽。

怪诞与讽刺是《醉茶志怪》最大的艺术特色和艺术成就,使其在清代文言小说集中可以自成一派,堪与《聊斋志异》《阅微草堂笔记》等一流作品鼎足而立。李庆辰堪称晚清小说家中的怪诞大师,他的故事在短小的篇幅内充满了滑稽与喜剧色彩。

近代天津小说经过四十多年的积累和发展,在白话小说方面出现了优秀的侠义公案小说《三侠五义》,在文言小说方面出现了杰出的志怪小说《醉茶志怪》。当然,萌芽和发展期天津小说的数量还是较少的,种类也都是传统的旧体小说。随着新世纪的工业、科技、教育、新闻、文学等事业的发展,近代天津小说也焕发出蓬勃的生命力,进入到崭新的发展潮流中,迎来繁荣期,并在繁荣中努力向现代转型。

第四章 近代天津小说的繁荣与转型

　　1860 年天津开埠以后,城市地位日趋重要,清政府在天津设直隶总督衙门,身为直隶总督兼北洋大臣的李鸿章驻扎天津达四分之一个世纪,他将天津作为洋务运动的策源地,天津蕴藏的能量由此被点燃。受西方科技、文化与思想的影响,天津开始跨入现代化的进程,城市建设得到大力发展,邮电与铁路事业得到规范,出现了有轨电车、电报、电话等先进的交通和通信设施。天津城市的文化事业也得到极大的发展,现代化的学堂、中英文报刊如雨后春笋般涌现。随着天津城市的现代化发展,小说也得到了迅速发展的土壤和养分,茁壮成长。

　　近代天津小说的繁荣是随着新传播媒介的出现、新传播渠道的拓展、新小说观念的形成而产生的。近代报刊兴起是天津小说繁荣的直接原因,交通和邮政事业的规范是近代天津小说市场繁荣的有力保障,1897 年《国闻报》刊印的《本馆附印说部缘起》则从理论上提出新的小说观念,促进了近代天津小说的繁荣。近代天津小说的繁荣首先表现在小说市场的繁荣上,从京沪等地运来的小说品种齐全,丰富多样,小说经营网点生意火爆,书商争相促销。近代天津小说的繁荣还表现在小说自身的繁荣与发展方面, 天津本土专职作家的出现、本地报刊小说专栏的连载以及结集出版,促进了天津小说由旧向新的突破和转型。天津本土开始生产大量的小说，这些小说不再是以前传统的话本小说、志怪小说，而是受西学东渐、小说界革命、白话文运动等时代潮流的影响而出现的新兴的翻译小说、报刊小说、拼音字母小说等，这些小说在文体形式和思想内容上都显示出了迥异于传统小说的创新性。

第一节　近代天津小说繁荣的社会背景与原因

一、新传播媒介的出现：报刊兴起是近代天津小说繁荣的起因

虽然中国很早就有了官方主办的邸报，但报业发展非常缓慢，在维新变法思想的影响下，光绪皇帝曾颁布"准许自由开设报馆、学会"的诏书。从 1895 年到 1898 年的三年时间里，维新派在全国创办学会三十多个，报刊五十种以上，开设学校也在五十所以上，近代中国出现第一次办报高潮。在众多报刊中，渐渐形成了三个宣传中心：天津、上海、长沙。①此时的天津已成为一个经济、文化都十分发达的重要城市，外地的报刊如上海创办的《申报》《新闻报》《字林沪报》《时务报》等等都涌入了天津，希望能在此抢占市场和读者，成为其销售与宣传阵地。

近代世界各国报刊的繁盛促进了中国报刊的兴起，在办报初兴的热潮中，天津率先成为中国新闻报刊业起步阶段最早办报的城市之一。李提摩太在 1895 年《直报》发表《中国各报馆始末》说道：

---

①胡太春：《中国近代新闻思想史》，太原：山西人民出版社，1987 年，第 56 页。

合欧洲各国日报共计一千三百〇六种……其出报之多也如此,然尚未及中国京报之早。既尔渐入中华各省亦有立此报馆者……自始至今共有七十六种,……在七十六报中,十之六系教会报,有数月停止者,有数年停止者。惟现存每日所出之报,则《循环日报》《华字日报》《中外新报》《维新日报》各出香港,《广报》出广东,《申报》《沪报》出上海,《时报》出天津。①

天津报刊业紧随时代风气,与香港、上海、广东等同样走在时代的前列,在中国当时有限的几种日报中,天津的《时报》占有一席之地。这些早期的报刊有的直接刊载小说,有的虽不直接刊载小说,但是刊载大量的小说广告,无论是哪一种形式都直接或间接地为小说提供了新的传播媒介,刺激了小说的迅速发展。所以,近代报刊兴起对天津小说的发展起到了直接的促进作用。

1. 天津本地报刊的创立及“文化场域”的建立

1886 年 5 月 16 日,天津海关税务司德璀琳和英商怡和洋行总理笳臣集股创办了天津的第一种近代中文报纸《时报》,②此报在全国影响很大,1890 年曾由著名的传教士李提摩太担任主笔。德璀琳(Gustav von Detring,1842—1913)是一名德国人,他在天津生活了三十多年,并卒于天津。他是李鸿章的私人顾问,与李鸿章关系十分密切,曾担任天津海关税务司达二十二年,几乎与李鸿章的任期相始终。因其在政界的特殊地位与身份,德璀琳是天津租界内地位最高的侨民,对天津城市的现代化进程贡献非常大,天津的第一条

---

①张静庐:《中国出版史料补编》,北京:中华书局,1957 年,第 66 页。
②马艺:《天津新闻传播史纲要》,北京:新华出版社,2005 年,第 25 页。

碎石子马路、第一份报纸、海河整治工程、中国近代第一所大学的前身等等,都是由德璀琳首先创议并且一手经办的。①1895 年天津又有了第二份中文报纸《直报》。《直报》创刊于 1895 年 1 月 26 日,创办人是德国人汉纳根,主持编辑业务的是杨荫庭。汉纳根是德璀琳的女婿,同样与李鸿章关系密切,曾担任过李鸿章的军事顾问,他曾主持在天津老城修建了第一套排水系统。《时报》《直报》不单纯是两份报纸而已,而是近代天津文化传播的重要阵地,并且建立了一个消息畅通的"文化场域",人们由此可以获得各种丰富的信息、了解整个社会的动态。《时报》《直报》设有外洋新闻、外省新闻、平康韵事等栏目之外,还刊登各种与文化相关的广告,如出售报刊书籍、学堂招生、印刷、招聘采访友人、征集新闻等告白,作者、印刷商、书商、读者可以直接有效的交流。从这些丰富的信息中可以看到与小说兴起有直接关系的几种因素都在逐渐具备。

首先是印刷业的进步。从《时报》1886 年 8 月 30 号刊登的"新式印字机器,招印书籍"的告白中可知,新式印字机器的引进使印书不再是一件十分昂贵的事情,由此天津突破了原来印刷的困境。其次是教育的兴起。如《时报》1886 年 8 月 30 号"天津格致书室告白"招收学员,各类学堂的开办和招生使更多人有机会接受教育,从而为小说培了了潜在的作者和读者。然后是记者和作家队伍的产生。报刊的创办和经营需要主笔、访事等人员,使文人有了新的可以选择的职业, 如《时报》1886 年 11 月 4 号刊载 "增访事实告白",1891 年 12 月 1 号刊载 "时报新馆启招驻京记者",1886 年 9

---

①张畅,刘悦:《前言》,《李鸿章的洋顾问德璀琳与汉纳根》,台北:传记文学出版社,2012年,第 3 页。

月 25 号刊载"天津申昌书画局启,招请北京访事人",1888 年 5 月
1 号刊载"延订各省采访友人启","广招外埠经理售报人启"。记者
成了当时一种时髦的职业,甚至有人借记者之名在外招摇撞骗,
如有张祥庚冒充天津《直报》探访招摇撞骗,影响到《直报》的声誉,
所以报馆 1895 年 7 月 30 号刊载"勿为所惑"的告白进行澄清:"本
馆访事诸人既有荐主复有薪水,向无在外招摇情事。兹闻河东有张
祥庚者冒充探访,查本馆并无其人,为此敬白,幸勿为其所惑也。本
馆谨启。"警示大家不要上当受骗。那些和报刊关系密切的主笔、记
者等报人,是最早创作报刊小说的作家,如天津的顾叔度、刘孟扬、
丁竹园等人。

报刊上的书籍广告建立了读者与书籍的交流渠道,在《时报》
上可以看到各种寄售新书的广告,如 1886 年 10 月 7 号刊载新书
《津门杂记》广告,1892 年 2 月 22 号刊载出售《罪言存略》广告,
1892 年 4 月 9 号刊载"新刻医书三种出售"广告,1892 年 4 月 13
号刊载"石印书局所印各种图籍在官书局、文美斋、艺兰堂、文德
堂、宝森堂各处代售。详细价目朔望登报。"这些广告促进了书籍
的销售数量与流通范围。《直报》上还刊载大量的小说广告,通过
报刊上的小说广告,读者可以得到更多关于小说的消息。如光绪
二十一年九月二十六日(1895 年 11 月 12 日)《直报》刊载"紫气
堂"的售书广告:

> 本堂由京都上洋新寄到《四史书》《咸大将军东征实纪附
> 各国旗号》……《第一才子三国志》增补图像、《增像大部三国
> 演义》全函装套、《二度梅》《三续真正今古奇观》《四大英雄传》
> 《第五奇书银瓶梅》《台战六集巾帼英雄》《台战七集》《八仙缘》
> 《九种奇情》《十集京调脚本附戏园》《第十一才子书》……《公

车上书》《西湖佳话十八景图书》……《金台传》全函、《闺秀英才传》《大明奇侠传前套后套》《双凤奇缘传》《绘像一本万利醒世传》《绣像游江南传》《后清列传》《绘图花列传》《彭公案》《绣像小八义》《绣像永庆升平》《情天宝鉴》《安危大计疏》《各国时事类篇》《时务丛钞》《女仙外史》《盛世危言》《续盛世危言》……余者书籍推广,明日再登,主顾购取,每日午后直至申后,敞堂静候,余时无暇。天津府署西三圣菴西直报分处内紫气堂启。

紫气堂订购和销售各类小说,种类丰富多样,通过报刊广告促进了小说在天津的传播、流通。

《直报》上的小说广告有时还有较为详细的内容介绍,如光绪二十一年四月二十四日(1895 年 5 月 18 日)刊载的"名手新撰小说二种"广告:

> 《金鞭记》共四百九十三回,逐回蝉联,奇情迭出,及仙佛僧道、妖狐鬼怪,且有二三四等唱段,团坐静听者无有不鼓掌称奇也,每部洋九角。新撰《英雄小八义》,是书宋朝事迹。英雄半皆绿林后裔,侠男奇女年皆十五六岁,铜肝铁胆,结党锄奸,诸凡飞檐走壁、换马偷头等技,各人各法,能使阅者称快,每部洋九角。天津北门东文德堂发售,上洋江左书林谨启。

通过对小说奇情迭出、侠男奇女等精彩内容的介绍来吸引读者购买。再如光绪二十四年五月初一日(1898 年 6 月 19 日)刊载天津蠡字山房的告白:

> 新出石印《济公传》,此书出在南宋高宗皇帝,出一位高僧济公,奉佛敕旨,降世人间,敬愚劝善,忠孝节义,与前醉菩提济公不同。本房不惜多金,邀请名公细加批注,由济公降生共二百四十回,赵家楼马家湖前后接连。

重点指出新出石印小说《济公传》与以前的醉菩提济公不同，并经过了名家的批注，更加精彩，吸引读者踊跃购买。

《时报》《直报》建立的"文化场域"，促进了近代天津印刷业的进步，教育的兴起，书籍的流通，作家队伍的产生，改变了小说传统的传播方式，使小说的创作、出版、流通、阅读等更加容易。原来读者与作品间遥远的距离一下子缩短了，现在是面对面地交流，读者在看到小说信息之后，只要他有阅读兴趣，经济条件亦允许，马上就可以去书斋买上一本，开始他奇妙的阅读之旅。

2. 外地报刊的大量引进及与外地报刊的资源共享

当时的天津还没有大量地生产小说，但天津的读者却源源不断地读到了最新的小说，这些小说是从哪里来的？答案是上海。当时上海推出或流行什么小说，天津很快就能读到这些小说。相对于大幅的小说目录广告，《直报》上刊登的小说内容介绍广告是很少的。为何天津报刊上小说广告只登载大量小说书目，而较少登载小说内容介绍呢？主要是因为上海的《新闻报》《申报》等报刊上已经大大地做了一番广告，有详细的小说内容介绍。如《直报》告白中的《意外缘》《十一才子》《吉祥花》《小八义》《梨花雪》《蝴蝶缘》《燕山外史》等小说都是当时天津市场上热销的作品，这些作品在上海的报纸中都能找到颇为详细的广告介绍。如1895年3月5日(二月初九日)《新闻报》刊载新出绣像《意外缘》广告："是书详载贞淫果报，昭昭不爽。其中如酒令诗词，更属新鲜夺目，跌宕淋漓。茶余酒罢，阅之大可消闷，诚绝妙闲书也。"[1] 3月8日(二月十二日)《新闻报》刊载全图《十一才子》广告："《十一才子》即《无稽新谈》，专将乡

---

[1] 陈大康：《中国近代小说编年史》，北京：人民文学出版社，2014年，第301页。

村街谈俗语,编为长篇笑话,阅者令人发笑,拍案叫绝,称小说中之奇书也。"①3 月 27 日(三月初二日)《申报》刊载石印全图新出《吉祥花》广告:"兹编所记富贵荣华、子孙阀阅,皆从阴骘中得来。其事实而可征,其文简切详明,足以劝世。增绘全图,尤为雅俗共赏。"②4 月 17 日(二十三日)《申报》刊载开印《小八义》说部广告:"是书不著作者姓名。虽体例仿乎章回,而笔墨清灵,颇足爽心豁目。中间叙梁太师、周顺、徐文机诸事,奸恶忠正,描写逼真,亦游戏书中不可多得者也。"③5 月 6 日(四月十二日)《申报》刊载新出石印绘图《梨花雪[奇书二种合刻]》广告:"是书记金陵烈女黄淑华事迹。女以幽闺弱质,突遇强暴,率能智全其身,从容复仇,虽古烈丈夫无以过也。又将烈女原诗、小传标刻卷首,以证事实,更觉可观。后附白头新述山阳程生义夫贞妇事,订丝萝于黄口,谐花烛于白头,守义怀贞,离五十年如一日,亦古今来仅有之事。此二书历叙悲欢离合、孝烈节义,情节曲折,大有可观。无论文人闺秀,以消闲解闷,未始不可。"④5 月 11 日(四月十七日)《申报》刊载新出《蝴蝶缘》《燕山外史》广告,5 月 14 日(四月二十日)上海《申报》刊载新出绘图《女仙外史》广告,5 月 22 日(四月二十八日)上海《申报》刊载新撰小说二种《金鞭记》和《小八义》广告,⑤其内容与天津《直报》1895 年5 月 18 日(四月二十四日)刊载的广告"名手新撰小说二种"是相同的。上海创办的《申报》《新闻报》等是在天津传播最早、最受欢

①陈大康:《中国近代小说编年史》,北京:人民文学出版社,2014 年,第 302 页。
②陈大康:《中国近代小说编年史》,北京:人民文学出版社,2014 年,第 302 页。
③陈大康:《中国近代小说编年史》,北京:人民文学出版社,2014 年,第 302 页。
④陈大康:《中国近代小说编年史》,北京:人民文学出版社,2014 年,第 303 页。
⑤陈大康:《中国近代小说编年史》,北京:人民文学出版社,2014 年,第 305 页。

迎的几种报纸,这些报刊在天津的读者群非常大,报刊广告的公开性和共享性使天津读者很容易从上面获得信息,所以《直报》等天津本地的报刊只需要把小说书目列出来就可以了,无须再重复内容介绍。所以说外地的报刊与天津本土的报刊共同形成了一个广大的"文化场域",借助这个公共的空间,天津小说得以顺利地发展。

天津小说市场的发展离不开报刊业的支持。近代天津阅报风气十分浓厚,在本地报刊大批出现以前大量地引进了外地报刊,逐渐发展成为一个报刊业繁荣的城市。天津较早经营报刊业的书斋之一是直报分处的"紫气堂",它曾经连续不断地在《直报》上刊登告白。如1895年9月6日(七月十七日)在天津《直报》刊载广告:"直报分处由上洋寄津:《字林沪报》《字林晚报》《新闻报》、代送《申报》《飞云馆画报》《无墨楼画报》、本津《直报》、七样报群集敝处,诸君阅者不误。"11月6日(九月初九日)的告白增加了《飞影阁画报》,发展为八种。"紫气堂"十分注意对全国新创报刊的介绍和引进,以征取更多的订阅者,使更多种类的报刊进入到天津读者的阅读视野中。如1896年7月4日(五月二十四日)天津《直报》刊载紫气堂的"新开苏报馆"告白:"新寄津门《苏报》出售,五月十六日新开苏报馆开印。日登上论、京报、论说、序篇,采选各国、各省、各埠闻录,续登各行告白。主顾曾先遍览,一目了然,阅者赐函,分送不误。《苏报》分寄天津北门内府署西三圣菴西直报分处内便是。至此一家,别无二处,梁子亨启。"1896年7月22日(六月十三日)天津《直报》又刊载紫气堂的"中西博文报馆新开"广告:"新寄津门《博闻报》于六月初六日开张出报,久仰作稿主人仓山旧主袁翔甫先生,海上名士,报张所载:上谕、京报、时作、论说,采选中外各电闻录,遍览者一目了然。分寄天津城内天津府署西三圣菴西直报分处内,阅者鉴之,止此一家,别无二处,赐函分送不误主顾。梁子亨启。"一方面对报纸的主笔海上名士袁翔甫和主要内容进行介绍,一方面强调独家经营的优势。再如 1896 年 7 月 27 日(六月十七日)天津《直报》刊载紫气堂"京都新开官书局《汇报》"广告:"由北京新寄津门《汇报》,上选上谕、京报、奏疏,拣选各国要闻,摘挑《沪报》《新闻报》《申报》《苏报》《万国公报》,各录奇闻续登,随寄逐送,按月取资,并不零卖,增先阅报,赐函分送不误。暂来份无多,购迟者候来班,涨添接送遍览了然,垂布。"强调《汇报》为选报的特色与优势。再如 1896 年 8 月 31(七月二十三日)天津《直报》刊载紫气堂的"新开《时务报》"广告:

> 新开《时务报》分寄敞处分送,此报之设以时务为主义,博采通论,广译各报,内以考求当务之急,外以周知四国之为,故名《时务报》。比日报字模加大,皆用四号大字,每月刊布三次,装订成本,每本约三十页。首载论说,或论政或论学;次录论旨,旬日内所奉上谕全录;次采章奏,录切实有用者,其奉行故事、除授报销,寻常事件不录;次采各督抚宫钞,并各直省督抚辕门钞,关于用人行政之大者,摘录是也;次采各省要政,次译各国电报,次译东西各报论说事实,次则译刻近年以来政治学问新书,每本散附多少,抽出合编,亦可成帙。或则搜辑通商以后办理交涉要案。本报分寄天津城内府署西三圣菴西代寄书籍并各报分寄处梁子亨启。"①

十分详细地介绍了《时务报》的宗旨与报刊内容,《时务报》是

---

①天津博物馆藏:《直报》,天津:天津古籍出版社,2010 年,第 2016 页。

黄遵宪、汪康年、梁启超创办的维新派报纸,是当时维新派最重要的、影响最大的机关报。对于这些进步报刊的引进,无疑会开阔天津读者的眼界,影响天津读者的思想乃至社会风气,推动天津社会改革的步伐。至1898年,各地办报成风,多种报刊在天津风行,如1898年5月2日(闰三月十二日)天津《直报》刊载紫气堂"请看新出三报连捷"广告:

> 启者:各省风气大开,新设报馆若干,名类等等不一,日报、三日报、七日报、旬报、上下浣报、月报、中外报,当下彼处经理南北各省及中外报纸、报册三十四种,还有十余种不畅之报,尚未经理,现有新开三种日报请阅,各有可取。新到《奇闻报》,每日附送《青楼奇闻画报》两页。又曰《大公报》,代送《尘天影》小书,每月六百,路远加资。又曰新出《哈哈报》,于《游戏报》新闻之外,间登紧要上谕、时务论说,以广见新闻。名士来稿定阅,各赐函分送,风雨不误,购取各书,物美价廉。①

在津门流通的报纸从1895年的八九种增长至1898年的三四十种,除了老牌的《申报》《沪报》《新闻报》《字林西报》外,还有天津《新闻类类报》《华美月报》《蜀学报》,又有《丛书报》《算学报》《蒙学报》《渝报》《新学月报》《时务报》《农学报》《知新报》《广智报》《集成报》《萃报》《译书报》《万国公报》《中西教会报》《格致报》《实学报》《点石斋画报》《飞影阁画报》《画图教会报》《哈哈报》《游戏报》等,名目繁多,种类齐全。

1895年天津本地报刊的创立与对外地报刊的引进只是一个开端,到1902年的时候得到了更进一步的大发展。1902年6月17日

---

① 天津博物馆藏:《直报》,天津:天津古籍出版社,2010年,第2132页。

（五月十二日）《大公报》在天津创刊，刊载"紫气堂出售各种日报、旬报、时务新书、各色彩票"广告：

> 启者：本堂经售各报已二十余载，实开北方风气之先声，兹当新政重兴，改变科举，阅报为识时要务，本堂消息灵通，诸君定购各书各报，订期不误，风雨毋阻，外埠赐函，原班回件，真实无欺，并承办各行登报告白，格外便宜，一切交宜先行付资，空函恕不应奉。日报列目：《申报》《苏报》《新闻报》《同文沪报》《中外日报》《广东世说编》《胶州报》《商务日报》《游戏报》《采风报》《笑林报》《寓言报》《奇新报》《世界繁华报》《花月报》《方言报》《华英合文报》《顺天时报》《北京公报》《天津直报》《天津日日新闻》，本津新出《大公报》。旬报列目：《北京论揭汇存》《史学报》《外交报》《译林》《中西教会报》《时术丛谈》《选报》《画报》《童蒙易知草》。新书列目：……泰西说部丛书……①

比 1895 年《时报》报刊广告中的种类与样式更加丰富，而且还引入了泰西说部丛书。从《大公报》1903 年 10 月 25 日（九月初六）在报头右侧刊载的"新到第七期绣像小说，本馆代售"可知，当时天津也引入了最新的小说刊物，这些报刊及泰西说部丛书都潜移默化地影响到近代天津小说的发展方向。

二、新传播渠道的拓展：交通和邮政的规范是近代天津小说繁荣的保障

影响近代天津小说发展与兴起的外界因素除了印刷业的改进、教育事业的发达、报刊业的兴起之外，还有两种十分重要的因

---

① 《大公报》（天津）1902 年 6 月 17 日。

素,即交通和邮政事业的规范,这一点是天津小说传播环节中不同于上海的一个特点。在上海,近代小说的发展主要是其自身出版业的支撑,它有大量的文人群体创作并生产了大批小说。在 1900 年以前,天津的作家群还没有形成,只有少量的作家和作品,但是天津的民众也有阅读小说的需求,所以天津是一个接受和消费小说的城市。从《直报》书商的广告中总是可以看到"直报分处由上洋寄津""本堂由上海寄津"这样的开端,说明它们的书籍报刊都是从上海寄来的,寄送的准时与无误需要交通和邮政为支撑。所以,在近代天津保证小说流通渠道畅通的另一关键环节是交通和邮政事业的规范和发展。

1. 按班运来的书籍报刊和销售方式

从《直报》上可以看到紫气堂的售书广告是按"班"来写的,因运送到的书籍不同,所以每班跟每班都不太一样,如 1896 年 3 月 21 日(二月初八日)天津《直报》刊载紫气堂"贰班书籍出售"广告:

> 《平定粤匪功臣战迹图》《热河三十六景图谱》《西海记、天外归槎序、海山词、花语长相思词》装订四大本……《绣像绿野仙踪》《绣像节义廉明》《绣像大红袍》《绘图蜻蜓奇缘》《牡丹亭》《还魂记》《七十二件无头大案》《三续夜雨秋灯录》《客窗说闲话》《仙狐窃宝录》《绘图龙潭鲍骆奇书》《游戏奇书五十五种》《绘图遇仙缘》《玉燕姻缘传》《万花楼传》《大双蝴蝶传》《升仙传》《罗通扫北传》《巾帼英雄传》《海上花烈传》前后套六十四回、《五代残唐传》《醒梦录全传》《海上奇书大观》《海上见闻录》《海上酒地花天》《花田金玉缘》《意外缘》《第五奇书银瓶梅》、绘图连八大本《镜花缘》《古今眼前报》《连十本青楼梦》……《孩儿笑话》《梨园小影》第一画册……《中日战守始末记》

……《戚大将军大实纪》。均部无多,遍览者先取为快,每日午后直至申后敝堂静侯,余时无暇面,主莫怪。天津府署西三圣菴西直报分处内紫气堂启。

后面又陆续有 "四班书籍""拾班寄津""十二班寄津""日昨接到十八班书籍""昨接念班书籍""念一班寄到""念四班书籍""二十八班书籍""寄到三十班书籍""三十三班洋文时书""三十四班书籍""三十六班书籍""三十八班书籍""四十一班书籍""四十二班书籍"等广告,内容都不尽相同。

书斋销售小说主要有两种形式,一种是提前预订,如 1895 年12 月 25 日(十一月初十日)天津《直报》刊载"紫气堂"广告:"兹因诸君托寄书籍还有二处未取,至十一日为止,如无暇来取,逐日登报出售,特此声明。莫怪莫怪。前日所登告白书籍若干,各样均无多存,争先取者为快,来日再查,部头无有者不能登报,还有者陆续再登。布知。直报分处紫气堂启。"紫气堂通知各位预订者前来取书,如果不及时取走就会被出售,再等下一班,这样能减少货物的积压。但是订书者并不提前交订金,只是口头上的订购而已,如 1896 年 1 月 13 日(光绪二十一年十一月二十九日)天津《直报》刊载"紫气堂"告白:"兹因官绅命寄上海沪报馆所出《平定粤匪功臣战迹图》两次,共寄五张,每图实洋一元,外加寄费,敝先佃上英洋五元,先汇沪上。"另一种是直接购买。紫气堂刚开始所经营的是寄送报刊和代购书籍业务,在为人代购的基础上,渐渐多购一些书籍回津销售,所以广告中常说"所寄书籍等件,诸公亦然取出,余者所有登报,书籍价资甚廉",反映了当时的一种销售模式。

2. 从上海至津的两条邮递线路

当时从上海到天津有两条邮递路线:一是水路,开河之后春、夏、秋所走的路,费用较低,时间也较快,这是一年当中最主要的运输途径,也是受到书商们欢迎的运输方式。1896 年 2 月 17 日(光绪二十二年正月初五日)天津《直报》刊载紫气堂主梁子亨的告白:"代售上海《字林沪报》《新闻报》、代送《申报》、各色画报、本津直报、代寄各种书籍画谱,官商愿寄古今新书等件,早赐字函,本月廿二日交回运,惊蛰节气不久,轮舟至津可望,回件便览,真乃抬头见喜之兆。天津城内府署西三圣菴西直报分处内紫气堂梁子亨拜贺新年春禧。"(此广告刊登多日)热切地期盼轮舟至津。一是旱路,这是封河之后冬季所走的路,费用较高,时间也长。如 1896 年 1 月 22 日(光绪二十一年十二月初八日)天津《直报》刊载"紫气堂"告白:"由旱道陆续寄津《字林沪报》《新闻报》、代送《申报》,敝处经手承远各报不断,旱寄费多出若干洋资,亦不能向阅报诸君多增价资,□当门市而已,特此布达。"由旱路寄来的邮费比水路要高,但梁子亨为了销路广并不加价,减少了利润。所以,旱路是书商们迫不得已时才选择的交通路线。

3. 邮政事业的规范

在书商们的邮寄过程中,有时候也会出现失误,如 1896 年 1 月 13 日(光绪二十一年十一月二十九日)天津《直报》刊载紫气堂告白:

> 兹因官绅命寄上海沪报馆所出《平定粤匪功臣战迹图》两次,共寄五张,每图实洋一元,外加寄费,敝先佃上英洋五元,先汇沪上。十月间来函云两次并报寄图五张,至今一图未见。亦曾去信追问,恐有遗漏之说,或错寄别家,成轻手送寄之弊,或信局之故,乃报纸原封、书籍原包,亦非信局之故。此图乃由字林沪报馆所出,至十一月间由旱班来。沪报两次至,见十月

二十四日报纸来,华翰云下班逐报并寄,将图如数来补。二十五日至今日,图还全然不见,可知暗有原故。敝经手在津代售沪报,并不托欠报款,又不经营访事,每年不论水旱多出寄费□□不断,再候三四班可知如何,再行登报布知。直报分处梁子亨启。

《平定粤匪功臣战迹图》由旱路寄来时出了差错,可见书斋的生意离不开信誉,而要保证信誉与交通和邮政则有着密切的联系。

幸而大清政府对邮政事业进行了相应的规范,无意间为小说的顺利流通提供了保障。1896 年 4 月 21 日(三月初九日)天津《直报》刊载《邮政章程》:"冬季封河:一、凡值冬季封河之时北方各处之邮政局如北京、天津、牛庄、烟台、至镇江收发信件来往须邮陆路递送。应邮各该邮政局将陆路递寄之章,随时宣示众知……"冬季封河后北方各处北京、天津、牛庄、烟台等地只能走陆路递送。1896 年 4 月 23 日(三月十一日)刊载的《邮政章程》言:

一、通商口岸往来内地寄处。一凡由联约处所与不联约处所往来寄送信件,或系民局将信件交由邮政局转寄,抑或邮政局将信件交由民局转寄其内地,递寄之信资应由民局照旧自定自取,与邮政局无涉。二凡民局开在设有邮政联约处所,应赴邮政局挂号领取执据为凭,无须另纳挂号规费,倘该民局领有执据后不愿履行承办,应先赴邮政局呈明将执据缴销。三凡民局将封固之总包交邮政局代寄,该邮政局应照所书写寄交他处之邮政局,转交彼处之挂号同行民局查收。四凡邮政局接到别局或外海送来之零件信函,寄赴不联约处所者,均应交付挂号之民局承寄,该民局应向接收信件之人收取内地运送之资……

可见当时除了邮政局之外,负责邮寄的还有"联约处所""不联约处所"以及"民局"三种组织,它们与邮局是一种合作的关系,通过政府邮局和民间"联约处所""不联约处所"的合作,把中国各个城乡连成一个大网,比以前更为方便、快捷、准确地互通信息、邮寄物品。

虽然在邮寄中偶有失误的情况,但邮政事业的规范为小说传播提供了有力的保障,使大批大批的小说井然有序地从上海这一小说生产城市运送到天津等各个小说消费城市。大批报刊和小说的到来丰富了天津人民的业余文化生活,使天津的人民接触到大量生动新鲜的小说,只有在这种气氛的浸润之下,天津小说才走上了一条有源头、有动力的健康发展之路,才不会故步自封。所以说,近代天津小说的发展离不开交通和邮政事业的规范。

三、新思想人物的汇集:人才汇聚为近代天津小说的繁荣创造了条件

天津因地理位置紧邻北京,且为通商口岸,交通便利,逐渐成为一个开放、先进的大都市,许多具有新思想的文艺人才汇聚津门。这些人中既有来自国外跻身于政界和商界的有为人士,如德国人德璀琳和汉纳根,又有热诚的传教士如李提摩太,也有来自全国各地的文化精英,如严复、黄遵宪、夏曾佑、王修植、杭辛斋、英敛之、刘鹗、周桂笙等,无论他们的个人追求与本来职业是什么,他们都与新兴起的报刊行业和小说行业发生了直接或间接的联系,他们的办报和写作事业对天津文化的发展作出了巨大的贡献,为近代天津小说的繁荣创造了条件。

1. 严复与天津的不解之缘

严复(1853—1921),被称为"近代天津第一学人"。毛泽东称严复"为十九世纪末,在中国共产党出世以前,向西方寻找真理的一位先进人物。"①他在康有为、梁启超之前,介绍了西方资产阶级进化论和社会改良学说,成为中国近代资产阶级初期的启蒙思想家。1880年李鸿章在天津创办北洋水师学堂,推举严复来天津担任总教习(教务长),后升任总办(校长),甲午战争失败后,严复在天津《直报》上连续发表了《论世变之亟》《原强》《救亡决论》《辟韩》等论文,在天津翻译《天演论》等名著,介绍西方社会政治学说,成为当时思想界的风云人物。1900年八国联军攻占天津时他才被迫离津去沪,1901年从上海赴天津,主持开平矿务局事,1908年应直隶总督杨士骧之聘从上海赴天津充当"新政顾问官"。②所以,严复自称"吾系卅年老天津。"③天津是严复一生中寓居最久的城市,也是其完成重要的学术著作的地方。他的学说给十九世纪末中国思想界吹来革新之风,也为天津文化界点亮了一盏璀璨的明灯。

严复与当时的维新人物黄遵宪、汪康年、梁启超等关系颇为密切,1896年黄遵宪、汪康年在上海创办《时务报》,梁启超担任主笔,严复特意写信道贺,并寄上百元,表现出他对办报开启民智的赞成:

> 昨公度观察抵津,稔大报一时风行,于此见神州以内人心所同,各怀总干踔厉之意,此中消息甚大,不仅振聩发聋、新人耳目已也。不佞曩在欧洲,见往有一二人著书立论于幽仄无

①胡太春:《中国近代新闻思想史》,太原:山西人民出版社,1987年,第58页。
②徐立亭:《晚清巨人传 严复》,哈尔滨:哈尔滨出版社,1996年,第414页。
③王竞成:《中国历代名人家书》第六卷,北京:国际文化出版公司,2001年,第1948页。

人之隅,逮一出问世,则一时学术政教为之斐变。此非以取天下之耳目知识而劫持之也,道在有以摧陷廓清、力破余地已耳。使中国而终无维新之机,则亦已矣。苟二千年来申、商、斯、高之法,熄于此时,则《时务报》其嚆矢也,甚盛!甚盛!①

他从欧洲国家看到著述的重要性,认为《时务报》不仅能够振聋发聩,新人耳目,还会进一步影响到国家政治与社会风气,推行全国的维新改革。

天津《国闻报》的开办,背后亦有汪康年、黄遵宪、梁启超等人的支持。1897 年 9 月 21 日严复致函《时务报》总理汪康年等,请《时务报》刊登《〈国闻报〉启》,云:"……上月托公度观察袖呈《〈国闻报〉启》一通,求登贵报,俾我下乘,附骥而行,谅荷垂察。拜读三十五大报,尚未附录,殊为悬盼。……弟等本议旬报之外兼出日报,日报则仅详北数省之事,旬报则博采中西之闻……现资本已集,印机已购,开办之期即在来月,伏乞将前寄启文赶为登录。将来出报之后,南中各省埠,尚拟依附贵报派报处代为分送。"②可见《国闻报》的产生与《时务报》有密切的关系。

2. 进步文人荟萃津门:黄遵宪、王修植、夏曾佑与杭辛斋等

近代诗界革命的倡导者黄遵宪亦曾在津城留下过足迹,并且与严复、王修植等关系密切。他们当时谈论的重点话题就是如何办好报纸来启蒙大众和救亡国家。黄遵宪 1896 年到天津后,8 月 21 日致信给上海的汪康年、梁启超:"遵宪于十五日到津,启程时不及待穰卿东下,殊以为歉。然留交一纸设董事加月俸,谅可照行也。同

---

①罗耀九:《严复年谱新编》,厦门:鹭江出版社,2004 年,第 92 页。
②罗耀九:《严复年谱新编》,厦门:鹭江出版社,2004 年,第 97 页。

舟张弼士言助银五百元……所携报已交慕韩，并见王莞生言津郡
可派至四百分，日新月盛，闻誉四驰，深为喜慰。初办此事时，弟谓
生平办事多成就，未必此事独不成，究竟无把鼻，赖二公心力思处，
议相与维持，俾宪得袖手观成，此亦山谷于东坡所谓赞扬不尽者
也。"①向汪康年、梁启超说明来津后报刊的销售情况，并对在天津
遇到的孙慕韩、王莞生大加赞扬。

　　黄遵宪 8 月 25 日在天津又致信给汪康年、梁启超，信中说：
"一、津郡能派至四百分，王宛生、孙慕韩之力也。王君初见，通才达
识，殊不可及。此外则严又陵，真可爱，谈吐气韵，通西学之第一流
也。一、弟现留津，一时未晋京。"②黄遵宪认为王修植"通才达识，殊
不可及。"对严复的印象是"真可爱，谈吐气韵，通西学之第一流
也。"黄遵宪的目的是晋京，在天津作暂时的停留。他在 9 月 12 日
致汪康年、梁启超的信中谈道：

　　　　弟到津后，前后布二缄，知邀鉴矣……一、封河后，北边寄
　　报甚难。昨与慕韩商，渠云请江淮军转运饷，向例每月两发，可
　　以托渠代带。已托慕韩作函，续即寄来。一、此报在馆所办事，
　　是深慰感。惟扩充之法，尚须加意多觅显宦，凡藩臬有驿递之
　　责者，展转相托，照鄂善后局意分发各州县，裨益不少。报中派
　　报处所总须设法增加。各省大书院必须分送一二份，此亦如卖
　　药者送药招牌，好销路自广也。③

　　当时封河之后北方寄报十分困难。为了提高《时务报》的影响力，
免费分送一二份报纸给各大书院，以此扩大销路与知名度。从这些通

①黄遵宪：《黄遵宪集》下卷，天津：天津人民出版社，2003 年，第 459 页。
②黄遵宪：《黄遵宪集》下卷，天津：天津人民出版社，2003 年，第 461 页。
③黄遵宪：《黄遵宪集》下卷，天津：天津人民出版社，2003 年，第 462 页。

信中可以看到黄遵宪在天津停留了一段时间才晋京,后又多次返津,并且帮严复捎书信给梁启超。黄遵宪停留在天津的时间虽然短暂,但积极地为《国闻报》的创办出谋划策,提出了一些中肯的意见。

　　人才的汇集为天津这座城市带来了思想的活力。1897 年 10 月26 日,由严复、王修植、夏曾佑、杭辛斋创办的《国闻报》在天津创刊,报馆设在天津紫竹林租界地面。关于四人的分工,严复在《学易笔谈二集》序二中曾言:"辛斋老友,别三十年矣。在光绪丙申丁酉间,创《国闻报》于天津,实为华人独立新闻事业之初祖。余与夏君穗卿主旬刊,而王菀生太史与君任日报,顾余足迹未履馆门,相晤恒于菀生之寓庐。"①严复与夏曾佑主持旬刊,王修植与杭辛斋主持日报。王修植(1860—1900),字苑生,又作菀生、宛生,浙江定海人,创办《国闻报》时担任天津北洋学堂总办,主持天津西学官书局工作,是一位成就卓越的教育家,被称为"中国第一位大学校长"。夏曾佑(1863—1924),字穗卿,号碎佛,笔名别士,浙江杭州人,汪康年为其表兄。早年丧父,随母学习文化知识。二十六岁考中举人,二十八岁考中进士,旋即被任为清廷礼部主事。1892 年左右,在北京和梁启超、谭嗣同等维新人士相识,过从甚密,成为契友。1896 年改官知县,在京候选,常与梁启超、谭嗣同等谈论佛理。1897 年到天津任育才馆教师,与严复等创办《国闻报》,担任主笔。由于和严复接触频繁,他系统地了解了西方的天演论进化学说,形成"民智决定论"的文化史观,②认为中国封建专制主义不除,就要面临亡国灭种的险境。梁启超曾在《悼亡友夏穗卿先生》中说:"穗卿是晚清思想

①于唐:《大师解读〈周易〉》,沈阳:辽海出版社,2010 年,第 153 页。
②高振农,刘新美:《中国近现代高僧与佛学名人小传》,上海:华东师范大学出版社,1990 年,第 216 页。

革命的先驱者。穗卿是我少年做学问最有力的一位导师。"①杭辛斋（1869—1924），名凤元，别署慎修、夷则，浙江海宁人。他是一位著名的易学大师，严复曾说："时袁项城甫练兵于小站，值来复之先一日，必至津，至必诣菀生为长夜谈，斗室纵横，放言狂论，靡所羁约。时君谓项城他日必做皇帝，项城言我做皇帝必首杀你，相与鼓掌笑乐。不料易世而后，预言之尽成实录也。"② 1915 年袁世凯企图复辟称帝，杭辛斋坚决抵制，被捕下狱，直到袁世凯死后才出狱。杭辛斋在天津生活和工作的时间是较长的，据《英敛之先生日记遗稿》壬寅（1903）十二月初六日记载："饭后，车至官报局，杭辛斋外出。"可知，杭辛斋当时在天津官报局工作。杭辛斋是中国近代报刊界的一位重要人物，离开天津后，他又在北京创办了《中华报》和《京话日报》，这两种报纸被称为"北方革命之先河"，后又创办《农工杂志》与《杭州白话新报》，民国成立后又创办《汉民日报》，1912 又在天津办《民声报》。③

当时的天津吸引了一大批各行各业的人才，他们不仅在报刊文化事业方面有所建树，还在自己的专业方面各有成就，王修植是教育家，夏曾佑是史学家，杭辛斋是易学大师。另外还有从北京来津的英敛之、丁国良、刘鹗，从上海来津的周桂笙等人，他们或大力倡导、介绍小说，或发表关于小说的新理论，或为报刊撰写小说，推进了近代天津小说事业的繁荣。

---

① 梁启超著，文明国编：《梁启超自述 1873—1929》，北京：人民日报出版社，2011 年，第188 页。
② 于唐：《大师解读〈周易〉》，沈阳：辽海出版社，2010 年，第 153 页。
③ 散木：《乱世飘萍：邵飘萍和他的时代》，广州：南方日报出版社，2006 年，第 97 页。

第二节 近代天津小说繁荣的表现

随着报刊的兴起,近代天津小说开始进入繁荣阶段,其表现是小说市场日渐成熟,有了较多固定的小说经营网点并有较为激烈的竞争,津门本土作家群开始建立,有了日渐壮大的写作队伍,津门报刊小说大放异彩,本土小说日益繁荣。

一、小说市场的成熟:经营网点的火爆与书商的促销

1900 年以前天津小说市场稳定发展,各种小说的刊载、经营、促销都较为火爆。1886 年天津的第一份中文报纸《时报》和 1895 年天津的第二份中文报纸《直报》为我们提供了丰富翔实的文献资料,让我们看到当时天津小说市场的繁荣场面。

1. 报刊广告透露出小说经营网点的火爆

《时报》和《直报》上没有开辟小说专栏,但却有大量商家刊登的小说广告,向我们展示了天津小说繁荣的一斑。从 1895 年天津《直报》的告白中可以看到当时有多家颇具规模的书斋经营小说和报刊业务,其中以文美斋、紫气堂、积山书局省记、格致书室、文德堂、宫北萃文魁等最为活跃。如 1895 年 1 月 26 日(光绪二十一年正月初一日)《直报》刊载"文美斋"的告白:

> 《永庆升平》《续永庆升平》《万年青初二三集》《人间乐》《富贵录》《续施公案》《彭公案》《第三才子》《第一奇女》《醉茶志怪》《花月姻缘》《珠村谈怪》《续今古奇观》《挑灯新录》《巧合奇冤》《醒心编》《窃宝录》《开辟演义》、姚元之先生《竹叶亭杂记》、徐沅青太史《宋艳》、《春秋会义》《五十名家尺牍》《皆大欢

喜石印全图》。文美斋谨启。(此告白刊登多日)

"文美斋"的告白长期刊载,但并非一成不变,而是经常更新。如正月初七日(2 月 1 日)增加《后四才子》《南北宋》《东西汉》《后英烈传》《草木春秋》《后聊斋》《三续聊斋》《子不语》《奇中奇》《后列国》《后三国》《说唐征西》《飞龙传》《绿牡丹》《笑中缘》《英云梦》《七侠五义》。二月初三日(2 月 27 日)增加《百宝箱》《前后七国》《铁花仙史》《发逆图记》《粉妆楼》。三月十八日(4 月 12 日)增加《五虎平西南》《雪月梅》《玉娇梨》《升仙传》《杨家将》《西湖佳话》。三月二十二日(4 月 17 日)与前面相比增加《四国日记》《俄游汇编》《四述奇》。四月二十二日(5 月 17 日)增加《金鞭记》《小八义》。七月初七日(8 月 26 日)增加《野叟曝言》《中日战守始末记》《公车上书记》《海上见闻录》《银瓶梅》《真正后聊斋》《三续今古奇观》《鸳鸯梦》《古今眼前报》《金台传》《云中落绣鞋》《蜃楼传》《绘图小八议》《意外缘》《英云梦》《情天宝鉴》《女仙外史》。七月十九日(9 月 8 日)又增加《李傅相马关被刺纪实》并带小照。八月初五日(9 月 23 日)增加《清列传》《杀子报》《富翁醒世传》《遇仙缘》《三才子》《时下笑谈》《张天师收妖》《绘图粉妆楼》《游江南》《故事图说》……九月初七日(10 月 24 日)增加《梦笔生花》。十月初七日(11 月 23 日)新增加《洛金扇》《吉祥花》。

从"文美斋"的广告中可以看到,当时天津人阅读的小说种类丰富:有公案侠义类,如《七侠五义》《永庆升平》《彭公案》等;有才子佳人类,如《玉娇梨》《鸳鸯梦》《蜃楼传》《花月姻缘》等;有历史演义类,如《南北宋》《东西汉》《后列国》《后三国》等;有英雄传奇类,如《杨家将》《五虎平西南》《小八义》等;有志怪类,如《醉茶志怪》《珠村谈怪》《后聊斋》《三续聊斋》《子不语》《野叟曝言》等;亦有拟话本小说,如《续今古奇观》《三续今古奇观》等;亦有杂事、琐语、异闻类小说,如《竹叶亭杂记》《宋艳》《海上见闻录》等。这些小说无论在体裁上还是在题材上,乃至在形式上和语言上都未出传统小说的范畴。

随着广告内容的变化可以看到天津流通的小说逐渐增加了新的类型。如《四国日记》《中日战守始末记》《公车上书记》《李傅相马关被刺纪实》等由新近时事改编而成的小说,虽然这些小说在体例上并不纯正,但具有鲜明的时代特色,为小说的发展增加了新的内容,体现了晚清小说与国家、社会、政治、战争等密切联系起来的发展趋势。但这类小说数量还较少,在此阶段天津读者主要阅读和接受的还是各类传统旧小说。

2. 书商的竞争与促销手段

在诸多经营小说的书斋中,影响最大的当属开在天津北门内府署西三圣菴西直报分处内的紫气堂,其成功的原因一方面与其经营者梁子亨的诚信有关,另一方面与其《直报》分处得天独厚的位置有关系,使其可以充分地利用《直报》的传播功能,与读者迅速有效地沟通。梁子亨祖母出殡时,亦在报纸上告知大家:

> 兹因散处分送各报,风雨不误,现今祖母逝世,已交七七,本月二十三日在刘家胡同后成服送路,二十四日出殡,安葬之期,所有来往信件、出售书籍等一概停办一天。次日二十五日照旧办理,特此布知。又闻某行云上海电达,二十日轮舟开行,大约二十五日可抵津沽头班。现有书籍若干,定寄书籍等物速取,迟者恐出售一空,再候下班轮舟至。《字林沪报》《新闻报》《申报》均然全到。本津《直报》大约二月初十日前后,外洋纸张、新铸铅字,随轮抵沽,亦可望全编一律字迹,举目爽快矣。诸君阅何

样报纸,赐一字函,分送不误。天津府署西直报分处梁子亨谨启。

这则告白不仅与广大客户进行了情感交流,还宣传了报刊,突出了商家的诚信。梁子亨利用《直报》这一先进的媒体,为其业务做了连续不断的宣传,扩大了影响,积累了客户群。

紫气堂最早以经营报刊为主,后来逐步将业务扩大到托运和订购书籍方面,成为天津规模最大的小说经销商之一。因为书斋较多,商家之家开始有了竞争。紫气堂与其他书斋的竞争手段之一就是利用《直报》为新来的小说书刊大做广告。紫气堂的报刊与书籍每次都是从上海邮寄而来,每次运来新的书籍紫气堂都会及时地在《直报》上刊登告白,广而告之。如光绪二十一年十一月初九日(1895 年 12 月 24 日)天津《直报》刊载:

代售绘图、绣像、增补、精解书籍列后:《一本万利富翁传》《梦里一片情》《第二奇书醒世传》《双凤奇缘》《双金锁全传》《大双蝴蝶传》《三才子全图》《三家医案》《荡平四寇传》《五洲教务》《五洲统属图》《第六才子书西厢》《第七才子书琵琶记》《七国新学备要》《八星之一总论》《九种才情》《湘子九度文公》《十集京调脚本》《天罡字十集脚本》《连十本青楼梦》《十一才子书》《国色天香》《意外缘》《鸳鸯梦》《云中落绣鞋》《挑灯新录》《正续客窗说闲话》《西湖图咏白蛇传》《夜雨秋灯录》《巾帼英雄传》《闺秀英才传》《英烈全传全函》《英雄奇缘传》《风流天子传》《征东全传》《玉燕姻缘传》《海上奇书大观》《海上青楼图记》《海上名妓手扎》《海上酒地花天》《海上见闻录》《增广游戏奇书五十种》《新鲜笑话大观》《孩儿说笑话》《中外戏法大观图书》《内城府校正京调》《马如飞开编附京戏园图》《花间楹联》《前后廿四孝图》《古今眼前报》《云外飘香百花台》《人间乐》

《蜻蜓奇缘》《精图说鬼话》《游江南》《遇仙缘》《日记故事图》《刘大将军大事记》……《中日战守始末记》《戚大将军练兵大实纪》……《文武升官图》《盛世危言》……《情天宝鉴》《公车上书》《小本公车上书》《安危大计疏》……《蜃楼外史》《兰公案》《目连生救母》《竹纸永庆升平》《清廉访杀子报》《徐霞客游记》《西事类编》《洋务十三编》……《何典》《分类洗冤录》……九月份《万国公报》《日新画报》《飞影阁画报》《飞云馆画报》《点石斋画报》,新出《小曼斋画报》《西字沪报》《新闻报》,代送《申报》,本津《直报》,另有书籍二三十种贵客购存候取,书籍如两日不取,遂即登报出售,每日午后直至申后,敝堂静候,余时无暇。天津府署西三圣菴西直报分处紫气堂启。

可以看到紫气堂实力雄厚,所售书报都是上海推出的各种最新、最畅销的小说、报刊。紫气堂为这些书做广告时也不是随意罗列书目,而是经过一定的设计,开端是《一本万利富翁传》,后面是《第二奇书醒世传》,然后是《三才子全图》,按照书名中一、二、三、四、五、六、七、八、九、十的顺序排列下来,更有条理,更有吸引力。

另外,紫气堂还运用了一些商业的促销手段,如订画报"附送屏条立轴堂幅",订画报送有趣的新书,如光绪二十一年十一月初一日(1895 年 12 月 16 日)《直报》刊载广告:"新出《小曼斋画册汇编》附送新书《艳异集志》第一号……"。赠送之外,紫气堂还以交全年报资就享受打折扣的优惠来吸引读者,如光绪二十四年五月初一日(1898 年 6 月 19 日)天津《直报》刊载"梁子亨告白":"出售本津新辑《类类报》,三日一次,全年百次,论年四元,先交九扣,收价洋三元六角,论月无折扣。用粉连石印,按经济六科分明别类,五月初一日出报,阅者先定为快。"这些促销手段比单纯的销售更有吸引力,由此,紫气堂的业务逐渐发展,由经营报刊扩大到托运和销售书籍,成为当时天津实力雄厚的书商之一。

3. 读者与书商之间的告白战

因为当时购书、订报可以先不交订金,出现了一些拖欠报款的读者,由此读者与书商之间产生了纠纷。以紫气堂为例,亦有阅报人拖欠报款的事件发生,而且在社会上影响还颇大。梁子亨曾在《直报》上刊载催缴报费的告白,激起了相关阅报人的不满,遂在《直报》上登告白与梁子亨开战。光绪二十四年闰三月初二(1898年4月22日)《直报》刊载张保人的告白:

> 顷阅前月三十日直报声明欠帐一则,内称张保人均欠报资不付云云,窃思与该处并无欠款,何得云尔?实系彼处帐目均系昧良浮开、以少报多,遂致轇葛不清,胆敢出言不逊,彼昧良之事不一而足。余姑存厚道,不肯直揭隐情。倘再如此放肆,余当一一指出,悔之晚矣。张保人即乐山白。

同日亦登阅报人翟静波的告白:

> 谕各报分处梁子亨知悉,昨者汝因外边有人欠下报钱登诸告白,但别位欠与不欠姑毋深论,我翟某实无欠你报钱之事,果有其事,亦应当面索讨。而且别家所欠□有数目,我所欠并不写出多少,真乃昧尽天良。我看你不是为要报钱,是要登告白卖弄你的臭文耳。你告白所说,我因学浅实实不懂,何为不得不声?何为海涵人物?何为贪黩无厌?何为冒充后人?请你饶了我罢,我的心肝全要呕出来了。此谕。翟静波谨启。"

闰三月初七日(4月27日)张氏与翟氏又一起在天津《直报》刊载告白,责骂梁子亨:

> 梁子亨,来,我问你,谁欠你报钱?你见过谁登告白要帐?

动不动就撒臭文，指望拿臭文把人薰坏了、怕了你，好还你钱，是不是？无如我张某、翟某并不短你的钱，你的臭文章算白撒了。你说某公馆短钱，究竟是那一家公馆？含糊其词，明是平空捏造，即如我本名宝仁，不是给你作保之保人，我的名字你全不知，捉风捕影，可见不短你钱。又说不得不声，贪黩无厌，这样文法真乃利害的狠，初看一过令人笑得肚子疼，几乎差气，及至细看，这可不好了，直觉一种酸臭之气郁结肠胃，攻冲作痛，赶紧推揉，方觉肚内雷鸣作屁放出，真正利害，画刀倒不准杀人，你的臭文真可以杀人。我是被你薰怕了，万不可这样玩笑，拿臭文薰人，闹着玩，你这主意又损又毒，请你以后别卖弄你的高才了，莫非呕死人不偿命么。得了！积点阴功罢，呵呵。张宝仁翟静波仝启。

对此恶劣的行为，紫气堂主梁子亨采用了沉默的方式处理，只在闰三月初八日（4月28日）《直报》刊载售书广告时提了几句："彼处昨登明心方，人皆共知，无暇论此闲闻。"此外未再发表意见。此事在当时对紫气堂的诚信声誉有所影响，光绪二十四年五月初四日（1898年6月22日）《直报》刊载一封读者来信表扬紫气堂的诚实守信：

予最喜阅各种新报，京津沪粤闽浙之旬报、日报，现看者三十七种，惟粤港各报，京中鲜有售者。津门梁君子亨，忧时士也。因开北方风气起见，经理南北各报数十种，予寄洋函定《广智报》《博闻报》《香港中外报》及闽之《闽报》《华美报》沪上数种报，均蒙源源接寄无误。而且津门各报总报分馆梁君报价公道，取价真廉，屡次信局遗失后，蒙照数补齐，每报馆停印不出，梁君自认，均不能归看报处吃亏。如此公平交易，果然名不

虚传,为此布告远近同好。时事明理各报,诸君不妨函购,定请
向津门各报总处,必先覩为快也。京都最爱看报人张琴舫氏识。

此信或许是订报人张琴舫发自肺腑而写的感谢信,或许是紫
气堂托张琴舫之名所写,但是无论如何都不排除这样刊登多日的
告白具有宣传的作用,而且是极其高明的一种宣传手段。

二、本土小说的兴起:津门报刊小说的繁荣

1900 年发生的庚子事变是近代天津历史上痛苦的一页,侵略
者的炮火无情地摧毁了天津的城市、残杀天津人民。李伯元在《庚
子国变弹词》中用写实的笔法记录了侵略者无视公法、惨无人道地
使用氯气炮弹,使天津城、民众受到毁灭性的灾难,造成死尸山积、
房屋仅存一二的惨相。《庚子国变弹词》中说:"死尸抛弃如山积,血
水成河舟不行。惨酷情形写不尽,这书中,十分只有两三分。"[1]艮庐
居士在《救劫传》中说:"话说天津府城之外,沿河一带,地名叫作紫
竹林,向来有个洋人租界,系北洋通商的大埠头。那马路的开阔,洋
房的高大,市场的繁华闹热,同上海比量起来,也差不多。"往昔异
常繁华、堪比上海的紫竹林地段,一旦经历了战乱,在枪林弹雨之
下变得衰败残破,"可怜天津这个租界,造得同海龙王宫殿一样,被
此番接连的炮火轰击,已打得房屋七坍八倒,街市上一个人影儿也
没有,满地都是尸骸,河中流的全是同血水一般。"[2]庚子之乱对近
代天津小说发展亦有严重的打击,许多文人都在兵荒马乱中仓促

---

①李伯元:《庚子国变弹词》,阿英编:《庚子事变文学集》,北京:中华书局出版,1959 年,
   第 744 页。
②艮庐居士:《救劫传》,阿英编:《中国近代反侵略文学集》,北京:中华书局,1959 年,第
   225 页。

地离开了天津,像严复这样的文化巨人亦离津去沪,不能不说对津门文化发展是一大损失。1900年天津本土作家与作品还较少,有刘孟扬的《天津拳匪变乱纪事》记录了天津在庚子事变中经历的苦难。庚子之后,天津以惊人的速度从满目疮痍中恢复过来。

天津本土小说的繁荣建立在本地报刊开辟小说专栏的基础上,1902年以前天津本地的报刊只有《直报》《时报》《国闻报》等几种,并无小说专栏。1902年至1911年,这种情况发生了很大的改变,有了质的飞跃。天津税务司奥依森1912年6月29日的《天津海关十年报告书(1902—1911)》曾对京津出版的中文报纸及销量进行统计:

> 北京:《北京日报》,4,000至5,000份;《中国报》2,000份;《三帝国》5,000份。此外,还有《白话报》《爱国报》《进化报》《燕报》《京都日报》《顺天时报》《畿辅公言报》《国风报》。

> 天津:《大公报》8,400份;《经纬报》4,300份;《民意报》3,500份;《民兴报》3,400份;《直隶公报》3,000份;《民约报》2,400份;《天津白话报》1,400份;《日日新闻报》1,200份;《北方日报》1,100份;《中华民报》1,100份;《醒华报》1,900份;《国风报》1,100份;《大风报》1,100份;《商报》900份;《革心报》800份;《时闻报》700份;《民牖报》600份;《公论报》500份;《中外实报》340份。①

从这份《天津海关十年报告书》中可以看到天津本地报刊畅销者有十几种,根据现在所掌握的资料可知其中的《大公报》《经纬

---

① 许逸凡译:《天津海关十年报告书(1902—1911)》,《天津历史资料》,1981年第13期,第27—49页。

报》《民兴报》《天津白话报》《日日新闻报》《醒华报》《时闻报》《中外实报》等是刊载小说的,报刊的畅销对于小说的传播与转型起到了极大的推进作用。1902年英敛之创办《大公报》,不仅开辟了白话小说专栏,还大量连载欧美翻译侦探小说,为近代天津小说注入了一股足以焕发生命力的新鲜血液。

1902年以前,天津报刊上多刊登外地新出版的报刊与小说,1902年以后,天津报刊上多刊登本地新出版的报刊与小说,十分值得我们注意。报刊的广告功能十分强大,把读者与出版者有效地联系起来,建立了面对面的交流渠道。新创办的报刊会在已有的报刊上刊登广告,以此吸引订阅者,而小说逐渐成了天津报刊吸引读者的基本内容之一,并成为新出报刊的一大卖点。如光绪三十一年三月初九日(1905年4月13号)《大公报》刊登《中外日报》广告:"论议最精,消息最灵,译稿最详,访稿最多,小说最有趣味。"以有趣味的小说来吸引读者。宣统元年四月二十日(1909年6月17号)《大公报》刊登"《国报》四月二十八日出版"广告:"《津门杂录》……《花国春秋》载花丛韵事,《神州佚史》载古今故事……《诙谐新语》载有趣味笑话,《奇文苑》载可惊可喜文字,《新食谱》……共八门。天津宫北宣家胡同国报社谨启。"其中的"花国春秋""神州佚史""诙谐新语"都属小说门类。再如宣统元年十月十一日(1909年11月23号)《中国报》(三版)刊登"《燕报》出版广告":"内容:一上论,二宫门钞,三社说,四专件,五小说,六要闻,七杂录,八闲评,九文苑,十花事。天津大胡同金家窑燕报社启,北京通信处五道庙派报社。"再如宣统二年三月二十九日(1910年5月8号)《中国报》(四版)刊载《北方日报》广告:"四月初一日出版,内容分论旨、社说、专电、要闻、京津新闻、直隶各州府县新闻、各省新闻、时评、文苑、插画、调查、白话、晴窗漫录、宪政刍言,自治琐谈、奏议、专件、来函、小说,二十门。每日两张,每月售小洋六毛。外埠另加邮费,天津送阅三日,送登告白。天津河东奥界大马路十号至十四号楼房。"津门报刊纷纷都把小说作为基本栏目,报刊小说促进了天津本土小说的繁荣。

天津许多报纸,如《大公报》《民兴报》《天津白话报》《中外实报》《中国萃报》《醒报》等都刊载小说。虽然这些报刊小说大多都已散佚,但通过残存的报刊和报刊上的小说广告,我们可以找到许多当日小说的线索,并可以看到当时天津小说的活跃程度。《民兴报》是近代天津报刊小说的一大阵地,在所存仅剩半年的报刊中,①刊载天津本土小说出版广告八种:《李德顺小说》《三枚球小说》《最新官场现形记》《元元红小说》《偷魂记小说》《睡狮镜小说》《国朝遗事纪闻》《袁世凯》,这个数量是比较多的,如果《民兴报》存报更多,我们能够看到更多的小说信息。《天津白话报》(1910 年 4 月 21 号至 10 月 1 号)上刊载的天津出版的小说广告有二种:《三枚球小说》《李德顺小说》,可见当时小说出版之后不是只在一家的报刊上做广告,还会到其他报刊上做广告,以增加销量。《中国报》刊载的天津本土出版小说有一种:《天津名伶小传》。随着天津本地刊印小说的增多,天津小说市场的繁荣逐渐由外界的支持转移为本土的支持,反映了天津小说市场的不断成熟与真正繁荣。

---

① 天津市图书馆存缩微卷(1909 年 7 月 3 日至 1909 年 9 月 28 日,缺:1909 年 8 月,9 月 1—13 日)(1909 年 11 月 13 日—1910 年 4 月 25 日, 缺:1909 年 11 月 28—30 日,1910 年 1 月、3 月)

三、本地作家群的建立:津门日渐壮大的文人写作队伍

随着天津文化事业的发展和繁荣,津门文人开始出现商业意识。《大公报》曾开展过几次征文活动,如光绪三十一年三月初九日《大公报》千号增刊,以《振兴中国何者为当务之急》主题进行征文,分为壹、贰、叁等,并有奖金设定。虽然不是针对小说文体,但征文活动无疑会促进天津文化的良性发展,使更多的文人有兴趣拿起笔来进行写作。文人们逐渐从征文活动中发现了商机,如 1909 年 9 月 26 号《民兴报》上的"以文会友"广告:

> 对语(数竿修竹三间屋),凡惠佳作送交大胡同武学官书局,每作收号金一角,比取收据作为领奖之证。冠军酬金七元,二名四元,三名二元,四名一元,五名至十名概赠文具。十六截止,二十揭晓。一有生启。[1]

再如 1909 年 11 月 26 号《民兴报》上的"骈匹文薮征联"小启:

> 东阁联吟,西窗集句,诗赋虽非小道,骈语亦属大观,爰征八字之联,用会三津之士。(对语)细细垂烟老梅逊雪。每联号金铜元十五枚。惠作送至东门内二道街关帝庙东胡同侯寓。冠军八元,二名五元,三名三元,四名一元。五名至十名概赠文具书画,收函由一点至五点止,二十八截止,初二揭晓,本主人启。[2]

这是报纸上一种小规模的征文活动。虽然小,但却有组织者,

---

①《民兴报》(天津)1909 年 9 月 26 日。
②《民兴报》(天津)1909 年 11 月 26 日。

有负责者,有征文流程,具有明显的商业意识。第一则征文中应征者每作收号金一角,冠军奖金为七元,第二则征文中应征者每作收号金铜元十五枚,冠军奖金为八元,以不同额度的奖金来吸引大家的参与,而且奖金越高,号金也越高。征文的难度不大,主要是以吸引参与者为主,参与的人越多,就越能从中获取利润,可见在报刊的传播中天津文人产生的商业意识。

天津逐渐出现专业的以写作为生的文人,他们主要在报馆供职,一边担任报馆的主笔一边承揽写作业务,大名鼎鼎的津门文士刘孟扬(字伯年)、顾连城(字叔度)等都曾以专职写作为生。刘孟扬1902年在《大公报》一百零七号上刊登告白:

> 启者:因日日应酬,□□□□,功课大增□□,而且□时费墨,荒时费事,毫无益处。初因情面所关,不肯峻拒,以致亲友之索书者踵接于门,肩臂为之□伤。自□亦无余暇,甚非计也,从今日起以后,如再有索书者,无论亲友,一概不应,或照原订之润例加价三倍亦可,事出于不得已,尚祈原谅。

刘孟扬因写件太多,登报声明润笔费要涨到原来的三倍。顾连城在1910年3月20日《天津白话报》上刊登告白:

> 鄙人近因事务太繁,诸凡写件积压甚夥,应付不遑,计不获已,拟自本年始,所有各项写件,无论若何亲友,一概收取笔资(助赈不在此例)。兹将价目列后,以供众览,惠顾者请将写件及润资一并送交东门外……①

他以前替人写字都是凭人情关系并无报酬,但是因为业务太多,遂登报声明收取笔资,并且有固定的价目。刘孟扬与顾连城都

①《天津白话报》(天津)1910年3月20日。

是当时津城的著名文人,从他们的告白中可以看到文人商业意识"犹抱琵琶半遮面"的羞涩之态,在时代的发展中他们努力冲破这层羞涩,成为独立的专业作者,十分合乎历史潮流。

刘孟扬、顾连城之外,当时津门还汇聚了连梦青、丁国良、李镇桐、刘鹗、王照、白坚武、张焘等众多作家,他们或在报馆供职,或在学堂任教、读书,或者创办实业,但业余时间他们都创作小说,为津门小说留下了一笔宝贵的财富。

第三节 近代天津小说的新旧转型

近代是中国文学的转型期,文学的生存形态与发展模式都与以往有所不同,是一个主动的求新求变的过程,亦是一个具有丰富性和多样性的创新过程。近代天津小说在这一时期也不可避免地开始转型,在观念、语言、文体、传播等诸多层面都表现出求新求变的特点。1902年以前,天津流通的小说主要是传统的旧小说,以才子佳人、公案侠义、志怪神魔等类型占统治地位,虽然有纪实小说、时事小说,但并不多。1902年以后,天津流通的小说明显发生了变化,从传统类型转变为新颖的侦探小说、时事小说、纪实小说、黑幕小说、改革小说等。相对于传统的旧小说,这些小说借助于新兴事物而产生,不仅有新的思想和内容,也有新的传播方式和表现形式,我们可以把它们称之为新小说。近代天津小说从传统旧小说向新小说的转型离不开两方面的因素:一是外来新小说的影响,成为天津作家学习与模仿的对象;一是天津小说自身的成熟,津门作家有了较深的积累与较高的起点,紧随时代潮流进行创作。

一、新小说观念的形成:《国闻报》之《本馆附印说部缘起》

近代天津小说的转型首先表现在新小说观念的形成方面。近代天津的小说观念恪守传统,较为落后,1897 年 10 月 16 日至 11 月 18 日严复和夏曾佑在《国闻报》上发表的《本馆附印说部缘起》,使近代天津小说的转型有一个辉煌的开端,不仅在近代天津小说史上具有划时代的意义,在近代中国小说史上也具有重要的意义,它拉开了晚清小说界革命的序幕,开启了小说求新求变的先声,引领了近代天津小说的发展与理性思考。

1.《国闻报》"求通"的办报思想

《国闻报》是一份拥有进步性质的报纸,"求通"是其明确的办报思想。严复在《国闻报缘起》中专述其办报思想与缘起:

> 《国闻报》何为而设也?曰,将以求通焉耳。夫通之道有二:
> 一曰通上下之情;一曰通中外之故。如一国自立之国,则以通
> 下情为要义。塞其下情,则有利而不知兴,有弊而不知去;若是
> 者,国必弱。如各国并立之国,则尤以通外情为要务。昧于外
> 情,则坐井而以为天小,扣籥而以为日圆;若是者,国必危。①

他创办《国闻报》的目的是为了使一国之内上下信息可以相通,国与国之间中外可以信息相通,由此帮助国家兴利除弊,强盛国势。严复还论述了当时全国办报的热潮,当时中国的两大类报纸,既有踵事而起的,如《知新报》《集成报》《求是报》《经世报》《萃报》《苏报》《湘报》等,又有讲专门之业的,如《农学》《算学》等报。严复对于国内

---

① 复旦大学新闻系新闻史教研室:《中国新闻史文集》,上海:上海人民出版社,1987 年,第 35 页。

流行的两大类报纸颇为不满,认为日报详于本国的事情,略于外国之事。旬报详于外国之事,而略于本国之事。阅报人也分为两类,阅日报的多为工商等中下阶层的民众,上层者嫌其琐屑。阅旬报的以士大夫读书人为多,中下层的民众嫌其文字艰深。由此产生了两个阶层的分化,不能实现报纸"求通"的宗旨。严复认为国家的兴盛,必须是群策群力,上自君相,下至一般民众,人人都得求强而不甘于弱、求智而不安于愚,才能究古今之变,顺应潮流,不被旧的传统道德束缚。农、工、商等所有阶层的民众都应该有求强求智的精神,不能墨守成规。只有民众智开,民力才会变厚,在君、相的治理下,国家才会富强。他还认识到泰西各国之所以富强,并不是靠君、相的才力,而是依靠着民众的群力。严复看到了广大民众在国家治理与富强中所占的重要地位,以此强调民众求通的重要性。这与传统的视民众为下等愚民的思想是不一样的,具有强烈的民主与启蒙色彩。

在《国闻报缘起》中,严复痛数中国人不通外情的种种弊端,因为中国人对西方各国的宗教、科学、礼仪等情况都不了解,与西人不能理解、交流,以至于与传教士激为事变,产生了许多恶劣事件,让国家人民不安。《国闻报》既重视国内之事,又重视国外之事,使"阅兹报者,观于一国之事,则足以通上下之情;观于各国之事,则足以通中外之情。"以使国家和社会达到"上下之情通,而后人不自私其利;中外之情通,而后国不自私其治。人不自私其利,则积一人之智力以为一群之智力,而吾之群强;国不自私其治,则取各国之政教以为一国之政教,而吾之国强。"①这是《国闻报》设

---

① 复旦大学新闻系新闻史教研室:《中国新闻史文集》,上海:上海人民出版社,1987年,第37页。

立的初衷。

戊戌变法时期,天津是维新派在北方开展报刊活动的重要据点。《国闻报》不仅是天津地区中国人创办的最早报纸(《时报》《直报》都是外籍人士创办),也是维新派在华北地区创办的第一张日报。范文澜在《中国近代史》中说"当时上海《时务报》、天津《国闻报》分掌南北舆论界领导地位。"①戈公振《中国报学史》称《国闻报》乃北方报纸之最佳者,是代表戊戌思潮的主要报刊之一。严复的思想对天津报刊业和文化界有着极大的影响,在《国闻报》之后,天津报刊如雨后春笋般涌现了出来,对近代天津小说的繁荣产生了直接的推动作用。

2. 严复、夏曾佑《本馆附印说部缘起》的小说观念

严复、夏曾佑1897年11月在《国报闻》连载刊登的《本馆附印说部缘起》,代表了当时最先进的小说观念,使天津文学站到了二十世纪中国文学的前列。阿英说:"对小说的重要性,获得进一步理解,始于天津《国闻报》。光绪二十三年(1897),该报创刊,严复与夏穗卿合作《本馆附印说部缘起》,长万余言,是阐明小说价值的第一篇文字。"②较之以往传统的小说理论,此篇文章对小说影响社会民心的作用、易于传播的特点、文学的地位有着新颖的认识和充分的阐释。

一是认识到小说具有影响社会和民心的作用。文章以"今使执途人而问之"开始,问路人们是否知道曹操、刘备、阿斗、诸葛亮、宋江、吴用、武松、武大郎、潘金莲、杨雄、石秀、唐明皇、杨贵

---

①范文澜:《中国近代史》,北京:人民出版社,1955年,第307页。
②阿英:《晚清小说史》,南京:江苏文艺出版社,2009年,第2页。

妃、张生、莺莺、柳梦梅、杜丽娘等人是谁？路人们都知道这些人物和相关的故事，他们是从何而知的呢？答案是民间流传的小说和说书故事，由此说明通俗小说具有影响社会大众、启蒙民心的重要作用。作者把稗史与经史子集等高雅的文体相提并论，指出稗史小说的特点在于虚构："书之纪人事者，谓之史；书之纪人事而不必果有此事者，谓之稗史"，并且认为小说"为正史之根"。

严复当时是站在中国思想界前列的有识之士，他把达尔文的进化论引入到小说理论当中，指出全世界人类具有的公性情："一曰英雄，一曰男女。""非有英雄之性，不能争存；非有男女之性，不能传种也。"[1]由此来解释中国人为何对《水浒传》《三国演义》中的英雄、《长生殿》《西厢记》《牡丹亭》中的男女那么喜闻乐见，概是出于公性情也。此说对当时小说界产生重要的影响，如新小说报社在1902年《新民丛报》十四号刊发的《中国唯一之文学报〈新小说〉》中介绍写情小说提道："人类有公性情二：一曰英雄，二曰男女。情之为物，固天地间一要素矣。"[2]俨然以《说部缘起》提出的公性情为理论基础。

二是认识到小说具有通俗易懂利于传播的优点。《本馆附印说部缘起》指出语言与文字在传播中的重要性，并进一步讨论了同一种纪事之书，为什么有的容易传播，有的不容易传播，有的受人欢迎，有的则不受欢迎的原因，并指出有五种因素：一是适当的语言种类，必须是本民族所用的才能受到欢迎。二是"与口说之语言相

---

①陈平原，夏晓虹编：《二十世纪中国小说理论资料·第一卷(1897—1916)》，北京：北京大学出版社，1989年，第9页。
②陈平原，夏晓虹编：《二十世纪中国小说理论资料·第一卷(1897—1916)》，北京：北京大学出版社，1989年，第41页。

近者,则其书易传;若其书与口说之语言相远者,则其书不传。"接近口语的通俗语言更容易传播,受到大众的欢迎,与口语相去甚远的语言则不被大众喜爱。三是文法是否简易,简法之语言高度概括凝练,读起来需要思索,较费心力,繁法之语言衍一事为数十语,读起来容易理解,较省脑筋,所以"繁法之语言易传,简法之语言难传",提倡语法的通俗与易懂。四是"言日习之事者易传,而言不习之事者不易传。"书中讲熟悉的事情容易传播,讲不熟悉的事情不易传播。五是"书之言实事者不易传,而书之言虚事者易传。"书中讲真实的事不易传播,虚构的故事容易传播。以此来说明正统的国史具有五种不利传播的因素,不易传播。稗史小说具有五种易传的因素,易于传播。以此突出小说具有语言浅近、通俗易懂、愉悦人心、虚构故事等优点,所以《水浒传》《三国演义》等小说在社会上广泛传播,经久不衰地被大众喜爱,从而对社会产生根深蒂固的影响。

三是认识到小说具有重要的社会功能。文章层层递进,由远及近,由外及内,渐渐把话题中心引到小说,在最后一部分点明全篇的主旨。小说因其打动人心的艺术魅力而具有极高的社会价值:"说部之兴,其入人之深,行世之远,几几出于经史上,而天下之人心风俗,遂不免为说部之所持。"小说容易深入人心,可以广泛地流通传播,在改变社会风俗方面大大优于经史之书。同时严复、夏曾佑对传统旧小说深为不满:"《三国演义》者,志兵谋也,而世之言兵者有取焉。《水浒传》者,志盗也,而萑蒲狐父之豪,往往标之以为宗旨。《西厢记》'临川四梦',言情也,则更为专一之士、怀春之女所涵泳寻绎……盖天下不胜其说部之毒,而其益难言矣。"[①]认为传统旧小说缺少新意,都是"志兵""志盗""言情"之作,危害社会,毒害民众。由此国闻报馆欲仿效欧美、日本,借小说之力使民开化:"本馆同志,知其若此,且闻欧、美、东瀛,其开化之时,往往得小说之助。是以不惮辛勤,广为采辑,附纸分送。或译诸大瀛之外,或扶其孤本之微。文章事实,万有不同,不能预拟;而本原之地,宗旨所存,则在乎使民开化。"②以一种世界的、科学的、历史的眼光,认识到小说的通俗性是其魅力之所在,可以深入人心、影响社会,把小说与经史子集并列,提高了小说的地位,并提倡小说语言的通俗化、口语化,并想通过传播新的小说使民众开化。这些理论对后来小说语言的通俗化、内容的革新化指明了方向。

可惜的是,严复、夏曾佑虽有此认识、计划与决心,但是却没能够付诸行动,究其原因,一方面是因为当时天津小说市场上大都是来自于上海等外地的小说,自身还没有建立稳定的作家队伍与系列的作品,此计划缺少本土作家与作品的支持难以实现。另一方面则是受全国小说发展的影响,虽然严复、夏曾佑等人开始认识到小说的重要性,欲向西方学习,提倡新小说,但还只是理论方面的刚刚起步,当时全国还是旧小说的天下,小说界革命是从 1902 年才开始的,梁启超的《小说林》,李伯元的《绣像小说》,都是始刊于 1903 年,吴趼人主办的《月月小说》始刊于 1906 年,黄摩西主办的《小说林》始刊于 1907 年。如果当时此计划能够付诸行动,近代天津小说无疑会更加璀璨夺目。

---

①陈平原,夏晓虹编:《二十世纪中国小说理论资料·第一卷(1897—1916)》,北京:北京大学出版社,1989 年,第 12 页。
②陈平原,夏晓虹编:《二十世纪中国小说理论资料·第一卷(1897—1916)》,北京:北京大学出版社,1989 年,第 12 页。

3.《本馆附印说部缘起》对小说界革命的影响

虽然国闻报馆随刊赠送小说的计划没有实现让人觉得颇为遗憾，但是这篇文章还是对当时的小说界产生了巨大和深远的影响。梁启超1903年在《新小说》第十三号的《小说丛话》中说：

> 天津《国闻报》初出时，有一雄文，曰《本馆附印小说缘起》，殆万余言，实成于几道与别士二人之手。余当时狂爱之，后竟不克衰集。惟记其中有两大段，谓人类之公性情，一曰英雄，二曰男女，故一切小说，不能脱离此二性，可谓批郤导窾者矣。然吾以为人类于重英雄、爱男女之外，尚有一附属性焉，曰畏鬼神。以此三者，可以该尽中国之小说矣。若以泰西说部文学之进化，几合一切理想而治之，又非此三者所能限耳。《国闻报》论说栏登此文，凡十余日，读者方日日引领以待其所附印者，而始终竟未附一回，亦可称文坛一逸话。①

《本馆附印说部缘起》对梁启超的影响很大，被梁启超称为"雄文"，让他"狂爱"。《缘起》中的一些重要观点对当时的小说界有很大的启发。

一是使当时的作家和理论家们认识到小说移风易俗的作用，给小说以极高的地位，发挥小说在社会改革中的作用。严复、夏曾佑的观点与当时维新派对小说的观点是一致的，康有为1897年在《〈日本书目志〉识语》中曾说："'书经不如八股，八股不如小说。'宋开此体，通于俚俗，故天下读小说者最多也。启童蒙之知识，引之以

---

① 陈平原、夏晓虹编：《二十世纪中国小说理论资料·第一卷（1897—1916）》，北京：北京大学出版社，1989年，第67页。

正道,俾其欢欣乐读,莫小说若也。""泰西尤隆小说学哉!日人尚未及是。"①注意到泰西重视小说的作用,欲以小说来进行启蒙教育。梁启超1902年在《新小说》第一号刊发的《论小说与群治之关系》,在《本馆附印说部缘起》的基础上进一步强调小说的地位,发挥小说在改革中的作用,他提出:"欲新一国之民,不可不先新一国之小说。故欲新道德,必新小说;欲新宗教,必新小说;欲新政治,必新小说;欲新风俗,必新小说;欲新学艺,必新小说;乃至欲新人心,欲新人格,必新小说,何以故?小说有不可思议之力支配人道故。"②把小说提高到关系国运、民心、政治、道德、风俗等的至高地位。

二是引起当时的作家和理论家对旧小说的不满和批判,认为旧小说毒害社会人心,由此提倡以新小说来代替旧小说。《本馆附印说部缘起》把传统旧小说定为"志兵""志盗""言情"之作,"天下不胜其说部之毒"。梁启超在此基础上,把中国传统旧小说定为"诲淫""诲盗"之作,他在《论小说与群治之关系》中进一步强调旧小说对社会和人心的毒害作用,把中国旧社会的一切弊端都归罪于小说,认为中国旧小说为"中国群治腐败之总根源",中国人状元宰相之思想,佳人才子之思想,江湖盗贼之思想,妖巫狐鬼之思想,堪舆、相命、卜筮、祈禳等恶习都是来自旧小说,甚至晚清国民轻薄无行、沉溺声色、绻恋床笫、缠绵歌泣于春花秋月、多情多感多愁多病、儿女情多、风云气少,都是缘于旧小说。更有"今我国民,绿林豪杰遍地皆是,日日有桃园之拜,处

①陈平原,夏晓虹编:《二十世纪中国小说理论资料·第一卷(1897—1916)》,北京:北京大学出版社,1989年,第13页。
②陈平原,夏晓虹编:《二十世纪中国小说理论资料·第一卷(1897—1916)》,北京:北京大学出版社,1989年,第33页。

处为梁山之盟,所谓'大碗酒,大块肉,分秤称金银,论套穿衣服'等思想,充塞于下等社会之脑中,遂成为哥老、大刀等会,卒至有如义和拳者起,沦陷京国,启召外戎,曰惟小说之故。呜呼!小说之陷溺人群,乃至如是!"①都是受旧小说的影响而产生的不良现象,由此,他坚定了小说界革命的道路与方向,大力提倡以新小说来代替旧小说,中国小说界发生了一场轰轰烈烈的改革旧小说的运动,而这场小说界革命的起点则是缘于天津《国闻报》刊发的《本馆附印说部缘起》。

　　三是影响到当时的作家和理论家们提倡小说语言的通俗化。《本馆附印说部缘起》中认识到语言通俗是小说易于传播的原因之一。梁启超等人在小说界革命中也逐步认识到新小说的语言必须通俗,才能发挥影响社会和民心的作用。梁启超在《小说丛话》中说:"文学之进化有一大关键,即由古语之文学,变为俗语之文学是也。各国文学史之开展,靡不循此轨道。""小说者,决非以古语之文体而能工者也。"②梁启超认识到语言的问题,小说界革命不止是在小说的思想内容方面进行,欲要普及小说中所倡导的思想,还要改变语言这一载体,只有小说语言通俗化了、口语化了,小说才能被民众接受,小说传递的思想才能在社会上产生广泛的影响。《本馆附印说部缘起》为小说界革命提供了理论的先导,拉开了小说改革的序幕,自此小说开始在创作主旨、思想内容、语言形式等方面逐步发生变化。

---

① 陈平原、夏晓虹编:《二十世纪中国小说理论资料·第一卷(1897—1916)》,北京:北京大学出版社,1989 年,第 36—37 页。
② 陈平原、夏晓虹编:《二十世纪中国小说理论资料·第一卷(1897—1916)》,北京:北京大学出版社,1989 年,第 65 页。

二、新小说类型的出现:津门本土新小说类型分析

近代天津小说的繁荣还表现在新小说类型的出现方面。随着天津小说市场的渐趋成熟,有了较多的本土小说作家,他们关注着天津本地的人和事,并以此为材料撰写为小说,以飨天津本地的读者。这一时期,津门小说在内容上与前一阶段传统的志怪、志人、侠义公案等相比,可谓是大相径庭,出现了科幻小说、动物寓言小说、时事讽刺小说、戏剧改良小说、侦探小说、探险小说、纪实小说、黑幕小说、谴责小说、苦情小说等,显示了当时的作家们求新、求变的努力,亦体现了晚清小说界是一个"颇富实验的时代"①。

受当时社会上科学思潮的影响,1907年天津成立的《人镜画报》是一种侧重于科学的报刊,津门作家对国外的科学知识并不陌生,由此而产生了自己的科幻小说。如《津报》刊载的《二十年后之天津》(一名《过渡镜》),对二十年后之天津作出了种种预示。再如丁竹园之《天空游记》,主人公坐着飞艇到宇宙中游览,经历了胡糟国、金钱国、随意国等国家,充满奇特的想象以及对现实的讽刺。动物寓言小说,如《大公报》上刊载的《狗吐人言》,以一个狗的视角来叙述,提倡人类爱护动物。戏剧改良小说如《天津白话报》上刊载的《听戏》,是一种界于剧本与小说之间的新类型小说。另有翻译自国外的侦探小说如《大公报》上刊载的《饮刃缘》《黑手党》《锁金箧》《毒蛇血》《冤狱》等,还有译自国外的探险小说如《人镜画报》上刊载的《海天奇遇记》等。

其他本土所产生的时事讽刺之作、纪实之作、揭露黑幕之作、

①韩南:《中国近代小说的兴起》,上海:上海教育出版社,2004年,第1页。

谴责社会之作也都纷纷粉墨登场,给津门小说注入了蓬勃发展的活力。时事讽刺之作,如《大公报》上刊载的《观活搬不倒儿记》《游历旧世界》《烂根子树》《错用了忍字》《守着干粮挨饿》等短篇小说,都是针对清廷当时的昏庸无道而做出讽刺。《天津白话报》上刊载的《东方病夫之病况》《中国人多近视眼》《假中国》等,都是针对当时国民性的弱点而作的。讽刺全国时事之外,《天津白话报》还立足于本津,刊载了讽刺天津时弊的小说《说梦》《我也做个梦》等,抨击了当时天津不合理的警务制度、巡警欺软怕硬的弊端。

　　王德威曾说"面对日渐紧迫的社会与政治危机,晚清作家倾向于记录刚刚才发生或正在发生的事情。"[1]津门作家也不例外,这一时期,津门纪实小说是比较多的,如《李德顺》《天津名伶小传》《元元红》《花界龌龊史》等,都是根据当时的实人实事概括加工而成的小说。如1909年9月25号(宣统元年八月十二日)《民兴报》刊登新编《李德顺》小说出版预告:"直隶团体同人争议津浦铁路一案,为我国路政极有关系之事,实亦为直隶民气大见发达之征验,而此案造因者确为李德顺一人,今此案业经办结,不可无所撰著以传述之。鄙人费月余之力,将此案自发起至完结,源源本本编辑成书,名曰李德顺,行将付梓,以广流传,先此登报布闻,以告愿闻此案之原委者。仁寿轩主谨白。"[2]《李德顺》小说是根据实事编撰而成的小说作品。再如《中国报》1910年4月8号(宣统元年二月二十九日),"最新小说《天津名伶小传》出版"广告:"此书内容丰富,调查确实,词藻雅训,宗旨纯正,藉梨园之轶事作当世之针砭,凡有周郎痴者

①王德威:《被压抑的现代性》,北京:北京大学出版社,2005年,第50页。
②《民兴报》(天津)1909年9月25日。

自当先睹为快妙。"强调"调查确实"为此小说的材料基础。还有
《醒报》上刊载的"花界阎罗"向广大读者征集相关材料以汇集成
小说《花界龌龊史》的广告:"鄙人现拟将天宝李妈、德庆孙太太、
宝乐部王金顺、董玉铃、同庆部曹玉卿不名誉之历史荟萃成书。阅
者如有知其种种污秽情状者,请赐函醒报社,交鄙人手收,一俟脱
稿,即行付印,特此预告。花界阎罗启。"都可见当时作者对事实材
料的重视。

津门黑幕小说近似于纪实小说,亦是在实人实事的基础上发
展而成的小说,其创作目的不仅仅是纪述事实,还是为了揭露其中
鲜为人知的黑幕,往往具有讲述新奇事件、揭露黑幕的特点。如
1909 年 11 月 17 号《民兴报》刊登新著《袁世凯》出版预告中强调小
说材料的丰富与对黑幕的揭露:"搜罗之富为撰述中所罕睹,自袁
氏少年时代以迄免官,所有事绩暨其徒党诸人之恶劣状态,无不秉
笔直书,及内治外交之得失亦详载焉,作支那近三十年大事记观亦
可。"小说主旨是在揭露袁世凯及其党人的恶劣行径。

谴责小说在晚清小说是一大门类,"《官场现形记》成功之后,书
名带上'现形'二字的小说直如雨后春笋;为了达到耸动人心的目
的,作家更纷纷以大胆揭露社会罪恶为傲。"①津门也不例外,如《民
兴报》1909 年 7 月 14 日(五月二十七日)连载的《最新官场现形记》
第四回:入国籍富户等平民,开报馆小人欺大吏,主人公有单鸿仁
(善哄人)、单启仁(善欺人)、汪监督,从名字上看就可知具有很强的
谴责性。1909 年 7 月 30 日(六月十三日)天津《民兴报》连载《最新官
场现形记》第五回:隐名山采菊逢敲竹,倡公论接木巧移花。开端为:

①王德威:《被压抑的现代性》,北京:北京大学出版社,2005 年,第 34 页。

"单鸿仁又访游崇隆,果然又答应日本钱了。在别人一定心满意足,谁想游崇隆又变卦了,说道:'我有五千部印出来的书,都按七折卖给令兄。'单鸿仁道:'五千部书非同小可,没有三两年……'。"当时受李伯元《官场现形记》的影响,出现了很多种续书或模仿之作,津门《最新官场现形记》是一种翻新之作,与前作毫无瓜葛。另外,津门谴责小说不得不提的是《天津日日新闻》上连载的《老残游记》,不仅把近代天津小说的艺术推上了高峰,也把清末谴责小说推上高峰,向人们展示了近代天津小说所能达到的深度与高度。

爱情向来是小说中的传统主题,清末天津出现了与传统的才子佳人模式截然不同的新爱情小说。如《大公报》刊载的《海外冷艳》,讲述了韩国发生的爱情悲剧,其中的男性主人公不再是传统的才子,而是有着留学日本经历的新式留学生。另有白坚武所做的《断肠影》,亦是写新式大学生的爱情悲剧故事,与传统的才子有明显的区别,展现了作家在突破故有的才子佳人小说模式时所做出的努力。

三、新小说文体的产生:津门翻译小说、拼音字母小说的出现

近代天津小说的转型还表现在新颖的小说形式方面,产生了翻译小说、拼音字母小说等。天津最早致力于翻译小说的是张焘,他以十分敏锐的眼光注意到翻译小说的重要性,把各报刊上散见的伊索寓言收集编辑成《海国妙喻》,成为中国伊索寓言翻译的第三个汉语译本。1898 年以前,翻译介绍到中国来的外国小说寥若晨星,屈指可数,其中一种即是 1888 年天津时报馆代印的《海国妙喻》,[1]可见天

---

[1]陈平原:《中国小说叙事模式的转变》,北京:北京大学出版社,2010 年,第 5 页。

津翻译小说走在了时代的前列。因为天津 1860 年就被开僻为通商口岸，建立了租界，很多学堂都重视对英文的学习，北洋水师学堂培养出了陈家麟、伍光建等优秀的翻译家。陈家麟与晚清翻译家林纾、陈大镫等合译了七十多部作品，成为莎士比亚、托尔斯泰、塞万提斯、乔叟、契诃夫等作家作品的最早翻译者之一。伍光建是清末民初坚持用白话翻译西方小说最成功的翻译家。不仅天津本地产生了自己的翻译小说以及优秀的小说翻译家，津门报刊也大量刊载翻译小说。

伴随着晚清的各种改革，白话运动也如火如荼地展开，津籍人士王照提倡用字母拼写北京官话，在京、津、冀一带开办官话字母义塾，并且创办"拼音官话书报社"，出版《官话字母义塾丛刊》，刊载用拼音字母写成的小说。他还专为军队学习官话字母写作拼音小说《对兵说话》等，以传统的章回小说对部队官兵进行爱国教育，以通俗的语言和生动的故事说明官兵培养遵守纪律、信实等素质的重要性，对官兵们的思想启蒙起到了十分积极的引导作用。

四、新传播方式的运用：报刊小说专栏连载及结集出版

近代天津小说的转型还表现在新的小说传播方式方面。以前小说书籍一般是先结集出版再与读者正式见面，现在则是先登载在报刊上与读者见面，再结集成册，得到更广更久的流传。一种方式是报刊连载长篇小说，再结集出版为单行本小说。另一种方式是报刊刊载短篇小说，再结集出版为小说集。无论是报载长篇小说还是短篇小说，相对于以往的传播方式，这种传播方式更为快捷、直接，小说从成稿到印刷，再到与读者正式见面的速度大大加快。

1. 报刊连载长篇小说,结集出版为单行本小说

天津早期的《时报》《直报》等并没有小说专栏,只大量地刊登了小说广告。后来这种情况得到了逐渐改变,天津的许多报纸如《大公报》《民兴报》《中外实报》《中国萃报》《醒报》等都开设小说专栏,并且还都承览印刷业务,出版印刷单行本小说。运营的模式一般是先在自家的报刊上连载,然后再印刷为单行本出售。如《民兴报》1910 年 3 月 27 号至 1910 年 4 月 1 号,刊载《三枚球》出版预告:

> 本报逐日登载傲霜、毋我两君合译之泰西名家小说《三枚球》,大为社会所欢迎,近连接阅报诸君来函嘱将已见报之前三章先为刊印成书,廉值出售,以省东翻西阅之苦云云。爰徇其请,不日出书,本馆仅白。①

小说单行本随着小说登载而印刷成书,报刊也为其不断地提供广告宣传,如 1910 年 4 月 24 号《民兴报》刊登 "《三枚球》小说第一册出版"广告,1910 年 5 月 20 号《民兴报》又刊登 "《三枚球》小说第一二册出版"广告,1910 年 7 月 9 号《民兴报》继续刊登 "《三枚球》小说第一二三四册出版,每册定价小洋壹角,本馆谨白"广告。通过广告让读者及时获知小说的出版消息,提高销量。《民兴报》上连载的《最新官场现形记》亦被出版为单行本小说,1909 年 9 月 26 号至 11 月 21 日,《民兴报》刊登广告:"本报小说《最新官场现形记》第一二册出版,本馆发售每册小洋二角,代售处府署东紫气堂。"1909 年 11 月 26 号《民兴报》又刊登广告"本报小说《最新官场现形记》第一二三册出版。"1910 年 4 月 25 号《民兴报》又刊登广告

---

①《民兴报》(天津)1910 年 3 月 27 日。

"本报小说《官场现形记》第一二三四册出版,本馆发售每册小洋二
角,代售处府署东紫气堂"。《三枚球》与《最新官场现形记》都是《民
兴报》连载并出版发行的长篇小说,从广告可以看到当时小说的
价格比较便宜,一般的读者皆有能力购买。

2.报刊刊载短篇小说,结集出版为小说集

天津本地报刊发行小说的方式还有一种是把本报刊载的短篇
小说编成合辑出版。如《醒华日报》设有"益智机""说部杂碎""列女
传"等几个短篇小说栏目,待刊发到一定数量,报社就将各栏目的
作品合成一辑印刷出版,以飨读者。醒华日报社以报刊栏目名给这
些短篇小说集命名,后边缀以甲编、乙编等,并及时地为这些短篇
小说集刊登广告,介绍内容。如《醒华日报》1911 年 10 月 25 号刊登
广告:"《益智机甲编》,天津醒华报馆石印,张寿著。"10 月 28 日续
刊《益智机甲编》目录:

> 司马遹、王戎、怀丙、陈平、邱琥、管仲、戴颙、曹冲、陶鲁、
> 尹见心、曹克明、虞世基、杨佐、黄炳、赵蔡、吴质、顾琛、黄震、
> 罗巡抚、胡松、曹冲、余朱敞、何承矩、秦桧、文彦博、海瑞、狄
> 青、智医、宋太宗、赵卿、刘元佐、孙权、雷笠天、张恺、张良、二
> 面商、吴书生、周金、乔白严、梅衡湘。①

对《益智机甲编》做了很好的补充,使读者有较为详细的了解。
再如1911 年 11 月 9 号《醒华日报》刊登短篇小说《说部杂碎己编》
广告,并刊载目录:

> 五义:王全、陈确、王良梧、李生春、濮氏女;五奇:髯艄公、
> 侯老道、吕尚义、石哈生、田世享;五愚:徐三瘸脚、奇奴、荣小

①《醒华日报》(天津)1911 年 10 月 28 日。

儿、郭六、郑成仙；五逸：颖州耕者、打卦、草荐先生、樵烟野客、跣足傭者。五悲：张星象、严循闲妻、吉龙大妻、姚罄儿、张有。①

《醒华日报》不仅把每个短篇小说栏目合刊为单行本，也把连载的长篇小说《痴情小史》合印为单行本，现国家图书馆便保存有醒华报馆刊印的《痴情小史》三册。另外，因为报馆有新式的印字机器，除了刊印自家刊载过的小说之外，也会承揽刊印其他小说的业务，以求得利润。

从以上所论可以看到，在晚清的最后十多年中，近代天津小说在报刊的影响下开始进入了蓬勃发展的繁荣期。天津小说无论是在创作观念、思想内容，还是文体形式、传播方式等方面都表现出迥异于以往的变化。后面我们将重点讨论近代天津呈现新气象的报刊小说、翻译小说以及在转型压力下发生种种变化的话本小说、笔记小说等。

---

①《醒华日报》(天津)1911 年 11 月 9 日。

第五章 呈现新气象的近代
天津报刊小说

"中国的文坛和报坛是表姊妹,血缘是很密切的。一部近代中国文学史,从侧面看去,又正是一部新闻事业发展史。"[1]据统计,自1897年至1911年的14年间,天津约出版了53种中文报纸,22种中文刊物,共计75种[2],天津此一期间报刊业的繁盛是前一阶段不能比的,也是当时一般城市不能比的,天津小说随着报刊的繁盛而兴起,报刊小说在近代天津大放异彩。天津最早的两份中文刊物《时报》与《直报》上产生了独特的"新闻小说",它们是披着新闻外衣的小说,体现了近代新闻初步兴起时观念的模糊以及对小说范畴的侵占。这种现象到1902年以后明显减少,新闻与小说开始泾渭分明。《大公报》设置了小说专栏,刊载了寓言小说、时事讽刺小说、翻译侦探小说等,在题材与手法上都表现出创新性。《天津白话报》刊载的一系列白话小说,努力以新思想实现其"维持自治,鼓吹民气"的办报宗旨。《天津日日新闻》连载的《老残游记》,《人镜画报》连载的《海天奇遇记》,《民兴报》连载的《最新官场现形记》,《醒

---

①曹聚仁:《文坛五十年》,上海:东方出版中心,2005年,第14页。
②参见《附录一天津的报纸》《附录二天津的期刊》,马艺主编:《天津新闻传播史纲要》,北京:新华出版社,2005年。

俗画报》连载的《痴情小史》等,都是报刊小说中的长篇作品,体现了近代天津小说的丰富性。

第一节 穿着新闻外衣的小说:
天津《时报》《直报》中的"新闻小说"

现在看来,新闻与小说二者属于不同的文体,有着明确的界限。但是在近代,新闻与小说却曾经发生过"你中有我,我中有你"的混淆关系,出现了打着新闻旗号的小说这一特殊的文体,我们姑且把它们称为"新闻小说"。有学者提出过"类小说"的观念,认为"申报馆有一种前所未有的小说生产方式常常为研究者所忽视,即在《申报》新闻版上登载小说、笔记或类似于小说、笔记的文字。1926年所辑《松荫庵漫录》,就是自同治十一年(1872)至光绪二年(1876)《申报》所登载的这类内容。其中最为特殊的是那些类似于小说、笔记的文字,它们既非典型的新闻,又非典型的小说,姑且将其命名为'类小说'。"[①]类小说是界于新闻与小说之间的一种模糊性文体,天津早期报纸《时报》《直报》上亦有许多"类小说"。此外,在天津的《时报》与《直报》上还有大量的"新闻小说",与"类小说"相比,它们是更为纯粹的小说。新闻最基本的要求是真实性、时效性,但"新闻小说"却有着明显的虚构性,多有谈狐说鬼等怪诞不经的内容。虽然"新闻小说"披着新闻的外衣,但是却有着小说的性质,在本质上属于小说,这是特定时代产生的一种新小说。

---

①凌硕为:《新闻传播与近代小说之转型》,杭州:浙江大学出版社,2013年,第30页。

一、"新闻小说"产生的原因

1. 近代新闻观念的模糊

"新闻小说"是近代早期报刊上的一种普遍现象,上海《申报》、天津《时报》《直报》上都有此种情况。其原因首先当归于新闻概念的不确定。早期的报人虽有一定的办报思想,但是并没有明确的新闻思想,总是强调新闻的"新"与"奇",而忽略了新闻的"真"与"实"。伟烈亚力在1857年的《六合丛谈小引》中说:"于时有人采国之奇事异闻,镌板传布,因此一举一动,众无不知,民甚便之。"[1]强调新闻的"奇事异闻"。《申报》曾说"新闻纸馆之设,一本泰西之成法,兼录齐东之寓言,惩劝虽殊,原属并行不悖。"[2]报人竟然把齐东之寓言与新闻相混淆,不能坚持西方的新闻原则。当时一些有识之士认识到中国新闻存在的问题,如梁启超在1901年的《清议报一百册祝辞并论报馆之责任及本馆之经历》中痛心疾首地指出:"中国邸报,视万国之报纸,皆为先辈,姑置勿论。即自通商以后,西国之报章形式,始入中国,于是香港有《循环日报》,上海有《申报》,于今殆三十余年矣。其间继起者虽不少,而卒无一完整良好,可以及西人百分之一者……"[3]中国报纸的发展情况很不乐观,甚至没有一种完整严谨的报纸,受到梁启超的批评:"其体例,无一足取,每一展读,大抵'沪滨冠盖','瀛眷南来','祝融肆虐','图窃不成','惊散鸳鸯','甘为情死'等字样,阗塞纸

---

①《六合丛谈》第一号,沈国威编著:《六合丛谈:附题解·索引》,上海:上海辞书出版社,2006年,第521页。

②《本馆自叙》,《申报》,同治十一年七月十二日(1872年8月15日)。

③梁启超:《梁启超全集》第一册,北京:北京出版社,1999年,第477页。

面,千篇一律。"①可见当时新闻观念的不明确,还在传统小说观念的笼罩之下,记者们无法摆脱传统笔记小说的影子来创作新闻,所以出现了"新闻小说"这种奇怪的文体。

近代天津报人对新闻有着较为明确的认识,如天津《直报》光绪二十二年正月初八日(1896 年 2 月 20 日)刊载招聘采访人员的告白:

> 报馆之有采访,犹古之采风采诗,上以考政治之得失,下以考风气之纯剥,载诸报端,宣之中外,取其善,惩其恶,故言者无罪,闻者足戒。充是任者,品必公正,心必仁廉。公则明,正则直,仁则不为已甚之事,廉则不贪非分之财用,能识大体、近人情,善善恶恶,柔不茹,刚不吐。凡有关于国计民生者,自大至细,悉采毋遗。辞取达意而止,不以富丽为工,登供众览,于以通上下难言之苦,达远近不闻之声,庶使豫先事之绸缪,善后事之补救,斯无负泰西设馆之本旨焉。否则遇事射利,飞短流长,实为此间所大忌者矣。②

《直报》报人认识到采访员应廉洁刚正,新闻语言应以达意而止,不宜追求辞藻富丽,新闻的作用在于通上下难言之苦,传递消息,使政府可以事先准备,事后补救,"遇事射利,飞短流长"是新闻的大忌。但是《直报》报人在实际采录新闻时却不能遵守此原则,屡次出现"新闻小说"。

2. 新闻与传统小说观念部分重合

中国传统的小说观念十分宽泛、庞杂,且每个阶段都有一些变

---

①梁启超:《梁启超全集》第一册,北京:北京出版社,1999 年,第 477 页。
②《直报》(天津)1896 年 2 月 20 日。

化,但《汉书·艺文志》中所提出的:"小说家者流,盖出于稗官。街谈
巷语,道听途说者之所造也。"桓谭在《新论》中提出的"小说家合丛
残小语,近取譬论,以作短书,治身治家,有可观之辞。"至明清时基
本上没有变,还是属于小说的范畴。清代的纪昀在《四库全书总目
提要》中把小说分为三类:叙述杂事、记录异闻、缀集琐语。所以,虽
然小说观念从两汉、唐宋至明清有所变化,但是"街谈巷语,道听途
说"之类的逸事、杂录、异闻等始终都属于小说的范畴,小说始终都
在发挥着"治身治家""劝世警心""补史乘之缺""可兴可观"的重要
作用。由此,已经在中国发展了近两千年的小说势力十分强大,覆
盖了中国社会的各个角落,影响到社会各个阶层,基本上没有新闻
观念的立足之地。

　　近代的新闻观念被包括在小说观念的范畴之内。如《申报》在
四月三十日创刊号刊登的《本馆告白》中言:"凡国家之政治,风俗
之变迁,中外交涉之要务,商贾贸易之利弊,与夫一切可惊可愕可
喜之事,足以新人听闻者,靡不毕载,务求其真实无妄,使观者明白
易晓,不为浮夸之辞,不述荒唐之语。"①虽然真实无妄,不为浮夸之
辞,不述荒唐之语是《申报》所追求的新闻的特性,但是,其强调的
新闻的核心还是在于"一切可惊可愕可喜之事",这是与小说观念
的故事性、趣味性相重合的内容。所以,造成了披着新闻外衣的"新
闻小说"的大量出现。

　　3. 读者对新闻娱乐性的期待

　　新闻作者没有明确的新闻观,报人不能坚持新闻原则,当时的
广大读者把报纸也作为一种消遣读物来读,并不对新闻与小说观

---

①《申报》(上海)大清同治壬申三月二十三日(英四月三十日)。

念加以区分。如姚鹏图在 1905 年《广益丛报》上刊登的《论白话小说》中说：

> 诚以白话报之足以动人，犹之小说。《四库》著录各书，说部所载甚夥，从来遗闻逸事，正史所不载者，往往赖小说而存。盖体非严整，则著书者易于为功；言杂庄谐，则读书者乐于终卷。此即今通俗史之权舆也。《唐代丛书》，皆唐人小说；《说郛》，多宋元小说；《昭代丛书》，别集，多国朝人小说。文人学士，茶畔酒余，手执一编，凭几披阅，既征故事，复资谈噱，流被甚广，家有一编，由来久矣……今者变易其体而为报，长篇短简，随著随刊，既省笔墨之劳，又节刊印之资，而阅者又无不易终篇之憾，其法最善，其效易著。盖小说至今日，虽不能与西国颉颃，然就中国而论，果已渐放光明，为前人所不及料者也。今日之白话报，即所谓通俗文，而小说家之流也，其为启迪之关键，果已为国人所公认。①

认为报纸是小说的变体，可见这是当时的一种认识和观念。以前人们阅读的是小说，满足娱乐、消遣、猎奇的需要，现在读的是报纸，满足的还是娱乐、消遣、猎奇的需要，这样观念之下促使报纸上刊载着具有小说性质的"新闻"。

二、《时报》《直报》上刊载的志怪类"新闻小说"

作为近代天津最早的中文报纸，《时报》上的"新闻小说"体现出当时的时代特色。《直报》上亦刊载了一些"新闻小说"，如《憨生

---

① 陈平原，夏晓虹编：《二十世纪中国小说理论资料·第一卷（1897—1916）》，北京：北京大学出版社，1989 年，第 134 页。

记》《慷慨财迷记》《花翻恋蝶》《巧姻缘记》等。与真正的新闻相比，"新闻小说"表现出故事性与虚构性，对人物与情节进行一定的描写与刻化。《时报》《直报》上刊载的"新闻小说"种类非常多，其中最具小说特性的有传统志怪小说和新兴翻译小说。

志怪本是中国文言小说的主要题材，但近代报纸上也明目张胆地刊登志怪题材新闻。如天津《时报》1891 年 12 月 23 号中的《捉鬼奇闻》，1892 年 2 月 13 号中的《风中尸变》，1892 年 2 月 22 号中的《楚人说鬼》，1888 年 2 月 24 号中的《喜神有灵》《狐为人妻》《津海老渔》，1888 年 3 月 3 号中的《白云仙观》，1888 年 3 月 6 号中的《屠牲果报》，1888 年 3 月 10 号中的《为鬼揶揄》，1892 年 4 月19 号中的《渔人遇怪》，1888 年 4 月 23 号中的《鬼醋流酸》等等，仅从题目上看，就知是属于志怪小说一类。在《时报》与《直报》刊登的志怪类"新闻小说"可具体的分为以下几种：

一是狐精类，如《时报》光绪十四年正月十三日(1888 年 2 月 24 号)"外省新闻"栏目中刊登的《狐为人妻》，这则故事有大致的地点，完全忽略了时间，讲述了狐精变为女子成为贤妻的故事。即使在当时对于一般认识水平的人都知道系子虚乌有，纯属报人虚构的故事，但报人却堂而皇之地把它列于"外省新闻"栏目中，完全无视新闻的真实性原则。

二是鬼怪类，如《直报》光绪二十二年五月十七日(1896 年 6 月 28 日)新闻栏目中刊载的《姑妄言之》，报人在一开端就说实有鬼神："自仲尼不语怪，迂儒遂胶执无鬼论，以为搜神志异诸书不过寓言十九。"然后以具体的人物和事件来说明鬼神的真实存在。前门外王广福斜街，通聚饭馆开张伊始，四个衣着华丽的客人来饭店吃饭，慷慨付钱，但帐人检查钱文时尽化纸灰，结尾说"此事颇涉怪诞,然天下之大,怪怪奇奇无所不有,但未可为眼光如豆者道也,故录之以广异闻。"①此种写法极像干宝《搜神记》中以故事证明"鬼神之不诬"的手法。

三为鼠怪类,如《直报》光绪二十二年二月十七日(1896 年 3 月 30 日)刊载的《妖异汇志》故事,此栏目倒很像是志怪小说的汇编,给志怪小说在新闻纸上找到一个恰当的归属:

> 江省石头街某公馆,主人素有烟霞癖,频年听鼓宦,空虚于今。正元宵,正在一榻横陈,领略紫霞风味,忽闻榻外悉率有声。始疑为鼠子,姑不之怪。及炊许不绝,乃燃灯视之,见有古衣冠者男女五六人,长约三寸许,联袂接踵循榻下而走。主人异之,呼家人集视,倏忽间俱就墙隙而灭。噫!异哉。

老鼠成了精,着古衣冠联袂接踵在榻下走,十分怪异。

四是奇闻异事类,如《直报》光绪二十二年二月十九日(1896 年 4 月 1 日)刊载的《奇货可居》:

> 小说家载牛五足,豕双头,怪状奇形,不一而足,每以为子虚乌有,好奇者藉为谈柄也。讵知人之骈胁、重瞳、双乳、枝指既见于经传,则物类之秉赋异相又何足怪。顷友人谈及拔驷达书信馆现蓄一犬,六腿二阴,身长尺许,前后四腿,与常犬同,独尾间多出一柱,如两腿绞成一处者,下共十爪,虽不能分而为二,而腿之非一则无疑。且是腿之旁各具一阴,便溺淋漓彼此相同,闻有西人购以五十金,尚不可果尔。异之,西国赛奇会中是真奇货可居已。②

---

① 《直报》(天津)1896 年 6 月 28 日。
② 《直报》(天津)1896 年 4 月 1 日。

报人把这个长相奇怪的犬作为了新闻资料。

三、《直报》上刊载的翻译类"新闻小说"

在报刊刚刚兴起的阶段,新闻观念模糊,报人往往不分新闻与小说,甚至把翻译来的探险小说也纳于新闻旗下。如《直报》光绪二十六年十二月二十日(1900年2月8日)"各国新闻"栏目中连载的《海外奇谭》:

> 英人丹忌利士,构楼阁于域多厘都,土木丹青,穷极华侈。有欧翁者,奥东南海人,服贾英京垂五十年,通英语。自英商鸠工庀材之日,以至落成,叟目击之,心艳羡其壮丽,每过其门,辄流连而不忍去。如是者非一日。英人窥之日稔,窃讶此老何不惮烦。日者,翁复至瞻眺徘徊,英人揖翁而进曰:"公日踵吾门,目灼灼注视者何也?"欧曰:"仆羡君享神仙之福,琼楼玉宇,冠绝人间,故不胜眷恋耳。"英人曰:"嗟乎,余脱死地而出生天,盖不知几经磨折而后有此乐也。公岂欲闻之乎?"欧应之曰:"唯唯"。英人曰:"余少有远志,壮年执㸑于某洋轮,积蓄才百余金,适该轮主贩湖丝累钜万,将往温哥华,余亦尽出囊赀贩丝,冀博什一。启轮数日,将抵氆拿地方,巨浪掀天。忽睹海中一小岛,辉煌金碧,光怪陆离。轮主展地舆图察之,讶曰:'有此名区竟不登载,何也?'乃相约停轮,率诸人裹饊粮、携杯羹以揽其胜,余以膳夫得寓目焉。游兴未阑,腹馁思食,命余治膳,具燔甫毕,觉岛屿震动有声,诸人大懼,争欲狂奔返轮。余亦惊骇非常,必须收拾整理不得已殿其后。讵转瞬间已失轮船所在,唯见惊涛骇浪,澎湃于天光云影中,旁有峭壁千里,矗立无际。余时仍肩炊具,蹴绝峤履层岩,驰担息神,徐图良策,然

深山大泽寂无人踪,群草长林时有兽迹,自分化为异物,必不敢望归骨故乡矣。'"①

这则新闻实为翻译小说,且连载四次才结束。二十一日续:

"棲迟浃旬,粮食告罄,山花野果甘之如饴。一日者,觉饥肠辘辘,雷鸣不可复耐。忽牛脯从空下坠,余为讶天赐,欢喜欲狂,惟烹饪计穷,涎欲滴,焦思冥想,乃悟石能激火,因商切炙之,煞费经营,始供咀嚼。饱尝后,旋见一巨鸟从东南方至,凌霄振翼,天日蔽亏,凤骞鹏搏,未足罕譬,爰集领表,将飞未翔。余窃念古人附凤攀龙,尝闻其语,矧斯巨翅更易为功,倘能藉彼扶摇或者爰得我所。计既决,乃逡巡至前,鸟若无所睹。余遂解带系鸟足,鸟覆翼之。未几,果展翅排空,高入云际。余此时觉罡风甚恶,寒逼肌肤,且鸟腋下秽不可复闻,心中作恶懑且死,幸鸟迴旋欲堕。惟俯视则弥漫山谷中皆蛇也,小者如臂,大者如椽。窃虑寄迹是间必遭毒噬,讵巨鸟甫下群蛇疾驰,顷刻无踪,似畏扑啄,余稍释然。因去其缚憩息逾时,惊魂略定,瞥见山石光芒射目,咄咄逼人,精采绝伦,巨细不一。随手掇拾,择其大者满贮囊中,无何,陡闻有声若连珠,响震山岳。余跃然而喜曰,吾生矣。然转念地僻大荒,安得枪声徹耳?岂白云深处真有人家耶?试往觇之,以穷其变。于是登峰造极,跋涉重峦,转一山坳,遥望之,果见野人三四辈,方欲急趋而往,觉彼将举枪向余轰击,急麾手止之。及近前睹野人遍体黄毛,语啁哳不可辨,犹幸尚谙英文,乃携余归,各以楮墨宣意,余始知前果腹之物,固其所弃将以饲鸟,而钻石者,彼意余逐鸟而夺其货,故

---

① 《直报》(天津)1900 年 2 月 8 日。

仇视余,将杀之也。"①

二十二日续:

"余乃备陈苦况,且尽献希世之珍,言苟得生入玉门便为天幸,吾以不贪为宝,愿以所得钻石为寿,何如?野人睹此璀璨晶莹,知非鸟所能弋获,喜而信之,谦逊再三,只允留其半,余力辞不受。野人复书以告我,言彼等曾设一火钻公司,获利千余万,今更益此,定当雄视五洲,明日请会计赢馀,画而为二鸿沟,以东者为汉,以西者为楚,年终溢息则春色平分云。余察其意诚,遂可其议,勾留数月。会有某轮船返国,余遂殷勤话别而归。既抵里门,恍如隔世。他人处此必将息影蓬庐矣,讵余胆气愈壮,远游之念曾不少衰。日者复有亚洲之行,束装就道,登轮后闻轮士与舟师相龃龉。盖彼欲趋道远而垣者,此欲趋道近而危者,各执一词,故力争不决也。后卒趋近道冒险而前,余沟壑余生,实恃死生有命。迨轮抵苏陀境,果见有物似猴非猴,奇形怪状,浮游水面,百十成群,舟人戏以饼饵投之,怪物嘘气一呼,响应者以千万计,登时风涛大作,云雾晦暝,地覆天翻,遂及于溺。余急抱持木板随波逐流,意谓必死是乡,讵浮沉数刻复登彼岸,为日耳曼界。是日,皇女择婿,围观者如堵墙,咸冀相攸便当尚主。余亦于稠人中厕足,不意遽邀青盼,得选东床。余念到处能安,犹胜天涯萍梗,上前奏曰,臣异乡孤客,草莽微躯,猥蒙赐以婚姻,竟不弃其寒贱,受之实处,陨越邻之,唯恐不恭云云。日皇大喜,群臣以下咸免冠贺,即日成婚。闺房之间亦殊敦笃,日者主忽告我言,顷闻市舶司禀报,港口有一巨轮

---

①《直报》(天津)1900 年 2 月 9 日。

漂流至此中,贮数万湖丝,惜淹渍不堪适用等语。乍聆之下,怅触予怀。亟往视之,则当年故物也。始知前游海岛实是鱼泡海市蜃楼变幻成境,鱼被火炙摇尾沉轮,轮主诸人必葬鱼腹,计甗合讵日耳曼不知其几万里,巨鱼之巨必百倍鲸鲵矣,因相与嗟叹久之。"①

二十三日续:

"居无何,主忽遘疾,日渐羸殆。俗例妻死蒿砧不得独生,葬之日并举其夫以殉。余闻恒惴惴懼,讵延医罔效,匝月而夢。计无可逃,束手待毙。自维曩沉江海不作鸱夷,再履巉岩未遭蛇虺,今竟亡于彼妇之手,岂非天耶。痛哭自挝,且悔且恨。惟不欲速朽者,例得多携美食并所有生平玩好,悉置泉台,余遂厚储数月之粮,仍冀稍延残喘,既底窀穸则巨冢累累,密迩居民丛葬处。日皇及后次第与余握手别毕,盖已启,生圹以待三良矣。余恨无羽翼负此昂藏,悲悼之余,转任旷达,遂缒而下,工人取修绠悬尸,并馈送器物已,覆土而掩之。秽气薰蒸,遗骸狼藉,看看白骨,万念俱灰,昏忆故园,寸心如割,盖不自知其为生,不自知其为死也。羁留既久,亦渐相安,然惟恐老饕终成饿殍。会右携食殉妻以葬者,杀而夺之,朝夕所需,不复以绝粮为虑。但迢迢乡井,无望生还,沉沉夜台,长此终古,每一念至,为之泫然。一日者,忽有物长颈鸟喙四足斓斑,形类海狗窜身入穴,吮齿古髏。余初虑咥人,以刃自卫,及窥其意不恶,心始略安。转念此物适从何来,必有径道,余盍随其后或重见天日亦未可知。遂略携珍宝匍伏蛇行,伺其出而随之,循途而出。约

二里许已抵斐利加日岸，适有英轮在焉，余喜不自胜，亟趋诣之，则轮主固余认识，各相见慰问。余备述颠末，并以实告，嘱令携舟人复入，囊括所有而出，瓜分后，□所获仍与数十万金，舟人以次，咸有赏资，欢声若雷。盖自此海外归来，不敢作破浪乘风想矣。然间念备尝险阻，卒丛安全，营此兔裘以为终老。公其谓我何？"欧始为之危，继为之喜，终为之手舞足蹈，不禁肃然起敬曰："君有此坚忍沉毅之方，故能履险如夷，天既以功苦困乏玉汝于成，故能享此瑯嬛福地，非偶然也。"言讫，欧欲告别，英人复挽留之，携手同历一遍，指示其结构之精微，经营之奇妙，濒行犹欢赏不置也。①

即使与近代同时期的翻译小说相比，此一篇小说也属质量上乘之作。首先，结构井然，首尾呼应。开端先写欧翁对英人丹忌利士豪宅的艳羡，通过二人的谈话引出丹忌利士几次出生入死，动人心魄的经历，接下来是由丹忌利士以第一人称"余"来讲述故事，结尾是欧翁对丹忌利士出生入死的经历感慨万端，圆满结束。其次，小说中的故事极其惊险，情节曲折，波澜起伏，一波未平，一波又起，描写委曲详尽，让人有身临其境之感。然后，对人物的心理有深入细致的刻画，如丹忌利士在海岛意外遇到钻石宝藏时："惊魂略定，瞥见山石光芒射目，咄咄逼人，精彩绝伦，巨细不一，随手掇拾，择其大者满贮囊中。"写出了发现宝藏的惊喜。再如描写丹忌利士被殉葬时的心情："余恨无羽翼，负此昂藏，悲悼之余，转任旷达，遂缒而下，工人取修绠悬尸，并馈送器物已，覆土而掩之，秽气薰蒸，遗骸狼藉，看看白骨，万念俱灰，昏忆故园，寸心如割，盖不自知其为

①《直报》（天津）1900 年 2 月 11 日。

生,不自知其为死也。"写出丹忌利士当时命在旦夕的处境和伤心欲绝的心情。最后,小说语言精练、优美,运用了典雅的文言进行翻译,如丹忌利士在航行中见到海岛"巨浪掀天,忽睹海中一小岛,辉煌金碧,光怪陆离",把小岛的美丽以画龙点睛之笔展现了出来。再如对丹忌利士在海上遇难之时的描写:"见有物似猴非猴,奇形怪状,浮游水面,百十成群,舟人戏以饼饵投之,怪物嘘气一呼,响应者以千万计,登时风涛大作,云雾晦暝,地覆天翻,遂及于溺",写出了海上风云变幻的奇景。且多用对偶,辞藻富赡华美,如描写荒岛中见到的巨鸟"凌霄振翼,天日蔽亏,凤耸鹏搏,未足罕譬,爰集领表,将飞未翔。"写出巨鸟的庞大,颇有庄子中大鹏的影子。

《时报》《直报》上"新闻小说"的存在值得我们关注,它体现了早期新闻与小说观念的转变状态。从上面所举的新闻栏目中志怪小说和翻译小说的例子可以看到,在新闻文体兴起的过程中,曾对小说发动了大肆的抢夺战,试图把许多纯属于小说的文本都纳入新闻的名下。随着新闻观念的明确,"新闻小说"的现象越来越少,到 1902 年出现的《大公报》,基本上已经将新闻与小说较为明显地区分开来。

第二节 津门新小说的阵地:《大公报》的"小说专栏"

庚子国变之后,天津像一只浴火重生的凤凰,渐渐地苏醒、腾飞,小说在报刊业的带动下,绽放了惊人的灿烂与美丽。引领天津报刊小说风气的《大公报》,成为津门新小说的一方阵地。1902 年 6 月 17 日,《大公报》在天津法租界创刊,创始人为英敛之。英敛之(1866—1926),原名英华,字敛之,号安蹇,满洲正红旗人,生于北京。他家贫亲老,出身寒微,未接受过正规教育,幼年习武,信奉天主教。中日甲午战争之后,英敛之受到康有为、梁启超的思想影响,希望变法维新,1902 年到天津创立《大公报》。通过《英敛之先生日记遗稿》可以看到,《大公报》创立前后,英敛之与上海的汪康年、天津的方药雨、李提摩太、严复、杭辛斋等交往都颇为密切,得到了他们相应的帮助,并曾聘请连梦青、顾叔度、刘孟扬等文士担任《大公报》主笔。

英敛之本人虽然不做小说但是对小说极有阅读兴趣,如其光绪三十年(1904)二月二十八日的日记中记载:"傅润沅由戈登堂回,送《唯一侦探谈》一本,卧后披阅,将近天明,颇有趣味。"光绪三十一年(1905)二月初十日记载:"孟晋书社购西洋小说数种,晚阅稿后即披阅小说至天明,予素最嗜阅西洋各种说部,以其思想新章法妙,每出一种必购阅之,然其间无味亦多,而奇妙者亦比比也。"①可见他非常喜欢读外国小说,从其日记记载中可以看到他曾先后阅读过《鬼山狼侠传》《火山报仇录》《侠恋记》等西洋小说,并对其优劣做了相应的点评。英敛之对小说的浓厚兴趣是《大公报》开设小说专栏的背景因素之一。

《大公报》创刊三个月后,销量即达 5000 份,是当时华北地区一份引人注目的大型日报,据《天津海关十年报告书(1902—1911)》统计,其日常销量能达到 8400 份,不仅是天津销量最大的一份本地报纸,还是京津地区销量最大的报纸。1902 年至 1911 年《大公报》一直刊载小说,因为长篇连载的原因,小说的篇数不是很多,但是质量却属上乘。《大公报》上刊载的小说类型丰富,讽刺类

---

① 方豪编:《英敛之先生日记遗稿》,台湾:文海出版社,1974 年,第 974 页。

小说对现实有很强的批判性,侦探类小说体现了当时侦探小说的潮流,富有娱乐性,爱情类小说则在才子佳人的旧模式上有所新变。

一、《大公报》小说栏目的缘起:以白话吸引大众读者

《大公报》的小说最早刊在附件一栏,附件本是为刊登白话开辟的专栏,如 1902 年 6 月 22 号"附件栏"刊载《讲看报的好处》:"近有诸多西友嘱本馆演一段白话附在报上,为便文理不深之人观看,未尝非化俗美意。本馆不嫌琐碎,得便即用官话写出几条。"1902 年 7 月 19 日"附件栏"刊发《说大公报》,讨论了《大公报》的优劣与读者意见:"听见有一等人讲论,说这报不好,及至问他怎么不好,他说连个戏单子也没有,又说报上的事情,也不斗笑儿"。当时读者阅读报纸希望获得娱乐信息,认为报纸就得逗笑才有趣。大公报人注意到读者的反映,对此作出了解释和调整。调整的方法之一就是在附件栏刊载幽默有趣的寓言故事,如《西班牙修发匠》《西洋种菜人》《律师》等,都是短小有趣、通俗易懂、引人发笑的寓言故事,吸引了读者们的阅读,促进了报纸的销量。《大公报》创办三个月以后,受物价影响调整了报纸的价格,大公报主笔以非常流畅的白话文、绘声绘色地把涨价这件事儿描述得十分合情合理,富有感染力:

> 我们大公报,开办以来,狠见兴旺,不到三个月,就印到四五千张,各省补报的也狠多,真是可喜欢的事。但是一节,现在天津,市面大坏,各样物件,十分昂贵。从前一篓纸,卖三两多银子,现在一篓纸,涨到七两多银子,还是没有现货,所以本馆把报价每月一份长上一角洋钱……虽然说是看报的花钱不

多，既然长了钱了，我们也要想个法子，对得起那价钱。如今要换那狠好的白净纸，字板也要加大，各省新闻，多加采录，喜欢看白话的，我们也多写上点，这些日子，因为纸上没有地方，故此没能够天天有……①

以平易近人的白话向读者说明报纸涨价的理由与涨价后的质量，以此打动人心，让人觉得即使涨价也很值得购买与阅读。

《大公报》附件栏的设立，主要是为了增加娱乐性，吸引更多的读者，所以由刊登白话议论文发展为刊登白话寓言小说。中国式寓言如 1902 年 7 月 6 日《漆室女》，1902 年 7 月 8 日《诗丐》，1902 年 7 月 22 日《廉颇蔺相如》，1902 年 8 月 13 日《刘景》等。还有一些翻译来的西方寓言，通俗易懂，诙谐幽默。如 1902 年 7 月 29 日《律师》，讲述了一个律师帮寡妇巧断银案的故事，写出了律师的机智。1902 年 7 月 28 日《西洋种菜人》突出了种菜人的想入非非与憨态，引人发笑：

西洋有个种菜人，天天在园子里，修理各样的瓜茄菜蔬。这一天，正在那里打水浇菜，看见有一宗瓜，长的狠粗狠大，有几尺长。他就在那里思想这个理，自言自语："为什么这样小秧子，能长这样大瓜呢。"猛抬头，看见一柯(按：当为棵)白果树，长得顶天立地的，枝叶十分茂盛，又一看树上，结了许多白果，差不多如同纽子大小。他又纳闷说："这样的大树，为什么长这么点点的小果儿呢，可惜了。"反复思想，就觉着很乏困，他又自己说："从来明白人，都肯睡觉的。"就找了一领席，在那白果树底下睡着了。忽然一阵风，刮掉了一个白果，恰巧落在他鼻

①《大公报》(天津)1902 年 11 月 6 日。

子上,把他惊醒了,立刻鲜血直流,他就说:"这么点点一个东西,就这样利害。"又一反想说:"嗳呀,要是像那瓜一样大,我的脑袋,还打碎了呢,这么说起来,还是造物的这位明白,还是造物的这位明白。"这一个故事,就比方的是那一种自作聪明、妄断是非的人。①

小说先是讲述种菜人的种种念头与想法,为何瓜果秧小果实大,白果树大果实却小,待白果从树上掉下来打到鼻子,鲜血直流,他豁然开朗,认为树大果实小正是造物的奇妙之处,如果树上的果实像瓜那么大,他的脑袋就被砸碎了,让人忍俊不禁。

《大公报》报人在编撰这些白话寓言小说时还注意与读者的互动,如1902年7月26日刊载的《西班牙修发匠》在一开始就说:"西洋古来有个故事,在西洋人听着,狠有意思,不知道中国人听着怎么样,如今我说一说。"先讲明故事的来历与影响,再讲三四百年以前,西班牙是一个强盛的国家,西班牙皇上有意为难隐修会,出了三个刁钻古怪的题目让他们回答:"'第一件我问地中心在那里,第二件我问我的身价值多少钱,第三件我问你们想我现在思想什么。你们大家思索思索,我先去别的地方游玩游玩,等我回来,要答对我。'皇上去了,大家一想,这岂不是故意的难人么,这可用什么法子答对呢。(说到此处,我请看报的大家想想,该当如何答对。)"作者用括号里的话与读者交流互动,请读到此处的读者想一想该怎样回答这三个难题,相对于一般的阅读,这种提问式的互动十分有趣。后面继续写道:"正在大家为难的时候,有常来这里的一个修发匠(就如同中国剃头的一样)。"作者用括号里的文字来说明此种

①《大公报》(天津)1902年7月28日。

人在中国相应的身份,以使读者加以理解。

> 修发匠说这有什么难处呢,把你们隐修的衣裳,借我一件穿上,我替你答对。大家说这可不是闹着玩的事情。他说那是自然,我若没有这金钢钻,我也不敢揽瓷器。说话之间,皇上回来了,就问他们,想好了没有。这修发匠上前来,鞠躬行礼,说已竟想好了。第一条,皇上问地中心,从前我国皇太后,曾派过人,探查海道,后来知道地是圆的,既然是圆的,无处不是中心了,到底皇上你是总王,谁也比不了你的光荣,你在那里站着,那里就是地中心。这么一奉承,皇上喜欢的了不得。说这一条答对的可以。第二条呢? 修发匠说若论皇上的身价,倒也有限,大概不过值二十九块钱罢了。说的皇上立刻变了颜色。大家修士,都要过来打他。他说不要忙,我还没说完呢。你们想想,从前耶稣,他才卖了三十块钱,难道皇上还要比耶稣多值么,不过才差一块钱罢。皇上合大家听了,都说有理。皇上又问第三条呢,他就反问皇上说:"皇上你想我是个隐修人么?"皇上说不错。他说既然说不错就好了。他立刻把衣裳脱下去,他说我是个修发匠呀。招得皇上合众人都大笑起来了,后来皇上把这修发匠召到朝中,赏了他一个官。①

通过和读者的互动增加了故事的趣味性,突出了修发匠的幽默机智与巧舌如簧。

在晚清白话小说探索方面《大公报》走在了时代的前列,1902年就极有先见地设立了白话专栏,刊载白话寓言,并逐渐过渡到刊载白话小说,在篇幅上大大加长,且与时事相结合,对当时昏聩无

---

① 《大公报》(天津)1902 年 7 月 26 日。

能的晚清政府极尽讽刺。1902 年 11 月《新小说》杂志在日本横滨创刊,梁启超在《论小说与群治之关系》中提出了"今日欲改良群治,必自小说界革命始,欲新民,必自新小说始"的口号,标志着"小说界革命"的开始。《大公报》上刊发的小说,与这股风气正好相谋合,所以说《大公报》刊载的小说是晚清小说界革命的一部分。如 1902 年刊载的《观活搬不倒儿记》,1903 年连载的《烂根子树》《笨老婆养孩子》,1904 年刊载的《游历旧世界记》《守着干粮挨饿》,1905 年刊载的《错用了忍字》《早干什么去了》等,都十分具有批判精神与讽刺意味,属清末白话短篇小说中的优秀之作。

二、《大公报》刊载的讽刺类小说

1. 讽刺清廷割地赔款之作《观活搬不倒儿记》及其"梦叙述"的运用

《大公报》附件栏的主要作者有英敛之、刘孟扬、丁竹园等,白话小说作品大部分出自丁竹园之手。丁竹园(1869—1935),名国瑞,字子良,号竹园,回族,北京人。幼年时代学习诗书,青年时代在叔父的影响和指导下研习中医,对中医药有很深的造诣。丁竹园 20 多岁时即到天津谋生,创办"敬慎医室",后来一直在天津生活,与津门报人英敛之、刘孟扬、顾叔度等交往密切。1907 年他自己曾创办《竹园白话报》,后改称《天津竹园报》。丁竹园为《大公报》等报纸创作了大量的白话文和白话小说,如《观活搬不倒儿记》《笨老婆养孩子》《烂根子树》等,后收入民国刊印的《竹园白话五种》中。丁竹园还是天津的一位科幻小说作家,1926 年发表《天空游记》,书中描写了作者乘坐伸缩号飞艇,到地球之外的金星、木星、土星、海王星等处游览,游历了"共和国""自由国""天然国""恋爱国""胡糟国"

"金钱国""随意国"诸国,看到了诸多奇特现象,是一部具有丰富想象色彩与辛辣讽刺意味的科幻作品。丁竹园是当时活跃于天津各报刊的一位作家,刘孟扬在《竹园丛话题词》中曾说:

> 丁子良先生同我的文字因缘、关系最深,我在天津《大公报》主笔的时候,我自己差不多每天要作一篇文言论说,一篇白话演说,非常之累,幸得子良先生常寄演说稿,可以替我分劳,我心里极其感激。后来我办《商报》的时候,子良先生又常给《商报》寄稿。我办《民兴报》的时候,子良先生又常给《民兴报》寄稿。我前后办报十年的工夫,子良先生同我的关系,总没断绝……在当时,子良先生所发表的演说,很得社会的欢迎。因为他的演说,或庄或谐,入情入理,所以人人爱看,报纸的销数,也因为有子良先生的演说,格外加增。①

丁竹园为津门报刊撰写了大量的演说作品,其中包括许多小说作品(当时天津报刊往往把小说载在演说栏目中),是一位受津门读者欢迎的作家。陈振家在《竹园丛话题词》中称赞丁竹园:"津沽名重卅余年,业绍歧黄海外传。"②丁竹园不仅是一位精通歧黄的良医,还在天津报界享有盛名,在津沽传名三十余年。

《观活搬不倒儿记》是《大公报》刊载的第一篇颇有规模的白话小说,标"先笑后哭生"稿,初载于《大公报》1902年11月28日,连载四次结束,1909年又重载于《北京爱国报》(主持人丁宝臣是丁竹园之弟)。小说讲述了武师吴刚因为和蛮不讲理的外国人打擂,逐渐失去双腿双手,最终沦为一个街头卖艺的活搬不倒儿的故事。小

---

①丁竹园:《回族典藏全书·竹园丛话》,兰州:甘肃文化出版社,2008年,第17页。
②丁竹园:《回族典藏全书·竹园丛话》,兰州:甘肃文化出版社,2008年,第20页。

说运用了"梦叙述"和分层叙述的手法,先讲述"我"听说北京城里来了一个外国人,他有一个活搬不倒儿,每天在庙场上耍弄,"我"出于好奇心,亲自去观看。"我"到了戏场,看到"有二三十斤重的一个大铁锅,锅里立着一个没胳膊没腿的中国人……胸前写有四个大字,写的是"活搬不倒"。他的脖子上,拴着四根绳子,前后左右各一根,铁锅边上有四个环子,那四根绳子各拴在一个环子上,故此那活搬不倒儿,虽然没胳膊没腿,他可直直的在锅里坐着。旁边有五六个黑头高身量的人,也有穿红的,也有穿蓝的,也有穿黄的,也有穿白的,就在四圈椅子上坐着,当中扶着活搬不倒儿的是一个中国人,胸前号光子上,写着'徐图挽回'四个字。那穿红的洋人向'徐图挽回'一努嘴儿,他就把活搬不倒儿向穿红的一推,只见那活玩物前仰后合,左摇右晃,然后这几个外国人拍掌大笑。"看到外国人戏弄中国人为活搬不倒儿,中国人还随声叫好之后,"我"心里实在难受,就问"活搬不倒儿"的弟弟吴耻事情的经过。

接下来是吴耻以第一人称的口吻讲述了他的大哥吴刚,如何在外国人的阴谋下,从一个家财殷实的武师沦落为街头活搬不倒儿的过程。原来吴家本是北京的望族,大哥吴刚是一个镖师,"有几十万浮财,还有二十多顷地,还有几座买卖,还有几处房子,里里外外出来进去也狠是个样儿。不料那一年来了两个外国人,就是那穿白和那穿蓝的,来到我大哥门上。原来是闻他的美名,要合他交朋友。谁想到我们大哥看见他们是异乡人,就冷不防从后头踢了人家一脚,几乎把那人踢丧了命。招了他们两个人大怒,就对我们大哥说,你这样行为太不合理,你既然好讲武,何妨咱们立一个打擂的场子。"吴刚第一次打擂被外国人踢伤左腿,赔了银子,后来在三弟吴心的帮助下打赢了一次,但是在外国人的强势欺压下,还是赔给了对方银子,成为打输了也赔打赢了也赔的不公平比赛,先是赔六百两,后来是赔五万,后来是一百万,渐渐地把家底都赔上了。再加上烟鬼二弟吴耻的欺瞒,三弟吴心与洋人勾结,内外夹攻之下,吴刚先是把腿"租"给了外国人,再是把胳膊"租"给了外国人,最后失去了手脚,沦落为外国人手里的一个玩意,供人取笑玩耍。

整部作品充满了讽刺意味,矛头直指摇摇欲坠的大清王朝,吴刚象征着清政府的太后与皇帝等当权者,和平无事的时候,他们威风凛凛,其实外强内干,懦弱无能,还逞强好面子,自欺欺人,讳疾忌医,不听正确的意见,在赔了家产之后不仅不励精图治,还对人说:"你别听外边的风言风语,吾实在赢了外国人五百万两银子,我的地也没典,房子也没卖,我的腿不过受一点小风,这三五天也就痊愈了。"他的腿病不治,渐渐成为一个残废。二弟吴耻象征着阿谀奉承、以拍马屁为生的大臣和奴才们,他是个烟鬼,一直依赖着吴刚生活,为了讨吴刚欢心,他抱着"吃一天混一天,活一天说一天"的思想,在大敌当前之时,他还常哄骗吴刚说"不碍事了,外国人也都得了半身不遂了",以此自我麻痹与欺骗。三弟吴心象征着贪污受贿、逐渐变质的卖国汉奸们。他本来是一个血气方刚、武艺高强的青年,曾帮助吴刚打败了外国人,但很快被外国人的小恩小惠收买了,成为一个无心无肺的大烟鬼,他骗吴刚把双腿租给外国人,说"租一年给一百银子,我看大哥的腿,反正是废了,就锯下来租给他罢,我们治也治不好,还不定花多少银子,况且是租不是卖,咱们的名声也好听,将来咱们不愿意租给他的时候,还可以要回原腿"。卖了五百两银子,但他只给大哥一百两,背地里赚了四百两。后来外国人又用同样的诡计贿赂吴心,买走吴刚的两条胳膊,让吴刚彻

底成为一个废人。最后,外国人让吴心退还私自克扣的八百两银子
并利息,吴心还不上,外国人提出让吴刚当活搬不倒儿的主意,他
们"跟外国人画了押,赶开了庙场,自甲午至今,也混了七八年了。"
欺压吴刚的四个外国人象征着侵略中国的各个列强国家,他们毫
不讲理,得寸进尺,得了银子之后又想得地,得了地之后还想收租
金,不把中国榨干不罢休。

吴刚沦落为活搬不倒儿影射着大清沦为殖民地的过程。大清
本来是一个很有实力的国家,但因为外交政策的失利,在国外列强
的威胁下,不断地赔款、割地,就像那个断手断腿的活搬不倒儿一
样,苟延残喘。小说最具讽刺意义和发人深省的是,吴刚的沦落,直
接原因是外国人的欺诈,间接原因则是他本人的昏聩、二弟吴心的
欺瞒以及三弟吴心的欺骗。作者认识到大清的衰弱直接原因是外
国的侵略,内在原因则是当权者的昏庸无能、大臣们的卖国求荣
等。所以,吴刚讲述完之后,"我"说:"吴耻吴耻,你不必哭了,你们
是自作自受哇,天生一家人来,不知道振奋精神,合力御侮,反倒互
相猜忌,兄弟阋墙,有病不求良医,反到割弃股肱手足,苟延残喘,
自作自受,决不可怜。"振奋精神,合力御侮,寻求改革良方是当时
有识的爱国之士们的共同看法,《大公报》亦常鼓吹这些精神,小说
影射了当时的政治情形。

最后,小说写道:"正在说间,那几个外国人喝完茶出来了,看
见我和吴耻说话,立刻就拿着藤子来打,吓得我赶紧往外跑,跑出
门来,吴心就把我揪住了,正要合他支持,那几个外国人都追出来
了,心里一急,就喊了一声'真气死人哪!'将才喊了个'真气'二字,
揉揉眼睛一看,原来身在屋内床上,才知道是大梦初醒。"点明这只
是一个奇怪的梦,完成了它的"梦叙述"。

2. 讽刺官员弄虚作假之作《烂根子树》及其象征性

《烂根子树》刊载于《大公报》1903 年 9 月 18 日、20 日、21 日、22 日、23 日、27 日，作者丁竹园。小说一开端就说："鄙人有个毛病，凡有所感，必要把他记下来，然而苦不能文，故叙事多是白话。"他回忆了自己在《大公报》演说的几篇白话，又说"这白话有什么好处呢？一则雅俗共赏，一目了然；二则言浅意赅，感人最易。这新闻纸上，最不可没有白话的。我昨天又遇见一件可感的事，说给你们众位听听。"

小说讲述了北京有两家财主，一家姓甄，一家姓贾。甄家以开果木园子为生，朴实耐劳，温和勤俭，事事率真，没有宦家讲排场、念书人家空谈的恶习。贾家是个宦途财主，贾大爷领着一群吃惯、穿惯、花惯、乐惯，可恨、可怜又可叹的少爷们，想法度日。大少爷贾维新，二少爷贾自强，三少爷贾振作，四少爷贾能事，他们看到甄家果园兴旺，也想办一个果园，拟定了极为烦琐、浪费的章程，如出洋入外国植物学堂肄业，请书手二十名每日周游园子一次，将所见情形呈报，雇壮丁一百名巡逻园外，园旁立化学厂一所，由外洋聘著名化学师教授生徒，考求所产果品。贾大爷竟然让他们照这个荒唐至极的章程去办，过了六七年，耗费了四十万银两，果园终于开张了。但是总办贾维新有烟瘾，会办贾自强好嫖，提调贾振作是个半疯儿，总查贾能事好耍排场，身懒嘴勤，果树都干得半死，机器也都变成废铁，楼房招住了闲人终日聚赌，工人们的工资也发不出来，别人树上都结了果子，他们的树上还是干枝。四人听人劝谏，给树浇水，浇了一次后又都丢开不管。下边的人也都不负责，一天浇了三天的水，把树根全都泡烂了。四人商量对策，想出各种掩饰烂根子树的法子，先买颜料油漆把树涂绿了，再订做琉璃桃、苹果、柿子等放在树上做假,再买甄家的果子运到自家的店铺里冒充自家的果子销售,再请几个文人做几篇《秋园赋》登在报上鼓吹。这场自欺欺人的行径全都抵不住一场暴风雨。最后,果园亏空了几十万。贾自强说:"几十万也罢,几百万也罢,也不是咱们自家原有的,也不是咱们受苦赚来的,反正都是那苦百姓傻小子们的钱。""咱们还是求一封信,打点个缺子,干咱们的本行罢,收拾三二年,弄他百八十万的过舒坦日子去。"讽刺了贪官污吏们,浪费民脂民膏、胡作非为、好大喜功的面子工程。小说把腐朽的清政府比喻成烂了根的树,朝廷中的大臣们很多都是假装维新、假装振作、假装自强,清政府真是烂透了、没救了,意蕴非常深刻,形象也十分鲜明。

3. 讽刺国民性弱点之作《游历旧世界记》及其"破船"意象

清朝末年,甲午海战的惨败再一次雪上加霜地将清政府推到了危亡的关头。严复翻译了英国生物学家赫胥黎的《天演论》,宣传了"物竞天择,适者生存"的观点,并于 1897 年 12 月在天津《国闻汇编》刊出。该书问世之后产生了巨大的社会反响,大家都热衷于谈"天演论",这一观点甚至影响到小说界。如《大公报》1904 年 5 月份刊载的小说《游历旧世界》中说:"天下的事,奇奇幻幻,越变越新,世风国政,以及一切的事,过些年就改了样子,跟从前大不相同。那是自然而然的,这就叫作天演,你想要谬悖他,是万不能的。"认为顺其自然的变化即为天演。

《游历旧世界记》是小说界革命开始之后的产物,希望以小说影响社会民心。作者说:"你们看如今地球上强盛的国,那一国还是从前的旧样子,全都有一股子新气,行新政,出新法,造新器,没有不是新而又新的。"体现出当时社会求新求变求自强的思想。小说表达了对新世界的渴望和对旧世界的厌恶不满,以辛辣的笔触讽刺了旧世界的丑陋现象,两个洋人庞观清和连钟华游历的旧世界,阴阴惨惨,没有光亮,无论男女脸上全有臭泥点子,原来此地风俗以脸上抹臭泥为美,人们颠倒黑白,美丑不分,目光短浅,"眼不是花就是近视,看什么都看不真"。两个洋人到了一个名叫"趋时"的县,书店里专销"时务空谈,应酬门面丛话",分号专销"考古录、开天辟地集、渺冥恍惚丛编等类的书",讽刺了那些空谈时务,大言不惭或者是不管时事,一味考古的读书人。旧世界有一位"阔人物"贾违心,昏聩误国,随手就把"国家边境要隘图"送给了洋人,而且还有着爱占小便宜的习惯,把洋人落下的金表据为己有。在旧世界的村子里,"房屋高大,窗子开在房顶子上","遇见大风大雨的时候,他们都钻在桌子底下躲着,风雨住了再出来。"讽刺了那些一遇到危难就仓促奔走逃亡,贪生怕死、不负责任的人们。"村里人见洋人扔石头,挨了洋人的揍,嘻嘻哈哈,献媚,讨好,请安,磕头。"讽刺了中国人普遍存在的欺软怕硬、崇洋媚外的奴性。在旧世界,有的人脑门上刺着"我是秀才"四个字,还有刺着"我是举人"四个字的,也有刺着"我是翰林"四个字的,他们浑身散发出一股臭气,讽刺了清朝落后的科举制度产生的酸腐无用的文人。

小说中最具有形象性的是其运用的"破船意象",两个洋人雇了一条船,"船舱里竟是水,船底竟是小窟窿,用乱纸堵着。这个船共有十八个舱,每舱里有几个伙计,每人抱着一堆乱纸,专堤防看见那儿漏,就往那儿堵。据船主说,每年就是这份工钱,就够排一只船的,连钟华就问他说:'为什么不拿这项钱排一只新船呢?'船主说:'二位那知道其中的艰难,要是排一只新船,这群伙计就没有饭吃了,故此我一说排船,他们就要死要活的跟我拼命,只得就将就着罢。'"他们宁愿用钱养许多人专门用纸堵窟窿,却不用钱重造一条好船,讽刺了政府制度的腐朽和软弱无能。"说话中间,船已撑离河岸,撑船的人有十几个,全都是无知的蠢汉,有向前撑的,有向后撑的,有向左撑的,有向右撑的,把个船弄的摇摇摆摆,也不知道是往那里走。正走在河心,忽然起了一阵风,险些把船吹翻了。"①十八个舱的船象征有十八个省份的清朝政府,撑船的人象征朝廷里的大臣们,不能齐心救国,而是各有各的主意。此"破船意象"与刘鹗《老残游记》中的"破船意象"有异曲同工之妙,是大清末运在晚清作家头脑中形成的具有象征性的意象。

4. 讽刺迷信风水、提倡开矿之作《守着干粮挨饿》

清道光末年,开矿之议已渐盛行,道、咸之间,清廷迭议各省开矿,同、光之际,李鸿章、沈葆桢、左宗棠等均曾先后奏请开矿,以应军事、铁路之需。光绪以后,世人皆言富强,开矿之利广为人知,是故主张开矿(尤其是金、银、煤)。甲午战后,赔款、赎费甚巨,政府必须开辟财源以应付,开办矿务以牟厚利,为有识官员所一致认可的最佳捷径,但不得不借用外资,造成外人大力攫取矿权,引起中国官绅展开收回矿权的运动。②在开矿的过程中,传统观念根深蒂固,风水观念是抵制矿产开采的重要社会因素,地方宗族势力担心开矿损坏风水龙脉,常常强行封闭矿坑或禁止开矿。③刊于《大公报》1904 年 10 月的《守着干粮挨饿》就是一篇讽刺风水观念阻止开矿的作品,反映了晚清顽固派阻止开矿以及民众要求收回矿权的思潮。

①《大公报》(天津)1904 年 5 月 28 日。
②陈芳:《晚清古典戏剧的历史意义》,台北:台湾学生书局,1988 年,第 215 页。
③郭钦编:《湖南近现代工业史》,长沙:湖南人民出版社,2013 年,第 88 页。

《守着干粮挨饿》采用寓言的形式,讲述了关世泰与蒋玉岩两人去游览,看到一座宅院规模极其雄壮,但瓦破砖残,多年失修,瓦缝里都生了草,大门上漆色也没有了,门旁贴一张红纸条,写着"奴仆待雇所",旁边有一行小字"如有雇奴仆者请到本宅面议"。宅子十分破败,但令人奇怪的是每个院子里都有一两间修得十分整齐豪华的屋子,不知是何人住在里边。这一家原是一个大财主,先人因为金银财宝太多,无处安置,全收藏在地窖里,一辈传一辈,后来子孙们不务正业,坐吃山空,家里渐渐衰落。当家的极其糊涂,请了一位看风水的,说需要在房尖上订一个"吉星高照"的木牌,并且说地窖可不要开,恐怕泄了气,一泄气可就更坏了。当家的听了风水先生的话不敢违背,家里更加困窘,或指着房地借钱,或指着家具借钱,越过越穷,还有几个恶霸硬进入他家,占据房屋,就是那修得十分整齐的屋子。当家的有一回忍不住了,喝令儿孙们一齐动手,把那些人赶出院子去,没想到没有把人赶出去,反被打了个落花流水,给他们赔了礼,又分给了他们许多的产业,立了一个欠钱的字据,按年凭字据收钱,这才了结。当家的一心想致富图强,儿孙们出主意说把地窖里的金银财宝拿出来就富有了。当家的却怕泄了气,不敢动用,儿孙们也就不敢再多言。恶霸们越来越欺负这一家人,当家的想到兴家的好主意,一方面修了几间书房,让孩子们好好读书,另一方面雇了几个把式匠,教孩子们练拳脚,但做这些事情都需要本钱,当家的不把地窖里的金银做本钱,反而搜刮儿孙们养家糊口的钱,让他们一天只吃一顿饭,有一件衣服蔽体就可以。儿孙们勉强答应了,但孩子们太饿了,有一次匀出几十钱来买了一块肉,当家的看见后责骂他们不会过日子,说他屋里正没有油点灯,他让儿孙们把肉熬出点油来给他点灯,儿孙们也忍气吞声照办了。"可怜一群孩子,饿的全都面黄肌瘦,在书房念书也念不下去,练把式站立全都不稳。"到最后没办法,就有一个勾引恶霸去偷地窖里的金银财宝,渐渐地别的恶霸也都知道了,给那些儿孙一点领道儿钱的小便宜,去偷运地窖里的宝贝。日子久了,当家的也听见点消息,到底不敢怎么样,他的儿子有一个明白事的,对他说咱们如今穷得没有饭吃,其实有的是金银财宝,不敢用,这不是傻了吗,与其他们偷用,不如我们自己用,立刻转贫为富。当家的却还是坚持不能开地窖,恐泄气后惹来家破人亡的灾祸,他认为恶霸们气壮,敌得住地气,还说"咱们该着是受穷的命,只好忍着就完了"。恶霸们听说了这件事,决定分给本宅一点好处,当家的竟然很高兴地同意了。恶霸们取出一百两金银来,只给本宅一厘,本宅的人们没有办法就给恶霸做下手活儿,赚点工钱,但本宅人太多,恶霸们用人有限,剩下的只好去给人家当奴仆去,因此在门口贴着"奴仆待雇所"的招条。

小说影射清朝与日本甲午之战失败后的破烂情形,讽刺了顽固守旧、迷信风水的当权者们,宁愿让外国人去开矿发财,自己也不敢去开矿,只求得到一点小利益就心满意足,甘心让子孙们去做奴仆,糊涂愚昧得令人气愤。这是对当时社会上一股顽固势利的真实写照,他们害怕龙脉和风水被毁,甘愿受穷,反对开矿,十分愚昧落后。

5. 讽刺迂腐道学之作《错用了忍字》

《错用了忍字》连载于《大公报》1905 年 2 月 29 日、3 月 4 日、3 月 7 日,未署作者名。小说写一个老者,家里田产很多,是一个富户,他有四个儿子。这位老者寻常最讲道学,以《论语》《诗经》等书上所讲的为依据,专尚忍耐,迂腐不通,素日常教训儿子们说:"凡事总要退一步想,忍着点儿才好,人家要是打你们,万不可还手,人家要是骂你们,万不可还言……人家要是把唾沫吐到你们脸上,你们可不要擦下去,恐怕教人家转不开面子,顶好等它自己干了。"如此去做,将来可以成为一个"圣贤"。老者的言论传出去后,所有街邻全都算计他,不是借钱,就是借米,他一个也不驳,也不去要还。有一天,仆人来报告说他的几十顷地被恶人霸占了,老者竟然轻描淡写地说:"咱们有的是地,就让他们占点儿去,又有何妨。"邻居们见他这么好说话,就先有一个出头去占了一间他家的房子,老者看这个人来得势恶,连问也没敢问,任由他去占,后来又来了几个人强占他的房子,儿子们劝说他,他却说:"咱们君子人,当讲究含忍。"儿子们强压怒气,有第四个儿子气不过,和恶人们打起来,被恶人用刀子扎死了,其他三兄弟为弟弟报仇,老者却阻拦他们,说四儿子是因为心上不能忍才会被刀扎死,是活该死的。行凶的人反倒来找老者,说四儿出言顶撞他,而且说"我这把刀是新买的,因为扎死你儿子,沾了许多血,你须认赔。我因为拿刀扎你儿子,用力过大,把手腕子伤了,你须请人给我治,你还须给我一间房子住,我住的房子前面空地,在一丈以内,不准你家里的人行走",此外还出了许多难题,这位专讲含忍的老者竟然都一一的应允了。那些占房子的恶霸见他这样好欺负,都来偷和抢他家的东西,甚至还为了争房子彼此打起来了,把他家门窗都打碎了,儿子们都忍不下去了,老者还依据《左传》中的"安于不仁"劝说他们:"就是他们把咱们家里人随便杀害,咱们也当忍。""你们务必要事事忍受,可别坏了家风呀!"明确地讽刺了朝廷中那些墨守成规、迂腐透顶的道学家们,面对外国的欺凌,他们不是全力反抗,而是专讲退让,丧权辱国。

三、《大公报》刊载的动物寓言小说

《狗吐人言》于 1909 年 5 月 16 号至 6 月 25 日在《大公报》刊载,未署作者名,连载二十五次完,是一篇以呼吁人们关爱动物为主旨的寓言小说。此小说 1909 年 5 月 21 日至 6 月 26 日又曾在《盛京时报》刊载,以"二十四"终刊,未完,署名"选"。①《狗吐人言》改编自季理斐夫人翻译的小说《惜畜新编》。作者在第一回说:

> 昨天我见了一本书,名叫《惜畜新编》,其中本是寓言,写的是一条狗诉说他一生的事情,颇有警戒人残忍,启发人慈爱的意思,很有趣味……这也不是夺人之美,也不是偷人的板权,不过在报纸上替他表扬表扬,也是善与人同的意思。而且为给那稍识文字的妇人孺子开开心,增增知识,以后陆续着把这段故事写完了,众位要留心看哪。②

《狗吐人言》是近代天津报刊上非常奇特的一篇小说,在叙述方式、题材内容、表现主旨方面都十分具有独特性。就叙述方式而言,其独特之处在于以一条狗的视角来写,通过狗的第一人称叙述来完成全篇小说。小说的题材内容十分新颖,这只狗土名叫黄儿,洋名叫美约。它原来生活在租界里一个金姓牛奶工污秽肮脏的家里,牛奶工非常恶毒,美约的母亲生下几只小狗,金姓一见它们就又踢又骂:"要你们有什么用处? 长的不好看,也不能卖一文钱!"把美约的兄妹们都摔死了,"又拿铁钗穿透它们的肚腹",十分残忍。

---

① 张永芳,王金城选校:《〈盛京时报〉近代小说选萃》,沈阳:沈阳出版社,2011 年,第469页。
② 《大公报》(天津)1909 年 5 月 16 日。

美约的母亲因为伤心与营养不良,奄奄一息,临死前还用舌头舔着美约,虽是动物,却十分具有人类的温情与母爱。金姓见美约的母亲死了,又用脚踢美约,美约跳起来去咬他,结果被金姓用斧子剁去两只耳朵和尾巴,痛得它差点昏迷,大声嚎叫。幸好有一位少年马赫把它救回家去,给它细细地洗净身上的血,又小心擦干净,撒上药末,用布包好。马赫的父亲是一位富有爱心的传教士,母亲是一位温和善良的夫人,姐姐兰和是一位温柔细心、美丽清爽的小姐。兰和小姐见受伤的美约不能吃东西,就用手把牛奶往它嘴里喂,"放在木箱里,用毯子盖好",让它好好休息,美约很快得到了恢复。兰和小姐给它取了一个"美约"的新名字,并且对弟妹们说:"因为它生得不好看,所以反叫它美约,是叫人宝贝它的意思"。兰和小姐对待所有动物都非常温柔、细致和富有爱心。弟弟抱回来一条刚刚出生母亲就去世了的小狗,见它还没有睁眼,兰和小姐就"拿一个小筐,垫上棉花,把那小犬放在里面,又用棉花盖好,再到厨房里拿了一些热牛奶,用白布包一点馒头,蘸上牛奶,叫小狗呷。以后,天天这样喂,黑夜也喂它两次,给它起名叫勃来。"兰和小姐同时照顾家里的三只狗,喂食的时候给每只狗一盆食物,厨子问小姐:"为何不放在一个盆里给它们吃,岂不是省的许多麻烦?"兰和小姐却说:"这个麻烦是不怕的啊,因为大狗常吃的快,小狗常吃的慢,大狗抢的太饱,小狗就不免挨饿。太饱固然会生病的,挨饿也是会生病的。"所以她给三只狗分开喂食物。兰和小姐并不因为狗的外表的丑与俊来判断它,有的人说美约很丑,小姐说它虽然外貌丑,但内心很美,还说相狗的法子就好比相人一般,世上许多人貌似忠厚,其实内心奸诈,许多人外貌似乎严厉,但内心极慈善。美约非常通晓人性,受马先生一家人的善待,十分忠诚英勇。有一次见到家

里的猫被两条恶狗欺负,没有办法打开门就用头撞破玻璃,赶跑了
恶狗,救了猫咪。还有一次,兰和小姐去伯瑞小姐家做伴,晚上有贼
人到伯瑞家的厨房里偷东西,被机警的美约发现了,正是它以前的
恶主人老金,美约对着老金大叫,惊醒了小姐和仆人们,老金急忙
跳墙逃走,美约一口咬住他的脚,老金却带着美约一起跳过墙去,
被巡捕抓住。巡捕发现老金不仅要偷东西,还预备了火油,准备偷
东西后放火,如果不是被美约及时发现,有可能会烧死两位小姐和
仆人,所以美约立了大功,伯瑞一家对它十分感激。

就表现主旨说,小说十分具有众生平等意识,认为动物与人类
一样是有感情有灵性的,如猫咪玛尔大曾经生了些小猫,后来小猫
们都不见了,它伤心得很,就跑到树林里,"捉了一个松鼠衔来,当
作自己的小猫,早晚喂养,现出十分疼爱的样子。"小说大力提倡人
类应善待动物,与动物成为密切的朋友,除了马先生一家人外,兰
和小姐的姨妈胡夫人与姨丈胡先生等,都是非常尊重和爱护动物
的文明人,他们善待每一只有生命的猫、狗、鸟、鱼、羊、牛、马乃至
鸡等等。胡夫人养鸡,鸡窝经常打扫得干干净净,鸡生虱子就用药
水给它们洗,夏天给鸡喂凉水,冬天喂温水,还经常给鸡喂生菜,所
以鸡长得很健壮,生的蛋也多。胡先生对他的驴马也十分爱护,对
烈马时常摩挲摩挲,使它脾气变得温和。每个驴马都有一个喝水专
用的桶,上面盖着盖儿,驴马从外面回来时并不是立刻给它们喝
水,而是等它们安静下来之后,再给它们喝水,胡先生说这样会避
免生病,十分细心与周到。小说因此具有一种童话色彩。

之外,小说还颇有"警戒人残忍、启发人慈爱的意思",宣扬博
爱精神。如马夫人对富有的孟夫人说财主人多不知道穷人的苦楚
和光景,若是知道了,应发慈心帮助他们,倘若只知道自私自利,独

自为尊,自家享用,和禽兽没有区别,并且告诉孟夫人她家的洗衣女工就很苦,男人很凶恶,还有个小女儿不能走路,孟夫人决定回家后就立刻帮助洗衣女工。

《狗吐人言》对于输入外来文化有很大的贡献,它宣传并提倡一种更进步、更文明、更健康的生活观。马夫人喜欢小孩子们养畜类,一方面是要让他们通过喂养动物养成勤劳的好习惯,另一方面是要让他们通过与动物相处启发善心。孩子们原来常常任着自己的性,不顾念旁人,喂养小动物之后,就积极主动地负起责任来。所以,《狗吐人言》是一部在叙述方式、题材内容、表现主旨方面都十分新颖的小说,在晚清天津小说中值得关注。

四、《大公报》刊载的侦探类小说

侦探小说在晚清社会风靡一时,亦是《大公报》刊载小说的主要类型,如 1909 年的《饮刃缘》(连载三十一次),1910 年的《黑手党》(连载八次)、《锁金侠》(连载十九次),1911 年的《毒蛇血》(连载十七次)、《冤狱》(连载十四次)等,这些欧美侦探小说都是用文言翻译而成。

1. 悬念重重之作《饮刃缘》

《饮刃缘》刊载于《大公报》1909 年 9 月 14 日至 10 月 19 日,共十三章,连载三十一次才完,是一篇三万字左右的中篇小说,未题撰者,标"大公报馆刊,翻印必究"。小说的主人公为侦探尼克嘎德,所探之案非常神奇,悬念重重。作者运用倒叙的手法,先渲染案情的扑朔迷离,以设置悬念,引起读者的好奇。奎克奚洛氏家族每隔十年左右就有人遇害,六十年来屡遭残害,且遇难者都是新妇,或者是嘉礼甫成,或者是婚礼过后不几天,新妇即逢大难,让警探们头痛难解。最近发生了第七次惨案,坤特斯奎克奚洛夫妇新婚之后,打算坐船去度蜜月,新娘和众嘉宾在船上见面后,独自回卧室写一封信,去了很久都没有出来,新郎觉得奇怪,去室内看时发现新娘已遇害,前后不过几十分钟的时间。因杀人之器为一种特殊的工具,死者身上并无任何伤痕。束手无策的警长勃尔尼斯找到了名侦探尼克嘎德侦察这件奇案。

案情很迷离,探案的进展却很缓慢,到第八章时主要还是以侦探和相关人物的谈话为主,一步步激起了读者的好奇心。尼克嘎德先通过和新郎坤特斯奎克奚洛的谈话,了解到其家族背景,其祖父曾是一名军人,征战墨西哥并立下显赫战功,祖父临死前曾封闭一处宅院,禁止任何人进入。又了解到退役军人皮尔森担任船长,掌管船上的一切事务。坤特斯说他自己认识船上所有的水手,且这些水手三年来都没有更替过,他们都非常可靠。尼克嘎德向皮尔森寻问船上水手的情况,发现三年来没有更替水手只是一个假象。皮尔森往往暗中更替水手,但不更替水手的名字,新来的水手依然沿用前面水手的名字,所以主人坤特斯觉得水手们的名字都很熟悉。尼克嘎德在众位水手中发现一位新来的名叫麦克的司爨,他顶原来司爨约伯雷之名工作。麦克告诉尼克嘎德他曾经看到过约伯雷在事发当天曾经到过船上,而且是从船帆中跳下来的,由此尼克嘎德怀疑凶手是船上前任司爨约伯雷,但船长皮尔森极力否认,因为事发当天他曾看到约伯雷在岸上,决不会在船上。由此尼克嘎德怀疑作案者实有两人,长相还颇为相近。奎克奚洛氏家族六十年来为何连遭此难?坤特斯祖父封闭的宅院成为解开谜底的一把关键钥匙。

第九章中,尼克嘎德和警长勃尔尼斯一起到了坤特斯祖父封

闭的古宅中,准备打开古宅一探究竟。至此,更是充满了悬念,读者
希望能在古宅中看到秘密。小院因封闭四十余年,"一切情形奇悄
不类人境。蓬蒿都满,触目凄凉,微风一过,窸窸作响。"让警长与侦
探都有身临坟墓之感,二人先开启了神秘的书室之门,期待看到书
室的秘密。"门方启忽有大声倾然发于室内,以夙有经历之名探,至
是,亦不觉心为之震。"开门时发出的声响不仅让当事人大吃一惊,
甚至让读者也觉得心惊胆战,进入书室之后,发现原来是一书柜当
门而立,门启时触之遂倒,屋内"凶秽之气令人欲呕","破碎什物零
星,壁上所悬之图画大都下沉及地,残剥不堪,二人细勘多时,自积
尘朽物外茫无所得",惟室内有一保险箱,引起了他们的注意,但尼
克嘎德说"此刻非启阅之时候"。所以,神秘的书室中并没有发现期
待中的秘密。

接下来,尼克和勃尔尼斯又进入到书室后的寝室,经历过书室
的失望,读者对寝室的兴趣稍减,但此时寝室却出其不意地让读者
振奋精神,看到了神奇的一幕。作者运用了对比手法,前面的书室
秽臭熏人,此处却与之迥异,"钥落门甫启,奇香刺脑。室中墨墨,茫
无所睹。"黑暗中扑鼻而来的香气增加了神秘的氛围,也激起了读
者的好奇心。尼克嘎德点燃灯火,二人看到室内的情景后不约而同
地惊呼,"室中陈设至为绮华,金绣珠帘沈沈窣地,虽轻尘蒙蔽,犹
觉光华。室隅陈一香木之龛,雕镂之精几疑非人力所致。龛中悬一
墨西哥白玛瑙之十字架,尤精致。龛前设一古代金灯,灯中之油已
罄。"此种景象已与前面书室的凌乱破败形成了极其鲜明的对比,
但后面还有更令人惊奇的:"室之中央起一琉璃之平台,台上陈一
银制之棺,棺之四围缀以宝石、象牙、金玉所镂之花鸟,五色炫转,
栩栩欲活。"棺内是什么? 读者急于知道,但作者故意放慢叙述速

度,"二人乃登平台,拂去棺上纤尘,丝毫毕露,盖棺盖乃一明净玻璃所制也。"透过玻璃棺盖,究竟看到什么呢? 作者娓娓道来:

> 二人细一审视又不禁惊呼,缘其中横陈之人乃一娟媚无双之尤物也。美发蓬蓬覆于额际,朱唇微启似笑非笑,微露瓠犀,皓腕轻圆,柔若无骨,曲而代枕,玉臂凝脂,被以纱縠,下体衣以奇丽之白裙,六寸圆肤,莹然眩目,手握玫瑰一束,作拈花棠睡之容,而此娟嬀之貌若刻刻增长弗已者。虽非云锦为荐,倩纱为茵,而身卧琥珀褥中映射灯光,俨若明星灿于黄昏之候,香气蓊勃由发际湧出,天下奇丽之景至此已臻其极。二人痴立愕然,瞠目结舌,不语良久。

看至此,不仅是小说中的侦探与警长瞠目结舌,即使是阅读小说的读者也是疑问重重,并且会进一步追问,棺中美女是谁? 是生是死? 是人是妖? 小说的悬念达到了最高潮。后面,随着尼克和勃尔尼斯的侦查和打开书房的保险箱,一切悬念都找到了答案。棺中美女是一个蜡人制像,曾是坤特斯祖父的第二任心爱娇妻。

原来惨案起源于奎克奚洛和伯弥尔两个家族之间的宿仇,六十年以前墨西哥瑶斯夫人育有一子二女。坤特斯的曾祖娶其次女,生坤特斯祖父。坤特斯祖父结婚后,到墨西哥参战,爱上了风华绝代的姨妹穆西戴司伯弥尔,为了得到美人的芳心,他隐藏了自己有妇之夫的身份,还冒充为罗马教人,以甜言蜜语娶到了穆西戴司。后来被穆西戴司的弟弟发现了他的谎言,当面揭穿了其卑劣行径。穆西戴司愤怒之际以玻璃匕首自戕而死,坤特斯祖父一气之下用手枪打死了穆西戴司的弟弟。穆西戴司的兄长发誓要为自己的弟弟、妹妹报仇,本想治坤特斯祖父于死地,但又想到一个更狠毒的报复之法:"以余之力至尔死命而有余,然余殊不屑为终尔之身,尔可优游于世界,惟尔后裔不得与他姓缔婚,脱尔不遵此言,女则祸及于其身,男则祸及于彼妇,兹诚告尔,自兹以往誓必灭绝奎克奚洛之血族而。"于是伯弥尔氏家族屡次暗杀奎克奚洛家族的新娘,六十年来制造了七次惨案。尼克嘎德利用继承遗产的广告使两个伯弥尔氏露面,抓获了二人,其中一人曾担任过司爨,找人代替职位后又潜回藏在船上,趁新娘回卧室时刺死了她,另一个人在岸上故意让船长看到,因二人身材外貌相似,以此排除船长对他的怀疑。案件水落石出,真相大白,全篇悬念重重,案情复杂,扑朔迷离。

2. 有惊无险之作《黑手党》

《黑手党》连载于《大公报》1910 年 12 月 14 日至 22 日,共载八次终,未题撰者,标欧美名家短篇小说。小说写美国一位富豪哈猛克尔,家资千百万,携女情缇到英国伦敦避暑,并为女择依顿勃兰男爵为婿。依顿勃兰二十八岁"美丰姿,现任护卫队队长",因为贫无立锥之地,伦敦虽有姑娘想嫁给他,但姑娘们的父母都不同意,于是他要娶美国的富豪小姐情缇为妻。就在婚姻即成之时,情缇的父亲哈猛克尔突然遭到了黑手党的绑架,被囚禁在一个偏僻的地下室里,有人供其饮食起居,只要他答应退婚才会把他放出去。无奈之下,哈猛克尔只好答应了退婚,带女儿离开了伦敦,回到了美国。真相大白之后,这起黑手党案件竟然是一位钟情于依顿勃兰的宁纳小姐所为,她成功地策划了这件绑架案,把自己心爱的男人抢夺了过来,最终与他成婚。

小说写一女子为了婚姻爱情而设立阴谋,题材颇为新颖。篇中的男女主人公并没有中国传统才子佳人小说中的爱情,他们的婚姻是建立在财产与家族门第基础上的。对男主人公依顿勃兰而言,与倩缇解除婚约并不伤心,"一年以后宁纳之姑母身故,无子女,而遗书则以宁纳承袭家产。宁纳既得其姑氏之遗产即致一书于依顿勃兰,告以当初因穷乏之故,婚事无成,吾今已得巨大之遗产,可以无虑云云。在依顿勃兰当时所以舍宁纳而愿娶倩缇之意,原不过为倩缇资富之故。今见宁纳亦骤得巨额之家资,则结婚之事,亦所欣然乐从,而毫无不允矣"。给予他们大团圆的结局。

3. 扣人心弦之作《锁金箧》

《锁金箧》刊载于《大公报》1910年12月23日至1911年1月11日,连载十九次终,未题撰者,标"欧美名家侦探小说"。《锁金箧》极其注重结构的安排,在开端就发出一声扣人心弦的叹息声:"噫!真闷杀人也!"然后再讲述"言者为谁?乃英国伯爵挨斯特伟尔也,当其燕居家庭,陡然发叹,其夫人德丽斯时方并坐,闻伯爵言侧首注视,默默无言,若深怪诧。"伯爵家里究竟发生了什么事情?小说通过伯爵与夫人的对话告诉读者,原来是伯爵五年以前被火烧死的原配夫人格猛奈,突然又现身于巴黎。格猛奈是伯爵随父任驻奥公使时,在奥国经俄国亲王和奥国子爵马禄夫介绍认识的,二人婚后,伯爵父亲去世,他们回到英国,格猛奈行为神秘,与伯爵感情一般,后不辞而别,伯爵家装有秘密资料的锁金箧也不翼而飞,后来她在巴黎遇火身亡,当年报纸曾经刊此消息。伯爵后来遇到心仪的女子,即现任夫人德丽斯,二人伉俪情深,并有一子。欧洲法律规定一夫一妻制,如果格猛奈没有死,德丽斯就必须和襁褓中的孩子离开,一个幸福的家庭眼看就要被徒起的风云拆散,所以小说以伯爵发出沉重的叹息为开端,用倒叙的手法吸引读者。

伯爵奔赴巴黎去打探前妻的消息。德丽斯则抱着婴儿和仆人惠曼去了奥国,想查探格猛奈的真实身份。伯爵在路上听闻到关于前妻格猛奈的种种传闻,说其夫是奥国侦探,伯爵联想到她在婚后生活中多有神秘之处,去找当地著名侦探麦尔威探案,却正值麦尔威外出,于是找到另一位侦探柯罗尼。伯爵出门后却失踪了,柯罗尼正在烦恼案件错综复杂之时,家里又来了一位抱着婴儿的仆人,告诉他说伯爵夫人德丽司被绑架了。柯罗尼发现此案件与俄国亲王史伯连有密切关系,他被史伯连引诱到宅中,软禁起来。但柯罗尼用迷药把亲王迷倒,化妆成亲王的模样脱了险,并救出了被绑架的德丽斯。柯罗尼请麦尔威的夫人乔雪芬去给格猛奈送信,运用计谋抓获了格猛奈的同谋马禄夫,揭穿了他们的阴谋。原来俄国亲王史伯连与奥国子爵马禄夫都是碧血党人,他们因伯爵之父是驻奥公使知道许多国家的秘密,就把格猛奈介绍给伯爵为妻,其实格猛奈已是有夫之妇,其夫即介绍人马禄夫。最后,碧血党人都受到法律的制裁。伯爵与妻子团聚,重返伦敦,临行前柯罗尼等为他们送行,并送给他们一个神秘的礼物,即丢失已久的锁金箧也。

小说先运用倒叙的手法叙述格猛奈的神秘行踪,到伯爵请柯罗尼探案后又用顺叙的手法来讲述,最后水落石出。作品中侦探柯罗尼足智多谋,手段高明,达到了出神入化的地步。柯罗尼被亲王软禁后立即写一封信说自己是假柯罗尼,并非真身,亲王来查看时,柯罗尼又用计谋屏退仆人,用迷药迷倒了亲王:

> 柯罗尼四顾无人,即探手于怀,徐步至亲王之前,从容而言曰,证据在此。言次,手持一物疾掩亲王之面,力按之。亲王陡觉香气袭鼻,脑中受剧烈之刺触,即昏迷不复省人事。柯罗尼一手按亲王之面一手扶亲王之肩,使仰卧于榻。掩面之具仍覆而不揭,退坐于椅,急取时计出,注视之,历五分钟乃趋赴亲

王前,揭去面具,仍纳于怀……柯罗尼先将衣衫中所储之物悉取出,有小镜及色笔之类,皆置诸案头。又解亲王之衣,而自服之者,解衣亲王,凡冠履领袖以及胸针钮扣之细,无不对易。又就案头脱帽置于旁,乃取色笔对镜自画其面,不移时加冠于首,俨然一史伯连亲王矣。

柯罗尼高超、敏捷又逼真的易容术让人惊叹,伪妆为亲王之后,他游刃有余地破解了案件。小说还很注重对人物性格的刻画,如侦探麦尔威的夫人乔雪芬足智多谋,侠肝义胆,在麦尔威外出时积极帮助柯罗尼,是一位个性鲜明的女侦探。

4. 悲中有喜之作《毒蛇血》

《毒蛇血》刊于《大公报》1911 年 1 月 12 日至 2 月 6 日,连载十七次终,未题撰者,标"侦探小说"。小说写嘉克出生于一个富裕的家庭,十八岁时失去父母,因为性情放荡,不擅经营,挥霍了家产,二十五岁时一无所有,居住在旅馆里,和一位著名律师达噶司为好友。嘉克父亲的旧友包尔德因为要去纽约处理胞妹的事情,请嘉克到他家帮助料理。嘉克在报纸上看到一则广告,一携有巨资的青年女郎欲择佳婿,但姓名却秘不示人。嘉克觉得好笑,但又想入非非,于是登广告应征。嘉克与女郎(名为苏腓霞)相约见面,友人达噶司捉弄他故意把钟表拨快了一个小时,让嘉克坐立不安地等待了一个早上,就在要放弃离开的时候,才见到女郎"娟好如花,亭亭玉立",嘉克一见倾心。两人还未仔细交谈,就有一个年约四旬之男子,体短而肥面,目黎黑衣服亦甚朴陋,目灼灼逼人,似非上流社会中人,且蓬首垢面,似初起而尚未盥沐者,面带怒容地把女郎带走了。女郎走时含泪吞声,缓步随之去,临行又屡回顾,嘉克又恋其美丽之姿,又怜其凄楚之状,觉得女郎一定是遇到了大麻烦,需要帮助。于是去找名探大卫帮忙,大卫经过严密的分析说女郎十有八九已被男子所害,不一会儿,果然接到警局的通知,说某旅馆有一人被害死,请大卫去查看。嘉克认为被害之人一定是那位美丽的女郎,无比伤心。

小说成功地运用了第三人称限制视角,把视角始终都限制在嘉克目力所及的范围之内,使悬念迭生。嘉克、大卫和达噶司三人接到通知后赶到旅馆,嘉克十分焦灼,急于想看到被害女郎。但他的视线被众人挡住了:"嘉克之心急欲一见女郎之尸而偏为人众所阻。"等好不容易进了旅馆内,他的视线又被门挡住了:"大卫入某号室,二人不得偕,乃伫立门外。"待他终于进了屋内,他的视线又被帐帏无情地挡住了:"右壁则顺设一榻,账帏四垂,床中何如,一时不能睹其详,想女郎之尸即僵卧其中耳。"嘉克还是无法亲自看到女郎,他转而希望侦探查看时能看到女郎的尸体:"嘉克见死者为帐所遮,心其懊悔,而身在局外,又无法可施,一转念间,料移时大卫检验之际当必可以见到,于是忍气耐性伫立以待。"但侦探查看时看得太快,嘉克还是没有看到他心中最想看到的,只看到了侦探和人群:

　　一警卒已举手揭帐矣,嘉克此时知大卫将检验尸身,以为心中所渴欲一见者,至此当可一览无遗矣。遂瞪其两目,聚全神以注视之。不料大卫与警长方行至床前,则店主及警卒数人亦纷然蚁聚,环立床前,有如屏障,床中情形,遮隔甚密。但见大卫手揭一白氈后,即俯视良久,亦不知其何为,以意度之,必检验尸身耳。移时起身,警长与彼似又有所言,须臾见警卒仍以白氈盖下。大卫与警长等皆离床散走,而帐则仍下垂矣。嘉克此时悲愤填胸,恨不能挺身入室,揭帐一视而后已。只以死伤重禁,不容卤莽,故只得付之短叹长吁而已。

对嘉克焦急的心理描写十分细致。嘉克一直想亲自探看一下女郎的尸体,但都没有办法实现,于是一忍再忍,等大卫查看完了之后,招手叫他离开,此时嘉克"惶遽无措,走则情不能舍,住又势所不能。于是万苦千愁,深怨大卫不体人情。既想婉求大卫转告警长容其入室一视,又想如此究有不便之处,迟疑未决,忽见达噶司已随大卫行矣。且更回顾,似促之使行者,嘉克不得已,于是丧气垂头亦从其后"。嘉克始终想看女郎最后一面,但几经挫折,最终没有实现这个愿望。其实只要嘉克能够看见,真相就会大白,但作者设计的情节中总是不让他看见,而且不让他听见大卫和达噶司的对话,嘉克忍不住发问,总被二者找种种理由回避,一会儿说"到家再说",一会儿说"先休息一下再说"。千方百计地向嘉克隐瞒实情,也向读者隐瞒实情,让人欲罢不能,急于想知道真相是什么,女郎究竟是怎么死的。因为不知道真相,嘉克越来越恼怒,他的朋友却来拿他开玩笑。嘉克伤痛欲绝,以为女郎死了,要为女郎报仇,直到大卫休息好了之后,才把真相告诉他。同时,也向读者揭开谜底,原来死者并不是女郎,而是那个挟持女郎的男子。原来男子是包尔德的妹夫,害死了包尔德的妹妹,潜逃在外,想加害女郎并吞没女郎的财产,女郎却机智地把毒药偷过来投给了男子,躲过了一劫。毒药名为毒蛇血,人吃了之后必死,但又不露痕迹。

小说层层铺垫,悬念叠生,没有一处闲笔。小说中还成功地塑造了人物,尤其是嘉克,对他的心理描写非常成功,如嘉克在等待女郎时,"壁上时针已八钟之四十分矣,嘉克瞠目大惊。念女郎所约已逾其时,何以门外足音依然寂寂……又欣然而出,引颈遥望,乃鬓影衣香仍在依稀仿佛之间,一时竟至坐立不能自安。忽而旋转室中,忽而趋视门外,出入往返步履如梭,急火中烧耳红面赤。又疑女郎约期不至,岂已知余将取乐于彼,而彼先存一取乐于吾之心以愚弄吾乎? 抑真正已来而复返乎? ”对他约会等待时内心种种猜测和感受的刻画可谓入木三分。嘉克听到“女郎已死”的消息之后,心里也百感交集:“嘉克之心愈增烦恼,自思昨日之会幸逢佳丽。虽一言未竟,猝被惊散,而临去秋波实使人有石烂海枯不能忘情之慨。今乃惊悉其死,且亦半由于吾,吾非草木,情何以堪,嘉克此时心如辘轳,上下盘转无定。”嘉克虽然只与女郎有一面之缘,但却对女郎产生了爱慕,出于善良道德之心,觉得女郎之死自己亦有责任,可见他为人的真诚与纯朴。最终,嘉克实现了自己的愿望,与女郎喜结连理,小说以喜剧结局收场。

　　5. 喜中有悲之作《冤狱》

　　《冤狱》刊载于《大公报》1911 年 2 月 9 日至 3 月 3 日,连载十四次终,未题撰者,标“侦探小说”。小说讲述了伦敦一位白手起家、擅于经营的富翁达氏福尔,担任奇利科银行的总理,家境优渥,为人敦厚,膝下有一女,名叫佳兰。奇利科银行大股东波氏的过继之子沙尔猛,体格健壮,膂力兼人,喜欢佳兰小姐,向达氏求婚。达氏因为沙尔猛生活放荡,没有答应,把佳兰许配给故交格氏来夫之子奇雷。奇雷与佳兰婚前发生了关系,佳兰怀孕,害怕父母责怪,私自逃离伦敦去找奇雷。但此时奇雷却身在伦敦,因他屡次醉酒,被未来的岳父暗中不喜,有一天酒后去找佳兰,没有见到佳兰,以为是岳父故意不让相见(其实佳兰已经去找他了),奇雷与岳父达氏发生了争吵,愤怒离去。晚上,达氏从银行开会回来,遭到了杀害,因为奇雷之前和达氏争吵过,身上还有血迹,警局认定奇雷为杀人凶手,将他逮捕入狱。

佳兰小姐觉得奇雷是冤枉的,凶手肯定另有其人,她去恳求已经退休的名侦探泊而斯勒德帮助探案,泊侦探感于小姐的真诚,答应了下来。经过调查,泊侦探发现了线索,一是奇雷从佳兰家离去后并没有直接回旅馆,而是去了剧馆看戏,遇到了沙尔猛,他们一起喝酒。二是发现奇雷衣服上的血迹似人手指涂抹上去的,绝不是受刺之人的血喷射上去的,由此泊侦探怀疑沙尔猛为真正的杀人凶手。他进一步去波氏家搜查杀人军刀的来历,波氏收集了很多军刀,这时恰恰少了一把,但刀鞘还在,泊侦探由此断定,波氏之子沙尔猛为杀人者,杀人凶器即为波氏缺少的那把军刀。果然,沙尔猛因为沉溺于赌博,负债累累,从银行挪移了巨款,被总理达氏逐出了银行,永远不得享受股东权利,由此沙尔猛对达氏产生了仇杀之心。沙尔猛杀人后,在戏院遇到了奇雷,用小刀割伤自己的手,把血暗中涂抹在奇雷的衣服上,以此陷害奇雷。经过泊侦探的侦察,真相大白,奇雷从狱中出来,与佳兰完婚。

《冤狱》的叙述节奏非常慢,往往看得人很着急,有些地方不太合乎情理,如佳兰离家出走几天,其父母竟然一概不知,直到其父被害,其母才知晓。小说的最后还有对故事的总结:"甚矣,人心之不可过贪,人心之不可太忍也,其理固有如是者。"有着中国传统小说劝诫的特点。

五、《大公报》刊载的爱情类小说

1902年至1911年间,《大公报》刊载的爱情类小说很少,只有一篇《海外冷艳》,始载于1911年3月13日,连载四次后暂停,待到6月2日时才续载,共载十七次,未题撰者,标"哀情小说",共十一章,其序言曰:

　　两间清淑之气,必有所钟。钟于地则地灵,钟于物则物华,
故其钟于人也则人亦杰。说者曰:士之杰出者则英雄是,女之
杰出者则美人是,似也。愿吾谓英雄者美人之前身,美人者英
雄之小影。何以言之? 其在会际风云之英雄,得时则驾功成圆
满者无论已。若夫抱非常之才、蓄有为之志,落拓半生,所如辄
阻,一朝见用,鲜不谓士伸知己,可施其旋乾转坤之手段,以组
成震今铄古之事业矣。乃或有人起而反对之、排挤之、破坏之,
卒使功败垂成,甚至为所中伤,一蹶不起,以致英雄无用武之
地,坎坷白首者,盖比比焉。以视美人之对,于所亲自以身许,
满拟美满姻缘早日成就,讵孽障横生,恶潮迭涌,转令好花易
谢、宝月难圆,若有为造物所忌也者。彼此衡量,又何以异。用
译是编,谓为美人寄慨焉可,即谓为英雄写照亦无不可。①

　　作者认为美人与英雄是天地间清淑之气的结晶,又认为英雄
与美人的命运有极为相似之处,英雄往往抱非常之才蓄有为之志,
但却总是受到反对、排挤、破坏、中伤,致使无用武之地,坎坷白首。
美人往往期待美满姻缘早日成就,但却恶潮迭涌,好花易谢,宝月
难圆,被造物所忌。所以,作者翻译此部作品,一方面是为美人寄
慨,一方面是为英雄写照,对美人与英雄的不幸遭遇深为同情。

　　《海外冷艳》表面上看是传统的才子佳人的模式,但其悲剧结
局与中国传统的才子佳人"大团圆"的模式是不同的。小说讲述的
是韩国政客李述唐与官员朴忠秉两家的故事。李氏寄居朴氏家,李
家有两女,长者名孟芳,美而贤,受到长辈们的喜爱。幼者名亚芳,
丑而恶,行为淫荡,与其父的童仆柳琛、家仆詹俊皆有私。朴家公子

---

①《大公报》(天津)1911 年 3 月 13 日。

世纯与大小姐孟芳暗生情愫,私订终身,世纯欲禀明父母,早成姻缘,但朴父让他先东渡日本留学,事业有成后再谈论婚事。临行前孟芳赠世纯信物,世纯欲以钻戒回赠,相约晚上在孟芳处见面。二人的密约被亚芳和柳琛偷听,亚芳一直嫉恨姐姐。柳琛本是李氏的娈童,勾搭上亚芳,还垂涎于孟芳。他趁公子世纯外出时,偷了世纯的钻戒到孟芳房中赴约,恰逢孟母在房中,柳琛怕事发,情急之下刺死了孟母。世纯因戒指被污入狱,孟芳亦被囚禁。柳琛逃窜到海船上,与船主妇相好,暴露行迹,被捕归案,处于死刑。世纯与孟芳终于洗清罪名,从狱中出来,一对恋人看似苦尽,但甘却未来。世纯还是按计划东渡日本,二人倍受相思之苦。一年之后,世纯因祖母丧回国,拟与孟芳成就姻缘。孟芳劝诫世纯说,仆人詹俊貌丑心恶,不仅与妹有私,还屡次对她不敬,要想一个万全之计遣走他才会有幸福生活。世纯出于书生意气,直接训斥了恶仆詹俊,詹俊恼羞成怒之下放火烧了世纯的居室,世纯被大火烧死,孟芳陷入绝望与悲伤当中。最终,孟芳看破红尘,遁入空门,了悟了人生的真谛。

《海外冷艳》在叙述爱情之外,具有一种悲剧的哲理性,不同于中国传统的才子佳人小说。经过一系列的波折与不幸,孟芳渐悟人生真相,小说最后一章写道:"(孟芳)一夜就寝,万籁俱寂,忽远寺磬声,聆之神识湛然。因念数年来对于世纯爱情若何,心事若何,所久要者若何,所厚望者若何……可见世间万事,不过昙花一片,转眼皆非,不若付之达观,省却多少烦恼。霎时劈开尘烟,顿觉冰壶在抱,万虑皆清。悟四大之皆空,疑前身为明月……"她通过悲苦的遭遇认识到人生不过昙花一片、转眼皆非,在宗教中找到心灵的栖息。韩王听说后,被其感动,加以封赐。作者在结尾说:"百世之下闻者将无不为美人孟芳慰,独译书者不能不为美人孟芳悲。"

《海外冷艳》努力突破传统的才子佳人模式,虽叙韩国之事,但屡涉中国的时政。如世纯在日留学时,孟芳作书劝世纯一定要上进,不能荒废时光,并引中国留学生为戒:"振拔者少,暴弃者多,敷衍因循苟且卒业,更有学不及格者,购文凭一纸,自欺欺人,行止卑污,不堪枚举,回华之后,犹翩翩然自鸣得意,曰吾某国留学生也。"是对中国留学生的绝妙讽刺。再如朴氏老夫人去世出葬,文中写道:"一切车马衣服,以及僮仆婢媪,方相方弼等类,应有尽有,大致与中国习俗无少差异。又有冥宅楼阁,门户万千……"通过这些描写可知译者对中国习俗非常熟悉。

《海外冷艳》的优点是人物设计合理,有善人,有恶人,情节曲折,一波刚平一波又起,打破了常见的大团圆结局,最终以悲剧和悟道收场。较为注重细节描写,能够将人物心情与景物联系起来,并以梦境来预示人物的悲剧命运。且具有中国传统小说语言优美的特点,抒情氛围浓厚,颇有诗的意境,如孟芳给世纯的信中写道:"第以远嫌之故,未能送别长亭,歌与折柳,惆怅奚似?瞻云树而徘徊,思君子兮不见。夜柝迢迢,孤灯黯黯。风雨晦明,触处皆牵。"缺点之处一是人物类型化,善人太软弱,毫无自保之力,恶人太狡猾,作恶多端。如男主人公世纯先是被小人陷害,从狱中出来后又很快被大火烧死,让人觉得不太合乎情理。二是叙述节奏不恰当,在第五章《急兔反噬》前叙述节奏很慢,在第七章《疑狱立解》后叙述节奏又转变得太快,且人物命运总是被突发的事件改变,让人难以接受。

六、《大公报》(1902—1911)小说的转型性特征

《大公报》1902 年至 1911 年刊载的小说,题材内容丰富,文体

也较多样，表现出明显的转型性，产生了诸多不同于传统旧小说的新因素。

1. 白话短篇小说的求新、求变

中国最早的白话短篇小说是源自说话的话本与拟话本，到晚清时，新生的白话短篇小说还较少，所以，《大公报》上刊载的一系列白话短篇小说是晚清第一批白话短篇小说，它们随报刊应运而生。这些小说在语言、题材类型、写作技巧、叙述视角等方面都表现出明显的转型性，是具有现代性的白话短篇小说。首先，从语言上来看采用了最时新的白话，更接近五四以后的白话小说，而不是传统旧白话小说《水浒传》《红楼梦》"三言""二拍"等。当时一些文人曾有意识地向传统的章回小说学习通俗的语言，如梁启超在翻译《十五小豪杰》时拟用《水浒》《红楼》等书的体裁与语言，但因为难以操作而放弃。事实上，《水浒》《红楼》中的语言虽然是不同于文言的俗语，但经过几百年的发展，它们也已经成为不同于时新白话的"旧白话"，因为语言总是要变化的，尤其是活跃在大众口头上的语言，不会固守几百年不变，不变的是文言，变化的才是鲜活的白话。《大公报》刊载的白话小说，在语言方面表现出了时新性与鲜活性，丁竹园、英敛之、刘孟扬、顾叔度等都是京津土生土长的文人，他们熟练运用的是京津一带的官话，而不是江南一带的官话。这对五四之后北京官话成为小说的主流语言具有十分重要的先导意义。

其次，在题材类型方面，这些白话短篇小说都结合当时朝廷、官府、民众思想与行为上的弊病与陋习，具有强烈的讽刺性与批判性，重视小说讽刺时弊、批判社会现实的价值与意义，体现了小说界革命中"欲新民，必自新小说"的教化功能，从题材上我们可以把这些小说称为"时事讽刺小说"。当然，在时事讽刺之外，《大公报》

白话小说也有改编自外国小说的作品,如《狗吐人言》是国人改编
自《惜畜新编》的小说。比较国人自创的作品与改编的作品,我们会
发现国人自创的小说政治性、社会性、讽刺性特别强,改编的作品
《狗吐人言》中提倡的"爱护动物""众生平等"等思想,十分具有人
道主义与启蒙意识,与国内小说表现的思想主旨十分不同。

  然后,在写作技巧方面也表现出求新求变的趋势。《大公报》当
中的"时事讽刺小说"都不约而同地运用了象征与隐喻手法,如《观
活搬不倒儿记》中用活搬不倒儿来隐喻大清国,用兄弟三人吴刚、
吴耻、吴心来隐喻懦弱无能的皇帝、阿谀奉承的奴才和昧着良心大
发国难财的大臣,用外国人隐喻列强国家。《游历旧世界》中用十八
个船舱的"破船"来隐喻大清国,用乱划船的蠢汉隐喻不能齐心协
力的大臣,用旧世界来隐喻迂腐落后的中国社会。《守着干粮挨饿》
中用老当家隐喻迷信风水的顽固派,用地窖里有金银财宝隐喻地
下的矿藏,用恶霸们隐喻列强,用当奴隶隐喻中国人的悲苦生活。
《烂根子树》中用烂了根子的树来隐喻大清腐朽的制度与命运,贾
维新、贾自强、贾振作、贾能事明显是在讽刺现实社会中借着维新、
自强、振作旗号而沽名钓誉、胡作非为、玩忽职守的官员们。虽然运
用隐喻,但讽刺性与针对性却十分明显,是《大公报》上这一类时事
讽刺小说共同的特点。

  另外,《大公报》上刊载的白话短篇小说中,叙述者已经从传统
的"说故事的人"向"写故事的人"转化,这是小说现代性进程中极
有进步意义的一点。因为中国章回小说与话本小说都源于说话系
统,所以叙述者都抛不开"说书人"的声口,而在报刊小说兴起之
后,叙述者朦胧地意识到身份的转变,他不再是那个传统的"说故
事的人"面对着听众说故事,而是一个"写故事的人"讲故事给读者

看。比如《烂根子树》一开端说："前者我把几段泰西小说演完了,打算把说中国风俗之坏一段接着演下去。"再如《西班牙修发匠》中用括号标明"说到此处,我请看报的大家想想,该当如何答对。"这种转变或许是无意识的,但从无意识到有意识,正是中国小说叙述者从说者发展到写者的必经之路。

2. 翻译小说的中国化

翻译小说作为与传统旧小说不同的新兴文体,在叙述方面有着十分鲜明的特点:一是运用倒叙的手法。先叙述发生的案件,引起悬念,再请侦探破案,随着侦探的进展一点一点还原事情真相。如《饮刃缘》先说奚洛克家族六十年来所遭受的惨案,对其他背景一概不提,待到尼克侦查时才逐渐的介绍其家族背景等情况。二是运用第三人称限制性视角。因为案情曲折,往往只有侦探才知道事情的真相,读者像旁观者一样,对其中真相知之甚少。如《毒蛇血》中,嘉克作为当事人一直与侦探在一起,也到了案发现场,但他始终没有机会看到死者的尸体,不明白事情的真相,就像阅读的读者一样,经过一系列的焦急与疑惑之后,才知道死者并非女郎的真相。倒叙手法和第三人称限制视角是与中国传统的旧小说非常不同的手法,陈平原曾说:"在 20 世纪初西方小说大量涌入中国以前,中国小说家、小说理论家并没有形成突破全知叙事的自觉意识。""中国古代白话小说的叙述大都是借用一个全知全能的说书人的口吻。"①所以,西方翻译小说促进了中国小说现代化进程中叙事角度的转变。

《大公报》上的翻译小说不同于中国传统的小说,但与现代

---

① 陈平原:《中国小说叙事模式的转变》,北京:北京大学出版社,2010 年,第 59 页。

翻译小说也很不同,表现出一种过渡性,有着诸多中国式翻译的特点:

一是中国式的人物设定,脱不开中国小说才子、佳人、丫环的传统模式。如《毒蛇血》的开端:"英人柏林吞嘉克者,赋性聪颖,美姿容,慷慨重然诺,而口才便给,且好诙谐,每出一语,妙趣横生。"与唐传奇《莺莺传》中的"唐贞元中,有张生者,性温茂,美风容,内秉坚孤,非礼不可入。"有着许多共同之处,把外国的男青年转化为中国传统的才子。对于外国的年轻小姐则转化为中国传统的佳人,如《冤狱》中说:"达氏膝下止一女,名佳兰,年已及笄。赋质聪颖,姿容秀美。自幼好读书史,善属文,有咏絮才。达氏夫妇爱若掌上珠。"看到此人物介绍,自然会让我们想到中国传统小说中介绍女主人公的模式。《冤狱》中的侍女马丽耳,则很同于中国小说中出谋划策的"红娘"。

二是运用中国传统的文言和典故。如《冤狱》中描写男女恋情的"两小无猜""求结秦晋之好""除却巫山即别无行云耶"等词语,达氏五十六初度之期,奇雷"盛服至,携牛酒,为丈人寿",达氏"饮少辄醉""玉山倾倒","奇雷则于酩酊之余,乘兴私访佳兰,闺中之事,甚于画眉,讵意春风一度,熊梦已占",这些传统的语言背后都隐藏着相应的典故,有着特殊的含意,具有较深古典文学修养的人才能够看得懂。以文言来翻译小说是当时的主流,亦有人有志于白话翻译,但效果却不令人满意,梁启超想用白话翻译,但却难以操作白话,最终以文言参半来进行翻译。所以,当时林纾以文言翻译的小说最受欢迎,《大公报》上的文言翻译小说也迎合了这一潮流。

三是有中国传统思想的明显印记。如《冤狱》中佳兰去请泊侦探为之侦察,奉以厚币,泊侦探却推辞不受,曰:"老夫髦矣,久不与人家国事,惟姑娘至诚过我,语语悱恻动人,予必勉竭驽骀为姑娘筹之,至于馈赠多仪所不敢领,仍以奉璧,心谢而已。"佳兰致词曰:"先生好侠尚义,使人纫佩靡涯,感费清神,当再衔结以报。"很像《史记·鲁仲连邹阳列传》中的场面:"于是平原君欲封鲁连,鲁连辞让者三,终不肯受。平原君乃置酒,酒酣,起前,以千金为鲁连寿。鲁连笑曰:'所贵于天下之士者,为人排患释难解纷乱而无取也。即有取者,是商贾之事也,而连不忍为也。'"赋予外国侦探中国传统的好侠尚义精神。

《大公报》之所以会出现这种中国式翻译小说,主要是因为翻译小说初步兴起,翻译由口译者和笔译者共同完成,笔译者深谙中国传统小说的模式、语言以及中国传统文化的精神与思想,所以,在他们笔下产生的是中国化的外国小说。当然,迎合中国读者的阅读口味与习惯也是原因之一。声译来的人物名字本身就很别扭,如果文笔也很不顺畅的话,几乎难以被当时的国人接受,所以报刊上流行的是中国本土化的外国小说。这些都是《大公报》报载小说转型性的表现。

第三节 《天津日日新闻》及其谴责小说《老残游记》

一、"以养天下为己任"的刘鹗及其在天津的活动

刘鹗(1857—1909),字铁云,别署洪都百炼生,江苏丹徒(今镇江市)人。他出生于一个官僚家庭,但不以经文科举博取功名,而是对数学、医学、经商以及水利、工矿等新兴实用学科极有兴趣,曾在

天津开办"海北精盐公司"。他还爱好收藏书画碑帖、金石甲骨等，编有《铁云藏龟》。1888年郑州黄河大堤决口，刘鹗帮办治河有功，声誉大起，1900年八国联军侵占北京，刘鹗从俄军手中低价购得太仓储粟，赈济饥民，1908年清廷以"私售仓粟"罪名将他逮捕，充军新疆，1909年逝于新疆。刘鹗是晚清极有才华与能力的一位知识分子，亦是一位具有侠肝义胆的人物，1901年正月曾收葬侠士大刀王五。[①]大刀王五是沧州籍人，后到天津，然后又到北京，与谭嗣同为好友。狄葆贤在《平等阁笔记》中记载，庚子事发时王五日奔走于士大夫之间，谋议匡救大局的计划，但是没有人敢响应。联军进京时，王五见西兵为非作歹，就和徒弟们每日杀西兵。十一月某天，有石某家被西兵围困，王五路经此地，义愤填膺，与西兵相斗，徒手杀死数十人，西兵用枪射击王五，王五中弹过多被抓。西兵以为王五是义和团余党，杀死了他，并把尸体丢弃在郊外，当时刘鹗设平粜局于东华门外，附设瘗埋局，专掩埋无主尸骸，收葬了侠士王五。

　　刘鹗一直致力于国家的振兴与自强，他在1902年致黄葆年的信中曾说："今日国之大病，在民失其养。""公以教天下为己任，弟以养天下为己任。"[②]说明了他一生的理想抱负和人生态度。因在天津开办公司，刘鹗常常往来于北京、天津、上海之间，与《大公报》的英敛之、连梦青，《天津日日新闻》的方药雨等关系密切。如《刘鹗日记》壬寅（1901）二月二十九日记载："乘二车赴天津……到报馆吃点心后，同赴印字馆，观其刀焉。买漆盘数具，小说数种。"[③]七月初

---

①蒋逸雪：《刘鹗年谱》，济南：齐鲁书社，1980年，第32页。
②袁庭栋：《刘鹗及〈老残游记〉资料》，成都：四川人民出版社，1985年，第300页。
③袁庭栋：《刘鹗及〈老残游记〉资料》，成都：四川人民出版社，1985年，第154页。

九日记载:"因押股票事赴天津……及至报馆,药雨他出。遂访西村,兼观其所藏古泉……归报馆,西村亦至。与药雨争选铁钱,汗涔涔不顾也。"①七月二十四日记载:"早起,附火车往天津,四点半到寓。"②可见刘鹗经常到天津,日日新闻报馆是他的落脚之地,经常与朋友们一起吃饭、谈天、鉴赏文物。刘鹗在天津的活动范围十分广泛,除了商业、文化等方面的交往,还有娱乐方面的,与天津的多位妓人有所交往并曾赠联给她们。如"七月十二日,雨。午前访哲美森,已往山海关,云两礼拜方回也。冒大雨归。午后阅天津花,先见贾金红,明艳憨媚,赠联云:'艳入宝钗金蛱蝶,香生玉颊红蔷薇。'又访贾玉文,落落大方,珠圆玉润,赠联云:'阆苑月来都是玉,瑶池风过自成文。'末至福喜处,赠联云:'昨夜福星临槛朗,今朝喜子拂帘至。'晚间即宴于福喜家,复洪鞠农午饭之东也。"③再如"七月二十四日,晴。早起,检赴火车。十一点二十分开,五点到天津。往访郑君,云已往北京,约三两日可回。无事,遂作寻花之举。初到贾金红家,同宴楼吃晚饭。饭后至富顺班访福喜,不遇。见玉仙,人甚蕴藉。"④刘鹗在个人生活方面是比较风流放荡的,他曾有《狭邪游》一诗写寻妓之乐,自称是"好古如好色"。当然,文人与妓人之间的交往是当时的一种社会风气,我们不必苛责他,只以此来说明他在天津丰富的社交活动。

据《廿世纪初天津概况》记载,《天津日日新闻》创刊于光绪二十七年(1901)七月一日,开始为日文,后改为中文,是日本人经营

---

①袁庭栋:《刘鹗及〈老残游记〉资料》,成都:四川人民出版社,1985年,第184页。
②袁庭栋:《刘鹗及〈老残游记〉资料》,成都:四川人民出版社,1985年,第187页。
③袁庭栋:《刘鹗及〈老残游记〉资料》,成都:四川人民出版社,1985年,第252页。
④袁庭栋:《刘鹗及〈老残游记〉资料》,成都:四川人民出版社,1985年,第254页。

的报刊,方若(字药雨)任主编,报馆在日租界旭街。关于刘鹗作《老残游记》的背景,学界主要有"资助连梦青"说。连梦青(生卒年不详),浙江钱塘人,笔名忧患余生,小说《邻女语》的作者,早年浪迹上海,卖文为生。光绪二十八年(1902)二月至二十九年(1903)六月,受聘于天津《大公报》担任主编,是《大公报》的第一任主笔,不久就使《大公报》的印刷数量超过《天津日日新闻》报,成为天津的第一家大报。连梦青与沈荩及《天津日日新闻》主持人方药雨相友善。1903年沈荩将《中俄密约》事泄露于方药雨,方药雨遂将这条独家新闻揭诸报端,一时朝野轰动。慈禧太后闻讯大为震怒,下令严究泄密者,沈荩被捕刑部狱中,立毙杖下,同时缉拿同党。连梦青仓皇出逃到上海,由刘鹗帮助安顿在当时的爱文义路眉寿里。①于是刘鹗作《老残游记》以稿费资助连梦青的生活。《老残游记》最初的十三回发表于1903—1904年李伯元办的《绣像小说》上,1905年刘鹗应《天津日日新闻》主持人方药雨之邀,续写《老残游记》十五至二十卷六回,并改写原作卷十后半部分及卷十一全部。《老残游记》卷一至卷二十在《天津日日新闻》上逐日发表。因该报已散佚,小说连载的准确时间难以考订。此后,天津日日新闻社出版单行本,线装二册,活版印刷,上册为卷一至卷十二,下册为卷十三至卷二十。1907年8月18日《天津日日新闻》又开始连载《老残游记二集》自序及一至九卷,至10月6日毕。

二、从刘鹗之哭看晚清作家的儒家思想

晚清社会弊端丛生,国家和民族的灾难异常深重。有良知的作

---

①袁庭栋:《刘鹗及〈老残游记〉资料》,成都:四川人民出版社,1985年,第392页。

家们都发出了忧国忧民的叹息与哭泣。刘鹗在《老残游记·自叙》中说:"吾人生今之时,有身世之感情,有家国之感情,有社会之感情,有种教之感情。其感情愈深者,其哭泣愈痛:此鸿都百炼生所以有《老残游记》之作也。棋局已残,吾人将老,欲不哭泣也得乎?"[1]在晚清作家中因身世、家国、社会、种教之情而哭泣的不只是刘鹗一人。另一位晚清作家李伯元亦怀匡救之心,他在 1903 年《本馆编印〈绣像小说〉缘起》中说:"或对人群之积弊而下砭,或为国家之危险而立鉴,揆其立意,无一非裨国利民。"[2]他"以痛哭流涕之笔,写嬉笑怒骂之文",年仅四十便郁郁以终。同样晚清作家吴趼人也在哀哀哭泣,他在 1902 年的《吴趼人哭》中说:"天下事有极可怒者,有极可哀者,更有怒之无可容其怒,哀之又不仅止于哀者,则惟哭之而已。"[3]流露出浓厚的忧患意识,反映了清末知识分子在国家危亡时强烈的社会责任感和使命感。他们希望通过自己的笔唤醒民众、改造社会、拯救国家,这种积极有为、救国民于水火之中的思想属于中国传统的儒家思想。

虽然,学界总把晚清的小说界革命、诗界革命定位为"资产阶级文学革新运动",但本质上是中国士人发扬儒家精神而产生的一系列文学革新运动,其思想核心乃是儒家精神,尽管许多士人在改革中反对孔子,但其精神依然是儒家的。我们往往看到晚清儒学的衰落,而忽略了真正的儒家精神在晚清的复兴。康有为在《人境庐诗草·序》中称黄遵宪:"上感国变,中伤种族,下哀生民。"黄诗表现

①刘鹗:《老残游记》,石家庄:花山文艺出版社,1994 年,第 2 页。
②陈平原,夏晓虹编:《二十世纪小说理论资料·第一卷(1897—1916)》,北京:北京大学出版社,1989 年,第 51 页。
③吴趼人:《吴趼人全集》第八卷,哈尔滨:北方文艺出版社,1998 年,第 227 页。

了儒家士人强烈的责任心与使命感。康有为自身的儒家思想更是非常浓厚,他在《苏村卧病写怀》中说:"稷契许身空笑尔""吁嗟稷契愿,故宜投世罗",在《题梁任甫海桑吟画寄林献堂》中说:"孝廉三千人,伏阙哭上书……哀念吾种人,驱为亡国奴。"康有为和戊戌变法的士人们都在儒家思想的驱使下期待着变革,期待着国富民强,表现出对国家生死存亡的关注和忧虑。他在《送门人梁启超任甫入京》中还说:"小心结豪俊,内热救黎元。""悲悯心难已,苍生疾苦多。"以儒家治国平天下的思想勉励自己的学生。康有为在变法失败被迫逃亡之后,旅居海外曾作《在加拿大闻中国偿款加镑价,重税频加,忧而有作》等诗,表现了孟子所说的"士,达不离道,穷不失义"的儒家精神。他反复地在诗中申述其儒家精神与理想追求:"每读杜陵诗,感叹更摩挲。上念君国危,下忧黎民痌。中间痛身世,慷慨伤蹉跎。"危君国、忧黎民、痛身世,都是儒家思想的典型表现。

不仅康有为是持儒家思想的"资产阶级革命者",戊戌六君子之一的谭嗣同同样持有儒家思想,他在《上欧阳中鹄书》中曾说:"为天地立心,为生民立命。"明显是一位儒家思想的继承与发扬者。梁启超更是以觉世为己任,他在光绪十八年(1892)闰六月一日《致汪穰卿同年书》中说:"仆性禀热力颇重,用世之志未能稍忘。"①他深受儒家思想熏陶,从骨子里以儒家思想来思考和行动。他在《自励》中说:"献身甘作万矢的,著论求为百世师。誓起民权移旧俗,更研哲理牖新知。"在《赠别郑秋蕃兼谢惠画》中说:"天下兴亡各有责,今我不任谁贷之……但愿得见黄人捧日、崛起大地而与彼

---

①丁文江,赵丰田编著:《梁启超年谱长编》,上海人民出版社,2009年,第20页。

族齐骋驰！"在《留别澳洲诸同志六首》中说"回天犹有待,责任在吾徒。"在《留别梁任南汉挪路卢》中说:"事苟心所安,死生吾以之。人事无尽涯,天道有推移。努力造世界,此责舍我谁。"①在《二十世纪太平洋歌》中说:"吾欲我同胞兮御风以翔,吾欲我同胞兮破浪以扬。"②明确表现了"为天地立心,为生民立命,为往圣继绝学,为万世开太平"的儒家精神！正是在这种强烈的儒家入世思想的引导下,梁启超参与了政治上的维新运动,失败后又在文学界发动了一系列革命。小说界革命的重心在于提倡新小说,抨击旧小说,大力地提高了小说的地位与价值,在一定程度上是儒家"教化世俗""劝人警世""文以载道"文艺观念在晚清小说界的发展,不同之处在于以小说新国、新民、新道德、新宗教、新政治、新风俗、新学艺、新人心。小说界革命中宣扬的思想与传统的儒家警世思想有明显的不同,即士人寄托于小说强烈的责任心与救国心,而不仅仅是劝恶扬善。小说界革命提倡的文艺观使传统的儒家思想在危机之中焕发出新的光彩与魅力。这种观点并不是梁启超一个人的思想产物,而是时代风气与思潮的共同反映,被当时的作家们认同,所以才能一呼百应。吴趼人在《月月小说序》中说"吾人丁此道德沦亡之时会,亦思所以挽此浇风耶? 则当自小说始。"③他又在《〈两晋演义〉序》中说:"余向以滑稽自喜,年来更从事小说,盖改良社会之心,无一息敢自己焉。"④有学者指出小说界革命"功利色彩太浓,如何利用小

---

①梁启超:《梁启超全集》第九册,北京:北京出版社,1999 年,第 5421 页。
②梁启超:《梁启超全集》第九册,北京:北京出版社,1999 年,第 5427 页。
③陈平原、夏晓虹编:《二十世纪小说理论资料·第一卷(1897—1916)》,北京:北京大学出版社,1989 年,第 170 页。
④陈平原、夏晓虹编:《二十世纪小说理论资料·第一卷(1897—1916)》,北京:北京大学出版社,1989 年,第 172 页。

说救世成为主题曲。"①其实功利色彩正是作家们儒家入世思想观念的体现。无论是黄遵宪、康有为，还是梁启超、刘鹗、吴趼人、李伯元，他们共同的地方就是走在中国士人兴邦救国的儒家思想的大路上。他们一方面瓦解与批判落后、保守的儒学，一方面又利用儒家思想的精髓来修身、齐家、治国、平天下。黄遵宪曾以儒家精神批判伪儒学，认为："宋人之义理，汉人之考据，均非孔门之学。"针对当时尊孔子为教主的主张，黄遵宪在《致梁启超函》中说："今日但当采西人之政、西人之学，以弥缝我国政学之敝，不必复张吾教，与人争是非、较短长也。"②他认为儒学的地位不在于名义，而在于其实质的精神。有学者认为"三界革命和戏剧改良，从理论到创作，还未完全摆脱儒家思想的桎梏，新的文学观念中也杂有不少旧的传统的东西。"③指出晚清文学改革中存在的儒家思想，但对传统的儒家思想有所贬议。试问，如果晚清士人抛弃了儒家思想，将用何种思想来改革社会和文学呢？在西方思想还未系统的输入之前，晚清士人正是以儒家思想的精髓来救国救民于水深火热当中的。

三、晚清士人理想形象的化身：老残

《老残游记》中塑造了很多理想人物，如隐逸于江湖的五龙子、玙姑，在佛教中大彻大悟的逸云等，老残虽然活动于政府与民众社会中间，但却是一位圣贤的化身，表现出作家心目中晚清士人的理想形象。

首先，老残有着深厚的文化底蕴。他有着很好的家庭出身，文

---

①陈洪：《中国小说理论史》，合肥：安徽文艺出版社，1992 年，第 349 页。
②黄遵宪：《黄遵宪全集》上册，北京：中华书局，2005 年，第 427 页。
③郭延礼：《中国近代文学发展史》第二卷，济南：山东教育出版社，1991 年，第 985 页。

化修养极高，知识渊博，随手所看的几本书都非同寻常，如宋版张君房刻本《庄子》、苏东坡手写的陶诗等等，都是稀世之宝。从他看的这两本书可见他出身世代读书之家，而非一般的知识分子。也可以看到他性格疏放，醉心于庄子的哲学、陶渊明的安贫乐道以及苏轼的旷达，乐于隐匿于江湖，自在逍遥，而不是汲汲于功名富贵。老残还有着生存的绝技，曾受异人传授，能治百病，且百治百效，凭此绝技奔走江湖二十年，保证他无衣食之忧，生活还比较富裕，经济独立让他能够遗世独立，有更多的选择自由。

其次，他将道家与儒家思想完美结合，具有中国文人最美好的品德。老残表面上是一个江湖郎中，实际上却有着治世才能，经济学问都很出众，但他受庄子思想影响，向往自然和自由，不去做官。张宫保求贤若渴招他入幕，他不辞而别。宫保给他送去一桌酒席，他也不以此为荣，对人们的恭维与巴结浑身难受，可见他对功名与权势的不屑。对于金钱，他也视为身外之物，毫不贪吝，申东造送他一件白狐袍子，他坚辞不受，依旧在寒冬穿自己的棉袍。对于女色，他亦毫不动心，宁愿白出钱，也不纳妓。丁人瑞替他聘翠环为妾，他推辞再三，最后渡翠环出家。对于常人热衷的功名、钱财、女色，他都十分淡泊、超脱。老残对功名的淡泊还表现在他的功成身退方面，他侦破了魏家的冤案，访到青龙子救活了贾家十三口人命，魏、贾两家要感谢他，他却半夜溜走。张宫保也要重用他，他再次带着自己的家眷不辞而别。老残一方面受道家思想的影响，淡泊功名利禄，一方面深受儒家思想影响而有济世之志，内心有着满腔的热忱和知识分子的责任感，关心国家、人民的命运。他在大雪天看到鸟雀觉得可怜，进而又想到鸟雀不过暂时饥寒，撑到明年开春就快活了，"若像这曹州府的百姓呢，近几年的年岁，也就很不好。又有这们一个酷虐的父母官,动不动就捉了去当强盗待,用站笼站杀,吓得连一句话也说不出来,于饥寒之外,又多一层惧怕,岂不比这鸟雀还要苦吗? 想到这里,不觉落下泪来……不觉怒发冲冠,恨不得立刻将玉贤杀掉,方出心头之恨。"①他对着雪月交辉的景致,想到"现在国家正当多事之秋,那王公大臣只是恐怕耽处分,多一事不如少一事,弄的百事俱废,将来又是怎样个了局? 国是如此,丈夫何以家为!"想到此地,不觉滴下泪来,"一面走着,觉得脸上有样物件附着似的,用手一摸,原来两边着了两条滴滑的冰。初起不懂什么缘故,既而想起,自己也就笑了。原来就是方才流的泪。"②想到百姓受酷吏的压迫和国家的前途命运,他潸然泪下,滴泪成冰,可见他内心有着儒家治国、安天下的责任感。老残虽然不做官,但他努力以一己之力去实现自己的济世理想。他听说玉贤的酷虐、刚弼的乱用刑法,就去实地考察,在公堂上救了魏谦父女,一封书救活了两条性命,他心里比吃了人参果还快活。

然后,老残还智勇双全,具有侠肝义胆。虽然他只是一介书生,但是他有着丰富的江湖经验,是一位黑白通吃的人物。在官场上,张宫保、申东造、黄人瑞、白子寿等等,都真心钦佩他,与他为好友。在江湖上,与侠士刘仁甫、隐士黄龙子、青龙子等都十分交好,危难之时互相帮助。老残以侠肝义胆救人苦难,敢于在大堂上喝断酷吏,敢于像福尔摩斯那样接受艰难的任务,去侦查棘手的案件,而且有勇有谋,以妙计让杀人凶手吴二浪子露出马脚。

老残的形象虽然有作者的影子在其中,但并不是作者对自身

---

①刘鹗:《老残游记》,石家庄:花山文艺出版社,1994 年,第 50 页。
②刘鹗:《老残游记》,石家庄:花山文艺出版社,1994 年,第 105 页。

的写照,而是作者虚构的一个理想人物。老残是一个有着中国士人全部优点的人物形象,这样一位圣贤的形象在中国古代小说史中十分难得。中国古代小说一般而言擅长塑造各类女性形象,男性形象中最突出的是王侯将相、梁山好汉、世井商人、多情公子、浮浪子弟等。文士的形象一般都阳刚不足,阴柔有余,缠绵懦弱。所以,在晚清小说中出现的老残这一形象,具有超越性的意义。

第四节 醒华画报中的小说与天津城市形象

画报是晚清报刊中颇具特色的一类报刊,《点石斋画报》《飞影阁画报》《启蒙画报》等一直在天津广泛流通并受到读者们的喜欢,在读图风气的影响下,天津自己的画报也应运而生。1907 年 3 月创刊的《醒俗画报》是天津画报业的先行者,开天津石印画报之先,为天津最早的图文并茂的通俗画报,社长吴芷洲,主笔陆莘农。《醒俗画报》初为旬刊,后为五日刊,1908 年更名为《醒华画报》,改为三日刊,后增发双日刊,后又改为日刊。《天津两日画报》创刊于 1909 年 1 月 29 日(宣统元年正月初八日),总发行所在天津奥界大马路醒华报馆。后来《醒华报》和《天津两日画报》两报合并,在 1909 年 3 月 1 日(宣统元年二月初十日)第十六号刊登"醒华五日报与两日画报合并大广告":

> 《醒华报》五日一册,其期太长,致劳渴望,《两日画报》每两日一册,其期又促,致难求精。兹拟自本月十三日起将两报并合为一,每月按三六九日出版。每册六篇,定价铜元六枚,全月九册,铜元五十四枚。其内容仍按两报之旧例,谨先声明。两日报至初十日即行截止,至十三日便将醒华改良报出版,按期

寄上不误。《两日报》所登之《梦游月球》《痴情小史》两种小说
及直隶局所学堂一鉴表三种,统归《醒华报》续登。诸君只阅本
报未览《两日报》者,本馆存有已出之《两日报》,当廉价奉售。
《醒华》《两日画报》合并之内容附后:第一页:刘业邨先生"七
十二楼图"。陈恭甫先生"百兽图二种",间杂绘登。第二页:"戊
申纪",此纪登毕后再绘登陈恭甫先生"种种花卉翎毛"。第三
页至第六页:"时事画"四则。第七页:"古今名媛影""直隶局所
学堂一览表"二种,间杂登载。第八页:"物理识小""回文集锦"
"英雄谱"三种间杂登载。第九页至第十一页:《鹦鹉案》《梦游
月球》《痴情小史》三种。第十二页"谜语",以上共为六篇,本馆
谨白。合并后之价目,每册铜元六枚,每月铜元五十四枚。①
　　《两日画报》《醒俗画报》《醒华日报》都属于醒华报馆名下的画
报,所以下文一并给予介绍。画报中的小说固然是我们探讨的重
点,但除小说之外,画报中所反映的天津城市形象实在也是一个有
趣的话题,所以我们一并关注。

一、《醒俗画报》中的天津城市形象

　　《醒俗画报》南开大学图书馆存第五十五期至第七十一期,现
列内容目录于下:第五十五期《花丛尚武》《劫案又出》《严禁春酒》;
第五十六期《文明一斑》《陋风宜革》《合子拐湾》《消费□除》《虐待
养女》《茶食特色》;第五十七期《供品特色》《误□小店》《法驰赌禁》
《野游宜慎》《官太太索赌帐》《庙内站班》《偕乐馆火》《黑藉惊心》;
第五十八期《填仓旧俗》《重惩恶仆》《巡警可嘉》《贫民请命》;第五

---

①《两日画报》(天津)1909 年 3 月 1 日。

十九期《油挑冲突》《赌局被抓》《岗兵心细》《家教宜修》；第六十期《日诞奇谭》《巡警文明》《歌妓问学》《寺僧凶恶》《迷信至死》《法制恶人》；第六十一期《索娘酿命》《轻狂贾祸》《天涯赎罪》《破镜重圆》《文明善举》《妖言惑众》；第六十二期《特别扎彩》《登报更正》；第六十二期《游街示众》《兵耶匪耶》《丑态惊人》《存案未准》；第六十三期《女窃被获》《大背警章》《寔捐可虑》《纳妾者鉴》《文明污点》《恶妇殴姑》；第六十四期《官场戒严》《捣母移尸》《棺木被掘》《新□具出现》《皖省革命党人风潮》《寔不雅观》；第六十五期《可叹风世》《饭馆开灯》《积雪四十尺》《门当户对》《皆大欢喜》《姜军近况》；第六十六期《女匪聚众行劫》《大令受辱谢罪》《人财两空》《有伤文明》《花烟馆之势力》《灭警详志》；第六十七期《内助得人》《顶箱送局》《家有妇女听包厢的请看〈录竹园报〉》《燃眉之急》《署中抓赌》《吸烟见象》；第六十八期《卫生局巡捕与巡警兵之冲突》《抢物伤人》《老爷惧内》《丝厂不付工资》《高等小学堂》《劣医惹祸》；第六十九期《日本戏法》《亡国奴可惨（北京）》《有伤风化》《堕砖伤命》《查获拉车人犯》《德兵蛮横》；第七十期《停妻再娶》《腊粉教员》《设计行窃》《法妇奢华》《可仪可象》《幼女可怜》；第七十一期《合婚误事》《酬谢娘娘》《遇人不淑》《斗殴两志》《水灾惨状》《德皇游戏》。从这些篇目可以看到，画报中重点表现的是天津当地的风俗人情以及社会各阶层发生的一些奇闻逸事。这些故事既像新闻又像小说，既不是纯粹的新闻又不是纯粹的小说，而是介于新闻与小说之间，属于一种过渡状态的新闻小说。在每段故事之后，都有一段"按语"，类似中国古代笔记小说中的形式，而不是新闻的形式。

在残存的薄薄的画册中，隐藏着 20 世纪天津城市的影像，其中最具特色的是对外来文化的描绘和记录，如第六十九期《日本戏法》："南市丹桂茶园，有日商安市小三□借演戏法，其种种变化颇与吾国戏法有相近之处，而手段敏捷，颇觉可观，就中以小天一技师所演者为尤妙，法以少女横卧桌上，令□□升，复将桌撤去而悬于空中，□□多喝彩。并有

《日本戏法》

一女子自此木□□□悬空之木箱出，尤为奇妙。数日以来，观者络绎不绝，云□戏法本属幻术，不待道矣。□少女空悬有谓先用催眠，□令其昏睡，以电力吸之者，□□□□□噫可怪矣。"日本戏法进入天津城市的娱乐生活中，吸引了广大的市民，作者向读者介绍此类奇闻并对此加以探讨，注意到了中国戏法与外国魔术的不同之处。

　　有的表现出当时的社会状况和作者鲜明的爱国立场，如第六十九期《亡国奴可惨》："昨星期日，各国军兵例许出游，惟印度兵英人只许其抛球游戏。是日有二三印人同抛球焉，甚无尚武精神，适有一英人在使馆西门东墙上作壁上□，有一印人将皮球奉前欲邀同击，英人□踢其头数脚，而不与印人同击也。嗟乎，亡国奴之可惨。吾国人亦惊心否耶。按，

《亡国奴可惨》

《法妇奢华》

《德皇游戏》

一为亡国奴,至与强国人同击一球而不可得,则可悲可惨苦之事尚有过此者乎。有志爱国者其急国自强,勿落为印人所悲惨也可。"作者借印人的受辱来鼓励中国同胞,要急国自强,不要甘于受辱,表现出了爱国情操。

针对西俗中的一些奇闻逸事,作者也津津乐道。如第七十期中的《法妇奢华》:"近有法国某甲深嫌其妻用度太奢,有累生活,曾赴巴黎审判厅诉请离婚,据云其妻每岁平均须买帽子三十七顶,每顶价金二十元,衣裙十二领,须费四千八百元,寔难供给而禁谕无方。因而垂泣不止,欧美妇人穷极奢华,于此略见一斑。按:吾国近日妇女服饰可谓奢华矣,然较之欧美妇女所费尚不及百分之一,孰谓西俗尽可学哉。该法人泣请离婚,而无可如何,益见风俗之恶实无可取云。"作者从奢华角度批评国人不当尽学西方,而应该择其善者而从之。

画报还热衷于讲述一些国外的有趣故事,如第七十一期中的《德皇游戏》:"德皇威廉第二最好游戏之事,诚近今皇帝中之特色也。常以种种恶作剧惊骇各国之君民,其在宫廷中无日不持游戏主义,以为笑乐,有时匿黑暗之中,装假面后大声以惊人,或丑狞如鬼,驰逐以追后宫,至人窘时则揭去其假面曰:'汝站勿骇,即朕是也。'按,以假面为游戏之具原无不可,以其脱去假面仍存真面也。若夫穷作谣态,违长骄容,对外而和顺其颜,对内则强横其色,至平居作事,又以欺瞒之念,时呈粉饰之形,是变幻多端,无往非假面,即无时得见真面矣,以视德皇孰诚孰伪,必有能辨之者。"以有趣的笔墨写出了俄皇捉弄人的滑稽搞笑,并借此来批判一些假面者,强调以真面示人的道理。

清末正值"鼓民力、开民智、新民德"科学风气大倡之时,画报作者有意借科学知识来清除传统的封建迷信。如第六十期《日诞奇谭》:"二月初一日俗传为太阳生日,是日家家妇女向太阳焚香化纸,并罗列糖饼及豆腐

《日诞奇谭》

等供。其豆腐上粘贴纸剪小鸡意谓日中金鸡好食豆腐,故作是象,供完食之,相传能愈牙疼。一时无知妇女□□庭前,颇极中心诚敬云。按,太阳为恒星之一,大于地球一百四十万倍,何得云有生日。且所列供品,离离奇奇,尤为可叹。观此未尝不恨吾国旧籍有月中玉兔、日中金鸡等说,陋俗相沿,牢不可破,然则欲开民智,此种当宜急禁之。"希望能够以科学知识破除天津本地的陋俗。

二、《两日画报》中具讽刺意味的滑稽画

画报最大的特点就是通俗易懂,《两日画报》中每期的内容为上谕和"自得斋"的滑稽画——以画和诗的形式相结合,形成具有讽刺意义的滑稽画。

1909 年 1 月 29 日滑稽画

《两日画报》中刊载的滑稽画或是讽刺当时的宪政。如 1909 年 1 月 29 日第一号画一个人手拿望远镜远望一座城楼,题诗为:"欲观宪政,雪里帝城,测以远镜,愈不分明。"讽刺当时宪政的茫然不可观,即使用望远镜来看,也越看越不分明。立宪是当时社会上热议的事,但清朝政府只有空文而迟迟没有实际行动,所以受到人们的非议。再如 1909 年 1 月 31 日第二号《滑稽画》:"一捉影,一捕风,所能事,此为功,今非昔比时代,乃普通。"讽刺政府官员不务正业,只善于望风捕影,并以此为功劳。

1909 年 2 月 2 日滑稽画

或是讽刺外国人欺侮中国人。如 1909 年 2 月 2 日画一戴礼帽着洋装的外国人正在割一个穿旗袍马褂的中国人的舌头:"打呵欠,割舌头,人不觉,真快手,能学此,世上走。"此中国人在洋人的欺压下并不敢反抗,只能举起双

手,乖乖地任其摆布与捉弄,表现出当时外国人在中国作威作福、不把中国人放在眼里、双方极度不平等的现象。

或是讽刺当官者为自己牟利,不想百姓的辛苦。如 1909 年 2 月 10 日刊载的画中一位大清官员骑牛,身后一小儿骑马:"牛耕田,马吃谷,爷做官,儿享福,此官途,真快乐。"讽刺了清朝官员们骑在百姓们的头上,只顾自己世代享福,而不顾百姓们的死活,肆意挥动手中的鞭子,压榨良民。再如 2 月 21 日刊载的《黑漆皮灯笼赞》:"其名曰灯,其质当明,加以官衔,见者心惊,何以用之,寸步难行。"灯笼的本质是灯,应当是光明的,但加上官衔成为官府的灯笼之后,却让见者心惊,因为它不再是光明透亮的,而是为官府增加威仪来欺压百姓的。再如 2 月 27 日刊载的:"大水冲倒龙王庙,一家不认一家人。只要势力大,挡着便破家。虽说是同类,避避他,避避他。"讽刺了强权势力之间的互相斗争与倾轧,是对官员们的讽刺。

1909 年 2 月 10 日滑稽画

1909 年 2 月 16 日滑稽画

还有的滑稽画歌颂一些具有非凡品格的人和物。如2月16日画一只凤凰："其毛虽褪，名仍曰凤，暂不如鸡，终非凡种。"凤凰虽然褪了羽毛，暂时不如鸡，但它终不是凡种，而是高贵的凤凰。

三、《醒华日报》刊载的长篇小说《痴情小史》

《醒华日报》有"益智机""说部杂碎"等栏目，刊载短篇小说和故事。醒华报馆很会把握商机，懂得充分利用自己的资源，追求利润的最大化，这些短篇小说每有二十五篇，就会被醒华报馆汇编印刷成书发行出售。《醒华日报》还刊载长篇小说，每连载至一定章数，也会结集成书，《痴情小史》是其中一种，国家图书馆现藏有三卷，未完。

《痴情小史》原稿王铭，补著松风。作者松风在开端《痴情小史序》中说明此书的来历与缘由：

> 近年小说，多自西文译来，其意多乖，其辞不爽，往往开卷，闲文占全书三分之一。虽西书体格若是，然我辈观之，未免有向隅之叹。予近由散友处得朽稿数十卷，是书其一也。乃仍其旧，微有加减，刷印成书，公诸同好，窃冀好是者赐顾云。

短短一段话，透露了许多消息。可以看到当时天津小说界充斥着外国翻译小说，但是翻译小说与中国传统的章回小说有许多不同的地方，比如说多大段的心理描写、环境描写、肖像描写等等，当时的一些读者不习惯阅读翻译小说，所以有向隅之叹。于是作者从友人处得到旧书稿，加以修改润色，编成具有中国传统章回小说特色的《痴情小史》，以此来迎合习惯了阅读中国小说的读者的口味。序言后有《附规则十条》：

> 一、欲看此书，必先看规则，否则不识书中义意。

一、是书虽属小说而寓有教世格言，痴情男女之看是书者，足以割断情魔。

一、此书取意不取辞。

一、此书通卷绝无半句淫语，此即胜他小说处。

一、看毕此书足使人迷心顿释，是亦胜他小说处。

一、看者若谓是书为淫书，是其不识是书之义意。

一、不识是书之义意者，即可不看，我亦不准其看。

一、谓此书为淫书，自不欲看，亦劝止他人看者，杖一百二。

一、谓此书为淫书，自欲看，又劝他人以淫书看者，流三年半。

一、是书前卷是言情以纵其意，后半是割情以敛其心，如欲竟看前半之言情，不看后半之斩情者，吾不准其看，违者坐官刑。①

在这十条规则中，作者重点强调一是小说中寓有教世格言，能够使痴情男女割断情魔，二是此小说不是淫书，远胜过其他爱情小说。《痴情小史》只不过是一般的言情小说，作者为何担心别人视其书为"淫书"，在十条规则中用四条来信誓旦旦、苦口婆心的保证此书非"淫书"呢？我们有必要弄清楚当时的社会文化背景，提倡以小说来救国，把言情

《痴情小史》插图：尤夫人游览寓芳园

①王铭原稿，松风补著：《痴情小史》，醒华日报。

小说视为"淫书"是当时小说界革命产生的时代风潮。作为晚清小说界革命的发起人,梁启超对以《红楼梦》为首的中国言情小说持十分明显的批判态度,他在 1898 年《清议报》第一册《译印政治小说序》中曾毫不留情地说:"中土小说,虽列之于九流,然自《虞初》以来,佳制盖鲜,述英雄则规画《水浒》,道男女则步武《红楼》,综其大较,不出海盗海淫两端。"①给《红楼梦》这类言情小说贴上了"海淫"的标签。1902 年他又在《新小说》杂志第一号的《论小说与群治之关系》中说:"青年子弟,自十五岁至三十岁,唯以多情多感多愁多病为一大事业者,儿女情多,风云气少,甚者为伤风败俗之行,毒遍社会,曰惟小说之故。"②虽然没有点名道出,但明眼人一看就知是在批判以《红楼梦》为首的一类小说,当时的知识分子对言情小

《痴情小史》插图:聚仙厅群芳荟萃

说带给中国青年人的毒害痛心疾首,往往把言情小说视为"海淫"的"淫书"。所以,《痴情小史》的作者极力在规则中强调此书非淫书,有教世之意,唯恐被人误解。可以看到当时的天津小说是行走在时代的潮流之中的,小说界刮起翻译小说之风,天津就流行翻译小说,小说界进行小说革命,天津作者也努力在小说中植入寓世之意,唯恐违反了社会的风气。

①陈平原,夏晓虹编:《二十世纪小说理论资料·第一卷(1897—1916)》,北京:北京大学出版社,1989 年,第 21 页。
②陈平原,夏晓虹编:《二十世纪小说理论资料·第一卷(1897—1916)》,北京:北京大学出版社,1989 年,第 36 页。

《痴情小史》写曾、刁两姓人家为旧交,男主人公刁茗,是一位十五岁的才貌双全的才子,女主人公之一锦屏是刁茗的表妹,她自幼父母双亡,寄居在刁家,另一女主人公为曾家之小姐紫菱,刁茗对紫菱有意,而锦屏却对刁茗有情。除此二女外还有奎菱、梦菱、翠菱、淑菱、美菱、云菱等女子,她们相聚于寓芳园,作诗、填词、猜灯谜,颇像《红楼梦》中的情景。事实上,《痴情小史》就是一部模仿《红楼梦》的言情之作,在人物的设定上沿袭了《红楼梦》中众位美人环绕一位多情公子的模式,在故事情节上也多有模仿之嫌,比如第四回:临溪馆刁茗听密语,倚云亭姐妹钓游鱼;第十七回:护芳院姊妹细谈心,渡仙桥主仆同扑蝶;第十九回:情妹妹情语劝哥哥,直姐姐直言训弟弟;第三十五回:群婆暗立赌博场,翠竹窃读西厢记;第五十七回:慰主意翠琴知大理,题罗巾淑女寄闲情等等,都颇有《红楼梦》的影子。小说以少男少女们的日常生活和情感纠葛为主要的描写对象,大部分篇幅都用在争闲斗气、流泪伤感方面,叙述节奏非常缓慢,甚至有的章节全篇都是诗词,结构十分松散,艺术成就实在不能与《红楼梦》相比。小说中的人物形象较之《红楼梦》也差很多,并没有超凡脱俗之性情,以刁茗为例,他并不像贾宝玉那样具有纯真性情、厌恶世俗,而是非常热衷于入泮,希望得个举人再中状元。所以,从模仿《红楼梦》这一方面来看,《痴情小史》实在不算是成功之作,除了语言较为优美之外少有精彩之处,这或许是其没有广泛传世的原因之一。

《痴情小史》继承了中国章回小说的传统形式,在每一回之后还有筱田评语,说明每一回的妙处,如第一回《刁月桥投入曾公宅,尤夫人游览寓芳园》后的"筱田评":

刁公以友谊投入曾公宅,而曾公却慨然收纳,自是古友,非今友，见曾公每款待刁家，殷勤备至，可见曾府是忠厚人家。观曾公每见刁茗的一片情形，一概是乏嗣人怜婴儿之态。刁茗紫菱相会时，并无半句描写，厥后竟藉论字交谈，此非世俗小说所可及。寓芳园门首，原是紫刁二人畅谈，锦屏并未敢赞一词，而何夫人却说三人咕哝什么，此作彼二人后数载咕哝、锦屏被累张本，此是用意，并非漏笔。中间将杜婆子一露，也有意味。刁茗所乘之船，俱是女子，启后来同住寓芳园之兆。到翠竹轩，又将字事一提，回应前文。翠竹轩内，刁茗藉水果调笑紫菱，是将情线一启，而紫菱则翻然改吻，竭力周旋，不是笑谈，是将情线一纵。他人都用翠琴斟茶，惟刁茗则亲自酌，明是调笑，暗是送情。他人谓紫菱是情种，我独谓紫菱是情精。人与精相处，焉得刁茗而不坠入情网也。园中各舍，惟临溪馆距翠竹最近，紫菱固知，刁茗不知也，而独刁茗称其雅，而独紫菱令其居，一是天心，一是人心。

作者强调此小说多有胜于其他小说之处，但实际上《痴情小史》确实平淡，既不能跟它的前辈言情之作《红楼梦》相比，也不能跟它的后辈《断鸿零雁记》《玉梨魂》等哀情之作相比。但是，《痴情小史》有一个优点就是图画精美，这是它的一大看点，也是它在当时能够吸引读者的魅力之所在。

第五节 《人镜画报》及其刊载的小说

一、《人镜画报》"改良社会、沟通风气"的办报宗旨

《人镜画报》(南开大学图书馆现存二十四册)，创刊于光绪三

十三年六月十三日(1907 年 7 月 22 日),创办人有陆萃农、温世霖与顾叔度,地址在天津日租界旭街(今和平路)德庆里,后迁到日界天仙茶园北时务印字馆内。第一册封面上题有办报宗旨,因为破损,不能看到全部,残余的部分为:"以镜为镜,只得媸妍。以人为镜,自辨奸贤。敬告我同胞,人之视己如见其肺肝然。"开篇有《人镜画报之反(按:当为凡)例》数则:

　　一言名:本报题曰人镜,盖取语以人为鉴之义,盖虽浅狭不无取尔。一宗旨:本报以改良社会、沟通风气为宗旨。一内容:本报内容自谓丰富,虽题曰画报,实含有字报之性质,绣像丛报殆庶几,自言论、谭丛及各种新闻外,益之以新译各种之科学之原理,并最有兴味之小说,或撰自理想,或译自瀛海,以□完备而扩见阅。①

可见《人镜画报》以改良社会、沟通风气为宗旨。在刊末还登有"本报价目:本报每按星期一出报,每月四册,每册铜元九枚,论月三十四枚,半年二百枚,全年三百九十枚,润月照加,按年月计算者先付报资,按期照寄。"并有"优待学生"的优惠政策:"反(按:当为凡)各校学生购本报者概受优待,照价八折收费,惟必须本人亲至本馆为限,无徽章者不得授例。"优惠政策有利于刊物在学生间普及。

《人镜画报》主张报纸有监督政府、开化国民的作用,如第六册七月十八日社说《封禁报馆两大纪念》中说:"报馆之于官府,虽不敢信其有益,可信其必不有损,昔郑子产所以不毁乡校者,即此意也。夫报馆之天职,义在有闻必录,纵不必尽有监督政府向导斯民之能力,然先民有言,询于刍荛,固不嫌以萤烛之光,增晕日

①《人镜画报》第一期,(天津)1907 年 6 月 13 日。

月。"强调报馆对官府的重要性,报馆有监督政府的作用。"然而官府往往视报纸为公敌,非挤之死地而不已者。则又何也,其实非有深仇宿怨于其间,不过以语触忌讳,或中隐私耳。"对于官府视报纸为公敌,欲置报纸于死地的行为十分不满。作者还认为"国民程度之文野,与夫风气之通塞,必以全国报纸销数之多寡为比例差,故时贤有言:开通风气之利器有三:曰学校、曰演说、曰报纸,惟是学校之效果大而迟,演说之效果速而狭,独报纸之得佳果,速而普。"国民的文明开化程度与报纸销量成正比,报纸销量越多则国民越开化,报纸销量越少则国民越落后,强调报纸为开通风气三利器中效果最佳最快的一种。《人镜画报》的办报思想具有进步性,但当时政府对报刊管制十分严格,如八月初八日第九册中《新定报律书后》说"以所议及者而观之,钳制而已矣,污蔑而已矣,破坏而已矣,深文周内而已矣,夫何有报律之足云,又何足值勤识者之一噱哉。""律曰毁谤宫廷""律曰攻讦政府""律曰煽动革命""律曰记大臣被刺及各省匪乱等事。"认为大清报律的各条都是对于报纸的钳制、污蔑、破坏、深文周纳而已,不给报纸言论的自由,批评大清新定的报律。

《人镜画报》内容丰富,除各种新闻外,还开设"科学丛录"等科普栏目,大量地刊载各种科学知识,是当时天津最具有科普性质的一种刊物。如第一册"科学丛录"刊载《动植物之区别》,第二册刊载《醉酒与生儿之关系》,第四册刊载《译天界之现象及古人之观察》,第五册刊载《诸动物之紧要器官说略》,第六册刊载《空气船》(译美洲科学杂志),第七册刊载《彗星出现之时期》,第八册刊载《说水》《雨雪之成分》等,以生动有趣的语言普及科学知识,给当时的读者带来天文、生物、医学、自然、物理等新鲜知识,大大地开拓了人们的视野。如第六册"谭丛"栏目中的《电气别墅》：

> 法国电学家奈波氏，发明电学之新理颇多。尝营造一别
> 墅，其中门窗之启闭，以及饮食起居，日用各事，无一不借电力
> 为之。有友人过其别墅，日夕留饮焉，酒肴罗列，杯盘狼藉，觥
> 筹交错，备极多仪，灯炮酒阑，昼尽而散，惟终席而不见一庸
> 仆。客窃怪之，后知其所驱使者，无非电力耳，因之奈波氏电学
> 之名大噪。①

再如第七册"科学丛录"中的《小儿卫生术录要》讲道："清洁之
空气及适当之衣服，共为保护皮肤之最要点，而初生儿及哺乳儿，
于以上二者尤当注意。"并介绍：一、练体；二、衣服及寝室；三、哺
乳；四、营养法；五、人乳代用品等科学的育儿方法。这些都十分具
有现代医学的进步性。

刊载科普知识之外，《人镜画报》还刊载小说作品，其中刊载的
小说有两种，一种是短篇俳谐小说；一种是长篇连载小说，如《海天
奇遇》，下面予以具体介绍。

二、《人镜画报》刊载的俳谐小说

《人镜画报》中每册都刊载短篇小说，有《俳谐小说》《有求必
应》《优胜劣败》《晚凉新话》《东海旧家》《鸦雀谈心》《屠子为官》
《臭虫对语》《妾辩》《恶奴》《中国》《孩子大人》《说坤鞋》《贿赂公
行》《桑梓》《过班》《速成》等，这些小说皆标以"俳谐"，都是具有讽
刺意味的寓言小说。如光绪三十三年八月初二日第八期中刊载的
《鸦雀谈心》：

---

① 《人镜画报》第六期，（天津）光绪三十三年七月十八日。

鸦曰："我姓鸦,名片,字罂粟,另号阿芙蓉,自先人迁入中土,亦巨族也。"雀曰："我姓麻,名雀,字碰和,别号打麻雀,世居白版中风,亦巨族也。"鸦曰："君在世界上,虽时时被人播弄,然终是立于颠扑不破的地位。如仆今日者,将有灭种之祸,可奈何。"雀曰："大约不过绝交者,惟贫贱一流人物,其余富贵若诸巨公,仍与君为胶漆之投,誓同生死。必担任保护之责,敢断言也。君何戚戚为?对于麻雀最称亲暱者,无非鹤顶雀翎,政界诸老。即有时公务旁午,宁牺牲其职任,而不忍不接待于仆,其至诚甚可感。且诸老于管理家政,不为不严,独于仆为通家之好,妻妾子女,从不避迹,每当酒阑灯炖履舄交错,时下徐孺之榻,殊不以外人待也。"鸦曰："君诚有之,仆亦常然。每逢灯榻横陈,喷云吐雾,脱略礼数,放浪形骸,亦足以畅叙幽情,实不知人间有愁苦事。"雀曰："君与仆皆不免贻患害于社会,而为人群之蟊贼也,自问实无地以自容。"

当湖外史曰："以鸦雀之知识之道德,尚自认为人间之蟊贼,而愧无地以自容,彼高官厚禄,其贻害社会,有百倍于鸦雀者,然靦然人面,而不知愧且耻,呜呼,可以人而不如鸟乎。"①

小说通过二者的对话来讽刺与麻雀牌、鸦片烟最亲暱的鹤顶雀翎、政界诸老、富贵巨公,他们在公务的时候,不务正业,玩物丧志。麻雀和鸦片都自知是贻害社会之毒物,自己都觉得无地自容。当湖外史的话重重地讽刺了以高官厚禄贻害社会而恬不知耻的人们,他们并不知道羞愧,还不如鸦片与麻雀牌有良知。

---

①《人镜画报》第八期,(天津)光绪三十三年八月初二日。

三、探险小说《海天奇遇》及其叙述特点

《海天奇遇》是《人镜画报》连载的长篇小说,标"新译小说",未题撰者,未完。小说写一个十二岁的少年幼西诺和其父母兄妹在大西洋航行,遇到风浪后,船长和水手都弃船而逃,唯有一位五六十岁的水手黎吉老人坚守岗位,保护幼西诺及其一家人,在荒岛上艰难的生活。小说重点描写了黎吉老人和幼西诺等人所具有的勇敢无畏的探险精神,明显受到《鲁滨孙漂流记》的影响,在漂流中看到陆地时,少年说:"昔鲁滨孙曾漂流至荒岛,吾人今日殆将继其后乎。"有意识地继承了鲁滨孙的冒险与进取精神。虽然《海天奇遇》没有载完,但是从二十四期连载的内容中可以看出是一部较有特色的探险小说,在情节与悬念的设计、叙述节奏的掌握、插叙手法的运用等方面都有可欣赏之处,较之晚清一些夹叙夹议的小说,具有较强的可读性与艺术性。

1. 情节曲折,富有悬念

小说在刚开始的游历途中非常顺利、愉快,虽然有些意外,但有惊无险。如《动物园》一章,"舟行二日,转一海湾,见岸上峭山壁立,苍润可爱。"到达非洲南端的境地,山名"铁不鲁",是黑人居住的地方。众人入"困怕尼公园"观赏,园中动植物颇多,皆热带珍奇之品,似一座极完备的博物院。石窟中有狮子十余头,窟前面为铁格子窗,每窗格之隙,仅容狮之一足,观时离窗稍近,非常危险。小男孩土迷屋用石子戏狮子,正好击中狮子的眼睛,狮子震怒,向土迷屋扑来,然终为铁窗挡住不得出,惟"以足据地,作抉篱状,而窗前之灰石等,为其利爪所伤,皆片片堕落,如残雪满地。"吓得众人逃奔出来。

在海上航行往往瞬息万变，小说情节也随之变幻多端，险象环生。作者有意设置悬念，每一节都力图在结尾时扣人心弦。如《飓风》一章中，船向澳洲行驶，开始是"风恬浪静，水天一碧，空波荡漾，遥映旭日之光，如万点金星，倏明倏灭，时有两三海鸟，掠水齐飞，与朝霞相上下。"优美而宁静，但好景不长，"至晚黑云翻墨，突兀如山，顷刻布满天空，船上人对面不相见。正在昏暗晦暝中，陡闻一种奇怪之声，如千军万马，鼓噪而来，电光闪烁，如百丈金蛇盘旋空际。俄而大雨倾注，如银河之倒泻，兼以暴风自西北方面来，其势猛不可当。"在暴风雨中，船的前樯被击破，中樯又复倾倒，后樯亦被吹折，"新造前樯之帆，突又被风吹落，正中船长之头部，当即昏绝，血流浴面，船长之性命存亡，已悬于呼吸间矣。"关键时刻船长性命如何，是这一章结束时所设置的悬念。

2. 叙述节奏松紧相间

小说的叙述节奏把握得非常好，松紧相间，喜忧参半，往往灾难之后有惊喜，惊喜之后又遇困难。在《海天奇遇·逃逸》一节中，船长伤势甚重，水手拿米耶麻哈耶代职，众水手藐视他，不听他的管束。风暴虽平，但船体朽败，水面漂来一舰板，水手们弃太平号而乘舰板逃离。黎吉制止他们，不能抛弃伐罢西一家，但水手们不听，还是逃走了，最后连船长也逃走了。黎吉是一位很有正义感与责任心的人物，他本来可以逃生，但是却留下来救助伐罢西一家。接下来的命运会如何呢？

船身漏水，他们奋力补船，好不容易靠近了一座海岛。岛上"椰树万株，高出云表，子实下垂，其大如人首"，果实累累的椰树让人赏心悦目，他们"撑舰板入小河，水波清浅，光可鉴人，水底有多数贝壳类，奇丽可爱，且有许多鳞族，往来游泳，举首四望，所有入目之颜色,殆似天真,实非人力所能创造"。荒岛景色美丽,令人觉得心旷神怡,恍若仙境,是他们不幸中的万幸。他们想尽办法在岛上建造了简易的住所,看似可以在这里安居了,但困难接踵而来,首先是食物匮乏。有了食物之后,又没有可饮用的水。于是《海天奇遇·饮料水》一章中他们向树林深处继续探险,遇到三头野猪,生命安全受到威胁,但野猪在地上掘墓一二尺,"忽有泉涌出,实淡水也",味道甘美,受了野猪的惊吓之后他们解决了水的问题,终于可以衣食无忧了。

但情况并不是完全好转了,他们在荒林遇到大风雨,匆忙逃回住所,但是住所却被风雨破坏了。"诸人皆立于怪风冻雨之下,全身皆被雨湿,寒冷之气,砭人肌骨,母啼儿号,鸡叫犬吠,悲惨之声,喧成一片。"风雨之后他们努力想办法解决问题,"伐小木,作为支柱,以张天幕。""傍晓,天始晴朗,空中黑云飞舞,如万马奔驰,翱翔天际。俄而旭日东升,放一线晴光,照耀大地。"他们的命运被变幻莫测的大自然所控制,在大自然面前人类显得十分渺小与脆弱。但是,祸兮福之所倚,大雨之后,"居然成一小溪,水草繁多,较前所见,高可倍之",溪上有一种植物"长叶指面,觉有一种香气,直扑鼻观,视之,则叶间有花大如盎,瓣宽而厚,色白,光泽可爱,几令人不忍舍之去。"前面遇到大风雨,这里又看到如此馨香洁白的花朵,让人顿时心神愉悦,感叹造物主的神奇,叙述节奏又是一紧一驰。

经过一系列探险之后,他们终于找到一个居住的好地方,"周围巨木约数百株,枝叶覆垂如盖,其中椰树为犹多,林下地颇平坦,且较他处为高,虽常雨亦不致潴为泽国,噫,此诚最适于卜居之佳所也。"他们"将帆布支作天幕,以居住宅楼,用御风雨而免露宿焉。"居于此后,他们还用椰树造日常生活、作卧之用的器皿,伐木造小屋数间。但当他们以为"已筑有小屋,当可无忧,正思想间,而屋顶之四周,已淫淫浸入雨水矣。"又是乐极升悲,空欢喜一场。第二天天晴,他们又将小屋重新修葺。"所幸者,衣食居住等件,皆大略完备,故无论如何,不致有饥寒之苦。"至此,他们终于可以在荒岛安定下来。

3. 插叙手法的运用

小说运用了插叙的手法,先写太平号遇难,继而补充介绍船上人们的身世与来历,黎吉姓加查马,年近五旬,颜作苍褐色,虽额间皱纹缕缕,但精神矍铄,自十岁时即遨游海上。船长阿拉牟氏,于航海之技术,异常谙练,丰采和蔼可亲,虽经过极大危难,并不见于颜色,且有一种愉快之气象,人望之,汪汪若千顷之波。船为太平号,能载重至四百吨以外,尚有余力,运往澳洲,未尝一失事,号为太平。幼西诺之父亲为伐罢西,曾为澳洲悉多尼府之任官,积有财产,广置殖民地,此次迎接眷属仍返澳洲任所。他及夫人子女共六人,幼西诺为其长男。幼西诺为人机警亢爽,有胆识,是一位活泼灵敏的翩翩少年。船从英伦出发,水手十三人,犬三只,还有一位黑人仆妇。此时的插叙只是初步的介绍,对于重要的人物黎吉、伐罢西、幼西诺在后面的荒岛生活中都进一步给予了描写。

在他们好不容易克服了重重困难,在荒岛安居下来之后,《黎吉老人之来历》一章中才重点介绍黎吉老人的身份与经历。他的父亲是一个航海者,在海上遇难,财产被亲戚瓜分,黎吉成为一孤儿,与母亲相依为命,九岁时看到一人堕水,跳入水中相救,而所救之人竟然是夺他家财产的那个亲戚。亲戚很愧疚,补偿给黎吉母子住所和物品,送黎吉去学堂上学。黎吉对航海冒险之事特别感兴趣,他想出海,但遭到母亲的反对,怕他像父亲一样在海上遇难。但黎吉总有航海冒险之心,十岁时从学校逃出,到海上航行。

另外,《海天奇遇》写景状物语言优美精炼,如第一章《海天奇遇·太平号之航大西洋》中:"有一太平号之航船,游于汪洋浩瀚不见边落之大西洋中,水天一碧,茫无涯涘,凭窗远眺,意甚自得。陡而风暴起,雪涛山立,急浪拍船,颠簸不定,风狂水猛,一叶万顷,帆樯寸裂,窸窣有声,船之首尾,没水而复出者再,如海鸥之戏水,船中人相顾惊愕,舵楫不能自由,人人自分必死,而波浪之汹涌弥剧。"以传神之笔写出海面平静、水天一碧之景,让人惬意,再写风暴陡起,波涛汹涌,船在风浪中毁坏,使读者有身临其境之感。

从以上所述可见,《人镜画报》中刊载的短篇小说和长篇小说都有着较为鲜明的特色,为近代天津小说的繁荣添加了一笔亮色。

第六节 《天津白话报》及其刊载的小说

一、《天津白话报》"维持自治,鼓吹民气"的办报宗旨

《天津白话报》创办于 1909 年 11 月,报馆主人曾在 1909 年 11 月 17 日(宣统元年十月初五日)的《大公报》上刊载出版预告:"本报以维持自治,鼓吹民气为宗旨,拟于月内出版,俟确定地址,订准日期再行布告,天津白话报馆主人谨启。""维持自治,鼓吹民气"是其办报宗旨,《天津白话报》刊载的小说也往往体现出"维持自治,鼓吹民气"的思想倾向。

《天津白话报》总理兼主笔为李镇桐(? —?)(生卒年不详),

号剑颖,他不仅是一位具有进步思想的报人,还是一位有所作为的民族实业家,1906 年曾在天津投资开办华胜烛皂股份有限公司,创办《天津白话报》之外,1910 年又创办《经纬报》,宗旨为"鼓吹宪政,提倡实业",剑颖亲自为《天津白话报》撰写多篇小说,《侦探被害之奇案》《喝,好怪的梦》《中国人多近视眼》《听戏》等。他是一位具有批判精神的津门作家,敢于直言,在《中国人多近视眼》中他借外国人之口写出中国国民性的弱点:"中国人办事,不论大小,不拘公私,大概都是专顾眼前,别说千百年后没想到,就是今天办的事,于明天有甚么关系,他也没有个虑恋,不是因为一时的高兴,就是看着人家这么办,我也这么办。到了一有阻力,就算完。其实这层阻力一过,底下竟是平坦的道路,他也看不出来。不用说将来落到甚么结果,他看不出来,就是自己可以办到甚么地步,他也没想到,囫囵吃枣,且战且走,竟冒虚气,瞎嚷胡闹,虎头蛇尾,前后不符,始勤终怠,乌合星散,这都是近视眼的毛病,要是眼界开展,见理远大,方才咱们所谈的那几项,也有官办的,也有绅办的,万不至中了近视眼的病。"①切中了当时社会中国人的弊病。

《天津白话报》是近代天津具有进步思想的白话报纸,与《人镜画报》一样强烈主张报纸有监督政府的职责。天津的另一种报纸《北方日报》于 1910 年 5 月 9 日(宣统二年四月初一日)创办,因其倡导"监督政府,响导国民",开办一天就被官府停办,是当时轰动天津报界的一件大事。《天津白话报》针对此事,在 1910 年 5 月 14

---

① 全国图书馆文献缩微复制中心:《天津白话报》,《中国早期白话报汇编》第九册,北京:缩微中心出版社,2008 年,第 336 页。

日(四月初六日)以"鲁嗣香"之名刊发《说办报之难》,开端即指出"报纸本可以监督官府,响导国民,以主持公理,开通民智为己任。所以拿波仑说,一报纸之力,胜于八千毛瑟枪,极其重视报纸。"文中尖锐地批评了查封报纸的官员:

> 作官的要是营私舞弊,贪赃枉法,报纸指摘他,本是个天职。他可决不能说是自思己过,我以后应当改过自新,这实在是我的过处啦。他反说报馆是容心找寻他,怀恨在心,并且还有一番理说,说我们若大的资本,得来一个差缺,平日还得若干的运动费,逢迎献媚,要是不赚钱是干什么的呢,光指着正宗的进项,还不够给上司送礼的呢。上下的用度,可由那儿出哇,他从此可就与报馆作了对啦。虽当时无可如何,要是遇上了事,你看吧,封报馆,逮主笔,借公济私百般的报复。①

直截了当、毫不留情地揭露了官员们查封报馆不可告人的真正原因,在当时官府与报馆矛盾激化的风口浪尖上显示出极大的勇气与魄力。后来《北方日报》续刊,剑颖在五月初一日《天津白话报》上发表《北方日报续刊祝词》,再次强调"监督政府"是报纸的宗旨:"决不能因为他(官府)不爱听,我们就放弃了宗旨,接着办,始终到底,非监督不可。"②

作为一份富于批判与改革精神的报纸,《天津白话报》上刊载的小说明显受到小说界革命的影响,顺应白话的潮流,在思想内容、语言应用上表现出很多不同于旧小说的地方。

---

① 全国图书馆文献缩微复制中心:《天津白话报》,《中国早期白话报汇编》第九册,北京:缩微中心出版社,2008年,第462页。

② 全国图书馆文献缩微复制中心:《天津白话报》,《中国早期白话报汇编》第九册,北京:缩微中心出版社,2008年,第614页。

二、《天津白话报》刊载的爱国救亡之作

1. 警示亡国奴之作《断肠花》

《断肠花》作者为久镜,久镜名郭究竟,又自称宛平郭心培养田,生卒年不详,曾任天津《民兴报》兼《燕报》主笔,天津《醒报》总编辑,1913 年在北京主办《国风日报》。在《天津白话报》上发表小说《断肠花》《假中国》等,在《醒报》上发表小说《专制剑》等。

《断肠花》是一部以爱国救亡为主题的小说,久镜在一开端说:"在下昨天偶阅一种短篇小说,名叫作《断肠花》。看了一过,热泪止不住可就掉下来啦,今天没有甚么事,姑且演说出来。望阅报诸君听着。"①可知是久镜转述并改编别人的作品。《断肠花》运用了一种"超叙述"手法,"超叙述"在 20 世纪晚清小说中盛行,其使用之普遍令人吃惊,往往是以发现手稿,或者听讲故事开始,《二十年目睹官场之怪现状》《茶花女》等都是此种结构,天津的小说也受这种风气影响,《断肠花》《狗吐人言》等,都是此种叙述手法。"超叙述"与《红楼梦》中的叙述模式有一定渊源,虽然被人们较为广泛地使用,但作者在叙述的过程中也有一种叙述者的困惑,恐怕读者分不清楚改编者与原作者,所以久镜在讲故事时说:"我(做小说的自云)前几天,因为有点事,上扬州去了,在一个饭馆,听到甲乙二人在谈话,讲一个故事。""乙这才从头至尾说起来了,我从旁窃记,其语如下"②,经过久镜的转述,"我"的转述,饭馆中乙的讲述,故事才正式

①全国图书馆文献缩微复制中心:《天津白话报》,《中国早期白话报汇编》第九册,北京:缩微中心出版社,2008 年,第 396 页。
②全国图书馆文献缩微复制中心:《天津白话报》,《中国早期白话报汇编》第九册,北京:缩微中心出版社,2008 年,第 396 页。

开始。

《断肠花》写一位广东籍的娄女士,才貌双全,父母双亡,寄居在香港一位法国神甫的家里。女士与神甫的儿子互生爱慕,却遭到了神甫的强烈反对,原因就是"她是亡国奴"。神甫死后,娄女士与神甫之子结婚,但遭到了香港法国人的排斥、鄙视和嘲笑,以至于他们无法生活下去,就去了法国巴黎。刚开始人们以为女士为日本女子,对她很是尊敬,后来发现她是中国女子,就开始鄙视她亡国奴的身份,夫妇俩被驱逐,众叛亲离,没有立足之地,女士得了吐血症,但她认为自己得的是心病,她说:"大夫能拿来药救了我的祖国,教我的祖国立刻同欧美并驾齐驱,我的病当时就可以好。"亡国奴身份让她不能活下去,女士在伤痛欲绝中跳海寻死,在海里挣扎的时候,她大喊"我同胞听着,我同胞听着!"直到被滚滚的浪涛吞没。

小说的结尾说:"以上所说的,纯是甲乙二人所谈的,由沪上某报记者编成文话,现在又由在下改成白话。"与小说开头的交代前后呼应。故事结束之后,作者特意加了许多评论和说明:"在下对于这段事情,还有点儿评论,写在下面,请阅报诸君听者……中国还未丧亡,中国民就不能够叫作亡国民,何以碧眼黄髯辈,竟把中国人叫作亡国民,当奴隶看待呢?像娄女士本来是一位学识兼优的人,因为是中国人……有家难奔、有国难逃、家庭不和、乡邻耻笑、族人辱骂、亲友毁谤……都是中国人连累的呀,向不知道合群,事事净讲究借势欺人,只要利己,就算得啦,再加上媚外的心,一天比一天的盛,为虎作伥,自残同种,这奴隶的性质,真是根深难拔,外人又为什么不拿中国人当亡国奴看呀。"①小说以爱国强国为主旨,重点突出了中国

①全国图书馆文献缩微复制中心:《天津白话报》,《中国早期白话报汇编》第九册,北京:缩微中心出版社,2008年,第444页。

人亡国奴的身份被世界轻视和嘲笑,号召中国人团结强国,具有明显的时代特色,在思想内容方面表现出"新小说"的素质。

2. 救亡图存之作《东方病夫之病况》

1910 年的清政府濒临灭亡,作家们往往通过小说来表现救亡图存的主题,《天津白话报》刊发的丁竹园的《东方病夫之病况》是此方面的代表之作。小说写道:"老大地国的犹未省,有个大财主,复姓东方,忘其名字,因为这位当家的体弱多病,故此街邻们就送了他个外号儿,叫作东方病夫。这东方病夫,空有家财,没人办事,在床上直躺了六十多年,这病是一天比一天重。"[①]用东方病夫来形容已病入膏肓的大清帝国。东方病夫派了一个资格极深的家人带着一千两银子去求名医吴如何,家人从一千两银子中取出十两银子来见吴大夫,自己私吞了九百九十两。吴如何去东方府上治病,到了大门,门人拦着他要门包钱,说:"别说你是治病的,你就是救火的,你也得给花销。"家人给了五两银子才让过去。到了二门,有十几名护卫,不只要门包,还要让吴如何给他们请安,家人又给了银子。到了三门,又花了一份见面门包,才进去,到大厅之后,吴如何发现里面坐着三百多位医生,打牌的打牌,饮酒的饮酒。吴如何寻问病情时,家人说"敝上的病症,已竟五六十年啦,大概十年一变,越变越重,可总是照着一个老方子吃,请来的大夫虽多,谁也不敢出别的方子,都得合而为一的办理。"吴大夫看到东方病夫的病况后,用治国的道理来说明治病的方法:浮肿就好比面空大、没有主权,自汗发热就好比边防不固,饮食不下就好比实业不兴、财源

---

① 全国图书馆文献缩微复制中心:《天津白话报》,《中国早期白话报汇编》第九册,北京:缩微中心出版社,2008 年,第 247—248 页。

枯竭,整个人都病到无处下手可治。

很明显,东方病夫指病入膏肓的大清帝国,中饱私囊的家人是大清各个阶层的官吏们,进门要门包的陋习则是当时社会上的不良之风。东方病夫的病况已经到了无药可治的地步,虽然有着好的药方:立线、兴学草、李材木、练冰、实业、铁甲、良酱、循栗、好外胶,但这十味用的是情面水、一烟锅来熬的。所以,药方虽好,却没有疗效。吴如何建议用"认真水"和"饭锅"来代替原来的情面水和一烟锅,但家人说"谁也犯不上舍了情面水用认真水",只好眼睁睁看着东方病夫病死。小说指出清政府的弊端与腐朽,即使有立宪、兴学草、练兵、实业、良将、循吏、好外交,但用情面水、一烟锅(一言国)来煮,无论何人都无法挽救大清即将灭亡的危局。

3. 批判口立宪而行专制之作《假中国》

《假中国》作者剑颖,小说写清政府虽然预备立宪,进行变法改革,但社会上旧风俗并没有改变,反而是世风日下,人心日诈,揭露了清廷"口立宪而行专制"的骗局,提出"假中国要打算强盛,非得人心先换一换不可"的建议。

小说以第一人称叙述,一开端说:"在下在本月初六日早晨,刚洗完脸,漱了口,赏玩秋雨,于是拿起庄子一本翻阅,忽觉心血上涌,直打欠伸,遂靠在床铺上静息,两耳输边。"睡梦中隐隐听到朋友言皆实(号必中,别号危言子)说:"现在又发现一个国都,名叫假中国。"①于是"我"在梦中同言皆实一起游历了"假中国"。"假中国"的人们表面看是文明国民的样子,实际上每人都戴着一副假面具,

①全国图书馆文献缩微复制中心:《天津白话报》,《中国早期白话报汇编》第九册,北京:缩微中心出版社,2008年,第660页。

面具下是卑鄙龌龊的神情,所穿的华丽衣服也都是纸糊的,衣裳下面都是补丁摞补丁、油泥有三寸多厚的小褂。"他们走道摇摇摆摆,前仰后合,永远不敢脚踏实地走,说是一实行,台就坍了,地也陷了。"以此来讽刺只会空谈、不敢实干的人们。

"假中国"虽然一直在大张旗鼓地推行变法,但世风日下,人心日趋奸诈,顾客使用假洋钱,卖主以假货充好货,客栈给人提供的饭菜中肉都是臭的,马车碾伤人照旧飞跑,巡警不管,车夫乱要价,戏园子里明写着禁演淫戏,但台上做出来的丑态却不堪入目。在看戏的时候,戏园子左边突然失火,男男女女都拥拥挤挤,大哭小叫,缠足的妇女吓得一步也走不动,爬的爬,栽倒的栽倒,也有丢钗环首饰的,也有丢靴子的,而这场大火却是混混们制造出来的,以乘乱抢夺衣物。在"假中国",人们思想极度落后,迷信相面和算卦,热衷看出殡。虽然提倡天足,但缠足的女性们却非常多。会场里说是要公举出代表,结果却是自举,名不副实。作者借路人的口说:"如今我们国内是预备立宪时代,事事改良,日见进步,报馆立的有好些个,各处志士到处开会演说,提倡改良风俗,办理地方自治,今年是筹备立宪第三年,本处还立了一个纪念会呢。"①但预备立宪"下的诏越快,实行的日子,才越见迟慢"。小说抨击假中国"办新政是假,预备立宪也是假",官员们"当着上司的面,说甚么求民情,违民隐,节俭经费,提倡新政,赶见了民,照旧作威作福,欺压平民,剥民脂,削民膏,败坏新政,竭力反对。口里说仁道义,行出来的无非是

①全国图书馆文献缩微复制中心:《天津白话报》,《中国早期白话报汇编》第九册,北京:缩微中心出版社,2008年,第675页。

②全国图书馆文献缩微复制中心:《天津白话报》,《中国早期白话报汇编》第九册,北京:缩微中心出版社,2008年,第700页。

假公肥己,办新政无非闹个外面儿",②维新志士们"动辄痛恨官府,赶一见了官府,逢迎巴结,无所不至",读书人"嘴里说的是爱国,心内的功名心,仍然很盛"。

小说结尾说:"言君在前面走,在下正过门坎儿,一不留神,被门槛子跌了一交,觉得浑身发痛,睁开眼睛一瞧,自己仍然在床铺上躺着,那本庄子,还在手中呢,真梦假梦,在下不知,真语假话,在下不敢定,但是假中国到底在那儿,可确有所指,诸位把地图翻开来看看,在亚细亚东南部,那就是这个国立国的地方啊。"①明确地指出梦中的"假中国"就是现实中的"真中国"。

三、《天津白话报》刊载的批判天津时弊小说

《天津白话报》上刊载了一些地方性较强、讽刺天津时弊的小说。如睡民的《喝,好怪的梦》,蛰公的《说梦》,图南子的《我也做个梦》等等,通过"梦"对天津当时不合理的制度与现象进行了批评与讽刺。

睡民的《喝,好怪的梦》是一篇讽刺天津巡警不遵守规章制度、欺软怕硬的作品。小说一开端写:

> 前天晚上吃完饭后,拿了一份报纸,就借着灯儿的光影,从头到尾瞧了一遍。是时觉着精思昏昏的有点困意,我可就把报纸搁在桌上,躺在床上了。这个时候,神经迷离,好象到了一个地方似的。看见街道整齐,楼房冲天,电灯树木,两旁夹立,往来的车马行人,纷纷的不绝。我就随着人的身后,一步一步的溜搭往前走。走了几十步,看见有个十字的道路,非常的热

①全国图书馆文献缩微复制中心:《天津白话报》,《中国早期白话报汇编》第九册,北京:缩微中心出版社,2008年,第708页。

闹，瞧见各铺户，全是悬灯结彩，鼓乐喧天，街上游玩的那些男女老幼的人们，拥拥挤挤，路口全有警士指挥。只瞧从北面来了一辆人力车，车上坐着一位有年纪的老太太，拉车的嘴里喊着借光借光，直奔路口里去啦。警士一步赶过来，就照着拉车的打了一棒，怒声怒气的说到：“是车不准进路口里，凭你一个拉车的东西，胆敢犯我的警章，要往路口里拉吗？就是那四轮的大马车来了，也是遵我的章程，不能进这路口里。我这是公事，你快给我回去，从别处走吧。你要惹起了我的火儿来，就把你带局子里去，说你不遵警章，罚你十年二十年的苦力。”拉车的被警士一棒，打的早已魂不附体了，一听不遵警章罚苦力的这些话，吓的更是不得了，就急急忙忙的赶紧跪在地上，给警士磕了一个大响头。警士说声“去吧”。拉车的便将车把抬起来，可就气气哼哼的拉着车咕噜咕噜的走了。没迟五分钟的工夫，又从北面飞跑的来了一辆四轮高大的阔马车，直奔路口里进。警士赶紧向前叫马车住下，只瞧见车里坐着一个女子，是妓女的打扮。警士就向车奴婉言的说道：“今日奉局谕，因此处游玩的人们太多，是车马一概不许进路口里，免伤人命，可请你从别处走吧。”车奴一听不许进路口里，立可瞪着两只大狗眼说道：“你这当狗兵的真有大胆子，阻拦我的车马，不教往路口里进，你知道这辆马车是那儿的吗？凭你一个小小的狗兵，前来拦阻，就是你的上司出来，也是惹不了的呦。”警士听了车奴这套话，弄得忍口无言，面红过耳，便张口说道：“得啦，请你老人家进去吧。”车奴又向着警士咬牙骂了一句，便扬起鞭子进了路口里，在街上得意的一横行，赶的那些步行男女老幼的人们，东逃西避。有个六十多岁的老婆，因躲避不及，教这辆马车闯倒,硬从身上过去,只听磕叉一声,把这老婆的腰割断了两节,鲜血满地。车奴一看压死人了,反又加了一鞭子,直驰飞奔南去了……"①

这是一篇描写细致的短篇白话小说,对于路口的警士有着极为精彩的描写,他见了普通的车夫,就作威作福,怒声怒气,对车夫连打带骂,按规章执行任务。转眼间见了四轮阔马车,立刻像变色龙一样换成"婉言媚语",对车奴毕恭毕敬,受到车奴的辱骂面红耳赤,敢怒不敢言,竟然放车奴过去,结果车奴横行霸道,碾死了一位老妇人,逃之夭夭,简直没有王法,小说运用对比的手法表现出当时天津警士仗势欺人的丑陋现象。

蛰公的《说梦》是一篇影射天津警务制度弊端的小说:

昨天夜间我做了一个梦,梦中所见的情景,迷离恍惚,多出乎情理之外。我彼时梦见的,仿佛同一个朋友糊里糊涂上了火车,也不知走了多大时候,就到了一个站头儿。下了火车,也不知是甚么地方,四下里一看,仿佛是天津,又仿佛不是天津,你说不是天津吧,所见的情景,又好像天津,你说是天津吧,怎么一切情形,全不是天津的原样儿了呢。也不管他是什么地方啦,一个劲儿迷迷糊糊往前走,看见街上也有巡警,可是多半都像半死不活的样子,见了打吵子的,也不敢管,见了四轮马车跟包月洋车,就急急躲闪。正往前走,看见一个走道儿的,在那里申斥巡警,巡警恭恭敬敬的不敢言语。这个人申斥完了他就走啦。我不知其所以然,就问巡警道:"这个是干什么的,为

①全国图书馆文献缩微复制中心:《天津白话报》,《中国早期白话报汇编》第九册,北京:缩微中心出版社,2008年,第654—655页。

什么申斥你？"巡警说："我不认得他。他说我站的地方不对啦，故此申斥。"我说："巡警在岗上，有完全管人之职权，就连本管的上司，都不应当在岗上当众训斥。你怎么就听这个走道的申斥呢？"巡警说："如今的稽查，随便在岗上训斥我们，我们要是不服他训斥，就要吃苦子，可是稽查都穿着便衣，跟平常走道儿的人一样，我们也辨不出来，所以走道儿的人申斥我们，我们也不敢怎么样，万一他要是稽查呢，不能不留这个神。"我听到这里，心里想到："像这个情形，巡警在岗上还能管人吗？"又往前走，看见道旁有一座巡所，见有甲乙两个巡警在那里说话，甲说："咱们玩玩去。"乙说："要是教咱们大人知道了呢。"甲说："大人已经打完了戳儿过去啦，咱们可以随便了。"以后还说些什么，听不清楚，只听见说："反正大人来打戳儿的时候，咱们不错样儿就完了。"我也不再往下听，还往前走，看见一座巡警分局，门前围着许多人，有一个官员模样的，从门里往外走，大概是这分局的区官，旁边有个巡长，一面跟着走一面回话，就听这个巡长说："请大人问完这起案子再走吧，这个伤人看看要死，别等着死在局子里。"这个官员模样的说："要是一问上这起案子，必耽误许多工夫，好几处巡所的戳子，怎么去打呢，万一被总办查出来没打戳子，就要把我撤差，我还是先去打戳子要紧。"说着可就走了。这功夫局子前看热闹的人，越聚越多，你推我挤，巡长巡警一赶他们，大家就瞪眼，你听吧，这个说："你们臭巡警，如今还能管人吗？"那个说："如今连你们大人都不能怎么样？就是把我们抓了去，请问敢打我们吗？"你一言，我一语，闹个不休，哄哄乱乱，一下子把我挤倒。正在这工夫，我打了个冷战可就醒了，敢情是个梦，醒后想来，梦中所到的是甚么地方,以上这些情形,这叫甚么警务,你要说梦中所到的是天津,天津当初的警务,可不是这个样子呀！①

小说以梦中的情形来批判当时天津不合理的警务制度,便衣稽查随便训斥巡警,使巡警在岗位上不能履行职责,总办要求区官警长四处巡视,以打戳子为准,不打戳子就有被撤职的危险,打戳子甚至比人命关天的案件更重要。巡警们也投机取巧,应付了事。小说影射天津警务不合理的制度,有着很强的批判精神。

清末政府逐渐认识到鸦片对民众和社会的毒害,在全国大力提倡禁烟,1907 年广州还产生了一种名为《广东戒烟新小说》的刊物。禁烟也是当时天津人们关注的一件事情,《天津白话报》1910 年7 月 28 日"闲评"栏目中"安"作的《可怕》说:"近来一股热心志士,都忧虑禁烟这件事,说:'自禁烟以来,至今已三年了,看每天的报纸上,那一天也断不了查获烟犯,将来怎么了'。有人说道:'咳,你就别忧虑禁烟的事啦,要按中国现在的时势说,顶到十年以后,还不定怎么样啦。'"②天津虽禁烟,但总是屡禁不止。针对此种现象,产生了讽刺禁烟的小说。图南子的《我也做个梦》就是针对天津名令实行禁烟,有些官员却无视禁令,照样有特权抽大烟的现象而作的。小说一开始说:"昨日天甚炎热,汗流如雨,扇子不能离手,一个劲儿的扑搭,吃完了晚饭,忽然云阴四面,雷闪齐发,可就下起大雨来了。在下拿了一本民兴报印的《官场现形记》,坐在洋汽床上,看

①全国图书馆文献缩微复制中心:《天津白话报》,《中国早期白话报汇编》第九册,北京:缩微中心出版社,2008 年,第 580–581 页。
②全国图书馆文献缩微复制中心:《天津白话报》,《中国早期白话报汇编》第九册,北京:缩微中心出版社,2008 年,第 581 页。

了半天,自觉精神朦胧,迷迷糊糊的只见来了二位戴红缨帽的。"①
两位公差是奉某大人之命来请"我"的,"我"跟着二位公差进城,看
守城门的却向"我"要门包,进入某大人家的大厅之后,"我"看见
"高朋满座,胜友如云,正在那里打麻雀牌。""我"问公差,大人在哪
里? 公差说:"大人才起来在内宅吸鸦片烟呢。""我"等了一个多时
辰,大人也没出来,心中甚为饥饿,里面传出话来:"今日大人烟瘾
过甚,不能见客。""我"说:"现在禁烟禁的很紧,你们大人怎么吸烟
这股势力呀? "差人道:"我们大人吸烟不同别位,现已奉上谕,准我
们大人吸烟一百年,不准他人援例。"②"我"看见从厅房走出一个青
衣女子,容貌很像戏剧演员小莲芬,就问差人小莲芬怎么来了这
里,差人回答道:"上月《天津白话报》登了一篇《小莲芬罪孽未满》
的演说,我们大人一看急了,就花了二千元,将小莲芬赎出来了,今
者已作了我们大人的五姨太太了。""正说之间,只听后面咕咚一
声,在下一惊而醒,敢情是一个梦! 实令人可笑哇! 哈哈!"③小说从
眼前事说起,如《民兴报》刊印的小说《官场现形记》,《天津白话报》
登了一篇《小莲芬罪孽未满》的演说等等,都是当时大家熟悉并热
衷谈论的话题,作者把这些时事写入小说里,让天津的读者们能够
会心一笑,讽刺之意也不言而喻。

另外一个十分有趣的现象就是以上三篇批评天津时弊的小
说都是借梦来写的,虽然借"梦境"的外衣给自己涂上一层保护

---

① 全国图书馆文献缩微复制中心:《天津白话报》,《中国早期白话报汇编》第九册,北京:
缩微中心出版社,2008 年,第 678 页。
② 全国图书馆文献缩微复制中心:《天津白话报》,《中国早期白话报汇编》第九册,北京:
缩微中心出版社,2008 年,第 679 页。
③ 全国图书馆文献缩微复制中心:《天津白话报》,《中国早期白话报汇编》第九册,北京:
缩微中心出版社,2008 年,第 679 页。

色,但讽刺之意十分明显,体现了《天津白话报》敢于直言,不怕冲撞当局,以监督政府为职责的创办主旨,使小说发挥了批判社会的作用。

四、《天津白话报》刊载的记录天津庚子事变小说

庚子事变是天津一段痛苦的历史,1910 年《北方日报》联合天津各报举办了一次"天津失城十周年纪念会",《天津白话报》曾发表剑颖、刘孟扬等的纪念文章。剑颖在六月初七日发表的《天津失城十周年纪念会》上说:"某人作了一段极羞耻的事情,咱们在一傍必看不起他,因为他被人羞耻,实在有自己取辱之道,被羞耻的人,自己也觉着是自找,就不怨人看不起,也必自己想法子洗刷这一番羞耻,或报复这一番羞耻,决没有自己找来的羞耻,自己看得开,扔在脖子后头就算完,就是无端被人羞耻,也是过去的事不提,断乎无此没有志气的人,如果有这样人,除非是不顾廉耻的□□(这两个字不便明说,不好听)。"批判忘掉羞耻的人们,又批判对国耻漠不关心只顾自己享乐的人们:"中国人向来不知道国跟自己的关系,常常拿着国家事,漠不关心,如同庚子年的变乱,天津城都被外国人占啦,上海还唱大戏呢!"可见当时津门作家热忱的爱国之心。

《天津白话报》是一份贴近现实生活、体现津门特色的报纸,其刊发的刘孟扬的《十年前之今日》(《天津失城记》)、《天津失城之与妇女的关系》等记录了天津遭受的苦难。刘孟扬(1877—1943),字伯年,天津人,回族。1903 年被聘为《大公报》第二任主笔,曾撰文抨击袁世凯。1909 年自办《民兴报》,宣传鼓吹君主立宪,后又创办《白话晚报》《白话晨报》《天津午报》等,曾在天津创办天足公益社,并曾任天津县长一职,他擅长书法,且长于中国文

字语音研究,曾创制一套中国音标新学,1919 年发表《注音字母之商権》一文,受到学术界的关注。另著有《天津拳匪变乱纪事》《梦影录》《孟扬杂稿选刊》等,他是一位对近代天津文化建设极有贡献的知识分子,其妹刘清扬是周恩来的入党介绍人,亦是中国妇女解放领导人之一。

刘孟扬在《十年前之今日》(《天津失城记》)的开端语气激昂、义愤填膺地说:"这十年的工夫,我们天津成了甚么样子,我们中国成了甚么样子,我们全国的大局,受了那一天的影响如何,我们全国的人民,受了那一番的刺激如何,想有心人提起来没有不落泪的,抚今思昔,那一天的情景,还如在目前,我们全国的人民,该当时时不忘那一番的激刺,该当时时存着一个卧薪尝胆的心,想法儿挽救我们中国的危局才是。"①表现出炽热的爱国心,具有极强的感染力。刘孟扬用纪实的手法描绘了庚子事变时枪林弹雨中的天津:

> 六月十八日子丑之交(即十七日夜间),细雨淋漓,五更以后,枪炮之声,陡然大作,甚形惊人。有日本兵及某国兵数百人,闯上南面城墙,开枪四面轰击,城厢内外,居民大哗。官兵猝不及防,慌忙接战。右营守备宋寿华,陕西人,守城不肯退,遂殉城堞上。官兵不能支,纷纷哗溃,练军毅军,犹在城外勉强支持,枪声接连不断。洋人在城上一律开放排枪,令人闻之,其凄惨实不可言。黎明,枪声犹不断,炮声亦杂于其间。练军毅军,不克而退。陈国璧带领部下队伍,在大夥巷口及小夥巷口

---

① 全国图书馆文献缩微复制中心:《天津白话报》,《中国早期白话报汇编》第九册,北京:缩微中心出版社,2008 年,第 268 页。

一带,欲与洋人为难,并将聚成麦铺内整袋之米麦全行运去,堵住巷口,以防洋兵窜过。此时城内外人民,逃奔塞路,皆往西北河沿奔走,而大夥巷小夥巷,为由南往北之要路。陈国璧之兵若与洋兵为敌,则逃难人民,几不聊生矣。①

在描写津城遭遇侵略战争的时候,刘孟扬还记述了救助津城人民的勇士:"武生李向辰,字星北,大夥巷中最有善名者,曾见及此,遂向陈国璧大声疾呼,为之痛陈利害。陈国璧始拔队而北走矣,逃难人民,由是填街塞巷,往北而逃,城西北一带居民,遂不见枪炮之弹,于此见李星北君之造福于难民,匪浅鲜也。"②作品重点描述了天津人民所遭受的灾难:"在北门内外一带,被枪击死者甚多,有穿红色衣服之妇女,出城时,多被洋人击死,盖疑其系红灯照也","空中枪弹,飕飕作响,行人皆屈身缘墙根而行,其被枪击死者,处处皆是,大街小巷逃难者,叫爹喊娘,呼兄唤弟,失儿丢女,其惨实难言状……"③这是我们所能看到的津门作家第一次亲自描述庚子事变,之前我们看到的都是在林纾、李伯元等作品中对津门苦难的描写,与其他作品相比,刘孟扬的作品更具有震撼人心的现场性。

刘孟扬在《天津失城与妇女的关系》中进一步地描述了十年以前天津失城时,妇女因为缠足不能走,不能跑,所以死的比男子多的惨状。有一对夫妇携带子女逃难:"男子背着包袱,抱着小的,领着大的,他媳妇在后边跟着,走两步儿,歇一歇,枪子儿在头顶上直

①全国图书馆文献缩微复制中心:《天津白话报》,《中国早期白话报汇编》第九册,北京:缩微中心出版社,2008年,第268—269页。
②全国图书馆文献缩微复制中心:《天津白话报》,《中国早期白话报汇编》第九册,北京:缩微中心出版社,2008年,第269页。
③全国图书馆文献缩微复制中心:《天津白话报》,《中国早期白话报汇编》第九册,北京:缩微中心出版社,2008年,第269页。

飞,男子催着快走,他媳妇只是哭着说'我走不动'。正在这功夫,忽然飞来几个枪子儿,把夫妇二人全击死,横尸在地,也没人管。后来有人看见,那怀抱的小孩儿,还爬在他母亲的死尸身上,一面哭,一面吃奶。"这些人间惨剧都是因为妇女缠足如同废人而造成的,所以刘孟扬曾在天津创办公益天足社,大力提倡天足,禁除缠足的恶俗,奉劝凡有女孩的,从今以后都不要再给她缠足。

　　庚子事变对于当时的中国和天津而言是一件翻天覆地的大事,但是在近代天津小说中反映此主题的作品却很少,原因何在?阿英在《重刊庚子国变弹词序》中曾说全国反映庚子事变的作品之所以少,主要原因是事变发生的时候大家还没有认识到小说的重要性,待到懂得已经是事过境迁,又有了更重要的主题,这样对庚子的描写就未能成为重心。①笔者认为另一个主要的原因是当时对小说文体的认识不同,许多当时的小说作品如刘孟扬的《天津拳匪变乱纪事》等,到今天已经不被认可为小说,而是被放在历史文献中,由此相关的小说作品更显得少了。以今天的眼光来看,这些作品不能算作纯正的小说,但在当时却是在小说的范畴之内,发表于《天津白话报》刊发小说的"演说"栏目中。阿英先生编有《庚子事变文学集》,小说卷中收录的艮庐居士的《救劫缘》中有许多按日期排列的纪实性资料,程道一的《庚子事变演义》中纯粹是历史材料的堆积,并没有贯穿始终的主人公,而这些作品在当时都属于小说的范畴,所以,刘孟扬的《十年前之今日》《天津失城与妇女的关系》《天津拳匪变乱纪事》也应当属于小说的范畴。

---

①阿英:《庚子国变弹词·序言》,李伯元:《庚子国变弹词》,上海:良友图书公司,1935 年,第7 页。

五、《天津白话报》刊载的呼吁女性解放小说

妇女解放、提倡天足是清末时非常重要的社会运动,天津在1902年就成立了公益天足会, 刘孟扬还曾在1904年1月5日《大公报》上发表《请遵谕劝戒缠足》文章。《天津白话报》也响应社会中涌动的提倡天足风气,于1910年9月转载了小说《天足引》,作者为"武林程宗启佑甫"。《天足引》1906年曾由上海鸿文书局出版,作者程宗启曾在开端序例中说:"我这部书,是想把中国女人缠足的苦处,都慢慢的救他起来。但是女人家虽有识字的,到底文墨深的很少,故把白话编成小说……女先生把这白话,说与小女学生听,格外容易懂些。就是乡村人家,照书念念,也容易懂了。"①小说用白话写成,作者是杭州人,本想让杭州女性看看就足够了,但此书却成为当时的一部流行小说,所以被《天津白话报》转载。

《天足引》是专为提倡女性放足而写的,隐含读者就是社会中固守缠足陋习的女性。小说在一开端说:"诸位太太、奶奶、小姐、姑娘们,请坐了,慢慢的听我说来。"以说书人的口吻讲给众女性听,又以生动形象的故事来提倡天足。小说讲述了弯弓乡冯家的一对双胞姐妹,姐姐十全自小心甘情愿缠脚,妹妹双全却不缠脚,大胆地扯掉裹脚布,她极有反抗精神,父母打骂她、不给吃饭穿衣,她也不妥协,还偷偷地读书、学算术,十分具有新思想,认为女人也是人,将来也可以做宰相、元帅、皇帝。因为十全是小脚,有很多人来说媒。双全是大脚,没有人来说媒。后来十全凭美貌和一双

---

① 陈平原,夏晓虹编:《二十世纪中国小说理论资料·第一卷(1897—1916)》,北京:北京大学出版社,1989年,第196页。

小脚被富家公子邓少通聘为妻。双全因为大脚,嫁给了穷困却爱读书、爱做善事的少年余自立。余自立认为天下的人都是糊涂虫、瞌睡鬼,他自己开个书馆,专想娶一个天足的妻子,正好与双全成就了婚姻。冯氏夫妇向来以听话缠足的大女儿十全为骄傲,对不听话缠足的二女儿双全不太喜欢。但有一天他们都生病了,大女儿不能来照顾他们,二女儿赶来殷勤服侍,才转变了对二女儿的态度。冯氏夫妇病卒后,双全和余自立张罗葬礼,事事稳妥。

后来两对小夫妻一起回邓家,在路上被土匪冲散了,十全落入土匪手中,幸好被双全、自立、少通救回。在逃难途中,十全处处因小脚不便,双全的大脚处处发挥了作用,关键时刻还背着姐姐逃命。十全意识到小脚的弊端,羡慕、感激与尊敬起大脚的妹妹来。作者说:"你们这些太太、奶奶、小姐、姑娘,看到这些大脚的便宜,还不把脚慢慢的放大了吗?"四人好不容易逃回到双弯乡稳定下来之后,各生了一子,双全因为大脚,做家务照顾孩子都很轻松。十全却难以做家务照顾孩子,也开始慢慢地把脚放大了,少受些苦楚。后来,朝廷推行新法,提倡天足,自立与双全都受到政府的嘉奖,并且负责考查各处的学堂,做出了一番利于社会、人民的事业。

《天足引》通过生动曲折的故事,抨击了中国妇人缠足的陋习,热烈赞颂女子的天足,提倡妇女放足,对天津妇女的放足运动有积极影响,与天津刘孟扬创办天足协会起到的作用是一致的。小说除提倡天足之外,还大力地宣扬了妇女解放思想,号召女性们不能再像以往那样封闭和落后,而应该多多学习知识、文化,广泛地参与到社会活动中来。此种具有进步意义的小说一出,必然会促使天津的女性走向解放、自强的道路,使天津的社会风气更进步、更文明、更健康。

六、《天津白话报》刊载的改良戏剧小说

20 世纪初年白话文运动形成了一股蓬勃发展的潮流,戏曲改良运动也随之兴起。天津报人较早认识到戏曲作为开化之术比演说对普通民众更有效,《大公报》在 1902 年 11 月 11 日曾刊登题为《编戏曲以代演说说》的来稿,言:"尝终日不食,终夜不寝,以求所谓开化之术;求而得之,曰编戏曲。编戏曲以代演说,则人亦乐闻,且可以现身说法,感人最易……能使座中看客为之痛哭,为之流涕,为之长太息……今不欲开化同胞则已,如欲开化,舍编戏曲而外,几无他术。"明确提出编演戏曲是开化民智的最佳利器。之后,全国的很多报刊如《俄事警闻》《警钟日报》《安徽俗话报》《中国白话报》《京话日报》《正宗爱国报》等,或者是发表提倡戏曲改良的演说文和戏评,或者是刊登改良戏曲作品,或者是参与和组织改良戏曲演出,京津一代也形成了改良戏曲热潮,天津有王钟声以改良戏剧为己任,组织了好几回新舞台,但效果却很不理想。

《天津白话报》主笔剑颖极有改良之心,他在 1910 年 3 月 28 日发表的《听戏》开篇说:"近年来京津等处,爱听戏的人很多,各界都有,上自亲贵显宦,中至富商大贾,下及娼优隶卒,一提起戏来,都要讲究讲究,一提起戏来,匀点工夫必到,甚至有一贴好角儿,多花钱耽误事全不怕,非听不可的。在经济上设想,似乎不得了,在社会的风气上说,我看到是一个移风易俗的好机会。"他认识到戏剧在社会上有超强的影响力,是改良社会移风易俗的有效载体:"社会里头最容易感动人心的,莫过于戏剧。要把戏剧改良好了,实在都是有益社会的戏。听戏的越多越好,多出几个戏价当学费,也未为不可。"他继而认识到当前改良戏剧存在的

问题:

> 不过近来所演唱的戏,真能称得起改良二字的,有多少出,有多少人。前者王钟声颇以改良戏剧为己任,在天津组织好几回新舞台,全是糊里糊涂的拉了倒了。拉倒的原因,固然不是专因为唱的戏不好,究竟要紧的是不上座儿。新舞台一开张的时候,听戏的拥挤不动,也可见社会里头是欢迎改良的新戏喽。不然,那纯乎是厌故喜新的一鼓子气儿,甚么叫新舞台,都没看见过,故此全要开一开眼界。赶到把那些布置的景子,像看洋篇儿似的都看过啦,这一股子劲儿也就泄了。听听大家的评论,说好的甚少,不是说这么一齣大戏,连一个好鬎生都没有。如同小杨猴的武生,有一个也好哇,简直连二三路的角儿,一个也没有,听个甚么劲儿。其余还有种种的评论,暂且不提。①

他认识到当前戏剧改良是雷声大雨点小,如昙花一现,人们在新鲜一阵之后,很快厌烦,原因之一就是改良新戏缺少优秀的演员,难以吸引观众。作者继续说:

> 在改良新戏的听着,心里必不服,必说社会不懂戏。要说社会不懂戏,这是诚然,人人都知道听戏,人人还能够都学过戏吗?唱戏的呢?就应该附和社会的心理,徐图改良,终久不难转移过来。近来各戏园,全要卖女散座儿,每天的戏里头,必加上两齣淫戏,丑态百出,在稍知事理、关心风化的人,都恨唱戏的可恶。我看唱戏的可恶是不错,也不能不怨听戏的爱听这种

---

① 全国图书馆文献缩微复制中心:《天津白话报》,《中国早期白话报汇编》第九册,北京:缩微中心出版社,2008年,第408页。

淫戏。要是听戏的都不爱听淫戏,他一贴淫戏就没人去听,下次管保再也不贴淫戏了。戏园子贴的淫戏越多,上的座儿越多,女散座儿卖的越多,听戏的也跟着长数儿。唱戏的形容这齣戏越淫,听戏的越高兴。这么看起来,还是一般社会不够听改良新戏的程度,硬要唱新戏,那真是强人所难哪。①

他明显指出观众们有限的欣赏水平,与改良新戏相比,观众们更爱看一些淫戏。改良新戏该如何才能让大众们接受呢?他认为改良新戏不仅要在精神上新还要在形式上有吸引力,所以他力主改良新戏要有一流的演员和精彩的演技:"如同小叫天的能唱,小杨猴的能打,这全是形式上的功夫,改良新戏呢?形式上不甚注意。非把这齣戏的真精神做出来不可,要是喜欢事,教他一做,人都乐不可支,要是哀痛的事,教他一做,人都低下头去落泪,要是悲愤的事,教人生慷慨的心肠,尽情尽理,无微不至,那才是真能改良新戏。"②只有过硬的功夫和一流的演技,才能表现出戏剧里的喜怒哀乐,感染观众。作者继续说:"我说这些话儿,并不是旧脑筋,我也不是唱戏的,不过就着社会的心理上说,改良新戏,不宜太骤,总得有新旧过渡的阶级,旧戏齣不是都不好,除去那些淫戏、迷信戏以外,那一齣都有点儿道理。也是偏于唱工太多,写情的地方太少,所以凡爱听戏的,都谈不到情趣如何,全讲究唱的怎么样,我故此说新旧戏齣过渡时代,断不可少了唱工做工这两项啊。"①作者对旧戏的缺优点十分明了,认为新戏改良不宜太骤,应

---

①全国图书馆文献缩微复制中心:《天津白话报》,《中国早期白话报汇编》第九册,北京:缩微中心出版社,2008年,第408页。

②全国图书馆文献缩微复制中心:《天津白话报》,《中国早期白话报汇编》第九册,北京:缩微中心出版社,2008年,第415页。

该缓步进行,迎合社会心理。作者看了一场很精彩的改良新戏,于是把它记下来,刊发在报纸上:"我前者同三四位朋友,在马路上闲逛,看见一家戏园子,贴了一齣新戏,戏名儿叫《枯树生花》,报子上头,写着许多的小批儿,很有情趣,我说:'今天咱们都没有事,一同去听听这齣新戏。'他们说:'我们把那些旧戏,都听厌烦啦,这齣戏我们看到新鲜,咱们就去听一听。'"②他们听完这齣戏,"心里颇动感情,散戏回家,一宿也没睡",于是作者就和几位朋友一起把这齣戏的前后情景和唱词写出来让爱听戏的人们都瞧瞧。

《听戏》中有一位老汉洪仁富,浙江杭州人氏,祖上颇有积蓄,家业豪富,以经营粮行为生,因年近六旬,将粮行生意交给同人王天成管理。洪翁膝下有一子,名唤洪哲生,十六岁,聪明伶俐。洪翁有心让哲生读书上进,得个一官半职,但洪哲生认为朝廷中奸臣当道,非有银钱不能做官,且做官容易招人唾骂,不如经营商务,是保本守拙之道。洪翁的观念很保守,认为"人在少年须勤学,大块文章可立身,遍看满朝朱紫贵,尽是光宗耀祖人。"哲生的观点却比较新鲜和洒脱,认为:"功名思想如云淡,愿学湖海泛舟人。"王天成是一个十分奸诈的小人,湖北粮商田镜蓉来江苏购买粮食,王天成设下圈套让少掌柜哲生参与。哲生不懂其中故里,送给巡抚的黄师爷三万两银子,师爷收了银两之后就请巡抚迟贴禁止购粮的告示。没想到这一行为惹怒了当地的灾民,有土匪趁机煽动

①全国图书馆文献缩微复制中心:《天津白话报》,《中国早期白话报汇编》第九册,北京:缩微中心出版社,2008年,第416页。

②全国图书馆文献缩微复制中心:《天津白话报》,《中国早期白话报汇编》第九册,北京:缩微中心出版社,2008年,第416页。

灾民闹事,围困了巡抚衙门。巡抚胡思忠是个懦弱无能的官员,民变发生后,他打算一死了之,女儿劝他:"一面调兵前来弹压,一面请绅商有名望的人,出头和解。"但是为时已晚,匪民杀死了胡巡抚和胡夫人,火烧了洪仁富家的粮行,洪氏一家连忙逃难,洪夫人在逃难中摔下山而身亡。胡巡抚之女与子被土匪掠走,土匪本要杀死他们,但可怜他们年幼把他们送到了尼姑庙里。胡小姐与公子在庙中避难,老尼待他们很慈悲,但小尼姑们经常虐待他们,于是姐弟二人想尽快离开寺庙。老尼答应等庙门外桃树开了花就送他们出庙,但庙门外的桃树是一棵多年不开花的枯树,小姐半夜对着枯树哭泣,遇到了卖字回家的洪哲生,洪哲生很同情小姐的遭遇,就买来一棵新的桃树换了那棵枯树,于是小姐就去向老尼告辞。老尼知道事情的原委之后去洪哲生家拜访,并向洪翁提亲,洪哲生与胡小姐结成了夫妇。

戏剧十分具有新精神与新内容,具有鲜明的改革性和进步性,在人民和朝廷的斗争中,人民取得了胜利。江苏民变,朝廷安抚民众,派来程应龙和华尽臣,华钦差来了之后说:"在城外宽敞地方,高搭席棚一座,约请绅商开一个演说大会,我把朝廷意旨,当众宣布,任人观听,不必竟用告示的浮文,反教百姓疑惑。"这种运用演讲的手段很先进,反映了清末时演说的盛行。钦差在演讲会上宣布了朝廷的旨意后又以"唱"的形式来表白:"粮米出口激事变,朝廷脑(按:当为恼)恨不肖官。尔等俱有身家产,岂能轻于起乱端,此次鄙人来查办,民间疾苦定奏言。赈抚平乱全都办,食为民天不能延,无辜被害身家产,玉石俱焚实可怜。朝廷一定从优恤,尔等各自把业安。"①众呼"万岁!万岁!"百姓在官民的斗争中取得了一定的胜利。

作品中的矛盾冲突非常集中,情节变化很快,写人物也都合情合理,并不是类型化的善与恶。像洪哲生,他向黄师爷贿赂是一件错事,但他本身并不是一个恶人,而是一个有孝心、有善心的人,所以他后面遇到胡小姐时主动帮助她。像胡巡抚,他虽是一个昏聩的官员,但他对朝廷有一颗忠心,对百姓也有怜悯,只不过他听信了黄师爷的坏话而做出了错误的决定。写土匪也是有情有义,当他们抓了小姐与公子后,姐弟二人向他们求情饶命,有乙匪说:"咱们把他二人,弄到上海,卖些银钱,大家均分,他们可以得了活命,我们也可以得点儿银钱,岂不是两全其美。"丙匪说:"嘿,不要胡说八道,我等本是为饥寒所迫,并不是成心为非作歹,也是官不能给我们筹谋生计,以致如此,虽是为匪,尚有天良,断不能作出伤天害理之事,要是这两个孩子该杀,我们就把他们杀了,以消我等之恨,要是不该杀,就把他们放了就是。"最后经过一番争执,土匪们把小姐和公子送到了寺院里,表现出本性的淳善。《听戏》是在戏剧《枯树生花》基础上写成的一篇有着新精神、新形式、新思想内容的改良佳作。

七、《天津白话报》刊载的翻译小说

《大公报》上的翻译侦探小说都是以文言写成的,《天津白话报》上的翻译小说全是以白话写成的,其中一篇《侦探被害之奇案》署名剑颖,讲述的是外国的侦探故事,情节虽然曲折,但全篇以快节奏的叙述完成,缺少细节描写,从内容和语言上看,有很大的改

---

①全国图书馆文献缩微复制中心:《天津白话报》,《中国早期白话报汇编》第九册,北京:缩微中心出版社,2008年,第540页。

编成分,应是剑颖根据翻译小说改编而成的白话作品。

虽然《侦探被害之奇案》的框架是外国侦探小说,但其中却夹杂了很多中国式的内容。小说中佛勒氏为当朝宰相,立订宪法之前请亚密丹为他的侦探,去侦查绅士们的情况,亚密丹发现绅士中派别很多,"有急进派,有激烈派,有和平派,有中立派,有随风派,有保守派,有守旧派,有私心派,有自混派",这些派别都出不了这三类人物:"头一类人物,是吹大气,说大话,是人就得让他奴隶,有不让他奴隶的,他必设法把你排出去。二类人物,是以鲠直自居,目空一切,可是专给头一类人物作奴隶。三类人物,是服从力极大,自己毫无主见,不过在人才缺乏的时候,他也可以充数儿,这类人最愿意给头一类人物指使。"①这些议论很像中国的讽刺和谴责小说,而不像外国的侦探小说。

佛勒氏的政敌石兰西得知亚密丹为佛勒氏暗中派来的侦探之后,制造谣言把亚密丹排挤走,破坏了亚密丹的名誉。过了几天,报纸上登出亚密丹暴病身亡,周身并无伤痕,皮肤也未变色,他的胞兄替他鸣冤的新闻。佛勒氏得知亚密丹已死,又痛又喜,"痛的是亚密丹允我之请,只身侦探,虽未成功,出力不小。今竟落一个死的不明,真教人哀痛不已。后来他作事不秘,几乎误我大局,我正在不好处置的时候,他偏偏的死去,我才放心,不至惹出意外的祸端。"②写出了佛勒氏的复杂心理,他约亚密丹的胞兄来见面,却发现来者竟

---

① 全国图书馆文献缩微复制中心:《天津白话报》,《中国早期白话报汇编》第九册,北京:缩微中心出版社,2008年,第193页。
② 全国图书馆文献缩微复制中心:《天津白话报》,《中国早期白话报汇编》第九册,北京:缩微中心出版社,2008年,第224页。

然是亚密丹,而死的人却是亚密丹的弟弟,原来在一开始接受佛勒氏的侦探任务时,出面侦探的就是亚密丹的弟弟,小说揭露了政界绅士们的狡诈与狠毒。

八、《天津白话报》刊载的"新笑话"

《天津白话报》上还刊载了大量的"新笑话",有的讽刺社会的弊端,有的讽刺人性的弱点,有的是纯粹的娱乐之作,值得我们关注。讽刺社会不良风气的,如1910年八月十九日"安"的《新笑话》:

> 近来麻雀盛行,多有入迷的,有一个某甲,上了麻雀瘾啦。他是时刻不忘,人都称他为麻雀迷。八月节那天,他在街上闲游,遇见有个某乙找某丙要帐。某丙本来有钱,他可是揭债不还。某乙说道:"比方你没钱可以,你本是发财的人啦。"某乙刚说道这儿,麻雀迷听见"发财"二字,楞头楞脑的跑过来说道:"碰出发财来,那得加一番。"某乙说:"你别是中了疯啦吧?"麻雀迷误听"中疯"为"中风",遂又说道:"中风再碰出来,还得加一番。"某乙要帐要不上来,心中就着急,他在旁边儿又这么一麻烦,气的某乙帐也不要啦,就把麻雀迷揪到衙门里打官司去了。某乙到了堂上,回明以上的情由,又说:"我并不认识他。"老爷一听,向麻雀迷说道:"你素日不务正业,竟琢磨麻雀牌啦,来呀,拉下去打他一百板子。"麻雀迷又误听"百板"为"白版",遂向老爷说道:"你别给我白版啦,我要再碰出来,就是三元。封满三百胡,就得你一家儿包啦。"这位老爷敢情也是有点儿麻雀瘾,一听麻雀迷之言,把他的麻雀瘾也勾起来了,遂说道:"既然如此,我不用板子打你,我用杠子打你,索性给你来

个杠后开化吧。"①

讽刺人性弱点之作如1910年八月初十日"安"的《新笑话》,以寓言的形式点出人们对金钱的崇拜:

　　一座大山上,虎跟猴拜了盟兄弟,虎为兄,猴为弟,真是情投意合,别提多们和睦啦。一日,虎跟猴在一处闲谈,虎说道:"你看这山中,是咱们同类往来的,没有一个不怕我的,不但一呼百应,而且个个唯命是听。"虎正说的高兴时候,冒冒失失的,来了一个金钱豹。虎一看见豹,急忙躲在洞里,连动也不敢动啦。顶到豹走过去,猴就问虎说道:"你方才说的这么好听,怎么见了一个豹子,你就怕的这个样子呢?"虎说:"兄弟你那里知道,他名虽是豹,可是他那一身金钱,实在教人可怕,我怕的并不是豹,我怕的是他那一身金钱哪,你要知道的,如今有了金钱,是最烈害的。"②

《天津白话报》上刊登的笑话娱乐性很强,有的并没有什么深刻的讽刺意义,而纯属娱乐之作,如八月初七日刊载的竹园的《新笑话》:

　　某甲久惯揩债,善能搪帐,欠某铺银三十元,屡讨不还。一日铺掌遣原经手之夥友某乙往讨,乙亦善讨帐者也。至甲家,甲出见,笑谓乙曰:"兄弟欠宝号那六十块钱,本当早还,实因为心里有点为难,说不出口来,请容缓到下节,我一定清帐。"某乙一听,心中暗喜道:"他本欠我们柜上三十元,他今天说欠

①全国图书馆文献缩微复制中心:《天津白话报》,《中国早期白话报汇编》第九册,北京:缩微中心出版社,2008年,第43页。
②全国图书馆文献缩微复制中心:《天津白话报》,《中国早期白话报汇编》第九册,北京:缩微中心出版社,2008年,第679页。

六十元,一定是他记错了,我乐得再容他一节,白弄他三十元呢。"想罢,遂说道:"下节一定清帐。"甲应声说:"是。"及至八月节,乙又往讨,甲又抱歉说道:"嗳,实在对不住,我欠您柜上那九十块钱,我心里实在为难的说不出口来,请再宽容些日吧。"某乙一听,更喜欢了,遂叮咛道:"下节可是十万清帐。"甲说:"一定一定。"转眼又到了年节,铺掌谓某乙曰:"你经手的某甲欠咱三十块钱,这节再不给,我可就出你的支使了。"乙大窘,又往讨。甲说:"嗳呀,实在对不住,我欠您那一百二十块钱,我实在为难的说不出口来,咱们明年见吧。"某乙一听,立时不悦,心中想道:"他这是成心刷我,今天非跟他要钱不可,遂发急说道:"你也不用一百二十块,我也不等你明年,咱们痛痛快快的一句,你干脆还我三十块钱,咱们没事,我不管你心里有甚么说不出来的为难。你再不还钱,我们掌柜的一定不要我啦!"某甲一听,遂说道:"老兄今天既然这么痛快,我也痛痛快快的把心事告诉老兄。"说至此,即又止住。某乙说:"您痛痛快快的说呀!"甲说:"我真要说啦!"乙说:"您说吧!"甲凑近某乙的耳旁,作声说道:"您回去对掌柜的说:'我欠的那三十块钱,我不给啦!'"①

小说用风趣幽默的语言描写了甲乙二人,乙本想沾甲的便宜,结果却被甲所骗。除了语言描写之外,对二人的心理描写、动作描写也十分细致,读后让人忍俊不禁。

《天津白话报》上刊载的小说一改传统旧小说侠义公案、才子

---

① 全国图书馆文献缩微复制中心:《天津白话报》,《中国早期白话报汇编》第九册,北京:缩微中心出版社,2008 年,第 655 页。

佳人的面貌,以鲜明生动、通俗易懂的语言展现了新小说的魅力,宣扬了维新救国、改革图强、不当亡国奴的社会精神,在白话小说的推广方面取得了一定的成绩。

从前面《大公报》《天津日日新闻》《醒华日报》《人镜画报》《天津白话报》等报刊上刊载的小说可以看到,近代天津报刊小说获得了极大的发展,发现出了前所未有的繁荣。近代天津报刊不仅产生了《本馆附印说部缘起》这样的理论作品对晚清的小说界革命产生了极大影响,还以大量的小说创作响应了小说界革命的号召。在近代小说转型的大潮中,天津小说表现出十足的复杂性、多样性、过渡性,报刊小说之外,津门的翻译小说等也获得了极大的发展,绽放出光彩。

第六章 引领潮流的近代天津翻译小说

第一节　张焘及其翻译作品

随着邮政业和报刊业的发展,天津流通的小说和报刊日渐丰富,天津文人可以接触到大量的翻译文学,由此天津较早地产生了一批翻译作家如张焘、陈家麟、伍光建等。

张焘(约1854—?),字赤山,即笔记小说《津门杂记》的作者。津门如孩老人在《津门杂记叙》中称赞张焘"工书善绘,知岐黄、识洋字",可见张焘是一位懂英文的作家。张焘辑录的翻译小说有两种,一种是1888年天津时报馆出版的《海国妙喻》,另一种是1896年明达学社出版的《海外拾遗》,二者合称为《泰西美谭》,其中最著名的是《海国妙喻》。张焘虽然籍贯是杭州,但是幼年即随父居住津城,深谙津门风俗,是一位在津门成长起来的作家,为天津的文化事业作出了很大的贡献。

《海国妙喻》是中国近代小说史和翻译史上不可不提的一部重要作品。中国第一本以独立面貌出现的伊索寓言,是明天启五年(1625)在西安出版的,由法国传教士金尼阁(1577—1628)口译、中国天主教士张赓笔记的《况义》,该书为伊索寓言的选译本,收寓言22则。经过两个世纪,又出现了近代第一个比较完整的本子,即清道光二十年(1840)在广州出版的从英文本翻译的《意拾喻言》,由罗伯特·汤姆(1807—1846)翻译。第三个影响较大的伊索寓言的汉语译本就是张赤山编辑的《海国妙喻》。陈平原说:"1898年以前,翻译介绍到中国来的外国小说寥若晨星,屈指可数",他列举了七种,其中一种即是1888年天津时报馆代印的《海国妙喻》。[1]郭延礼也曾说《伊索寓言》:"在近代,又一个影响较大的本子是张赤山编辑的《海国妙喻》,1888年(光绪十四年)天津时报馆代印。"[2]可见《海国妙喻》在中国近代翻译史和小说史上的重要性。

《海外拾遗》1896年由明达学社出版[3],书的封面题"泰西美谭",扉页题"光绪丙申孟秋明达学社校刊",署"赤山畸士(张赤山)手录",书首《海外拾遗·序》言:"溯自海禁大开,通商岁久,时局一变。中外一家,诸事未免仿照西法,成效亦殊可观。诚以西法之底蕴,尽在西书,然而泰西典籍,种数繁多,犹须亟请翻译,以助博览宏收,自能识其门间,窥其堂奥,取长弃短,择善而从,实事求是,精益求精,所以增才德,广学问,不仅于洋情洋务洞彻无遗,措施如意,行见兴利除弊,积习全消。"张泰认识到仿效西法成效可观,指出西书在传播西方文明中发挥的重要作用,能够增才德,广学问,兴利除弊。除了这些有用的治世之书以外,他还十分重视西方小说:"他若泰西之稗官野史杂说,以见所未见,闻所未闻,亦足新人耳目,扩人胸怀,此其细焉者。"认为西方的野史杂说可以新人耳

---

①陈平原:《中国小说叙事模式的转变》,北京:北京大学出版社,2010年,第5页。
②郭延礼:《中国近代翻译文学概论》,武汉:湖北教育出版社,1998年,第205页。
③1898年无锡白话报3—4期亦有《海外拾遗》,故事题目与张本相同,标"金匮梅侣女史演",当是张赤山的辑录在前,金匮梅侣女史的演义在后,金氏《海外拾遗》以白话文改写而成。

目,扩人胸怀,所以他"于馆课之暇,集录前卷《海国妙喻》,乃文人结撰之寓言也。此卷《海外拾遗》,乃实有其事之纪载也。各有至理,各有天趣,总名之曰《泰西美谈》,不过供人玩赏,聊作引玉之砖云耳……"①进一步明确地提出中国向西方学习的必要性和其辑录翻译的目的。可见,张焘的辑录是有意识而为之的。

一、《海国妙喻》中的创作与加工成份

《海国妙喻》由张焘辑录汇编而成,郭延礼先生认为"其中有张氏的润色。"②笔者同意郭先生的推论。从其自序中所言"所著寓言一书,多至千百余篇"可知,张焘对伊索寓言的全书是相当了解的,在汇编成书时经过他的加工润色,使全书的体例、语言、思想、意境等更为统一。

首先,《海国妙喻》有统一的体例与语言风格。有学者指出"该书 70 篇译品,有 36 篇来自伊索寓言的第二个汉译本《意拾喻言》;其余 34 篇,有的是其他人翻译的伊索寓言,有的是译自达·芬奇、莱辛、克雷洛夫等的寓言,还有的可能是我国文人的仿作。"③虽然《海国妙喻》来源如此复杂,但是却有着十分统一的体例与语言风格,并不像出于多人之手,所以说是经过作者的统一加工润色而成的。《海国妙喻》中运用了中国传统的赋化语言,辞藻丰赡,语言华美,如《白鸽》中描写白鸽的美妙声音:"清音宛转,妙韵回环,高则响遏行云,低则声在树间,缓如铿锵之瑟,速若武城

---

①陈大康:《中国近代小说编年史》,北京:人民文学出版社,2014 年,第 373 页。
②郭延礼:《中国近代伊索寓言的翻译》,《东岳论丛》,1996 年第 5 期,第 100—105 页。
③鲍欣:《伊索寓言的第三个汉译本〈海国妙喻〉》,湖南教育学院学报第 17 卷第 4 期,1999 年,第 21—25 页。

之弦。其微也,余音悬绕于梁上;其纵也,泠泠风送而踰墙至。不啻玉板银筝鸾凤之递和也。"①再如《罗结子》中罗结子对青衣童子说:"高举若凤鸣修竹,其声喈喈;俯临若雁落平沙,其飞款款。目澄秋水之光,眉叠春山之翠,丰度翩翩,居然佳公子也。"②再如《粉蝶》中写粉蝶破茧而出:"不数日,背罅裂蜕,有物振翼而出,则五彩花纹,斑斓华丽,居然一极美粉蝶。"③等等,皆有中国辞赋的铺陈与对偶之美。

其次,《海国妙喻》有着统一的思想,较多的篇幅体现了中国传统的老庄思想,如《守分》中,桐劝花卉:"老而复少,涵养天真,居易自乐,又何羡乎超伦。安常守分,佳境遄臻。"透露出老庄的洒脱与淡泊的人生哲理。《二鼠》中"与其徬徨而甘旨,孰若安静而糟糠。"④《蟋蟀叹》中蟋蟀看到蝴蝶被人捉去,发感慨说:"彼才华外露,终必有灾,今而知巧之逞不如拙之藏也。兹后捐弃牢骚,愿甘草伏,并不平之鸣亦不思作矣。"与老庄绝巧弃智的思想有相通之处。亦有以西方故事比附中国传统儒家思想的,如《踏绳》中言"如生人之有礼义然,舍之又何以立于人世哉",是对论语中礼义的比附,《觅食》中言"富贵在天",《二蛙》中言"不以义命自安,卒至力竭身亡而不知悔",《窥镜》中言"己所不欲,勿施于人",都是对儒家思想的比附。还有对中国腐儒的批评,如《蝇语》中言"吾辈闻古之学者首敬天地孝亲,以至五伦敦,百行修,凡事务求躬行实践,未闻徒以墨饱口为学也。况子之口所吐者,尤属当今之烂臭墨乎! 窃恐为明公掩

①阿英编:《晚清文学丛钞·域外文学译文卷》第四册,北京:中华书局,1961 年,第 1138 页。
②阿英编:《晚清文学丛钞·域外文学译文卷》第四册,北京:中华书局,1961 年,第 1122 页。
③阿英编:《晚清文学丛钞·域外文学译文卷》第四册,北京:中华书局,1961 年,第 1142 页。
④阿英编:《晚清文学丛钞·域外文学译文卷》第四册,北京:中华书局,1961 年,第 1112 页。

鼻捧腹所深恶也。"①讽刺读书人空读圣贤书,不亲自躬行书中的道理。再如《腐儒》中小童说:"今不一引手救援,竞站在旱地上以道学之言见责,故知先生之智亦不出我之上耳。"批评世间儒生不知缓急,不关痛痒,率以高谈阔论,引经据典,只会空讲道理,不能见机行事,救人于危难当中。

这些极具中国传统色彩的语言、思想与意境极具有统一性,使此书具有了极强的可读性与极高的文学价值,张赤山功不可没。1888年剑峰曾在《海国妙喻》书后跋言中说:"西泠张君赤山,读有用书,通中西学,关怀时务,固亦斯世有心人也。而性格高雅,尝闭户著书,乃有隐君子风。近出《海国妙喻》一册,以谈笑诙谐寓劝惩要旨,如暗室之灯,如照妖之镜,无意不搜,无词不隽,有情有理,可箴可铭,读之令人知所向往,知所趋避,辅助文教,警觉愚蒙,洵为有功世道之作,不胜钦佩。"②对张赤山的《海国妙喻》给予极大的赞赏。但是《海国妙喻》也有它的局限性,即以传统的文言写成,1898年金匮梅侣女史在其基础上译为白话,发表在《无锡白话报》上,使伊索语言得到更广泛的传播。从张赤山的《海国妙喻》到白话《海国妙喻》,可见"伊索寓言"译本"文体逐渐向白话演化"的过程,③津门张赤山的《海国妙喻》为《伊索寓言》的传播和发展做出了巨大的贡献。

---

① 阿英编:《晚清文学丛钞·域外文学译文卷》第四册,北京:中华书局,1961年,第1108页。
② 阿英编:《晚清文学丛钞·域外文学译文卷》第四册,北京:中华书局,1961年,第1143页。
③ 施蛰存主编:《中国近代文学大系 1840—1919 翻译文学3》,上海:上海书店,1991年,第262页。

二、《海国妙喻》以笑语俗言启迪愚蒙的主旨

张焘懂洋文,熟悉西学,对伊索寓言的特点有着比较明确的认识,意识到此类寓言故事的文学价值和启迪人心的意义,在搜罗西人译文的基础上汇编成书,以使其广泛地传播。张焘的传播意识非常强,1886 年他的《津门杂记》就曾经在天津《时报》上大登广告,两年后又请时报馆刊印《海国妙喻》。张焘辑录《海国妙喻》的目的和思想从其序言中可见一斑,他在《海国妙喻·序》中言:"自来圣贤之教,经史之传,庠序学校之设,《圣谕广训》之讲,皆所以化民成俗,功在劝惩。"①认为从古到今文化传播的目的是化民成俗,功在劝惩。这一点与传统的小说"教化劝惩论"相一致,如冯梦龙所言:"怯者勇,淫者贞,薄者敦,顽钝者汗下。虽小诵《孝经》《论语》,其感人未必如是之捷且深也。"②传统的教化论是从儒家思想来教化人"勇""贞""敦"。张焘的出发点却是以西方的智慧和哲理来教化人"智"和"明",他认识到国人偏私、蒙昧、贪婪的弊端,正言法语往往使人奄奄欲睡,不如笑语俗言更受大众欢迎。于是"以笑语俗言警怵之,激励之,能中其偏私矇昧贪痴之病,则庶乎知惭改悔,勉为善良矣。"希望能够通过西方的智慧和哲理使人知惭改悔,回归善良,"欲人改过而迁善,欲世反璞而还真",以达到"藉以启迪愚蒙,于惩劝一端,未必无所裨益,或能引人憬然思,恍然悟,感发归正,束身检行"③的目的。张焘借西方智慧和典籍来教化中国民众的思想,是

---

①阿英编:《晚清文学丛钞域外文学译文卷》第四册,北京:中华书局,1961 年,第 1107 页。
②绿天馆主人:《古今小说序》,朱一玄编:《明清小说资料选编》,济南:齐鲁书社,1990 年,第 1044 页。
③阿英编:《晚清文学丛钞·域外文学译文卷》第四册,北京:中华书局,1961 年,第 1107 页。

当时"开眼看世界"潮流的产物,具有先进的启蒙色彩,与后来梁启超等人发动"小说界革命"提出向西方小说学习以教化国民的精神是一致的,但在时间上更早。

张焘认识到中国社会教化的不足,在《海国妙喻·序》中提出由笑语俗言来教化人心会取得更好的效果,"悉贞淫正变之旨以助文教之不逮,足使庸夫倾耳,顽石点头,不啻警世之木铎,破梦之晨钟也。"这与当时维新人士们的思想是一致的,如康有为1897年在《〈日本书目志〉识语》中言:"六经不能教,当以小说教之;正史不能入,当以小说入之;语录不能喻,当以小说喻之;律例不能治,当以小说治之。"①认识到正统文化教育的不足,希望以有趣的小说来弥补。梁启超1898年在《译印政治小说序》中言:"凡人之情,莫不惮庄严而喜谐谑……善为教者,则因人之情而利导之,故或出之以滑稽,或托之于寓言。"②认识到以滑稽、寓言等寓教于乐的重要性。林纾1901年在《〈译林〉序》中言:"吾谓欲开民智,必立学堂;学堂功缓,不如立会演说;演说又不易举,终之唯有译书……多以小说启发民智。"③认为译书小说在启发民智方面比演说、学堂更迅速有效。邱炜萲在1901年《小说与民智关系》中言:"吾闻东、西洋诸国之视小说,与吾华异,吾华通人素轻此学,而外国非通人不敢著小说。故一种小说,即有一种宗旨,能与政体民志息息相通;次则开学智,祛弊俗……欲谋开吾民之智慧,诚不可不

①陈平原,夏晓虹编:《二十世纪中国小说理论资料·第一卷(1897-1916)》,北京:北京大学出版社,1989年,第13页。
②陈平原,夏晓虹编:《二十世纪中国小说理论资料·第一卷(1897-1916)》,北京:北京大学出版社,1989年,第21页。
③陈平原,夏晓虹编:《二十世纪中国小说理论资料·第一卷(1897-1916)》,北京:北京大学出版社,1989年,第26页。

于此加之意也。"①认为小说能与政体民志息息相通,能够开启智慧,祛除弊俗。由此,1888 年张焘提出的向西方学习,以笑语俗言启迪愚蒙的创作思想比以上众人早了 10 余年,在当时的思想潮流中体现出前沿性。

三、《海国妙喻》的主要内容和寓意

《海国妙喻》中所讲述的故事和所寓托的思想大致可分为以下几类:

一是针对人类常有的偏私之弊,劝诫人们不要自私自利。如《仙鹤酬答》中写狐狸请仙鹤用浅盘吃饭,仙鹤吃不到食物,后来仙鹤以其人之道还治其人之身,用玻璃瓶请狐狸吃饭,狐狸也什么都吃不到,以此来教人善待别人,即是善待自己,自私自利往往会自食苦果。再如《二友拾遗》中写两个朋友拾到一大袋银子,一友独吞为己有,不与另一人分,路上遇到强盗,强盗杀死了持银者,放走了无银者,以此劝诫人们自私只能是害己。再如《驴马同途》写驴与马同行,驴向马求助,马不帮助驴,驴累死之后,主人把驴的皮骨和原来的货物一并都放在马的身上,马后悔莫及,以此说明自私者最终是害人又害己。

二是针对人类的蒙昧,劝人是非分明,不要善恶不分。《救蛇》写一位农夫救了一条僵蛇,蛇醒来后却把农夫咬死了,以此告诫人们要善恶分明,对待恶人不要姑息,不能怜悯。《纳谏》中写一只鸡孵一枚蛇卵,燕子告诫它蛇是很坏的,不要做这样的傻事,鸡大悟,

---

① 陈平原,夏晓虹编:《二十世纪中国小说理论资料·第一卷(1897—1916)》,北京:北京大学出版社,1989 年,第 31 页。

以此保全了自家的性命。

三是针对人类贪痴的弊病,劝人们不要贪婪。《美女》中写一只猫化为一个美女,嫁为人妻,但看到老鼠立刻又露出猫性,讽刺人见到财帛就露出贪婪的本性,以此教人不要贪婪,否则得不偿失。《肉影》中写一只狗叼着一块肉看到河里自己的影子也叼着肉,心生羡慕,就攻击河中的狗影,最后肉掉到了河中,还差点送了性命。《贼案》写一个将被处死的贼人对国王说,他有一颗宝石,终身未作贼者可以用此宝石种出黄金,国王征之全国上下,没有一个没有做过贼的人,最后只好释放了贼人,以此讽刺世人皆曾贪财做贼,点出人类贪婪的本性。《金蛋》中写某人有一只母鸡,每日产一枚金蛋,某人贪心,想得到更多的金蛋,就剖开鸡的肚子,却什么也没有得到,连鸡也死了。以此教人不要太贪婪,否则会弄巧成拙。《眶骨》中写一位国王蚕食邻国,遇到一个老叟献给他一个眶骨,把眶骨放在天平上,数锭黄金都不足骨重,而老者放了一撮土则立刻满足了它的重量,黄金皆散于地上,讽刺"世之贪夫不入土而目不瞑者多矣。"劝诫世人不要贪得无厌,因为最终都要归入尘土中,黄金、权势都会散之一空。

四是劝人们头脑清醒,要有智慧,不要痴愚。《喜媚》写乌鸦叼着一块肉遇到狐狸的故事,教人不要被花言巧语蒙蔽。《鹿求牛救》中写鹿被猎人追,鹿躲到牛群当中,瞒过了牧童就洋洋得意起来,被主人发现并宰割,教人不要有侥幸的心理。《丧驴》写某人和其子赶驴赴市,一路上被人们的意见左右,先是跟驴走,再是儿子骑着驴走,再是某人骑着驴走,再是两人骑驴,再是两人抬着驴,最后驴挣扎掉到了河里淹死了。讽刺"耳软心活,胸无成见,畏首畏尾,毫无断者",教人不要被别人的意见左右,一定要有自己的头脑。

五是教人树立淡泊自乐的生活态度，不要徒羡富贵的生活。《二鼠》写城里鼠和乡下鼠的故事，强调"与其富贵多危，莫如淡泊自乐"。《归去来》写一肥犬与一野狼互诉生活，野狼很羡慕犬，也想做犬，但看到犬脖子上的伤疤后，知道犬的生活很不自由，又决心当一个野狼，强调"自甘淡薄，胜似受制于人"，宁为自由之野狼，不做被囚禁之肥犬。心态淡泊，才能安分守己。《蝙蝠》写蝙蝠想跻身于禽类，却被拒绝，讽刺"市井不伦不类之人，矫揉造作，貌似圣贤，每致攀荣受辱"，教人不要去攀荣取辱。

六是宣扬一种柔能克刚、心存退让的人生哲理。如《柔胜刚》中写日与风争强弱，看谁能让行人脱掉外衣，风以强，行人更裹紧了衣服。日以温煦阳光，行人走得热了，随手就脱下了外衣，教人不要持血气之勇，而要以温柔量力为胜。再如《鹰避风雨》写一只雄鹰遇到迅雷烈风，藏于空谷，待风雨平静之后再出来，以此教人"凡遇人当盛怒之下，不可与之争长较短，总宜存心退让，忍耐为先，勿逞一朝之忿，自蹈危机。"还有赞成守分藏拙者，如《蟋蟀叹》中写一只蟋蟀自叹不及蝴蝶，目睹了蝴蝶被童子们捕去之后，又转叹自己的幸运，以此告诫人"彼才华外露，终必有灾，今而知巧之逞，不如拙之藏也。"教人安分守己，不要妄想，徒增烦恼。再如《守分》写群花、孤桐和雁来红的对话，以雁来红的生活态度，教人涵养天真，居易自乐，安常守分，不要自视过高，不要孤僻无邻。再如《滴雨落海》写一滴雨落入海中，自叹不能发挥作用，却落入一只蚌中，成为一颗明珠，以此说明"用舍显晦，悉听于天"，教人不要因为不被重用而自暴自弃，同时教人将至理良言，讲与人听，不能因为别人顽固不听而不讲，"倘有一二人愿安承教,感触于怀,则终身行之,复其本体之明,此即为无价之宝也,亦同获无量之福也。"

《海国妙喻》中还有一些作品劝人要量力而行,如《学飞》中千岁龟忘乎所以地学飞,以至于摔得惨痛,说明"事不量力,为害不浅"的道理。《踏绳》中写一妇人持竿踏绳,忽一日弃竿而行,摔得鼻青脸肿,强调人要守规矩、遵礼仪,才能立足于世。《二蛙》写二蛙聊天,一蛙鼓吹自己的身体,要与牛比谁大,最后皮绽气脱,吹牛皮而死。教人以义命自安,不要自不量力,否则会力竭身亡。还有一些作品劝人勤劳致富,如《虫言》写懒惰的蟋蟀在夏、秋两季只顾享受,冬天贫困交加时向勤劳的蚂蚁求助,被蚂蚁拒绝,以此警告人们不要任意挥霍,而要有长远的打算。《农人》写一农夫将死时告诉他的子女们有金子藏于田中,众子按其遗嘱去翻地,虽然没有找到金子,但田地松动,庄稼丰收,强调"宁可自食其力,不可坐食其金",唯有勤劳才可致富的道理。还有劝人珍惜时光者,如《金索日短》写一个人丧妻之后,把妻之金索自戴颈上,感觉金索日短,由是此人也死去。告诫人们"人生于世,有如各佩金索,日短一日,光阴去而难留,过一日即少一日,可不惜哉!"教人们一定要珍惜时间。另有劝人努力自强、勇于拼搏者,如《粉蝶》写小青虫忍辱负重、化茧成蝶的故事,获得光明与成功。

天津在被开辟为商通口岸之后小说发展非常迅速,因为通商口岸与租界的关系,较早地产生了翻译小说,《海国妙喻》《海外拾遗》是近代天津翻译文学中的重要作品。张焘走在时代的先列,当之无愧为中国翻译文学的先驱,亦是中国近代小说的先驱。张焘之后,天津在翻译文学方面继续绽放出光彩,培养了成绩卓著的翻译家。

第二节　津门培养的翻译家

一、陈家麟及其文言翻译作品

在近代天津小说发展中,有很多作家被历史淹没,陈家麟就是其中的一位。陈家麟是清末民初一位十分活跃的翻译家,曾与林纾、陈大镫等合译 70 多部作品,但是关于其生平资料却少有记载。经多方查找,可知陈家麟(1877—?),字黻卿,直隶静海(今属天津市)良王庄人,毕业于北洋水师学堂。他曾留学欧美,一说是英国牛津大学文学博士,美国康乃尔大学法学博士,一说是美国康乃尔文科博士。①陈家麟缘何能够到美国留学,据《静海县志》记载,清末朝廷选派科甲出身的士子先后到日本及西欧各国留学,民国时期继之,至 30 年代初,静海全县被选派的留学生共 23 人,均为在塾馆学有所成者。②陈家麟就是其中一位被选派的留学生,他被派往美国康乃尔大学,并获文科博士学位。1915 年左右,在北京高等师范学校附属中学校任英文教员,③又曾任北京师范大学教授。1930 年起担任河南大学文学院教授。④陈家麟是林纾的英文口述者之一,与林纾合作翻译了英国、美国、法国、俄国、西班牙、瑞士等国家的小

①天津市地方志编修委员会办公室等编著:《天津区县旧志点校 武清县志 静海县志》,天津:天津社会科学院出版社,2008 年,第 398 页。

②静海县志编修委员会编著:《静海县志》,天津: 天津社会科学院出版社,1995 年,第 587 页。

③朱有瓛主编:《中国近代学制史料 第三辑》上册,上海:华东师范大学出版社,1990 年,第 431 页。

④刘卫东主编:《河南大学百年人物志》,郑州:河南大学出版社,2012 年,第 296 页。

说 50 余种,其中有莎士比亚、托尔斯泰、塞万提斯、乔叟等著名作家的作品;又与陈大镫等人合译小说作品 10 多种。由此,陈家麟与人合译作品共计 70 余种,兹列目录如下:

1.《玑司刺虎记》,[英]哈葛德原著,林纾、陈家麟译,宣统元年(1909)四月商务印书馆出版。

2.《双雄较剑录》,[英]哈葛德原著,林纾、陈家麟译,发表于宣统二年(1910)七月至十一月《小说月报》第 1 卷第 1—5 期。

3.《古鬼遗金记》,[英]哈葛德原著,林纾、陈家麟译,发表于 1912 年 12 月 1 日—1913 年 5 月 1 日天津《庸言》半月刊第 1 卷第 1—11 号。

4.《天女离魂记》,[英]哈葛德原著,林纾、陈家麟译,1917 年 4 月商务印书馆出版。

5.《烟火马》,[英]哈葛德原著,林纾、陈家麟译,1917 年 5 月商务印书馆出版。

6.《铁匣头颅》,又《续编》,[英]哈葛德原著,林纾、陈家麟译,1919 年 8 月、10 月商务印书馆分别出版前编、续编。

7.《豪士述猎》,[英]哈葛德原著,林纾、陈家麟译,发表于 1919 年 11 月—12 月《小说月报》第 10 卷第 11—12 号。

8.《金梭神女再生缘》,[英]哈葛德与安德鲁·朗合著,林纾、陈家麟译,1920 年 3 月商务印书馆出版。

9.《炸鬼记》,[英]哈葛德原著,林纾、陈家麟译,1921 年 5 月商务印书馆出版。

10.《雷差得纪》,[英]莎士比亚原著,林纾、陈家麟译,发表于 1916 年 1 月《小说月报》第 7 卷第 1 号。该书今译为《理查二世》。

11.《亨利第四纪》,[英]莎士比原著,林纾、陈家麟译,发表于

1916年2月—4月《小说月报》第7卷第2—4号。该书今译为《亨利四世》。

12.《亨利第六遗事》,[英]莎士比原著,林纾、陈家麟译,1916年4月商务印书馆出版。该书今译为《亨利六世》。

13.《凯彻遗事》,[英]莎士比原著,林纾、陈家麟译,发表于1916年5月—7月《小说月报》第7卷第5—7号。该书今译为《裘利斯·凯撒》。

14.《黑楼情孽》,[英]马尺芒忒原著,林纾、陈家麟译,发表于1914年4—7月《小说月报》第5卷第1—4号。

15.《鹰梯小豪杰》,[英]杨支原著,林纾、陈家麟译,1916年5月商务印书馆出版。

16.《戎马书生》,[英]杨支原著,林纾、陈家麟译,1920年4月商务印书馆出版。

17.《贝克侦探谈》,又《续编》,[英]马克丹诺保德庆原著,林纾、陈家麟译,1909年商务印书馆出版。

18.《残蝉曳声录》,[英]测次希洛原著,林纾、陈家麟译,发表于1912年7—11月《小说月报》第3卷第7—11期,1914年商务印书馆出版单行本。

19.《石麟移月记》,[英]马格内原著,林纾、陈家麟译,发表于1915年1月—6月《大中华》月刊第1卷第1—6号,1915年中华书局出版单行本。

20.《红篋记》,[英]希登希路原著,林纾、陈家麟译,发表于1916年3月—10月《小说月报》第7卷第3—10号和1917年1月《小说月报》第8卷第1号。

21.《奇女格露枝小传》,[英]克拉克原著,林纾、陈家麟译,1916

年 5 月商务印书馆出版。

22.《诗人解颐语》,[英]倩伯司原著,林纾、陈家麟译,1916 年 12 月商务印书馆出版。

23.《乔叟故事集》,[英]曹西尔原著,今译乔叟原著,林纾、陈家麟译,1916 年 12 月至 1917 年 10 月发表于《小说月报》。

24.《拿云手》,[英]大威森原著,林纾、陈家麟译,1917 年 1 月—8 月发表于《小说海》月刊第 8 卷第 1—8 期。

25.《柔乡述险》,[英]利华奴原著,林纾、陈家麟译,1917 年 1 月—6 月发表于《小说月报》第 8 卷。

26.《女师饮剑记》,[英]布司白原著,林纾、陈家麟译,1917 年 7 月商务印书馆出版。

27.《牝贼情丝记》,[英]陈施利原著,林纾、陈家麟译,1917 年 7 月商务印书馆出版。

28.《桃大王因果录》,[英]参恩女士原著,林纾、陈家麟译,发表于1917 年 7 月—1918 年 9 月《东方杂志》第 14 卷第 7 号—第 15 卷第 9 号,1918 年 11 月商务印书馆出版单行本。

29.《玫瑰花》,又《续编》,[英]巴克雷原著,林纾、陈家麟译,1918 年 11 月、1919 年 7 月商务印书馆分别出版前编、续编。

30.《赂史》,[英]亚波倭得原著,林纾、陈家麟译,发表于 1919 年 1 月—9 月《东方杂志》第 16 卷第 1—9 号,1920 年 2 月商务印书馆出版单行本。

31.《泰西古剧》,[英]达威生原著,林纾、陈家麟译,其中有十五篇发表于 1919 年 1 月—12 月《小说月报》第 10 卷第 1—12 号。1920 年 5 月补入另十六篇由商务印书馆出版单行本。

32.《妄言妄听》,[英]美森原著,林纾、陈家麟译,发表于 1919

年 8 月—12 月《小说月报》第 10 卷第 8—12 号。1920 年 4 月商务印书馆出版单行本。

33.《鬼窟藏娇》,[英]武英尼原著,林纾、陈家麟译,1919 年 6 月商务印书馆出版。

34.《西楼鬼语》,[英]约克魁迭斯原著,林纾、陈家麟译,1919 年 6 月商务印书馆出版。

35.《欧战春闺梦》,又《续编》,[英]高桑斯原著,林纾、陈家麟译,1920 年 3 月、5 月商务印书馆分别出版前编、续编。

36.《洞冥记》,[美]斐鲁丁原著,林纾、陈家麟译,1921 年 5 月商务印书馆出版。

37.《怪董》,[英]伯鲁夫因支原著,林纾、陈家麟译,1921 年 5 月商务印书馆出版。

38.《哀吹录》,[法]巴鲁萨原著,林纾、陈家麟译,发表于 1914 年 10 月—12 月《小说月报》第 5 卷第 7—10 号。1915 年 5 月商务印书馆出版单行本。巴鲁萨今译为巴尔扎克。本书收巴尔扎克短篇小说四篇。

39.《情天异彩》,[法]周鲁倭原著,林纾、陈家麟译,1919 年 9 月商务印书馆出版。

40.《薄幸郎》,[美]锁司倭司女士原著,林纾、陈家麟译,发表于宣统三年(1911)一月至十二月《小说月报》第 2 卷第 1—12 号,1915 年 7 月商务印书馆出版单行本。

41.《秋灯谭屑》,[美]包鲁乌因原著,林纾、陈家麟译,1916 年 4 月商务印书馆出版。

42.《橄榄仙》,[美]巴苏谨原著,林纾、陈家麟译,1916 年 1 1 月商务印书馆出版。

43.《焦头烂额》,[美]尼可拉司原著,林纾、陈家麟译,发表于1919年1月—10月《小说月报》第1—10号,1920年4月商务印书馆出版单行本。

44.《还珠艳史》,[美]堪伯路原著,林纾、陈家麟译,1920年2月商务印书馆出版。

45.《罗刹因果录》,[俄]托尔斯泰原著,林纾、陈家麟译,发表于1914年7月—12月《东方杂志》第11卷第1—6号,1915年5月商务印书馆出版单行本。

46.《社会声影录》,[俄]托尔斯泰原著,林纾、陈家麟译,1917年5月商务印书馆出版。

47.《路西恩》,[俄]托尔斯泰原著,林纾、陈家麟译,发表于1917年5月《小说月报》第8卷第5号。

48.《人鬼关头》,[俄]托尔斯泰原著,林纾、陈家麟译,发表于1917年7月—10月《小说月报》第8卷第7—10号,本书今译为《伊凡·伊里奇之死》。

49.《恨缕情丝》,[俄]托尔斯泰原著,林纾、陈家麟译,发表于1918年1月—11月《小说月报》第9卷第1—11号,1919年4月商务印书馆出版单行本。

50.《现身说法》,[俄]托尔斯泰原著,林纾、陈家麟译,1918年11月商务印书馆出版。

51.《球房纪事》,[俄]托尔斯泰原著,林纾、陈家麟译,发表于1920年3月《小说月报》第11卷第3号。

52.《乐师雅路白忒遗事》,[俄]托尔斯泰原著,林纾、陈家麟译,发表于1920年4月《小说月报》第11卷第4号。

53.《高加索之囚》,[俄]托尔斯泰原著,林纾、陈家麟译,发表于

1920 年 5 月《小说月报》第 11 卷第 5 号。

54.《俄宫秘史》,[俄]丹考夫原著,林纾、陈家麟译,1921 年 5 月商务印书馆出版。

55.《鸥巢记》,又《续编》,[瑞士]大卫威司原著,林纾、陈家麟译,发表于 1919 年 1 月—12 月《学生杂志》第 6 卷第 1—12 期,1920 年 6 月商务印书馆同时出版前编、续编。

56.《魔侠传》,[西班牙]西万提司原著,林纾、陈家麟译,1922 年 2 月商务印书馆出版。西万提司今译为塞万提斯,本书今译为《堂吉诃德》。

57. 《风俗闲评》(上下两册,其中收了契诃夫的 23 个短篇小说),[俄]契诃夫原著,陈家麟、陈大镫译述,上海中华书局 1916 年 11 月初版二册。

58.《天刑记》(上下册小说汇刊),陈家麟、陈大镫译,上海中华书局1915 年 12 月初版。

59.《婀娜小史》(即《安娜·卡列尼娜》),[俄] 托尔斯泰原著,陈家麟、陈大镫译,中华书局 1917 年 8 月初版。

60.《惊婚记》(上中下册),[英]司各得著,陈家麟、陈大镫译,上海中华书局 1917 年初版。

61.《革心记》(小说汇刊),[英]斯蒂温森著,陈家麟、陈大镫译,上海中华书局 1917 年 3 月初版。

62.《露惜传》二卷,[英]司各德著,陈家麟、陈大镫译,上海商务 1909 年初版。

63.《犹龙录》,[英]雷卡德玛士著,陈家麟、陈大镫译,《中华小说界》第三卷第一期起连载长篇侠情小说。

64.《十之九》,[丹麦]安德森著,陈家麟、陈大镫译,中华书局

1918 年出版。该书为安徒生童话集,共辑译有安徒生童话六篇:《火绒箧》《飞箱》《大小克劳势》《翰思之良伴》《国王之新衣》《牧童》。

65.《博徒别传》,[英]科南达利著,陈大灯、陈家麟,上海 1908 商务印书馆版。

66.《遮那德自伐八事》,[英]柯南达利著,陈大灯、陈家麟译,上海商务 1909 年 12 月版。

67.《遮那德自伐后八事》(义侠小说上下册),[英]柯南达利著;陈大灯、陈家麟译,上海商务 1909 年 12 月版。

68.《土馒头馅》,著者不详,陈家麟、陈大镫译,《中华小说界》1 年 6 期。

69.《青梨影》,[英]布斯俾著,薛一谔、陈家麟,上海商务印书馆 1908 年版。

70.《海棠魂》,[英]布斯俾著,薛一谔、陈家麟合译,上海商务印书馆 1908 年刊。

71.《亚媚女士别传》,[英]却而司迭更著,薛一谔、陈家麟译,上海商务印书馆 1910 年版。

72.《白头少年》,[英]盖婆赛,陈家麟译,上海商务印书馆 1908 年版。

陈家麟受林纾的影响较大,他的翻译以文言为主,试看他与陈大镫合译的契诃夫短篇小说《铁螺旋审判》:

> 一问官讯一村夫,村夫昂首对簿。身体短悍,着一柳条布衫,髭乱如草,眉毛浓厚,一经绉麎,目露凶光,望而知其狡猾。问官呼其名,曰:"登非,汝近前! 吾问汝七月七号,意曼喀洛耳夫巡查铁道,在一百四十阿斯替,见汝偷窃螺蛳旋,于汝身搜得之,执汝付官,其事皆诬栽乎?"登非曰:"噫,异哉! "问官曰:"意曼喀洛

耳夫所告汝者,其事已实乎?"登非曰:"不谬,彼所告甚是。"问官
曰:"汝取此螺旋,是何宗旨？"登非曰:"何谓宗旨？"①

　　小说基本摆脱了中国传统小说中说书人的口气，但因是用文
言文翻译而成,无论是外貌描写,还是对话描写,都还有着浓厚的
中国印记。

　　林纾在近代小说史和翻译史中都是不可缺少的人物，但是林
纾本人并不懂外语,需要与懂外语的人合作才能产生翻译小说。所
以,林纾背后的口译者们发挥的作用是非常大的,陈家麟即是其中
的重要一位。林纾在辛亥革命爆发后,曾携家小避居天津,客居津
门多年,与梁启超等人交往密切,对天津的文化繁荣做出了贡献。
在林纾、陈家麟、陈大镫等人热衷于用文言翻译的同时,却有另外
一位翻译家坚持用白话翻译,而此位翻译家亦是津门培养出的优
秀翻译家。

二、伍光建及其白话翻译作品

　　伍光建(1867—1940),原名光鉴,号昭康,广东新会人。15 岁即
考入天津北洋水师学堂,时严复任总教习,1886 年留学英国深造,
1891 年回国后,被派往母校北洋水师学堂任教。他在文学上的贡献
主要是翻译了大仲马的三部曲《侠隐记》(今译《三个火枪手》)、《续
侠隐记》(今译《二十年后》)和《法官秘史》(今译《布拉日罗纳子
爵》)。作为严复的弟子,伍光建笃信"信达雅"的翻译原则,特别强
调"信",并强调做翻译一定要有双语基础,隐含着对林纾翻译的质
疑。当时林纾以文言翻译西方小说,取得了轰动效应,仿效者甚多,

①施蛰存主编:《中国近代文学大系 1840-1919 翻译文学 1》,上海:上海书店,1990 年,
　第 803 页。

成为翻译界的主流。而伍光建的老师严复翻译西方名著也运用了雅训古奥的文言语体,受到当时人的异议,黄遵宪曾说:"获读《原富》,近日又得读《名学》,隽永渊雅,疑出北魏人手。"认为一般人看不懂。伍光建在走上翻译道路之时,坚持用纯正的白话作为翻译语体,具有很大的进步意义。

伍光建是清末民初坚持用白话翻译西方小说最成功的翻译家,《侠隐记》初版于1907年,再版于1908年,受到读者们的欢迎。试读《侠隐记》第一回客店失书:

> 话说一千六百二十五年四月间,有一日,法国蒙城地方,忽然非常鼓噪。妇女们往大街上跑,小孩子们在门口叫喊,男子披了甲,拿了枪,赶到弥罗店来。跑到店前见有无数的人,在店门口十分拥挤,当时系党派相争最烈的时候,无端鼓噪的事,时时都有……城里的人,跑到客店查问缘故,才知道是一个人惹的祸。此人年纪约十八岁,外着羊绒衫,颜色残旧,似蓝非蓝,面长微黑,两颧甚高,颊骨粗壮,确系法国西南角喀士刚尼人,头戴兵帽,上插鸟毛,两眼灼灼,聪明外露,鼻长而直,初见以为是耕种的人。后来看他挂一剑,拖到脚后跟,才知道他是当兵的。这个人骑的马最可笑……①

小说的语言为流利的白话,与林纾、陈家麟、陈大镫等的翻译语言截然不同,受到了大家的喜爱。茅盾到1930年代依然称赞伍光建的译文说:"这《侠隐记》的译文实在有它的特色。用《侠隐记》常见的一个词头儿——实在迷人。我们二三十岁大的孩子看了这

①大仲马著,君朔译:《义侠小说 侠隐记》(第一册)第二集第四十八编,上海:上海商务印书馆,1915年,第1页。

译本固然着迷,十二三岁的小孩子看了也着迷,自然因为这书原是武侠故事,但译文的漂亮也是个很大的原因。"①胡适对《侠隐记》的夸赞也是溢于言表:"我以为近年译西洋小说当以君朔所译诸书为第一。君朔所用白话,全非抄袭旧小说的白话,乃是一种特创的白话,最能传达原书的神气,其价值高出林纾百倍。"②

近代天津为文学界培养了陈家麟、伍光建这样杰出的翻译家之后,现代天津静海又产生了著名的翻译小说家——董秋斯(1899—1969),他的代表作品有《大卫·科波菲尔》《战争与和平》等。从晚清张赤山翻译《海国妙喻》《海外拾遗》,到清末民初陈家麟、伍光建翻译欧美俄名著,再到现代董秋斯的优秀翻译,可以看到天津在翻译文学方面形成的优良传统,人才辈出。

---

①茅盾:《茅盾全集》第二十二卷,北京:人民文学出版社,1990年,第26页。
②胡适:《论短篇小说》,《胡适文集2胡适文存》,北京:北京大学出版社,2013年,第101页。

第七章 近代天津突破旧传统的各类新小说

从 19 世纪末期开始,近代天津小说表现出很强的转型性,逐渐突破了原来的传统,在全国小说界革命、白话文运动的激荡中,铺天盖地而来的是新的小说观念、新的小说形式和各种各样新的小说类型,津门各类新小说应运而生。津门作家不再墨守成规,而是极尽可能地对小说进行各种新鲜有趣的改造,出现了具有新形式的拼音字母小说、运用新手法的游记小说、传递新思想的世情小说、表现新时代爱情观的言情小说等等。相对于传统的旧小说,这些作品都表现出努力突破的勇气和大胆尝试的魄力,发挥着新小说影响社会人心的作用和艺术魅力。

第一节　具有新形式的拼音字母小说

一、王照:北京官话字母创始人

王照(1859—1933),字黎青,号小航,又号水东,直隶省宁河县(今天津市宁河区)芦台镇人。曾祖王锡朋,系清末寿春镇总兵,中国近代著名爱国将领。父王楫,曾为太学生,袭都骑尉兼云骑尉职。王照幼年丧父,由叔父收养,从小喜欢观星象,爱读天文、地理、兵书。10岁后从塾师学诗文,1877年(19岁)入书院,1891年(32岁)中举,1894年(35岁)中进士,点翰林院庶吉士,次年改任礼部主事。戊戌变法时,因敢于冒颜上奏,被皇帝赏予三品顶戴,以四品京堂候补。1898年戊戌变法失败后,王照被"革职拿办"。10月,逃亡日本,在日本居住一年有余。1900年潜行归国,为避开朝廷耳目,身穿僧服,自称"台湾和尚",以化缘为生,至秋,回乡隐居。①隐居于天津的王照编创了《官话合声字母》一书,1900年在天津出版。1903年,王照在北京创办官话字母义塾,出版了一种读物《官话字母义塾丛刊》,首卷印"二百本施送",内容有《圣谕广训》《大舜耕田》小说、劝不裹脚说、家政学总论等,"虽甚俚浅,颇蒙识者嘉许"。②此刊物促进了小说在社会下层民众中的传播。丛刊曾登报布告,预备月出一卷,但是因力量有限,没有续印。后来各处要书的多,冬天又续出三卷,共一千五百本。1903年王照的朋友沈荩(与《大公报》主笔连梦青交好)因揭露《中俄密约》被捕,以戊戌余党的罪名被杖死狱中。王照得知这一消息后,感到大难临头,但又别无良策,只好于1904年阴历二月向提督衙门投案自首,五月出狱后北京裱褙胡同"官话字母义塾"的书版已经被房东烧毁。因为保定官话字母推行顺利,同时还听说袁世凯同意在保定蒙养学堂、半日学堂和各军营试办官话字母教学,于是他到保定去办"拼音官话书报社",推行官话字母较为顺利。

王照一生刚直不阿,致力于普及教育,认识到教育对国家富强的重要性,是当时一位很有见识的开明大臣。他曾对胡适讲:"戊戌年,余与老康讲论……我看止有尽力多立学堂,渐渐扩充,风气一

① 政协天津市宁河县委员会编:《宁河文史资料·第7辑宁河名人》,天津:天津人民出版社,2002年,第249页。
② 倪海曙:《清末汉语拼音运动编年史》,上海:上海人民出版社,1959年,第97页。

天一天改变,再行一切新政。老康说列强瓜分就在眼前,你这条道路如何来得及。迄今三十二年矣。"①胡适称其为"三十多年前的革新志士,官话字母的创始人""一个肯说实话的傻子"。②王照虽然不是小说界的人物,但是他在流亡过程中创作了游记小说《行脚山东记》,在创办官话拼音刊物、普及教育的过程中刊载过许多拼音字母小说,并创作了拼音字母小说《对兵说话》,为近代白话小说的发展做出了极大的贡献。

二、王照的官话字母普及教育

王照主张以北京官话的语音作为标准音来统一全国语言,致力于官话字母的传播,1900 年在天津编印《官话合声字母》,此书 1901 年在日本江户由中国留学生翻印,1903 年由北京镶褙胡同"官话字母义塾"重印,1906 年又由北京"拼音官括书报社"翻刻,传习至十三省之境。用这种字母编印的"初学、修身、伦理、历史、地理、地文、植物、动物、外交等拼音官话书,销至六万余部"。③王照的字母方案是用汉字笔画作为拼音记号,强调以北京音为标准拼写白话,是汉字笔画式拼音方案的鼻祖。王照有着极为进步的语言观,他认识到中国的落后在于教育的落后,中国人的愚昧在于言文的分离。他在 1900 年出版的《官话合声字母·序》中说:

> 各国文字虽浅,而同国人人通晓,因文言一致,字母简便,

---

①王照:《小航文存》,沈云龙主编:《近代中国史料丛刊第二十七辑》,台湾文海出版社,1966 年,第 4 页。

②王照:《小航文存》,沈云龙主编:《近代中国史料丛刊第二十七辑》,台北:台湾文海出版社,1966 年,第 2 页。

③王照:《官话合声字母》,北京:文字改革出版社,1957 年,第 1 页。

虽极钝之童,能言之年即为通文之年。故凡有生之日,皆专于
其文字所载之事理,日求精进,无论智愚贵贱,老幼男女,暇辄
执编寻绎,车夫贩竖,甫定喘息,即于路旁购报纸而读之。用能
政教画一,气类相通,日进无已。而吾国通晓文义之人,百中无
一,占毕十年,问何学,曰学通文字耳。钝者或读书半生,而不
能作一书柬。惟其难也,故望而不前者十之八九,稍习即辍者
又十之八九。文人与众人如两世界。凡政治大意、地理大略、上
下维系、中外消长之大概,无从晓譬。官府诏令,无论若何痛
切,百姓茫然莫知。试就劝学、理财、练兵诸端,与东西各国对
镜,而知其难易之大相悬绝。①

　　他认为言文一致是世界其他强国的优势之一,言文一致易于
大众学习,易于普及国家的教育,从而让国势强盛。中国言文分
离,大众难以学习,对于学习了十年的读书人也仅仅是粗通文字
而已,对于迟钝的人读半辈子书也不能作一封书信,所以中国人
通文字的太少,原因就在于所学的语言与文法太难。中国言文的
分离还造成了文人与百姓的分化对立,成为两个难以沟通的对立
阶层。百姓不通文字、不受教育形成很多弊端,对国事茫然无知,
更别提爱国救国,所以国家在各方面都很落后、衰弱。由此,王照
致力于在社会推广官话拼音的普及教育,他在《出字母书的缘故》
中说:"这字母书是为什么出的呢? 全是为不认字的人写出来的。
从前无有字母书的时候,读书很难,因为看书必先认得字,不认字
万不能看书。我们中国比不得外国,外洋各国男女没有不认得字
的。中国十人之中,连两三个认字的也没有,所以不能人人会看书

---

①王照:《官话合声字母原序》,《官话合声字母》,北京:文字改革出版社,1957年,第1页。

写字。"①他希望能够让普通百姓迅速地突破语言文字关,通过学习简单的字母就能够独立的阅读、拼写,以此获得知识,提高素养。

　　语言问题确实是晚清社会改革中突显的一个问题,与王照同时代的严复、康有为、邱炜萲、梁启超等有识之士对当时中国言文分离的弊端都有着清楚的认识。康有为在 1897 年《日本书目志》中说:"今中国识字人寡,深通文学之人尤寡。"②认识到中国识字的人太少。梁启超在 1902 年《十五小豪杰》译后语中说:"语言、文字分离,为中国文学最不便之一端。"③认识到言文分离是中国文学中的弊端。楚卿 1903 年在《新小说》第七号《论文学上小说之位置》中说:"中国文字衍形不衍声,故言文分离,此俗语文体进步之一障碍,而即社会进步之一障碍也。"④认为言文分离是中国社会进步的一大障碍。当时许多文人都非常羡慕与向往西方的传播速度与效果,如严复在 1897 年《国闻报缘起》中说:"不佞曩在欧洲,见往有一二人著书立论于幽仄无人之隅,逮一出问世,则一时学术政教为之斐变。"⑤梁启超 1898 年在《译印政治小说序》中说:"在昔欧洲各国变革之始……往往每一书出,而全国之议论为之一变。"⑥但是在中国,这种情形却是不可能达到的,原因之一即是中国能认字读书

①王照:《官话字母读物八种》,北京:文字改革出版社,1957 年,第3—4 页。

②陈平原,夏晓虹编:《二十世纪中国小说理论资料·第一卷(1897—1916)》,北京:北京大学出版社,1989 年,第 14 页。

③陈平原,夏晓虹编:《二十世纪中国小说理论资料·第一卷(1897—1916)》,北京:北京大学出版社,1989 年,第 47 页。

④陈平原,夏晓虹编:《二十世纪中国小说理论资料·第一卷(1897—1916)》,北京:北京大学出版社,1989 年,第 63 页。

⑤罗耀九主编:《严复年谱新编》,厦门:鹭江出版社,2004 年,第 92 页。

⑥陈平原,夏晓虹编:《二十世纪中国小说理论资料·第一卷(1897—1916)》,北京:北京大学出版社,1989 年,第 21 页。

的人太少。所以,无论上层知识阶层发生何种变革,产生何种名著,都无法影响与波及下层的大众阶层。《新世界小说社报》第四期(1906年)中刊发的《论小说之教育》曾说:"虽然,小说流行之区域,今日非不多且广,小说组织之机关,今日非不完且备,而总之仍于愚民无与也。"①认识到当时的小说并没有影响到社会下层的民众。直到1908年觉我在《余之小说观》中还说:"林琴南先生,今世小说界之泰斗也……其印数亦不足万,较之他国庸碌之作家,亦瞠乎后也。夫文言小说,所谓通行者既如彼,而白话小说,其不甚通行者又若是,此发行者与著译者,所均宜注意者也。"②虽然在小说界展开了轰轰烈烈的革命,但是对于下层民众却没有丝毫的影响,古朴的文言小说下层民众看不懂,新出的白话小说下层民众也看不懂,梁启超等精英文人们希望通过小说来影响社会民心的目标根本无法实现。针对日渐突出的语言问题,晚清文人们做了很多探索,试图找到一种全国统一的通俗易懂的语言。究竟哪一种语言更适用?各省主张使用自省的方言,方言虽然是口语,但是各省语言不一致,也会影响到小说的传播和流通。所以,各自使用方言是不妥当的,必须要找到全国统一的语言才可以。文学界、改革界的精英人士们虽然对语言问题有所认识,但却没有进一步找到并推行切实可行的解决办法。

王照不仅认识到言文分离的弊端,还致力于北京官话拼音的创制和传播,以"妇孺愚人易晓"为原则,"为贫人及妇女不能读书

---

① 陈平原,夏晓虹编:《二十世纪中国小说理论资料·第一卷(1897—1916)》,北京:北京大学出版社,1989年,第186页。
② 陈平原,夏晓虹编:《二十世纪中国小说理论资料·第一卷(1897—1916)》,北京:北京大学出版社,1989年,第314页。

者而设","专为无力读书,无暇读书者而设,故务求简易,专拼北人俗话。"以实际行动推行白话教育和平民教育,远远地走在了时代的前列。王照在推行白话过程中受到很大的阻碍,尤其是来自守旧的上层知识阶层的反对。王照对那些阻碍推行的人说:"今之自命教育家者,其生长富厚,幼年赖贤父兄之培养,十余年始通文字,以成今日之名士,以成今日之显宦。彼自忘其销磨岁月之久,绝不思穷民万无彼之财力,又不思人民外无政治,教育外无人民。"①谴责反对普及白话思想的教育者们,因为他们自己生长在富厚之家,有父兄多年的培养,通了文字,成了名士显宦,就忘掉了自己学习文言的漫长过程,不考虑穷人们没有财力花费那么长时间去学习文言,不考虑政治要为人民服务,教育更要为人民服务的社会现实。

晚清的文学界、语言界就使用哪一种统一的新语言,还存在着南北争端的问题。北方主张以北方白话为统一语言,南方主张以长江流域的官话为全国统一语言,原因则是"其在南人,则狃于千数百年自居文明之故见,以为惟江南为正者,又因为其乡人习北语甚难。"②此股势力甚大,因为当时的小说是以长江流域的官话为主。陈平原曾说:"晚清作家颇多来自吴语、粤语等方言区,除非他们用方言写作,否则小说的口语化程度肯定很有限。应该说,他们以为'文法教科书'的,不是主要用北京话写作的《红楼梦》,也不是大量使用山东方言的《金瓶梅》,而是《儒林外史》。《儒林外史》用的语言是长江流域的官话,最普通,最适用,对晚清白话小

①王照:《官话合声字母》,北京:文字改革出版社,1957年,第39页。
②王照:《官话合声字母》,北京:文字改革出版社,1957年,第59页。

说的文体影响甚大。"①长江流域官话在晚清时的文学界占有很大
的优势。

王照是推崇北方官话语言的代表者之一,提倡以京话为公用
之话,便于全国语言的统一。他说:"用此字母专拼白话,语言必归
划一,宜取京话。因北至黑龙江,西逾太行宛洛,南距扬子江,东傅
于海,纵横数千里,百余兆人皆解京话,外此,诸省之语则各不相
通,是京话推广最便。故曰官话,官者,公也,公用之话自宜择其占
幅员人数多者,而南人每藉口曰京中亦多土话,京话不足当官话之
用。殊不知京中市井俗鄙之语,亦吾京中士大夫所不道,无庸多虑
也。"②他的主张对全国语言的统一起到了很大的促进作用,并且扭
转了当时小说界以长江流域官话为主的局面,转变为以北方白话
为主的发展潮流。从五四以后众多作家的作品就能看到中国小说
是按照北方白话的方向发展的,京话成为全国通用的文学语言。在
中国小说语言现代化的进程中,王照无疑是作出过重大贡献的一
位人物。

三、官话字母小说《对兵说话》

在小说界革命和白话文运动的思潮中,晚清大力提倡以白话
小说为教育民众的工具。《新世界小说社报》第四期(1906 年)中《论
小说之教育》曾说:"小说之教育,则必须以白话。天下有不能识字
之人,必无不能说话之人。出之以白话,则吾国所最难通之文理,先

---

① 陈平原:《中国现代小说的起点:清末民初小说研究》,北京:北京大学出版社,2005 年,
　第 171 页。
② 王照:《官话合声字母》,北京:文字改革出版社,1957 年,第 9 页。

去障碍矣。"①认为小说教育要以白话为载体才能取得相应的效果。晚清知识分子们发现应该接受教育的民众，不仅是社会下层的普通老百姓，还包括部队里的士兵。觉我曾在 1908 年《余之小说观》中提出小说改良应针对的方向之一即为军人社会，他说："军人平日，非有物以刺戟激励其心志，必将坚忍、勇往、耐苦、守法诸美德，日即沦丧，而遇事张皇，临机畏葸，贻国家忧者。余谓今后著译家，所当留意，专出军人观

《对兵说话》

览之小说。其形式、体裁、文字、价值，当与学生所需者，同一改良；而其旨趣，则积极、消极兼取。死敌之可荣，降敌之可耻；勇往之可贵，退缩之可鄙；机警者之生存，顽钝者之亡灭，足供军人前车之鉴、后事之师者，一一写之。如是则不啻为军队教育之补助品，而为军界之所欢迎矣。"②军队的强弱、军人的勇敢直接影响到一个国家的盛衰兴亡，所以提倡小说界为军人创作小说，让军人们在阅读小说的同时，学习坚忍勇敢、杀敌报国的精神，明白保家卫国、视死如归的崇高意义。王照不是小说界的人物，但其创作合乎了小

---

①陈平原，夏晓虹编：《二十世纪中国小说理论资料·第一卷(1897—1916)》，北京：北京大学出版社，1989 年，第 186 页。

②陈平原，夏晓虹编：《二十世纪中国小说理论资料·第一卷(1897—1916)》，北京：北京大学出版社，1989 年，第 315 页。

说改良的潮流。1904 年他在保定出版的官话字母书中,《对兵说话》是专为军队(常街军第三镇)学习官话字母写的,①当时只卖十个铜圆。《对兵说话》保留着传统章回小说的结构,以白话和拼音对照的新形式写成,对部队官兵进行了思想启蒙教育与爱国精神激励。第一章为《国家为什么养兵》;第二章为《打仗是当然的职分》;第三章为《当兵的受劳苦》;第四章为《兵丁要遵守官长的命令》;第五章为《兵丁总要信实》;第六章《兵丁要俭节》。《对兵说话》在开始即说明学习的重要性,努力让兵士们改变以往武人不用学习的旧观念:

> 无论官长头目兵丁,都得学习,你说学这个做甚么用?因为会了这个就可以自己看书。你说武的何用看书?你要知道,如今武的,不比从前了……印出各样儿的书来给你们看,眼前明白的多,遇见打仗的时候,容易打胜仗,而且有了学问,在军营里当兵,像在学堂里当学生一样,比别的行儿的人尊贵,将来年限满了,可以作别处的教习,还可以作官。你们只管赶紧的学,学会了的时候,自然就信我这话不错了。②

一方面从国家打仗易胜,另一方面从自身有机会升迁的好处来劝说军人们改变旧观念,重视学习与读书。

为了适应军人们的接受水平,《对兵说话》中不是讲大道理,而是列举一些事例,浅显易懂。第二章《打仗是当然的职分》中说:"那年各国兵进京的时候,我见一个日本兵,他说他家里的老母亲,就是有他这一个儿子,他这回派来的时候,他母亲对他说,你要是

---

① 倪海曙:《清末汉语拼音运动编年史》,上海:上海人民出版社,1959 年,第 112 页。
② 王照:《官话字母读物八种》,北京:文字改革出版社,1957 年,第 80—83 页。

打仗的时候逃跑回来,就没脸见我,你若是被枪打死,我掉两眼泪,可伸著大拇指头说你是个好的。"①用日本兵和母亲的故事来说明为国捐躯的光荣与神圣。"那年又有一个日本兵,管吹喇叭的,他肚子上中了炮子,疼的站立不住,倚在个大树根子上,还是不住的吹喇叭,喇叭声儿越吹越小,直到断了气,喇叭才不响了,你瞧他们外国人当了兵,那尽职分的心有多么专。"②用日本兵受伤后还坚守本职的故事让中国军人学习不怕牺牲、誓死报国的精神。在第三章《当兵的受劳苦》中列举诸葛亮的故事:"你看唱戏的作出诸葛亮来,外面子上有多么逍遥自在,到了五丈原,他岁数并不大,就累心累的吐血死了。"以此说明大帅官长的劳苦,更何况兵丁的劳苦呢。《对兵说话》以白话拼音的形式让士兵们通过熟悉的人物和生动鲜明的故事明白军人该承担的责任和义务、该具有的素质和精神,不仅对军人们进行了思想的启蒙,还对其进行了行为上的激励,使军人们在报效祖国的同时能看到自身光明的前途,对提高军队的思想素质和战斗力大有裨益。

1905 年吴越在保定创办《直隶白话报》,刊载了白话短篇小说《大坂的蛤蟆》《小驴喊冤》,长篇白话小说《壶里乾坤》等,还有王法勤等 1905 年在保定主持创办《河北白话报》,张家隽等创办《北直农话报》等等,保定白话报的大量涌现与王照在保定提倡白话有一定关系,极大地推进了保定的白话文学运动。王照创办的官话拼音刊物,促进了中国下层民众的教育普及,发挥了开启民智的作用,推动了官话拼音在京、津、冀乃至全国的普及。

---

①王照:《官话字母读物八种》,北京:文字改革出版社,1957 年,第 100—102 页。
②王照:《官话字母读物八种》,北京:文字改革出版社,1957 年,第 100—102 页。

第二节 运用第三人称限制视角的游记小说

戊戌变法失败后,王照因被朝廷通缉,流亡日本,1900 年春才自日本归国。作为清廷钦拿的要犯,他不敢公然暴露自己的身份,身着僧装,对人自称"台湾和尚",在山东、直隶、江苏等地流浪,以化缘度日,撰写了《行脚山东记》,记载他在流亡途中的所见所闻与所感。郭绍虞把《行脚山东记》选编入《近代文编·游记类》①,但是《行脚山东记》在记人与叙事方面与一般的游记文十分不同,对人物有着刻意的描写,突出了其性格和形象,从晚清的小说观念来看应该是一篇以自身经历为线索的游记小说,而且,是一篇使用了第三人称限制视角的小说,在晚清小说中具有新意。

一、《行脚山东记》中第三人称限制视角的使用

晚清以前,中国古代白话小说大都是使用一个全知全能的说书人的口吻叙事,笔记小说中有一些作品采用限制视角叙事,但都篇幅短小、情节简单,陈平原先生的《中国小说叙事模式的转变》中对此有较为深入的论述。在西方小说的影响下,晚清作家们自觉或不自觉地突破传统小说的全知叙事模式,开始出现限制视角叙事。按照中国游记的传统,《行脚山东记》应该用第一人称视角来记述自己的所见所闻,但是,因为其特殊的罪犯身份,作者特意隐去了第一人称的"我"而始终以第三人称的"台湾和尚"的视角进行叙述,这个虚假的身份和名称无意中成为王照为作品塑造的人物形

---

①郭绍虞:《近代文编·游记类》,辽宁:辽宁人民出版社,2012 年。

象,小说始终都是以和尚的视角来叙事,从而甩掉了传统游记作品
中的第一人称叙事,也甩掉了传统白话小说中说书人的全知叙事,
显示出叙述视角的新颖性与独特性。在传统的游记作品中,作者是
叙述者,"我"是被叙述者,叙述者基本上就等于被叙述者,二者之
间的距离很近,界限模糊;在《行脚山东记》中作者是叙述者,被叙
述者却是"和尚",二者之间的距离拉大了,界限也分明了。所以,
《行脚山东记》是清末很有特色的一篇游记小说。

二、《行脚山东记》重在讲述故事和描写人物

《行脚山东记》虽然以日记体写成,但重在描写人物和讲述故
事,讲述了"台湾和尚"的逃亡经历。和尚在山东遇到了各种形形
色色的人物,他们有的道德沦丧,崇洋媚外,如教书先生丛贡生,
他一见了从日本来的"台湾和尚",就说"日本国甚好,尔台湾人,
已属日本"。从语言中透露出对日本的崇拜,丝毫没有爱国之心。
和尚给他五元钱,委托他代做一件中国式麻布大衫,他答应三天
做成,结果六七天过去了,也没有做成。不得已,和尚去找他,丛贡
生却是个大烟鬼,早把做衣服的钱吸了烟,和尚无奈又加二元才
做成了衣服,作者在这里运用了细节描写:"小婢延入,见贡生与
其妻,双管谐吹。其妻蓬首垢面,似永不梳洗者。"简单几笔就刻画
出一对烟鬼夫妇,反映出当时一些堕落文人的状态,他们虽然是
读书人和教书人,但却丧失了人格与尊严,沦为病夫烟鬼,厚颜无
耻,骗人钱财。和尚遇到的人中有的淳朴善良,如绰号张三撩者,
是一个有四五十年经验的车脚行头,豪爽而讲义气,他好意地嘱
咐和尚"无论入何客店,即言自张三撩处来,则店掌必有照应。"
"有自省送丝之回空车,尔题张三撩即乘之,随意略给酒钱即可

也。"和尚如他所言,果然一路上都受到店主和车夫们的热情关照。虽然是在流亡途中,但作者对其中的事件和人物都描写得有首有尾,并不是做流水账式的记录,如对贡生做衣之事,有发展,有经过,还有结尾,叙述完备,对张三撩的描写也有首有尾,注重前呼和后应,突出小说的特性。

作品中所写之事有纪实的成分,但是作者却运用了精彩、娴熟的小说笔法进行了加工与剪裁,能够在平淡中生出波澜与悬念。如和尚一人宿于场圃,作者运用环境描写渲染出一种凄凉、恐怖的气氛:"四无居邻,中停一棺,破凳二张,破灯一盏。风雨打窗……夜二鼓,和尚方瞑目独坐,闻屋中忽有声,开目见一物,高如人,尖顶无面目,无手足,遍身黑毛,破扉而来。"和尚半夜听到奇异的声音,又见到怪物,让人毛骨悚然,作者有意在这里设置了悬念,来者究竟是何物?难道是夜半有鬼?作者继续缓缓叙来"及近前来,其上部突出一长五寸之小烟袋,手指亦随露出,乃人也。是车夫之表弟,夜为村中巡更,因风雨戴毡帽,披狗皮斗篷,手与面皆蒙其中,寒缩不敢露"①,弄清了"怪物"原来是一个全副武装的人,让读者松一口气,莞尔一笑,在紧张和松弛的交互叙述中,增强了小说的节奏性和趣味性。

作品中大量运用了语言描写、动作描写、环境描写、心理描写来突出人物的形象。台湾和尚是作者重点描写和表现的主人公,虽然和尚听人谈政治只会念阿弥陀佛,或说"善哉善哉",但他深知国家的弊端,有着自己的政治理念和清醒的认识,可谓大智若愚。作者突出描写了和尚忧国忧民的情怀,如和尚凭吊铁公祠,做

---

① 王照:《小航文存》,沈云龙主编:《近代中国史料丛刊第二十七辑》,台北:台湾文海出版社,1966年,第57—58页。

诗:"传檄声言清君侧,千古乱臣如一辄。金陵僧牒走水关,忍死流亡终落寞。……老纳一片水云心,不与世人争论说。呜呼论说那堪争,世人他也传衣钵。"在和尚四处奔走和游历的描述中,可以看到《老残游记》中老残的原形,穿着破道袍四处勘察访问,对古赋诗,迎风洒泪,认清世间的兴衰与冷暖。不同的是,老残能够伸张正义,有一番作为,而和尚却只能委曲求全,怀一腔激愤之情,忍辱负重地流亡。

三、《行脚山东记》的讽刺手法

《行脚山东记》像《儒林外史》所运用的"串糖珠式"手法,以游览为线索,把游历中的故事串联起来,形成一篇完整的作品。作品运用了小说的讽刺方法,对社会上的一些人进行了讽刺,这种讽刺手法近似于《儒林外史》,胡适曾说:"《儒林外史》没有布局,全是一段一段的短篇小品连缀起来的;拆开来,每段自成一篇;斗拢来,可长至无穷。这个体裁最容易学,又最方便。因此,这种一段一段没有总结构的小说体就成了近代讽刺小说的普通法式。"①

作者讽刺的人物,有崇洋媚外的教书先生丛贡生,还有自炫才华的刘典史,刘典史有意在台湾和尚面前高谈雄辩,非议光绪皇帝信用康有为无故的变法,把中国的铁桶江山闹坏了。和尚问他康有为是何人?何官?有何权势?典史却对以道听途说之词,讽刺了那些不懂国事却妄谈国事,不懂政治瞎谈政治的人。还讽刺了弄虚作假歌功颂德的人,当时日本人向登州虚击一炮,让抚帅无暇东救,攻破了威海,但是登州却立碑歌颂防守之大功,讽刺了那些不顾大

---

① 胡适:《胡适文选》,呼和浩特:内蒙古文化出版社,2001年,第59页。

局,只顾名誉的官员和阿谀奉承的文人们。作者还讽刺了一些前恭后倨、趋炎附势的小人们,渡口的舟子向人们索要钱财,车夫嘱咐和尚"莫下车,端坐莫轻语",车夫昂然谓舟子"你先莫讲别个的,快把我的车渡过,不然大师父又著了急了,大师父从北京下来,有公事。"舟子唯唯听命。"既渡,和尚大笑。后于青州过弥河亦试此法,良效。想见山东人重僧。"作者在这里明显地透露了讽刺之意,和尚之所以能够优先渡河,是因为装作了北京来的权贵人物,吓唬了舟子,而并不是因为重僧。这里的讽刺,是针对中国人趋炎附势的劣根性而发的,在让人笑过之后又发人深省。

作者对当时的下层百姓们,则是一种哀其不幸、怒其不争的无奈态度,反映出当时的人心惶惶。和尚路过一村:"街谈巷议大抵不外天灭洋人,李鸿章卖江山,光绪爷奉教,袁世凯造反,康有为封六国圣人之类。"他们对社会和政治的认识一知半解,愚昧可笑,对康有为、袁世凯、义和拳、德国人的是非善恶,也十分模糊,处于混沌未开化之中。

《行脚山东记》全篇文笔简洁,情节曲折,一波三折,写景叙事多有细节描写,并且与诗结合,突出了和尚忧国忧民的形象。不能单纯地以游记作品来看王照的《行脚山东记》,以小说作品来看《行脚山东记》更能发现其中塑造的人物形象、运用的讽刺手法、寄托的政治理想。所以,胡适在致王照的信中说:"大集中以文字论,当以《行脚山东记》为最佳,必传无疑。"①指出了《行脚山东记》的文学价值。

---

① 王照:《小航文存》,沈云龙主编:《近代中国史料丛刊第二十七辑》,台北:台湾文海出版社,1966年,第11页。

第三节 传递新思想的警俗小说

一、津门储仁逊的"虚构"小说观

《暗云天》作者储仁逊(1874—1928),字拙庵,号卧月子,又号醉梦草庐主人梦梅史,书斋号莳心堂,行七,世居天津带河门外。他是津门的一位奇士,性情亢爽磊落,持身捐介,毕生布衣布履,好饮酒,间为小诗,渊懿朴茂,溢于言表,不轻易与人唱和。储仁逊的一生,颇具传奇性。他精于医术,每逢疑难杂症,人所茫然不识者,他常以单方投之,无不立奏神效,起死回生。当时沽上名医陈雨人最为折服,以为得自异人传授。储仁逊又精通占卜堪舆之术,设馆沽上,课毕,尝卖卜于金华桥畔,他刚到,求卜者就已经纷纷聚集,顷刻间撤座,所得卦金,悉以周恤亲故,不使有余。储仁逊在著述方面也十分丰富,著有《嚣嚣琐言》二册、《闻见录》十五卷,皆掌故之学,间附考证,另有话本小说十五种。但因其作品是手稿未刊本,多年被学界忽略,幸有学者欧阳健等整理《中国通俗小说总目提要》,20 世纪 80 年代才在南开大学图书馆和天津图书馆发现了他的作品。《暗云天》是《嚣嚣琐言》稿本中的最后一篇,是储仁逊创作的未完成的长篇小说,标题下书"警俗小说"。

储仁逊对小说的虚构性有着充分的认识,他在《暗云天·缘起》中说:

> 小说之为物,除历史小说外,大抵都是无中生有,由人捏造,所描写苦乐悲欢情形,好似天花乱坠。不过,作小说之人所抱宗旨,实因古圣先贤的格言学说,可以劝化中等以上的人,不能警教中等以下的人。所以苦心孤诣,造出一段事实,

> 使人不厌,使人爱读,在那无形中有劝化之意,那就是作小说
> 人惟一的宗旨。①

他指出小说本质上的虚构性,小说中所写的悲欢苦乐都是作者用心建构和描绘而成的。对于小说的意义与功能,他认为可以劝化中等以下之人。同时,他认识到小说通俗有趣、易于领会,使人不厌、爱读、易于接受书中所讲的道理。为了充分发挥小说在社会中的教化作用,他认为小说家应该苦心经营其中的故事与情节,以达到劝化民众的效果。

二、《暗云天》表现的爱国救亡思想

《暗云天》现存四章,未完,虽然它的形式还是传统章回体,但其内容却是甲午战后新时代新思想的产物,明确批判了清朝的八股取士,申明了科举不能救国只能误国的道理,欲要强国就要追求新知识与新学问,不能再固守举业。此小说与储仁逊其他的话本小说、笔记小说明显不同,当之无愧可称为"新小说"。

《暗云天》中所描写的主人公张世毅是直隶易州城的一位抛弃科举、立志强国的新式开明人物,妻王氏生二男一女,家境艰难,张士毅无力买书,常借友人之书以资研究,所有子史经传皆已通晓,虽是自幼勤学苦练,腹中已是饱学,但清朝考试向无凭据,"场中莫论文",张先生考了几次小考皆未取中。彼时正当甲午中日战后,张世毅在本城刘绅家教读,他听闻中国割地赔款后大为不平:"中国如此一个大国竟被小小日本如此羞辱,一定内里有缘故。"但易州风气固陋,人们皆说他疯迷,张世毅唯有自己追求救国强国的道

---

① 储仁逊:《嚣嚣琐言》,南开大学馆藏。

理,一面看文章,一面思想,忽然有一天他大声曰:"嗳呀,中国依八股取士莫说士子八股还做不好,就让八股做的好,焉能强国。"他认识到八股取士是中国积贫积弱的原因之一,想到此他立刻命书童将东家刘绅请到书房,告诉刘绅说:"中国官皆由八股得来,所以中国被八股所误,竟被日本欺压。"他坚决辞职不再做教书先生,劝刘绅将令郎送到北京或天津学些真学问以作将来之栋梁,使中国富强。刘绅说:"先生所说之话何其迂阔之甚,凭先生的手笔,前次考试虽未取中,将来必能录取,得一知县出去坐几年,虽不能致富,亦可小康,至于八股文章,乃是我们的国萃,自古至今那一朝不是八股取士,怎么会没用呢,就让是没用,吾们拿他作个进身之阶有何不可? 若说日本欺压中国,皆是武将士兵们不义,在家又刀石练的不精,才打败仗啦,于吾们文人无有关系,先生何必为这种种无关系之事以萌退志。"以科举荣身、当官致富、不管国事的思想是当时社会中大多数人的想法。张先生却说:"学生一点真学问没有,就是作了官,于国家是非徒无益而又害之。"最终,张先生弃学就农,刘绅慷慨借他五百两银子购地。

从仅有的四章中可以看到,张先生是一位具有理想色彩的悲剧人物,思想具有进步性,他的夫人也是一位思想开明的新式女性,张先生认识到中国之弱由于人无实学,自己不再求学而决志务农,张夫人赞成丈夫的主意,说:"看现在时势,别说官人不能得中,就让官人金榜题名,焉能将国家致强,国家被外人欺压太甚,那有荣耀之日。"他们虽有强国的志向与见识,但在现实社会中却找不到好的出路,得不到人们的理解,在村里孤独无依,周围的人们只求自身的荣华富贵。张先生务农之后,许多无知的村民都来欺负他一家人老实善良,因阻止村里人练拳,张先生被村人残忍地杀害了,一家老弱无力还债,张夫人只好把女儿素霜卖到何相国家为丫环。

小说用白话写成,且多用津、冀一带方言。比如张先生要买地,张二说:"现在易州城左近实未有卖地的,若远点行不行呢。""先生若不嫌远我带劳说合说合。""说合说合"即帮助说成此事。刘悟孝来讨债,逼迫张家把女儿素霜卖到何相国家为丫环,何相国家二公子范尚是一个浪荡子弟,何相国骂范尚:"你在外花钱日久,你身体亦要紧哪,这样胡捏可怎么得了。""胡捏"即胡作非为,祸害自己。张先生把家从城里搬到吴家庄,吴家庄人对张先生"百般啰唆,万种欺负"。素霜劝说范尚,范尚对她说:"你不必絮道了,捡要紧的说吧。""啰唆""絮道""要紧"都是京津一带惯用的口语,体现了较为鲜明的地域色彩。

第四节 表现新时代爱情观的哀情小说

一、《断肠影》作者中水惺公考

宣统三年(1911)经纬报馆出版《断肠影》小说集,共十三章,署中水惺公著。中水惺公是谁?学界不清楚,亦未对其进行过深入的考辨。刘世德主编《中国古代小说百科全书》中说:"中水惺公著。真实姓名不详。"笔者经过一番查阅与检索,发现中水惺公竟然是清末民初大名鼎鼎的军界人物白坚武。

白坚武(1880—1938),字馨远,号臂亚,亦作兴亚,直隶交河人。1910年考入天津法政学堂,加入中国同盟会,1911年9月,被陆荣廷聘为顾问,1918年任直隶代表,在上海参加南北议和会议,后赴南京,被李纯聘为顾问,1920 年李纯死后,投入吴佩孚麾下,1924 年 9 月第二次直奉战争失败后,避居天津,1927 年吴佩孚被北伐军打败出走四川时,赴日本,1935 年回天津,与石友三组织华北正义自治军,任总司令,失败后,出走东北,旋再返天津,1938 年被冯玉祥逮捕,以通敌叛国罪,在南乐县枪决,终年 58 岁。①

白坚武一生戎马生涯,早岁在天津法政学堂读书时却曾经做过言情小说,这对小说界而言是一个很大的发现。白坚武在其 1929 年 7 月 4 日的日记中说:

余编录旧存文稿为四期:一、少年考试文字及小说 3 部(《断肠影》《女国士》《血海美人》)附焉;二、京中主笔论政文字,时策方案附焉,三、洛中友朋函电来往文字;四、20 岁至 30 岁左右铭祝应世文字,余少年及中年后所咏之诗,亦编录删削附焉……一旦不讳,以留儿辈宝存之,斯亦心血所表示者尔。②

可见,白坚武在晚年整理自己的文稿时,明确提到他少年时曾经做过三部小说《断肠影》《女国士》《血海美人》。

《断肠影》作者是否就是《白坚武》? 在其日记中还能找到确切的答案,如 1937 年 4 月 15 日:"回部看李定夷所著《雪花缘》说部,亦复尽哀感悱恻之致,略同余之少年所著小说《断肠影》。但幼稚之意境,绮丽之词句,由中年以后之人思之,可笑亦复可爱耳。"③可知

---

①车吉心主编:《民国轶事》第五卷,泰安:泰山出版社,2004 年,第 2222 页。
②白坚武著,杜春和、耿来金整理:《白坚武日记》,江苏:江苏古籍出版社,1992 年,第 661 页。
③白坚武著,杜春和、耿来金整理:《白坚武日记》,南京:江苏古籍出版社,1992 年,第 866 页。

《断肠影》是其少年时所作之小说。

我们还可以在白坚武的日记中找到确凿的证据,进一步来证明他 1910、1911 年在天津法政学堂读书期间做了三部小说。他在 1910 年(25 岁)的日记中记载:"伏期来京朝考,落二等。冬月国会请愿风潮起,法校独为大吏怒,欲以兵围焉。余与李君寿昌约待之,后竟无事,回故里省祖父母。闭门 10 日,作小说 2 本。"可知他 1910 年在学期间作了二本小说。再如 1911 年(26 岁)记:"过保定与崔洁芬女士结婚,未度蜜月,仅团圆 10 日,先后赴津校。6 月,赴许昌省母。间中作小说一本,卖之《国民公报》,以为校中零用,竟为所欺,权利失约。"①可知他 1911 年又做一本小说。由此可知《断肠影》作于 1910、1911 年间是无疑的,可惜另外两本小说《女国士》《血海美人》现今不知下落。

二、《断肠影》中描写的新时代爱情故事

从白坚武日记中可以看到《断肠影》是一部哀感悱恻之作。刘世德在《中国古代百科小说》中对此书有过较为详细的介绍,此小说以文言写成,近三万字。当时是白话小说蔚然成风的年代,为何他要用文言作《断肠影》呢? 这与他的语言观有密切的关系,他曾在 1931 年 4 月 15 日的日记中说:"晚,同友人论文言及白话所传之远近。古人言言之不文,行之不远,亦深有理。自西汉以来,文章至今无不可索解之处。《金瓶梅》《水浒传》之白话,今人则有隔废不用之语,以斯知文言白话之不同矣。"②他认为文言能够流传得更久远,

---

① 白坚武著,杜春和、耿来金整理:《白坚武日记》,南京:江苏古籍出版社,1992 年,第 4 页。
② 白坚武著,杜春和、耿来金整理:《白坚武日记》,南京:江苏古籍出版社,1992 年,第 866 页。

白话则很快就会被隔废,所以他赞成以传统的文言写作。另外,从当时流行的小说来看,虽然白话小说成为潮流,但文言小说也还受到追捧,《断肠影》与后来产生的《玉梨魂》《断鸿零雁记》《雪鸿泪史》等皆属于同类文言哀情小说。

《断肠影》写清末时晋州一个名门大户杨家,人丁衰落,主人公杨冠杰在襁褓时父母就双亡,与祖父相依为命。他长大后一表人才,十五岁考入京师顺天高等学堂,其妻尹玉芙,与杨冠杰青梅竹马。杨冠杰去学堂之后对妻子深深地思念,以至于积虚久劳,得了急症,十七岁即不治而亡。玉芙闻此噩耗后哀恸欲绝,但因双方老人还在,隐忍苟活,终夜抱着杨冠杰的照片哀哀痛哭,声声断肠。杨冠杰是一位有新思想的大学生,但却过于懦弱,沉溺于儿女情长的思念当中不能自拔,人物形象略显单薄、苍白。

《断肠影》虽然是用文言写成的章回小说,但却是表现新时代爱情观的言情小说。小说中所写的主人公冠杰是一个新式人物,他的身份不再是传统的才子,而是高等学堂中的一位现代大学生,有着自我独特的思想与性格,追求浪漫的爱情,并且甘愿为爱情献身。此种爱情故事虽然在成年人看来显得天真可笑,正如白坚武自己所说"幼稚之意境,绮丽之词句,由中年以后之人思之,可笑亦复可爱耳。"但情节幼稚、语言绮丽正是清末民初小说新旧交替时所特有的时代产物,津门作家们还没有掌握足够的现代小说技巧,但却尽自己的能力进行探索性的尝试,呈现出鲜明的转型色彩,突破了才子佳人小说的传统模式。

第八章 新小说压力下近代天津的传统小说

在近代小说的转型时代,学者们往往把大量的目光投注于各类新小说,在新小说中寻找各种转型的特点与变化,而忽略了传统的旧小说,那些话本小说、笔记小说在转型的大潮中命运如何? 在各种新小说的压力下它们是墨守成规,以不变应万变? 还是也在努力地求新求变? 这是一个值得我们关注的问题,所以在前面探讨了近代天津各种新小说之后, 最后一章我们要特别地留给近代天津的旧小说,恰好近代天津也留下这样一笔小说财富给我们,让我们可以确切地知道它们曾经存在过,看到它们面对转型压力曾经做出的尝试与努力。

第一节 转型压力下近代天津的话本小说

津门作家储仁逊我们在前面已经介绍过,他不仅创作了白话小说《暗云天》,还留下了十五种话本小说的手抄本:《蜜蜂计》《毛公案》《于公案》(两种)《双龙传》《青龙传》《阴阳斗》《双灯记》《满汉斗》《蝴蝶杯》《八贤传》《孝感天》《聚仙亭》《刘公案》《守宫砂》。这十五种抄本小说欧阳健先生认为"出自储仁逊之手笔,也不能说都是属于储仁逊的独立创作。毋宁说是储仁逊的整理和改编更为恰当。"①有一定道理。

储仁逊的十五种话本小说的创作情况可以分为三类：一类是既未见于小说目录亦未见于鼓词目录的，有《毛公案》《于公案》（两种）、《双龙传》《青龙传》《满汉斗》《八贤传》《孝感天》《聚仙亭》《刘公案》十种。一类是未见于小说著录，但有与之相近的鼓词，与说唱艺术关系十分密切，有《蝴蝶杯》、《蜜蜂记》两种。还有一类是被刊刻传播的，有《阴阳斗》（即《阴阳斗异说奇传》）、《聚仙亭》（即《混元盒五毒全传》）、《守宫砂》（即《三门街》）三种，前二种孙楷第《中国通俗小说书目》有著录，《聚仙亭》是抄的《混元盒五毒全传》，但《混元盒五毒全传》原为二十回，储仁逊易名为《聚仙亭》，又将其两回并成一回，将单回目变成双回目。

储仁逊话本小说中的十种是孤本，即使十五种话本小说不是其原创，而是其整理与加工之作，也不能降低储仁逊在晚清小说中的地位，在津门小说史上他更是一位非常重要的作家，在近代天津小说史画上了浓墨重彩的一笔。综合考查这十五种话本小说可以看到，受当时小说界各种改良运动的影响，话本小说一方面墨守成规，保持传统的结构特点与固定模式，另一方面在题材内容、结构设计、写作手法上求新求变，努力突出话本小说与新小说的不同之处，以吸引广大的读者与听众，保证其能够继续生存下去。

一、题材的求新：集各类题材于一体的《守宫砂》

储仁逊话本小说《守宫砂》（《八剑七侠十六义平蛮传守宫砂》），又名《三门街》，此一种孙楷第《中国通俗小说书目》未著录，但

---

① 欧阳健：《津门储仁逊及其抄本小说》，《明清小说研究》1988 年第 4 期，第 288–299 页。

现有1986年浙江古籍出版,还有上海广益书局版,出版年不详①,与储本有很多不同,但不能确定谁是原本。小说一方面在题材内容上表现出了极强的创新性,另一方面在形式上也表现出了话本小说的保守性。

1.集神魔、英雄侠义、才子佳人、世情于一体

传统的章回小说在题材方面一般分为:历史演义小说,如《三国演义》等;英雄传奇小说,如《水浒传》等;神魔小说,如《西游记》《封神演义》等;世情小说,如《金瓶梅》等;公案侠义小说,如《三侠五义》等。在明清话本小说中,这些题材类型虽然互相渗透,但还不至过于庞杂。话本小说发展到晚清,为了故事更加精彩有趣,情节更加惊险刺激,在题材方面出现了繁复的交织与混杂现象。《守宫砂》就是一部在题材混杂方面具有典型性的作品。有学者称《守宫砂》为侠义小说,因为其中的李广、洪锦、楚云等都有侠士的身份。但与前期的《三侠五义》等侠义小说相比,《守宫砂》在题材上又大大融合了才子佳人的内容,既有女扮男装的侠女楚云,又有男扮女装的侠士桑黛,侠女与侠士之间、佳人与才子之间彼此纠葛的爱恨情仇,十分复杂,突出了英雄儿女之间的感情故事,同时又融合了神魔、世情小说的内容,使旧题材焕然一新,人物形象独特鲜明,情节也格外曲折,对读者十分具有吸引力。

《守宫砂》中的英雄不同于一般侠义小说中的英雄,而是重点突出一位女扮男装的美貌英雄——楚云。楚云虽是女扮男装,但难掩天姿国色,面貌娇弱,初出茅庐时受到鲁莽好汉们的轻视,第十八回中"广明说:'论楚云品貌自是风流俊俏迥异,若论武艺恐他这

---

①陈大康:《中国近代小说编年史》,北京:人民文学出版社,2014年,第630页。

小身躯未必能持长枪大戟。'楚云含笑说:'想俺楚云年幼力薄,知识毫无,今以后恳祈诸位仁兄指教才好。'遂走至广明旁边。笑容满面,伸手轻轻把莽头佗举在半空,说尚望指教,复把广明在空中一转。广明用力想要挣脱,再挣不开,心中方佩服楚云,座上各人且惊且笑。"①通过与广明的较量写出了楚云身怀绝技,武功高强,很像《儿女英雄传》中的十三妹,甚至比十三妹的传奇色彩更浓。楚云一直南征北战,建立军功,被封为侯,还迎娶娇妻,让人雌雄莫辨,扑朔迷离。作为女扮男装的英雄,楚云的内心矛盾复杂,作者对其心理有着颇为细致的描写,如第三十六回楚云要与其母见面,但却不能相认:"不觉心中惨凄,便自倒入罗帏涕泣沾襟,暗道我的亲娘呀,那知女儿在目前不能面认亲颜。女儿有不孝之罪,莫大于此。呵呀吾的亲娘呀……万一因伤痛之余表里行藏为人识破,不但为众人嘲笑,还恐罪犯欺君,这教我如何处置。"对楚云坚守身世秘密,不与母亲、兄长相认的苦衷以及左右为难的矛盾心理刻画得淋漓尽致。

作者还通过旁观者的角度进一步加强楚云的传奇性,第六十三回玉清王恰巧与楚云连坐,他一面闲谈一面凝神直视楚云,"觉得楚云国色天香,惊人夺目,心中狐疑,暗想孤不信天下男子有如此娇美,孤之疑团难解。遂含笑向楚云说道:'孤不信以卿之娇之美之柔之弱,能于百万军中取上将之头如探囊取物,孤实莫测卿之为人为神抑为仙女化身么。'"玉清王对楚云的猜疑与评论突出了楚云娇美柔弱之姿与英勇卓绝的武艺。大家对楚云的身世都十分好奇与怀疑,与楚云共同争战沙场的李广更是时时怀疑,第七十回李

---

① 储仁逊:《守宫砂》,储仁逊《话本小说十四种》,南开大学馆藏,第34页。

广独步赴侯府,来到书房,看见楚云正"斜倚金交,若有所思之状,那一种半颦半笑妩媚之态真令人缱绻难忘。便笑问:'贤弟独自闷坐颦蹙蛾眉,难道有何心事?⋯⋯为何贤弟一人闷坐纱窗学那儿女子之态,何妨将贤弟之心事诉与我知。'"楚云半颦半笑的姿态无疑是妩媚动人的,但她却坚守自己女儿身的秘密,让李广对她又敬又爱。

《守宫砂》是英雄侠义与世情小说的结合之作。对于英雄和佳人们的描写可谓丝丝入扣,合情合理。第六回中李广的母亲李夫人拿出一套新鲜衣服并梳妆镜台各物,令丫环送与刚刚从灾难中脱身的洪锦云更换梳洗,锦云的母亲重病在床,按道理她不应该穿着鲜艳衣服,但李夫人并不知情,锦云不好拂李夫人的美意,只好穿戴打扮了,表现了锦云审时度势的谨慎性格。第七回李广与锦云见面,"李广偷眼观瞧,暗道洪小姐在史府时乌云蓬松,泪痕满面,现在略加修饰,恍若天仙,令人可敬。"从李广的眼中写出了锦云的美貌与端庄,为后面二人结为夫妻埋下伏笔。李、徐二位夫人去探望洪夫人,本是家常小事,但作者也不厌其烦进行了详细描述。在描述几位夫人日常交际时,聊聊几句就勾勒出洪锦云的善于周旋与通情达理,有几分薛宝钗的影子。小说中描写世情风俗亦井井有条,第六十九回对徐范两家婚仪场面的描写运用了繁缛的笔法,层层展开:"十二日一早,就将洪锦云接过来,同白艳红二位双全少夫人,将所有行聘之物一件件摆在礼盘。外面是徐文亮徐文俊分派执事家丁俱已齐备,午初时两位大宾乘坐大轿往范府。徐府家丁一对对捧着礼盘送至范府,范相一一收毕,命人送至后堂,范夫人协同骆夫人将回盘各物令人送至前厅,摆列几案之上。范相款待二位冰人筵毕,二位冰人仍乘大轿到徐府。随后范府家人一对对将回盘礼物送至徐府,徐夫人将回礼点收已毕,发了赏号,赏了范府家丁酒馔,众家人用毕谢了赏而回。"极似《红楼梦》中的细致描写手法。

《守宫砂》又是英雄侠义与才子佳人爱情小说结合的产物,李广与楚云之间的爱情曲折宛转,桑黛与殷丽仙、咪飞云之间的爱情也可歌可泣。第二十七回,桑黛男扮女装后入了殷丽仙的房间,对殷小姐吐露了实情,并与殷丽仙私订了终身:"殷丽仙闻此重誓,芳心顿生怜惜,遂将桑黛扶起说:'只要情坚何须发誓,君既如此,奴也不效儿女之态,即以君之所誓为奴之誓,倘存异志有如君言。'桑黛闻言心悦,说:'斗转星移不能久待,一言为定幸保千金。仆去矣。'遂将楼窗推开跳出窗外,越墙而去,殷小姐随闭上楼窗,仍然上床去睡,那能睡的着,一味思想桑黛如何正大,如何温柔,如何见色不迷,如何不欺暗室,胡思乱想,直到天亮方睡着。"作者对殷丽仙的心理波动写得深入细致,表现出对桑黛的迷恋与痴情,十分符合少女的情感表现。这样丰富细腻的心理描写在以往的话本小说中是很难找到的,而在《守宫砂》中却颇多,亦可看到作者在写作技巧方面的求新求变。桑黛与殷丽仙之间还只是普通的爱情故事,与咪飞云之间则是战场上敌我之间发生的惊险刺激的爱情故事。第八十六回写二人在战场上交锋时的情景:"桑黛不等他鏈到,先已一戟刺过去,咪飞云见戟刺来,不用鏈招架迎敌,只见他口中念念有词,喝声住,只见桑黛架式,空两手端着戟刺人的形式,犹如泥塑木雕的一般,如醉如痴,坐在马上动也不动。飞云心中好生怜恤,遂将两柄鏈抛在地上,弃骥走近桑黛马前,把桑黛轻轻抱下马来,搂在怀中,坐在地上,此时桑黛口中虽不能言,心中明白,坐在飞云怀内二目紧对飞云之面,仔细一看美貌无比,真令人魂销。"桑黛在战场上与咪飞云交战,中了咪飞云的招,咪飞云却对桑黛心生爱慕,二人四目相对,桑黛亦对咪飞云产生柔情,在刀光剑影中描写美男与俊女的爱情故事,无疑是精彩绝伦的。

《守宫砂》在写英雄侠义的同时还加入了神魔的成分,第二十回史锦屏在擂台上把众英雄打败后,十分得意地向台下叫阵,以为再也没人敢上来打擂,却意想不到站出来一个其貌不扬的酸秀才,秀才的模样惹人嘲笑,还要借助扶梯才能登上擂台,更让人觉得自不量力,众人的轻视与议论为后面的打擂做足了铺垫。正是这个不起眼的秀才在擂台上神出鬼没,大大地戏弄了嚣张的史锦屏一番,让台下的观众大开眼界:

> 史锦屏好容易得他一个破绽,便抢进一步,一伸手把张珏抓起,向台口一掷,喝声去罢!手一松把张珏抛下台去。那些看热闹之人正要喝彩,不见张珏跌下台来。史锦屏心中狐疑,忽闻台上顶板里有人说话:"呀,郡主,我在这里了。"史锦屏心中诧异。便仰首寻找,只闻声音却不见人在那里。忽见他在梁上坐着,手执折扇。慢慢的轻轻摇说:"郡主,区区因打了多时气喘力乏,因此上来稍歇片刻再与郡主玩耍一回。"史锦屏无法可使,只得也坐下歇息,心中狐疑此人究竟是人是鬼,在此搅扰不休。①

张珏的神出鬼没,使人疑惑他究竟是鬼还是仙,他的武艺已远远超出了一般的剑侠手段,明显可见作者在英雄侠义中加入了神魔的成分。神魔向来是大众们爱听爱看的一类故事,作者也乐

①《孤艳稀品大系第 10 卷·守宫砂》,吉林:吉林摄影出版社,2002 年,第 71 页。

于发挥。如第九十二回，非非道人使用落魂旗让人昏迷不醒，史锦屏道高一尺魔高一丈用霹雳雷破了非非道人的妖法，只见史锦屏"将左手掐雷决一伸，忽然平地起一声霹雳，不但飞石走砂顷刻消灭全息，那些陷在阵中五位英雄并兵卒皆已镇醒，个个魂归于舍。史锦屏又是霹雳一声，向非非道人打来，登时非非道人魂归那世。"手段完全不同于侠义小说中的打斗，更像神魔小说中的斗法场面。《守宫砂》在内容方面既有神魔，又有英雄传奇，又有才子佳人，吸取各类小说之长，形成其独特的题材内容，对读者具有极大的吸引力，可见话本小说在发展过程中为了求新而产生的一种自觉转变。

2.《守宫砂》与浙本《三门街》的异同

《三门街》现有浙江古籍出版社 1986 年的版本，未注明底本。还有上海广益书局版《三门街前后传》，出版时间不详。虽然三个版本在情节内容上相同，但仔细比较会发现，在体式、目录和语言方面有着许多不同之处。

体式方面，储本每回开端都有开场诗词，而浙本全无，可以看到储本有意识地保存话本小说的原来面貌。这些诗词一般与正文无关，或是描写春、夏、秋、冬四时之景与闲适心情，如第三十一回："近来杯酒起常迟，卧看南山改旧诗。闭户日高春寂寂，数声啼鸟在花枝。"写春日娴雅景色以及作者疏散自适的生活。第三十回："白露连天护翠楼，皓皓明月上林秋。音助乱蛩怜夜静，金风拂动桂枝头。"写秋天月夜的静谧。第六十一回："月移花影来窗外，风引松声到枕边。荷池蛙声连不断，景况清幽晚凉天。"写夏夜清幽之景。第三十三回："碧瓦玲珑碎玉排，风送瑞雪入书斋。梨花乱落争人意，寂寞何能倾素怀。"写冬日雪景和书斋的寂寞。或是借景抒发人生感慨,透露了作者的书斋生活与人生观念。如第六十七回:"草草移家偶遇君,一楼上下且平分,耽诗自是书生癖,彻夜吟哦莫厌闻。"可见作者平日十分热衷于吟诗。再如第八十三回:"闲暇灯下诵黄庭,百衲斑衣破又缝。今日不愁明日事,生涯只在水云中。"表现了作者淡泊名利,安贫乐道,十分洒脱。有时回前不是诗、词而是散曲,如第一一六回:"小小茅屋不甚宽,老先生在这里,偷晴晴来,屈指儿从头算呀,早起五更前,愁锁两眉攒,若替那儿孙哦,作一世恋。右调河西六娘子。"第一一七回:"问先生,有什么生涯,赏月登楼。饮酒簪花,不索问高车驷马。也休提白云黄芽,春雨桑麻,秋水鱼虾。痛饮是前程,烂醉是生涯。右调沉醉东风。"第一一八:"盛浊酒瓦盆,映绿柳柴门。有山有水有儿孙。几番家自忖,瘦胳膊怎系黄金印,小拳头怎打长蛇阵,丑身躯怎坐绣绒墩,甘心儿受贫。右调醉太平。"表现了作者知足常乐、自然从容的生活态度。

　　储本、浙本、上海本的章回目录虽然大体相同,但细细比较总有一两字之差。为了便于对比兹列表格于下:

序号	章回	储仁逊《守宫砂》回目	上海文益书局版《三门街前后传》回目①	浙本《三门街》回目
1	第十七回	玉面虎大闹招英馆	玉面虎大开招英馆	玉面虎热闹招英馆
2	第三十九回	凶人被获公子冤明	凶人擒获公子冤明	凶人擒获公子冤明
3	第四十回	洪锦云避患复罹灾	洪锦云邂逅复罹灾	洪锦云避患复避难
4	第五十三回	假村姑巧使美人计	假村姑巧施美人计	假村姑巧施美人计
5	第六十五回	报奇事友朋皆引恨	报奇事友朋皆引恨	恨报奇事朋友皆引
6	第六十七回	徐文炳北阙点春元	徐文炳北阙点春元	徐文炳北阙点状元

---

①据陈大康《中国近代小说编年史》,北京:人民文学出版社,2014 年,第 630–633 页。

序号	章回	储仁逊《守宫砂》回目	上海文益书局版《三门街前后传》回目	浙本《三门街》回目
7	第七十回	楚鞹玉偏求内助人	楚鞹玉偏求内助人	楚鞹玉遍求内助人
8	第七十一回	小张郎任情谈戏语	小张郎任情谈戏谑	小张郎任情说戏语
9	第七十七回	蒲红榴绿开筵坐花	蒲绿绐红开筵坐花	蒲绿榴红开筵坐花
10	第八十一回	李元帅运筹埋伏兵	李元帅运筹设埋伏	李元帅运筹设埋伏
11	第八十三回	朱花青援救东海边	米花青援救东海边	米花青援救东海边
12	第八十八回	好姻缘偏成恶姻缘	美姻缘偏作恶姻缘	好姻缘偏作恶姻缘
13	第九十五回	圣主加封英雄受赏	圣主加封英雄受赏	圣主加封英雄受职
14	第一百零八回	只管相思疾倒李广	只管相思病倒李广	只管相思病倒李广
15	第一百一十五回	任意留难楚云赖嫁	任意留难楚云赖嫁	任意留难楚云懒嫁
16	第一百一十七回	翩翩公子齐闹洞房	翩翩公子齐闹洞房	翩翩公子同闹洞房
17	第一百一十八回	鞹卿能怒文炳解围	鞹卿怒触文炳解围	鞹卿发怒文炳解围

　　三个版本的回目都有不相同之处,说明此书至少有三种版本传世,至于哪个是原版,就不得而知了。储本与浙本在语言风格方面亦有不同。储本的语言文白相杂,浙本的语言更接近纯粹的白话。如储仁逊本第一回介绍洪锦的文字:

　　　　先表一位落难的英雄,这位英雄祖籍河北沧州人氏,姓洪名锦,绰号鸳鸯脸,生得熊腰虎背,力敌千人,武艺精通,为人正直。母亲杜氏,胞妹名唤锦云,生得貌若天仙,性格端庄。他父亲名良栋,曾任三边总镇,因触犯刘阉奸贼,谎奏洪良栋克扣军饷,潜谋造反,斩首抄家,是这血海冤仇无门可诉。洪锦只得硷父尸,暂把棺椁寄在寺院,变卖破烂物件,遂携母与胞妹风餐露宿,万种凄凉,这日才到杭州,盘川已用尽,杜氏夫人在路上受了风霜,染成一病,洪锦寻下客店住下,等待母病已愈,再作道理。不料一病日渐沉重,房饭钱无着,焉有钱请医生。洪锦闷坐,短叹长吁,一筹莫展。这店东毛小山为人慷慨,见洪锦

愁眉不展,便来问:'洪客官为何如此愁闷。'"①(287字)

浙本第一回介绍洪锦的文字,意思相同,语言表述却有异:

> 如今且说一位落难的英雄。这英雄祖籍河北沧州人氏,绰号"鸳鸯脸",姓洪名锦,生得熊腰虎背,力敌千人,武艺精通,为人正直。母亲杜氏,还有一胞妹名唤锦云,却生得貌如天仙,风流端庄。他父亲名唤良栋,曾任三边总镇,只因触犯刘阉奸贼,谎奏他克扣军粮,潜谋造反,斩首问罪,抄没家财。真个是血海冤仇,无门可诉。洪锦没法只得将亲尸收拾起来,暂把棺枢寄在寺内,变卖些破烂物件,带着母亲杜氏,胞妹锦云,暂归乡里。一路上餐风宿露,说不尽那万种凄凉。这日到了杭州,却又盘川用尽,真是祸不单行,杜氏夫人沿路上受了些风霜,染成一病。洪锦只得寻了客店,暂且住下,等待母亲病好,再作商量。不料一病在床,日渐沉重,房饭钱已经无着,那里还有钱去请医生。洪锦独自坐在那里,短叹长吁,一筹莫展。幸亏这店主人毛小山为人慷慨,见洪锦吁叹不已,便前来问道:"客官为何如此愁闷……"②(364字)

以上两段文字,储仁逊本在语言上更为简练。如浙本"斩首问罪,抄没家财"储本作"斩首抄家"。浙本作"洪锦独自坐在那里",储本作"洪锦闷坐"等等。相比之下,储本更接近书面语,而浙本更接近白话。

店东毛小山见洪锦愁苦,就向洪锦献了把妹妹卖给"赛孟尝"李广的主意,洪锦一听暴怒,储本作:

---

① 储仁逊:《守宫砂》,《话本小说十四种》,南开大学馆藏,第1页。
② 无名氏:《三门街》,杭州:浙江古籍出版社,1986年,第2页。

话犹未了,洪锦虎眉倒竖,豹眼圆睁,一声大喝:"呔,好大胆的妄言匹夫!你竟敢教俺变卖妹子,我乃官宦之家,虽然落魄至此,焉能作此无耻之事,尔再多言,莫怪我拳下无情了。'"(80字)

浙本作:

毛小山话犹未了,只见洪锦虎眉倒竖,豹眼圆睁,一声大喝道:"呔!好大胆的妄言匹夫!你敢说什么叫俺变卖妹子,俺虽落魄至此,也是官宦之家,何能作此无耻之事?你再多言,莫怪俺拳头下不容情了!'"①(90字)

从这两段文字的对比中可以看到,储本中文言词语的成分较多,像"竟敢""焉能""尔"等,是一种半文半白的语言。浙本中的白话更多。

储仁逊抄本《守宫砂》与浙本《三门街》在形式与语言方面都是不同的。两个版本之间的关系如何?一种可能是储仁逊根据民间艺人的说话,整理加工而成《守宫砂》,所以语言规范简练,后来书商刊印时,把语言变为更通俗的白话,把开场诗删掉。另一种可能是储仁逊看到刊印出来的《三门街》,对其语言不满意,自己加工了其语言,并加入回前诗。个人觉得,前一种的可能性更大,后一种的可能性较小。因为从当时的天津小说市场来看,买一本小说是很容易的,储仁逊没有必要去费时费力抄写那么多小说。他精心结撰小说,再投稿给书局倒是更为合情合理。或者,当时社会中流传《三门街》的说书,储仁逊等人据说书而写成《守宫砂》,形成不同的版本。

---

① 无名氏:《三门街》,杭州:浙江古籍出版社,1986年,第3页。

二、结构的求新：多线结构的《蜜蜂记》

1.《蜜蜂记》的多线结构

《蜜蜂记》被有的学者标以"世情小说"，但《蜜蜂记》的内容同《守宫砂》一样是比较混杂的，在以才子佳人的爱情故事为主线时，夹杂了神魔的成分，如苗凤英游地府、借尸还魂等情节，还有英雄侠义的成分，如秦素梅在七星山打败山贼为女大王的情节等等，体现了晚清小说题材混杂的新特点。

《蜜蜂记》在话本小说中最突出的特点是其多线结构的设计。通过女扮男（苗凤英扮董良才、薛晓云扮董良才）、男扮女（董良才扮苗凤英）等手法制造了真假交错、虚实难辨的情节，曲折离奇。小说的第一回以董良才为线索，董良才为白虎星降生，其妻苗凤英。后母吴氏心狠，想害死董良才让她亲生儿子独占家财。一日良才去姥姥家拜寿，给他父亲捎回来几个包子。吴氏把毒药放在肉包内，对董员外说良才有弑父戏母之心。她在身上涂满了蜂蜜到后花园摘花，让员外在远处观看。因为吴氏涂了蜂蜜所以花园中的蜜蜂都来蛰她，良才跑近前遮护吴氏身体，用手逐蜂，吴氏故意在前跑，良才在左右逐蜂，董员外在暗中见良才戏耍吴氏，不由大怒。董员外要将良才勒死，良才身上的原神白虎出窍，把董员外和吴氏吓昏，苗氏见丈夫死了自己也自刎而死，白虎回归原体，董良才醒来后仓皇逃走，在逃亡途中，其妻苗凤英的魂魄为他送灯照明。

《蜜蜂记》的第二条线索是苗凤英，苗凤英魂游地府，阎王令她借邓红玉小姐之尸还魂，还魂后苗凤英夜梦文曲星，有了满腹才华，顶董良才之名进京赶考，高中状元。有一位自称董良才的人前来为新科状元进献夜明珠,两位假董良才相遇,原来献珠的董良才是救过真董良才的薛晓云。

《蜜蜂记》的第三条线索是薛晓云,晓云因梦得知董良才是她未来的丈夫,并在梦中得赠夜明珠,请她的父亲从监狱中救董良才,薛氏父女救董良才之后,乔装逃出城门,但却在山中遇到猛虎,失散后薛父因病去世,晓云冒董良才之名进京献宝,把夜明珠献给新科状元董良才(此董良才是苗凤英假扮),两个董良才相遇,都指出对方是假的,各道身世,共同寻找丈夫真董良才。

《蜜蜂记》第四条线索是秦素梅,秦素梅因梦去救董良才,与董良才订下婚约后私放董良才。后家里给她提亲,她带着丫环春香逃婚,在七星山遇到山贼,打败山贼后成了七星山的女大王。

在这些线索中,董良才的命运是其中的主线,每个阶段作者都运用了第三人称限制性视角,董良才每次都是死里逃生,下落不明,他在秦府被秦豹陷害杀人而捆起来,幸有秦素梅小姐相救,被救之后董良才又落入贼寺,幸有薛晓云父女相救,与薛氏父女乔装打扮,薛晓云扮男,董良才扮女,逃出官兵追查,在山中却遇到猛虎被冲散,剩下董良才孤身一人。大家都在找寻董良才,但董良才的下落到最后才迟迟展示出来,原来他在山中欲寻短见时,被马丞相救起并认为义女,他自称姓名为苗凤英。作者在建构这一复杂的多线结构时可谓颇费苦心。

此五条线索互相交织,各自发展,最后又逐渐合并,马丞相向新科状元董良才(苗凤英扮的)提亲,欲把义女马小姐(董良才扮的苗凤英)嫁给他,新科状元以有妻苗凤英为理由拒绝,马小姐(真董良才)生气妻子苗凤英变心改嫁,向马丞相说了新科状元的坏话,马丞相气愤之余命新科状元带兵去剿匪,见面之后,苗凤英与董良才解除误会,夫妻团圆,但却犯欺君罔上、混乱科场之罪,只得将功补过奉命剿匪,却意外遇到女大王秦素梅,顺利剿灭匪寇及法空、秦豹等恶人,最终一门团聚。

《蜜蜂记》中的说话成分很浓,如秦素梅女扮男装外出寻找董良才,路过七星山时遇到山贼,小说的描述是:"只见门旗开处闪出一员猛将,头戴销金盔,身披锁子连环甲,足蹬虎皮战靴,左弯弓,右带箭,手使两柄宣花斧,坐下骅骝马,面如蟹盖,颏下无须,正在壮年,十分凶恶。""金钱豹撒马抢斧砍来,秦素梅忙用绣绒刀相迎,二马相撞,战了二三十回合,不见胜负,小姐虚砍一刀,佯下而败,金钱豹大喝:'那里走,把你擒上山与大王作一压寨夫人。'将马一磕,追至头尾相近,小姐一扭,用撒刀之法,只听咔哧一声,把金钱豹砍为两断,死尸栽落尘埃,众喽卒唬的一齐跪倒,口呼:'姑娘饶命,情愿保姑娘做寨主。'"①于是砍断金钱豹的秦素梅上山做了七星山的女大王。小说的语言基本上是评书模式,即使是现在的评书中也常常有类似的情节描写。

2. 储本《蜜蜂记》与鼓词的异同

"鼓词"为流行于北方诸省的"讲唱文学",正像"弹词"之流行于南方诸省的情形相同。弹词以琵琶为主乐;鼓词则以鼓为主乐。②郑振铎说他曾得有一些鼓词的旧刊本,其中有《蝴蝶杯》《满汉斗》《双灯记》等,他还说:"而新出(或旧本新印)的鼓词有如江潮的汹涌,雨后春笋的怒苗,几有举之不尽之概,差不多每一个著名些的故事,都已有了鼓词。这可见北方民众是如何的爱读这类的东西。

---

① 储仁逊:《蜜蜂记》,《中国古代孤本小说集》第 3 卷,北京:中国文史出版社,1998 年,第 2143 页。

② 郑振铎:《中国俗文学史》下,北京:北京联合出版公司,2014 年,第 566 页。

不一定听人讲唱,即自己拿来念念,也可以过瘾了。"①储仁逊话本小说中的《蜜蜂记》《蝴蝶杯》等几种与鼓词密切相关,但仔细对比又有很多不同,所以是经过了储仁逊精心的加工与整理。

《中国鼓词总目》中著录有《蜜蜂记鼓词》,上海萃文斋书局清光绪三十二年(1906)石印本,四册,四卷,十八回,有函套,又名《新刻绣像蜜蜂记鼓词》。②又有清崇文堂木刻本,线装,十部,二十回,又名《新刻蜜蜂记》《新刻蜜蜂记说唱鼓词》,各部部目为:

一部:新刻蜜蜂记,后娘害前子

二部:苗凤英自刎,地府去游阴

三部:凤英见阎罗,借尸还魂活

四部:董良才许婚,秦素梅赠金

五部:良才出秦府,辞别戏媳妇

六部:罗山来认亲,灾难又缠身

七部:地洞上贼兵,苗青战众僧

八部:赃官曹知县,受苦董良才

九部:秦素梅得胜,金钱豹废命(横批:小姐七星山为寇)

十部:遭困梅城县,多亏薛晓云(横批:苗凤英进京赶考)

十一部:凤英扮良才,得中状元来〔横批:董良才又桩(按:当为装)苗凤英〕

十二部:良才配凤英,颠倒闹哄哄(横批:夫妻暂团圆)

十三部:奸臣秦总镇,凤英受严审(横批:夫受妻的职)

十四部:良才去出征,凤英坐监中(横批:马承相保本)

十五部:良才去出征,凤英坐监中(横批:马承相保本)

---

① 郑振铎:《中国俗文学史》下,北京:北京联合出版公司,2014 年,第 577 页。

② 李豫、尚丽新、李雪梅、莫丽燕:《清代木刻鼓词小说考略》上,太原:三晋出版社,2010年,第 834 页。

十六部:良才去出征,凤英坐监中(横批:马承相保本)

十七部:曹知县贪色,罗山困良才(横批:秦豹投罗山)

十八部:得胜回汴京,四妻俱受封(横批:报仇庆团圆)

十九部:得胜回汴京,四妻俱受封(横批:报仇庆团圆)

二十部:得胜回汴京,四妻俱受封(横批:报仇庆团圆)①

储仁逊抄本《蜜蜂计》改为十回,回目为:

第一回:生亲子计害前妻子,念结发讨灯送丈夫

第二回:苗凤英魂游地府,惊梦兆拯救董良才

第三回:花亭被救收双妻,邓府投窍秋千下

第四回:苗凤英借尸还魂,董良才偶宿贼寺

第五回:杀贼僧误蹈陷阱,贪贿赂屈打成招

第六回:七星山素梅为王,救董生猛虎冲散

第七回:顶名赴考殿试状元,进京献宝识破行藏

第八回:颠倒颠夫妻相认,害中害带罪征寇

第九回:董良才带罪征寇,救春香怒杀知县

第十回:平凶僧夫妻团圆,秦总镇自罗法网

储本《蜜蜂记》每回回目下都有开场诗,这些回前诗与小说内容关系并不太大,大部分都是作者针对社会、人生所发的感慨,可见其形式为十分规范的话本小说。

三、写作手法的求新:矛盾冲突极其尖锐的《蝴蝶杯》

1.《蝴蝶杯》尖锐集中的矛盾冲突

与其他话本小说相比,《蝴蝶杯》最突出的特点是其尖锐、集中

---

①李豫,尚丽新,李雪梅,莫丽燕:《清代木刻鼓词小说考略》上,太原:三晋出版社,2010年,第840页。

的矛盾冲突。小说写大明万历年间,山西太原府的田云山,官居江夏县知县,其子田车字玉川。暑天,玉川怀揣传家宝蝴蝶杯去龟山避暑。渔户之女胡凤莲打鱼时捕获一条人头鱼身的怪鱼,其父胡翁说是条娃娃鱼。凤莲因梦不祥极力劝父亲放掉这条鱼,胡翁却不听劝说,执意去卖鱼,希望能卖个好价钱。胡翁在卖鱼时遇到为非作歹、仗势欺人的武昌府总督卢林之子卢士宽。卢士宽生来不习诗文,专好浪荡胡行,不是游逛妓院,就是驾鹰弄犬。卢士宽抢走胡翁的鱼,却不给钱,胡翁向他讨鱼,卢士宽就把鱼往地上一摔,让狗咬死。胡翁慌忙去救鱼,恶狗咬了胡翁的一只手。卢士宽又命手下家丁打了胡翁四十皮鞭,把胡翁打得皮开肉绽。避暑的田玉川正好看到这一幕,上前相劝。卢士宽不仅不听劝说,还纵狗去咬玉川,结果狗被玉川打死。玉川武功高强,士宽手下的人都不是他的对手,玉川还用拳头把士宽狠狠教训了一顿。卢士宽下令所有船都不能渡玉川过江,他被抬回家后因气愤而身亡。其父卢林派兵围困龟山,搜查杀子凶手,玉川无处可躲,幸遇渔家女凤莲,凤莲的父亲正是玉川所救的胡翁,胡翁因为受伤过重,回船后也一命呜呼了。凤莲让玉川藏在胡翁尸体下面,躲过了官兵的搜查。仓皇逃难中,玉川把身上带的蝴蝶杯送给凤莲,有结亲之意,让凤莲带着此杯去找他的父母。玉川逃难之后,凤莲去江夏县县衙投奔玉川父母。田县令被卢林抓走,凤莲奔卢林帅府喊冤。门人不让她进去,她骗门人说她是来告江夏县令的,门人才让她进去,她得到机会后却状告卢士宽,为父鸣冤。至此,胡凤莲与卢元帅之间的杀父之仇、卢元帅与田玉川之间的杀子之恨纠结在一起,不能化解。小说用四回的篇幅集中写这一冲突,直到凤莲的机智英勇与忠孝感动了在场的一位布政司董温大人,收凤莲为义女,答应为其父雪冤,才稍稍得到缓解。

同时,卢林元帅接到圣旨出征平苗,徐府院在去平苗路上遇到雷轰
(玉川化名),将他收在帐下负责军营粮饷,征战苗蛮,原来的矛盾
冲突暂时隐匿了起来。

雷轰在征苗期间救了卢林元帅之命,立了大功,回到江夏县
后,卢林出于爱才之心,把自己的女儿卢凤英许配给雷轰,命他们
立刻完婚。在新婚之夜,雷轰向凤英小姐表明了自己的真实身份,
凤英小姐得知雷轰为杀兄仇人,内心十分矛盾。雷轰回家见了父
母,与父亲一同去向卢林认罪。原先隐藏的矛盾冲突现在一下子又
暴露了出来,究竟如何才能解决,真是一个让众位大人难断的奇
案。众位大人皆说:"此子是县子,又是得功之将,又是凶犯,又是帅
府佳婿,真乃奇事。"这种尖锐的矛盾对于读者而言,则是异常精彩
的。雷轰真的要被杀时,卢林终于悔悟过来不肯让杀了,于是双方
化干戈为玉帛,互认了亲家,卢林与玉川的杀子之仇的矛盾得到了
化解,胡凤莲与卢林的杀父之恨的矛盾也得到化解。玉川娶卢凤英
与胡凤莲,最终获得了大团圆的结局。

在尖锐集中的矛盾冲突中,小说以精确简练的笔墨刻画了人
物,渔女胡凤莲,机智勇敢、忠孝贞洁,在官兵搜查时敢于把玉川藏
于小舟中,玉川与凤莲月下结缘时,忍不住向她求欢,遭到凤莲义
正词严的拒绝:"你乃是读书之人,岂不知仁义大礼? 你是逃难之
人,奴是含冤之女,若做出苟且之事,奴情愿投江而死。"维护了女
性自身的人格尊严。胡凤莲只身去县衙见玉川的父母,后又机智地
去元帅府鸣冤告状。她在公堂上当面质问卢元帅:"打死你子,你要
人偿命? 难道说民人不是父母所生?"另一位女子,卢凤英,同样深
明大义,其兄卢士宽谎称被玉川欺负,让父亲为他报仇,卢凤英劝
说父亲:"那江夏县令乃是清正廉洁之官,与咱素日无仇,焉能纵子

行凶,断无此理,无故打我兄长,中必有缘故。他观父亲情面也不敢打你,只恐兄长作出非礼之事来。"颇有《红楼梦》中薛宝钗的影子在其中。男主人公玉川文武双全,深谙文韬武略,在战场上,玉川看见众苗贼将卢元帅困在当中,只有招架之功,没有还手之力,玉川催马就往里闯,"卢帅被苗王返背鍼斧长桿打落马下,正要取首级,玉川催骥一拧华桿银枪刺去,苗王还手不及,左臂被枪刺中,负痛伏马,大败",将卢林从苗王手中救出。玉川回营后讨五百兵马,夜晚去偷袭苗兵,夜袭成功,活捉了苗王叭鹿,大获全胜。

小说也注意在惊险紧张的矛盾冲突中安排一些轻松的对话与情节,缓和气氛,加强趣味性,比如玉川在逃难中胡凤莲说:"小生今年一十七岁,还未定亲"。胡凤莲曰:"那个问你定亲不定亲?"透露出几分幽默,显出少年男女的活泼与机灵。再如玉川在新婚之夜与卢凤英的对话,玉川问小姐的名字是凤什么?小姐曰:"凤不晓得"。玉川曰:"那有四个字的名儿,想必名凤晓。"闺中小儿女的情态毕现。

2. 储本《蝴蝶杯》与鼓词的异同

《蝴蝶杯》有清宝文堂木刻本,线装四册,四卷,十六回,又名《绣像蝴蝶杯》《新刻蝴蝶杯》,各卷回目(从卷中辑出)为:

> 第一回:田公子闲游龟山,胡宴龟山卖鱼
>
> 第二回:皇爷传旨征苗蛮,卢士宽闲游龟山
>
> 第三回:(未有回目)
>
> 第四回:渔翁船中绝命,卢府龟山兴兵
>
> 第五回:卢士宽命归阴世,田公子渔船躲难
>
> 第六回:胡小姐船中救公子,传宝杯私定姻缘
>
> 第七回:胡小姐告状假投亲,老夫人细问真情

第八回:江夏县帅府投案,胡小姐替父申冤

第十回:胡小姐董府为义女,芦总督领兵平蛮

第十一回:田公子改名雷轰,苗蛮夜间偷营

第十二回:芦元帅阵前失机,田公子定计偷贼营

第十三回:芦总督阵前许亲,假雷轰洞房花烛

第十四回:田公子洞房说实情,芦小姐含忍不报冤

第十五回:田公子逃回县,江夏县携子投案

第十六回:渔女夫妻团圆,田公子加爵封赏①

储本《蝴蝶杯》改为了十回,回目都为工整的七言:

第一回:游龟山避暑乘凉,闯祸端怒打不平

第二回:总督县衙搜凶手,玉川避祸藏渔舟

第三回:诉冤情司马兵退,赠宝杯暗约婚姻

第四回:胡凤莲帅堂诉冤,遵圣旨卢林征讨

第五回:玉川偶遇徐府院,卢帅被救感恩情

第六回:拜华堂二美成亲,入罗帷真情吐露

第七回:拜堂封官团圆聚,董叛掳掠困雁门

第八回:求救被害于三好,出险入险艾善人

第九回:戚帅被擒艾公遭难,海瑞私访玉川出征

第十回:平叛逆回朝加封赠,喜团圆阖家共欣忭

　　木刻本亦有回前诗,储本亦有回前诗,有的与木刻本回前诗相近,如储本第二回诗作:"万般出在命里该,人生何须巧安排。只望打鱼求利息,命归黄泉再不来。"木刻本第四回诗作:"万般出在命

---

①李豫,尚丽新,李雪梅,莫丽燕:《清代木刻鼓词小说考略》上,太原:三晋出版社,2010年,第500页。

里该,何须人生巧安排,只望打渔求利息,命归阴世再不来。"①储本
第六回诗作:"梅花开落枝还在, 洞房花烛天定良。风吹玉树根先
动,反将仇人作新郎。"木刻本第十三回诗曰:"梅花虽落枝还香,洞
房花烛是天良。风吹玉树根先劲,反将仇人作婿郎。"②大体相同,只
有个别字词不同。

其他回前诗皆不同,木刻本回前诗与内容密切相连,基本是情
节的概括,储本回前诗除第一回、第二回诗与内容相关外,大都与
小说内容不太有关系,写景与抒情的成分更为浓厚,如"我自垂鞭
玩残雪"、"老景蹉跎,眼底光阴疾似梭"、"独倚枯松看月明"等等,
写景萧疏散淡,如"芦荻荒寒野水平"、"霜叶微黄石骨青"、"老木
寒云秀野亭"等,风格较为一致,很有可能是经过了储仁逊的润色
与加工,亦有可能是其自撰的作品。

四、人物形象的求新:人物形象鲜明的《双灯记》

储仁逊抄本《双灯记》据目前的资料看是一部孤本小说,据《中
国鼓词文学发展史》介绍,虽然现存有同名《双灯记》京都文和堂刊
行木刻鼓词小说(约刻于嘉庆十五年),但《双灯记》鼓词分为五部,
其中有 "观世音指点迷途","寅夜找双灯","井龙王显圣""旅店中
奇逢假第","女状元招亲""王月英献计"等内容,与储仁逊抄本《双
灯记》的故事内容、人物设定大不相同,只不过是同名而已。

储仁逊话本《双灯记》写大明正德年间,赵明所生之女赵兰英

---

①李豫,尚丽新,李雪梅,莫丽燕:《清代木刻鼓词小说考略》上,太原:三晋出版社,2010
年,第501页。
②李豫,尚丽新,李雪梅,莫丽燕:《清代木刻鼓词小说考略》上,太原:三晋出版社,2010
年,第502页。

与孙宏次子继高定亲。二家卸职还乡之后,孙家衰落,大公子继成进京赶考,二公子继高以卖水为生。赵明看到未来的姑爷继高落魄卖水,心生同情之感,遂修书一封送去白银十两和衣服一身,请姑爷过赵府读书。赵明继室马氏怕孙继高将来分其家业,设一毒计,在七月初七日,用酒将继高灌醉,让其子赵能在书斋门外杀死丫环,再嫁祸于孙继高。县官收了赵明和马氏的贿赂将孙继高屈打成招,继高被逼之下写了退婚文书。赵氏父子说此事时,被使女李梦月听到,告诉了兰英小姐,兰英小姐听后大惊,假装同意退婚,待把退婚文书骗到手后却当着父亲的面撕碎,表明其坚贞之志。继高母亲得知儿子被抓入狱后,气急身亡。七岁的小女孩爱姐十分机伶,帮助六神无主的母亲办理奶奶的后事,又去狱中探望叔父继高。孙家贫困不能下葬老夫人,打算卖掉爱姐,幸有兰英小姐暗中资助银两才渡过难关。兰英小姐在丫环李梦月的帮助下,七月十五日夜以看灯为由到孙家吊孝,之后女扮男妆去京师寻找大伯哥孙继成。路上遇到盗匪,主仆二人失散。小姐单独住店,店主起了歹意,给她下了蒙汗药,把她扔到潭边,幸被玉梅金桂兄妹二人相救。后李梦月遇到兰英小姐,二人继续上京寻找到已招赘到当朝宰相府中的状元孙继成,孙状元闻讯后回家救弟出狱,恶毒的马氏母子得到惩罚,赵明被原谅。高相爷收兰英和梦月为义女,孙继高娶兰英小姐与梦月为妻妾,一门团圆。嫌贫爱富、争夺家产、嫁祸于人、女扮男装、招赘为婿等是话本小说中常见的故事情节,并不新奇,但此话本小说仍可以算是一部杰出之作, 其中最精彩的是其人物描写以及对津冀风俗、方言的运用。机灵可爱、人小鬼大的七岁女孩爱姐,机智聪慧、武艺高强的丫环梦月,深明大义、性格刚烈的小姐兰英,都是作者精心塑造的人物形象,有着十分鲜明的性格,使其能够超越以往同类的故事和人物。

1. 机智伶俐的女童形象——爱姐

孙家七岁的小女孩爱姐是《双灯记》中最精彩的人物形象,她聪明伶俐,乖巧懂事,随机应变,是一个人见人爱的"小大人"。爱姐是孙家长子孙继成与龙氏的女儿,孙继成进京赶考没有消息,爱姐与二叔、奶奶、母亲一起度日。家庭遭遇变故,二叔被捕下狱,奶奶气绝身亡,母亲龙氏束手无策,只是痛哭,爱姐却止住眼泪,合情合理的劝说母亲:"娘呀,歇歇罢。我奶奶既死,哭也无益。咱先给俺奶奶买灵薄才是。难道哭会子,俺奶奶就活了不成?"龙氏说家里分文没有,连一根秫秸、一披麻也没有,怎么办后事呢。爱姐说:"俺奶奶前日所留的一捆秫秸,要夹篱笆的,何不先做灵薄呢?再将院内的破砖头搬些个进来,架起灵薄。我去寻点麻经线串,把灵薄拢住就得了么。"①龙氏闻女儿说得有理,就自己搬运砖头,爱姐去寻麻经线串。七岁的爱姐帮助悲伤痛苦中的母亲给奶奶架起了灵薄。

灵薄架起来之后,又无钱买棺材,眼看老太太的尸体要坏,爱姐给母亲出主意卖掉自己给奶奶买棺材,爱姐被卖时遇到赵家的丫环梦月,领她见到未过门的婶婶兰英,兰英暗助她银两。爱姐把银子带回家后,母亲想托钱婆去买棺材,爱姐担心钱婆从中捞取好处,亲自去给奶奶买棺材。爱姐年龄太小,受到了铺中掌柜的冷落与轻视,让她到一边玩去,不要站在棺材铺门口耽误他的生意,爱姐话里带刺地说:"你门开铺奉官,就该断了路行人。我们家死了人,要买一口棺材,莫不成你铺中棺材留着自己使用?"掌柜心中不

---

①储仁逊:《双灯记》,《中国古代孤本小说集》第 2 卷,北京:中国文史出版社,1998 年,第 1293 页。

悦,说:"你这小闺女,好不会说话呀,俺这棺材原是卖的。"爱姐说:
"既是卖的,也许我看看,不许吗?"掌柜还是以为爱姐在闹着玩儿。
爱姐伶牙俐齿地说:"哟,你把主顾向外推,你还想卖钱?竟剩不开
张了。"掌柜看到爱姐的银子才确信她是真的来买棺材的,爱姐的
银子多出三钱,掌柜说:"这银子多三钱,我找给你罢。"爱姐十分机
灵地说:"别找给我银子钱咧,奉烦你铺中伙友把棺材与俺抬了去,
将殓预上,就将剩下的银子给众位喝盅酒罢。"花三钱银子求得了
众人的帮助,终于把老太太入殓。

安葬老太太之后,爱姐牵念被关在大牢中的二叔孙继高,独身
到大牢中探望。爱姐闯来问去,来至监门外,却被狱卒狗皮脸拦住,
不让她进去。爱姐含泪哀求:"禁卒大爷,你老瞒上不瞒下,行个方
便,把监门开了,我与俺二叔见一面,不枉我大远的走这一遭。"狗
皮脸还是不放她进去,爱姐就大哭起来,口呼:"禁卒大爷,我二叔
官事,实是屈情。俺家又是贫寒,有心给大爷你送一分人情,奈家中
无力,这有二百大钱,权且送给你老人家买杯茶吃,方便方便罢。"
狗皮脸见有了钱,心中暗喜,答应放她进去,并说:"女孩儿家大远
来一趟不容易,你将这二百大钱捎进去,给你叔爷零碎使用罢。"爱
姐却说:"大爷莫非嫌少吗?"狗皮脸说:"小姑娘若是这么说,我就
收下。"①接过钱来揣在怀内,用钥匙把狱门打开,爱姐终于见到了
二叔。

2. 性格刚烈的小姐与侠女式的丫环

《双灯记》中对其他人物的描写也十分精彩,女主人公赵兰英

---

① 储仁逊:《双灯记》,《中国古代孤本小说集》第 2 卷,北京:中国文史出版社,1998 年,第
1301 页。

是作者重点表现的一个人物。与其父赵明的嫌贫爱富相比,兰英小姐品格高尚,坚守与继高的婚约,当她得知父亲和后母嫁祸继高,逼其退婚后,"如站高楼失足,洋子江崩舟一般,急伶伶打了一个寒战。"兰英与一般话本小说中软弱的闺阁女子不同,她的性格非常刚烈,看了退婚信后她"不由的腮边落泪,刀割柔肠,剑刺心肝,忿火中烧,把退婚文契撕的纷纷而碎。"她痛恨父亲的行为,当面斥责父亲:"贫而能守即如圣矣,富而不仁近于禽兽! 你枉为国家大臣,信听枕畔之言,害了女儿结发之夫……你熟读五经四书,那试官有眼无珠,就中了你这不通文理的进士,做事太狠。"毫不留情地责备自己的父亲,同时也批判了科举选拔出的有名无实的"人材"。兰英暗中帮助孙家银两,给婆婆下葬,七月十五日以看灯为名到孙家为婆婆吊孝,又女扮男装进京寻找大哥孙继成,突出其刚烈勇敢、忠贞贤惠的性格。

兰英的贴身丫环李梦月是小说中不可缺少的一个人物。她性格机智,极像《西厢记》中的红娘,每当兰英无计可施时,梦月总在旁为其出谋划策,令其绝处逢生。兰英在得知孙继高被捕入狱后,只是痛哭,梦月客观理智地劝姑娘哭也没有用,还不如先设法救孙公子,并出计教兰英小姐假装欢喜,将退婚书骗到手再撕碎。比红娘不同的是,李梦月还是一位武艺高强的侠女,她帮助小姐女扮男装进京寻兄,在济州青峰山遇到了人多势众的山贼头领和众喽啰,李梦月出手不凡,"左手擎弓右手搭弹,定贼人哽嗓咽喉打去,弦响弹到,吧的一声响,鬼头张俊在马上歪了两歪跌下马来,绝气身亡。"机智多端而且武艺高强,远远地超过了话本小说中传统的丫环形象,是聪明的丫环与武艺高强的侠女的完美结合,正是话本小说在近代小说转型压力下的产物。作者竭尽全力地做各种想象和

尝试,极力地让故事好听,让话本好看,以此来吸引市井间的听众
与读者们。

3.对津冀方言的运用和民俗的描写

《双灯记》中大量地使用了津冀方言,孙老夫人去世之后,龙氏
说"咱家里一根秫秸、一披麻也没有。""秫秸"是津冀一带对摘了穗
的高粱秆、玉米秆等秧秸的称呼。爱姐晚上为奶奶守灵,到厨房"抱
了一抱柴禾放在灵薄一傍","一抱柴禾"是津冀一带惯用的俗语。
棺材铺掌柜说爱姐:"你这小闺女,哪里玩耍不了?单在俺这铺面门
口站立。""小闺女"是津冀一带对小女孩的口头称呼。掌柜又问爱
姐:"莫非你是买材的吗?""材"是津冀一带对"棺材"的常用说法。
又问她"你家了谁死了?""家了"是指家。"谁死了"是指谁过世了,
并非是不敬的语言,而是津冀一带常用的口头语。爱姐说:"既是卖
的,也许我看看,不许吗?""不许",意为不让;爱姐还说:"你把主顾
向外推,你还想卖钱?竟剩不开张了。""竟剩",意为光剩,都是津冀
一带惯用的方言口语。爱姐去监狱里探看二叔,狗皮脸问她:"你二
叔是谁? 姓吗? 名吗?""姓吗? 名吗?"是天津对姓名的特有问法。
继高见了爱姐之后问:"你奶奶在家到底怎样了?""到底怎样了"意
为究竟发生什么事了(含有不详之意),是津冀一带至今仍在沿用
的方言俗语。至于赵明对赵兰英气愤地说:"今夜你逛灯也罢,不逛
灯也罢,为父再也不管你了。""别说你骑马,就是你坐轿,我也不管
你了。""不管你了"是津冀一带生气时常说的决裂之话。兰英小姐
到孙家吊孝,临走时爱姐上前扯住她的衣襟说:"二婶别走,再住几
天走也不迟。""再住几天"则是津冀一带送亲戚时常用的客套话。

《双灯记》对津冀地区的丧葬民俗亦有较为细致的描写。爱姐
与母亲龙氏"不多时将麻经线串寻找了来,拢好了秫秸的灵薄,将

砖头垒起两个台子,将灵薄铺放停妥,将老夫人的尸身搭在上边。"①龙氏"把打狗饼放在婆母衣袖内,把一文钱放在婆母口内,将蒙脸纸蒙在婆母脸上。"母女二人为老夫人守灵,再如棺材铺中的众人"上前抬盖的抬盖,抬材的抬材,霎时抬至孙家。把材放下,一齐动手,将老夫人尸身捧入棺内,用斧把棺盖钉好。"②同样也是津冀一带办丧事时常出现的众人帮忙的情景。还有七月十五日兰英小姐到孙家吊孝等,从这些细节都可以看到津冀的丧葬风俗。

津冀地区民风豪爽彪悍,即使女子也有此风,《双灯记》中对此亦有所体现。钱婆带着爱姐去卖身时,丫环李梦月看到众妇女围着一个七八岁的小闺女问话。李梦月隔着花园的墙说小姐想要看看人,内中有一妇人身长力大又粗鲁,走过来说:"待我把这小闺女递给你,叫你姑娘看一看。"两手把爱姐举起递上墙头。等把爱姐送出来时,李梦月说:"哪一位嫂子有力气,把这小闺女接下去。"立刻有人把爱姐接下墙外。《双灯记》是一部运用津冀语言写成的反映津冀风俗的小说,储仁逊自题"章武储仁逊"(章武清时属沧州南皮县,应是其祖籍),他又世居天津带河门外,正是一位对津冀方言与民俗十分熟悉的作者,从《双灯记》中可以看到更多创作的成分。

五、对话本传统风格的继承和发展:《双龙传》的幽默艺术

储仁逊抄本《双龙传》亦是一部孤本小说。虽有鼓词《双龙传》,但所讲为八贤王、包拯等的故事,与储仁逊本绝不相同,只是篇名

①储仁逊:《双灯记》,《中国古代孤本小说集》第2卷,北京:中国文史出版社,1998年,第1293页。
②储仁逊:《双灯记》,《中国古代孤本小说集》第2卷,北京:中国文史出版社,1998年,第1300页。

巧合相同而已。《双龙传》继承并发展了《三侠五义》等话本小说的优良传统，使用各种技法制造笑料，形成了诙谐幽默的艺术风格。

首先，作者通过身份的伪装和有趣的对话来制造幽默。嘉庆皇帝打扮成算命先生去微服私访，雇了一辆独轮车，嘉庆刚上去，小车就翻了，车夫说："小车儿是一个独轮，你老坐在一边，岂有不翻之理？"皇爷说："我一个人该坐在两边不成？"两人之间的对话十分诙谐。嘉庆皇帝出宫没带钱，只好把随身带的祖传宝贝飞龙马褂给车夫去当，作为车钱。车夫不识国宝，觉得那马褂太破太旧，只当了一吊钱。皇爷说："我只当你有多大命运，原来你是一吊钱之命。今日遇见了我，你若不发财，你这一辈子再发财可就难了。"①语言中透露出对张宝庆的奚落。当然，国宝飞龙马褂太破，只值一吊钱也是拿皇帝家的事儿找乐。

拿高高在上的皇爷找乐，是作者惯用的一种幽默技巧。嘉庆在通州遇到忠臣之子张连登，对张连登说"我家管事的皆戴亮蓝亮红的顶珠。"言语中充满了自豪。连登问："你老的管家皆带亮红亮蓝顶子，你老必是位大大的官长，戴绿顶子了？"连登只是一个十二三岁的小孩子，对于顶珠并不精通，以为大官就要戴绿顶子，分明是作者在拿皇爷取乐。皇爷说："咳！我这一辈子是老白丁。"皇爷为了隐瞒自己的身份，被追问之下自称老白丁，惹人发笑。嘉庆写了一本"帐"让张连登给和珅送去，对张连登说："要他大闪仪门，鼓乐接迎。他必将你接上大堂。你正面而立，你方现出帐来，他必给你叩头。千万大大的样，莫称他大人相爷，径叫他名字，方不丢祖上的名气。"这一连串的描述让人有一种扬眉吐气、耀武扬威之感。但接下

---

① 储仁逊：《清代抄本公案小说》，天津：百花文艺出版社，1996年，第497页。

来小孩子张连登却说:"我知道了。我走后,你老照应着店房,得挑一缸水,扫除马棚,莫要闲着,指此店好吃饭呀!"堂堂的大清皇帝还得在这里乖乖地挑水、扫马棚,让人忍俊不禁,同时也表现出张连登这个孩童的憨态。

与具有动作性的《三侠五义》一样,《双龙传》也是具有动作性的话本小说,以此来突出幽默感。《三侠五义》第六十六回写花蝴蝶盗珠灯:"他此时是手儿扶着,脖儿伸着,嘴儿拱着,身儿探着,腰儿哈着,臀儿蹶着,头上蝴蝶儿颤着,腿儿躬着,脚后跟儿跷着,膝盖儿合着,眼子是撅着,真是福相样儿!"[1]《双龙传》中写车夫推着嘉庆爷:"车夫两手掐着车把,带上襻,弯腰撅腚,往前推行,自觉不费多大的气力,遂口内吆吆喝喝唱起来。"[2]只是文本阅读就很幽默,如果是当场表演的话,一定会取得哄堂大笑的喜剧效果。

在动作性的基础上,《双龙传》还十分具有说唱文学的表演性,车夫拉着车唱起曲儿来:

> 王二姐在绣房,想起二哥张家男。自从那年去赶考,整整六年未回还。你在南京贪欢乐,撇的奴家受孤单。白日说笑还好受,到了夜晚对谁言?象牙床上无伴侣,红绫被里少半边。伸伸腿来无倚靠,蜷蜷腿来攒金莲。那天做梦你回转,夫妻见面两合欢,颠鸾倒凤多一会,架上金鸡两翅扇。老天不遂人心愿,二哥呀!狗咬尿泡白喜欢。正月想到二月里,盼到清明三月天,四月五月望穿眼,盼到六月整半年。七月盼到七夕会,盼到八月月儿圆,九月想到重阳节,十月想你换上棉。十一月整想一

---

[1]石玉昆:《三侠五义》,北京:中华书局,2013年,第323页。
[2]储仁逊:《清代抄本公案小说》,天津:百花文艺出版社,1996年,第494页。

个月,想到腊月二十三。①

艺人表演时连说带唱,一定是满堂彩,而车夫也说他曾经进过"子弟班",擅于说唱逗乐。再如皇爷让饭店伙计李凤将酒菜报一报给他听,李凤说:

> 若喝茶,有龙井、芥眉、老君眉、碧罗春、雀舌、竹叶青、大叶、小叶、雨前、毛尖、香片、双薰;酒是玫瑰露、状元红、史国公茵陈酒、佛手露、绍兴女贞酒、老白干;面是一窝丝,拔条面;饼是荷叶饼、油酥饼、荤油饼、家常饼,花卷包子、蒸食饺子;饭是大米蒸饭;菜是燕窝、鱼翅、海参,山珍海错,煎炒烹炸,无不全备。②

很像相声段子里的报菜名。可见《双龙传》是继《三侠五义》之后的一部集说唱性、动作性、表演性于一体的风趣幽默的话本小说。宫白羽在《联镖记·序》中曾说:"像说评书似的,插科打诨,导演上台,装丑角逗笑,在今日已索然无味了。"③在宫白羽的年代小说技巧大大进步了,所以他对旧话本小说很不满意,但在清末时话本小说确实是以插科打诨、装丑逗笑等手法赢得了广大的听众和读者,这些手段是中国土生土长的话本小说的看家本领,在近代小说转型的大潮中话本小说还是努力以这些看家本领发挥自身的艺术魅力。

六、说者背后的写者:储仁逊话本小说的回前诗

储仁逊的十五种话本都统一地保留了回前诗,这是其话本小

---

① 储仁逊:《清代抄本公案小说》,天津:百花文艺出版社,1996年,第495页。
② 储仁逊:《清代抄本公案小说》,天津:百花文艺出版社,1996年,第503页。
③ 转引自王之望:《宫白羽–回归与超越》,《天津作家论》,天津:天津社会科学院出版社,2002年,第57页。

说的一大特点。作为说话的底本,话本小说通常都有明确的说话者身份,储仁逊的话本小说虽然还是以说话人的口吻来写的,但是在回前诗中却出现了写故事者的身份,从这些细微的变化可以看到话本小说向文人小说发展的过程。浙本《三门街》并无回前诗,而储本《守宫砂》则有。《蜜蜂记》《蝴蝶杯》鼓词中回前诗是主要故事内容的概括,而储本《蜜蜂记》《蝴蝶杯》则是与故事无关的抒情成分很浓的文人诗。《双龙传》《毛公案》《于公案》《八贤传》《满汉斗》《青龙传》等中都有工整的回前诗,可见储仁逊对话本的回前诗是十分用心的。

从话本的回前诗词中不仅可以看到储仁逊的创作态度与书窗生涯,更重要的是能看到他的写作心态。《毛公案》第一回诗云:"闲坐窗前观古今,信笔挥成小段文。"①可见他在书窗前写作这些故事的情景。第六回的诗云:"得失荣枯总在天,强求悉是枉徒然。空怀志气三千丈,虚度光阴五十年。眼底青春人已老,镜中白发自相怜。聊将前代兴亡事,野史编成作笑谈。"②作者是在前代野史的基础上编撰而成话本小说。《于公案》中有诗云:"德政高谣作美谈,野史编成小传。"③他把民间盛传的野史编成了话本小说。《八贤传》中有诗云:"闲坐书房论古今,算来却是闲操心。书中有真即有假,后人依假当作真。"④明确地说明他是在书房中编成的小说。《满汉斗》中有诗云:"儒门雅颂设方言,择明著善作几篇。从容中道无私曲,道与三才并相连。"⑤《青龙传》中有诗云:"稗官野史撰小说,编成一部

---

① 储仁逊:《清代抄本公案小说》,天津:百花文艺出版社,1996 年,第 1 页。
② 储仁逊:《清代抄本公案小说》,天津:百花文艺出版社,1996 年,第 37 页。
③ 储仁逊:《清代抄本公案小说》,天津:百花文艺出版社,1996 年,第 44 页。
④ 储仁逊:《清代抄本公案小说》,天津:百花文艺出版社,1996 年,第 155 页。
⑤ 储仁逊:《清代抄本公案小说》,天津:百花文艺出版社,1996 年,第 301 页。

《青龙传》"①结尾处还有一首《西江月》词云："大清君正臣贤,朝野
祯祥屡现。才子劝人作书篇,编成《青龙野传》。人有节烈忠奸,表得
一毫不乱。虽是小说非大观,却也可看可看。"从这些诗词中可以看
到作者并非是说话人的口吻,而是一位在书房中创作的文人口吻。

把储仁逊话本小说与《永庆升平》等话本小说一比较就能看
到,十五种话本小说整体艺术水平较高,故事内容精彩丰富,结构
整齐严谨还能别出新意,语言通俗精炼,凝聚了编者储仁逊的大量
心血,如果不是经过精心的润色和加工,话本小说不可能达到如此
高的艺术水平。但是,十五种话本小说中的大部分在当时都没有被
出版出来,或许是因为在各类新小说的冲击之下它们已经不再是
时代的宠儿,才会有如此冷落的下场,由此我们可以看到传统的话
本小说在小说转型中受到的强烈冲击,不仅仅是失去市场和读者,
还是一种小说文体在无声无息中走向了衰落与尾声。

七、储仁逊话本小说的价值

一是整理加工了当时流行在京、津、冀、山东等北方的民间说
话故事,使其可以流传后世。储仁逊话本小说地域性较强,集中写
北方地区的民间说话故事,如《毛公案》中写毛登科巡按直隶,到了
涿州良乡县审察案件;《于公案》之一写于成龙到乐亭县判案,后赴
保定上任的故事,《于公案》之二承上一篇讲于公到保定之后审查
案件,《双龙传》写嘉庆皇帝到通州私访,《青龙传》写道光皇帝在京
城私访,《满汉斗》写山东良乡县,《刘公案》写山东恩县的案件,这
些故事都是发生在北方地区,广泛流传于民间。通过这些故事,我

①储仁逊:《清代抄本公案小说》,天津:百花文艺出版社,1996 年,第 526 页。

们可以看到北方人民的生活状况和风俗习惯,看到正直忠厚的大臣们为了维护国家和百姓的利益,与奸臣们做的斗争。

二是通过小说伸张正义,惩恶扬善,教化民众。通过小说来教化民众是储仁逊的创作意图,其小说也能够达到这一目的。《毛公案》中毛登科祖居直隶冀州枣强县,巡按直隶,假扮成算命的贫儒,到了涿州良乡县。良乡县有兄弟二人,兄姚庚性情奸狡,凶恶忤逆,妻悍泼不贤;弟姚义性情孝悌慈善,妻温良敦厚。弟弟外出贸易,哥哥竟然在半路劫杀弟弟夺走他的钱财,回去后强卖弟妻,遇到了微服私访的毛公。毛公协助弟妻告状,知州却被恶人买通,关押了毛公。毛公托狱卒到京城送信,钦差来救了毛公,处决了恶人姚庚夫妇与贪官。弟弟被兄长杀死之后幸被人相救,最终获得与家人大团圆的幸福结局。小说中还借助鬼神之力,如丧尽天良的姚庚要举刀杀母,"忽然从地上起了一阵狂风,把安人摄起,顷刻间刮去,踪影全无。"原来是"太白金星用神风将高氏安人撮送到杭州大路,轻轻放在地上",与她的二儿子姚义相见。故事宣扬孝悌慈善、温良忠厚,否定凶恶忤逆、悍泼不贤,教人们要学习前者,摈弃后者,善有善报,恶有恶报。

三是有较高的艺术价值,结构紧凑合理,情节曲折,语言通俗,为话本小说贡献了一批优秀之作。储仁逊的十五种话本小说都属于话本小说中的优秀之作,结构整齐,情节曲折,语言通俗,没有一般话本小说的情节枝蔓、语言粗糙、人物混乱等现象。如《于公案》写清官于成龙在乐亭县判的一些奇案,绿鹦鹉开口说话,哑巴拦舆喊冤,嫡妻以药酒毒夫等,这些案件互相之间没有什么关联,作者把这些案件巧妙的连缀在一起,形成一波未平一波又起的艺术效果。《于公案》之二承上一篇讲于公到保定后,有翁婿两人来告状,翁说姑娘被女婿害死了，女婿说姑娘被翁藏匿了，于公微服私访，发现是红门寺恶僧抢男霸女，订下计策除掉了红门寺恶僧，救出被抢的妇女。于公在私访过程中又破了"见财起义害妹丈"的案件，帮助李尽忠刘锦瓶夫妇团圆。全篇结构合理，语言精彩，如李尽忠死而复生遇到熊精素真仙子，描写生动优美："只见正面有草堂三间，屋内灯烛辉煌……李进忠走进草堂，抬头观看，见迎面悬一横匾，两个石青大字，题的是'仙居'；下悬一轴，画着《深山采药图》，配着一别对联，上联是'采药云生袖'；下联配'弄花香满衣'。"①颇有雅趣，仙气十足。

四是在津门话本小说中发挥了承前启后的作用。欧阳健曾说："咸丰同治间，天津有石玉昆，演说《三侠五义》，'虽系演义之辞，理浅文粗，然叙事叙人皆能刻划尽致，接缝斗榫，亦俱巧妙无痕，能以日用寻常之言，发挥惊天动地之事'(问竹主人序)；而光绪宣统间，储仁逊复起而承之，整理改编平话小说十馀种，至今读之，亦辄奕奕有神。所不同者，石玉昆名重当世，续作仿作皆甚夥，而储仁逊则默默无闻，几近湮灭，此亦时势之使然。"②指出储仁逊话本小说与石玉昆《三侠五义》之间有一定继承的关系。津门曲艺向来繁盛，说唱艺术发达，话本小说也一直有着优秀作品传世，清末民初时刘髯公主办的《新天津报》曾记录评书艺人所说的《雍正剑侠图》《三侠剑》等作品，整理而成长篇小说，通过报刊连载使话本小说重新焕发了魅力，受到社会大众读者们的喜爱，逐渐向新型的通俗武侠小说发展，储仁逊话本小说在此过程中起到了承前

---

①储仁逊：《清代抄本公案小说》，天津：百花文艺出版社，1996年，第111页。
②欧阳健：《津门储仁逊及其抄本小说》，《明清小说研究》，1988年，第4期，第288–299页。

启后的作用。

第二节　走向末路的津门笔记志怪小说

近代天津作为洋务运动的重镇,科技发展走在了时代的前列:"1877 年,天津架设了第一条电报线;1880 年,中国最早培养电报专业人才的学堂——北洋电报学堂在天津问世。此后的 20 年间,中国最早的电报网络以天津为圆心向外辐射延展。1879 年,天津又架设了第一条中国人的城市电话线和第一条连接两个城市的长途电话线。1906 年,天津开通中国第一条电车线路,率先建立了城市公共交通系统。"①科技逐渐改变了中国文人的小说观念,让他们以科学眼光审视反思传统小说,批评传统小说中不具科学性的鬼怪神魔成分。如 1906 年《新世界小说社报》第二期发表的《论科学之发达可以辟旧小说之荒谬思想》是这一批判思潮的代表。文中说:"科学者,思想之聚光镜也。"②在科学的聚光镜下,作者强烈地批判了中国传统的志怪与神魔小说:

> 是以东方朔之《十洲记》,郭宪之《洞冥记》,魏伯阳之《参同契》,葛洪之《神仙传》,干宝之《搜神记》,王嘉之《拾遗记》,类皆缒幽凿险,多不经人道之语,以惊世而骇俗。唐、宋以后,著作益多,搜奇录怪者,更不一而足。读《杜阳杂编》,则知罗浮先生之有分身术;读《幻异志》,则知殷七子之有留声法。《水浒传》之写戴宗也,则夸其两足之神行;《西游记》之演孙悟空也,

①来新夏主编:《天津历史与文化》,天津:天津大学出版社,2013 年,第 5 页。
②陈平原、夏晓虹编:《二十世纪小说理论资料·第一卷(1897—1916)》,北京:北京大学出版社,1989 年,第 188 页。

则称其有七十二般变化。至于冷于冰之发掌心雷,左瘸师之作
五里雾,哪咤太子乘风火轮,土行孙之遁走地中,则见之于《绿
野仙踪》及《平妖传》《封神榜》等书。离奇怪诞,莫可究诘。而豆
棚聚话之村农,乡塾说书之学究,方且奉为秘本,言者凿凿,听
者津津。噫! 一般社会之迷信,大略可知矣。①

神怪小说本来是中国传统小说中的主要题材之一,向来占有
统治地位,中国古代的小说作品大部分都有一定的神怪色彩。但是
在科学思潮之下,神怪小说被批得体无完肤,落后的思想和陈旧的
内容使其很难在新时代找到恰当的立足之地,尤其是神怪小说难
以再超越先前的经典之作,就更使其地位迅速下降,让位于新时代
的新小说。在各类侦探小说、谴责小说、科学小说、爱情小说、教育
小说、政治小说等新小说的压力下,在中国有着几千年历史的笔记
志怪小说渐渐地走向了尾声,近代天津的笔记志怪小说也不能逃
脱这一趋势和命运。储仁逊的《嚣嚣琐言》只是稿本,并没有被出版
出来,这或许也说明当时此类小说已不是时代的宠儿,但是,透过
其作品我们还是可以看到当时天津社会的一些影子,具有一定的
意义。

一、《嚣嚣琐言》中的津门爱情故事

《嚣嚣琐言》中有的是围绕天津本地的故事来写的,其中有一
些非常曲折,颇具传奇性。如《紫衫女》写贾人子贺继元,郑州人,年
十八尚未有室,在津门广货铺学作贾。一天,他在庙会遇到粉白黛

①陈平原,夏晓虹编:《二十世纪小说理论资料·第一卷(1897—1916)》,北京:北京大学
出版社,1989 年,第 189 页。

绿者四五辈,皆殊色,中一著紫衫者尤妖艳无俦。贺见之神魂顿失,即谓少年曰:"余脱议姻,得如紫衫女郎订三生之约,方不负人间游戏一番矣。"言讫,女似闻之,频回顾,贺惭俯首。及会罢回家,颇涉冥想,但不知为谁氏女也。越数日来津,前念已忘,忽一日有一叟来访贺的铺子,夥计问叟何为,曰作伐。原来,老叟是紫衫女的父母派来向贺提亲的,贺不敢答应,仓促间说俟禀明严慈再议,叟辞去。越十日叟又来,并有巾车二辆送妆奁至。贺仍以严命为辞。叟言无妨,阿翁已首肯矣。方疑虑间,贺之父来。老叟说紫衫女姓胡,世居双堆子。双堆子积土如山,为狐仙所居。贺翁怕娶一个狐仙到家,所以婉拒了亲事,但全家人做了同一个梦:"一叟策杖而至,怒容可掬,谓之:'吾女与令郎有夙分,非祸汝者,且容貌不恶,门第亦复不贱,不费一钱,得如此佳妇,汝何心而盟异念耶! 今与汝约三日晚,河魁不在房,正行嫁吉期也,汝当派执事行亲迎礼,以了三生之奇缘,结百年之永好,不然吾女不得生,汝子尚欲求活耶! '言讫而去。"翁无奈之下派亲友去迎娶新妇,娶回来之后新妇却"熟视无睹,惟新郎见之。"大家都看不到这位狐仙新娘,唯独新郎可以看见。

《仙凡结缘》亦讲述了天津本地的一个传奇故事,距静海县城二十五里之翟家庄有马氏子名兴者,年甫志学,议聘王维庄杨姓之女为妻,尚未完娶,在家塾从师读书。一夜月色皎洁,银汉无尘,兴散步空庭,咿唔讽诵,闻门外有笑语声,以为邻人之窃听读书者,置之不问,旋入室,挑灯高吟,声出金石,忽一女子搴帘而入,笑谓兴曰,"君静夜读书,得毋岑寂乎",兴目视之,天人也,骇极而起,心悦其美,问所来。答曰"何劳究诘,妾故与君有夙缘。"遂以身偎坐兴怀,兴一时心迷志眩,遂与共枕席,自是以后晓去宵来。"来时必携小竹篮,满贮鲜果等物,食之味美,非常有。"后被其父闻知,恐不利其子,逼其子移居内室,父子同榻,其父熟睡,女即来与兴共寝。其父觉闻女声,伸手摸其子,如隔重墙,奇之,谓其子曰"尔能令吾一见其面乎"。后来见到一女子自门而入,"美丽无比,含笑低视,捻带不言焉。方注视即飘然而去焉。"父为其子完婚,合卺之夕,"新妇为女所压,爬越不起。"后女去年余不来,忽有一青衣素履女子乘夜入房,口称前女即春姊也,别后思郎君甚,令妾送信与郎君,言情缘已满,约于某日再会一面,以成永别,宜及期等候,聊尽数年交好之情等语。妇在旁听之其悉,不见其人。"兴视之亦国色也,不觉心志迷惑,用手偎抱上床,女亦不拒,抚其身,四肢冰冷,心腹微温,女即自解其衣,与兴成高唐之会,会罢即辞兴而去,留下一纸上写'仙凡结缘,天作之合,自此永别,后会有期'云云。兴乃知女即前女之化身也。"情节比《聊斋》中略为简单,但往往是发生在津门中的故事,对津门读者很有吸引力。

二、《嚣嚣琐言》中反映的津门民俗

《嚣嚣琐言》中的一些故事反映了天津当地的民风民俗。如《花罩》:

> 津郡有巫觋之流,托名十祖五祖以疗病者,不详其神之名,亦不稔其伊谁作俑。谅亦无异南中之五通、京师之五道庙也。若辈在西沽设坛集,趣趣而入是教者二三十人。每年正月元宵节之前后,均赤体红裳,先以烧红之铁为桥,跣足而踏之,一似不畏火之烈烈者。继则用火烧铁练一具,以手搏弄,用示手舞足蹈之乐。后更各带爆竹数万盘旋于左右臂,各持大花一具,向面目口鼻随意燃放,绝懼容。亦有俯伏于花之上使烟火从胁上出,以矜奇异至焉。首者则蹲伏神龛内伏剑诵咒,用花

> 炮从四围倾放,益觉欣欣有喜色,于此而后演法之举始毕,名
> 之曰花罩。当时作壁上观者,红男绿女,白叟黄童,颇极人山人
> 海之观,无不惴惴焉,代为之虑,又啧啧焉,大为之快云。

反映了天津元宵节前后的特殊民俗,巫觋者们精彩的特技表
演,现在看起来也非常的惊险刺激。再如《空中砖瓦》:

> 津郡城东紫竹林北先农坛,旧有铁路公司闲房数间,每晚
> 有说评书者,为纳凉解颐之区。庚寅七月初四晚,大众正在静
> 听之际,突然抛砖掷瓦撒土扬沙,闻其声不见其人,众皆搜寻,
> 渺无踪影。如此者已数日矣。初五晚说评书者方将入座,忽掷
> 董姓院内钱牌一个,俟时由空中掷下半砖一块,如此者七八
> 次。经守望局员会同弹压地面张千戎,带领巡勇偕同地方严密
> 查访,正梭巡间突又飞来半砖一块,掷入巡勇怀中,该员率勇
> 冥搜而去,是魅欤?是人欤?噫!异矣。

在铁路公司的旁边出现了怪异的事情,本身就是新事物旁边
的旧思想在作怪。

三、《嚣嚣琐言》中奇异的西方魔术

《嚣嚣琐言》还体现了天津中西文化交汇的特征,如洋人演剧,
记录了西国偎师占臣,挟术来津,在紫竹林下打球房于辛卯岁五月
十一日夜演剧的情况:

> 有西人采衣登场,舞蹈片时,取白磁瓶两具分呈诸人过
> 目,固空空如也。阅毕仍归原处,以棒击瓶口,烟焰上冲,旋有
> 舔雄毫之□兔一头自瓶中跃出,盛以竹笼,向空一掷,悠然不
> 见。
>
> 又取长式铜盒两个,实以砂米分置台之两旁,一转瞬呈献

茶具一盘,取实砂米之铜盒使其下,覆承以玉盌,一化为红茶,
一化为白水。

　　以十余龄之孺子匿于筐中,取干将莫耶致其二于筐之左
右,其一由筐顶插入,阅一分钟时,抽出以白绢拭之,血染猩
红,方谓大不利于孺子矣,乃于旁置之木桶内,见童子宛在,毫
无所伤。

　　最足骇人者惟一西人身首异处,鲜血淋漓,人不敢仰视,
其后竟故我依然,至此而终场。

以精彩的笔墨描写了当时外国人表演西洋魔术的种种奇特场
面。

在近代天津涌现出的诸多志怪小说中,李庆辰的《醉茶志怪》
是其中的佼佼者。《嚣嚣琐言》是继《醉茶志怪》后的又一部颇具津
门地域色彩的志怪小说集,但是,此书在当时并没有被出版,只是
当时笔记志怪小说的余波。志怪小说的逐渐消亡一是因为纯小说
观念的建立,各类新小说夺得了笔记志怪小说原来的地位;二是因
为科学思潮的兴盛,使人们不再相信子虚乌有之事;三是因为新闻
文体的兴起,使趣味性的新闻故事取代了笔记志怪小说。很多小说
家都到新闻报刊中去寻觅笔记小说,储仁逊的《嚣嚣琐言》中有几
篇明确是抄录于报刊的,如《傻子当家》《缶鼎问答》等都抄录于《大
公报》,其余也不能确定是作者的原创。笔记小说在与报刊新闻相
混杂的同时逐渐失去了自己的小说身份,这是近代新闻文体兴起
对传统小说造成的影响之一。

近代新闻文体的兴起与小说有着千丝万缕的关系,新闻的兴
起缩小了传统小说的范畴,使小说观念更符合现代纯文学意义上

的小说,加快了小说的现代化进程,促进小说进行各方面的尝试与创新,抛弃传统老套的写法,尝试更新颖、更具小说特性的写作技巧,从而更加突出了虚构性、情节曲折性、人物鲜明性等小说特性。在近代这一转型时期,天津传统的话本小说、志怪小说、杂记小说等都发生了各种变化,在讨论新小说的同时关照这些旧小说的转变,同样具有意义。

结　语

通过考察近代天津小说萌芽、发展、繁荣与转型的演变过程，可以看到近代天津小说并不像人们所认为的那样贫瘠，而是非常富饶，取得了十分可观的成就。近代天津小说是中国近代小说中不可缺少的一部分，为近代小说贡献了独特的语言、写作手法与艺术风格，促进了小说现代化的进程，推动了京、冀乃至北方小说的发展，共同形成全国小说的繁荣局面。

一、近代天津小说对传统小说的贡献

近代天津传统旧体小说，文体丰富，其中不乏优秀之作。话本小说方面，石玉昆的《三侠五义》成为清代公案侠义小说的代表作，改变了晚清以才子佳人为主的小说风气，引领了公案侠义小说的潮流。《三侠五义》在英雄传奇方面虽然对《水浒传》有所继承，但由英雄的立场转移到平民的立场，重视与关爱每一个普通弱小的生命，用细致的笔法为细民写心，运用了乔装打扮、身份交换、场景设置等技巧，创造了讽刺性幽默、嘲谑性幽默、诙谐性幽默、滑稽性幽默，引发了读者不同程度的笑。受《三侠五义》影响，晚清出现了一批由说书改编而来的公案侠义小说。天津储仁逊整理加工的话本小说十五种堪称是《三侠五义》之后的杰作，其中的《双龙传》《双灯记》等继承了《三侠五义》的幽默风格,刻画了性格鲜明的人物形象,结构紧凑,语言精练。

志怪小说方面,李庆辰的《醉茶志怪》极有创新精神,在《聊斋志异》《阅微草堂笔记》之外,自成一派,形成怪诞滑稽、幽默有趣的艺术特色。这种特色与津门人士的传统民风是相符合的,天津人平时说话就很诙谐、幽默、逗笑,读李庆辰的故事不像在读书,更像在听相声,在短小的篇幅内,充满了捧哏、逗哏的乐趣,李庆辰堪称晚清小说家中的怪诞滑稽大师。笔记小说方面,《东园实纪》《津门杂记》《嚣嚣琐言》等中的内容,反映了近代天津特有的地域文化,以及中西文化碰撞交融后产生的独特的租界文化。

二、近代天津小说对新小说的贡献

近代天津小说一方面继承了传统小说的特点,另一方面又对传统有所突破,产生了新的小说理论和许多的新小说。近代天津为晚清小说界革命提供了理论支持和作品支持,促进了小说现代化的进程。理论方面,贡献最大的当属严复与夏曾佑在《国闻报》刊发的《本馆附印说部缘起》,认识到小说具有感动社会民心的力量,给予小说极高的文学地位,分析了小说以通俗易懂的白话写成才能易于传播,对中国传统旧小说的弊病给予了批评,这些先进的小说思想对梁启超有着明显的影响,拉开了晚清小说界革命的序幕。

小说现代化进程中语言的变革是一大关键。近代曾经有过南北官话之争,津门文人王照、刘孟扬等大力提倡普及北京官话拼音,对白话小说的发展有直接的影响与推进作用。尤其是王照在京、冀等地创办官话字母义塾、拼音官话书报社,刊印了《官话字母义塾

丛刊》《对兵说话》等官话字母读物,《对兵说话》是针对军人创作的
小说作品,通俗易懂,激励了军队的士气。

随着报刊的涌现,天津报刊上产生了一批优秀的小说,这些小
说在语言上为流畅、成熟的白话,表现出与传统旧体小说不同的新
思想、新内容。《大公报》上发表的白话短篇小说《观活搬不倒儿记》
《烂根子树》《游历旧世界》等等,针砭时弊,提倡团结、维新的精神;
欧美翻译侦探小说《饮刃缘》《毒蛇血》《锁金箧》等,在形式与内容
上与中国传统小说明显不同,大量运用了倒叙的手法与第三人称
限制视角,形成悬念重重,情节曲折,扣人心弦的艺术特点,是中国
近代小说家们学习和模仿的典范。《天津白话报》上发表的一系列
白话小说《断肠花》《天足引》《东方病夫之病况》《好怪的梦》《我也
做个梦》《天津失城记》等等,提倡文明的社会风气和爱国救亡思
想,讽刺天津本地的弊端,反映天津经历的历史苦难,十分具有津
门地域色彩。刊载于《天津日日新闻》的《老残游记》是近代天津为
中国贡献的最优秀的作品之一,代表了近代天津小说当时所能达
到的艺术高度。

因通商口岸的地理优势,以及受租界文化的影响,近代天津
在翻译小说方面一直遥遥领先,产生了《伊索寓言》在中国的第
三个版本——张赤山的《海国妙喻》,还有与晚清翻译家林纾合
作的口译者陈家麟,他们的翻译以文言为主。另一位津门培育的
优秀翻译家伍光建则独树一帜地运用白话来翻译,取得了卓越的
成绩。

近代天津的报刊小说、翻译小说等在写作语言、写作技巧、思
想内容等方面都促进了小说从传统向现代的转变。所有这些作家
与作品都说明一个事实——近代天津小说曾经辉煌过、繁荣过,突

破了旧有的传统,为近代小说奉献了累累硕果。

三、近代天津小说——"津味儿"的起点

　　现在的文艺界往往用"津味儿"来形容天津作家作品的特点,究竟什么是"津味儿"? 在语言上应体现幽默、逗乐的天津特色方言,在内容上应以反应津门各阶层的生活为主,在思想上应表现出津门人士特有的民俗和好义尚勇的民风。"津味儿"的起点在哪里? 有没有更深的历史渊源? 随着对材料的深入挖掘与分析,笔者认为是有的,在近代天津小说当中,我们可以看到更早的"津味儿"小说。

　　几乎被历史淹没的津门作家郝福森是最早的"津味儿"小说家,《东园实纪》中许多都是关于海光寺、灰堆、河东、小辛庄、三叉口、刘园等地的传说故事。天津作为卫所,向来是战略要地,人民有尚义好勇之风。郝福森用传神的笔墨记载了津门人士"好义尚勇"的故事,士商农工等各阶层的人们用自身的行动谱写了"义勇"二字。郝福森的笔下也有幽默的成分,用顺口溜嘲弄为富不仁的假孝廉。石玉昆能说善讲,诙谐幽默,堪称近代最受欢迎的"津味儿"小说家,《三侠五义》充分利用了天津方言的幽默来逗乐,智化乔装成挖河工去盗宝库时说的是天津话,"这是吗行行儿?""要他干吗耶?"化装成渔户进入钟雄的水寨时说的也是天津话,"你放吗箭? 难们陈起望的,难当家的弟兄斗来了",给听众和读者们带来欢乐的艺术。李庆辰虽然是以文言的形式来写作,但其《醉茶志怪》中亦充满了怪诞滑稽、诙谐幽默的色彩,围绕着天津各地的人物写成,时时让读者解颐一笑。储仁逊是另一位默默无闻的津门作家,他的作品中同样有着浓厚的"津味儿",《双龙传》《双灯记》中的语言风

趣逗乐,《嚣嚣琐言》中记录了津门特有的租界文化。天津人无疑是全国最具幽默感的市民之一,历代都有优秀的相声、小品演员出自天津,这和近代天津幽默风趣的文化底蕴有着密切的关系。所以说,近代天津小说是津味儿小说的起点。

四、近代天津小说与京、冀小说的影响与互动

天津是一个因北京漕运需要而发展起来的城市,在很长一段历史中,担负着为北京接纳漕粮的任务,并以特有的渔盐业和近代工业弥补北京在经济方面的不足。保定是重要的军镇和文化辅助城市,亦是北京的农副物资补给地。①天津、北京、保定因为距离相近,形成以北京为中心的"首都圈"。在京、津、冀形成的"首都圈"中,除了经济方面的相辅相成,还有文化方面的交流与影响。近代天津与京、冀小说之间的影响与互动,促进了京、津、冀乃至整个北方地区小说的兴起与发展。

文学人才在京津冀之间互相流动,促进了小说的发展。因为京津冀特殊的地理位置,你中有我,我中有你,文人们之间的交游向来非常频繁。因北京是首都,自古就有大量的人才流向津、冀地区,如小说集《夜谭随录》的重要评点人之一阿林保(字雨窗)1783 年左右曾任直隶河间知府,后任长芦盐运使。做有《志异新编》的满族作家福庆 1779 年曾补河间府同知,1780 年调天津府同知。做有笔记小说《衹可自怡》的作家吉珩 1818 年掌直隶司印,1849 年调任为保定府知府。近代以来,小说方面的人才如吴炽昌先在北京游幕,后到保定官舍,又到宝坻官舍,影响到了保定、宝坻文人群对小说的

---

①王玲:《北京与周围城市关系史·前言》,北京:燕山出版社,1988 年,第 4 页。

兴趣。另有北京人英敛之到天津来创办《大公报》,北京人丁竹园到
天津来从医,创办了《竹园白话报》,并且为天津、北京的报刊创作
了大量的小说。从天津流向北京、保定的人才也很多,如石玉昆是
天津人,但是主要活动在北京。王照是天津宁河人,长期在北京生
活,后又到保定推广普通话,创办《官话字母报》。从河北流向北京、
天津的小说作家亦很多,近代以来有河北迁安人高继珩在天津学
习,年轻时与津门文人们结社活动,后又回河北为官。文学人才的
流动使得京、津、冀的文化有了充分交流的机会,使小说之间产生
了互动与影响的作用。

志怪小说方面,纪昀是清代京津冀成就最为卓越的一位作
家,《阅微草堂笔记》在文学史上与《聊斋志异》相齐名,在晚清时
还被丘炜菱称为"自成一家,亦小说之魁矣。"虽然纪昀生活在清
朝中期,但是他开创的笔记小说风气对近代的京、津、冀作家还有
很大的影响力,高继珩、郝福森、李庆辰、储仁逊等都曾向其作品
学习。

话本小说方面,因为京、津、冀地理位置接近,人们在生产方
式、生活习惯、民俗文化、语言运用等方面有很多相近的地方,从而
形成了一些相近的兴趣,比如对说书曲艺的共同爱好。石玉昆的公
案侠义小说对京、津、冀乃至全国都有较大的影响,《三侠五义》
1879年由北京聚珍楼刊印之后,晚清产生了一股公案侠义小说的
热潮,《小五义》《续小五义》《永庆升平》《永庆升平前传》《大清全
传》(《彭公案》)、《续彭公案》等,成为晚清小说市场上的一大类型,
受到人民的喜爱,经久不衰,直到小说界革命之后还有锐不可当之
势。其中的《永庆生平前传》由姜振民、哈辅源演说,燕南居士筱亭
郭广瑞录。现在已不知郭广瑞其人,但是小说第五回《郭广瑞店内

施仁》中的客栈老板郭广瑞与编录者郭广瑞同名,不知是编者有意安排还是无意巧合,而小说中的郭广瑞恰恰是保定府的一位善良的老板。这些侠义公案小说受《三侠五义》的影响很大,如《永庆生平前传》中张广泰吃鱼,要"新出河的肉,又肥又鲜,他那个腮胭脂似的。"①明显在模仿《三侠五义》中白玉堂吃鱼的情节。说书艺术在京津冀一带广为流行,从而产生了大量的话本小说,储仁逊保存下来的十五种话本小说是最好的例证。

报刊小说是晚清小说的一大亮点与特色,在近代天津更是大放异彩。因为报刊的传播范围更广、时间更快,京、津、冀在报刊小说方面的影响与互动更为明显。据《晚清小说目录》来看,北京刊登小说的报刊有:《商务报》(1903 年 12 月创刊)、《顺天时报》(1901年 10 月创刊)、《启蒙画报》(1902 年 6 月创刊)、《京话日报》(1904年 8 月创刊)、《北京日报》(1904 年 8 月创刊)、《正宗爱国报》(1906年 11 月创刊)、《北京新报》(1908 年创刊)、《醒世画报》(1909 年 10月创刊)、《京津时报》(1910 年 6 月创刊)、《北京女报》(1905 年 9月创刊)、《华报》(1907 年创刊)、《震旦学报》(1907 年创刊)、《国学粹编》(1908 年创刊)、《帝京新闻》(1910 年创刊)等等,其中的许多报刊都在津、冀畅销,有着较多的读者。近代天津有近二十种报刊刊登小说,《大公报》《人镜画报》《醒俗画报》《中国萃报》《中国报》《民兴报》《天津白话报》《中外实报》《醒报》《津报》《天津日日新闻》《天津商报》《北方日报》《民兴报》《地学杂志》《时闻报》《国报》《忠言报》等等,这些报刊也在河北、北京等地销售发行。保定在 1905年出现了《直隶白话报》《河北白话报》《北直农话报》等进步的报刊,

---

①郭广瑞:《永庆升平前传》,武汉:荆楚书社,1988 年版,第 169 页。

这些报刊上也都刊载小说。

北京、天津、保定等城市之间人才、报刊和文化的交流,为小说的发展提供了各种有利的条件,实现了京、津、冀小说的共同发展,并促进了北方小说的发展,共同形成全国近代小说的繁荣局面。

附　录

近代天津小说目录

本目录由以下五部分组成:一、期刊小说目录,以近代天津期刊为单位,收录各期刊上刊载的小说目录。二、日报小说目录,以近代天津日报为单位,收录各报上所载的小说目录。三、单行本小说目录。四、报刊所登与小说相关广告,以能反映当时天津的小说出版、营销等广告为主。五、登载小说的报刊,收录知其刊载小说但因各种原因未能查阅到的报纸。

一、期刊小说目录

《人镜画报》

《人镜画报》创刊于光绪三十三年六月十三日,第一册封面上题有办报宗旨,因为破损,不能看到全部,残余的部分为:"以镜为镜,只得媸妍。以人为镜,自辨奸贤。敬告我同胞,人之视己如见其肺肝然。"开篇有《人镜画报之反(按:当为凡)例》数则:"一言名:本报题曰人镜,盖取语以人为鉴之义,盖虽浅狭,不无取尔。一宗旨:本报以改良社会、沟通风气为宗旨。一内容:本报内容自谓丰富,虽题曰画报,实含有字报之性质,绣像丛报殆庶几,自言论、谭丛、及各种新闻外,益之以新译各种之科学之原理,并最有兴味之小说,或撰自理想,或译自瀛海,以□完备而扩见阅。"在刊末登有"本报价目:本报每按星期一出报,每月四册,每册铜元九枚,论月三十四枚,半年二百枚,全年三百九十枚,润月照加,按年月计算者先付报资,按期照寄。"并有"优待学生"的优惠政策:"反(按:当为凡)各校学生购本报者概受优待,照价八折收费,惟必须本人亲至本馆为限,无徽章者不得援例。"刊中多有短小的新闻故事配图画,现录明确属于小说的篇目如下。

《俳谐小说》,第一册,光绪三十三年六月十三日(刊物只写农历,故只标农历日期),未题撰者。

《海天奇遇·太平号之航大西洋》,第二册,光绪三十三年六月二十日,未题撰者,标"新译小说"。

《有求必应》,第三册,光绪三十三年六月二十七日,未题撰者,标"俳谐"。

《海天奇遇》,第三册,光绪三十三年六月二十七日,未题撰者,标"新译小说"。

《优胜劣败》,第四册,光绪三十三年七月初四日,未题撰者,标"俳谐"。

《海天奇遇·动物园》第四册,光绪三十三年七月初四日,未题撰者,标"新译小说"。

《晚凉新话》,第五册,光绪三十三年七月十一日,未题撰者,标"俳谐"。

《海天奇遇·飓风》,第五册,光绪三十三年七月十一日,未题撰者,标"新译小说"。

《东海旧家》第六册,光绪三十三年七月十八日,未题撰者,标

"俳谐"。

《海天奇遇·太平洋之进行》,第六册,光绪三十三年七月十八日,未题撰者,标"新译小说"。

《海天奇遇·舟破》,第七册,光绪三十三年七月廿五日,未题撰者,标"新译小说"。

《鸦雀谈心》,第八册,光绪三十三年八月初二日,未题撰者,标"俳谐"。

《海天奇遇·逃逸》,第八册,光绪三十三年八月初二日,未题撰者,标"新译小说"。

《屠子为官》,第九册,光绪三十三年八月初八日,未题撰者,标"俳谐"。

《海天奇遇·无人岛》,第九册,光绪三十三年八月初八日,未题撰者,标"新译小说"。

《臭虫对语》,第十册,光绪三十三年八月十五日,未题撰者,标"俳谐"。

《海天奇遇·陆居》,第十册,光绪三十三年八月十五日,未题撰者,标"新译小说"。

《妾辩》,第十一册,光绪三十三年八月二十二日,未题撰者,标"俳谐"。

《海天奇遇·饮料水》,第十一册,光绪三十三年八月二十二日,未题撰者,标"新译小说"。

《恶奴》,第十二册,光绪三十三年八月廿九日,未题撰者,标"俳谐"。

《海天奇遇·夜间之大风雨》,第十二册,光绪三十三年八月廿九日,未题撰者,标"新译小说"。

《俳谐》,第十三册,光绪三十三年九月初七日,未题撰者。

《海天奇遇·夜间之大风雨》,第十三册,光绪三十三年九月初七日,未题撰者,标"新译小说"。

《海天奇遇·卜居之计画》,第十四册,光绪三十三年九月十四日,未题撰者,标"新译小说"。

《中国》,第十五册,光绪三十三年九月二十一日,未题撰者,标"俳谐"。

《海天奇遇·卜居之计画》,第十五册,光绪三十三年九月二十一日,未题撰者,标"新译小说"。

《孩子大人》,第十六册,光绪三十三年九月二十八日,未题撰者,标"俳谐"。

《海天奇遇·卜居之计画》第十六册,光绪三十三年九月二十八日,未题撰者,标"新译小说"。

《说坤鞋》,第十七册,光绪三十三年十月初五日,未题撰者,标"俳谐"。

《海天奇遇·卜居之计画其二》,第十七册,光绪三十三年十月初五日,未题撰者,标"新译小说"。

《海天奇遇·卜居之计画其二》,第十八册,光绪三十三年十月十二日,未题撰者,标"新译小说"。

《海天奇遇·卜居之计画》,第十九册,光绪三十三年十月十九日,未题撰者,标"新译小说"。

《俳谐》,第二十册,光绪三十三年十月二十六日,未题撰者。

《海天奇遇·黎吉老人之来历》,第二十册,光绪三十三年十月二十六日,未题撰者,标"新译小说"。

《贿赂公行》,第二十一册,光绪三十三年十一月初四日,未题撰者,标"俳谐"。

《海天奇遇·黎吉老人之来历》,第二十一册,光绪三十三年十一月初四日,未题撰者,标"新译小说"。

《桑梓》,第二十二册,光绪三十三年十一月十一日,未题撰者,标"俳谐"。

《过班》,第二十二册,光绪三十三年十一月十一日,未题撰者,标"俳谐"。

《海天奇遇·黎吉老人之来历》,第二十二册,光绪三十三年十一月十一日,未题撰者,标"新译小说"。

《速成》,第二十三册,光绪三十三年十一月十八日,未题撰者,标"俳谐"。

《海天奇遇·黎吉老人之来历》,第二十三册,光绪三十三年十一月十八日,标"新译小说"。

《海天奇遇·黎吉老人之来历》《黎吉老人之来历之二》,第二十四册,光绪三十三年十一月二十五日,未题撰者,标"新译小说"。

二、日报小说目录

1.《大公报》

《大公报》1902 年 6 月 17 日在天津法租界创刊,创始人英敛之。创刊三个月后,销量即达 5000 份,是当时华北地区一份引人注目的大型日报。《大公报》开设附件栏目,专登白话,也刊登白话小说。后随着白话的兴起,取消了附件栏目,但仍然刊发小说。大公报馆把附件栏编印成《敝帚千金》集出售,同时也承印了一些单行本小说,《大公报》上还登载与小说相关的广告,让我们看到当时天津的小说风气。

《漆室女》,1902年7月6号(光绪二十八年六月初二日),未题撰者,"附件"栏目。

《诗丐》,1902年7月9号(光绪二十八年六月初五日),未题撰者,"附件"栏目。

《廉颇·蔺相如》,1902年7月22号(光绪二十八年六月十八日),未题撰者,"附件"栏目。

《西班牙修发匠》,1902年7月26号(光绪二十八年六月廿二日),未题撰者,"附件"栏目。

《西洋种菜人》,1902年7月28号(光绪二十八年六月廿四日),未题撰者,"附件"栏目。

《律师》,1902年7月29号(光绪二十八年六月廿五日)未题撰者,"附件"栏目。

《刘景》,1902年8月12号(光绪二十八年七月初九日),不题撰者,"附件"栏目。

《观活搬不倒儿记》,连载四次,1902年11月26号、28号、29号,12月4号(光绪二十八年十月二十七日、二十九日、三十日,十一月初五日),先笑后哭生稿(现已明确作者为丁竹园,亦被收在《竹园白话五种》中),"附件"栏目,为白话小说。

《猫鼠成亲》,连载两次,1903年8月25号、28号(光绪二十九年七月初三日、初六日),未题撰者,"附件"栏目,标"泰西小说"。

《药师》,连载三次,1903年9月1号、3号、5号(光绪二十九年七月初十日、十二日、十四日),未题撰者,"附件"栏目,标"泰西小说"。

《某翁》,1903年9月8号(光绪二十九年七月十七日),未题撰者,"附件"栏目,标"泰西小说"。

《缶鼎问答》,1903 年 9 月 10 号(光绪二十九年七月十九日),未题撰者,"附件"栏目,标"泰西小说"。

《烂根子树》1903 年 9 月 18 号,9 月 20 号、21 号、22 号、23 号、27 号(光绪二十九年七月廿七日、廿九日,八月初一日、初二日、初三日、初七日),五续完。竹园稿,"附件"栏目,为白话小说。

《笨老婆养孩子》,1903 年 10 月 18 号、20 号、22 号、24 号、27 号,11 月 3 号、5 号,(光绪二十九年八月廿八日,九月初一日、初三日、初五日、初八日、十五日、十七日),七续完,竹园稿,"附件"栏目,为白话小说。

《傻子当家》,1903 年 11 月 25 号(光绪二十九年十月初七日),11 月 28 号(十月初十日),续前稿,1903 年 12 月 1 号(十月十三日)再续前稿,1903 年 12 月 3 号(十月十五日)三续完,未题撰者,"附件"栏目,为白话小说。

《游历旧世界记》,1904 年 5 月 28 号、5 月 31 号、6 月 4 号、7 号(光绪三十年四月十四日、十七日、廿一日、廿四日),连载四次完,未题撰者,"附件"栏目,为白话小说。

《温柔乡记》,1904 年 7 月 3 号(光绪三十年六月初六日),未题撰者,标"游戏文章",属文言小说,开端为:"有一少年姓贾名英雄字国民,民日以救国为目的,平等自由之论刊遍报章,民权独立之倡著为书说,不知凡几已。"

《守着干粮挨饿》,1904 年 10 月 8 号、11 号、14 号(光绪三十年八月廿九日、九月初三日、初六日),连载三次完,未题撰者,"附件"栏目,为白话小说。

《错用了忍字》,1905 年 2 月 29 号、3 月 4 号、3 月 7 号(光绪三十一年正月廿六日、廿九日、二月初二日),连载三次完,未题撰者,

"附件"栏目,为白话小说。

《早干什么去啦》,1905 年 6 月 6 号(光绪三十一年五月初四日),未题撰者,"附件"栏目,为白话小说。

《天津府县城隍谈心》,1905 年 5 月 12 号(光绪三十一年四月初九日),未题撰者,"新笑谈"栏目,为寓言短小说。

《诡言二则》:《能言鸟》,《再醮妇》,1907 年 6 月 18 号(光绪三十三年五月初八日),笑者亨氏稿,"杂俎"栏目。

《荆钗裙布》,1908 年 4 月 15 号(光绪三十四年三月十五日),未题撰者,为寓言小说。

《狗吐人言》,1909 年 5 月 16 号—6 月 25 号(宣统元年三月廿七日至五月初八日),连载二十五次终,约两万字,未题撰者,"白话"栏目。

《饮刃缘》,1909 年 9 月 14 号—10 月 19 号(宣统元年八月初一日至九月初六日),连载三十次终,约三万字,未题撰者,标"大公报馆刊,翻印必究",为侦探小说。

《孝悌探险录》,1909 年 12 月 2 号(宣统元年十月二十日),未题撰者,白话栏目,为寓言小说。

《灭门的知县》,1909 年 12 月 4 号(宣统元年十月廿二日),未题撰者,白话栏目,为寓言小说。

《黑手党》,1910 年 12 月 14 号—12 月 22 号(宣统二年十一月十三日至廿一日),连载八次终,未题撰者,标"欧美名家短篇小说"。

《锁金箧》,1910 年 12 月 23 号—1911 年 1 月 11 号(宣统二年十一月廿二日至十二月十一日),连载十九次终,未题撰者,标"欧美名家侦探小说"。

《毒蛇血》,1911 年 1 月 12 号—2 月 6 号(宣统二年十二月十二日至宣统三年正月初八日),连载十七次终,未题撰者,标"侦探小说"。

《冤狱》,1911 年 2 月 9 号—1911 年 3 月 3 号(宣统三年正月十一日至二月初三日),连载十四次终,未题撰者,标"侦探小说"。

《海外冷艳》1911 年 3 月 13 号(宣统三年二月十三日)开始,连载四次,1911 年 6 月 2 号(宣统三年五月初六日)才续出第五,连载至 6 月 14 号(宣统三年五月十八日)终,共连载十七次完,未题撰者,标"哀情小说"。

2.《津报》(据刘永文编《晚清小说目录》)

1905 年 10 月 13 日(光绪三十一年九月十五)创刊,在天津出版,日刊,主笔魏铁珊,馆址在天津宫北大街津报社,上海图书馆藏有1905—1906 年间的部分原件。

《黑面塔》,1905 年 11 月 14 号,冷译,标"补侦探谈"。

《哈乐罪言》,1906 年正月 7 号,奇译。章回体,第一回回目:春风巷陌君主微行,雾雪园林将军置酒。回目后有该书作者介绍:此书原名(The Queen of France),是当初法兰西第一著名小说家学士会院长亚历山连维玛氏所著。

《二十年后之天津》(一名《过渡镜》,章回体),1906 年 9 月 18 号,未题撰者,标"社会小说"。

《南冰洋殖民记》,1907 年正月 2 号(非起始日期),未题撰者。

《新扬州》(一名《广陵潮》),1907 年正月 5 号(非起始日期),未题撰者。

《今日之社会》,1907 年 2 月 18 号,未题撰者。

《新中国》,1907 年 2 月 27 号,未题撰者。

无标题,讲学究颠倒读韩昌黎千里马故事,1907年3月5号,未题撰者,登短篇小说栏。

3.《忠言报》

据天津市图书馆缩微胶卷（1909年7月17日—8月15日），《忠言报》为创刊于1909年7月10日的一份小报,现存的1909年7月17日为第8号。有中外新闻、小言、报余、本埠新闻、世界新闻、地方新闻、中央新闻、中外要闻、演说、附件、杂俎、传记等栏目。

《记义丐武七》,1909年7月23号,未题撰者,传记栏目。

4.《民兴报》

据天津市图书馆缩微胶卷(1909年7月3日—1909年9月28日,缺:1909年8月,9月1—13日)(1909年11月13日—1910年4月25日,缺:1909年11月28—30日,1910年1月—2月,3月)。《民兴报》由津门人士刘孟扬创办(一说为李镇桐1903年创办),主笔顾叔度,后由革命党人谢迈度接办。有邸抄、交旨、论说、演说、短言、丛谈等栏目,连载小说,印刷单行本小说,并刊登小说广告。

《最新官场现形记》,1909年7月份连载。1909年7月14号(宣统二年六月初八日),第四回:入国籍富户等平民,开报馆小人欺大吏。

《最新官场现形记》,1909年7月30号(宣统二年六月二十四日),第五回:隐名山采菊逢敲竹,倡公论接木巧移花。

《笨老婆养孩子》,1910年4月27号(宣统二年三月十八日),竹园稿。

5.《中国萃报》

据天津市图书馆缩微胶卷。宣统元年七月十二日为第壹号。主笔顾叔度,开设在天津奥界大马路北醒华画报馆内,电话一千五百五十九号。本报共大小三张零售铜子二枚。订阅半年大洋二元八角,定阅全年大洋五元四角。

《恶少大闹桐花庄(甲)绝好的战场》,1909 年 9 月 5 号(宣统元年七月廿一日),国报原文,麑瘦演义,标"官场小说"。

《恶少大闹桐花庄(丙)极热闹的交手仗》,1909 年 9 月 7 号(宣统元年七月廿三日),国报原本,麑瘦演义,标"官场小说","演说"栏目。

《恶少大闹桐花庄(巳)大闹桐花庄的结局》,1909 年 9 月 11 号(宣统元年七月廿七日),大同报原本,麑瘦演义,标"官场小说","演说"栏目。

6.《中国报》

据国图缩微 1 卷(1909 年 11 月 11 日—1910 年 1 月 20 日),2 卷(1910 年 11 月 21 日—1910 年 4 月 20 日),3 卷(1910 年 4 月 21 日—1910 年 7 月 7 日)。《中国报》是一家主要面对京津等地的报纸,发行所在天津大胡同金家窑,后迁至天津南市平安大街,北京前门外五道庙有派报处。

《如是我闻》,作者:戏。《我是你》作者:我。《夫妻进士》作者:我。1909 年 11 月 11 号(宣统元年九月二十九日),(五版)都门杂俎栏目,文言短小说。

《乡下人》作者:安。《喝尿》作者:安。《一阵香风》作者:果。1909 年 11 月 12 号(宣统元年九月三十日),(六版)燕云随录,此栏目为文言小说。

《指南梦传奇》第十一出,作者:孤。小说名下是戏剧,很奇怪,但符合当时的小说观念。1909 年 11 月 12 号(宣统元年九月三十日),(二版)小说栏目。

《桃花源里人家》，1909年11月12号(宣统元年九月三十日)，文言小说。

《贼侦探》第一卷《募捐助赈》，开端为："英人西门航，仪表伟岸，善修饰，为人阴险奇谲，城府深密，人莫能测"。1909年11月15号(宣统元年十月初三日)，未题撰者，标"小说"。

《人体自治》1909年11月19号(宣统元年十月初七日)，作者：孤。(连载二次)。小说栏目，标"短篇小说"。虽标小说，但却是议论，可见当时的小说观念。

《贼侦探》续前，1909年11月21号(宣统元年十月初九日)，未题撰者，标"小说"。

《血泪花》，1909年11月25号(宣统元年十月十三日)，译者：意我，标"言情小说"，连载两次即结束。

《五百年前之盗案》，1909年11月27号(宣统元年十月十五日)，作者：孤，标"警世小说"。

《贼侦探》续前，1909年11月29号(宣统元年十月十七日)，未题撰者，标"小说"。

《私塾改良》，1909年12月1号(宣统元年十月十九日)，作者：我，标"短篇小说"，但实际上不是小说。《孝廉方正》亦标"小说"，但也并非小说，只是议论短文。

《贼侦探》续前，第二节《赤金镜妆》，1909年12月5号(宣统元年十月二十三日)，第二节连载至1909年12月15号(宣统元年十一月初三日)，未题撰者，标"小说"。

《卖脸》，1909年12月20号(宣统元年十一月初八日)，未题撰者，"燕云随录"栏目。

《花榜》，1910年正月16号(宣统元年十二月初六日)，未题撰者,(二版)小说栏目,标"寓言小说",连载。

《畸零女》,1910年正月19号、21号(宣统元年十二月初九日、十一日),作者:皖南女士,连载,标"教育小说"。

《龟之幻相》,1910年正月28号(宣统元年十二月十八日),作者:吉,标"寓言小说"。

《贱公》,1910年正月三十号(宣统元年十二月二十日),作者:选,连载二次,标"诛奸小说"。

《贼侦探》第三节《秘密社会》,1910年2月2号(宣统元年十二月廿三日),未题撰者,标"小说"。

《醉司命》,1910年2月3号(宣统元年十二月廿四日),作者:我。连载二次,为短篇小说。

《恭贺新禧》,1910年2月15号(宣统二年正月初六日),作者:吉,连载二次,短篇小说。

《接财神》,1910年2月17号(宣统二年正月初八日),未题撰者,为短篇小说。

《情血》第一章《叛国奴》,1910年2月19号(宣统二年正月初十日),作者:吉,标"小说"。

《贼侦探》第三节《秘密社会》,1910年2月20号(宣统二年正月十一日),连载。

《载鬼一车》,1910年2月24号(宣统二年正月十五日),作者:狐,"燕云随录"栏目,文言故事。

《贼侦探》第三节《秘密社会》,1910年3月15号(宣统二年二月初五日),未题撰人。《贼侦探》一直连载至1910年3月29号(宣统二年二月十九日)。

《情血》第二章《意中人》,1910年3月30号(宣统二年二月二十日),吉三译。

《情血》第二章《意中人》连载完,1910年4月21号(宣统二年三月十二日)。

《情天》第一章《婚誓》,1910年4月22号(宣统二年三月十三日),开端为"恺施欧者,欧洲土尔其干地亚岛人,父名浩德生"。作者:神,标"小说"。

《情天》第二章《奇遇》,1910年5月9号(宣统二年四月初一日)。

《情天》第二章《奇遇》完,1910年5月20号(宣统二年四月十二日)。

《情天》,第三章《诡谋》,1910年5月21号(宣统二年四月十三日)。

《情天》第四章《草合》,1910年5月28号(宣统二年四月二十日)。

《情天》第五章《贤厄》,1910年6月15号(宣统二年五月初九日)。

《情天》第六章《侠救》(未完)1910年7月1号(宣统二年五月二十五日)。

7.《天津白话报》

据全国图书馆文献缩微复制中心影印本《中国早期白话报汇编》。《天津白话报》创刊于1909年11月,《大公报》1909年11月17号、《民兴报》1909年11月23号曾刊登《天津白话报》出版预告。总理兼主笔为李镇桐(号剑颖),以维持自治、鼓吹民气为宗旨,是近代天津具有进步思想、又颇受欢迎的一份报纸。据《天津海关十年报告书(1902—1911)》统计,其销量在当时达到1400份(在报告书统计的十九份报刊中销量位居第七)。

《侦探被害之奇案》(续昨,仍未完),作者:剑颖,演说栏目;《泰西近百年来大事演义》德意志国(初名普鲁士,也叫日耳曼)第九节:普法交涉,临湖卢谦豫甫编演,1910 年 4 月 10 号(宣统二年三月初一日)。

《侦探被害之奇案》(再续),作者:剑颖;《泰西近百年来大事演义》德意志国(初名普鲁士,也叫日耳曼)第十节:德国治民情形,1910 年 4 月 11 号(宣统二年三月初二日)。

《侦探被害之奇案》(三续),作者:剑颖;《泰西近百年来大事演义》奥地利阿国(也叫奥斯马加)第一节:奥国一千八百三十五年前后情形,1910 年 4 月 12 号(宣统二年三月初三日)。

《侦探被害之奇案》(四续),作者:剑颖;《泰西近百年来大事演义》奥地利阿国(也叫奥斯马加)第二节:奥国一千八百四十八年的情形,1910 年 4 月 13 号(宣统二年三月初四日)。

《侦探被害之奇案》(五续),作者:剑颖;《泰西近百年来大事演义》奥地利阿国(也叫奥斯马加)第二节:奥国一千八百四十八年的情形(续),1910 年 4 月 14 号(宣统二年三月初五日)。

《泰西近百年来大事演义》奥地利阿国(也叫奥斯马加)第三节:整顿国体。1910 年 4 月 15 号(宣统二年三月初六日)。

《泰西近百年来大事演义》奥地利阿国(也叫奥斯马加)第四节:奥国治民情形,1910 年 4 月 16 号(宣统二年三月初七日)。

《东方病夫之病况》,续载两次,作者:竹园;《泰西近百年来大事演义》意大利国第一节:罗马国败后情形,临湖卢谦豫甫编演,1910 年 4 月 17 号(宣统二年三月初八日)。

《泰西近百年来大事演义》意大利国第一节:罗马国败后情形

（续），1910年4月18号（宣统二年三月初九日）。

《泰西近百年来大事演义》意大利国第二节：拿破仑整顿意大利；第三节：意人争欲自主，1910年4月19号（宣统二年三月初十日）。

《泰西近百年来大事演义》意大利国第四节：一千八百四十八年情形，1910年4月20号（宣统二年三月十一日）。

《泰西近百年来大事演义》意大利国第六节：嘉富洱侯小传；第七节：意国与英法两国结交，1910年4月21号（宣统二年三月十二日）。

《泰西近百年来大事演义》意大利国第八节：意与奥战，1910年4月22号（宣统二年三月十三日）。

《泰西近百年来大事演义》意大利国第九节：嘉礼巴地将军入拿破螺蛳境，1910年4月23号（宣统二年三月十四日）。

《泰西近百年来大事演义》意大利国第九节：嘉礼巴地将军入拿破螺蛳境（续）；第十节：意又与奥战，1910年4月24号（宣统二年三月十五日）。

《泰西近百年来大事演义》意大利国第十一节：意国攻取罗马府，1910年4月25号（宣统二年三月十六日）。

《泰西近百年来大事演义》意大利国第十二节：意国治民情形，1910年4月26号（宣统二年三月十七日）。

《泰西近百年来大事演义》俄罗斯国第一节：俄国二百年前大概情形；第二节：彼得大帝更改兵制，1910年4月27号（宣统二年三月十八日）。

《中国人多近视眼》，作者：剑颖；《泰西近百年来大事演义》俄罗斯国第三节：俄皇大彼得迁都变法，1910年4月28号（宣统二年三月十九日）。

《泰西近百年来大事演义》俄罗斯国第四节：俄国大辟疆宇，1910 年 4 月 29 号（宣统二年三月二十日）。

《泰西近百年来大事演义》俄罗斯国第五节：尼古喇帝去世爱烈珊德即位；第六节：释放随夫，1910 年 4 月 30 号（宣统二年三月二十一日）。

《泰西近百年来大事演义》俄罗斯国第七节：整顿国政，1910 年 5 月 1 号（宣统二年三月二十二日）。

《泰西近百年来大事演义》俄罗斯国第八节：俄国治民情形，1910 年 5 月 2 号（宣统二年三月二十三日）。

《泰西近百年来大事演义》土耳其国第一节：突厥源流，1910 年 5 月 3 号（宣统二年三月二十四日）。

《泰西近百年来大事演义》土耳其国第二节：突厥人得地之广，1910 年 5 月 4 号（宣统二年三月二十五日）。

《泰西近百年来大事演义》土耳其国第三节：突厥渐衰，1910 年 5 月 5 号（宣统二年三月二十六日）。

《泰西近百年来大事演义》土耳其国第三节：突厥渐衰（续）；第四节：突厥人性情，1910 年 5 月 6 号（宣统二年三月二十七日）

《听戏》，作者：剑颖，连载至五月初一日结束，共二十五续；《泰西近百年来大事演义》土耳其国第五节：突厥暴虐；第六节：俄人贪图土京，1910 年 5 月 7 号（宣统二年三月二十八日）。

《听戏》（续昨）；《泰西近百年来大事演义》土耳其国第七节：英法俄共伐突厥，1910 年 5 月 8 号（宣统二年三月二十九日）。

《听戏》（再续）；《泰西近百年来大事演义》土耳其国第八节：俄与突战，1910 年 5 月 9 号（宣统二年四月初一日）。

《听戏》(三续);《泰西近百年来大事演义》土耳其国第九节:各省基督教人不服突厥,1910 年 5 月 10 号(宣统二年四月初二日)。

《听戏》(四续);《泰西近百年来大事演义》土耳其国第十节:突与俄战,1910 年 5 月 11 号(宣统二年四月初三日)。

《听戏》(五续);《泰西近百年来大事演义》土耳其国第十节:突与俄战(续),1910 年 5 月 12 号(宣统二年四月初四日)。

《泰西近百年来大事演义》土耳其国第十一节:突俄立约,1910 年 5 月 13 号(宣统二年四月初五日)。

《说办报之难》,鲁嗣香稿;《泰西近百年来大事演义》美利坚国第一节:美洲新立民主国,1910 年 5 月 14 号(宣统二年四月初六日)。

《泰西近百年来大事演义》美利坚国第一节:美洲新立民主国(续);第二节:一千八百四十二年英美之战,1910 年 5 月 15 号(宣统二年四月初七日)。

《泰西近百年来大事演义》美利坚国第三节:国势大兴,1910 年 5 月 16 号(宣统二年四月初八日)。

《泰西近百年来大事演义》美利坚国第四节:黑奴,1910 年 5 月 17 号(宣统二年四月初九日)。

《泰西近百年来大事演义》美利坚国第四节:黑奴(续),1910 年 5 月 18 号(宣统二年四月初十日)。

《听戏》,标:六续初四日的演说;《泰西近百年来大事演义》美利坚国第五节:南北交战,1910 年 5 月 19 号(宣统二年四月十一日)。

《听戏》(七续);《泰西近百年来大事演义》美利坚国第五节:南北交战(续),1910 年 5 月 20 号(宣统二年四月十二日)。

《听戏》(八续);《泰西近百年来大事演义》美利坚国第六节:南军屡败,1910 年 5 月 21 号(宣统二年四月十三日)。

《听戏》(九续);《泰西近百年来大事演义》美利坚国第六节:南军屡败(续)。1910 年 5 月 22 号(宣统二年四月十四日)。

《听戏》(十续);《泰西近百年来大事演义》美利坚国第七节:林肯君被杀,1910 年 5 月 23 号(宣统二年四月十五日)。

《听戏》(十一续);《泰西近百年来大事演义》美利坚国第七节:林肯君被杀(续),1910 年 5 月 24 号(宣统二年四月十六日)。

《听戏》(十二续);《泰西近百年来大事演义》美利坚国第八节:振兴百工,1910 年 5 月 25 号(宣统二年四月十七日)。

《听戏》(十三续);《泰西近百年来大事演义》美利坚国第九节:美国治民情形,1910 年 5 月 26 号(宣统二年四月十八日)。

《听戏》(十四续);《泰西近百年来大事演义》教皇第一节:教皇受拿破仑之害,1910 年 5 月 27 号(宣统二年四月十九日)。

《听戏》(十五续);《泰西近百年来大事演义》教皇第一节:教皇受拿破仑之害(续),1910 年 5 月 28 号(宣统二年四月二十日)。

《听戏》(十六续);《泰西近百年来大事演义》教皇第一节:教皇受拿破仑之害(续);第二节:盖格利第十六教皇。1910 年 5 月 29 号(宣统二年四月二十一日)。

《听戏》(十七续);《泰西近百年来大事演义》教皇第三节:碧霞师第九论圣母故事,1910 年 5 月 30 号(宣统二年四月二十二日)。

《听戏》(十八续);《泰西近百年来大事演义》教皇第三节:碧霞师第九论圣母故事(续),1910 年 5 月 31 号(宣统二年四月二十三日)。

《听戏》(十九续);《泰西近百年来大事演义》教皇第三节:碧霞

师第九论圣母故事（续），1910年6月1号（宣统二年四月二十四日）。

《听戏》（二十续），《泰西近百年来大事演义》教皇第四节：罗马府大会。1910年6月2号（宣统二年四月二十五日）。

《听戏》（二十一续），《泰西近百年来大事演义》教皇第四节：罗马府大会（续），1910年6月3号（宣统二年四月二十六日）。

《听戏》（二十三续），《泰西近百年来大事演义》教皇第五节续前，1910年6月5号（宣统二年四月二十八日）。

《听戏》（二十四续），《泰西近百年来大事演义》教皇第五节续前。1910年6月6号（宣统二年四月二十九日）。

《北方日报续刊祝词》，作者：剑颖；刊载《听戏》（二十五续），《泰西近百年来大事演义》教皇第六节续前，1910年6月7号（宣统二年五月初一日）。

《泰西近百年来大事演义》教皇第七节：教皇失国丧权，1910年6月8号（宣统二年五月初二日）。

《泰西近百年来大事演义》教皇第八节：普国立教化新蒙，第九节：碧霞师第九去世，1910年6月9号（宣统二年五月初三日）。

《泰西近百年来大事演义》总论欧洲各国情形第一节：法国大乱之关系，第二节：奥都大会列国，1910年6月10号（宣统二年五月初四日）。

《泰西近百年来大事演义》总论欧洲各国情形第三节：一千八百二十年欧洲南国更变，1910年6月11号（宣统二年五月初五日）。

《喝，好怪的梦》，"睡民"来稿，连载两次结束。《泰西近百年来大事演义》总论欧洲各国情形第四节：一千八百三十年各国之民不服君权,1910 年 6 月 12 号(宣统二年五月初六日)。

《喝,好怪的梦》,"睡民"来稿。《泰西近百年来大事演义》总论欧洲各国情形第六节:立新法以安民;第七节:欧洲之西除旧更新,1910 年 6 月 13 号(宣统二年五月初七日)。

《泰西近百年来大事演义》英吉利国第一节:工价、食价;第二节:禁止外粮入国,1910 年 6 月 14 号(宣统二年五月初八日)。

《我也做个梦》,图南子来稿;《泰西近百年来大事演义》英吉利国第三节:国赋,1910 年 6 月 15 号(宣统二年五月初九日)。

《泰西近百年来大事演义》英吉利国第四节:刑律、牢狱,1910 年 6 月 16 号(宣统二年五月初十日)。

《泰西近百年来大事演义》英吉利国第五节:贫民;第六节:大小城镇,1910 年 6 月 17 号(宣统二年五月十一日)。

《泰西近百年来大事演义》英吉利国第七节:驱民入伍、军令、受伤兵士;第八节:买卖奴才、妇稚充矿工、童子扫烟囱。1910 年 6 月 18 号(宣统二年五月十二日)。

《泰西近百年来大事演义》英吉利国第九节:工作、纺织厂用童子;第十节:火器兵舰,1910 年 6 月 19 号(宣统二年五月十三日)。

《泰西近百年来大事演义》英吉利国第十一节:水陆跋涉;第十二节:学校;第十三节:养生之法,1910 年 6 月 20 号(宣统二年五月十四日)。

《泰西近百年来大事演义》更改制度第一节:英伦苏格兰两省治民情形,1910 年 6 月 21 号(宣统二年五月十五日)。

《泰西近百年来大事演义》更改制度第二节:英民欲改议院章程英廷不许,1910 年 6 月 22 号(宣统二年五月十六日)。

《泰西近百年来大事演义》更改制度第三节:英民亟欲改章上

议院仍不准,1910 年 6 月 23 号(宣统二年五月十七日)。

《泰西近百年来大事演义》更改制度第四节:英始准改制度,1910 年 6 月 24 号(宣统二年五月十八日)。

《泰西近百年来大事演义》英除积弊第一节:整顿学校;第二节:准百工设立公所,1910 年 6 月 25 号(宣统二年五月十九日)。

《泰西近百年来大事演义》英除积弊第三节:救贫新章;第四节:命官不限奉教,1910 年 6 月 26 号(宣统二年五月二十日)。

《泰西近百年来大事演义》英除积弊第五节:除虐待天主教之律,1910 年 6 月 27 号(宣统二年五月二十一日)。

《泰西近百年来大事演义》英除积弊第六节:改立城市新章;第七节:报馆免税,1910 年 6 月 28 号(宣统二年五月二十二日)。

《泰西近百年来大事演义》英除积弊第八节:整组邮政,1910 年 6 月 29 号(宣统二年五月二十三日)。

《泰西近百年来大事演义》英除积弊第九节:赦免黑奴;第十节:删改刑律,1910 年 6 月 30 号(宣统二年五月二十四日)。

《泰西近百年来大事演义》英除积弊第十一节:通商免税,1910 年 7 月 1 号(宣统二年五月二十五日)。

《泰西近百年来大事演义》英除积弊第十二节:宰相退位,1910 年 7 月 2 号(宣统二年五月二十六日)。

《泰西近百年来大事演义》英除积弊第十三节:商船运货新规;第十四节:糖税,1910 年 7 月 3 号(宣统二年五月二十七日)。

《泰西近百年来大事演义》英除积弊第十五节:百工受益,临湖卢谦豫甫编演,1910 年 7 月 4 号(宣统二年五月二十八日)。

《泰西近百年来大事演义》英除积弊二第一节:预防疾疫,1910 年 7 月 5 号(宣统二年五月二十九日)。

《泰西近百年来大事演义》英除积弊二第二节:推广公举之法,1910 年 7 月 6 号(宣统二年五月三十日)。

《泰西近百年来大事演义》英除积弊二第三节:推广学校,1910 年 7 月 7 号(宣统二年六月初一日)。

《泰西近百年来大事演义》英除积弊二第四节:删除教会苛例,1910 年 7 月 8 号(宣统二年六月初二日)。

《泰西近百年来大事演义》英除积弊二第五节:阿尔兰教会,1910 年 7 月 9 号(宣统二年六月初三日)。

《泰西近百年来大事演义》英除积弊二第六节:阿尔兰地亩,1910 年 7 月 11 号(宣统二年六月初五日)。

《泰西近百年来大事演义》英民公禀第一节:民间公约,1910 年 7 月 12 号(宣统二年六月初六日)。

刊载"演说"《天津失城十周年纪念会》,作者:剑颖;《泰西近百年来大事演义》英民公禀第二节:民间具禀,1910 年 7 月 13 号(宣统二年六月初七日)。

《泰西近百年来大事演义》英国大治一第一节:英国商务甲于地球,1910 年 7 月 14 号(宣统二年六月初八日)。

《泰西近百年来大事演义》英国大治一第三节:修治水陆;第四节:汽机初行,1910 年 7 月 15 号(宣统二年六月初九日)。

《泰西近百年来大事演义》英国大治一第五节:纺纱织布机器;第六节:新创棉子机器,1910 年 7 月 16 号(宣统二年六月初十日)。

《泰西近百年来大事演义》英国大治一第七节:百丁兴盛;第八节:采取煤铁金银等物,1910 年 7 月 17 号(宣统二年六月十一日)。

《泰西近百年来大事演义》英国大治一第九节:火轮初具;第十节:火轮车初舆,1910 年 7 月 18 号(宣统二年六月十二日)。

《泰西近百年来大事演义》英国大治一第十一节:电报初行;第十二节:电光初行,1910 年 7 月 19 号(宣统二年六月十三日)。

《泰西近百年来大事演义》英国大治二第一节:医家新学;第二节:善待疯疾,1910 年 7 月 21 号(宣统二年六月十五日)。

《泰西近百年来大事演义》英国大治二第三节:火柴;第四节:裁缝机器,1910 年 7 月 22 号(宣统二年六月十六日)。

《泰西近百年来大事演义》英国大治二第五节:照像;第六节:农事,1910 年 7 月 23 号(宣统二年六月十七日)。

刊载"演说"《十年前之今日》(《天津失城记》),作者:刘孟扬,1910 年 7 月 24 号(宣统二年六月十八日)。

刊载"演说"《十年前的新财主》,作者:刘孟扬;《泰西近百年来大事演义》教化第一节:贾利至印度传教,1910 年 7 月 26 号(宣统二年六月二十日)。

刊载"演说"《卧薪尝胆》,作者:巽;《泰西近百年来大事演义》教化第二节:传教远方,1910 年 7 月 27 号(宣统二年六月二十一日)。

《泰西近百年来大事演义》教化第三节:哈维岛,1910 年 7 月 29 号(宣统二年六月二十三日)。

《泰西近百年来大事演义》教化第四节:鼍邱雅筚种人,1910 年 7 月 30 号(宣统二年六月二十四日)。

《泰西近百年来大事演义》教化第五节:劝化印度,1910 年7 月 31 号(宣统二年六月二十五日)。

《泰西近百年来大事演义》善举第一节:行善条规,1910 年 8 月

1 号(宣统二年六月二十六日)。

《泰西近百年来大事演义》善举第三节：善举日增，1910 年 8 月 2 号(宣统二年六月二十七日)。

《泰西近百年来大事演义》战事第一节：法皇争教权，1910 年 8 月 3 号(宣统二年六月二十八日)。

《泰西近百年来大事演义》战事第二节：俄皇欲伐突厥，1910 年 8 月 5 号(宣统二年七月初一)。

《泰西近百年来大事演义》战事第三节：他国讲和，1910 年 8 月 6 号(宣统二年七月初二)。

《泰西近百年来大事演义》战事第四节：英法助士敌俄大战于亚喇玛，1910 年 8 月 7 号(宣统二年七月初三)。

《泰西近百年来大事演义》战事第四节：英法助士敌俄大战于亚喇玛(续)，1910 年 8 月 8 号(宣统二年七月初四)。

刊载"演说"《断肠花》，作者：久镜，初六日、初七日、十一日连载结束；刊载"新笑话"，作者：安。1910 年 8 月 9 号(宣统二年七月初五)。

刊载"演说"《断肠花》(续昨)；"新笑话"，作者：安；《泰西近百年来大事演义》战事第五节：围攻斯巴斯土拨。1910 年 8 月 10 号(宣统二年七月初六日)。

刊载"演说"《断肠花》(再续)，"新笑话"，作者：安；《泰西近百年来大事演义》战事第六节：巴喇克拉瓦之战，1910 年 8 月 11 日(宣统二年七月初七日)。

刊载"新笑话"，作者：蛰公；《泰西近百年来大事演义》战事第七节：英总兵罗嵌之忠勇，1910 年 8 月 12 日(宣统二年七月初八日)。

刊载"新笑话",作者:異;《泰西近百年来大事演义》战事第八节:英吉曼之战,1910 年 8 月 13 日(宣统二年七月初九日)。

刊载"新笑话",作者:蛰公;《泰西近百年来大事演义》战事第九节:破斯巴斯土拨,1910 年 8 月 14 日(宣统二年七月初十日)。

刊载"演说"《断肠花》(五续);"新笑话",作者:安;《泰西近百年来大事演义》战事第十节:俄皇求和罢兵;第十一节:战后情形。1910 年 8 月 15 日(宣统二年七月十一日)。

刊载"新笑话",作者:異;《泰西近百年来大事演义》战事第十二节:英国一千七百年至一千八百年战事。1910 年 8 月 16 号(宣统二年七月十二日)。

刊载"新笑话",作者:安,1910 年 8 月 17 号(宣统二年七月十三日)。

刊载"新笑话",作者:安;《泰西近百年来大事演义》战事第十三节:英国一千八百年以后战事。1910 年 8 月 18 号(宣统二年七月十四日)。

刊载"新笑话",作者:安;《泰西近百年来大事演义》战事第十四节:埃及兵变。1910 年 8 月 19 号(宣统二年七月十五日)。

刊载"新笑话",作者:蛰公;《泰西近百年来大事演义》战事第十五节:英美创失和公断之法。1910 年 8 月 20 号(宣统二年七月十六日)。

刊载"新笑话",作者:安;《泰西近百年来大事演义》战事第十六节:兵费。1910 年 8 月 21 号(宣统二年七月十七日)。

刊载"新笑话",作者:安;1910 年 8 月 22 日(宣统二年七月十八日)。

刊载"新笑话",作者:安;《泰西近百年来大事演义》英国以商务灭印度,第一节:大商局源流。1910 年 8 月 23 日(宣统二年七月十九日)。

刊载"新笑话",作者:蛰公;《泰西近百年来大事演义》英国以商务灭印度,第二节:英人初占本加利省。1910 年 8 月 24 号(宣统二年七月二十日)。

《泰西近百年来大事演义》英国以商务灭印度,第三节:侵地最广,1910 年 8 月 25 号(宣统二年七月二十一日)。

刊载"新笑话",作者:蛰公;《泰西近百年来大事演义》英国以商务灭印度,第四节:阿富汗国大乱。1910 年 8 月 26 号(宣统二年七月二十二日)。

刊载"新笑话",作者:蛰公;《泰西近百年来大事演义》英国以商务灭印度,第五节:又得印度西北三省。1910 年 8 月 27 号(宣统二年七月二十三日)。

刊载"新笑话",未题撰者;《泰西近百年来大事演义》英国以商务灭印度,第六节:乱事。1910 年 8 月 28 号(宣统二年七月二十四日)。

《泰西近百年来大事演义》英国以商务灭印度,第六节:乱事(续),1910 年 8 月 29 号(宣统二年七月二十五日)。

刊载"新笑话",未题撰者;《泰西近百年来大事演义》英国以商务灭印度,第七节:米鲁忒乱 孔坡乱,1910 年 8 月 30 日(宣统二年七月二十六日)。

刊载"新笑话",作者:安;《泰西近百年来大事演义》英国以商务灭印度,第八节:平乱,1910 年 8 月 31 号(宣统二年七月二十七日)。

刊载"演说"《说梦》,作者:蛰公;《泰西近百年来大事演义》英国以商务灭印度,第九节:救露克拿,1910 年 9 月 1 号(宣统二年七月二十八日)。

《泰西近百年来大事演义》英国以商务灭印度,第十节:平德里,1910 年 9 月 2 号(宣统二年七月二十九日)。

《泰西近百年来大事演义》英国以商务灭印度,第十一节:惩治乱党,1910 年 9 月 3 号(宣统二年七月三十日)。

《泰西近百年来大事演义》英国以商务灭印度,第十二节:英国治理印度情形,1910 年 9 月 4 号(宣统二年八月初一)。

《泰西近百年来大事演义》英国以商务灭印度,第十二节:英国治理印度情形(续),1910 年 9 月 5 号(宣统二年八月初二)。

《泰西近百年来大事演义》英国殖民地第一节:英人居远方;第二节:流放罪人之地,1910 年 9 月 6 号(宣统二年八月初三)。

《泰西近百年来大事演义》英国殖民地第三节:坎拿大,1910 年 9 月 7 号(宣统二年八月初四日)。

《泰西近百年来大事演义》英国殖民地第四节:英国属地甚多;第五节:治新地之法,1910 年 9 月 8 号(宣统二年八月初五日)。

刊载《天足引》第一回:扬我做书的用意,劝你受苦者回头。标:社会小说,武林程宗启佑甫演说,1910 年 9 月 9 号(宣统二年八月初六日),连载至现存报纸 1910 年 10 月 2 号(宣统二年八月二十九日),未完。

刊载《新笑话》,作者:竹园;连载《天足引》第一回,1910 年 9 月 10 号(宣统二年八月初七日)。

刊载《假中国》,作者:久镜,初九、初十、十一日、十二日、十三日连载,至十四日结束;刊载《新笑话》作者:安;续载《天足引》第二回:两固姊妹性情各别,一对父母爱怒不同,1910 年 9 月 11 号(宣统二年八月初八日）。

刊载"演说"《假中国》（续昨）；刊载《新笑话》,作者:安;续载《天足引》第二回,1910 年9 月 12 号（宣统二年八月初九日）。

刊载"演说"《假中国》（再续）；刊载《新笑话》,作者:安;连载《天足引》第二回。1910 年9 月 13 号（宣统二年八月初十日）。

刊载"演说"《假中国》（三续）；刊载《天足引》第三回:定姑爷多要小心趋奉,遇毛贼全亏大脚通知。1910 年 9 月 14 号（宣统二年八月十一日）。

刊载"演说"《假中国》（四续）,刊载《天足引》第四回:嫁亲女一贫一富,尽孝道可敬可钦,1910 年 9 月 16 号 （宣统二年八月十三日）。

刊载"演说"《假中国》（五续）,连载《天足引》第四回,1910 年 9 月 17 号（宣统二年八月十四日）。

刊载"演说"《假中国》（六续）,连载《天足引》第四回,1910 年 9 月 18 号（宣统二年八月十五日）。

连载《天足引》第四回,1910 年 9 月 19 号（宣统二年八月十六日）。

刊载《新笑话》作者:安;连载《天足引》第四回,1910 年 9 月 20 号（宣统二年八月十七日）。

刊载《天足引》第五回:天意绝人先逢火患,土匪造反同做难民,1910 年 9 月 21 号（宣统二年八月十八日）。

刊载《新笑话》作者:安;连载《天足引》第五回,1910 年 9 月 22 号（宣统二年八月十九日）。

刊载新笑话《抢先步儿》,作者:竹;连载《天足引》第五回,1910 年 9 月 23 号（宣统二年八月二十日）。

刊载新笑话《一功二德》,作者:竹;刊载《天足引》第六回:莲瓣弓鞋受尽凄楚,女僧乡妇到底便宜。1910 年 9 月 24 号(宣统二年八月二十一日)。

刊载新笑话《在数难逃》,作者:安;连载《天足引》第六回。1910年 9 月 25 号(宣统二年八月二十二日)。

刊载新笑话《捐班道》,作者:安;连载《天足引》第六回。1910 年9 月 26 号(宣统二年八月二十三日)。

刊载新笑话《官做买卖》,作者:安;连载《天足引》第七回:育儿女妹子不怕辛苦,做针线阿姊没有作为。1910 年 9 月 27 号(宣统二年八月二十四日)。

刊载新笑话《大烟枪与麻雀谈心》,作者:安;连载《天足引》第七回。1910 年 9 月 28 号(宣统二年八月二十五日)。

刊载新笑话《有哭有乐》,作者:安,1910 年 9 月 29 号(宣统二年八月二十六日)。

刊载新笑话《没人味儿》,未署作者名,标来稿;连载《天足引》第七回。1910 年 9 月 30 号(宣统二年八月二十七日)。

刊载《天足引》第八回:夫妇二人初心不负,榜样一出天足常留,1910 年 10 月 1 号(宣统二年八月二十八日)。

连载《天足引》第八回,1910 年 10 月 2 号(宣统二年八月二十九日)。

8.《中外实报》

按,《晚清小说目录》中有 3 月至 6 月的小说,笔者据国家图书馆缩微胶卷(1909 年 8 月 16 日—1909 年 11 月 20 日)补入 8 月至 11 月的。《中外实报》1904 年 9 月 1 日(光绪三十年七月二十二日)创刊,在天津出版,日报。该报由《北洋商报》改名,仍为德商经营,其言论倾向德国政府。内容以政治新闻、经济新闻为主,广告较多。1917 年因北京政府对德宣战而被封。

《日本新发现之奇闻·东洋花蝴蝶》,1909 年 3 月 14 号(非起始日期),作者:申,标"时事",登于附张。

《学堂闻见琐记》,1909 年 3 月 26 号,未题撰者,标"短篇滑稽",登于附张。

《人肉宴》,1909 年 3 月 31 号,未题撰者,标"风俗小说",登于附张。

《结婚》,1909 年 4 月 16 号,作者:录,标"短篇风俗小说",登于附张。

《女侦探》,1909 年 5 月 27 号,美贺侬著,宙乘译,标"短篇小说",登于附张杂录栏,1909 年 6 月 13 号完。

《学生……妻》,1909 年 9 月 15 号(宣统元年八月初二日),作者:木,《中外实报附张》小说栏目,短篇小说。

《奇丐》,1909 年 9 月 20 号(宣统元年八月初七日),逸园稿,《中外实报附张》小说栏目,短篇小说。

《大盗》,1909 年 10 月 2 号(宣统元年八月十九日),作者:神州,未完,共载二期,《附张》小说栏目,短篇小说。

9.《醒华日报》

据天津市图书馆缩微胶卷《醒华日报》补遗(1911.9.22—1911.11.30)(1911.12.1—1912.1.18)。《醒俗画报》创刊于 1907 年 3 月 23 日(光绪三十三年二月二十日),创办人温子荣、吴芷洲、主编陆莘农。1907 年 7 月 14 日第 13 号起,改为五日刊。1908 年 5 月 4 日第 72 期起更名《醒华》画报,1908 年 5 月 16 日该刊又增发《醒华日报》双日刊,后改为日报。

《痴情小史》第四十三回,王铭原稿,松风补著;刊载益智机甲编《赵卿》,1911 年 9 月 22 号(宣统三年八月初一日)。

连载《痴情小史》第四十三回,1911 年 9 月 23 号(宣统三年八月初二日)。

说部杂碎己编五奇:《濮氏女》,连载《痴情小史》第四十三回,1911 年 9 月 24 号(宣统三年八月初三日)。

《痴情小史》第四十四回:痴情子孤灯闷坐,慧侍儿即景联诗,1911 年 9 月 26 号(宣统三年八月初五日)。

说部杂碎己编五奇:《犫舲公》;古列女传《卫宣公姜》。1911 年 9 月 27 号(宣统三年八月初六日)。

连载《痴情小史》第四十四回,1911 年 9 月 29 号(宣统三年八月初八日)。

《痴情小史》第四十五回:惜明月刁茗忘倦,叹孤苦月儿伤心,1911 年 10 月 2 号(宣统三年八月十一日)。

古列女传:《鲁庄哀姜》,1911 年 10 月 3 号(宣统三年八月十二日)。

《痴情小史》第五十三回:巧玉蝉巧中藏巧,疯春燕疯里生疯;刊载益智机甲编:《张恺》。1911 年 10 月 4 号 (宣统三年八月十三日)。

说部杂碎己编五奇:《石哈生》;刊载古列女传:《晋献骊姬》;《痴情小史》第四十五回。1911 年 10 月 6 号 (宣统三年八月十五日)。

古列女传:《鲁宣缪姜》,1911 年 10 月 12 号 (宣统三年八月廿一日)。

连载《痴情小史》第四十六回;益智机甲编:《吴书生》。1911 年

10 月 14 日（宣统三年八月廿三日）

说部杂碎己编五愚：《奇奴》，1911 年 10 月 15 号（宣统三年八月廿四日）。

益智机甲编：《周金》，1911 年 10 月 16 号（宣统三年八月廿五日）。

说部杂碎己编五愚连载：《奇奴》；古列女传：《陈女夏姬》；刊载《痴情小史》第四十七回：因疾病锦屏索残食，定长幼姐妹序年庚。1911 年 10 月 18 号（宣统三年八月廿七日）。

连载《痴情小史》第五十三回（按：报刊中确为五十三回）；刊载益智机甲编：《乔白严》。1911 年 10 月 19 号（宣统三年八月廿八日）。

连载《痴情小史》第四十七回，1911 年 10 月 20 日（宣统三年八月廿九日）。

刊载说部杂碎己编五愚：《荣小儿》；古列女传：《齐灵声姬》；连载《痴情小史》第四十七回。1911 年 10 月 21 号（宣统三年八月三十日）。

益智机甲编：《梅衡湘》；说部杂碎己编五愚：《郭六》；连载《痴情小史》第四十七回。1911 年 10 月 22 号（宣统三年九月初一日）。

说部杂碎己编五愚：《郑成仙》；古列女传：《齐东郭姜》。1911 年 10 月 24 号（宣统三年九月初三日）。

说部杂碎己编五悲：《颖州耕者》；刊载《益智机甲编》广告，张寿著，天津醒华报馆石印。1911 年 10 月 25 号（宣统三年九月初四）。

连载《痴情小史》第四十八回：郭姨妈提议猜灯谜，曾翠菱演说骂官场,1911 年 10 月 26 号(宣统三年九月初五日)。

说部杂碎己编五逸:《打卦》;古列女传:《齐二乱女》。1911 年 10 月 27 号(宣统三年九月初六日)。

说部杂碎己编五逸:《草荐先生》;刊载益智机甲编目录:司马遹、王戎、怀丙、陈平、邱琥、管仲、戴颙、曹冲、陶鲁、尹见心、曹克明、虞世基、杨佐、黄炳、赵葵、吴质、顾琛、黄震、罗巡抚、胡松、曹冲、余朱敌、何承矩、秦桧、文彦博、海瑞、狄青、智医、宋太宗、赵卿、刘元佐、孙权、雷笠天、张恺、张良、二面商、吴书生、周金、乔白严、梅衡湘。1911 年 10 月 28 号(宣统三年九月初七日)。

说部杂碎己编五逸:《樵烟野客》;连载古列女传:《齐二乱女》。连载《痴情小史》第四十八回。1911 年 10 月 30 号(宣统三年九月初九日)。

说部杂碎己编:《跣足傭者》;益智机乙编:《崔巨伦》。1911 年 10 月 31 号(宣统三年九月初十)。

说部杂碎己编:《张星象》;古列女传:《赵灵吴女》。1911 年 11 月 2 号(宣统三年九月十二日)。

益智机乙编:《杨琏》,1911 年 11 月 3 号（宣统三年九月十三日）

说部杂碎己编:《吉龙大妻》,1911 年 11 月 5 号(宣统三年九月十五日)。

说部杂碎己编:《姚磬儿》;益智机乙编:《陈子昂》。1911 年 11 月 6 号(宣统三年九月十六日)。

说部杂碎己编:《张有》;益智机乙编:《雄山僧》。1911 年 11 月 8 号(宣统三年九月十八日)。

益智机乙编:《种世衡》;刊载《说部杂碎》己编目录:五义:王

全、陈确、王良梧、李生春、仆氏女;五奇:髯艄公、侯老道、吕尚义、石哈生、田世享;五愚:徐三瘸脚、奇奴、荣小儿、郭六、郑成仙;五逸:颖州耕者、打卦、草荐先生、樵烟野客、跣足偷者。五悲:张星象、严循闲妻、吉龙大妻、姚磬儿、张有。1911 年 11 月 9 号(宣统三年九月十九日)。

说部杂碎庚编:《情之误》;益智机乙编:《王尼》。1911 年 11 月 11 号(宣统三年九月廿一日)。

说部杂碎庚编:《情之误》(二);益智机乙编:《王羲之》;连载《痴情小史》第四十八回。1911 年 11 月 11 号(宣统三年九月廿二日)。

说部杂碎庚编:《情之误》(三);益智机乙编:《李穆》;刊载《痴情小史》第四十九回:庆中秋群芳酌酒,闻打趣众美填词。1911 年 11 月 14 号(宣统三年九月廿四日)。

说部杂碎庚编:《侠客》(四);益智机乙编:《徐达》。1911 年 11 月 15 号(宣统三年九月廿五日)。

说部杂碎庚编:《侠客》(五);益智机乙编:《周玄素》;连载《痴情小史》第四十九回。1911 年 11 月 17 号(宣统三年九月廿七日)。

说部杂碎庚编:《大肥佬》;古列女传:《楚孝李后》。1911 年 11 月 18 号(宣统三年九月廿八日)。

说部杂碎庚编:《都督解》;益智机乙编:《淮南相》。1911 年 11 月 20 号(宣统三年九月三十日)。

说部杂碎庚编:《都督解》,署:民立报,1911 年 11 月 21 号(宣统三年十月初一日)。

刊载益智机乙编:《王隋》;连载《痴情小史》第四十九回;说部

杂碎庚编:《浪荡子》;刊载古列女传:《赵悼倡后》。1911 年 11 月 23
号(宣统三年十月初三日)

益智机乙编:《王旦》;连载《痴情小史》第四十九回。1911 年 11
月 25 号(宣统三年十月初五日)

说部杂碎庚编:《笑丐》;古列女传卷七终,天津张寿校录;连载
《痴情小史》第四十九回。1911 年 11 月 26 号(宣统三年十月初六
日)。

说部杂碎栏目:《沈翘翘》;益智机:《程卓》。1911 年 11 月 27 号
(宣统三年十月初七日)。

《痴情小史》第五十回:漏尽灯残姐妹投宿,风凄月境主婢清
谈,王铭原稿,松风补著,1911 年 11 月 28 号(宣统三年十月初八
日)。

说部杂碎栏目:《油煤人》,署:曲园居士;益智机:《阿豿》。1911
年 11 月 29 号(宣统三年十月初九日)。

益智机栏目:《程琳》,1911 年 11 月 30 号（宣统三年十月初十
日）。

《覆舟记》,作者:陇西四郎,"说部杂碎"栏目,辛编,1912 年正
月 18 号(宣统三年十一月三十日)。

10.《醒报》

据天津市图书馆缩微胶卷《醒报》(1911 年 12 月 20 日 –1912
年 1 月 18 日),天津图书馆拍摄,胶卷上标创刊日期 1910 年 5 月。
报社设在天津南市天顺里。经理王建侯、马秋圃,总编辑郭养田,主
笔董荫狐。零售铜元二枚,每月四角,半年二元二角,全年四元。

《专制剑》第一回《新演讲老儒乍舌》,1911 年 11 月 30 号(宣统
三年十月十日),宛平郭心培养田(究竟)著,标"家庭小说"。

《专制剑》连载，第三回《闲话连篇小说出世》，1912 年正月 18 号（宣统三年十一月三十日），郭究竟著。

三、单行本小说目录

《暗云天》4 章，储仁逊拙庵甫小愚氏著，醉梦草庐主人梦梅叟（储仁逊）辑，1911 年。

《八贤传》20 回，无名氏撰，醉梦草庐主人梦梅叟（储仁逊）辑，1911 年。

《痴情小史》上中下三册（未完），石印本，醒华日报出，松风补，王铭撰。现藏于国家图书馆古籍所。

《蝶阶外史》正续编，高继珩，正编四卷，作于咸丰四年（1854）。

《断肠影》13 章，中水惺公（白坚武）著，天津经纬报馆，1911 年。

《海国妙喻》，（希腊）伊所布作，张赤山译，天津时报馆，1888 年。

《海外拾遗》，1896 年明达学社出版，赤山畸士（张赤山）手录。

《蝴蝶杯》10 回，无名氏撰，醉梦草庐主人梦梅叟（储仁逊）辑，1911 年。

《国朝遗事纪闻》，汤殿三，1910 年，现藏于国家图书馆古籍所，《民兴报》馆印刷。

《津门闻见录》，郝福森，清稿本，未刊印，现藏于天津图书馆。

《刘大人出京下山东查叛旋风案》十六部六十四卷四册，清末天津德和堂刻巾箱本。按，此为评书说本，刘大人即刘墉。现藏于天津市图书馆。

《老残游记》20 卷 2 册，洪都百炼生（刘铁云），天津孟晋书社发行,天津日日新闻社印刷,约 1906 年。

《老残游记》20 卷 2 册,洪都百炼生（刘铁云）,《天津日日新闻》,1907 年 8 月 18 日—11 月 11 日,《天津日日新闻》剪报本。

《满汉斗》8 回,无名氏撰,醉梦草庐主人梦梅叟（储仁逊）辑,1911 年。

《毛公案》6 回,无名氏撰,醉梦草庐主人梦梅叟（储仁逊）辑,1911 年。

《蜜蜂记》10 回,无名氏撰,醉梦草庐主人梦梅叟（储仁逊）辑,1911 年。

《尼罗河同舟记事》,1908 年,(英)康安道逸路著,天津大公报馆铅印本,一册 62 页,现藏于天津市图书馆。

《窃贼俱乐部》,知新室主人(周桂笙)译,《醒华小说集》,醒华报社。

《青龙传》,无名氏撰,醉梦草庐主人梦梅叟（储仁逊）辑,1911 年。

《篷窗随录》14 卷,附录 2 卷,续录 2 卷,沈兆沄著,清咸丰七年(1857)刻本,续录二卷为咸丰九年刻本,十四册。天津师范大学图书馆有藏。

《三侠五义》120 回,石玉昆,北京聚珍堂,1879 年。

《宋艳》12 卷 6 册,徐士銮辑,1891 年,天津徐氏蝶园刻本。

《守宫砂》120 回 2 卷,无名氏撰,醉梦草庐主人梦梅叟（储仁逊)辑,1911 年。

《双灯记》10 回,无名氏撰,醉梦草庐主人梦梅叟（储仁逊）辑,1911 年。

《双龙传》5 回,无名氏撰,醉梦草庐主人梦梅叟（储仁逊）辑,

1911 年。

《津门杂记》,张焘,天津时报馆印,1886 年。

《獭祭编》,全书一函十一册,李庆辰手稿,1884 年至 1897 年作。

《天津事迹纪实闻见录》二册,无名氏撰,约成书于 1878 年至 1879 年。

《嚣嚣琐言》,稿本两卷,藏于南开大学图书馆,储仁逊撰,按欧阳健先生推论约作于 1911 年。

《孝感天》7 回,无名氏撰,醉梦草庐主人梦梅叟(储仁逊)辑,1911 年。

《醒华小说集》,醒华报社译编。

《续客窗闲话》,吴炽昌著,1850 年完成于泉州(宝坻)官舍。

《眼前报》(哀情小说),高新民编著,天津白话晚报社,1911 年。

《伊兰案》,佚名译,《醒华小说集》,醒华报社。

《阴阳斗》16 回,无名氏撰,醉梦草庐主人梦梅叟(储仁逊)辑,抄本,首有梦花主人 1894 年正月序。

《鹦鹉案》,(英)马利孙著,奚若译,《醒华小说集》,醒华报社。

《于公案》6 回,无名氏撰,醉梦草庐主人梦梅叟(储仁逊)辑,1911 年。

《于公案》10 回,无名氏撰,醉梦草庐主人梦梅叟(储仁逊)辑,1911 年。

《醉茶志怪》4 卷,李庆辰撰,1892 年。

四、报刊所登广告

1.《直报》

1895 年 1 月 26 日(光绪二十一年正月初一日)天津《直报》创

刊,有津门市景、羊城官话、汉口官报、京报节录、告白照登等内容。刊载《直报说》:"光绪二十有一年春正月元旦,本埠直报馆开张,第一日也,万象更新,四方送喜,各申颂祷之词。礼毕,客起而问曰:'贵馆奚为以直名也?'曰:'新闻之例名由地起,津固直属在直,言直亦犹夫上海之报曰申,粤东之报曰广也。'"可见《直报》之名的涵义与来历。刊载文美斋告白:"《永庆升平》《续永庆升平》《万年青初二三集》《人间乐》《富贵录》《续施公案》《彭公案》《第三才子》《第一奇女》《醉茶志怪》《花月姻缘》《珠村谈怪》《续今古奇观》《挑灯新录》《巧合奇冤》《醒心编》《窃宝录》《开辟演义》、姚元之先生《竹叶亭杂记》、徐沅青太史《宋艳》、《春秋会义》《五十名家尺牍》《皆大欢喜》《石印全图》。文美斋谨启。"随后此告白刊登多日。刊载直报馆告白:"敬启者:本馆现于本年元旦出报,因排报之铅字、各路之采访、主笔之西儒,须开河后方能齐集,姑先按日出报四幅,以餍诸公望报之怀,二月之望即照旧例。仕商告白减价三个月,以广招徕。其余各事,均循中西报馆章程办理,特此启知,伏祈公鉴。直报馆谨启。"随后此告白刊登多日。

1895年2月1日(光绪二十一年正月初七日)刊载文美斋告白,除前面初一日所列小说书目外,增加:"《后四才子》《南北宋》《东西汉》《后英烈传》《草木春秋》《后聊斋》《三续聊斋》《子不语》《奇中奇》《后列国》《后三国》《说唐征西》《飞龙传》《绿牡丹》《笑中缘》《英云梦》《七侠五义》。"随后此告白刊登多日

1895年2月2日(光绪二十一年正月初八日)刊载嫏嬛书庄告白:"启者:敝庄发兑书帖图谱,由申拣选,印精装良,纸张洁白,廉价出售,早蒙官绅士子垂青赐顾。特由旱班运到,新出各种地图、时务各书,名目繁多,不及备载。寄售宋板《唐文粹》《竹叶亭杂记》《孙

过庭书谱》,欲通知时事者,驾临购取可也。天津北门外万寿宫迤东娜嬛书庄谨启。"随后此告白刊登多日。

1895 年 2 月 4 日(光绪二十一年正月初十日)刊载梁子亨告白:"本直报分处,寓城内天津府署西三圣菴西紫气堂梁子亨便是,诸君赏鉴阅报,赐一字函,分送不误。敝处由上海寄津《新闻报纸》《字林沪报》、代送《申报》,各样报纸均有,士庶官商赐顾,多蒙赏阅。直报分处梁子亨谨启。"随后此告白刊登多日。

1895 年 2 月 27 日(光绪二十一年二月初三日)刊载文美斋告白,除前面正月初一、初七日所列小说外,新增加:"《百宝箱》《前后七国》《铁花仙史》《发逆图记》《粉妆楼》。"随后此告白刊登多日,至二月初十日,又从二月十六日登刊至三月十四日,皆刊登。

1895 年 3 月 11 日(光绪二十一年二月十五日)刊载娜嬛书庄告白,其中有:"《咸丰续录》《资治新书》《太平谕览》《读书杂志》,图书繁多,不及备载,赐顾者驾临购取可也。"随后此广告刊登多日。

1895 年 4 月 12 日(光绪二十一年三月十八日)刊载文美斋告白,除前面正月初一、初七、二月初三日所列小说外,新增加:"《五虎平西南》《雪月梅》《玉娇梨》《升仙传》《杨家将》《西湖佳话》。"随后此广告刊登多日。

1895 年 4 月 16 日(光绪二十一年三月二十二日)刊载文美斋告白,与前面相比增加了:《四国日记》《俄游汇编》《四述奇》等书。

1895 年 5 月 16 日(光绪二十一年四月二十二日)刊载文美斋告白,比前面增加了《金鞭记》《小八义》。随后此广告刊登多日。四月二十三日、六月初三日、十二日,十三日,十五日、二十日、二十三日、二十四日、二十五日、二十六日、八月初三日、四日、五日皆刊登。

1895 年 5 月 18 日(光绪二十一年四月二十四日)刊载"名手新

撰小说二种"广告:"《金鞭记》共四百九十三回,逐回蝉联,奇情叠出,及仙佛僧道、妖狐鬼怪,且有二三四等唱段,团坐静听者无有不鼓掌称奇也,每部洋九角。新撰《英雄小八义》,是书宋朝事迹。英雄半皆绿林后裔,侠男奇女年皆十五六岁,铜肝铁胆,结党锄奸,诸凡飞檐走壁、换马偷头等技,各人各法,能使阅者称快,每部洋九角。天津北门东文德堂发售,上洋江左书林谨启。"随后此广告刊登多日,至五月十二日还有。

1895 年 6 月 21 日(光绪二十一年五月二十九日)刊载告白:"《盛世危言》一书,香山郑陶斋观察所著也。观察负经世之才,庚申之变目击时艰,遂弃举业,日与西人游,足迹半天下。启究各国政治得失,当今时势,强邻日逼,俨成战国之局,凡有关与(按:当为于)中外情势,商榷利弊,旁搜远绍无遗,随手笔录,积年累月,共成五十篇。凡用枪炮、设电线、建铁路、开矿、织布、商务、农工、治河、防□、防边、练兵等事,了如指掌,皆时务切要之言。凡士大夫留心经济者,家置一编,俾人人洞达外情,事事讲求利病,使天下除厥弊端,不诚有裨于大局哉。每部五本,存书无多,急来购取可也。文美斋谨启。"随后此广告刊登多日。

1895 年 8 月 27 日(光绪二十一年七月初七日)刊载文美斋告白,与前相比增加了新的小说:"《野叟曝言》《中日战守始末记》《公车上书记》《海上见闻录》《银瓶梅》《真正后聊斋》《三续聊斋》《三续今古奇观》《鸳鸯梦》《古今眼前报》《金台传》《云中落绣鞋》《蜃楼传》《绘图小八义》《意外缘》《英云梦》《情天宝鉴》《女仙外史》。"随后此广告刊登多日。

1895 年 9 月 5 日(光绪二十一年七月十七日)刊载紫气堂广告:"直报分处由上洋寄津《字林沪报》《字林晚报》《新闻报》,代送

《申报》《飞云馆画报》《无墨楼画报》，本津《直报》，七样报群□敝处，诸君阅者不误。又新到时样各种石印新书，例后，并不雷同。《刘大将军台战实纪》两部头的、四部头的、六部头的，《绣像清廉访案杀子报全传》《刘大将军地莹法西法陆军操练》《中倭战守》《中俄法交涉末记》……各样书报，逐画报附送屏条、立轴、堂幅不等，逐画报附送者不取分文。物真价廉别无翻印，所寄无多，阅者先取，觇览为快，蒙主顾购买书籍，每日午后直至申后，敝堂静候，余时无暇，不能出售。寓天津北门内府署西三圣菴西直报分处内紫气堂梁谨启。"随后此广告刊登多日。

1895年9月7日(光绪二十一年七月十九日)刊载文美斋告白，除前面所列小说外，又增加了"《李傅相马关被刺纪实》并带小照每本价洋四角五"随后此广告刊载多日。二十二日、二十三日、二十四日、二十六日、二十八日、二十九日、三十日、八月初一日、初二、初三等均有刊载，兹不再列。

1895年9月23日(光绪二十一年八月初五日)刊载文美斋告白："《清列传》《杀子报》《富翁醒世传》《遇仙缘》《三才子》《时下笑谈》《张天师收妖》《绘图粉妆楼》《游江南》《故事图说》《李傅相马关被刺纪实》，并带小照每本价洋四角五，《盛世危言》《野叟曝言》《各国时事类编》《中日战守始末记》《公车上书记》《海上见闻录》《银瓶梅》《真正后聊斋》《三续聊斋》《三续今古奇观》《正续永庆升平》《后施公案》《彭公案》《鸳鸯梦》《古今眼前报》《金台传》《云中落绣鞋》《后西游记》《蜃楼传》《百宝箱》《绘图小八义》《意外缘》《英云梦》《情天宝鉴》《女仙外史》，如欲购者请到文美斋寄售。"随后此广告刊登多日。初六、七、八、九、十、十一、十二、十三、十四、十五日、十六日、十七日、十九日、二十日、二十一、二十二、二十三、二十四、二十六日、二十七日、二十八日、二十九日、九月初一日、初二、初三、初四、初五等均刊登。

1895年10月24日（光绪二十一年九月初七日）刊载文美斋告白，与八月初五日告白相比，增加了《挑灯新录》《梦笔生花》。刊登多日，初八、初九、十一日皆有。

1895年10月26日（光绪二十一年九月初九日）刊载紫气堂梁子亨告白："本堂由上海寄津：《字林西字沪报》《字林晚报》《新闻报》，代送《申报》，本津《直报》《点石斋画报》《飞影阁画报》《飞云馆画报》，共八种汇集津门。阅报主顾遍览，赐一字函，命人分送不误。新由京都上洋寄津，增补、增像、详注、精解、绘图、绣像、石印各种新书。寄售所至，各样无多，阅者先取为快，□驾购取书籍，每日午后直至申后，敝堂静侯。寓天津北门内府署西三圣菴西直报分处内紫气堂梁子亨谨启。"随后此广告刊登多日。

1895年11月9日（光绪二十一年九月二十三日）刊载紫气堂售书广告，其中与小说相关有："《台战七集》《巾帼英雄传》《公车上书记》《中日战守始末记》四角，此六种书籍均按洋码一九扣寄售，并不失信，所存无多，先取为快。每日午后直至申后静候，余时无暇。天津城内府署西三圣菴西直报分处内紫气堂启。"随后此广告刊载多日。

1895年11月12日（光绪二十一年九月二十六日）刊载紫气堂广告："本堂由京都上洋新寄到《四史书》《戚大将军东征实纪》附各国旗号……《第一才子三国志》增补图像、《增像大部三国演义》全函装套、《二度梅》《三续真正今古奇观》《四大英雄传》《第五奇书银瓶梅》《台战六集巾帼英雄》《台战七集》《八仙缘》《九种奇情》《十集京调脚本附戏园》《第十一才子书》……《公车上书》《西湖佳话十八景图书》……《金台传》全函、《闺秀英才传》《大明奇侠传前套后套》《双凤奇缘传》《绘像一本万利醒世传》《绣像游江南传》《后清列传》《绘图花列传》《彭公案》《绣像小八义》《绣像永庆升平》《情天宝鉴》《安危大计疏》《各国时事类篇》《时务丛钞》《女仙外史》《盛世危言》《续盛世危言》……余者书籍推广,明日再登,主顾购取,每日午后直至申后,敝堂静候,余时无暇。天津府署西三圣菴西直报分处内紫气堂启。"。

1895 年 11 月 13 日(光绪二十一年九月二十七日)刊载紫气堂广告,其中与小说相关有:"《大板前后廿四孝图》《日记故事图》《海上青楼图》《百战百胜图》……《马如飞开编附京戏园图》《海上青楼图记六本套》《海上花楼图》《花田金玉缘全函》《杀子报》……《刘渊帅大事记》……《平日七集》、各样画报……《皆大欢喜》《王道捉妖》《济堂捉妖》《张天师收妖》《金鞭记代绣像》《女仙外史》上下函装套十六本。《万国公报》到津,余书放此,明日再登,遍览者先取为快,每日午后静候。寓天津府署西三圣菴西紫气堂启。"

1895 年 11 月 14 日(光绪二十一年九月二十八日)刊载紫气堂广告:"本堂新到《泰西要览新史》八本合部、《台湾小图》《刘帅小照》《东西汉》《隋炀艳史》……绘图、绣像、增补、精解、铜板、铅板、石印新书列后:《云外飏香百花台》《遇仙奇缘》《意外缘》《夜雨秋灯录》《大板玉蜻蜓》《醒世第二石点头》《搭豆棚说闲话》《鸳鸯梦》《云中落绣鞋》《海上见闻录》《古今眼前报》《酒地花天》《人间乐》《巾帼英雄》《九种奇情听月楼》《海上名妓手札》《大蝴蝶》《中外戏法大观图说》《外国笑话》《海外奇谈》《孩儿说笑话》《圣朝万年青初二三集》《时下笑谈》《时务丛钞全函》《客窗闲话》《海上风流传》《海上百艳图记》八本装套、《国色天香》,余书来日继登,购取者先观为快。

直报分处内紫气堂启。"

1895 年 11 月 15 日(光绪二十一年九月二十九日)刊载紫气堂广告,其中与小说相关者有:"各样画报、《字林西字沪报》《新闻报》、代送《申报》、本津《直报》《四大奇书》,各样新书,如有赐函阅报、购取各书,每日午后直至申后,敝堂静候,余时无暇。寓天津府署西三圣菴西紫气堂启。"刊载文美斋广告。

1895 年 11 月 20 日(光绪二十一年十月初四日)刊载积山书局省记"石印书出售"广告:"本局向在上海,今分立天津针市南同丰栈内,承蒙赐顾,其价格外从廉",其中与小说相关者有:"《太平御览》《史学丛书》《新疆识略》《汉魏丛书》,余各种闲书、尺牍、图画、诗文、赋策,均不细载,略登数种是也。积山书局省记启。"随后此广告刊登多日。

1895 年 11 月 23 日(光绪二十一年十月初七日)刊载文美斋告白,除前面文美斋告白所列小说外,新增加:"《洛金扇》《吉祥花》"。随后刊载多日。刊载紫气堂广告:"新寄到台湾、福州、厦门地图出售,《西字沪报》《新闻报》、代送《申报》《飞云馆画报》《点石斋画报》《飞影阁画报》、本津《直报》《竹兰谱》、各样尺牍、各样绘图新书,主顾如欲购取者,每日午后直至申后,敝堂静候,余时无暇。寓天津府署西三圣菴西紫气堂启"

1895 年 12 月 7 日(光绪二十一年十月二十一日)刊载紫气堂广告,除前面初七日所列报刊外,增加:"《鉴易知录》《西事类编》《徐霞客游记》《中日战守始末记》《巾帼英雄》。"

1895 年 12 月 16 日(光绪二十一年十一月初一日)刊载"格致书室"广告:"本书室新到《梅氏丛书》……如蒙光顾,价值格外从廉,其余各书多不及载。天津宫北格致书室白。"刊载紫气堂广告:

"新出《小曼斋画册汇编》附送新书《艳异集志》第一号……各样新书每日午后直至申后,敝堂静候,余时无暇。天津府署西三圣菴紫气堂启。"

1895 年 12 月 18 日(光绪二十一年十一月初三日)刊载紫气堂广告:"新到绣像、绘图、增补、古今各样书籍,《点石斋画报》《飞云馆画报》《飞影阁画报》《小曼斋画报》,购取遍览者先睹为快,每日午后直至申后,敝堂静候,余时无暇。天津府署西三圣菴紫气堂启。"

1895 年 12 月 24 日(光绪二十一年十一月初九日)刊载紫气堂广告:"代售绘图、绣像、增补、精解书籍列后:《一本万利富翁传》《梦里一片情》《第二奇书醒世传》《双凤奇缘》《双金锁全传》《大双蝴蝶传》《三才子全图》《三家医案》《荡平四寇传》《五洲教务》《五洲统属图》《第六才子书西厢》《第七才子书琵琶记》《七国新学备要》《八星之一总论》《九种才情》《湘子九度文公》《十集京调脚本》《天罡字十集脚本》《连十本青楼梦》《十一才子书》《国色天香》《意外缘》《鸳鸯梦》《云中落绣鞋》《挑灯新录》《正续客窗说闲话》《西湖图咏白蛇传》《夜雨秋灯录》《巾帼英雄传》《闺秀英才传》《英烈全传全函》《英雄奇缘传》《风流天子传》《征东全传》《玉燕姻缘传》《海上奇书大观》《海上青楼图记》《海上名妓手扎》《海上酒地花天》《海上见闻录》《增广游戏奇书五十种》《新鲜笑话大观》《孩儿说笑话》《中外戏法大观图书》《内城府校正京调》《马如飞开编附京戏园图》《花间楹联》《前后廿四孝图》《古今眼前报》《云外飘香百花台》《人间乐》《蜻蜓奇缘》《精图说鬼话》《游江南》《遇仙缘》《日记故事图》《刘大将军大事记》《刘帅地茔法西法操练》……《中日战守始末记》《戚大将军练兵大实纪》……《文武升官图》《盛世危言》……《情天宝鉴》

《公车上书》《小本公车上书》《安危大计疏》……《蜃楼外史》《兰公案》《目连生救母》《竹纸永庆升平》《清廉访杀子报》《徐霞客游记》《西事类编》《洋务十三编》……《何典》《分类洗冤录》……九月份《万国公报》《日新画报》《飞影阁画报》《飞云馆画报》《点石斋画报》、新出《小曼斋画报》《西字沪报》《新闻报》、代送《申报》、本津《直报》，另有书籍二三十种，贵客购存，候取书籍如两日不取，遂即登报出售，每日午后直至申后，敝堂静候，余时无暇。天津府署西三圣菴西直报分处紫气堂启。"随后紫气堂广告屡见，所列书目稍有不同。刊载文美斋告白，内容同前。

1895 年 12 月 25 日（光绪二十一年十一月初十日）刊载紫气堂广告："兹因诸君托寄书籍还有二处未取，至十一日为止，如无暇来取，逐时登报出售，特此声明，莫怪莫怪。前日所登告白书籍若干，各样均无多存，争先取者为快。来日再查，部头无有者不能登报，还有者陆续再登，布知。直报分处紫气堂启。"

1895 年 12 月 26 日（光绪二十一年十一月十一日）刊载紫气堂广告（按，与初九日不同，兹录于下）："各书出售，先取为快，各样无多，迟者空矣。《开辟演义》《趋吉避凶详梦秘书》《图咏燕外史》《兰苕馆外史》《增补笑林广记》《板桥全集》《何典》《图咏音释坐花志果》《图像镜花图》《新增百美图》《太平欢乐图》《醒世第二奇书》《仙狐宝录》《目连救母》《双金锭》……《徐霞客游记》《梦里一片情》……《中日战守始末记》……《三公奇案》《全图四才子》《五才子》《五代残唐》《八贤手扎》《双连笔》《五十五种》《醒梦录全传》《剑侠奇中奇全传》《杀子报》《罗通扫北》……《海上花影大观》《海上花列传》《海上见闻录》《连十本青楼梦》《前后套通天秘书》《诸葛心书十三律附百猿解风雨占图》……《戚大将军练兵实纪》……《孩儿笑话》《新鲜笑话》《中外戏法大观》,各样画报、本津《直报》,主顾购取,每日午后直至申后,敝堂静候,余时无暇。天津府署西三圣菴西直报分处紫气堂梁子亨启。"

1896 年 1 月 8 日(光绪二十一年十一月二十四日)刊载紫气堂广告:"尊示,由旱道所寄书籍等件,诸公亦然取出,余者所有登报,书籍价资甚廉,盖不加价。"所登小说与前面初九日、十一日约略相同。

1896 年 1 月 13 日(光绪二十一年十一月二十九日)刊载紫气堂告白:"兹因官绅命寄上海沪报馆所出《平定粤匪功臣战迹图》两次,共寄五张,每图实洋一元,外加寄费,敝先佃上英洋五元,先汇沪上。十月间来函云'两次并报寄图五张',至今一图未见。亦曾去信追问,恐有遗漏之说,或错寄别家,成轻手送寄之弊,或信局之故,乃报纸原封、书籍原包,亦非信局之故。此图乃由字林沪报馆所出,至十一月间由旱班来沪。沪报两次至,见十月二十四日报纸来,华翰云下班逐报并寄,将图如数来补。二十五日至今日,图还全然不见,可知暗有原故。敝经手在津代售沪报,并不托欠报款,又不经营访事,每年不论水旱,多出寄费□□不断,再候三四班可知如何,再行登报布知。直报分处梁子亨启。"

1896 年 1 月 16 日(光绪二十一年十二月初二日)刊载梁子亨告白:"新由旱班寄第二号《小曼斋画报》又到,《字林沪报》从封河至今,陆续全然补来。惟有官绅先汇洋命寄《平定粤匪战迹图》五张,一张未见,特此声明。直报分处梁子亨启。"

1896 年 1 月 21 日(光绪二十一年十一月初七日)刊载紫气堂广告,所列画报与前面十一月初九日所载约略相同。与小说相关者减少,只有:《戚大将军大实纪》《中日战守始末记》《三家医案》《连十本青楼梦》《海上见闻录》《海上酒地花天》《梦里一片情》《孩儿笑话》《西湖图代唱白蛇传》《巾帼英雄传》《湘子九度文公》数种。初九日亦刊载,十七日亦刊载。

1896 年 1 月 22 日(光绪二十一年十一月初八日)刊载紫气堂告白:"由旱道陆续寄津《字林沪报》《新闻报》、代送《申报》,敝处经手承远各报不断,旱寄费多出若干洋资,亦不能向阅报诸君多增价资,□当门市而已,特此布达。天津府署西三圣菴西直报分处内紫气堂启"

1896 年 2 月 17 日(光绪二十二年正月初五日)刊载梁子亨告白:"代售上海《字林沪报》《新闻报》、代送《申报》、各色画报、本津《直报》、代寄各种书籍画谱,官商愿寄古今新书等件,早赐字函,本月廿二日交回运,惊蛰节气不久,轮舟至津可望,回件便览,真乃抬头见喜之兆。天津城内府署西三圣菴西直报分处内紫气堂梁子亨拜贺新年春禧。"此广告刊登多日。

1896 年 2 月 20 日(光绪二十二年正月初八日)刊载直报招采访人员的告白:"启者:报馆之有采访,犹古之采风采诗,上以考政治之得失,下以考风气之纯剥,载诸报端,宣之中外,取其善,惩其恶,故言者无罪,闻者足戒。充是任者,品必公正,心必仁廉。公则明,正则直,仁则不为已甚之事,廉则不贪非分之财用,能识大体、近人情,善善恶恶,柔不茹,刚不吐。凡有关于国计民生者,自大至细,悉采毋遗。辞取达意而止,不以富丽为工,登供众览,于以通上下难言之苦,达远近不闻之声,庶使豫先事之绸缪,善后事之补救,斯无负泰西设馆之本旨焉。否则遇事射利,飞短流长,实为此间所大忌者矣。现在本馆采访招人,有乐就者,祈先以所采,投交海大道老菜市本报馆门房转递,是幸。如可登录,取有切实公正保人,则端人之取友必端,本报馆不惜重聘,定当延致。其有冀循情面,援本馆友人互为请托者,一概不收,毋怪言之不豫也,此启。本馆主人启。"随后刊登多日。

1896年3月6日(光绪二十二年正月二十三日)刊载梁子亨告白:"兹因敝处分送各报风雨不误,现今祖母逝世,已交七七,本月二十三日在刘家胡同后成服送路,二十四日出殡。安葬之期,所有来往信件、出售书籍等一概停办一天。次日二十五日照旧办理,特此布知。又闻某行云上海电达,二十日轮舟开行,大约二十五日可抵津沽头班。现有书籍若干,定寄书籍等物速取,迟者恐出售一空,再候下班轮舟至。《字林沪报》《新闻报》《申报》均然全到。本津《直报》大约二月初十日前后,外洋纸张,新铸铅字,随轮抵沽,亦可望全编一律字迹,举目爽快矣。诸君阅何样报纸,赐一字函,分送不误。天津府署西直报分处梁子亨谨启。"

1896年3月19日(光绪二十二年二月初六)刊载梁子亨广告:"代寄上海《字林沪报》《新闻报》,代送《申报》、本津《直报》。代售绣像、绘图、增补、详注、精解各种书籍等件,赐函代寄不误。官绅命(按:报纸漏"寄"字)书籍还有两处未能取出,余者书籍陆续至津,暇日登报出售。天津府署西三圣菴西直报分处梁子亨启。"

1896年3月21日(光绪二十二年二月初八日)刊载紫气堂"贰班书籍出售"广告(按:因紫气堂是按邮班所到出售书籍,每次所刊书目都略有不同, 遂不厌烦琐将与小说相关内容录于下):"《平定粤匪功臣战迹图》《热河三十六景图谱》《西海记天外归槎序海山词花语长相思词》装订四大本……《绣像绿野仙踪》《绣像节义廉明》《绣像大红袍》《绘图蜻蜓奇缘》《牡丹亭还魂记》《七十二件无头大案》《三续夜雨秋灯录》《客窗说闲话》《仙狐窃宝录》《绘图龙潭鲍骆

奇书》《游戏奇书五十五种》《绘图遇仙缘》《玉燕姻缘传》《万花楼
传》《大双蝴蝶传》《升仙传》《罗通扫北传》《巾帼英雄传》《海上花烈
传》前后套六十四回、《五代残唐传》《醒梦录全传》《海上奇书大观》
《海上见闻录》《海上酒地花天》《花由金玉缘》(按：由应为田)、《意
外缘》《第五奇书银瓶梅》、绘图连八大本《镜花缘》《古今眼前报》
《连十本青楼梦》……《孩儿笑话》《梨园小影》第一画册……《中日
战守始末记》……《戚大将军大实纪》……。均部无多,遍览者先取
为快,每日午后直至申后,敝堂静侯,余时无暇面,主莫怪。天津府
署西三圣菴西直报分处内紫气堂启。"

1896 年 3 月 23 日(光绪二十二年二月初十日)刊载紫气堂售
书广告:"又寄到台湾、福州、厦门舆地全图、《梦笔生花》《徐霞客游
记》、连十本《青楼梦》,另有闲书数十种,暇日登报出售,每日午后
直至申后,敝堂静侯,余时无暇面,主莫怪。天津府署西三圣菴西直
报分处内紫气堂启。"

1896 年 3 月 28 日(光绪二十二年二月十五日)刊载售报人告
白:"敬启者:京城售报处改在前门外琉璃厂小沙土园路西宝兴木
厂,又杨梅竹斜街中间路南聚兴隆小器作内,两处分售,此白,售报
人陈午清谨启。寓前门内刑部后身草帽胡同北头大院内。"

1896 年 3 月 30 日(光绪二十二年二月十七日)刊载紫气堂告
白:"四班书籍绣像、绘图、增补、图记于左:……《青楼宝鉴》《第三
奇书玉鸳鸯》《绘真记》《第五奇书》《银瓶梅》《三才子玉美缘》《花田
金玉缘》《牡丹亭还魂记》《节义廉明》《盛世危言》《徐霞客游记》《西
海记并天外归槎》共两大本、《西事类编》《二度梅》《欢喜奇观》《孩
儿笑话》《京调校正本》《花间楹联》《说鬼话》《金鞭记》《五代残唐》
……《三续夜雨秋灯录》《造仙缘》《万花楼》《增补玉蛟龙全传》《大

红袍》《大双蝴蝶传》《升仙传》《醒梦录全传》《玉燕姻缘传》《罗通扫北》《巾帼英雄传》《公车上书》……《海上花列传》、连十本《青楼梦》……《戚大将军东征实纪》……《点石斋画报》至四百四十一号……《仙狐宝录》、上海《沪报》《新闻报》,代送《申报》、本津《直报》,代寄各种书籍,主顾购取,每日午后直至申后,敝堂静候。价值存廉,余时无暇。均部无多,先取为快,迟者再候来班。天津府署西三圣□西紫气堂梁子亨启。"刊载《妖异汇志》,为三则志怪小说。

1896 年 4 月 1 日(光绪二十二年二月十九日)刊载《奇货可居》,亦为志怪小说。

1896 年 4 月 6 日(光绪二十二年二月二十四日)刊载紫气堂告白:"寄到连十二本增图大部《三国志》……《西海记并天外归槎》《梦笔生花》《古学类编》《金鞭记》《遇仙缘》《花田金玉缘》《仙狐窃宝》《牡丹亭》《绘真记》《醒梦缘》《三才子双美奇缘》《蝴蝶传》《圣仙传》《五代残唐》《罗通扫北》《银瓶梅》《海上花列传》《海上见闻录》《海上青楼宝鉴》《三续夜雨秋灯录》《节义廉明》《龙浑鲍骆奇书》《万花楼》。天津府署西三圣菴西紫气堂谨启。"

1896 年 4 月 7 日(光绪二十二年二月二十五日)刊载紫气堂广告:"兹因去冬十月二十后,轮舟止行,至今正月惊蛰节,轮舟进口,各物南北交往,通行畅旺。敝处所寄《字林沪报》《新闻报》,一年四季,永不隔断,冬季由旱道来报,寄费太重,多出脚力若干,亦未能向阅报主多取余利,念日常之道。惟有《京报》附张均尚存积,上海当日言明春后必补。现今新、沪两报附张并腊月初一日《新闻报》附送铁道图一律补齐,不失当日之信。诸君遍揽,敝处经手各样报纸,别无遗漏,风雨照常,购阅何样报纸,赐函分送不误。代寄各种书籍、各种画报、《西字沪报》《新闻报》。代送《申报》,本津《直报》,各有可取,逐意台览。天津府署西三圣菴西直报分处梁子亨启施送刀疮药,敬惜字纸。"。

1896 年 4 月 20 日(光绪二十二年三月初八日)刊载"新书出售"广告:"粤东王君煜初所编《中日战辑》一书,分装四帙,并附水陆战图地图六幅,书中所载中日军情始末,实事求是,绝无虚饰。且详析中国今日必当如何改革以臻富强,想有心时事者,当争先睹为快也。每套售价一元。紫竹林同兴号、代售处锅店街文美斋、估衣街逸云斋全启。"随后此广告刊登多日。

1896 年 4 月 23 日(光绪二十二年三月十一日)刊载梁子亨告白:"拾班寄津增补、增像、绘图、活板、石印书籍列后:《叶天士经验良方复出》《正续通天秘书》《龙图包公洗冤录》《情丝缘》《万法归宗》《游历日记》……《封神演义》《驻春园外史》《时务丛钞》《英烈传》《国色天香》……《后清列传》《后施公案》……《孤忠录》……《一见哈哈笑》《续盛世危言》《笑话大观》《醉茶志怪》《客窗闲话》《采金桃》《十二楼》……《欢喜奇观》……《绝妙奇书》《四续今古奇观》《海上见闻录》《海上青楼宝鉴》……《中日战守始末记》……《戚大将军大实纪》……《西海记天外归槎》……《徐霞客游记》《玉鸳鸯》《飞云馆画报》《点石斋画报》《字林沪报》《新闻报》、代送《申报》、本津《直报》,以上书籍均部无多,遍览先取为快,每日午后直至申后,敝堂静候,余时无暇面,主莫怪。天津府署西三圣菴西直报分处紫气堂梁子亨启"

1896 年 4 月 24 日(光绪二十二年三月十二日)刊载梁子亨告白:"香江文裕堂寄到《中日战辑》附六图……《各国游历日记》……《西海记天外归槎》《西事类编》《徐霞客游记》……《英列全传》《玉燕姻缘传》《五代残唐》《增像鲍骆奇书》《大红袍全传》《罗通扫北》

《金鞭记》《万花楼》《遇仙缘》《牡丹亭还魂记》《梦笔生花》《绘真记》
《二度梅》《新鲜笑话》《采金桃》《广广书谱采新》,各种时事新闻报
纸、各色画报,均部无多,先取为快,迟者再候来班。每日午后直至
申后,敞堂静候。天津府署西三圣菴西直报分处内紫气堂梁子亨
启。"刊载《新刻中日战辑内录中日和约》广告,内容同初八日《中日
战辑》新书出售广告。

1896 年 4 月 27 日(光绪二十二年三月十五日)刊载紫气堂广
告:"寄到连十六本遵生八笺,铜板增像大部《三国志》《热河三十六
景》,余书不便登目,均部无多,先取为快,迟者再候来班。城内三圣
菴西紫气堂启。"

1896 年 4 月 29 日(光绪二十二年三月十七日)刊载紫气堂广
告:"十二班寄津……《增像封神演义》……《绿野仙踪》《渊海子评
附万年通书》……《觉后传》……《徐霞客游记》《西事类编》《西海记
天外归槎》《俄国志》……《还魂记》《鬼话连篇》《驻春园外史》《意外
缘》《一片情》《巧合情丝缘》《天缘巧配十二楼》《万花楼》《海上青楼
宝鉴》《绘真记》《采金桃》《孩儿笑话》……《风流天子传》《大明奇侠
传》《醒梦全传》《节义廉明传》《忠孝勇烈木兰传》《大红袍全传》《圣
仙传》《玉燕姻缘传》《巾帼英雄传》……《飞云馆画报》《点石斋报
画》《字林沪报》《新闻报》、代送《申报》、本津《直报》《广广画谱》,均
部无多,遍览先取为快,迟者再候来班。每日午后敞堂静候。城内三
圣菴西紫气堂梁子亨启"

1896 年 5 月 2 日(光绪二十二年三月二十日)刊载紫气堂告
白:"寄到书籍列左:《增像封神演义》等等。"其中小说大致同于前
面十七日所列,不同者有《包公洗冤录》《十一才子连篇鬼话》。

1896 年 5 月 12 日(光绪二十二年三月三十日)刊载紫气堂告

白:"由上海寄到《字林沪报》《新闻报》《万国公报》、代送《申报》、各
色画报、本津《直报》,代寄各种古今闲书,新出铜板、铅板、活板、石
印、增补、绣像、详注、绘图、精解书籍、图画,均经代寄不误。天津府
署西三圣菴西直报分处梁子亨启。"刊载嫏嬛书庄告白:"启者:本
庄向运铅板、石印各书,已蒙赐顾者,佥称货高价廉,兹添木板书籍
……倘蒙绅商赐顾,祈到本庄购取可也。北城根嫏嬛书庄谨启。"此
广告刊登多日。

1896 年 5 月 13 日(光绪二十二年四月初一日)刊载"新出《中
东战纪本末》"广告:"此书八本,系美国林乐知、华蔡尔康先生募
辑,所录皆电报、公牍及名儒伟论。其纪事之切实、论事之精当,较
各种战纪、战议诚为远过,并附日皇、日后、中东将领小像,每部津
钱三吊。在天津宫北格致书室寄售。"此广告随后刊登多日。

1896 年 5 月 18 日(光绪二十二年四月初六日)刊载文德堂售
书广告,内与小说相关者有:"《游历日记》《蜃楼外史》《清烈传》《普
法战纪》《万国史记》《风流天子传》《女仙外史》。北门东文德堂发
售。"随后刊登多日。

1896 年 5 月 23 日(光绪二十二年四月十一日)刊载紫气堂告
白:"日昨接到十八班书籍:官绅士庶托寄各种书件等已然取出,还
有未到者,再候来班,所余各书出售,价目甚廉。"其中与小说相关
者有:"《各国游历日记》《中东战纪本末》《中日战辑》《中日战守始
末记》《西海记天外归槎附送序词》《纪效新书附二十八宿旗号》《醒
梦缘》《湘战记》《戚大将军大实纪》《海上见闻录》《孩儿笑话》《醉茶
志怪》《玉鸳鸯》《新史奇观》《银瓶梅》《新出玉瓶梅》《十二楼》《巧姻
缘》《花田金玉缘》《明珠缘全套》《接水浒》《五代残唐》《南唐薛家
将》《前后套说唐传》《忠孝勇烈木兰传》《风流天子传》《彭公案》《后

清列传》《前后套施公案》《三侠传》《前后套永庆升平》《大商贾》《合璧》《采新》《正续通天秘书》《三家医案》《文武升官图》《洋务升官图》《满汉升官图》，代送《申报》《新闻报》《沪报》附送《异迹仙踪》《点石斋画报》《飞云馆画报》附送堂幅、本津《直报》，赐函分送不误，以上书籍无多，先取为快，迟者再候来班，每日午后直至申后，余时无暇面，主莫怪。天津府署西三圣菴西直报分处内紫气堂启。"刊载文美斋广告："本斋开设天津府北门外锅店街……各省家藏板、官局板、石印等书一应俱全。又新出书籍列后"其中与小说相关有《公车上书记》《拍案惊异记》《通商始末记》《中日始末记》《万国史记》，士商赐顾者，请至本斋，庶不致误。"随后刊登多日。

1896年6月4日（光绪二十二年四月二十三日）刊载紫气堂广告："昨接念班书籍，官绅士庶托寄，全然取出。余部无多出售，价目甚廉，先取为快，迟者再候来班，托寄未到者亦候来班。"其中与小说相关有："《彭公十三篇》《西海记天外归槎》《游历日记》《湘军记》《眼前报》《三续今古奇观》《新史奇观》《燕馆外史》《图咏燕山外史》《铁花仙史》《驻春园外史》《龙图判断奇冤并七十二件无头案》《梦笔生花》《吉祥花》《玉鸳鸯》《说鬼话》《第十一才子书》《梦里一片情》《真真岂有此理》《玉瓶梅》《银瓶梅》《梦里姻缘》《天缘巧配》《金如意》《鸳鸯梦》《桃花扇书》《明珠缘》《第六才子书》《连十本青楼梦》《薛仁贵征东》《木兰传》《剑侠奇中奇全传》《飞龙传》《飞蛇传》《南北宋志传》《百宝箱传》《风月传》《说岳全传》《风流天子传》，各色画报、各样报纸。天津府署西三圣菴西紫气堂启。"

1896年6月5日（光绪二十二年四月二十四日）刊载紫气堂售书广告，其中与小说相关有："《大商贾》《采新》《合璧》……闲书不及全载，均部无多，先取为快。"

1896 年 6 月 8 日(光绪二十二年四月二十七日)刊载紫气堂告白:"念一班寄到:《救时捷要》《快心醒睡录》《万国史记附五大洲图》《西海记天外归槎》《湘军记》……《孽龙精全传》《明珠缘全传》《玉燕姻缘传》《意外缘》《得意缘》《百子金丹全书》《任述记》《七十二件无头大案》《银瓶梅》《玉瓶梅》《玉鸳鸯》《鸳鸯梦》《封神演义》《说唐全传》《前后套施公案》《后清列传》《飞蛇传》《金如意》。各样尺牍、各色画报,《沪报》附送《异迹仙踪》,《新闻报》,代送《申报》、本津《直报》,余者闲书不系全载。"

1896 年 6 月 9 日(光绪二十二年四月二十八日)刊载紫气堂广告:"启者本津直报各处通行,因字迹大小不均,现重铸四号装架告成,定于端阳朔日,凡论说、新闻一律改用四号,摆印精齐,官绅士庶阅者,一目了然。遍览赐函,分送不误。又分寄上海《沪报》附送《异迹仙踪》《新闻报》,代送《申报》、本津《直报》,各色花报。又寄到《功臣战迹图》《各国地球新录书》《文武升官图》《洋务升官图》……《三宝太监下西洋》《新政论议》《快心醒睡录》《七十二件无头大案》《明珠缘全传》。"

1896 年 6 月 16 日(光绪二十二年五月初六日)刊载紫气堂广告:"念四班书籍托寄者,均然取出,余部无多,登报出售,价目甚廉,取迟者再候来班。"所列书报与前面念一班略同,不同处有"《儒林外史》《文学与国策》"。十二日亦刊载。

1896 年 6 月 17 日(光绪二十二年五月初七日)刊载紫气堂广告:"出售《敬灶全书后暗室灯》……《开辟演义》《封神演义》《西游记全部》《说唐全传》《征西全传》《风流天子传》《蜃楼外史》《后清列传》《后施公案》《孽龙精传》《梨花雪奇传》《花月姻缘全传》《七十二件无头大案》《银瓶梅》《玉瓶梅》《玉鸳鸯》《鸳鸯梦》《醒梦录》《意外

缘》《梦里一片情》《桃花扇书》《剑侠奇中奇》……《古今眼前报》《新史奇观》《天师收妖》《中外戏法大观》《孩儿笑话》《三续今古奇观》《得意缘》《海上青楼宝鉴》《申江时下胜景图附海外奇谈》《真真岂有此理书》……《明珠缘》。"(按:仅录与小说相关者)

1896 年 6 月 23 日(光绪二十二年五月十三日)刊载紫气堂广告:"二十八班书籍寄津,委寄者取出,余部无多,登报出售:《敬灶全书》……《文学与国策》《快心醒睡录》……《西海记天外归槎》《中东纪事本末》《中日始末》……《绣像大部醒世姻缘》《海上奇书》《醒梦录》《才子梦》《梦里一片情》《欢喜奇观》《韩湘子全传连四本》《连十本青楼梦》《新编香艳词》《天宝图奇缘传》《朱邨谈怪》《征西全传》《明珠缘全传》《花月姻缘全传》《梨花雪》《后青列传》《后施公案》《西游计全部》《后套西游》《封神演义》《二十四史通俗衍义》《开辟演义》《蜃楼外史》《大明十美》《情天外史男十美》《玉瓶梅》《玉鸳鸯》《李氏琵琶新谱》《申江时下胜景图附海外奇谈》《孩儿笑话》《海上青楼宝鉴》……《儒林外史》。"

1896 年 6 月 27 日(光绪二十二年五月十七日)刊载"北门东文德堂"广告:"新出石印《唐寅竹谱》,新出石印《兰石画谱》,新出《荡平奇妖传》,《许真人擒蛟全传》《兰蕙同心录》《三宝太监下西洋》……《萤窗异草》《游历日记》《中东战纪本末》《蜃楼外史》《觉后传》《普法战纪》。"此广告随后刊登多日。

1896 年 7 月 4 日(光绪二十二年五月二十四日)刊载紫气堂广告,所列小说与十三日约略相同。刊载"新开苏报馆"广告:"新寄津门《苏报》出售,五月十六日新开苏报馆开印。日登上论、京报、论说、序篇,采选各国、各省、各埠闻录,续登各行告白。主顾曾先遍览,一目了然,阅者赐函,分送不误。《苏报》分寄天津北门内府署西三圣菴西直报分处内便是。至此一家,别无二处,梁子亨启。"随后刊登多日。

1896年7月8日(光绪二十二年五月二十八日)刊载紫气堂广告:"寄到三十班书籍,士庶托寄均然取出,余部出售"其中所列与小说相关者有:"《游历日记》《西海记天外归槎》《二十四史通俗》《开辟演义》《全传西游记》《前后说唐传》《全部三宝太监下西洋》《三侠全传》《前后大明奇侠传》《五代残唐》《征西全传》《天宝图全传》《湘子全传》《精忠全传》《明珠缘全传》《英烈全传》《万花楼传》《罗通扫北》《后套施公案》《醒梦录全传》《蝴蝶缘》《天缘巧配》《客窗闲话》《遇仙缘》《意外缘》《真真岂有此理》《欢喜奇观》《玉瓶梅》、《海上奇书》《海上青楼宝鉴》《玉鸳鸯》《古今眼前报》《梦里一片情》《桃花扇书奇》《新鲜笑话》《文武香毬传》《醒世姻缘传》《大明十美》《北京男十美》《盖三国奇缘》《儒林外史》。"刊载文美斋广告,所列小说与前文美斋广告同。

1896年7月9日(光绪二十二年五月二十九日)刊载紫气堂广告:"新到新出《觉世经果报图证》上下两大本并画报一本。某报馆善愿,半出半送,加寄费,每部九六,津钱三百,先来无多。……《敬灶全书》《连十本醒世姻缘全传》《醒梦录全传》《古今眼前报》……余者闲书不系全载。各样尺牍,均部无多。各色画报,出售《上海沪报》附送《异迹仙踪》《新闻报》、新出《苏报》、代送《申报》、代寄《万国公报》、本津《直报》,遍览何样报纸,赐函分送不误。"

1896年7月15日(光绪二十二年六月初五)刊载紫气堂广告:"三十三班洋文时书,余部无多,列后",其中与小说相关者有:"《万国史记》《快心醒睡录》《全图中东战纪》《中日始末》《普天忠愤》,余者闲书暇续登。"刊载"北门东文德堂"广告,所列小说与前文德堂广告同。

1896 年 7 月 17 日(光绪二十二年六月初七日)刊载紫气堂广
告:"三十四班书籍,仕商托寄取出,余部无多,出售甚廉,新出《池
北偶谈》八卷其中神仙鬼怪大儒之嘉、新成《隋唐演义》精绘全图校
补十卷、《新证图注八十一种难经验证》……《普天忠愤集》《快心睡
醒录》《泰西新史》《西海记天外归槎》《自东徂西》《自历明证八种》
《列国兴盛记》《万国史记》《华英狱案》《海上奇书》……《增续万宝
全书》《绣像醒梦录》《开辟演义》《小部三国志》《诸葛心书》《全部西
游记》《说唐全传》《下西洋演义》《五代残唐》《罗通扫北》《说岳全
传》《大明奇侠传》《英烈全传》《征西全传》《天宝图传》《万花楼前后
套》《明珠缘》《意外缘》《盖三国》《欢喜奇观》《客窗闲话》《新鲜笑
话》《一片情》《忠列姻缘十六出》《文武香□》《桃花扇书》……"(按:
只列与小说相关者)

1896 年 7 月 18 日(光绪二十二年六月初八日)刊载紫气堂广
告:"上海《沪报》附送《异迹仙踪》《新闻报》、新出《苏报》、代送《申
报》、各色画报、《万国公报》每月一本、本津《直报》、各样尺牍,代寄
各板各种古今书籍,中西时事闲书,余者闲书不系全载。主顾遍览
何样报纸,赐函分送不误。"

1896 年 7 月 21 日(光绪二十二年六月十一日)刊载文美斋告
白,其中有:"《普天忠愤集》《续图中东战纪本末》《中日战辑》《通商
始末记》《万国史记》《万国通鉴》《中西纪事》《自西徂东》《东方交涉
记》《中日始末记》《洋务采风记》《西国通俗演义》《公车上书记》《竹
叶亭杂记》《隋唐演义》。"随后刊登多日。

1896 年 7 月 22 日(光绪二十二年六月十二日)刊载紫气堂售
书广告,所列书目,与前面"三十四班书籍"大致相同,不同者有

"《自东徂西连五大卷》《三续今古奇观》《续希奇古怪》《平妖传》《孽龙精传》。"

1896 年 7 月 23 日(光绪二十二年六月十三日)刊载"中西博闻报馆新开"广告:"新寄津门《博闻报》于六月初六日开张出报,久仰作稿主人仓山旧主袁翔甫先生,海上名士。报张所载上谕、京报、时作、论说,采选中外各电闻录,遍览者一目了然。分寄天津城内天津府署西三圣菴西直报分处内,阅者鉴之,止此一家,别无二处,赐函分送,不误主顾。梁子亨启。"随后刊登多日。刊载"宫北萃文魁"广告:"本店自在上洋,专办石印、铅板各种书籍,及一切中西算学、格物等书,然洋板书名甚繁,报难胜举,赐顾者请驾临敝号是幸。"随后刊登多日。

1896 年 7 月 27 日(光绪二十二年六月十七日)刊载"京都新开官书局《汇报》"广告:"由北京新寄津门《汇报》,上选上谕、京报、奏疏,拣选各国要闻,摘挑《沪报》《新闻报》《申报》《苏报》《万国公报》,各录奇闻续登,随寄逐送,按月取资人(按:人字应为衍出),并不零卖,增先阅报,赐函分送不误。暂来份无多,购迟者候来班,涨添接送,遍览了然,垂布。本津北门内天津府署西三圣菴梁子亨启。"随后刊登多日。刊载"北门东文德堂"广告,其中与小说相关有:《海上青楼图记》《绘图中东战纪》《绘图隋唐演义》《天缘巧配》《蜃楼外史》《柏楼异记》。

1896 年 7 月 29 日(光绪二十二年六月十九日)刊载"新开《指南报》到津"广告:"报式向《申报》《沪报》《苏报》《新闻报》《博闻报》等,而赏鉴新张者,赐函分送不误。分寄天津北门内天津府署西三圣菴西直报分处便是,梁子亨。"随后刊登多日。刊载"北宫萃文魁"广告:"新到《后聊斋》《三续聊斋》《正续子不语》《时新类编》,一切闲书、算学、尺牍等书,因书名甚繁,不能单录,凡别家登报书籍,一概俱全。寄卖李鼎和湖笔,价格外从廉,特此告白。"随后刊登多日。

1896 年 7 月 30 日(光绪二十二年六月二十日)刊载紫气堂告白:"三十六班书籍:士商托寄取出,余部无多,出售甚廉,新出《池北偶谈》八卷其中神仙鬼怪大儒之嘉……(按:所列小说书目与前三十四班书籍约略相同,兹不再录。)"

1896 年 8 月 5 日(光绪二十二年六月二十六日)刊载告白:"出售京都官书局《汇报》,代送《申报》《新闻报》《沪报》附送《异迹仙踪》,今日又送外国机器《时报》一本。经手人代送《万国公报》、各色画报,本津《直报》。遍览一目了然,赐函分明,何样报纸分送不误。暂寄各处、各馆、各坊、各庄、各室、各斋、各号记、各板、各式、古今闲书画谱,各种中西算学、时务、洋务书籍等,逐日随寄,另外存廉,现有五色墨甚奇,来者无多。天津府署西三圣菴西梁子亨启。"随后此告白刊登多日。刊载"文美斋"告白,同前。刊载"北宫萃文魁"告白:"本堂督办苏浙闽广书籍,各省藏版、局板、石印、铅版,各样洋务、时务、算学、兵书、闲书……仕商赐顾,望乞驾临是幸。"随后刊登多日。

1896 年 8 月 7 日(光绪二十二年六月二十八日)刊载紫气堂告白:"三十八班书籍:士林托寄均然取出,余部出售:《全部西游记》《全部说唐》《征东》《征西》《粉妆楼》《十二楼》《呼家将》《五代兴隆传》《义妖白蛇传》《平妖传》《许真人捉妖传》《列女传》《天宝传》《大明奇侠传》《前后施公案》《林兰香传》《明珠缘》《意外缘》《再生缘》《赛桃源》《珠邨谈怪》《玉瓶梅》《玉鸳鸯》《飞蛇子》《一本万利》《客窗闲话》《一片情》《海上奇书》《新鲜笑话》《中外戏法大观》《文武香毬》《忠烈姻缘》《京调全部》《详注聊斋》《后聊斋》,余者闲书,来日再登,分送各样报纸。城内三圣菴西紫气堂启。"(按:同日亦刊载北门东文德书局、北宫萃文魁、文美斋售书广告。)

1896 年 8 月 11 日(光绪二十二年七月初三日)刊载"梁子亨"告白:"又到《觉世经果报图证》,由某善馆印出,半送半价,送画报一本,津钱三百文;玉枢宝经折,送画报一本,津钱三百五十文;天师亲笔避瘟去邪钟魁灵符,并画报一本,每份津钱一百五十文……各色画报、各样奇闻报纸,赐函分送不误。天津府署西三圣菴西直报分处梁子亨启。"

1896 年 8 月 18 日(光绪二十二年七月初十日)刊载"紫气堂售书"告白,其中所列小说与前三十八班略同,不同者有:《平妖传》《擒妖传》《飞蛇传》《左公平西》《盖三国》。随后刊登多日。

1896 年 8 月 26 日(光绪二十二年七月十八日)刊载紫气堂"四十一班书籍到津"告白,所列小说与前三十八班书籍略同,不同者有:新到《梦影录》,新至《再生缘》,新出《第二奇书林兰香》《西浴演义仙怪奇迹》《五色姻缘》《十粒金丹》《玉连环》。

1896 年 8 月 31 日(光绪二十二年七月二十三日)刊载紫气堂"四十二班"书籍告白,与前所列三十八班书籍大致相同,不同者有:《绣像包公案》《草木春秋传》《后续大本西游记》《一本万利传》《奇缘赛桃源》。刊载"新开《时务报》"告白:"新开《时务报》,分寄敝处分送。此报之设以时务为主义,博采通论,广译各报,内以考求当务之急,外以周知四国之为,故名《时务报》。比日报字模加大,皆用四号大字,每月刊布三次,装订成本,每本约三十页。首载论说,或论政,或论学;次录论旨,旬日内所奉上谕全录;次采章奏,录切实有用者,其奉行、故事、除授、报销,寻常事件不录;次采各督抚宫钞,并各直省督抚辕门钞,关于用人行政之大者,摘录是也;次采各省要政,次译各国电报,次译东西各报论说事实,次则译刻近年以来政治学问新书,每本散附多少,抽出合编,亦可成帙。或则搜辑通商以后办理交涉要案。本报分寄天津城内府署西三圣菴西代寄书籍并各报分寄处梁子亨启。"

1898 年 4 月 28 日(光绪二十四年闰三月初八日)刊载紫气堂广告:"出售……新到《大公日报》,每月六百,路远酌加,又至各小说,价廉物奇,《天雨花》《笔生花》《铁花仙史》《第二奇书林兰香》《情天宝鉴》《笑林新择雅》《哈哈笑》《今古奇闻》《三续今古》《四续今古》《梦园丛说》《蜻蜓奇缘》《花月姻缘》《笑中缘》《赛桃源》《鸿雪因缘图》《巧合佳缘》《红梅阁》《鲍骆奇书》《大板粉妆楼》《牡丹亭》、《牡丹奇缘》《娱亲雅言》《双冠诰》《双凤传》《新出列仙传》《全本湘子传》《八美图》《连十本青楼梦》《珍珠塔前后传》《说唱万花楼》《正续新齐谐子不语》《续今古奇观》,《时务报》一册至五十七册俱全,五十八册不久亦到,余者各书、各报,来班再录。天津北门内各报馆紫气堂全启。"

1898 年 4 月 30 日(光绪二十四年闰三月初十日)刊载紫气堂广告:"本月初八日接班《时务报》,一至五十八册俱全。《蒙学报》至十六册,《译书公会报》一至十五册俱全,《广智报》一至五册俱全,《万国公报》丁酉正月份至今俱全,《渝报》至十二册,《点石斋画报》至三月下浣。余者各报来班再录。官绅委寄各书提取,余部出售……。定阅各日报帋、报册,赐函分送不误,《时务日报》即日可到,定阅赐信,来班必送,风雨不误。"

1898 年 5 月 2 日(光绪二十四年闰三月十二日)刊载"请看新出三报连捷"广告:"启者:各省风气大开,新设报馆若干,名类等等不一。日报、三日报、七日报、旬报、上下浣报、月报、中外报,当下彼处经理南北各省及中外报帋、报册三十四种，还有十余种不畅之报，尚未经理，现有新开三种日报请阅，各有可取。新到《奇闻报》，每日附送《青楼奇闻画报》两页。又曰《大公报》代送《尘天影》小书，每月六百，路远加资。又曰新出《哈哈报》，於《游戏报》新闻之外，间登紧要上谕、时务论说，以广见新闻。名士来稿定阅，各赐函分送，风雨不误，购取各书，物美价廉，代售经济丛钞、书票，又代售清真法制青盐。天津北门内府署东各报馆谨白。"随后刊登多日。

1898 年 5 月 14 日（光绪二十四年闰三月二十四日）刊载紫气堂"念二接到《新学日报》至十一册等"广告，所列皆为时务书籍。

1898 年 5 月 16 日（光绪二十四年闰三月二十六日）刊载紫气堂广告："念三接到《广智报》一至九册俱全，《集成报》至三十三册，《渝报》至十四册……余者暇日再录，物美价廉。"

1898 年 6 月 19 日（光绪二十四年五月初一日）刊载紫气堂"出售隋美人志"广告："原石久佚，精拓仅存，今付石印，并附张叔未题咏，每分（按：当为份）一圆。先行集股，印成后预期布告。凭此票取件，未入股者倍收价值。此帖五月间就出，先取为快，余票无多。又到新出《济公传》《全续彭公案》三次重印，快览百种。"刊载梁子亨"告白"："出售本津新辑《类类报》三日一次，全年百次，论年四元，先交九扣，收价洋三元六角，论月无折扣，用粉连石印。按经济六科，分明别类，五月初一日出报，阅者先定为快。"随后刊登多日。

1898 年 6 月 20 日（光绪二十四年五月初二日）刊载紫气堂告白："迳启者：昨登美日战图，逢有阅时务日报者附送一纸，不取分文，不看时务日报者无涉。新到山东时报……另有新出《济公传》，系宋朝知觉罗汉降世，伏魔度迷，《全续彭公案》除奸行侠保忠良。天津北门内各报总处紫气堂全启。"随后刊登多日。

1898 年 6 月 21 日(光绪二十四年五月初三日)刊载紫气堂广告:"初二日接班四川新出《蜀学报》续并《丛书报》每本共有五十二页,前论时务,内载士农工商,先定为快。又到《算学报》至拾册,《农学报》至三十二册,《类类报》初一日出初四订本。余者名目繁多,不及全录……出售《初二全续彭公案》《济公传》,物奇价廉。天津北门内各报总处紫气堂全启。"

1898 年 6 月 22 日(光绪二十四年五月初四日)刊载一封读者来信:"予最喜阅各种新报,京津沪粤闽浙之旬报、日报,现看者三十七种,惟粤港各报,京中鲜有。售者津门梁君子亨,忧时士也,因开北方风气起见,经理南北各报数十种。予寄洋函定《广智报》《博闻报》、香港《中外报》及闽之《闽报》《华美报》,沪上数种报,均蒙源源接寄无误,而且津门各报总报分馆梁君报价公道,取价真廉。屡次信局遗失后,蒙照数补齐,每报馆停印不出,梁君自认,均不能归看报处吃亏。如此公平交易,果然名不虚传。为此布告远近同好,时事明理各报,诸君不妨函购,定请向津门各报总处,必先睹为快也。京都最爱看报人张琴舫氏识。"随后刊登多日。

1898 年 6 月 23 日(光绪二十四年五月初五日)刊载紫气堂告白:"初三日接班《农学报》至三十二册,《蒙学报》至二十二册,《华美报》至第四册,新出头册《类类报》,《算学报》至第十册、惟有九册未见,《渝报》一册至十六册俱全,《蜀学报》第一册,余者不及全录。天津北门内各报总处紫气堂全启。"初六日亦刊登。

1898 年 6 月 25 日(光绪二十四年五月初七日)刊载"各报总处梁子亨"告白:"出售本津《新闻类类报》津城内论年三元六角,论月津文六百四十;《华美月报》论年津文一吊;新出《蜀学报》后付《丛书报》;《算学报》至九册,前次十册误登;《蒙学报》至念二册;《渝报》一至十六册俱全;《新学月报》一至十二册俱全;《时务报》一至六十三册俱全;《农学报》至三十二册。《知新报》《广智报》《集成报》《萃报》《译书报》《万国公报》《中西教会报》《格致报》,《实学报》迁湖北尚未接班,《点石斋画报》《飞影阁画报》《画图教会报》下浣可到,余者报不畅,售册尚未代分,各日报名目繁多,不及全载。天津北门内府署东紫气堂启。"

1898 年 6 月 27 日(光绪二十四年五月初九日)刊载紫气堂告白:"初八日来班:《点石斋画报》至四月下浣全到,《广智报》至十七册,《蜀学报》内并《丛书报》至第二册,《时务报》至六十四册俱全,新出《类类报》本津论年三元六角,外埠均加寄费,代售法制青盐,美人志帖……新出《济公传》《初集二集三集全集彭公案》,又至时务报馆出书……余者各书各报尚未全录。天津北门内各报总处紫气堂局全启。"刊载天津麇字山房"告白":"新出石印《济公传》,此书出在南宋高宗皇帝,出一位高僧济公,奉佛敕旨,降世人间,敬愚劝善,忠孝节义,与前醉菩提济公不同。本房不惜多金,邀请名公,细加批注,由济公降生共二百四十回,赵家楼、马家湖前后接连。又《全续彭公案》、经史子集石印、铅板、家藏板、局板,均照申价发售,寄售毛贾夥巷瑞芝阁。天津麇字山房谨启。"随后刊登多日。

1898 年 6 月 28 日(光绪二十四年五月初十日)刊载紫气堂告白:"出售《蜀学报》内载《丛书报》,官绅士农工商,皆可一目了然。新出《类类报》,本津论年三元六角,外埠四元,酌加寄费,闰月邮费另加。《时务日报》本津城内每月五伯文(按:伯字当为百),津城外每月六百文。《华美月报》论年津钱一吊,先覩为快。新出《济公传》《初集二集三集四集全续彭公案》《绘像列仙传》《和尚传》,均无多部,请取。天津北门内各报总处紫气堂局全启。"

1898年6月30日(光绪二十四年五月十二日)刊载"三日一本,石印《类类报》"广告:"约看至四个月,可成书七部,八股已改策论,此报询属利器也。每月津钱六百四十文,先交报资,定看全年者,收洋肆元,不折不扣。北阁内延邵公所对门类类报馆启。"随后刊登多日。

1898年7月3日(光绪二十四年五月十五日)刊载"梁子亨代售《类类报》"广告:"彼处经理各报多年,如今北方风气微开,本津新出《类类报》,每礼拜两次,访经济六门,论年四元,一九扣,发外埠酌加寄费,阅者定取,赐函分送,风雨不误。天津北门内府署东各报总处启。"随后刊登多日。

1898年7月4日(光绪二十四年五月十六日)刊载"出售各种时务书籍,物奇价廉"广告,内多是时务书,但是亦有"新出闲书二种:《全续彭公案》《济公传》,余者各书各报不及备载……天津北门内各报总处紫气堂全启。"随后刊登多日。刊载"紫气堂告白":"昨接本津东门内冰窖胡同瑞昌店李宅委托代施《石印绣像西方极乐图》《金刚经》《高王观音经》后附灵验记,均无多部,诸善士如愿领各种善书图记,请向东门内瑞昌店领取可也。天津各报总处紫气堂全启。"随后刊登多日。

1898年7月6日(光绪二十四年五月十八日)刊载紫气堂告白:"十六日接到《时务报》至六十五册,《蒙学报》至二十三册,十七接《蒙学报》至二十四册,《算学报》至十册,《蜀学报》头二册,《渝报》一至十六册俱全,《新学月报》十二册俱全,《格致报》至十二册,《农学报》至三十三册,《广智报》至十七册,《天津古文所见录》每部津钱六吊……《世说新语》《保富兴国论东游日记》,各报各时书不及全载,先取为快。天津北门内各报总处紫气堂书局全启。"

1898 年 7 月 7 日（光绪二十四年五月十九日）刊载紫气堂告白："十七日接到《知新报》至五十六册,《时务报》至六十五册,《蒙学报》至二十四册,《出（按：当为初）集时务策论》,《万国时务分类大成》,《时务分类与国策》,先取为快。天津北门内府署东各报总处紫气堂启。"

1898 年 7 月 10 日（光绪二十四年五月二十二日）刊载紫气堂告白："出售《类类报》《时务报》《知新报》《广智报》《农学报》《译书公会报》《萃报》《华美月报》《新学月报》十二册俱全、《格致新报》《渝报》一至十六册俱全、《万国公报》《蒙学报》、新出《蜀学报》《山东时报》每月两次、《实报》迁湖北来时必送,《集成报》重立新章报册未至,二至十五册《富强报》、丁酉三四月《商务报》,余者不畅之报尚未接售,还有各日报名目繁多,并未全载。天津北门内府署东各报总处紫气堂全启。"后刊登多次。

1898 年 7 月 14 日（光绪二十四年五月二十六日）刊载紫气堂告白："念五日接班《时务报》至六十六册,又接……本津《类类报》出至六册。余者各书各报不及全载,先覩为快。天津北门内府署东各报总处售书局紫气堂全启。"

1898 年 7 月 15 日（光绪二十四年五月二十七日）刊载紫气堂告白："念六接班湖北《萃报》至二十三册,《蒙学报》至二十五册,《点石斋画报》至五月中浣,各种小说先取为快。《大板封神榜》《东西汉》《三国》《后三国》《东周列国》《大梁野中》《西游记》《飞龙传》《改正隋唐演义》《粉妆楼》《罗通扫北》《南北宋》《南唐演义》《五虎平西》《金鞭记》《七侠五义》《荡寇志》《新出济公传》《包公洗冤录》《鲍骆奇书》《九丝绦》《初二三四集彭公案》《初集施公案》《后续施公案》《三续施公案》《正续永庆升平》《万年青》《熙朝快史》,余者各种闲书、时务、洋务、算学、医书,各样报帋、报册、画谱,均未及全录,物奇价廉。梁子亨紫气堂全启。"(二十八日亦刊载此广告。)

1898 年 7 月 16 日(光绪二十四年五月二十八日)刊载"自立经济各报会"告白:"迳启者:彼处经理南北各报不足二十载,如今奉旨改科,八股文章,一旦弃去,经济策论取士,中外一新。各报专选宏才种种论说,数学策略等事,册报、日报内均载之。俗云知时务俊杰也,余在津办理报务,官绅士庶皆云甚便,不贪厚利,有益众人。若风气大开,非阅各报不可。富者群报可览,出资有限,贫士阅各报多有不便之处,故创立经济各报会,早有此意。因北方风气甚迟,今见明文改科,故设报会。入会看报,另有详细章程。不入敝会,自立报会,或三人五人十人不等,亦可自出会名,向本各报处定阅各报。十份一(按:当为以)外,报价必须格外存廉。天津北门内府署东各报总处梁子亨启。"随后刊登多日。

1898 年 7 月 19 日(光绪二十四年六月初一日)刊载紫气堂告白:"三十日接班《广智报》至十九册,《萃报》至二十四册,又到时务新策,时务分类兴国策……余者各书各报未及全载,先覩为快。天津北门内府署东各报总处紫气堂全启。"

1898 年 7 月 21 日(光绪二十四年六月初三日)刊载紫气堂告白:"初一日接《农学报》至三十五册……余者不及全载。天津北门内各报总处紫气堂全启。"(初四、初五日亦刊登)

1898 年 7 月 24 日(光绪二十四年六月初六日)刊载紫气堂告白:"出售经武所用书籍,先取为快。"其中有小说"全续《彭公案》《济公传》。"随后刊登多日。

1898 年 7 月 25 日(光绪二十四年六月初七日)刊载紫气堂告白,其中与小说相关有:《陈志三报果录》《世说新语》。

1898 年 7 月 26 日（光绪二十四年六月初八日）刊载紫气堂告白："天津北门内府署大街各报总处出售《东亚旬报》"广告："本处接到东洋东亚报馆来班,此报每月三次,每本三十余华文,论说各国要政时务,无一不加(按:当为佳),曾先定阅为快。售书局紫气堂梁子亨全启。"随后刊登多日。

1898 年 8 月 9 日（光绪二十四年六月二十二日）刊载"新到时务洋务书籍"告白："念日接到《时务报》至六十八册俱全,《农学报》至三十八册,《广智报》至念二册, 新到时务洋书……余者来班再声,物奇价廉。天津北门内府署东大街各报总处梁子亨全启。"二十三日亦刊登。

1898 年 8 月 13 日（光绪二十四年六月二十六日）刊载"紫气堂出售新书"告白："石印《史记》、经义、四书义,每部三百五十文。《八面锋》四本,每部价津钱七百五十文……天津北门内各报总处紫气堂全启。"随后刊登多日。

1898 年 9 月 20 日（光绪二十四年八月初五日）刊载"快取真正新书"告白,其中与小说有关者"《意大利兴国侠传》《英人强卖鸦片记》。天津北门内府署东各报总处紫气堂全启。"初六日亦刊登。

1898 年 9 月 26 日（光绪二十四年八月十一日）刊载紫气堂告白："初九日接班新出《工商学报》第一册,《农学报》至四十一册,《广智报》至二十九册俱全,《知新报》丁酉全年俱全,《万国公报》丁酉全年俱全,《蒙学报》至念九册,《渝报》一至十六册俱全,《东亚报》至七册,《华美报》至五册,《商务报》零本津价二百,《富强报》零本一百二十,余者各报册、报纸、各种时书,均未全载。天津北门内各报总处启。"

1898 年 9 月 30 日（光绪二十四年八月十五）刊载紫气堂"出售

天津各种新书大发行"广告,十六日亦刊载。其中未见小说。

1898 年 10 月 8 日(光绪二十四年八月二十三日)刊载紫气堂告白:"念二日接到《蒙学报》至念八册,申、沪、新、苏、游、趣此六种均接至本月十六日,《昌言报》至第四册送过,《广知报》至三十册送过,《知新报》至六十四册送过,余欠数期,经天津关周老爷手误接。《农学报》至四十二册送过,《蜀学报》《东亚报》下期未到,《格致报》《译书报》亦未接到,《医学报》月底月初可至,《万国公报》月底可到。余者各报来班再声。"二十四日亦刊登。

1898 年 10 月 12 日(光绪二十四年八月二十七日)刊载告白:"念五日接到《昌言报》至五册,《东亚报》至十册……友人寄售光绪二年、光绪三年整二十本,一套俱全,原印《格致汇编》售价七圆,各种算学、医学、闲书,又新出《中外政俗异同考》,余者各均未全录。天津北门内府署东紫气堂全启。"

1901 年 2 月 8 日(光绪二十六年十二月二十日)"各国新闻"栏目刊载《海外奇谭》,实为小说,二十一日、二十二日、二十三日连载完。

2.《大公报》

1902 年 8 月 20 号(光绪二十八年七月十七日),北京启蒙画报馆第一月画报已经装订成册出售。

1903 年 10 月 25 号(光绪二十九年九月初六日),新到第七期绣像小说,本馆代售。

1904 年 4 月 25 号(光绪三十年三月十日),《京话敝帚千金》第一本出书,安蹇主人,此书共分五类:一开智,二辟邪,三合群,四劝戒缠足,五寓言。

1904 年 5 月 26 号(光绪三十年四月十二日),第二本《敝帚千金》四月十五日出书,说理透辟,趣味浓深,较前书尤胜。

1905 年 1 月 20 号(光绪三十一年十二月十五日),访求华报:今有英友泰晤士报访员莫利孙君考查中国之日报、旬报、月报共有一百数十种,莫君拟各致一纸以备收藏,特此广告。如有留存旧报者务求惠赐一分,不胜感谢。琉璃厂工艺商局黄中慧代启。

1905 年 6 月 5 号(光绪三十一年五月初三日),刊登《中外日报》广告:论议最精,消息最灵,译稿最详,访稿最多,小说最有趣味。欲知中国内政、外交,及官场民间一切情事者,不可不阅此报,留心时事之人、欲于一切要事早知道者,尤不可不阅此报。

1905 年 10 月 10 号、11 号(光绪三十一年九月十二日、十三日),本馆代售各种书籍广告:新译华生包探案、德意志文豪六大家……。

1905 年 10 月 12 号、13 号(光绪三十一年九月十四日、十五日),本馆代售各种书籍广告:新译华生包探案、德意志文豪六大家……绣像小说……。

1905 年 12 月 25 号(光绪三十一年十一月廿八日)《天津商报》出版广告:本报馆开设在天津北马路商务会内,定于十二月初一日出版,报份定价洋六角。外埠酌加邮费。兹将开办简章录左……本报共分二十六门……二十五小说……,天津商报馆谨启。

1906 年 3 月 31 号(光绪三十二年三月初七日),《敝帚千金》代售处广告:本册续出第六七八九册《敝帚千金》,如有购至十部者九折,五十部者八折,百部者七折。

1906 年 5 月 27 号(光绪三十二年闰四月初五日),第十册《敝帚千金》现已装订成书,购者请速移玉可也。

1906 年 10 月 25 号(光绪三十二年九月初八日),《盛京时报》广告。

1906 年 12 月 8 号（光绪三十二年十月二十三日），快看《豫报》
广告。

1907 年 3 月 9 号（光绪三十三年正月二十五日），《中国妇人会
小杂志》出版第一册广告：此杂志乃中国妇人会一部分之组织，内
容极为完善，为女界报志中独一无二之作，纯用官字白话，阅者不
但增进智识，鼓励热血，且能研究普通文字话语，而印刷精工，纸墨
佳美，尤能使女界快心悦目。

1907 年 4 月 8 号（光绪三十三年二月二十六日），天津商务印
书馆分馆广告新设阅书处，电话五百二十六号。

1907 年 4 月 8 号（光绪三十三年二月二十六日），《中国新报》
广告：看看看，杂志界之霸王出现。

1907 年 5 月 16 号（光绪三十三年四月初五日），广告中国妇人
会收到振捐，由《醒俗画报》馆交到贰佰元。

1907 年 9 月 11 号（光绪三十三年八月初四日），《也是集》出版
广告。

1908 年 2 月 7 号（光绪三十四年正初六日），本馆广告：《敝帚
千金》者，本馆订有成本，减价出售，每本零售小洋一角，购十本以
上者九折，五十本以上者八折，百本以上者七折，特此谨启。

1909 年 6 月 17 号（宣统元年四月二十日），《国报》四月二十八
日出版广告：《津门杂录》……《花国春秋》载花丛韵事，《神州佚史》
载古今故事……《诙谐新语》载有趣味笑话，《奇文苑》载可惊可喜
文字，《新食谱》……共八门。天津宫北宣家胡同国报社谨启。

1909 年 11 月 17 号（宣统元年十月初五日），《天津白话报》出
版预告：本报以维持自治，鼓吹民气为宗旨，拟于月内出版，俟确定
地址订准日期再行布告，天津白话报馆主人谨启。

1910 年 5 月 11 号(宣统二年四月初三日),《劝业日报》出版预告:本报之特色有七(一)忠实之言论(二)正确之主张(三)统系之记载(四)丰富之材料(五)灵敏之机关(六)浅显之文字(七)低廉之价格。

1910 年 6 月 20 号(宣统二年五月十四日),新出现《京津时报》广告。

1911 年 9 月 12 号(宣统三年七月二十日),《敝帚千金》大减价。

1911 年 9 月 23 号(宣统三年八月初二日),唐山《国民公报》定期出版广告。

1911 年 11 月 26 号(宣统三年十月初六日),《民意报》广告,本报已于本月初一出版,选取送阅一星期,不取分文,阅者可自向报夫索取。

3.《两日画报》

1909 年 3 月 1 日(宣统元年二月初十日)《醒华五日报》与《两日画报》合并大广告:《醒华报》五日一册,其期太长,致劳渴望,《两日画报》每两日一册,其期又促,致难求精。兹拟自本月十三日起将两报并合为一。每月按三六九日出版。每册六篇,定价铜元六枚,全月九册。铜元五十四枚。其内容仍按两报之旧例,谨先声明。两日报至初十日即行截止,至十三日便将醒华改良报出版,按期寄上不误。两日报所登之《梦游月球》《痴情小史》两种小说,及直隶局所学堂一鉴表三种统归醒华报续登。诸君只阅本报未阅两日报者,本馆存有已出之两日报,当廉价奉售。《醒华》《两日画报》合并之内容附后:第一页,刘业邨先生"七十二楼图",陈恭甫先生"百兽图"二种,间杂绘登。第二页:"戊申纪",此纪登毕后再绘登陈恭甫先生"种种花卉翎毛"。第三页至第六页"时事画"四则。第七页:"古今名媛影"

"直隶局所学堂一览表"二种间杂登载。第八页:"物理识小""回文集锦""英雄谱"三种间杂登载。第九页至第十一页:《鹦鹉案》《梦游月球》《痴情小史》三种。第十二页"谜语"。以上共为六篇,本馆谨白。合并后之价目,每册铜元六枚,每月铜元五十四枚。

4.《民兴报》

1909 年 9 月 25 号(宣统元年八月十二日),《新编李德顺》小说预告:直隶团体同人争议津浦铁路一案,为我国路政极有关系之事,实亦为直隶民气大见发达之征验,而此案造因者确为李德顺一人,今此案业经办结,不可无所撰著以传述之。鄙人费月余之力,将此案自发起至完结,源源本本编辑成书,名曰李德顺,行将付梓,以广流传,先此登报布闻,以告愿闻此案之原委者。仁寿轩主谨白。(此广告刊登多日)

1909 年 9 月 26 号(宣统元年八月十三日)—11 月 21 号(十月初九日),广告:本报小说《最新官场现形记》第一、二册出版,本馆发售每册小洋二角,代售处府署东紫气堂。(此广告刊登多日)

1909 年 11 月 17 号(宣统元年十月初五日),《新著袁世凯》出版预告:是篇为时闻报馆总理佐藤雪田氏所著,搜罗之富为撰述中所罕睹,自袁氏少年时代以迄免官,所有事绩暨其徒党诸人之恶劣状态,无不秉笔直书,及内治外交之得失亦详载焉,作支那近三十年大事记观亦可,凡三百余页,现已付印,准本月内出版,海内各大书庄愿寄售,□请即赐函。天津日本租界时闻报馆。

1909 年 11 月 23 号(宣统元年十月十一日),《天津白话报》出版预告。

1909 年 11 月 26 号(宣统元年十月十四日),广告:本报小说《最新官场现形记》第一二三册出版。

1910 年 3 月 27 号(宣统二年二月十七日),《晨钟白话报》出版广告:本馆开设天津奥租界大马路。此报纯用白话,开通民智,共助宪政为宗旨,今择于二月十五日出版,如欲阅本报者来函定购,必不失阅者之望也,特此预告,本馆告白。

1910 年 3 月 27 号(宣统二年二月十七日)—1910 年 4 月 1 号(宣统二年二月二十二日),《三枚球》出版预告:本报逐日登载傲霜、毋我两君合译之泰西名家小说《三枚球》,大为社会所欢迎,近连接阅报诸君来函,嘱将已见报之前三章先为刊印成书,廉值出售,以省东翻西阅之苦云云。爰徇其请,不日出书,本馆仅白。

1910 年 4 月 15 号(宣统二年三月初六日),李德顺小说大减价广告:拙著李德顺小说原印五千部,自发行以来颇蒙社会欢迎,旬月之间已售出三千余部,现在鄙人急欲回里,拟将余下之一千余部贬价售出,原定每册价洋三角,今减价为小洋二角,有愿知津浦铁路一案之源委者,盍速购之。寄售处,天津民兴报馆,府署东紫气堂,西马路文元书局,河北大胡同文明书局,龙文阁书庄,河北大胡同大街燕报社,北京琉璃厂商务印书馆,大栅栏屈臣氏大药房,山海关志新派报处。

1910 年 4 月 16 号—24 号(宣统二年三月初七日至三月十六日),1910 年 4 月 29 号—5 月 14 号(宣统二年三月二十日至四月初六日),《三枚球》小说第一册出版广告。

1910 年 4 月 16 号—25 号(宣统二年三月初七日至三月十六日),广告:本报小说《最新官场现形记》第一二三四册出版。

1910 年 5 月 20 号(宣统二年四月十二日),广告:《三枚球》小说第一二册出版。

1910 年 7 月 9 号(宣统二年六月初三日),广告:《三枚球》小说第一二三四册出版。

1911 年 11 月 26 号(宣统二年十月二十五日),广告:苦情小说《三枚球》,每部八册,减价 6 角。《元元红小说》出版广告:此书业已出版,购者祈到南门内小费家胡同内坐东新痴室或法界协租印字馆购取可也。《偷魂记》小说出版,每部一册,售价小洋一角五分。

1911 年 12 月 5 号(宣统二年十一月初四日),广告:《最新官场现形记》每部四册,减价六角。《李德顺》小说大减价,每部售铜子拾五枚。《睡狮镜》小说出版,每部三册,定价小洋三角。《国朝遗事纪闻》第一册出书,甘泉汤捷南先生著,定价大洋三角。《京津泰晤士》广告,本报乃天津英文报纸。

5.《中国萃报》

1909 年 10 月 13 号(宣统元年八月三十日),阅报诸君请看:顾叔度先生文章书法久为社会所欢迎,本报承先生扶助,担任论说演小影言各门,是爱读先生文章者已能如愿,惟先生之书法久重鸡林,多有以得说片纸只字为憾者,本馆爱又敦请先生赏赐墨宝,付之石印,与古今名媛小未说等间杂附送(按:未字或衍),已承先生允许,不日当即上石,随报附送,特先奉告,本报谨启。

1909 年 10 月 13 号(宣统元年八月三十日),广告:看!看!看!本馆特别广告。看!看!看!本馆自发行以来,虽蒙诸君所欢迎,究以篇幅太小不胜抱歉,兹订自八月初一日起,每日加送极精细之石印附页一张,不取分文,以餍诸君之雅望,本馆谨启。本报加之附页计有三种(一)名媛今影(二)古名媛影(三)绘图小说(以上共)三种皆由陈恭甫先生担任绘画,每日附送一种。(诸君务须按日保存以便装订。）

1909 年 10 月 13 号（宣统元年八月三十日），广告：爱读无双谱
者请看：本报所发之正续无双谱久为社会所欢迎，现在旧报所存无
几，而索购者尚多，实不足以供所求，爱又重为上石，精印大册单行
本，现已装订成书，廉□出售以饷阅者，刷印无多，请速购取。醒华
报馆谨启。每部二册，定价四角，每本定价二角，总发行所天津河东
醒华报。

6.《中国报》

1909 年 11 月 11 号（宣统元年九月二十九日），头版头条，经理
告白处启事：我们中国人做买卖只知粘招贴，不知道登告白好处，
所以商务老不见发达。本社有鉴于此，特设一告白经理处。凡欲登
告白者，无论京津沪汉，文话白话各报皆可代登，兹将登告白的好
处说与列位细听。一、粘招贴只能粘在本埠，若遇风雨或有第二家
再贴上一张，就看不见，同不贴一样。若登告白，登一月就看见一
月，登一年就看见一年，生意一定要好。二、看报的人多是上等人，
买物件的亦各是上等人。上等人断不能站在街上看招贴。是花一样
的钱，比粘招贴要好的多。三、各位如自己不能做告白文法，本社皆
可代做，如欲登者，到本社面询一切，无不格外周旋。北京前门外五
道庙派报社谨启。同日刊登《滑稽诗话》广告，《精印曾文正公日记
手迹》广告。

1909 年 11 月 12 号（宣统元年九月三十日），（二版）阅报诸君
注意：本报"都门杂俎"改为"燕云随录"，移在二张六页第一栏。"时
评"改为"大陆春秋"，移在一张三页第六栏。"滑稽诗话""新世界谐
谈"改为"曼倩闲话"，仍在二张七页第六栏。

1909 年 11 月 15 号（宣统元年十月初三日），新出历朝一百三

十五种说部大观,是书为明云间陆氏编辑,□山书院集部汇刻。分说选、说渊、说略、说纂四大部,都一百三十五种。蒐罗繁富,蔚为大观。北京集成图画公司谨告。

1909 年 11 月 23 号(宣统元年十月十一日),《中国报》(三版)《燕报》出版广告,内容:一上论,二宫门钞,三社说,四专件,五小说,六要闻,七杂录,八闲评,九文苑,十花事。天津大胡同金家窖燕报社启,北京通信处五道庙派报社。

1910 年 4 月 8 号(宣统元年二月二十九日),最新小说《天津名伶小传》出版广告:此书内容丰富,调查确实,词藻雅训,宗旨纯正,藉梨园之轶事作当世之针砭,凡有周郎痴者自当先睹为快妙。每部一册,定价大洋两角。批发处大胡同文明书局。(此广告刊登多日)

1910 年 5 月 8 号(宣统二年三月二十九日),《中国报》(四版)《北方日报》广告:四月初一日出版,内容分论旨、社说、专电、要闻、京津新闻、直隶各州府县新闻、各省新闻、时评、文苑、插画、调查、白话、晴窗漫录、宪政刍言、自治、琐谈、奏议、专件、来函、小说,二十门。每日两张,每月售小洋六毛。外埠另加邮费,天津送阅三日,送登告白。天津河东奥界大马路十号至十四号楼房。

7.《天津白话报》

1910 年 4 月 10 号(宣统二年三月初一日),本馆同人在外招摇者,即请扭交地方官严惩或函告本馆以追查究,特此布闻,本馆总理兼主笔李镇桐剑颖氏特白。

1910 年 4 月 10 号—4 月 21 号(宣统二年三月初一日—三月十二日),广告:《李德顺》小说减价,每册小洋二角。

1910 年 4 月 21 号(宣统二年三月十二日),广告:《三枚球》小说,第一册出版。

1910 年 6 月 8 号(宣统二年五月初二日),广告:《三枚球》小说第一二册出版,每册定价小洋壹角,本馆谨白。

1910 年 6 月 29 号(宣统二年五月二十三日),广告:《三枚球》小说第一二三册出版,每册定价小洋壹角,本馆谨白。

1910 年 7 月 13 号(宣统二年六月初七日),广告:《三枚球》小说第一二三四册出版,每册定价小洋壹角,本馆谨白。

1910 年 7 月 31 号(宣统二年六月二十五日),广告:《三枚球》小说第一二三四五册出版。

1910 年 8 月 24 号(宣统二年七月二十日),广告:《三枚球》小说第一册至第六册出版。

1910 年 8 月 29 号(宣统二年七月二十五日),广告:《李德顺》小说减价(此广告刊登多日)。

8.《中外实报》

1910 年 8 月 30 号(第二千一百二十六号),《中外实报》七版,请看大文豪家南海吴趼人君尚影并墨宝《还我灵魂记》。至 1910 年 12 月 25 号还有此广告,12 月 1 日还有此广告。

9.《醒华日报》

1911 年 10 月 25 号(宣统三年九月初四日),广告:《益智机甲编》,天津醒华报馆石印,张寿著。

1911 年 11 月 9 号(宣统三年九月十九日),广告:短篇小说《说部杂碎》乙编,醒华报馆石印。

1911 年 11 月 9 号(宣统三年九月十九日),《说部杂碎》短篇小说己编目录,五义、五奇、五愚、五逸、五悲,收逐日刊载短篇小说二十五篇。

1912年正月10号(宣统三年十一月二十二日),短篇小说《说部杂碎》庚编广告,目录:《侠客》《大复老》《都督解》《浪荡子》《印人不驾加冕》《笑丐》《沈翘翘》《油煤人》《催眠术》《狗熊奇案》《短夏德传》《无米炊》《女飞行家之趣事》《临江仙词》《郭节妇》《革命思想之幼童》《古磁》《太监》《一技长》。

1912年正月12号(宣统三年十一月二十四日),《益智机乙编》小说广告。

1912年正月14号(宣统三年十一月二十六日),《益智机乙编》目录:《崔巨伦》《雄山僧》《王羲之》《周立素》《王旦》《程琳》《赵令邦》《杨琔》《种世衡》《李穆》《淮南相》《程车》《崔祐甫》《唐肃》《陈子昂》《王尼》《徐达》《王随》《阿豺》《刘坦》《郭子仪》《邵雍》《孔子》《柳玭》《御史台老棣》《王子猷》《赵忭》《胡霆桂》《柳公绰》《李孝寿》《徐存斋》《裴度》《楚庄王》《李允刚》《张飞》《张耳》《杨士奇》《郭曲》《何真》。

10.《醒报》

1912年正月2号(宣统三年十一月十四日),《醒报》文明书局广告:上海科学会编译部出版各种书籍,喜蒙学界欢迎,各大商埠均已设立分局,惟京津汉口现尚阙如。该会现与本局议妥各种书籍均由本局发行。如蒙贵士商大宗批发,折扣格外从廉。特此布告。北京琉璃厂,天津大胡同,汉口黄波街,本局谨白。

1912年正月2号(宣统三年十一月十四日),《民意报》启示:本报以传布民党意见,铸成共和为宗旨,已于初一日出版,编辑发行所在天津法租界。购阅者诸君请向本社函订。

1912年正月2号(宣统三年十一月十四日),本报同人启事:本社同人均束身自爱,办事一秉大公,想早为社会所共悉,如有在外藉本社名义或鄙人等名义希图招摇讹诈者,请送该管官署惩治,或径扭送本社,以便凭官究办均可。本报经理王建侯,经理马秋圃,总编辑郭养田,主笔董荫狐谨白。

1912 年正月 18 号(宣统三年十一月三十日),今日稿件过多,小说暂停一日声明。

1912 年正月 18 号(宣统三年十一月三十日),《花界龌龊史》出售预告:鄙人现拟将天宝李妈、德庆孙太太、宝乐部王金顺、董玉铃、同庆部曹玉卿不名誉之历史荟萃成书,阅者如有知其种种污秽情状者,请赐函醒报社,交鄙人手收,一俟脱稿,即行付印,特此预告。花界阎罗启。

1912 年正月 18 号(宣统三年十一月三十日),本社紧要声明,本社添延大文豪蒋君缨跣担任编辑事宜,以后本报内容,力求精进,以飨阅者之望,特此声明。

五、登载小说的报刊

根据相关资料得知下列报刊登载小说,但因各种因素的限制,目前还未能查阅到这些报刊。

《天津日日新闻》

《天津日日新闻》又名《日日新闻》,日本人主办的报纸。原名《咸报》,1899 年在天津创刊。方若(字药雨)曾任社长兼主笔。《老残游记》曾在该报刊载。

《天津商报》

《天津商报》又名《商报》,天津商务总会机关报,1905 年在天津创刊出版。创办人为商务总会总理王贤宾,主持人为刘孟扬。其中有杂俎、小说等栏目。

《中外日报》

《中外日报》1905年6月5号（光绪三十一年五月初三日），《大公报》刊登《中外日报》广告：论议最精，消息最灵，译稿最详，访稿最多，小说最有趣味。欲知中国内政外交及官场民间一切情事者不可不阅此报，留心时事之人欲于一切要事早知道者，尤不可不阅此报。

《北方日报》

《北方日报》主要栏目有：谕旨、社说、专电、电报、要闻、京津新闻、直隶各府州县新闻、时评、文苑、插图、调查、白话、晴窗漫录、宪政刍言、自治琐谈、奏议、专件、来函、小说等。

《旬报》

《人镜画报》第四册，光绪三十三年七月初四日，广告：请看希奇古怪的旬报也出现了：这个报在中国可称有一无二，里边尽是时事风俗的笑话、图说，并译东西洋最有趣的滑稽书报，意主激切改良社会，每月三册，逢五出报，现已出至十三期，每册铜元十个，头期业已再版，仍照半价出售，特此广告。总发行所北京西草厂胡同东头路南庄言报社启，代派处天津府署东紫气堂梁子亨，乡祠南李茂林。

《时闻报》

《民兴报》1909年11月17号（宣统元年十月初五日），《新著袁世凯》出版预告：是篇为时闻报馆总理佐藤雪田氏所著，搜罗之富为撰述中所罕睹，自袁氏少年时代以迄免官，所有事绩暨其徒党诸人之恶劣状态，无不秉笔直书，及内治外交之得失亦详载焉，作支那近三十年大事记观亦可，凡三百余页，现已付印，准本月内出版，海内各大书庄愿寄售，□请即赐函。天津日本租界时闻报馆。

《国报》

《大公报》1909 年 6 月 17 号(宣统元年四月二十日),《国报》四月二十八日出版广告:《津门杂录》……《花国春秋》载花丛韵事,《神州佚史》载古今故事……《诙谐新语》载有趣味笑话,《奇文苑》载可惊可喜文字,《新食谱》……共八门。天津宫北宣家胡同国报社谨启。

《燕报》

《中国报》1909 年 11 月 23 号(宣统元年十月十一日)(三版),《燕报》出版广告,内容:一上论,二宫门钞,三社说,四专件,五小说,六要闻,七杂录,八闲评,九文苑,十花事。天津大胡同金家窨燕报社启,北京通信处五道庙派报社。

近代津门小说作家小传

　　传主包括近代天津籍的本地作家,长期居住津门、多次游历津门并为近代天津小说发展作出过一定贡献的外籍作家,以及在天津发表过小说的作家,主要有 22 位(其余报刊小说作者因多用笔名,真实姓名不可考,难以为传),按其生活年代排序。

　　1. 吴炽昌(约 1781—1856 年之前),字芗厈,浙江盐官(今海宁市)人,在北方京、津等地游幕三十余年,道光十四年(1834)在保定完成《客窗闲话》,道光三十年(1850)在"泉州官舍之西斋"(今天津宝坻)完成《续客窗闲话》,与高继珩等人交好。《客窗闲话》被认为是道光后期成书并刊刻行世的成就最高的文言小说集。

　　2. 高继珩(1797—1865),一名浚璜,又作璇潢,字寄泉,河北迁安人。生十四而孤,依宝坻外家王氏以居,随舅父学习。读书能刻苦自立,喜为诗古文辞,年甫逾冠,以宝坻籍领乡试,中嘉庆二十三年举人,授栾城教谕,移大名。性好客,喜谈兵,与人交,诚朴真挚,不矜不吝。寄泉在津生活数十年,与津门文人梅成栋等交往密切,诗词唱和,曾参加梅成栋组织的"梅花诗社",与华长卿、边浴礼并称为"畿南三子"。《蝶阶外史》正编四卷作于咸丰四年(1854),续书作于晚年。寄泉曾主讲天雄书院,晚岁由大名教谕论军功保荐知县,借补广东博茂场盐大使。子三人,其中铭盘诗名尤著。女顺贞,字德华,亦能诗,著有《翠微轩诗钞》。

3. 石玉昆(生卒年不详),字振之,天津人,成年后主要生活在北京,咸丰、同治时以唱单弦轰动一时,因他久在北京卖唱,有人误认为是北京人。石玉昆的成就一方面在说唱文学,另一方面在小说,《三侠五义》是其代表作。

4. 沈兆沄(1783—1877),字云巢,天津人,性聪颖爽朗,昏夜目能辨物。嘉庆已末(1799),年十七应童子试第一,补县学生,嘉庆二十二年(1817)成进士,历任河南按察使、山西按察使等职。历官四十载,案无留牍,事必躬亲,开诚布公,淡然无欲。尝谓为长官者,稍有所好,迎合者即有所乘。后引疾乞归,邑人延讲辅仁书院,以实学教诸生,曾参加梅成栋组织的"梅花诗社",平居以诗书自娱。其所著《篷窗附录》大学士翁同龢侍讲南斋时,上其书,奉旨留览。光绪三年(1877)卒,年九十四,谥文和。[1]云巢为华长卿(字枚宗,号梅庄)之舅氏,《梅庄诗钞》中有《织帘书屋同云巢舅氏夜话》等诗。

5. 郝福森(约1810—约1880),号东园,天津人,其先人世职事于御舟坞,其父平如公善识水性,曾见义勇为,从河中救人。其母为教书先生之女,性情温善。其三兄为郝缙荣,其五兄因病早卒。缙荣字采三,岁贡出身,曾任宝坻县训导,著有《一门沉澄集赋草》,与天津文人华筠庄、华梅庄多有交往。郝福森著有《津门闻见录》,其中

---

①徐世昌:《大清畿辅先哲传》(上册),北京:北京古籍出版社,1993年,第480页。

的卷一与卷二名为《东园实纪》，为笔记体志怪小说集。

6. 徐士銮(1833—1915)，字苑卿，一字沅青。出生于天津世代书香之家，祖父徐炘为乾隆癸卯(1783)副榜贡士，世称朗斋先生。士銮自小"克绳祖武，学古有获"，少就读于同邑杨光仪。咸丰八年(1858)中乡举，咸丰十一年(1861)入资为内阁中书，旋升典籍、侍读等职，同治十二年(1873)四月至光绪七年(1881)二月任浙江台州知府，同年引疾归里。此后，在家居的三十多年时间里，潜心辑书著述，尤以乡邦掌故为重，凡有关于文献者，虽片词只字罔不手录辑存，《宋艳》一书在此期间辑成，始刊于光绪辛卯(1891)冬十月，约刊成于1893年至1894年之际。另有《敬乡笔述》《医方丛话》等著作。

7. 李庆辰(约1838—约1897)，字筱筠，别号醉茶子，天津人，先茔在天津城北北仓刘园村(今天津市北辰区北仓镇刘园村)。李氏先世曾数代为官宦，有过一段颇长的兴盛时期。七世祖李珏，字德骊，曾为太仓州牧；伯祖寿彭，曾为宜昌太守。到李庆辰父亲一辈，趋向衰落，将故居分割出赁，作为家庭的经济来源。李庆辰曾以诸生的身份多次参加乡试，但都没能考中举人，以坐馆为生，与津门文人杨光仪等交好。有未刊手稿《獭祭编》十一册，从1884年至1897年，分别以创作年甲、乙、丙、丁、戊、己、庚、辛、壬、癸等命名。《獭祭编》中很多小说经过修改后收入《醉茶志怪》。《醉茶志怪》刊刻于1892年。

8. 张焘(约1854—?)，字赤山，籍属钱塘(今浙江杭州)，生长北京，幼年随父侨寓天津，居住紫竹林一带。张焘工书善绘，知岐黄、识洋字，以教书为业，课余以辑书为乐，《津门杂记》初刻于1884年。1888年时报馆刊印《海国妙喻》，1896年明达学社出版《海外拾遗》(二者合称为《泰西美谭》)。

9. 严复(1853—1921),字又陵,又字几道,福建省侯官(今福州市)人,少年时代就学于福州马尾船政学堂,后被派往英国学习海军,1879 年回国后担任福州船政学堂教习,1880 年直隶总督兼北洋大臣李鸿章在天津办北洋水师学堂,调严复到天津担任总教习(教务长),1890 年升任总办(校长)。甲午战争失败后,严复曾在天津《直报》上连续发表了《论世变之亟》《原强》《救亡决论》《辟韩》等文,翻译《天演论》等名著,介绍西方社会政治学说,1897 年在《国闻报》发表《本馆附印说部缘起》。1900 年八国联军入侵时他被迫离津,后又屡到天津,自称"吾系卅年老天津",被称为"近代天津第一学人"。

10. 林纾(1852—1924),原名群玉,字琴南,号畏庐、冷红生,福建闽县(今福州)人。光绪举人,任教于京师大学堂。曾依靠他人口述,用古文翻译欧美等国小说一百七十余种,其中不少是外国名作,译笔也很流畅,对当时颇有影响。1911 年 10 月 10 日,辛亥革命爆发,举国震动。一个月后,林纾携家眷到天津避难。1913 年 12 月 1 日,梁启超在天津创办《庸言》,林纾应邀撰稿。

11. 刘鹗(1857—1909),字铁云,别署洪都百炼生,江苏丹徒(今镇江市)人。刘鹗出生于一个官僚家庭,他不以经文科举博取功名,对数学、医学、经商以至水利、工矿等新兴实用学科极有兴趣。他还爱好书画碑帖、金石甲骨的收藏研究,编有《铁云藏龟》。1888年郑州黄河大堤决口,刘鹗帮办治河有功,声誉大起,1900 年八国联军侵占北京,刘鹗从俄军手中低价购得太仓储粟,赈济饥民,1908 年被清廷以"私售仓粟"罪名加以逮捕,充军新疆,1909 年病逝于新疆。刘鹗曾在天津开办"海北精盐公司",常常往来于北京、天津、上海之间，与《大公报》的英敛之、连梦青，《天津日日新闻》的方药雨等关系密切。《老残游记》卷一至卷二十曾在《天津日日新闻》上逐日发表。1907 年 8 月 18 日，《天津日日新闻》开始连载《老残游记二集》自序及一至九卷，至 10 月 6 日毕。

12. 夏曾佑（1863—1924），字穗卿，一作遂卿，号碎佛，笔名别士，汪康年为其表兄。浙江杭州人。早年丧父，随母学习文化知识，十四岁入学，二十六岁考中举人，二十八岁考中进士，旋即被任为清廷礼部主事。1892 年左右，在北京和梁启超、谭嗣同等维新人士相识，过从甚密，成为契友。1897 年到天津，任育才馆教师，又与严复等创办《国闻报》，担任主笔，宣传新学，与严复共同撰写《本馆附印说部缘起》。梁启超认为夏穗卿是晚清思想革命的先驱者，是他少年做学问最有力的一位导师。

13. 丁竹园（1869—1935），名国瑞，字子良，号竹园，回族，北京人。幼年时代学习诗书，青年时代在其叔父的影响和指导下，研习中医。20 多岁时到天津谋生，创办"敬慎医室"，后一直在天津生活，与津门报人英敛之、刘孟扬、顾叔度等交往密切。1907 年曾创办《竹园白话报》，后改为《天津竹园报》。丁竹园为《大公报》等报纸创作了大量的白话小说，有《观活搬不倒儿记》《烂根子树》等。丁竹园还是天津的一位科幻小说作家，1926 年发表《天空游记》。

14. 王照（1859—1933），字黎青，号小航，又号水东，天津宁河县芦台镇人。曾祖王锡朋，系清末寿春镇总兵，中国近代著名爱国将领。父王楫，曾为太学生，袭都骑尉兼云骑尉职。王照幼年丧父，由叔父收养，从小喜欢观星象，爱读天文、地理、兵书。10 岁后从塾师学诗文，1877 年（19 岁）入书院，1891 年（32 岁）中举，1894 年（35 岁）中进士，点翰林院庶吉士，次年改任礼部主事。戊戌变法时，因敢于冒颜上奏,被皇帝赏予三品顶戴,以四品京堂候补。1898 年戊戌变法失败后,王照被革职拿办,10 月逃亡日本。1900 年潜行归国,为避开朝廷耳目,身穿僧服,自称"台湾和尚",以化缘为生。至秋,回乡隐居,编创《官话合声字母》,主张以北京话的语音作为标准音来统一全国语言。王照一生致力于官话字母的传播和国民普及教育,曾在北京、保定等地推行官话字母。民国以后,参与制定注音字母。胡适称其为"三十多年前的革新志士,官话字母的创始人。"有游记小说《行脚山东记》,官话字母小说《对兵说话》等。

15.储仁逊(1874—1928),字拙庵,号卧月子,又号醉梦草庐主人梦梅史,书斋号莳心堂,行七。祖籍章武,世居天津带河门外。亢爽磊落,持身捐介,毕生布衣布履。好饮酒,间为小诗,渊懿朴茂,溢于言表,不轻易与人唱和。储仁逊的一生,十分具有传奇性,在著述方面也十分丰富。《嚣嚣琐言》二册、《闻见录》十五卷,皆掌故之学,间附考证,未刊刻行世。整理加工话本小说十五种:《蜜蜂计》《毛公案》《于公案》两种、《双龙传》《青龙传》《阴阳斗》《双灯记》《满汉斗》《蝴蝶杯》《八贤传》《孝感天》《聚仙亭》《刘公案》《守宫砂》。

16. 陈家麟(1877—?),字黻卿,直隶静海(今属天津市)良王庄人,曾留学欧美,一说是英国牛津大学文学博士,美国康乃尔大学法学博士,一说是美国康乃尔文科博士。1915 年左右,曾在北京高等师范学校附属中学校任英文教员,又曾任北京师范大学教授,1930 年起担任河南大学文学院教授。与林纾、陈大镫等合译 70 多部文学作品。

17. 刘孟扬 (1877—1943),字伯年,天津人,回族。1903 年被聘为天津《大公报》第二任主笔,曾撰文抨击袁世凯。1909 年创办《民兴报》,宣传鼓吹君主立宪,后又创办《白话晚报》《白话晨报》《天津午报》等。擅书法,长于中国文字语音研究,曾创制一套中国音标新学。1919 年曾发表《注音字母之商榷》一文,受到学术界的注意。著有《天津拳匪纪事》《梦影录》《孟扬杂稿选刊》等。在《天津白话报》发表《十年前的新财主》《十年前之今日》《天津的失城与妇女的关系》等作品。其妹刘清扬为周恩来入党介绍人,是中国妇女解放领导人之一。

18. 白坚武(1880—1938),字馨远,号譬亚,亦作兴亚,直隶交河人。1910 年考入天津法政学堂,加入中国同盟会。1911 年 9 月被陆荣廷聘为顾问。1918 年任直隶代表,在上海参加南北议和会议。后赴南京,被李纯聘为顾问。1920 年李纯死后,投入吴佩孚麾下。1924 年 9 月第二次直奉战争失败后,避居天津。1927 年吴佩孚被北伐军打败出走四川时,白赴日本。1935 年回天津,与石友三组织华北正义自治军,任总司令,失败后出走东北,旋再返天津。1938 年被冯玉祥逮捕,以通敌叛国罪,在南乐县枪决,终年 58 岁。白坚武一生戎马生涯, 早年在天津法政学堂读书时曾作言情小说《断肠影》《女国士》《血海美人》三部。

19. 连梦青(生卒年不详),别名忧患余生,与刘鹗、方药雨为好友,受英敛之之聘,1902 年 2 月至 1903 年 6 月在天津担任《大公报》第一任主笔,不久就使《大公报》的销量超过《天津日日新闻》报,成为天津的第一家大报。连梦青与沈荩及《天津日日新闻》主持人方药雨相友善。1903 年沈荩将《中俄密约》事泄露于方药雨,方药雨将这条独家新闻揭诸报端,一时朝野轰动。慈禧太后闻讯大为震怒,沈荩被捕刑部狱中,立毙杖下,连梦青仓皇出逃上海,著有小说《邻女语》。

20. 李镇桐(生卒年不详),号剑颖,不仅是一位报人兼小说家,还是民族实业家,1906年投资开办华胜烛皂股份有限公司。1910年创办《经纬报》,以"鼓吹宪政,提倡实业"为宗旨,曾主办《民兴报》,并担任《天津白话报》总理兼主笔,是一位思想进步人士,强调"监督政府"为报纸的宗旨。清宣统三年三月十日,国民求废烟会在商务总会举行成立会,到会100余人,要求废除允许鸦片输入的中英旧约,会议决定上书请愿,推荐李子久、刘孟扬、丁国瑞、李镇桐、杜清廉为晋京上书请愿代表,可见李镇桐与刘孟扬、丁国瑞同为当时天津文化界名流。在《天津白话报》上发表《侦探被害之奇案》《喝,好怪的梦》《中国人多近视眼》《听戏》等小说。

21. 郭究竟(生卒年不详),又名久镜,又称宛平郭心培养田,曾任天津《民兴报》兼《燕报》主笔,天津《醒报》总编辑,中国社会党党员。在《天津白话报》上发表小说《断肠花》《假中国》等,在《醒报》上发表小说《专制剑》等。1913年又曾在北京主办《国风日报》,曾被袁世凯传令逮捕。

22. 伍光建(1867—1940),原名光鉴,号昭康,广东新会人。15岁即考入天津北洋水师学堂,时严复任总教习,1886年留学英国深造,回国后被派往母校北洋水师学堂任教习。伍光建是天津培育出的一位翻译家,翻译了大仲马的三部曲《侠隐记》(今译《三个火枪手》)、《续侠隐记》(今译《二十年后》)和《法官秘史》(今译《布拉日罗纳子爵》)等著名作品。

参考文献

一、报刊类

[1]《大公报》,天津:天津大公报社,天津图书馆影印本,1902—1911.

[2]《两日画报》,天津:两日画报社,南开大学图书馆藏,1909.

[3]《民兴报》,天津:民兴报社,天津市图书馆缩微胶卷,1909.

[4]《人镜画报》,天津:人镜画报社,南开大学图书馆藏,1907.

[5]《时报》,天津:天津时报社,天津市图书馆缩微胶卷,1886—1888.

[6]《醒报》,天津:醒报社,天津市图书馆缩微胶卷,1911—1912.

[7]《醒华日报》,天津:醒华报馆,天津市图书馆缩微胶卷,1911—1912.

[8]《醒俗画报》,天津:醒俗报馆,南开大学图书馆藏,1909.

[9]《天津白话报》,中国早期白话报汇编,全国图书馆文献缩微复制中心,2008.

[10]《直报》,天津:天津古籍出版社,2010.

[11]《中国报》,天津:中国报报馆,国家图书馆缩微胶卷,1909—1910.

[12]《中国萃报》,天津:中国萃报馆,天津市图书馆缩微胶卷,1909.

[13]《中外实报》,天津:中外实报社,国家图书馆缩微胶卷,1909.

[14]《忠言报》,天津:忠言报社,天津市图书馆缩微胶卷,1909.

二、论著类

[1] 阿英:《庚子事变文学集》,北京:中华书局,1959.

[2] 阿英:《晚清小说史》,南京:江苏文艺出版社,2009.

[3] 鲍国华:《二十世纪天津文学期刊史论》,济南:山东画报出版社,2012.

[4] 蔡亚平:《读者与明清时期通俗小说创作、传播的关系研究》,广州:暨南大学出版社,2013.

[5] 陈大康:《中国近代小说编年史》,北京:人民文学出版社,2014.

[6] 陈洪:《中国小说理论史》,合肥:安徽文艺出版社,1992.

[7] 陈鸣树:《文艺学方法论》,上海:复旦大学出版社,2004.

[8] 陈平原,夏晓虹编:《二十世纪中国小说理论资料·第一卷(1897—1916)》,北京:北京大学出版社,1989.

[9] 陈平原:《中国现代小说的起点—清末民初小说研究》,北京:北京大学出版社,2005.

[10] 陈平原:《中国小说叙事模式的转变》,北京:北京大学出版社,2010.

[11] 陈卓:《正史津门史料钩沉》,北京:学苑出版社,2008.

[12] 储仁逊:《清代抄本公案小说》,天津:百花文艺出版社,1996.

[13] 大仲马著,君朔译:《侠隐记》,上海:上海商务印书馆,1915.

[14] 戴玄之:《义和团研究》,北京:北京大学出版社,2010.

[15] 丁竹园:《竹园丛话》,北京:北京图书馆出版社,2009.

[16] 白坚武:《白坚武日记》,南京:江苏古籍出版社,1992.

[17] 杜慧敏:《晚清主要小说期刊译作研究(1901—1911)》,上海:上海世纪出版集团,2007.

[18] 饵荣本:《笑与喜剧美学》,北京:中国戏剧出版社,1988.

[19] 范文澜:《中国近代史》,北京:人民文学出版社,1955.

[20] 英敛之:《英敛之先生日记遗稿》,台湾:文海出版社,1974.

[21] 高继珩:《蝶阶外史·丛书集成三编文学类·琐谈、书牍》,台北:新文丰出版公司,1988.

[22] 郭延礼:《近代西学与中国文学》,南昌:百花洲文艺出版社,2010.

[23] 郭延礼:《中国近代文学发展史》,济南:山东教育出版社,1990.

[24] 郝福森:《津门闻见录·天津图书馆孤本秘籍丛书二·史部》,天津:天津图书馆辑.

[25] 胡全章:《清末民初白话报刊研究》,北京:中国社会科学出版社,2011.

[26] 胡士莹:《话本小说概论》,北京:中华书局,1980.

[27] 胡适:《胡适文集》,北京:人民文学出版社,1998.

[28] 胡太春:《中国近代新闻思想史》,太原:山西人民出版社,1987.

[29] 胡亚敏,王先霈:《文学批评原理》,武汉:华中师范大学出版社,1999.

[30] 胡亚敏:《叙事学》,华中师范大学出版社,2004.

[31] 黄遵宪:《黄遵宪集》,天津:天津人民出版社,2003.

[32] 霍尔等著,冯川译:《荣格心理学入门》,北京:生活·读书·新知三

联书店,1987.

[33] 纪昀:《阅微草堂笔记》,上海:上海古籍出版社,2010.

[34] 来新夏主编:《天津事迹纪实闻见录》,天津:天津古籍出版社,
1986.

[35] 雷梦水等编:《中华竹枝词》,北京:北京古籍出版社,1997.

[36] 李剑国:《唐前志怪小说史》,天津:天津教育出版社,2005.

[37] 李九华:《晚清报刊与小说传播研究》,北京:中国社会科学出版
社,,2014.

[38] 李庆辰:《醉茶志怪》,济南:齐鲁书社,2004.

[39] 李豫等:《清代木刻鼓词小说考略》,太原:三晋出版社,2010.

[40] 凌硕为:《新闻传播与近代小说之转型》,杭州:浙江大学出版社,
2013.

[41] 刘鹗:《老残游记》,石家庄:花山文艺出版社,1994.

[42] 刘燕萍:《怪诞与讽刺—明清通俗小说诠释》,上海:学林出版
社,2003.

[43] 刘永文:《晚清小说目录》,上海:上海古籍出版社,2008.

[44] 卢斯飞,杨东甫:《中国幽默文学史话》,南宁:广西教育出版社,
1994.

[45] 鲁德才:《中国古代小说艺术论》,天津:百花文艺出版社,2013.

[46] 鲁迅:《中国小说史略》,北京:中华书局,2010.

[47] 罗耀九主编:《严复年谱新编》,厦门:鹭江出版社,2004.

[48] 吕超:《东方帝都西方文化视野中的北京形象》,济南:山东画报
出版社,2008.

[49] 马艺:《天津新闻传播史纲要》,北京:新华出版社,2005.

[50] 马艺:《中国新闻传播史论》,北京:新华出版社,2007.

[51] 珀·卢伯克,爱·福斯特,爱·缪尔著,方土人,罗婉华译:《小说美学经典三种》,上海:上海文艺出版社,1990.

[52] 蒲松龄:《聊斋志异》,北京:中华书局,2014.

[53] 邱运华:《文学批评方法与案例》,北京:北京大学出版社,2005.

[54] 沈兆沄:《篷窗附录·丛书集成续编十六(总类)》,台北:新文丰出版公司,1988.

[55] 施蛰存:《中国近代文学大系 1840—1919 翻译文学》,上海:上海书店,1990.

[56] 石玉昆:《三侠五义》,北京:中华书局,2013.

[57] 宋常立:《中国古代小说文体论》,天津:天津社会科学院出版社,2000.

[58] 孙玉蓉:《天津文学的历史足迹》,北京:大众文艺出版社,2007.

[59] 汤克勤,李珊编著:《近代小说学术档案》,武汉:武汉大学出版社,2013.

[60] 王德威著,宋伟杰译:《被压抑的现代性—晚清小说新论》,北京:北京大学出版社,2005.

[61] 王玲:《北京与周围城市关系史》,北京:北京燕山出版社,1988.

[62] 王照:《官话合声字母》,北京:文字改革出版社,1957.

[63] 王照:《官话字母读物八种》,北京:文字改革出版社,1957.

[64] 王之望,闫立飞:《天津文学史》,天津:天津人民出版社,2011.

[65] 王之望:《天津作家论》,天津:天津社会科学院出版社,2002.

[66] 韦勒克:《文学理论》,北京:文化艺术出版社,2010.

[67] 无名氏:《三门街》,杭州:浙江古籍出版社,1986.

[68] 吴炽昌:《客窗闲话 续客窗闲话》,北京:文化艺术出版社,1988.

[69] 武田雅哉著,任钧华译:《飞翔吧! 大清帝国》,北京:北京联合出

版公司,2013.

[70] 夏晓虹:《觉世与传世—梁启超的文学道路》,北京:中华书局, 2006.

[71] 徐立亭:《晚清巨人传严复》,哈尔滨:哈尔滨出版社,1996.

[72] 徐士銮:《宋艳》,杭州:浙江古籍出版社,1987.

[73] 徐世昌:《大清畿辅先哲传》,北京:北京古籍出版社,1993.

[74] 叶朗:《中国小说美学》,北京:北京大学出版社,1982.

[75] 余英时:《士与中国文化》,上海:上海人民出版社,2013.

[76] 袁进:《近代文学的突围》,上海:上海人民出版社,2001.

[77] 袁进主编:《中国近代文学编年史 以文学广告为中心(1872— 1914)》,北京:北京大学出版社,2013.

[78] 袁庭栋:《刘鹗及〈老残游记〉》,成都:四川人民出版社,1985.

[79] 占骁勇:《清代志怪传奇小说集研究》,武汉:华中科技大学出版 社,2003.

[80] 张赤山译:《海国妙喻》,《域外文学译文卷》第四册,北京:中华 书局,1961.

[81] 张风纲编,李菊侪,胡竹溪绘:《旧京醒世画报》,北京:中国文 联出版社,2003.

[82] 张焘:《津门杂记》,天津:天津古籍出版社,1986.

[83] 张宜雷:《图说20世纪天津文学》,延边:延边大学出版社,2003.

[84] 张振国:《晚清民国志怪传奇小说集研究》,南京:凤凰出版传媒 集团凤凰出版社,2011.

[85] 赵利民:《中国近代文学观研究》,济南:山东文艺出版社,1999.

[86] 郑观应:《盛世危言》,呼和浩特:内蒙古人民出版社,2006.

[87] 郑振铎:《中国俗文学史》,吉林:吉林人民出版社,2013.

[88] 中国古代孤本小说组:《中国古代孤本小说集》,北京:中国文史出版社,1998.

[89] 中国人民政治协商会议天津市委员会文史资料委员会编:《近代天津十二大报人》,天津:天津人民出版社,2001.

[90] 朱一玄编:《明清小说资料选编》,济南:齐鲁书社,1989.

[91] 樽本照雄:《新编增补清末民初小说目录》,济南:齐鲁书社,2002.

后　记

　　此书是在博士论文的基础上修改而成的。选定近代天津小说作为主要研究方向，是因为恩师宋常立教授曾说近代天津小说还未有人研究，希望我尝试一下。我抱着试试看的心情进入图书馆搜寻时，竟然出乎意料地找到一座宝藏。发现材料时的一连串惊喜使我的博士生生涯充满了探索的乐趣，也使我在三年内较为轻松地完成了博士学业。现在，修改完毕，虽然心里还有种种怀疑，担心会有纰漏，但终于可以松一口气。

　　在书稿完成之际，首先要感谢我的恩师宋常立教授。宋老师是一位仁者，不慕名利，以读书著文为乐，他把我引入学术之路，使我明白许多做学问的道理。第一学期老师让我自由地看书，每周向他做一次汇报，此种教学方法正好适合了我看书时多疑多问的性情。当时我急于想找到小说研究的"捷径"，疯狂地看各种文艺理论书，看后却总觉得那些理论距古代小说十分遥远，不切合实际，于是又迫不急待地从西方看回到中国，最后终于从远方回到脚下，从理论回归到文献。在汇报时,我曾不知天高地厚地侃侃而谈,老师总是听我说,然后再鼓励我继续去看、去挖掘和发现,于是,我就再去看各种相关的论著,直到我觉得一个问题弄明白了才放手,开始思考并角逐下一个新的问题。在阅读和交流的过程中,各种想法总是蜂拥而至,闪现出种种灵感的火花,我匆匆地把它们写成小文,发表在各类学术刊物上。读博二年级时,当宋老师得知我有两篇文章都被《明清小说研究》录用时,欣喜之色溢于言表。那一段特殊的学习经历开启了我的思路并为后来的研究打下了基础,至今难忘,现在想起来还觉得斗志昂扬、充满激情。

其次,要特别感谢参加我博士论文答辩会的各位专家:河北大学的刘崇德教授、国家图书馆的詹福瑞教授、南开大学的陶慕宁教授和孟昭连教授、天津师范大学的赵利民教授和赵建忠教授。他们非常认真甚至是逐字逐句地审读了我的论文,给我提出许多宝贵的修改意见。詹福瑞教授从北京去徐州开会时带上我的论文,再从徐州到天津来参加答辩会,论文一直陪他走了两千多公里的路程,实在让我感动。孟昭连教授指出论文中点校断句的不妥之处。刘崇德教授、陶慕宁教授都为论文将来的出版给予了推荐和帮助。赵利民教授也是我的一位恩师,我曾经与 2013 级博士生同学共同听他的课,受益良多。赵建忠教授也给论文提出了很多宝贵意见。七位先生都对论文给予了较高的评价,使我深感惭愧的是水平的有限,理论的不足。在出版前我按照各位先生的意见进行了修改和完善,特在此表示真诚的感谢!

然后,我要感谢求学之路上我所付出的年华与收获的快乐,感谢我的身体和谐地配合我的意志,虽然有劳累的时候,但稍事休息又能恢复勃勃生机。记得 2013 年我在北京背着电脑包,从国家图书馆去古籍图书馆,一路问寻,人们都不知道,幸好有一位骑自行车的大爷,为我指点了迷津,他惊讶地说:"现在还有人看书呀!"并问我年龄,我说我80年的,他说80年他刚刚大学毕业。我顿时觉得自己还真是挺年轻的呢。大爷乐呵呵地哼着京戏骑着车飘然而去,我依旧背着包迈着大步朝古籍馆走去,像一个热血少年。虽然天气预报说有雾霾,但我觉得天气晴明,尤其是在查访到新的资料之后,更是有一种如获至宝的快乐。

一路走来,我收获了很多,但也失去了很多,学术研究的快乐是孤独的、甚至是自私的,它需要长期连续不断地投入大量时间与精力,许多时候我都不想过节假日,不想出去玩,从而让我忽略了家人,甚至我的父母他们并不了解我每天在忙什么。2015年暑假,父亲因心脏病住进了医院,做了支架手术,我们都庆幸躲过一劫。但仅仅一年,2016年暑假父亲心脏病复发,而这一次,所有的一切都来不及了。失怙之痛,无处躲藏。许多的努力都变得失去了意义,我曾经设想过无数个假如,太多的遗憾和愧疚,让我连续几个月在黑夜中暗自饮泣,难以入眠。直到体检时发现各种毛病,身体向我敲响了警钟,与其在悲伤中自我毁灭,不如化悲伤为力量,以一项成果来慰藉父亲的在天之灵。于是,我擦干泪水,咬紧牙关,继续向前,除此之外,没有别的办法。我之所以能够从一个顽童走上这样的文学研究道路,和父亲有很大关系。父亲生于20世纪50年代,年轻的时候堪称是一位文艺青年,劳作之余喜欢看小说、听评书、听歌、写对联,给我们讲故事,教我们下棋、唱歌,他有两位好友比他小十几岁,热爱摇滚,都不被一般的人们所理解。天津,是父亲心仪的一座城市,我之所以来到天津求学和发展,与他的鼓励也是密不可分的。感谢我的父亲,赐予了我文学的兴趣,让我在文学中找到乐趣,在这座城市中拥有自己的生活。而他,将永远活在我的心里。

同时,感谢家人给予我的大力帮助,我敬爱的婆婆和妈妈都曾任劳任怨地帮我看宝宝,做家务,我的夫君无论是精神上还是物质上都对我鼎力支持,我的女儿总是自己玩,让我可以顺利地完成书稿。我也要感谢我的亲朋好友和兄弟姐妹们,因为我性格趋向内敛,不擅长与大家交流,但在我遇到困难的时候,总会感觉到大家跟我在一起。

最后,真诚地感谢天津师范大学对我的培育!感谢津沽学院与文学系各级领导和老师们对我的关爱!感谢文学院的领导和老师们在我读博期间的指导和帮助!感谢问津书院王振良老师和天津社会科学院出版社张博老师对此书出版的帮助!感谢南开大学文学院对我的培养,感谢博士后合作导师叶嘉莹先生对我的教诲!

因为个人水平有限,书中疏误之处,在所难免,真诚地恳请学界前辈、同仁及广大读者赐教,对本书提出批评。

李云
2017 年 1 月 18 日于天津安华里

《问津文库》已出书目

(总计 79+3 种)

◎ **天津记忆**

沽帆远影　刘景周著	59.00 元
茌苒芳华:洋楼背后的故事　王振良著	49.00 元
津门书肆记　雷梦辰原著/曹式哲整理	49.00 元
故纸温暖:老天津的广告　由国庆著	28.00 元
沽上文谭　章用秀著	38.00 元
百年留踪:解放桥的前世今生　方博著	39.00 元
南市沧桑　林学奇著	79.00 元
津沽漫记:日本人笔下的天津　万鲁建编译	39.00 元
忆弢盦:来新夏先生纪念文集　焦静宜编	92.00 元
与山河同在:天津抗日杀奸团回忆录　阎伯群编	38.00 元
楮墨留芳:天津文化名人档案　周利成著	30.00 元
布衣大师:允文允武的艺术名家阎道生　阎伯群著	30.00 元
口述津沽:民间语境下的堤头与铃铛阁　张建著	28.00 元

大地史书:地质史上的天津　侯福志著　　　　　29.00元

丹青碎影:严智开与天津市立美术馆　齐珏著　　28.00元

立宪领袖:孙洪伊其人其事　葛培林著　　　　　30.00元

津门开岁:徐天瑞日记解读　王勇则著　　　　　58.00元

水产教育家张元第　张绍祖编著　　　　　　　36.00元

八年梦魇:抗战时期天津人的生活　郭文杰著　　28.00元

沽文化诠真　尹树鹏著　　　　　　　　　　　48.00元

圈外谈艺录　姜维群著　　　　　　　　　　　38.00元

记忆的碎片:津沽文化研究的杂述与琐思　王振良著　38.00元

水产教育家张元第集　张绍祖编　　　　　　　58.00元

应得的荣誉:女医生里昂罗拉·霍华德·金的故事

　　　[加]玛格丽特著/胡妍译　　　　　　　38.00元

海河巡盐:国博藏所谓《潞河督运图》天津风物考

　　　高伟编著　　　　　　　　　　　　　　58.00元

析津联话　章用秀著　　　　　　　　　　　　58.00元

顶上功夫:宝坻剃头匠的历史记忆　甄建波著　　68.00元

◎**通俗文学研究集刊**

望云谈屑　张元卿著　　　　　　　　　　　　39.00元

还珠楼主前传　倪斯霆著　　　　　　　　　　38.00元

品报学丛.第一辑　张元卿、顾臻编　　　　　　38.00元

云云编:刘云若研究论丛　张元卿编　　　　　　38.00元

品报学丛.第二辑　张元卿、顾臻编　　　　　　32.00元

刘云若评传　张元卿著　　　　　　　　　　　32.00元

郑证因小说经眼录　胡立生著　　　　　　　　78.00元

品报学丛.第三辑　张元卿、顾臻编　　　　　　48.00 元

刘云若传论　管淑珍著　　　　　　　　　　48.00 元

品报学丛.第四辑　张元卿、顾臻编　　　　　58.00 元

◎ 三津谭往

三津谭往.2013　王振良主编　　　　　　　39.00 元

三津谭往.2014　万鲁建编　　　　　　　　39.00 元

三津谭往.2015　孙爱霞编　　　　　　　　48.00 元

三津谭往.2016　孙爱霞编　　　　　　　　58.00 元

三津谭往.2017　孙爱霞编　　　　　　　　68.00 元

◎ 九河寻真

九河寻真.2013　王振良主编　　　　　　　59.00 元

九河寻真.2014　万鲁建编　　　　　　　　59.00 元

九河寻真.2015　万鲁建编　　　　　　　　88.00 元

九河寻真.2016　万鲁建编　　　　　　　　98.00 元

九河寻真.2017　万鲁建编　　　　　　　　98.00 元

◎ 津沽文化研究集刊

《雷雨》八十年　耿发起等编　　　　　　　55.00 元

陈诵洛年谱　张元卿著　　　　　　　　　　48.00 元

碧血英魂:天津市忠烈祠抗日烈士研究　王勇则著　　98.00 元

都市镜像:近代日本文学的天津书写　李炜著　　　38.00 元

天津楹联述略　李志刚著　　　　　　　　　36.00 元

口述津沽:民间语境下的西沽　张建著　　　56.00 元

口述津沽：民间语境下的西于庄　张建著　　　　108.00 元

紫芥掇实：水西庄查氏家族文化研究　叶修成著　　58.00 元

芦砂雅韵：长芦盐业与天津文化　高鹏著　　　　58.00 元

王南村年谱　宋健著　　　　　　　　　　　　78.00 元

国术之魂：天津中华武士会健者传　阎伯群、李瑞林编 78.00 元

来新夏著述经眼录　孙伟良编　　　　　　　　198.00 元

◎ **津沽名家诗文丛刊**

王南村集　王焜原著/宋健整理　　　　　　　　68.00 元

严范孙先生古近体诗存稿　严修原著/杨传庆整理　48.00 元

星桥诗存　苏之銮原著/曲振明整理　　　　　　58.00 元

退思斋诗文存　陈宝泉原著/郑伟整理　　　　　88.00 元

待起楼诗稿　刘云若原著/张元卿辑注　　　　　42.00 元

刘大同诗集　刘建封原著/刘自力、曲振明整理　　88.00 元

碧琅玕馆诗钞　杨光仪原著/赵键整理　　　　　58.00 元

石雪斋诗稿(附遂园印稿)　徐宗浩原著/张金声整理 68.00 元

紫箫声馆诗存　丙寅天津竹枝词　冯文洵原著/杨鹏整理 88.00 元

◎ **津沽笔记史料丛刊**

严修日记(1876—1894)　严修原著/陈鑫整理　　138.00 元

桑梓纪闻　马鸿翱原著/侯福志整理　　　　　　42.00 元

天津县乡土志辑略　郭登浩编　　　　　　　　98.00 元

严修日记(1894—1898)　严修原著/陈鑫整理　　128.00 元

周武壮公遗书　周盛传原著/刘景周整理　　　　128.00 元

天后宫行会图校注　高惠军、陈克整理　　　　　128.00 元

津门诗话五种　杨传庆整理　　　　　　78.00元

《北洋画报》诗词辑录　孙爱霞整理　　198.00元

◎ 名人与天津

李叔同与天津　金梅编　　　　　　　68.00元

我与曲艺七十年　倪钟之著　　　　　68.00元

◎ 梓里寻珠

传承与突破:近代天津小说发展综论　李云著　　78.00元

◎ 随艺生活

方寸芸香:藏书票里的书故事　李云飞编　　　98.00元

问津书韵:第十三届全国读书年会文集　杜鱼编　　78.00元

开卷二○○期　董宁文、董国和、周建新编　　168.00元

传承与突破(赵光篆刻)